Fantasy

Herausgegeben von Friedel Wahren

Von **Joe Clayton** erschienen in der Reihe
HEYNE SCIENCE FICTION & FANTASY:

BRANN-TRILOGIE:

1. *Seelentrinkerin* · 06/4647
2. *Blaue Magie* · 06/4648
3. *Das Sammeln der Steine* · 06/4649

SCHATTENLIED-TRILOGIE:

1. *Feuer am Himmel* · 06/9064
2. *Brennende Erde* · 06/9065 (in Vorb.)
3. *Hüterin der Kristalle* · 06/9066 (in Vorb.)

Jo Clayton

FEUER
AM HIMMEL

Erster Roman der Schattenlied-Trilogie

Deutsche Erstausgabe

WILHELM HEYNE VERLAG
MÜNCHEN

HEYNE SCIENCE FICTION & FANTASY
Band 06/9064

Titel der Originalausgabe
FIRE IN THE SKY
SHADOWSONG # 1
Übersetzung aus dem amerikanischen Englisch
von Walter Brumm
Das Umschlagbild malte Thomas Thiemeyer

Umwelthinweis:
Dieses Buch wurde auf chlor- und
säurefreiem Papier gedruckt

Deutsche Erstausgabe 2/2000
Redaktion: Joern Rauser

Erstausgabe bei DAW BOOKS, INC., New York

http://www.heyne.de
Printed in Germany 2000
Umschlaggestaltung: Nele Schütz Design, München
Technische Betreuung: M. Spinola
Satz: Schaber Satz- und Datentechnik, Wels
Druck und Bindung: Ebner Ulm

ISBN 3-453-16222-6

Inhalt

1

Aufbruch

Shadit rieb sich trokken, ließ das Handtuch fallen und betrachtete sich im Badezimmerspiegel. Es war nicht mehr der Körper eines Kindes. Die Brüste waren groß genug geworden, um dem Zug der Schwerkraft nachzugeben, die Muskeln waren ausgeprägter, obwohl das wahrscheinlich ebenso von ihrer Kampfausbildung herrührte wie vom Prozeß der Reifung. Sie war sogar ein wenig größer geworden, hatte in den letzten zwei Jahren drei Zentimeter zugelegt. Ihr Gesicht schien schmaler, was den auf ihre Wange tätowierten Falken ein wenig verzerrte. Sie beugte sich näher zum Spiegel, drehte den Kopf zur Seite und lachte, weil der Kopf des Falken jetzt einen mißgelaunten, zynischen Ausdruck angenommen hatte, der ihr bisher entgangen war.

Sie trug ihr kurzgeschnittenes Haar wie eine anliegende Kappe, gönnte sich aber auffällige Ohrringe, um ihrer Vorliebe für kräftige Farben und ausgefallene Muster entgegenzukommen, die wahrscheinlich eine Reaktion auf die gleichförmigen, tristen Bordanzüge war, in denen sie so viel von ihren Leben verbracht hatte, sei es in ihrem Körper oder einem anderen.

Sie verließ das Bad, und während sie sich langsam ankleidete, dachte sie über Aslans Einladung zum Abendessen nach. Ganz sicher ging es dabei um mehr als ein geselliges Beisammensein, und ihre Spekulationen beschäftigten sich mit der Art des Angebots, das sie erwartete. Die vergangenen zwei Jahre hier hatten ihr gefallen, und Quale hatte ihr ein paarmal lächelnd

Komplimente gemacht, bevor er mit Aslan auf Reisen gegangen war. Sie hatte für ihre Kompositionen wie auch für ihre Vorführungen Anerkennung gewonnen. Es war ein sehr angenehmes Leben, aber… Immer dieses Aber. In den letzten Monaten war sie unruhig geworden, als ob diese friedliche Existenz eine Verschwendung kostbarer und begrenzter Mittel bedeute: der Stunden ihres sterblichen Lebens.

Nicht, daß es ihrem Leben an Sinn gefehlt hätte. Atmen, sich bewegen, die verschiedenen Arten von Sinneswahrnehmungen – das war alles an Sinn, was sie brauchte.

Was sie wollte, war der Kitzel des Abenteuers. Sie fühlte sich ernüchtert, abgekühlt. Sogar die Musik erreichte nicht mehr ihr Innerstes.

Sie steckte die Füße in weiche schwarze Pantoffeln, strich das seidige schwarze Kleid über die Hüften und drehte sich im Kreis, daß das lange Kleid sich glockenförmig um ihre Knöchel öffnete. Nach ein paar Umdrehungen kam sie schwindlig und lachend zum Stillstand, dann tanzte sie zur Frisierkommode und wählte Ohrgehänge aus klimpernden, diamantförmigen Silberstücken an feinen Silberketten verschiedener Länge. Sie fuhr sich mit dem Kamm durch die Kappe aus kurzgeschnittenen Locken und lächelte ihr Ebenbild im Spiegel an. »Du kannst es nicht erwarten, wie? Wenn du könntest, würdest du noch heute abend das Weite suchen.«

Es war eine prachtvolle Frühlingsnacht. Das Zwielicht hielt sich länger als gewöhnlich, die Luft war kühl und weich auf der Haut, aber nicht mehr so unangenehm frisch wie noch in den letzten Wochen. Der Mond glich einer haarfeinen Sichel, die auf ihrem Weg zum Zenit durch dünne Zirruswolken glitt.

Vor dem Wohnungskomplex blieb sie ein paar Augenblicke stehen und überlegte, ob sie zu Fuß gehen solle, dann seufzte sie und ging nur ein paar Schritte zur Haltestelle, um den Knopf zu drücken, der einen Kettensessel der Gondelbahn herbeirief. Nichts für ängstliche Gemüter und solche, die unbehelligt und mit sauberer, intakter Kleidung Verabredungen einhalten wollten. Die Universitätsstadt war darin keine Ausnahme.

Eine halbe Stunde später betrat Shadit halblaut fluchend Nik Pharos Fischrestaurant; im Vorraum blieb sie vor dem Spiegel stehen und versuchte ein Ohrgehänge wieder zu befestigen, das aus dem blutenden Ohrläppchen gerissen war.

Aslan kam aus der Nische, wo sie gewartet hatte, durch die Glastür in den Vorraum. »Lassen Sie mich machen. Haben Sie die Ansteckklemme?«

»Hier.« Shadit schnalzte mit der Zunge, als sie das verschmierte Blut an ihrer Hand sah. »Ich werde mich waschen müssen und einen Datenanschluß brauchen. Es wird besser sein, wenn meine Meldung vor der Anzeige bei der Polizei eintrifft.«

Aslan drückte die abgebrochene Ansteckklemme notdürftig auf den Bügel und trat zurück. »Das sollte einstweilen halten. Was ist passiert?«

»Halbwüchsige Strolche, betrunken oder unter Drogen. Wollten was aufreißen und dachten, sie könnten ihre Spielchen mit mir treiben.«

»Verstehe. Kommen Sie, sehen wir zu, daß wir Sie sauberkriegen.«

Aslan blickte von der Speisekarte auf, als Shadit an den Tisch trat. »Sind Sie durchgekommen?«

»Morgen muß ich zur Vernehmung. Mit Wahrheitsnachweis. Es liegt eine Anzeige wegen Körperverletzung gegen mich vor.« Shadit zog einen Stuhl heraus, ließ sich darauf fallen. In ihren dunklen Augen funkelte Zorn. »Die lausigen kleinen Stinker behaupten, ich sei über sie hergefallen. Anscheinend brach ich ihnen ein paar Arme und Rippen. Ihren Gehirnen fehlt nichts, weil sie keine haben. Wollen wir wetten, daß die Anzeige zurückgezogen wird, sobald jemand mit Verstand erscheint?«

»Ich nicht, Shadow. Wenn es sich um Schüler handelt, kann es unangenehm werden. Sieht so aus, als wäre ein Jahr oder so in anderer Umgebung keine schlechte Idee. Die erhitzten Gemüter abkühlen lassen.«

Shadit beugte sich näher. »Was gibt es?«

»Später. Lassen Sie uns zuerst bestellen. Möchten Sie etwas Besonderes trinken? Keine Sorgen – alles Spesen.« Aslan lächelte. »Anwerbung.«

Mit einem Seufzer angenehmer Sättigung schob Aslan ihren Teller beiseite und zog das Glas mit blaßgrünem Wein vor sich. »Nik enttäuscht einen nie. Bei jedem seiner Besuche überrede ich Quale, daß er mich wenigstens einmal hierher bringt. Anders könnte ich es mir nicht leisten, nicht einmal als Kleinaktionärin.«

Shadit lächelte. Das gute Essen und die Gesellschaft hatten ihre Stimmung wieder gehoben. »Verraten Sie mir jetzt, was Sie vorhaben?«

»Man hat mir ein Projekt angeboten. Wenn Sie einverstanden sind, Shadow, möchte ich Sie dabei haben.«

»Warum mich?«

»Aus verschiedenen Gründen. Es hat mit dem zu tun, was ich über Sie weiß. Was Quale mir sagte, was ich von meiner Mutter hörte. Gerüchte. Was Burya Moy von der Musikschule erzählte, der Sie aufgrund von etwas empfahl, das Sie für ihn getan haben.« Aslan klopfte mit ihrer Gabel leicht an den Tellerrand, und das feine Porzellan gab einen melodiösen Klang von sich. »Der Repräsentant der Yaraka sagte, Musik sei den Beluchari wichtig. Besonders die Musik von Saiteninstrumenten.« Sie klopfte noch zweimal an den Tellerrand. »Es gibt einen weiteren Grund. Ich habe ein Gefühl, daß es bei diesem Projekt Schwierigkeiten geben könnte. Vielleicht ist es bloß Paranoia. Ein Überbleibsel meiner Erfahrungen mit dem Styerna-Projekt. Andererseits könnte es wirklich begründet sein. Ob meine Befürchtungen realistisch sind oder nicht, Sie sind jedenfalls viel besser als ich, wenn es darum geht, in unbekannten Gegenden Fallen auszuweichen.« Sie betrachtete ihre Gabel, legte sie auf den Teller. »Ich fürchte mich, wieder hinauszugehen, Shadow. Aber ich weiß, wenn ich es nicht tue…« Sie rümpfte ihre etwas lang geratene Nase. »Ich brauche Unterstützung.«

Shadit fuhr mit dem Finger um den Rand ihres Weinglases. »Ich arbeite nicht billig, wissen Sie.« Das war natürlich zum Lachen, aber Aslan konnte nicht wissen, daß es ihr bei dem bloßen Gedanken, von hier wegzukommen, in den Füßen juckte.

»Das muß auch nicht sein. Das Projekt ist finanziell gut ausgestattet.« Aslan lächelte, nahm die Flasche und füllte zuerst ihr eigenes und dann Shadits Glas auf. »Reisekosten, freie Verpflegung und Unterkunft, so vorhanden, tausend helvetische Kronen und einen stimmberechtigten Anteil an Aktien der Universität.«

»Das hört sich gut an.« Shadit nippte vom Wein, stellte das Glas zurück und nickte. »Erzählen Sie mir von dem Projekt.«

»Duncan Shears wird es leiten.«

»War er nicht Projektleiter, als…«

»Ja. Aber was geschah, war nicht sein Fehler. Unter den Rahmenbedingungen, die von den örtlichen Mächten bestimmt wurden, konnte er nicht viel mehr tun, als das Unternehmen abzubrechen, mit den restlichen Teilnehmern zurückzukehren und die Leute hier über die Ereignisse zu unterrichten.« Ihre Hand zitterte ein wenig und setzte den grünen Wein im Glas in Bewegung. Sie stellte es mit größter Sorgfalt auf den

Tisch zurück. »Ich glaube nicht, daß ich dem Tod jemals näher gewesen bin.«

»Ich bin tot gewesen. Es ist nicht zu empfehlen.«

Aslans Mund zuckte, aber es kam kein rechtes Lächeln zustande, und auch die Andeutung verlor sich rasch, als die Erinnerung an das unfaire Gerichtsverfahren in Styerna und ihr Jahr als Sklavin die Falten in ihrem Gesicht vertiefte.

Endlich hob sie das Glas mit einem ungeduldigen Zungenschnalzen, leerte es und stellte es ab. »Im Ernst, Shadit, wir wollen Sie nicht drängen. Es ist an Ihnen, ob Sie mitgehen wollen oder nicht, aber die Universität würde keinen schlechten Ausgangspunkt für Sie abgeben. Und da ist dieser Aktienanteil. Der gehört zu den Konzessionen, die der Aufsichtsrat mir machte. Ich nehme an, daß die Yaraka einen sehr erheblichen Finanzierungsbeitrag geleistet haben.«

»Das ist die Schauseite. Was ist die Kehrseite?«

»Ich will versuchen, mich kurz zu fassen. Wenn Sie Fragen haben, unterbrechen Sie mich ruhig, aber sorgen Sie sich nicht wegen irgendwelcher Einzelheiten; ich verfüge über die Datenträger, die der Yaraka-Repräsentant Tamarralda überlassen hat. Sie hat für diesen Turnus die Leitung der xenoethnologischen Fakultät übernommen. Da Sie von der Musik her kommen, werden Sie das nicht wissen. Ich werde Ihnen die Datenträger morgen früh zuschicken. Ah, der Mokka ist wundervoll«, seufzte sie. »Besonders dann, wenn man nicht viel Schlaf braucht, wie ich. Ich habe noch zwei Dutzend Berichte fertigzustellen, bevor ich an eine Abreise auch nur denken kann. Möchten Sie auch davon?«

»Von Ihren Berichten?«

»Unsinn, vom Mokka!«

»Warum nicht?«

Nachdem der Kellner gegangen war, sagte Aslan: »Der Calidara-Kugelhaufen. Rund tausend Systeme, die weniger als ein Lichtjahr voneinander entfernt sind, davon zweihundert bewohnt, größtenteils von anderen Welten kolonisiert. Sie werden sich vielleicht an einiges erinnern, Shadow. Dort hatten Sie und die Dislaera diese Bande von Omphaliten erledigt. Bis vor einem Jahr dachten alle, daß nur zehn von den Systemen einheimische Bevölkerungen hätten.«

»Bis vor einem Jahr?« Shadit löffelte etwas Schlagrahm in den schwarzen Mokka, rührte um und sah die weißen Schlieren mit dem starken Kaffee zu hellbrauner Farbe verschmelzen. »Was ist letztes Jahr passiert?« Sie nahm einen Schluck, genoß den Wohlgeschmack und lächelte vergnügt.

»Eine kleine Ratte geriet mit dem Schwanz in eine Falle. Gut, nicht wahr? Ich liebe Niks Mokka. Wie der Yaraka erzählte, war ein Schmuggler namens Cassecul in finanzielle und kriminelle Schwierigkeiten verstrickt. Auf der Suche nach einem Schlupfloch gelang es ihm, die Koordinaten einer angeblich nicht eingetragenen Welt zu kaufen. Der einheimische Name ist Beluchad.«

»Im Calidara? Ich erinnere mich. So viel Verkehr in der Gegend, daß es schon zu Zusammenstößen gekommen sein soll.«

»Sogar im Calidara gibt es Winkel, die man leicht übersieht. Dieser liegt im oberen rechten Quadranten, versteckt in einer Gruppe von Sternen, deren Planeten sterile Gesteinsbrocken mit exzentrischen Bahnen sind, und wo die Strahlung ziemlich tödlich sein muß. Aus diesen Gründen verzichteten die üblichen Kundschafter auf genauere Untersuchungen. Bis Cassecul Wind davon bekam und in Beluchad das Mittel seiner finanziellen Gesundung erkannte, hatten dort vielleicht ein halbes Dutzend freie Händler und eine Handvoll

Schmuggler gearbeitet. Keiner von ihnen war an der Weitergabe von Informationen interessiert.«

»Was gibt es für einen Schmuggler dort zu holen?«

»Ich weiß es nicht. Wir werden es wahrscheinlich erfahren, wenn wir hinkommen. Aber nun kommt der springende Punkt. Unser Cassecul verkaufte die Information zweimal. Zuerst an die Yaraka-Pharma AG, dann an die Chandava Bergbaugesellschaft. Beide Male garantiert exklusiv.«

»Ein unternehmender Typ, vielleicht, aber ohne Weitblick.«

Aslan nickte. »Wie der Yaraka sagte, mußte Cassecul sehr schnell das Weite suchen, denn alle waren hinter ihm her: Chaven, Yaraka, freie Händler und Schmuggler. Jeder will ihm das Fell über die Ohren ziehen. Aber bisher scheinen sie ihn noch nicht erwischt zu haben.«

Shadit runzelte die Stirn. »Sie sagten, Sie hätten die Geschichte vom Repräsentanten der Yaraka erfahren. Wird das Projekt von der Yaraka-Pharma finanziert?«

»Ja.«

»Wissen Sie, ich...«

»Ich bin darüber nicht glücklich, kann aber damit leben. Shadit, selbst wenn wir beiseite lassen, was das letztes Mal passierte, als ich draußen war, fiel mir die Entscheidung, an diesem Projekt teilzunehmen, nicht leicht, aber jemand wird diese Welt ausbeuten. Die Nachricht ist draußen und kann nicht ausgelöscht werden, ganz gleich, was wir wünschen mögen. Wir hatten die Wahl zwischen zwei Übeln und mußten uns für das kleinere entscheiden.«

»Überzeugen Sie mich davon.«

»Gern. Nach den Daten, die ich den Archivunterlagen entnahm, sind die Yaraka dafür bekannt, daß sie die Einheimischen kooptieren und korrumpieren, statt sie zu versklaven oder einfach auszurotten. Mit anderen Worten, es bleibt etwas übrig, wenn sie eine Gegend ausgebeutet haben.«

»Und die Chaven?«

»Nicht so gut. Sie sind auf Bodenschätze aus, Shadit. Sie arbeiten mit Satellitenkartierung, um potentielle Abbaugebiete zu lokalisieren, und ihre Bergwerke und Verhüttungsanlagen sind automatisiert. Einheimische sind ihnen dabei nur im Weg. Und die Chaven sind eine homogene Rasse, unsere Vettern sozusagen, aber weit entfernt von unseren gemeinsamen Vorfahren. Sie haben eine abgeschlossene, mehrschichtige Gesellschaft, ihr Leben ist eingebettet in einen festen Rahmen von Sitten und Bräuchen, und mit Fremden wollen sie nichts zu schaffen haben. Außenseiter werden als minderwertig angesehen, sogar schon andere Vettern. Sie erkennen die Verwandtschaft nicht an. Wohin das führen würde, ist leicht zu sehen.«

Shadit nickte.

»Gegenwärtig sind Vorausabteilungen der Yaraka und Chaven auf verschiedenen Kontinenten dabei, sich häuslich einzurichten, während die Vertreter ihrer Heimatwelten auf Helvetia sind und ihre Ansprüche durchzusetzen suchen. Beide drohen mit Gewalt, um die jeweils andere Partei zum Rückzug zu bewegen.«

Der kalte Mokka schmeckte auf Shadits Zunge bitter, und sie ließ den Rest in der Tasse. »Sagte Ihr Repräsentant, ob die beiden Parteien schon im Kriegszustand leben?«

Aslan seufzte. »Es scheint auf die Tätigkeit von Heckenschützen und andere gemeine Tricks hinauszulaufen. Alles, was allzu offensichtlich wäre, würde aufgezeichnet und im Verfahren um die jeweiligen Ansprüche als Munition verwendet. Natürlich sagte der Repräsentant, daß wir in diese Seite der Angelegenheit nicht verstrickt würden. Ich glaubte das genauso, wie ich seiner hochherzigen und edlen Ansprache glaubte, in der er die Achtung der Yaraka vor dem Leben und der Kultur der Einheimischen beteuerte.«

Shadit legte ihre Serviette zusammen und zog die Finger langsam über das glatte weiße Leinen. »Und was wollen Sie dort tun?«

»Die Kulturen der einheimischen Völker untersuchen und aufzeichnen, wie ich es sonst auch tue. Den Meinungsaustausch zwischen Yaraka und Beluchari fördern und erleichtern, damit die Chaven weniger Gelegenheit bekommen, Unruhe zu stiften, indem sie die Einheimischen gegeneinander und gegen die Yaraka aufstacheln. Die Einheimischen überreden, daß sie der Anfertigung einer Schablone für den digitalen Übersetzer zustimmen. Solche Dinge.«

»Hört sich nicht sehr aufregend an. Welche Beschränkungen gibt es für mich?«

»Nun, Sie werden als musikalische und linguistische Beraterin aufgeführt, aber sie sind keine wissenschaftliche Mitarbeiterin und nicht gebunden durch das Treueverhältnis zur Universität und die damit verbundenen ethischen Verhaltensnormen. Aber wenn Sie den Aufsichtsrat und die Verwaltung in Verlegenheit bringen, können sie das Angebot des stimmberechtigten Anteils an Aktien zurückziehen. Ihr Honorar kann ich nach Helvetia auf ein sicheres Konto überweisen und glaube nicht, daß sie es mir verwehren werden. Im Grunde können Sie tun, was Sie wollen, solange eine gewisse Diskretion gewahrt bleibt und Sie nicht gegen die Interessen des Vertragspartners verstoßen.«

»Ich bekomme einen schriftlichen Vertrag?«

»Richtig. Darin wird in juristischer Prosa das gleiche stehen, was ich eben sagte.«

Shadit streckte den Arm über den Tisch und stieß ihre Tasse gegen Aslans. »Auf freundschaftliche Sabotage und die edlen Wilden. Wann reisen wir ab?«

2

Zitherklänge

Maorgan lag auf einem Ast des freistehenden Ölbaumes und versuchte, das Okular auf den eingezäunten Bereich einzustellen, der von den Mesuch, die das Land heimsuchten, angelegt wurde. Er hatte Schwierigkeiten, weil die Einfriedung weit unter dem Tafelberg lag, wo der Ölbaum wuchs, zwischen den von Meeresarmen durchzogenen Salzsümpfen und nahe der Bucht der Bakuhlsee, wo das Räucherhaus gestanden hatte. Und weil er mit dem Gerät, das dieser Kobold Glois und seine Verbündeten unter den Meloach von denen dort unten gestohlen hatten, noch nicht recht vertraut war.

»Ahh.« Endlich wurde das Bild scharf; er konnte die Nagale zählen, die im Holz eines Gebäudes nagten; es waren so viele, daß die Wand wie von schwarzem Eisen überzogen aussah. Er lächelte. Noch ein Tag, und sie würden nur verrottende Bruchstücke und Splitter zurücklassen.

Sein Lächeln verging, bevor es ganz erblüht war.

Ein Nagal, dessen Schale so groß wie sein Daumennagel war, fiel plötzlich von der Wand, dann noch einer und ein weiterer; wenige Augenblicke später war die Wand frei von ihnen. Er verschob das Gesichtsfeld des Okulars und unterdrückte das Schwindelgefühl, das von der verwirrenden Bewegung erzeugt wurde. Die Nagale lagen auf dem Rücken, die dünnen schwarzen Beine an die blaßrosa Unterseiten gefaltet.

Er schnalzte mit der Zunge und verlagerte das Gesichtsfeld über die Gebäude, langsamer diesmal, um kein Schwindelgefühl auszulösen, und konzentrierte es auf die Tische vor dem Haupttor der Einzäunung.

»Ihoi!«

Die Mesuch trieben dort auf der ebenen, gepflasterten Fläche einen schwunghaften Handel. Maorgan sah drei ihm bekannte Kabit von den am nahen Ufer vertäuten Barken, ein halbes Dutzend Kaufleute vom Dumel Alsekum und eine Handvoll Bauern. Es wurde intensiv gefeilscht, alles in Zeichensprache. Die Mesuch kauften Landesprodukte von den Bauern, Parfüms und Flaschen mit alkoholischen Getränken sowie gewebte und bestickte Stoffe von den Kaufleuten – all die Dinge, die von den Beluchari üblicherweise den gelegentlichen Schmugglern und freien Händlern angeboten wurden, die nach Beluchad kamen. Was sie dafür einhandelten, waren überwiegend kleine Geräte und die Batterien, die für ihren Betrieb benötigt wurden.

Wieder verlagerte er das Gesichtsfeld, bis er die Brücke im Fadenkreuz hatte, die die Mesuch in einer achtlosen Geste von Macht, die ihn mit Zorn und Neid erfüllte, nahe der Mündung über den Fluß geschlagen hatten. Er fluchte, als er ein halbes Dutzend Sumpfbewohner sah, die dort im Schatten unter den Bäumen am Rand des Salzsumpfes kauerten, von Schüchternheit und Furcht noch an die Marish gebunden, die ihr Lebensraum war, obwohl es nicht mehr lange dauern würde, bis die Mutigeren unter ihnen über die Brücke trotten und sich den Händlern zugesellen würden. Es konnte keinen besseren Beweis dafür geben, wie die Leute sich an diese Invasion gewöhnten.

Ein Tentakel aus durchscheinendem Fleisch, das die verschiedenen Grüntöne der Blätter annahm, sank durch das Laub herab und berührte seine Schulter. Durch die Berührung drangen die Worte, die der in der

Höhe schwebende Eolt Melech sang, zu dem Beobachter. »Was gibt es, Sioll Maorgan?«

»Der Handel wird lebhafter. Es spricht sich herum, nehme ich an. Sieh dir die Sumpfleute an. Bald werden sie auch hineingezogen. Ich bezweifle, daß wir die Mesuch jemals wieder loswerden können.«

»Ich sehe sie, mein Sioll«, sang Melech. »Es ist eine Zeit der Veränderung, und wer weiß, wie ihr Ende aussehen wird.« Traurigkeit strömte durch die fleischliche Verbindung. »Siehst du die Kinder?«

»Noch nicht, laß mich versuchen...« Er verstärkte die Vergrößerung und begann den Bereich innerhalb der Einfriedung durch das verengte Gesichtsfeld abzusuchen.

Die Mesuch waren lebhafte Männer mit schnellen Bewegungen. Sie waren mit Fell bedeckt, das mehr wie Plüsch aussah und dessen Farbe von Dunkelorange über verschiedene Brauntöne in ein tiefes Schwarzbraun überging. Das Fell war um ihre Augen dunkler, und manche von ihnen hatten weiße Streifen unter den Augen. Die vier Mesuch an den Handelstischen trugen lange Gewänder, aber die anderen innerhalb der Einzäunung begnügten sich mit Lederschürzen und ein paar Gurten. Wie die feuchte Hitze dort unten ihren Fellen bekam, war eine Sache, über die Maorgan nicht gern nachdachte, weil sie Junge als Geiseln genommen hatten, die ihren Launen ausgeliefert waren.

Er zählte sie wieder. Vier bei den Händlern, sechs oder sieben, die Maschinen warteten und die Arbeiten überwachten, die ihre stählernen Sklaven an den Gebäuden innerhalb der Einzäunung verrichteten, zwei oder drei, die wie Wächter aussahen, mehrere, vielleicht bis zu sieben, die umhergingen, als hätten sie Verrichtungen zu erledigen, obwohl er sich nicht vorstellen konnte, von welcher Art sie sein mochten. Die meisten dieser letzteren hatten die weißen Streifen unter den Augen, waren aber sonst schwer auseinanderzuhalten, so daß er nie ganz sicher sein konnte, ob er zwei als einen zählte oder denselben an mehreren verschiedenen Orten sah.

Die Gebäude waren aus behauenen Steinen aufgeführt, einige standen für sich, andere waren zusammengebaut. Die Einzelgebäude waren in einer ordentlichen Reihe nahe der Südseite der Einfriedung angeordnet, und jedes hatte einen kleinen Garten vor der halbrunden Eingangstür. Entlang der östlichen Seite gab es ein halbes Dutzend Gebäude in einer Reihe aneinandergebaut, und in der Mitte erhoben sich zwei größere Bauwerke. Eines war eine Pyramide, die am oberen Ende in einer Kuppel endete, die aus dunklem Glas gemacht schien; sie glitzerte jedenfalls wie Glas. Das zweite Bauwerk war ein Turm mit vier Geschossen und runden dicken Fenstern auf jeder Ebene.

Hinter einem der Fenster im dritten Geschoß des Turmes machte Maorgan ein blasses Gesicht und einen roten Haarschopf aus; er stützte das Okular und fummelte wieder mit der Scharfeinstellung. »Ich sehe Glois. Er schaut aus einem Fenster. Ah! Eben kam Utelel zu ihm und legte ihm eine Hand auf die Schulter. Und hinter ihm sehe ich mehr Bewegung. Anscheinend sind sie alle dort.«

Er ließ das Okular am Ende des Riemens baumeln, den er um den Hals gelegt hatte, rieb sich die Augen und spähte wieder hinaus zu der entfernten Einzäunung. Die Gebäude wirkten jetzt klein wie Spielzeug, die Mesuch wie Chetor, die geschäftig an ihren Haufen herumkrabbeln, und er brauchte eine Weile, um das Gebäude auszumachen, wo die Jungen und Meloach festgehalten wurden.

»Sind sie gesund?«

»Ja, soweit ich sehen konnte. Glois war zornig. Das ist nichts neues. Utelel schien dunkel, und seine Blumen waren zu Knospen geschlossen, aber das lag wahrscheinlich daran, daß er von der Sonne abgeschlossen war. Sie sehen nicht ängstlich aus.«

Eolt Melech sang befriedigt, und der Tentakel zog sich von Maorgan zurück. Augenblicke später trieb der Eolt aufwärts und vom Baum fort, eine glasig schimmernde gasgefüllte Glocke mit herabhängenden Schnüren, die wie Diamanten glitzerten, wo sie von den Saugscheiben gesprenkelt waren.

Maorgan beobachtete seinen Sioll voll von Zuneigung und Anerkennung, dann hob er das Okular an die Augen und hielt Ausschau nach einer Möglichkeit, die jungen Gefangenen zu erreichen.

Der Zaun sah dürftig und alles andere als stabil aus. Er bestand aus langen, dünnen Stäben, die in Abständen von etwas mehr als einer Manneslänge im Boden staken, und etwas, das zwischen ihnen zuckte und flackerte. Das Ganze war jedoch nicht so substanzlos, wie es aussah. Maorgan hatte einen jungen Faolt gesehen, der von einem der summenden Fahrzeuge, die zwischen dem Landeplatz und der Einfriedung verkehrten, aufgescheucht worden war und versucht hatte, zwischen zwei dieser Stangen durchzulaufen. Er war innerhalb von Sekunden geröstet worden.

Die Einfriedung war ein langes Rechteck mit Wachttürmen an allen vier Ecken, metallenen Kästen auf dünnen Stelzen, die so dürftig aussahen wie die Stangen der Einzäunung, und einen genauso gefährlichen Biß hatten. In der zweiten Woche nach der Landung der fliegenden Schiffe hatte sich die Sippe der Denchok, der dieses Gelände gehörte und die während der Saison das Räucherhaus betrieb, an Ort und Stelle versammelt, um die Eindringlinge zu vertreiben, wie sie es bei jedem unbefugten Eingriff in ihre Eigentumsrechte getan hätten.

Von den Ecktürmen waren Blitzstrahlen auf sie geschleudert worden. Sie waren gefallen und wußten ungefähr zwei Stunden lang überhaupt nichts; einige wachten ein paar Minuten später auf als andere, während die Denchok, die der Einzäunung am nächsten gewesen waren, am längsten brauchten, um wieder zu erwachen. Es war wie ein großer Stock, sagten sie, der sie auf den Kopf getroffen und bewußtlos geschlagen habe.

Um hineinzukommen schien es keine andere Möglichkeit zu geben als über die Einzäunung zu schweben, und das war keine gute Idee. Es sei denn, diese Mesuch waren denen auf der anderen Seite der Bakuhlsee noch unähnlicher, als die Gerüchte vermuten ließen. Dort drüben waren sie nicht so rücksichtsvoll. Sie arbeiteten mit Blitzstrahlen, die jeden töteten, der ihrem Lager nahe kam. Melech hatte gehört, daß Eolt Chelokl in den Rückstrom eines fliegenden Schlittens geraten und mitgerissen worden sei, so daß er in die Nähe eines der Türme geraten war; das Feuer seines Sterbens sei hundert Mannslängen hoch in die Luft geschossen.

Maorgan verspürte ein Frösteln, ließ das Okular sinken und rieb sich das Gesicht mit dem Ärmel. Obwohl er versuchte, nicht daran zu denken, überlegte er, wie Chelokls Sioll mit dem jähen Zerreißen der Sioll-Bindung fertig geworden war, dem Wegschneiden der Hälfte seiner selbst.

Er zwinkerte. Eolt Melechs Glockenform schwoll an und veränderte sich, schickte sich an, in die höheren Luftströmungen aufzusteigen. Er ließ das Okular sinken und rief: »Nein!« Dann ließ er das Wort in ein protestierendes Pfeifen übergehen.

Eolt Melech sang:

»Notwendigkeit und Kraft,
Gewohnheit der Zurückhaltung

Einfachheit ist am besten
Gefahr gesehen, Rettung erforderlich
aus Neugier und Erheiterung
wird Zorn und Enttäuschung
Vorsicht wird walten
Licht als Knüppel
nicht Licht als tödliches Feuer
Bindung nicht gebrochen wie Freude.«

Selbst nach jahrelanger Sioll-Bindung war die Übersetzung der komplexen Harmonien der Eoltsprache ohne die Berührung schwierig, und Maorgan war niemals ganz sicher, daß er auch nur die Hälfte der Bedeutung klar in seinem Kopf hatte. Doch alles, was er in das Gehörte hineinlas, machte ihm Angst.

In der Verbindung von Pfiffen und Sprechgesang, die die Fior Arden für die Verständigung ohne Berührung entwickelt hatten, als die Sioll-Bindung sich zwischen den Arden und den Eolt entwickelt hatte, erklärte er alle Gründe, warum Eolt Melech warten, sich Zeit lassen und achtgeben sollte, bevor er handelte. Dabei wußte er nur zu gut, wie eigensinnig und leidenschaftlich sein Sioll war, wie wenig geneigt, auf ihn zu hören, wenn er sich auf eine Handlungsweise festgelegt hatte. Doch alles, was er sehen konnte, war eine hundert Manneslängen hoch aufschießende Flamme und eine jähe Amputation aller Freude.

Eolt Melech sang.

Ard Maorgan pfiff und sang.

Nach mehreren Arien von beiden Seiten kehrte der Eolt zu seiner üblichen Haltung zurück, während Maorgan sich von Ast zu Ast schwang und schließlich zu Boden fallen ließ. Er hob den Zitherkasten auf, den er am Fuß des Baumes zurückgelassen hatte, zog sich den Gurt über die Schulter und rückte den Kasten in seine bequemste Position auf den Rücken.

Melech ließ ein Tentakel herabsinken und berührte seine Schulter. »Mögen Worte genügen, Sioll Maorgan.«

»Mögen die wenigen Worte, die ich von der Sprache der Mesuch weiß, genügen, Sioll Melech.«

Am Vormittag des nächsten Tages, der Chel Dé geweiht war, kam niemand, Tauschgeschäfte zu machen und Handel zu treiben. Ard Maorgan und Melech bezogen vor dem Tor der Einfriedung Position. Maorgan spielte auf seiner Zither. Als er sah, daß er die Aufmerksamkeit der Mesuch gefunden hatte, rief er ihnen in der Handelssprache zu: »Friede. Handel für die Kinder. Laßt uns reden.«

»Nun, es gibt da ein kleines Problem, das der gute Sagin möglicherweise nicht erwähnte. Unsere Kundschafter wählten diesen Standort, weil es ausreichende Süßwasserquellen gibt, felsigen Untergrund nahe der Oberfläche, leichten Zugang zur See, und außerdem schien es sich um herrenloses Land zu handeln. Zwar gab es zwei Schuppen oder Hütten an Ort und Stelle, aber sie standen leer und sahen so alt und baufällig aus, daß man sie hätte umblasen können. Offensichtlich waren sie seit langem verlassen. Also räumten wir sie einfach ab. Unglücklicherweise waren sie nicht aufgegeben. Wahrscheinlich werden wir eine Entschädigung zahlen müssen, wenn wir in leidlichem Einvernehmen mit den Einheimischen leben wollen.« Der Goes rümpfte die Nase und legte die runden Ohren an. »Sehr ärgerlich.«

Der Goes Koraka hoeh Dexios war ein hochgewachsener Yarak mit lebhaften braunen Augen und einem Fell wie Plüsch, dessen Farbe an Goldbronze erinnerte; er trug ein leichtes Arbeitsgewand, das ihn vom Kinn bis zu den Knöcheln bedeckte, aber seine Bewegungen und der rasche, sichere Schritt, als er im Raum auf und ab ging, verrieten Geschmeidigkeit und gute körperliche Verfassung. Die Maskenzeichnung seines Gesichts war scharf umrissen, der weiße Streifen unter den Augen schwarz, schmal und frisch. Er besaß die Selbstsicherheit eines Mannes, der sich seines guten Aussehens bewußt ist und es nicht nötig hat, sich mit der Frage zu beschäftigen, wie die Leute auf ihn reagieren würden.

»Wir sind mit der Einführung des Handels leidlich erfolgreich gewesen. Frühere Kontakte mit Schmugglern und freien Händlern haben uns den Weg bereitet. Dennoch gibt es nach wie vor eine gewisse Feindseligkeit, weil wir offensichtlich gekommen sind, um zu bleiben, obwohl es uns nach und nach gelingt, diese Stimmung zu überwinden. Es wäre einfacher, wenn wir die Sprache der Einheimischen beherrschten, aber wir haben leider unterlassen, um geeignete Personen als Sprachvermittler zu bitten, obwohl wir Sprachaufzeichnungen gemacht und dem linguistischen Datenarchiv zur Analyse zugeführt haben. Es ist ein langsamerer und umständlicherer Prozeß, der leicht zu Ungenauigkeiten führt, aber die Gefahr, das Mißfallen der Einheimischen zu erregen, ist geringer. Die unglückliche Geschichte mit diesen Hütten und der Umstand, daß die Chaven sich eingemischt haben und in einer Weise auftreten, die jedes Feingefühl vermissen läßt...« Er hob die Arme, ließ sie wieder fallen und legte die Ohren an. »Es ist unglaublich! Ein paar Einheimische mit einer Strahlwaffe zu töten und ihre verstümmelten Körper auf der Straße liegenzulassen. Noch dazu mit Bißspuren!«

Sie waren im Büro des Goes, der gläsernen Kugel auf der Spitze der Pyramide in der Mitte der Einfriedung. Es war ein weitgehend leerer Raum mit einem Anspruch auf Eleganz, und es fehlte nicht an poliertem Holz mit Einlegearbeiten, einem weichen Teppich und da und dort mit sorgsamer Beiläufigkeit aufgestellten kleinen Kostbarkeiten. Außerdem gab es einen Polymorph, der mindestens zehn größere Mutationen in seinem Repertoire hatte. Ein halbes Dutzend Sessel war um den einzigen Hinweis angeordnet, daß dies ein Büro war: einen Schreibtisch, dessen elektronisches Innenleben diskret verborgen war, sah man ab von einem kleinen Bildschirm in einer Haube, die neugierige Blicke Unbefugter abschirmte. Dem Bildschirm warf der Goes jedesmal, wenn er vorbeiging, einen Blick zu.

Aslan hatte den Ehrensitz eingenommen, einen geräumigen Sessel mit einer moosartigen Oberfläche, deren dunkles Grün eine geschmackvolle Ergänzung ihrer Kleiderfarbe darstellte. Shadit saß in einem ähnlichen Sessel, der auf dunkle Bernsteinfarbe eingestellt war. Sie war ein wenig erheitert von diesem kleinen Beweis intelligenter Einfühlung des Goes, obwohl er vielleicht nicht so klug war, wie er dachte; sonst hätte er es weniger auffallend gemacht.

Ihre Erheiterung schwand dahin, als er in seinen Bemühungen fortfuhr, Aslan mit der Fülle seines Charmes zu überwältigen. Shadit legte ihre Hand auf den Zitherkasten und blickte durch die Wand aus Rauchglas, während der Strom seiner Worte an ihr vorbeiging. In der Ferne machte sie neben einem Baumwipfel einen scheinbar ortsfest schwebenden Schimmer aus. Einzelheiten waren nicht zu erkennen, aber sie vermutete, daß es sich um eine jener luftgestützten Intelligenzen handelte, die sie in den Datenträgern gesehen hatte.

Sie konnte es nicht erwarten, diese Geschöpfe mit eigenen Augen zu sehen. Sie schienen ganz und gar unwirklich, wie aus goldenem Glas geblasene Ballons. Die Proben einheimischer Musik, die auf diesen Datenträgern gespeichert waren, übten einen sehnsüchtigen Zauber auf sie aus; sie wollte diese Musik nicht aufgezeichnet hören, nicht in einem Raum, wo die Nuancen verlorengingen, sondern im Freien, sozusagen aus der

Quelle. Ihre Ungeduld, hinaufzukommen, zog wie ein Jucken über ihre Haut.

»...eine Sache, die Rep Sagin nicht erwähnt hätte. Wir fingen einen Trupp einheimischer Kinder, die auf einer Diebestour waren. Wir haben sie unseren Möglichkeiten entsprechend gut behandelt und beabsichtigen sie demnächst freizulassen. Einer der erwachsenen Einheimischen ist an uns herangetreten. Offenbar kennt er ein paar Worte der Handelssprache. Was nicht allzu hilfreich war, aber immerhin ist es uns gelungen, ihm klarzumachen, daß wir eine Entschädigung für dieses unbefugte Eindringen erwarten, bevor wir die jungen Diebe zurückgeben. Wir haben den Gebrauch des Übersetzungsprogrammes für einen Sprachenaustausch vorgeschlagen, aber nicht darauf gedrungen. Unser Verbindungsmann lehnte das entschieden ab.« Er machte ein ungeduldiges spuckendes Geräusch. »Die Chaven haben sich wie die hinterlistigen Kanaillen benommen, die sie sind, und uns die Quelle vergiftet. Offenbar ist die Verständigung zwischen den Kontinenten besser, als wir erwarteten.« Er zeigte ein schnelles ironisches Lächeln, begleitete es mit einer anmutigen Bewegung der schmalen Hände. »Der einzige Vorteil, den wir haben, ist der, daß man uns nicht mit diesem Gelichter verwechseln kann.« Er breitete die Arme in einer Gebärde aus, die seinem weiten Gewand zu einem dramatischen Faltenwurf verhalf. »Ich muß Sie warnen. Die Chaven sind irritiert von unserer Anwesenheit, weil sie ihre Aktionen begrenzt; sie möchten gern die ausschließliche Kontrolle einer Welt ausüben, so daß detaillierte Berichte über ihr Tun nicht in die Außenwelt gelangen. Sie zeigen eine gewisse Empfindlichkeit gegen öffentliche Kritik. Wie wir alle«, fügte er mit einem schnellen Lächeln und einem Zwinkern seiner dunkelbraunen Augen hinzu. »Bisher sind sie mit ihrer Sabotage und ihren Bemühungen, unsere

Einheimischen gegen uns aufzubringen, eine lästige Plage gewesen, mehr aber nicht. Da Sie Teil unserer Operation sein werden, zumindest in ihren Augen, sollten Sie sich vor Verräterei unter angeworbenen Einheimischen und Vandalismus sowohl untergründig als auch grobschlächtiger Art hüten, sobald die Chaven ihre Aufmerksamkeit auf Sie ausdehnen.«

Aslan rückte ungeduldig in ihrem Sessel herum; sofort nahm er fließend eine neue, bequemere Form an und änderte geringfügig die Farbe. »Ich habe meine Hausaufgaben gemacht, Goes Koraka. Die Archivunterlagen der Universität sind ziemlich umfangreich. Übrigens haben Expeditionsleiter Shears und ich schon früher unter heiklen Umständen Missionen durchgeführt. Die Notwendigkeit von Sicherheitsmaßnahmen ist uns bewußt.«

Shadit unterdrückte ein Lächeln. Nicht nur die Chaven gingen in Aslans Datenspeicher ein, wie Goes Koraka hoeh Dexios früh genug feststellen würde.

Der Goes blickte zum Bildschirm und kam um den Schreibtisch, um sich auf die Kante zu setzen. »Selbstverständlich. Ich sprach aus Sorge, nicht aus Mangel an Zuversicht, verstehen Sie mich recht. Es beunruhigt mich ein wenig, daß Sie nicht innerhalb der Einfriedung Wohnung nehmen werden. Aber ich muß mich auf ihre Erfahrung in solchen Dingen verlassen. Wir haben den Einheimischen ein paar Zugeständnisse abgerungen. Wenn sie Sie als Vermittler anerkennen, werden sie Ihnen Unterkunft im nächsten – hm – Dumel, glaube ich, ist das richtige Wort, geben. Die Verständigung ist schwierig gewesen, die Möglichkeiten der Zeichensprache begrenzt, wie Sie sicherlich wissen. Und unser Verbindungsmann kennt nur die wenigen Worte der Interlingua, die er von freien Händlern und Schmugglern gelernt hat. Immerhin scheint er kultivierter und von besserer Auffassungsgabe zu sein, als

Isolation und Abgelegenheit dieser Gegend erwarten lassen. Wahrscheinlich liegt es an der wechselseitigen Beeinflussung der beiden intelligenten Rassen in den vergangenen dreitausend Jahren, wenn mein Gedächtnis den Zeitraum richtig erinnert. Wir haben Haar- und Hautproben von den Vettern unter unseren jungen Gefangenen untersucht. Meine Gentechniker sagen mir, es sei so gut wie sicher, daß ihre Anwesenheit hier ein Ergebnis der ersten Diaspora sei, vielleicht das Resultat einer Havarie ihres Kolonieschiffes. Es ist kein Sektor, den man als Zielgebiet ansteuern würde, wenn die Möglichkeit einer Wahl gegeben ist.«

Wieder rückte Aslan unruhig in ihrem Sessel, der diesmal nicht reagierte. »Also muß ich Ihren Verbindungsmann überzeugen, daß er uns aufnimmt? Das ist wieder etwas, das Ihr Repräsentant nicht erwähnte.«

Der Goes zuckte die Achseln. »Es schien nicht wichtig. Schließlich konnte der gute Sagin nicht jede kleinste Entwicklung voraussehen. Jedenfalls habe ich für morgen Mittag eine Begegnung mit unserem Verbindungsmann vereinbart, einem Vetter namens Maorgan und seinem – hm – Gefährten, dessen Namen ich nicht kenne. Wenn er einen hat. Meine Leute sagen mir, daß Ihre Ausrüstung entladen und sicher eingelagert worden ist, bis Sie sie benötigen und Ihre zeitweiligen Quartiere bereitstehen. Ihr Expeditionsleiter und das übrige Personal sind dort und erwarten sie. Kann ich sonst noch etwas für Sie tun?«

»Ja. Ich würde gern Ihre jungen Gefangenen sehen, wenn ich darf.«

»Ah – das wird einiger Vorbereitung bedürfen. Sie sind reichlich ungebärdig und schwierig zu beherrschen. Die Gefahr, daß Besucher verletzt werden, ist nicht völlig auszuschließen.« Seine beweglichen Züge dehnten sich zu einer Grimasse. »Umgang mit ihnen ist nur durch Zeichensprache möglich, die sie ignorieren, wenn ihnen danach ist. Sind Sie sicher, daß Sie dies wollen?«

»Ja, bitte. Datenträger, wie gut und vollständig sie auch sein mögen, können die wirkliche Erfahrung nicht ersetzen. Was ich in Erfahrung bringen könnte, würde uns bei der morgigen Begegnung sehr hilfreich sein.«

Er blickte zum ersten Mal zu Shadit, hob dann scheinbar nachdenklich den Blick zur Decke und nickte schließlich. »Ich werde mich darum kümmern.« Er kehrte hinter den Schreibtisch zurück und griff unter die Tischplatte, vielleicht um einen Sensor einzuschalten. »In zwei Stunden. Das sollte Ihnen reichlich Zeit geben, bevor wir den Jungen das Essen bringen.« Er nickte einem jungen Yarak zu, der hereinkam und neben der Tür Aufstellung nahm. »Der Phora Galeyn hier wird Sie zu Ihrem Quartier bringen und dort abholen, wenn der Besuch stattfinden kann. Wie viele Personen?«

»Ich und die Zitherspielerin.«

Er nickte, kam wieder um den Schreibtisch herum, nahm Aslan bei der Hand und half ihr aus dem Sessel. Er strömte einen leichten Moschusgeruch aus, der angenehm, wenn auch ein wenig fremdartig war, und nun zeigte sich, daß er einen halben Meter größer als sie war. Seine körperliche Gegenwart wirkte trotz seines angenehmen, kultivierten Verhaltens einschüchternd. Aslan legte den Kopf zurück und sah ihn an, wartete, daß er einen Schritt zurücktrat, um eine bequemere Distanz einzunehmen. Wieder unterdrückte Shadit ein Lächeln. In ihrem langen Leben hatte sie so manchem gegenübergestanden, dessen einschüchternde Wirkung Goes Koraka niemals erreichen würde.

Die eingezäunte und bewachte Einfriedung neben dem Turm, wo junge Einheimische festgehalten wurden, war erfüllt vom Stampfen der Füße, dem Klatschen von Fleisch auf Fleisch, Zurufen, schrillen Schreien und Bruchstücken von Gesang. Trotz des Lärms, den die spielenden Jungen verursachten, waren sie nur sechs, zwei Vettern und vier Andere.

Einer der Vettern war ein magerer rothaariger Junge mit blasser Haut und Sommersprossen auf der Nase, zehn oder elf Jahre alt; der zweite war kleiner, schmächtiger, ein dunkelhaariges, vielleicht ein oder zwei Jahre jüngeres Kind; beide trugen dunkelbraune kurze Hosen und weiße kurzärmelige Hemden. Die Anderen waren alle kleiner und stämmiger als der Rotschopf, Zweifüßler mit fünffingrigen Händen und vier Zehen an den Füßen. Ihre Gesichter wirkten dreieckiger, wobei das Kinn den spitzen Winkel bildete, und die gerade Linie des moosigen Bewuchses über der Stirn die Grundlage abgab. Ihre Augen waren groß und dunkel, meistens braun, aber einer hatte hellere Augen als seine Gefährten; sie waren bernsteinfarben, beinahe gelb. Ihre Nasen sprangen kaum aus der gekrümmten Gesichtsfläche hervor, hatten schmale Rücken und lange, fransenbesetzte Nasenlöcher. Ihre Münder waren breit, beweglich und erzeugten eine erstaunliche Vielfalt lautstarker Geräusche.

Ein moosiger Bewuchs, der mehr pflanzlicher Natur zu sein schien als ein Fell, bedeckte Rumpf und Gliedmaßen bis zu den Ellbogen und Knien. Jenseits davon war die Haut glatt und von einem blassen, grünlichen Weiß wie die innere Schicht neuer Rinde. Das Moos wuchs auch auf den kleinen runden Köpfen und ähnelte sowohl gewöhnlichem menschlichen Haar als auch dem plüschartigen Fell der Yaraka. In dem moosigen Kopfbewuchs gab es Knospen, und hier und dort zeigte sich eine kleine Blüte, deren Blätter sich an die Rundung des Kopfes schmiegten. Die Blüten waren überwiegend weiß, doch konnte Shadit eine oder zwei rosa Blüten und eine hellgelbe sehen.

Sie rannten zum Tor, als sie Aslan und Shadit kommen sahen, und ihr Geschrei ging in schrilles Pfeifen über, das eine Kombination von gegenseitiger Unterstützung und Angriffsvorbereitung zu sein schien. Shadits Kopf begann zu schmerzen, als der elektronische Simultanübersetzer, den sie von Aleytys erworben hatte, die Geräusche zu sortieren begann.

Phora Galeyn winkte den Bewachern zu, dann wandte er sich zu seinen Schützlingen. »Wenn Sie bitte hier warten wollen, werden wir die Kinder zuerst vom Tor zurückdrängen. Sie stürmen immer auf uns ein und versuchen zu entwischen.«

Shadit kniete nieder und öffnete die Verschlüsse des Zitherkastens. Als sie aufblickte, sah sie die Wachen Elektrostäbe einsetzen, wie sie von Viehtreibern verwendet wurden. Sie fühlte die Schmerzwellen, die von den Mooskindern kamen, und erschauerte. Sie flohen über den Platz und kauerten am rückwärtigen Zaun nieder, während zwei Bewacher ihre Elektrostäbe bereithielten, als der dritte das Schloß aufsperrte.

Shadit nahm die Zither aus dem Kasten und klappte diesen auseinander, so daß er zu einem Hocker wurde. Dann stand sie auf. Sie war blaß vom Schmerz, den das Übersetzungsgerät und das Leid und die Angst der Kinder in ihr erzeugten, aber sie schob den Tragegurt der Zither über ihre Schulter, nahm den provisorischen Hocker auf und stand einen Augenblick lang zögernd da. Was sie sagen wollte, konnte gegen die Einheimischen verwendet werden, aber die Yaraka hatten so viele andere Waffen, daß es vielleicht nichts ausmachen würde. »Wenn Sie die Elektrostäbe eingeschaltet lassen, werden Sie Probleme haben«, sagte sie leise zu ihrem Begleiter. »Es schmerzt sie auch, wenn sie nicht berührt werden.«

Phora Galeyn sah sie stirnrunzelnd an. »Warum sagen Sie das? Woher wissen Sie es?« Eine Spur von Gereiztheit lag in seiner Stimme. Er mochte weder sie noch ihre Kommentare; seine Miene war unfreundlich, und sobald sie das Büro des Direktors verlassen hatten, war er merklich auf Distanz zu ihr und Aslan gegangen. Einer von denen, die keine Außenstehenden mochten.

»Ich kann ihre Schmerzen fühlen«, sagte sie so leise wie zuvor. »Die Elektrostäbe machen den Vettern nichts aus, aber die Anderen leiden darunter.«

»Fühlen!« Er bemühte sich nicht, seine Geringschätzung zu verbergen, zeigte ihr die kalte Schulter und wandte sich zu Aslan. »Wenn Sie jetzt hineingehen wollen, dann bitte schnell. Es sind tückische kleine Halunken.«

Shadit lächelte über die entschiedene Mißbilligung, die Phora Galeyn ihr entgegenbrachte, und folgte Aslan hinein. Der Goes war klug genug, alle Probleme, die er mit ihnen hatte, unter der Decke zu halten, und so lange es nicht zu schweren Komplikationen kam, würde er seine Vorgesetzten in der Heimat damit verschonen. Phora Galeyn war zu jung oder hatte vielleicht zu gute Verbindungen, um sich die Mühe zu machen, Abneigung und Ärger zu verbergen. Er hatte weiße Spitzen an den Ohren, und die weißen Linien unter seinen Augen waren breiter als Korakas. Nach den Daten zu urteilen, die Aslan während der Herreise verteilt hatte, bedeutete das, daß er von adliger Geburt war, vielleicht ein zweiter Sohn, der sein Jahr in der Auslandsmission ableistete, bevor er sich einer standesgemäßen Tätigkeit zuwandte.

Sie warf Aslan einen Blick zu. Die Xenoethnologin hatte ein Mikrofon des Aufnahmegeräts in ihrer Tasche an die Kehle geklebt und murmelte kaum hörbar hinein. Es war das erste Mal, daß sie Aslan bei der Arbeit sah, und sie war überrascht von der Konzentration der Frau, die außer dem, was sie beobachtete, alles andere ausschloß.

Der rothaarige Junge sah die Zither und rief etwas, was Shadit beinahe zu verstehen glaubte. Zusammen mit einem der Anderen kam er vorsichtig näher.

Er nickte zum Instrument und machte zupfende Fingerbewegungen.

Shadit lächelte. Sie stellte den Hocker auf die Erde, setzte sich darauf, betrachtete den Jungen einen Augenblick lang und ließ die Finger über die Saiten gehen. Sie spielte ein heiteres Tanzlied, das ihr eingefallen war, als sie die Pfiffe und Rufe der Kinder gehört hatte, weil es die gleiche schnelle, muntere Bewegung hatte.

Der Rotschopf blickte von Shadit zu Aslan, spitzte die Lippen zum Pfeifen, blieb aber still, bis er sich in Melodie und Rhythmus hineingehört hatte, dann schnippte er mit den Fingern und untermalte ihr Spiel mit einem flötenden Pfeifen, das an Vogelgesang erinnerte. Sein Begleiter tat es ihm nach.

Die übrigen Gefangenen lauschten noch eine Weile, dann sprangen sie auf, begannen gleichfalls zu pfeifen und tanzten um die beiden Frauen.

»Erstaunlich.«

Shadit sah sich um, ohne im Spiel innezuhalten. Der Goes war zum Tor hereingekommen und sprach zu Aslan, die seufzend ihr Aufnahmegerät ausschaltete.

»Nicht wahr?«

Er seufzte. »Wie einfach ist es, und wie tiefsinnig, eine Zitherspielerin in eine Welt zu bringen, die in Musik schwelgt. Wir Yaraka können uns vieler Kenntnisse und Fertigkeiten rühmen, aber musikalisch sind wir nicht.«

»Wir sind durch Ihren Bericht auf die Idee gekommen, Goes Koraka«, sagte Aslan.

»Haben Sie genug von dieser Begegnung? Die Sonne steht schon tief, und ich würde es vorziehen, den Aufenthalt im Freien bald zu beenden.«

»Ich habe genug, um mich eine Weile damit zu beschäftigen. Einen Punkt gibt es, den Sie vielleicht ändern könnten. Die Zitherspielerin besitzt auch die Gabe telepathischer Einfühlung; sie sagt, daß die Elektrostäbe den Mooskindern Schmerzen bereiten. Wenn Sie veranlassen könnten, daß die Einstellungen auf minimale Energieabgabe verringert werden…«

Shadit spielte einen letzten Akkord, legte die Hand über die Saiten und blickte auf. »Lassen Sie mich etwas versuchen, ja?«

Der Goes spitzte die beweglichen Ohren wie jemand, der die Brauen hochzieht, dann nickte er. »Solange es nicht Ärger bedeutet. Sie verstehen mich, denke ich.«

»Es könnte Ärger verhüten.« Sie stand auf, schloß die Augen und rieb sich mit einer Hand die Schläfe; ihr Kopf schmerzte noch von der Aktivität des Übersetzungsgeräts. Als sie aufblickte, waren die kleinen Beluchari in unruhiger Bewegung, schienen bereit, zum Tor zu stürmen. Sie überlegte einen Augenblick, dann rief sie ihnen eine Warnung zu.

Zum ersten Mal hörte sie gewöhnliche Sprache von den Jungen, bruchstückhaftes Geflüster, aber immerhin Worte. Sie unterdrückte den pochenden Kopfschmerz und versuchte die Gedanken und Empfindungen zu beantworten, die sie auffing. Um sich selbst verständlich zu machen, wählte sie ein auf- und absteigendes trillerndes Pfeifen, das etwas wie *wartet, Gefahr, Hilfe kommt, wartet, Maorgan kommt* ausdrückte.

Die gepfiffene Form des Namens schien die Jungen zu beschäftigen. Der Rotschopf rief ihr ein paar Worte zu, die sie nicht verstand. Sie pfiff wieder: *Wartet, gut Freund, wartet, Hilfe kommt.*

Der Rotschopf und sein Gefährte steckten die Köpfe zusammen und murmelten miteinander, dann trillerten sie im Diskant. Sie versuchten nicht mehr zu ihr zu sprechen, zogen sich aber kurz darauf alle zusammen zum rückwärtigen Zaun zurück, wo sie sich im Schneidersitz niederließen und die Hände auf die Knie legten.

Shadit holte tief Atem und ließ ihn langsam wieder ausströmen. Während dumpfer Schmerz in ihrem Kopf pochte, ging sie mit schleppendem Schritt zum Tor und wartete, daß es geöffnet wurde.

»Erstaunlich.«

Shadit zwinkerte Schmerztränen aus den Augen und blickte zu dem hochgewachsenen Yarak auf. »Sie übertreiben, Goes Koraka. Die Verständigung durch Pfiffe ist im allgemeinen einfach und von Kultur zu Kultur sehr ähnlich. Wie die meisten Musiker, habe ich die Gabe, gehörte Töne nachzubilden.« Sie befürchtete nicht, daß er sie zur Rechenschaft zöge; es war alles oberflächlich geblieben. Sollte er entscheiden, sie über den Inhalt ihrer Kommunikation zu verhören, würde es mit ausgesuchter Höflichkeit geschehen, und wenn sie die Behandlung mit der Wahrheitsdroge nicht vertrug und daran starb, würde er ihr Dahinscheiden mit dem Ausdruck tiefsten Bedauerns metaphorisch kommentieren, und nichts davon würde den unterliegenden Stahl berühren. Sie blickte zu Aslan, seufzte und erinnerte sich der Ermahnungen, den Direktor bei Laune zu halten. »Nichts für ungut, Goes Koraka, aber ich bin sehr müde und würde mich gern zurückziehen.«

»Wir alle sind müde, Shadit«, sagte Aslan und legte ihr die Hand auf den Arm. »Wir wissen Ihr Interesse zu würdigen, Goes Koraka, aber es ist notwendig, daß wir beraten und uns auf die morgige Begegnung vorbereiten.«

Die Sonne gleißte in einem vom Hitzedunst weißlichen Himmel, als Shadit mit Aslan, ihrem Assistenten Marrin Ola und Duncan Shears durch das Tor der Einzäunung ging. Die Gruppe der Universitätsleute wurde von zwei Wächtern eskortiert, die vor ihr und zwei weiteren, die hinter ihr marschierten. Jenseits der gepflasterten Fläche, wo die Handelsgeschäfte abgewickelt wurden, war der Boden von niedrigen Pflanzen bedeckt, die mit ihren blaß graugrünen, ocker gestreiften und lanzettförmigen Blättern Verwandtschaft mit der Familie der Gräser zeigten. Sie knirschten leise unter den Füßen, und bei jedem Schritt suchten kleine graugrüne Krabbeltiere eilig ihr Heil in der Flucht, Parasiten und Symbionten der Bodenpflanzen, unter denen sie lebten.

Aus diesem Bodenbewuchs erhoben sich verstreut fünfeckige kleine Gruppen holziger Zwergsträucher. Die von ihnen gebildeten Pentagons waren nicht immer vollständig, umfaßten aber mindestens drei Sträucher, die stets im gleichen Abstand voneinander standen, ungeachtet des Alters der jeweiligen Pflanze. Der grasähnliche Bodenbewuchs erstreckte sich nicht auf die Flächen innerhalb der Pentagons; dort fand sich an ihrer Stelle ein schuppiges, blaßgelbes Gewächs mit körniger Oberfläche, das an Flechten gemahnte. Dazwischen gediehen unregelmäßig verstreut höhere Pflanzen mit braunen flaumigen Büscheln am Ende langer, fingerdicker Stengel. Sie zeigten eine gewisse Ähnlichkeit mit den Rohrkolben auf einer Welt, die es nicht mehr gab: Shayalin war atomisiert worden, bevor das Leben auf dieser Welt mehr als ein Bakterium war, das zufällig mit einem anderen zusammentraf. Shadit seufzte. Heimweh war eine Krankheit, von der sie nicht einmal dann zu genesen schien, wenn sie ihre Körper wechselte.

Zu beiden Seiten des Flusses standen die Bäume in dunklen Massen, zwischen denen das brillante Blau des Wassers hervorleuchtete.

Überstrahlt vom flirrenden Hitzedunst schwebten einige Angehörige des Luftvolkes wie bezaubernde goldene Träume über Fluß und Wald. Die Saugscheiben an ihren lang herabhängenden Fühlern glitzerten wie Diamanten im Sonnenlicht. Sie sangen/sprachen wie in meilenweit hörbaren Orgeltönen, Akkorden, Kadenzen und betonenden Einzelnoten in prachtvoller Harmonie und Vielfalt. Shadit lauschte um so ergriffener, als diese wundersamen Sphärenklänge nicht bloß Gesang waren, sondern auch Sprache.

Der Goes Koraka hoeh Dexios und sein junger Phora gingen vor ihnen. Koraka hatte die Hände auf dem Rücken zusammengelegt und wandte den Kopf, um die Flieger über dem Galeriewald zu beobachten. Shadit rümpfte die Nase hinter seinem Rücken. Trotz seiner bereitwilligen Zusicherung ungehinderter Erkundigungen war er hier, um ihnen in den Augen der Beluchari seinen Stempel aufzudrücken; er wollte verhindern, daß die Einheimischen auf den Gedanken kämen, die Universitätsleute gegen die Yaraka auszuspielen.

Ein Mann trat aus den Schatten der Bäume. Über ihm schwebte ein goldener Flieger pulsierend und leuchtend im Sonnenschein. Maorgan, wenn Koraka den Namen recht verstanden hatte.

»Glois und die Meloach sind nicht da«, grollte Maorgan. Er ließ seinen Blick über die Wächter gehen, dann schnaubte er mißbilligend. »Weiß sich zu schützen, unser Mesuch.« Er blickte an Koraka vorbei zu der Gruppe der Fremden hinter ihm. »Das sind diejenigen, die er uns aufhalsen will. Welcher, meinst du, ist Teseach?«

Einfachsprache kam durch den Tentakel, der seine Schulter berührte. »Die mit dem blonden Haar. Zu ihr blickt der Mesuch, wenn er sich umsieht. Utelel sang, daß die Zitherspielerin versprach, sie würden freikommen.«

»Utelel ist Meloach. Vielleicht wird er eines Tages Sioll sein, aber er hat noch nicht viel mehr als eine Dekade von Sonnenwenden gesehen. Er vertraut uns einzeln Lebenden zu sehr.«

Der Eolt ließ ein perlendes Lachen hören. »Sioll Maorgan, du erinnerst dich der Zither und bist eifersüchtig.«

»Ich erinnere mich, daß du sagtest, die Zitherspielerin habe die Pfeifsprache so leicht gelernt wie ein Rebeki den Köder schluckt.«

»Aber du weißt, wie schlau Zitherspieler sind.«

»Und wie sarkastisch Eolt sein können. Wollen wir zu ihnen gehen?«

»Gewiß, Sioll Maorgan, aber verliere nicht die Beherrschung, guter Freund.«

Maorgan verließ den Schatten der Bäume und ging die fünf Kaels bis zur Mitte eines Oim Korroi-Fünfecks. Zwei Eckpunkte waren abgestorben, aber die lebenden Zwergsträucher zwischen ihm und den anderen sollten sicheren Schutz bieten. Wärter, die versuchten, Hand an ihn zu legen, würden die Abwehr der Oim kennenlernen. Er schwang den Zitherkasten herum und stellte ihn vor sich. Zwar würde er gern die Gelegenheit wahrnehmen, für die fremde Zitherspielerin zu spielen und zu hören, was sie konnte, aber er würde sie niemals danach fragen, nicht um alles in der Welt.

Die Blondhaarige beobachtete ihn aus Augen, die so dunkelblau wie die vom Sturm dunkle See waren – kluge und ruhige Augen, die ihn musterten, zu Eolt Melech aufblickten und zu ihm zurückkehrten. Ihr Haar war von bernsteinfarbenen Strähnen durchzogen. Und als sie ihm zulächelte, breitete sich das Licht über ihr Gesicht aus und sprang zu ihm über und erwärmte ihn.

Er blickte weg, bevor er zu tief in ihr Netz fiel und

begegnete dem Blick der Zitherspielerin. Sie war in einer Weise seltsam, die sich seinem Verständnis entzog; er berührte Eolt Melechs Tentakel mit einem Finger. »Was für eine ist das, Sioll?« murmelte er so leise, daß die Mesuch ihn nicht hören konnten.

»Ich kann ihr Lied nicht finden, Sioll Maorgan. Die Blondhaarige ist einfach, verglichen mit ihr. Die anderen sind Diener, ohne Bedeutung.«

»Sfais, despois«, dröhnte der Mesuch mit dem Fellgesicht. Das war ein Mann, der sich seiner Bedeutung bewußt war und sie alle in seinem Umkreis wissen ließ.

»Fes«, sagte Maorgan. Es war eine Art Gruß, den die Händler untereinander gebrauchten; was es eigentlich bedeutete, wußte er nicht. Es vereinfachte die Dinge, wenn man die Regeln der anderen Seite beachtete. Wenn man Verständigung mit ihnen suchte.

Der Eolt Melech zog seinen Tentakel zurück und glitt höher; steigend und sinkend nutzte er die Luftströmungen, um über Maorgan an Ort und Stelle zu bleiben. Seine Gesangssprache strömte durch die Zwischenräume des Wortwechsels zwischen Maorgan und dem Mesuch.

Hin und her, hin und her ging die Rede, und die Zeit vertickte, als sie die gleichen Argumente vortrugen, die sie seit Tagen erörterten. Die Blondhaarige hörte ruhig zu, aber in ihren Augen blitzte Ungeduld. Die Zitherspielerin blickte zu Eolt Melech auf, als ob das ganze sie nichts anginge. Aber dann und wann kam ein glasiger Ausdruck in ihre Augen, die sie für die Dauer mehrerer Herzschläge schloß. Und wenn das geschah, schien die Luft um sie eine Ausstrahlung von Schmerz und Betroffenheit anzunehmen.

Während er nach Mitteln und Wegen suchte, den Mesuch zum Verstummen zu bringen, um mit der Blondhaarigen zu verhandeln, beobachtete er aus den Augenwinkeln die Zitherspielerin.

Sie kniete plötzlich neben ihrem Kasten nieder, öffnete die Verschlüsse und nahm ein Instrument heraus, das seinem eigenen ähnlich und unähnlich zugleich war. Obwohl es gemacht und nicht gewachsen war, hatte es die Schönheit seines Wesens und trug die Spuren liebender Hände auf seinem Holz. Sie spielte mit den Fingerspitzen eine Art Melodie auf dem Kasten, und er sah mit eigenen Augen, was er nicht geglaubt hatte, als Eolt Melech ihm von Glois' Erzählung berichtet hatte.

Das Material des Kastens ließ sich auseinanderklappen und anders zusammenlegen, und in ein paar Augenblicken war daraus ein Hocker geworden. Sie setzte sich ohne Umstände darauf und begann die Zither zu stimmen, als ob sie allein wäre. Für Maorgan war es eine angenehme Ablenkung, die natürlich auch dem Mesuch auffiel und einen Ausdruck von Verärgerung in das fellmaskierte Gesicht brachte.

Sie begann die Saiten zu zupfen, und die Töne, die sie erzeugte, deuteten Eigenständigkeit an.

Nach kurzer Einleitung sang sie mit voller und reiner Stimme, und ihr Gesang war durchdrungen von all den Bedeutungen und Nebenbedeutungen, die nur einem reifen Eolt zugänglich waren, und ihre Gesangspausen gaben so viel zu denken wie die Klangsätze. Dies und ihre seltsame Verbindung von Alter und Jugend, die so machtvoll gegenwärtig war, zog die schwebenden Eolt an wie ein Luftwirbel.

Sie sang:

»Wert... flüchtiger Augenblick... Verstehen... Notwendigkeit/ Beharren... kein Entkommen... Leere wird gefüllt... nicht zu vermeiden... Verstehen... wir/ Sympathie/Trauer... wir/Stolz/Vollständigkeit ... Wissen/Handel... Wert für Wert/wir/ihr... Stärke/ Weisheit... Freundschaft/begrenzt... Öffnen von Türen... daß es Gehör gebe... eine Berührung.«

Der Chor der Eolt sang ihr Erstaunen und ihre Freude. Die Akkorde wuchsen und verschmolzen miteinander, als die Eolt die Wendungen und Intervalle besprachen und sich klarzuwerden suchten, wie auf die Warnung vor Komplikationen und Schmerzen von den Fremden zu reagieren sei, eine Warnung, die besagte, daß nicht ungeschehen gemacht werden könne, was geschehen war, daß sie gefunden waren und eine Wahl zu treffen hatten, daß die Wahl auf Wissen gegründet sein sollte, eine Warnung aber auch, daß Wissen viele Türen öffnete, die sie vielleicht lieber geschlossen gehalten hätten, daß Veränderung unvermeidlich war, daß es aber Mittel und Wege gab, den Schaden zu lindern und die unausweichliche Öffnung zum Vorteil zu nutzen. Die Verbindungen und die Reihenfolge von Bedeutungen in diesem kurzen Gesang der Zitherspielerin enthielten die Verheißung eines endlosen Spiels mit Bedeutungen und Möglichkeiten. Besorgnis und Erregung klangen aus den Akkorden der Eolt, Sehnsucht und Abscheu – und schließlich eine Entscheidung.

Sie sangen:

»Es muß getan sein… so mag es geschehen.«

3

Die Sorgen des Ard Ilaörn

In dem kleinen, kahlen Raum, wo er schlief, wenn er schlafen konnte, einem Arbeitsschuppen in einem Winkel des Dushann-Gartens seines Herrn, des Ykkuval Hunnar, versorgte Ilaörn, der nicht mehr ein Ard war, seine Zither mit Öl und Wachs, ließ die Hand über die Krümmung ihres Halses gleiten und fühlte, wie das lebendige Holz sich unter seiner Hand bog und wie eine Katze auf die Zärtlichkeit reagierte. Er wußte nicht, warum er sie behielt, wenn er nicht ertragen konnte, auf ihr zu spielen. Vielleicht war es sein Dushann, wenn er den Begriff richtig verstanden hatte, seine Betrachtung der Windungen des Lebensfadens. Er hatte geschworen, nicht wieder zu spielen, als sein Sioll… Er stolperte zu seinem Feldbett und saß, den Kopf in den Händen, während salzige Tränen durch seine Finger tropften.

»Cho!«

Der Ruf bewirkte, daß er den Kopf hob. Sein Mund verzerrte sich entsprechend der Verkrampfung seines Magens. *Junge.* Er wischte sich den Mund, blickte auf seine Hand; sie zitterte – und war naß. Er rieb sich das Gesicht mit einem Zipfel der Decke. Ich war ein Mann, als er noch nicht mal ein Gedanke war, dachte er. Ich habe von diesen Chandavasi etwas Neues gelernt. Um deine Macht zu erhalten, mußt du jene, die beherrscht werden, in deinen und in ihren eigenen Augen herabwürdigen. Er stand auf, strich sich Strähnen glatten weißen Haares aus dem Gesicht, brachte seine Hände in die vorgeschriebene Position, die rechte flach auf das Zwerchfell gelegt, die linke flach auf der rechten, öffnete die Tür mit der Schulter und ging mit demütig gebeugtem Kopf hinaus.

Der Chandavasi Ykkuval Hunnar ni Jilet soyad Koroumak stand an der Biegung des kleinen Baches, den seine Techniker für ihn durch den Garten geleitet hatten und dessen Wasser ein geschlossenes System bildete, das den bewässerten Garten niemals verließ – und das ständig nach fremden, möglicherweise tödlichen Substanzen untersucht wurde. Im vergangenen Jahr hatte der Ykkuval viel von Vergiftungen, Herausforderungen, Sabotage und anderen Manövern gesprochen, die Ilaörn erschreckt hätten, wenn ihm mehr Gefühl geblieben wäre.

Hunnar war so breit wie hoch, mit einem massiven Rumpf und Beinen, die für seinen Körper zu kurz schienen. Seine Bewegungen waren nicht ohne Anmut, aber streng kontrolliert. Als Ilaörn diese Mesuch zum ersten Mal mit ihren Metallsklaven auf Chetiolls Grundstück hatte umhergehen sehen, waren sie bei jedem Schritt in einer merkwürdigen Art und Weise federnd auf und nieder gehüpft, als ob die gute Erde eine Matratze wäre. Aber inzwischen bewegten sich nur die Neuankömmlinge so, die anderen waren wie Hunnar.

Hunnars Hände waren breit, mit kurzen Fingern und glänzenden schwarzen Krallen anstelle von Nägeln, hakenförmigen Krallen, die er gewöhnlich eingezogen hatte, außer wenn ihn der Zorn packte. Dann glitten transparente Membranen über seine kupferfarbenen Augen und verstärkten ihren Glanz, als wären sie naß. Jetzt glänzten sie.

»Das da!« Der Ykkuval machte eine zustoßende Bewegung zu einem kleinen Flecken, grau unter den grünen, braunen und gelben Farben der Rankengewächse, die das Bachufer säumten. »Es ist tot. Ich sagte es dir.

Nichts Totes darf in diesem Garten bleiben. Wie soll ich Dushann erreichen, wenn mir der Tod ins Gesicht starrt?«

Ilaörn befeuchtete sich die trockenen Lippen. »O Ykkuval, dieser hier zögert, dem Erhabenen zu widersprechen, aber das ist Melidai in seiner Ruhephase; die Pflanze schläft, sie ist nicht tot. Eine Spore muß in Ihren oder meinen Kleidern oder denen eines Besuchers in den Garten gelangt sein.«

Hunnar ließ die Hand sinken, die schwarzen Krallen zogen sich zurück; seine inneren Lider glitten hoch, und er kauerte nieder und betrachtete den kleinen grauen Flecken aus der Nähe. »Es sieht tot aus. Ist es für etwas gut, oder ist es bloß ein Unkraut?«

Der Garten verschwamm einen Moment lang vor seinen Augen, als Ilaörns Spannung nachließ. Dann ärgerte er sich wieder, obwohl er es nicht zu zeigen wagte. Er wußte nicht, wie und warum, aber irgendwie war es dem Ykkuval gelungen, ihm eine an Besessenheit grenzende Todesfurcht einzupflanzen, die ihn immer dann überwältigte, wenn der Impuls, Widerstand zu leisten, sich bis zu einem bestimmten Grad verstärkte. Hunnars eigene Furcht, dachte Ilaörn. Ich habe seine Furcht in mir. Sogar ein schlafendes kleines Melidai-Pflänzchen ängstigt ihn.

Er kräftigte seine Stimme und sagte: »O Ykkuval, es ist ein Zugmittel mit mehreren Anwendungen. Die Blätter werden zu einer Paste zerstoßen. Das Auftragen der Paste wirkt blasenziehend. Weber verwenden die Paste, um bestimmten Arten von Baumrinde Feuchtigkeit zu entziehen, so daß sie zu Fasern geklopft und diese zu Faden gesponnen werden können. Aus den Fäden wird Stoff gewebt, den wir nützlich finden, obwohl er rauh und nicht allzu geschmeidig ist, weil er nach dem Bestreichen mit dem gekochten Saft eines Komonokbaumes wasserdicht ist.«

Hunnar sprang mit der federnden Schnelligkeit auf, die Ilaörn immer von neuem verwirrte. »Zugmittel? Hm. Grab die Pflanze aus, leg sie in einen Beutel und gib sie einem der Techniker. Und sieh zu, daß keine weiteren Pflanzen dieser Art sich im Garten ansiedeln. Ich will nicht, daß sie meinen Frieden stören.«

Ilaörn verbeugte sich. Als er sich aufrichtete, ging der Ykkuval in Richtung auf das Wasserhaus unter den blühenden Bäumen davon. Diese Todspender mit ihren blutigen Händen und ihrer dummen Anmaßung, dachte Ilaörn. Meditation... Dushann-Träume von Frieden... Chel Dé soll ihn verfluchen... Er begann zu zittern und konnte den Gedanken nicht beenden; zuviel Schmerz, zuviel von allem. Stumm segnete er die Spore, die so gelegen gekeimt und sich zu einem Pflänzchen entwickelt hatte, als er zu dem Schuppenanbau mit dem Gartengerät stapfte. Die Suche nach dem Melidai war etwas, worauf er sich konzentrieren konnte, um Gedanken und Erinnerungen auszusperren. Um das bittere Gefühl von Einsamkeit zu verdrängen.

Ilaörn träumte. Er saß im Sonnenschein und stimmte eine neue Zither, als Eolt Imue über ihm schwebte und von den Freuden des Spätsommertages sang. Die Gesänge anderer Eolt drangen von fern in die kleine Lichtung und vermischten sich mit dem leisen Rascheln der Blätter und den Pfiffen der Angi, die von ihren Nestern zu Boden flatterten, um zwischen den Bodenpflanzen unter den Bäumen ihre Nahrung zu suchen. Angelockt vom Zupfen der Saiten, schwirrte ein Angi zu ihm herüber, setzte sich auf einen Busch und faltete die schimmernden Flügel an den grüngoldenen Rückenschild. Seine schwarzen Augen beobachteten Ilaörns Hände, als er die Tonabstände der Saiten in der von ihm bevorzugten Reihe stimmte. Der breite, stumpfe Schnabel des Angi zitterte, als er zu ihm sang.

Dann brach der Gesang ab, und er hob den Kopf; mit einem schrillen Alarmruf sauste er in die Bäume davon.

Ilaörn legte eine Hand auf die Saiten und lauschte. Ein Summen… nein, ein Winseln… oder beides… ein seltsames Geräusch, das er noch nie gehört hatte. »Sioll Imue, was ist das? Kannst du es sehen?«

»Ich sehe ein seltsames Ding, Sioll Ilaörn. Es ist dunkel und hart und sehr groß, aber es fliegt ohne Flügel. Und sehr schnell. Ich glaube, wir sollten diesen Ort verlassen, Sioll. Schnell.«

Der Eolt expandierte und begann aufzusteigen, suchte eine Luftschicht, wo eine Strömung ihn rasch davontragen würde. Ilaörn hängte sich den Tragegurt der Zither über die Schulter und eilte in den Schatten unter den Bäumen. Aber die Neugierde hielt ihn dort zurück. Er wollte dieses seltsame Ding mit eigenen Augen sehen. Außerdem waren seine Gelenke vom Sitzen steif, und er mochte nicht davonrennen, wenn keine Notwendigkeit bestand.

Auch Eolt Imues Membranen waren mit dem Alter steif geworden, und sein Aufstieg ging mühevoll und langsam vonstatten. Ilaörn beobachtete es, und er fühlte schmerzlich mit seinem Sioll. Wir sind alt, dachte er. Könnte sein, daß wir zum Schlaffeld zurückkehren sollten. Er seufzte. Wir werden darüber sprechen müssen, wenn dieses Ding wieder fort ist.

Das fremdartige Ding jagte an Imue vorbei und beschrieb einen weiten Bogen. Es war ein Wagen, der statt auf Rädern in der Luft fuhr, und seine Vorderseite hatte ein breites Glasfenster. Hinter diesem Glas sah er Figuren, mißgestaltete, Formen wie Trolle, und er glaubte sie lachen zu hören, als der Fahrtwind ihres Luftwagens Eolt Imue zu Fall brachte, obwohl das wahrscheinlich eine Sinnestäuschung war. Der Luftwagen zog eine weitere Schleife und kam zurück – von seiner Unterseite schoß ein Lichtstrahl wie ein Blitz. Er berührte Imue, der sich in eine Feuersäule verwandelte, um sich der Sonne zu vermählen…

Ilaörn erwachte schwitzend und zitternd. Er schwang die Füße über den Rand des Feldbettes und blieb sitzen, ließ die Hände zwischen den Knien baumeln. Licht von den Scheinwerfern auf der Mauer sickerte durch die Vorhänge am Fenster und drang durch die Spalten in der Wand, wo die grün gestrichenen Bretter durch Austrocknung geschrumpft waren und breite Ritzen gebildet hatten.

Er war erschöpft, wußte aber, daß er nicht mehr würde schlafen können, nicht heute nacht. Wenn er es versuchte, würde der Traum sich wiederholen. Wieder und wieder. Er hätte sterben sollen, als Imue verbrannte, aber die Mesuch hatten ihn gefangen, bevor er Gelegenheit fand, seinem Sioll zu folgen. Noch konnte er in den Wahnsinn entkommen, denn die Chandavasi oder Chaven untersuchten sein Blut und alle Körperflüssigkeiten und unterzogen seinen Körper anstrengenden und langwierigen Prozeduren. Für ihn gab es keinen Wahnsinn. Er war Ykkuval Hunnars Hauseingeborener. Sein Quell für Wahrheit und Ärger.

Sie setzten ihm eine Krone auf den Kopf und entrissen ihm seine Sprache, zwangen ihm ihre Sprache in den Kopf, dann wechselten sie die Kronen und stahlen seine Erinnerungen. Er steckte sich eine Hand in den Mund und biß kräftig darauf, als er an diese Sitzungen mit der Krone dachte. Der Schmerz, die Hilflosigkeit… die Erleichterung… die schreckliche Erleichterung einer Verausgabung, die ihren Fortgang nahm, bis er sich wie ein Hautsack fühlte, gefüllt mit Asche.

Die Krone verfügte auch über eine Sonde, die das Lustzentrum seines Gehirns aktivierte und ihm quälende Lustempfindungen bis zu wiederholten Orgasmen bescherte. Das war eine weitere Kette, mit der sie ihn fesselten, und Ykkuval Hunnar ni Jilet Soyad Koroumak hielt das freie Ende. Wenn er heutzutage unter die Sonde ging, waren gewöhnlich nur Hunnar und er anwesend, keine Techniker, keine Wächter, nur sie. Eine Art von Sex, obwohl keiner den anderen berührte oder davon sprach, was geschah.

Ilaörn erhob sich steif und mühsam. Seine Knie ächzten und schmerzten, sein Magen rumorte, stieß sauer auf. Er zog sein Hemd an; es war lang genug, ihn bis über die Knie zu bedecken, also konnte er auf Hosen verzichten. Er hob den Türhaken aus dem eingeschraubten Ring, stieß die Tür auf und ging hinaus.

Die Sygyas flogen, winzige Punkte pulsierenden weißen Lichts, die vom Bach zu den blühenden Bäumen sausten. Er kauerte bei der Tür und beobachtete sie. Ihr scheinbar willkürliches Hin und Her wirkte beruhigend auf ihn. Er summte ohne ein Geräusch, nur eine Vibration der Kehle, während seine Gedanken eine Melodie spannen. Seine Finger zuckten wie von selbst; seit Imue verbrannt war, hatte er keine Musik mit den Händen gemacht, aber in zwei Jahrhunderten entstanden lange Gewohnheiten, die sich in kurzer Zeit nicht abschütteln ließen.

Wieviel Zeit verging, wußte er nicht zu sagen, aber irgendwann nachdem er seinen Schlafraum im Schuppen verlassen hatte, kam Hunnar aus der Festung und trottete durch den Garten, um zwischen den Sträuchern entlang der hohen Steinmauer zu verschwinden, die seine eisernen Sklaven für ihn gebaut hatten. Ilaörn strich sich mit der Hand über die Augen und sah stirnrunzelnd zu der Stelle, wo Hunnar verschwunden war.

Er hatte nie versucht, unter der Sonde etwas zu verschweigen, hatte nie versucht, eine Frage den Buchstaben nach zu beantworten und nicht nach dem Sinn. Er war zu ängstlich gewesen, den Versuch zu machen, weil diese Rückhaltlosigkeit sein Schutzschild war, und wenn dies versagte, blieb nichts übrig. Er begann zu zittern; das Bild vor seinen Augen verschwamm, als sich Tränen in ihnen sammelten, überflossen und über sein mageres Gesicht rannen. Wenn er zuviel entdeckte, was er nicht wissen sollte, würde Hunnar ihn töten lassen; der in seinen Geist gesenkte Schrecken riet ihm, in den Schuppen zu gehen, sich die Decke über den Kopf zu ziehen und zu vergessen, was er gesehen hatte. Und doch...

Er zwang sich aufzustehen.

In seinen Ohren pochte das Blut, und seine Knie zitterten so sehr, daß er sich nur schlurfend bewegen konnte. So schob er sich vom Schuppen fort und zu den Sträuchern, bis seine Hand die Steine der Mauer ertasteten. Trotz des Kampfes mit seinem eigenen Körper bewegte er sich leise durch die Dunkelheit, bis er zu einer Öffnung kam, wo – das wußte er – gestern noch massiver Stein gewesen war. Er schlüpfte hindurch und bewegte sich im Schatten die Mauer entlang, um erst innezuhalten, als er eine Ecke in der achtseitigen Mauer des Kushayt erreichte und ein kurzes Stück voraus einen leisen Pfiff vernahm.

Er ließ sich zu Boden nieder und kroch vorwärts, bis er um die Ecke spähen konnte.

Der Wachtturm war beleuchtet, die Landefläche lag im hellen Schein der Leuchtröhren. Die Helligkeit blendete ihn; er rieb sich die Augen, und als sie sich angepaßt hatten, sah er einen Flieger auf der weißen Porzellanoberfläche des Landeplatzes, einen seltsamen Flieger, eckig und von seltsamer Form – er sah ihn wie einen Angi auf einem Stein sitzen. Er kroch ein wenig näher, soweit es die Deckung der buschigen Staudengewächse und Unkräuter erlaubte, die sich angesiedelt hatten, seit die Mauer fertiggestellt worden war.

Anders als die schweren dunklen Luftwagen, mit denen die Chaven flogen, war dieser Flieger ein Zweisitzer, der schnell wie ein Gedanke aussah, selbst wenn er bewegungslos auf dem Landeplatz ruhte. Eine Gestalt in einem Umhang schwang sich von dem Flieger und trottete zur Mauer des Kushayt, wo Hunnar im Schatten wartete. Er begann zu reden, als er noch mehrere Schritte entfernt war: »...mehr zahlen, diesmal hätte es mich beinahe erwischt... oder gib mir ein Fenster.«

»Kirg! Hältst du mich für einen Dummkopf? Nichts Schriftliches, nichts über Funk. Das war die Abmachung. Willst du Koraka demütigen und dich selbst nach Haus geschickt sehen? Du mußt dich an meine Spielregeln halten.«

Hunnar und sein Besucher sprachen mit gedämpften Stimmen, aber die leichte Brise, die Ilaörn ins Gesicht wehte, trug ihre Worte weiter, als sie wußten. Der Besucher stieß die Kapuze von seinem Umhang zurück, als er in den Schatten zu Hunnar kam. Die Bewegung war hastig und jäh und spiegelte die Gereiztheit in seiner hohen, hellen Stimme wider. Sie klang jugendlich, ungeduldig und hatte einen weichen Akzent, den Ilaörn nicht erkannte. Er war größer und dünner als ein Chav, gerundete Ohren saßen hoch an einem pelzigen Kopf. Der kurzhaarige, glatte Pelz erinnerte Ilaörn an die Stambs, die in der Bakuhlsee lebten.

Es mußte einer der Mesuch von Banikoe sein, ein Yaraka. Ein Spion, bestochen, um gegen seine eigenen Leute zu arbeiten. Ilaörn schauderte. Er schloß für einen Moment die Augen, hörte das Blut in seinen Schläfen pochen. Das war gefährliches Wissen, todbringend...

Er hielt den Atem an und preßte sich flach auf den Boden, blind und taub vor Panik. Als er den Kopf wieder zu heben wagte, merkte er, daß er eine Hand knöcheltief in die trockene Erde gekrallt und die andere so fest um den holzigen Stengel einer Staudenpflanze verkrampft hatte, daß seine Finger vom austretenden Saft der Pflanze klebrig waren. Mit unendlicher Vorsicht zog er die Hände zurück und unter sich, daß er sich zum Rückwärtskriechen abstützen konnte. Als er die Fassung wiedergewonnen hatte, zitterten seine Arme und Knie in kraftloser Schwäche.

Der Spion sprach noch immer.

»...dieses Weib von der Universität hat ihn um den Finger gewickelt. Er ließ die stinkenden kleinen Bälger laufen, ohne ihnen für ihre Diebereien auch nur den Hintern zu versohlen. Sie und ihre Leute sind draußen im Dorf der Einheimischen untergekommen, wo man ihnen ein Haus überlassen hat, und schmeicheln sich bei ihnen ein. Die Zitherspielerin, die sie bei sich hat, hat irgendwie einen Draht zu den Luftquallen, das muß man ihr lassen. Wenn du diese Xenoethnologen weitermachen läßt, wird Koraka hoeh Dexios sich dort mit ihrer Hilfe so fest einrichten, daß du ihn nicht mehr weg bekommst. Er schickt Roboter herum und läßt die Sicherheitseinrichtungen ständig verbessern, als spielten die Ausgaben keine Rolle.«

Hunnar ließ ein ungeduldiges Grollen hören, das tief aus seiner Kehle kam; Ilaörn stellte sich vor, wie die inneren Lider sich schlossen und seine Augen im Zorn aufleuchteten.

»Laß gut sein. Dafür bezahl ich dich nicht. Hast du die Pläne der Einfriedung und die Kodewörter?«

»Auf diesem Datenträger.« Die Stimme des Spions wirkte gedämpft, und Ilaörn fand, daß sie enttäuscht klang, als hätte er von Hunnar mehr erwartet, Anerkennung, geteilte Entrüstung, etwas in der Art.

Auch Hunnar hatte es bemerkt. Seine Stimme wurde weicher, das ungeduldige Grollen verschwand. »Gute Arbeit. Wir werden uns zur rechten Zeit der Xenos annehmen. Nun, einstweilen wollen wir sehen, wie wir die Arbeit für dich sicherer machen können. Einer meiner Agenten hat ein paar Einheimische aus deiner Gegend mitgebracht. Eine davon ist eine junge Frau. Ein hübsches junges Ding, zart und geschmeidig. Du wirst finden, daß sie ihre Vorzüge hat, und sie wird Gefallen an dir finden. Selbst wenn sie dir als Gespielin nicht passen sollte, kannst du sie als Anlaufstelle verwenden. Deine Berichte bei ihr hinterlegen, die eingeschriebenen Quittungen der Bareinzahlungen auf Helvetia abholen. Die du natürlich nach der Überprüfung sofort verbrennen wirst. Du weißt, was wir beabsichtigen?«

»Ja. Verschiffungen, die Einsatzpläne des Goes brauchen wir, Berichte über die Aktivitäten der Universitätsleute, ihre Bewegungen... Wie lange wird sich das hinziehen?«

»Wir müssen sichergehen, daß alle Verbindungen zur Außenwelt unterbrochen werden, bevor wir die Gruppe liquidieren; das erfordert einige Vorbereitungen und Manöver, aber ich würde sagen, daß wir dich zum Helden erklären können, bevor das Jahr zu Ende geht.« Hunnars Stimme klang wieder honigsüß. »Sieh dir das an.«

Der Spion nahm einen kleinen Gegenstand wie einen Datenchip entgegen, besah ihn genauer und sog scharf den Atem ein. »Das ist...«

»Ein Bonus, mein Lieber. Er soll dir gehören, wenn du einen weiteren kleinen Auftrag übernimmst. Er hat seine Gefahren, aber ich bin überzeugt, daß du klug genug bist, um den Verdacht auf jemanden anders zu lenken.«

Die Hand des Mesuch schloß sich um die Chipkarte. Ilaörn konnte die Gier und Bosheit dieser Kreatur geradezu riechen.

Hunnar hielt ihm einen weiteren kleinen dunklen Gegenstand hin. »Darauf ist ein Virus. Wenn du ihn in das Kommunikationssystem einführen kannst, wird er es lahmlegen, und eure Enklave wird vollständig isoliert sein. Nach beendeter Aktion werden wir eine Geschichte von einem bösartigen Überfall der Eingeborenen und deinem glücklichen Entkommen erfinden und dafür sorgen, daß ein freier Händler dich an Bord nimmt. Du wirst ein sehr wohlhabender Mann sein, und es wird kein Verdacht auf dich fallen.«

»Gut.« Der Spion wandte den Kopf. Ilaörn sah das Licht auf dem goldbraunen Fell schimmern, die Dunkelheit der Fellmaske über den Augen des Mesuch. »Dieser Turm, und der Wächter. Kannst du dich auf ihn verlassen?«

»Natürlich. Goes Koraka mag Lücken in meinem Sicherheitssystem gefunden haben, wie wir sie in seinem gefunden haben, aber Pismek, der im Turm die Überwachung der Sicherheitssysteme leitet, ist mein Mann – bis zum Grund seiner warzigen Seele.«

Der Spion zog sich die Kapuze seines Umhangs über den Kopf und eilte zum Flieger.

Hunnar trat aus dem Schatten der Mauer und beobachtete, wie der Flieger startete. Er beschleunigte genauso rasant, wie sein Aussehen verheißen hatte. »Was für ein Raffer«, sagte er mit kalter Verachtung. »Einer von denen, die nie genug kriegen können. Taner segne alle jüngeren Söhne, denen das Geld wichtiger ist als ihre Ehre.«

Der Techniker Girs machte sich fluchend an einem Sensor zu schaffen. »Verdammte Roboter. Wenn es einen Weg gibt, Mist zu machen, finden sie ihn.« Er beugte sich über seine Konsole, den Blick auf den Ablesungen, die Finger geschäftig auf den Tastfeldern.

Yadak lehnte sich in seinem Bürosessel zurück, gähnte und klappte eine Hand vor den Mund. »Ich wette, es ist Nummer fünf. Was hat er diesmal angestellt?«

Sein jüngerer Kollege beendete die Operation, beobachtete für einen Augenblick die Anzeige und sagte dann: »Der Fünfer kratzt herum, als wüßte er, wozu er da ist. Diesmal ist es der Neuner. Der Bohrmeißel arbeitet unsauber und steckt in einer heiklen Faltungszone. Ein Brocken ist an dem Schutzschild vorbeigekommen, frag mich nicht, wie, worauf die Steuerung verrückt spielte und ihn gleich auf Sieben manövrierte. Ha, das wäre sehenswert gewesen, hätte ich ihn nicht erwischt: jeder hätte versucht, den anderen zu zerkleinern.«

»Und der Ykkuval zöge dir die Kosten in den nächsten fünfzig Jahren vom Lohn ab.«

»Mmh. Gleich ist Schichtwechsel. Hast du gehört, was Nemlen sagte?«

»Daß er diese Herde von Quallen ausgemacht hat?«

»So ist es. Wollen wir auf dem Rückweg einen Abstecher zur Laserstellung machen und ein paar Quallen anzünden?«

»Warum nicht? Gibt ja sonst nichts zu tun in diesem verdammten Loch.«

Girs schwang sich von der Kabine des Kettenfahrzeugs, reckte die Arme und ging zu dem mit Schotter bestreuten Landeplatz, wo der Flieger vom Stützpunkt mit einem rasch korrigierten seitlichen Schlingern aufsetzte. Sein Ersatzmann stieß die Tür auf, schwang die Beine heraus und sprang zu Boden. Er rieb sich die Hand am Overall, fluchte über klemmende Schlösser und launische Triebwerke und trottete zu Girs hinüber.

»M'rab, Choban. Wie geht's?«

»M'rab, Girs. Gib acht auf diesen Schrotthaufen, ich glaube, es ist ein Haarriß in einem der Triebwerke.«

»So? Dachte schon, du hättest einen Kater und kannst nicht gerade sehen.« Er zog eine Braue hoch. »Bist du allein gekommen?«

»Nein. Herm ist noch an Bord. Muß erst seinen Mut zusammennehmen, daß er den Kopf bewegt. Hat in Farklis Nebenzimmer einen hübschen Bonus gewonnen und gleich ausgegeben.« Er zuckte die Achseln und setzte sich zum Kettenfahrzeug in Bewegung. Seine Stiefel knirschten auf dem Schotter. »Ich an deiner Stelle würde ihn liegenlassen. Wenn er sich bewegen muß, wird er tobsüchtig und will jemanden umbringen.« Er schlug nach einer der kleinen schwarzen Stechfliegen, die sich an ihm festsetzen wollten. »Bestien, verfluchte! Bin froh, wenn ich meine Zeit hier abgerissen habe und in eine Gegend versetzt werde, wo es Städte gibt. Gibt's was Besonderes?«

»Ich habe eine zusätzliche Überwachungsleitung auf Neun geschaltet. Steuerungsdefekt durch Steinschlag. Wich vor einer Stunde vom Programm ab und kam Sieben in die Quere. Ich machte eine Neukonfiguration, aber es ist nur Flickwerk, bis der Defekt behoben ist.«

»Und Fünf?«

»Arbeitet einwandfrei, nicht ein Aussetzer in acht Stunden. Hast du Neues über die Scheiß-Yaraka gehört?«

»Hörte, daß Ykkuvals Spion letzte Nacht herübergekommen sein soll. Der alte Pismek hatte Wachdienst im Turm, wie immer, wenn was vorgeht und der Alte es unter der Decke halten will.«

»Hah! Anscheinend ist er blind und taub, sonst müßte er wissen, wie Pismek überall herumschwatzt. Also?«

»Ich hörte, daß die von der Universität mit einer Gruppe von Einheimischen gekommen sein sollen, und daß der Alte schon beim bloßen Gedanken daran Zustände kriegt. Es heißt, wenn du dich für Agitation und Subversion drüben freiwillig meldest, kannst du dir Extrazeit anrechnen lassen, und wenn es dir gelingt, den Fellköpfen wirklich zu schaden, soll es sogar eine Zeitkarte als Bonus geben. Aber das ist nur ein Gerücht, und ich glaube erst daran, wenn ich es mit Unterschrift und Stempel angeschlagen sehe.«

»He, Choban, diesmal allein?« Yadak warf seinen Seesack von der Tür der Baracke auf die Ladefläche des Kettenfahrzeugs, dann warf er Girs' hinterher. »Viel Vergnügen. Unsere Abbauroboter werden dafür sorgen, daß du verrückt bleibst.«

»Nein. Herm ist mitgekommen. Er ist gerade nicht so gut in Form.«

»Dann hält seine Glückssträhne also an, hm?«

»Kann man wohl sagen.« Choban grinste, daß seine Augen im Netz der Runzeln beinahe verschwanden. »Zorl war diesmal der große Verlierer. Er war stocksauer.«

»Ta'ma, Choban. Schicksal. Überwachung ist eingeschaltet, wenn Probleme auftauchen, werdet ihr geweckt. Girs, hast du Kleingeld bei dir? Wir werfen eine Münze, wer von uns Herm wecken muß.«

Als sie in niedriger Höhe über die wellige Savanne dahinflogen, lauschte Girs dem ungleichmäßigen Winseln der Triebwerke und versuchte, eine bessere Balance zu bekommen. Nach einer halben Stunde ergebnisloser Bemühungen sagte er: »Ich weiß nicht, Yadak. Vielleicht sollten wir umkehren. Ich war noch nie für lange Fußwanderungen.«

Yadak winkte ab. »Ach was. Schau hin, vor uns ist ein ganzer Schwarm von ihnen. Geh hoch hinein, er ist nicht groß genug, daß wir uns Sorgen machen müßten.«

»Sieh nur, wie sie sich zerstreuen! Und wir genau durch die Mitte.« Yadak feuerte den Strahl ab und durchschnitt eine große, schwerfällige Luftqualle, stieß einen triumphierenden Ruf aus, als sie in Flammen aufging. »Volltreffer auf zwei Meilen, keinen Zoll weniger. Sie dir den an, er taucht ab, statt aufzusteigen. Denkt, er ist ein ganz Schlauer, wie? Hab dich schon. Was für braune Klumpen sind das, da unten am Boden? Einer von ihnen brennt, die alte Qualle ist darauf gefallen. Huh, was für ein Gestank. Hast du das gemerkt, eben, Girs? Flieg noch mal durch diesen Rauch. He, das ist gut! Fühlst du das? Das ist gut, sehr gut…«

Der Ykkuval blickte auf die verkohlten Überreste, die zwei seiner Techniker gewesen waren, dann zu seinem Sicherheitschef Memur Tryben, der zugleich einer seiner Vettern war, und dann zu den beiden Medizinern, die sich ein paar Schritte seitwärts und hinter ihm in Bereitschaft hielten. »Was soll ich ihren Familien erzählen?«

Tryben grunzte. »Nicht die Wahrheit, soviel ist klar. Ich gebe dir die Zeugenaussage später. Einstweilen, Erster Sanitätsgrad Muhaseb, sagen Sie dem Chef, was Sie festgestellt haben.«

Hunnars buschige Brauen zogen sich zusammen, die inneren Augenlider glitten abwärts, bis sie gerade sichtbar waren.

Der Erste Sanitätsgrad Muhaseb zog in untertäniger Gebärde die Schultern hoch und sprach mit niedergeschlagenem Blick. »Wir fanden in den Körpern beider Techniker gewisse – ah – Rückstände. Wir vermuten, daß sie hiesige Drogen genommen haben. Keine Substanz auf der Liste, deshalb ist anzunehmen, daß sie einheimischen Ursprungs ist.« Er wählte seine weiteren Worte mit großer Vorsicht: »Es ist schwierig, die genaue Wirkung der Substanz zu bestimmen… die Körper sind weitgehend verkohlt, und wir stehen erst am Beginn unserer Untersuchung. Doch ich würde die Vermutung wagen, daß die Substanz sowohl wirkungsvoll als auch gefährlich ist. Die Einheimischen, die wir untersucht haben, unterscheiden sich nicht wesentlich von den Rassen unserer übrigen Vettern, und es besteht eine ausreichende, ah, physiologische Übereinstimmung mit uns Chandavasi, daß wir vernünftigerweise annehmen können, daß die Substanz und ihre Wirkungen den Einheimischen bekannt sind.« Er schwieg, ohne den Blick zu Hunnar zu erheben.

Dieser krümmte und streckte die Finger, zog die Krallen ein. »In Ordnung. Fahren Sie mit Ihrer Analyse fort. Ich erwarte keine Wunder, dafür sind wir nicht ausgerüstet, aber ich möchte bis zum Ende des Monats einen Bericht auf meinem Schreibtisch sehen. Haben Sie das gehört?«

»Wir hören, Ykkuval.«

Memur Tryben steckte einen Tonträger ins Abspielgerät, zögerte aber mit dem Einschalten. »Fayl Skambil ist ein guter, verläßlicher Techniker, der weiß, was Verschwiegenheit ist. Er gehört einem geringeren Haus an, das dem unsrigen angeschlossen ist, also weiß er auch, wo seine Loyalitäten liegen. Skambil war draußen und durchsuchte die Vorberge nach Einheimischen und trug die Siedlungsplätze in unsere Karte ein, so daß wir auf sie zurückgreifen können, sobald die Verarbeitungsanlagen stehen. Er ist selbst geflogen, hat das Koordinatennetz markiert und die Siedlungen aufgenommen.«

Hunnar tickte mit einer Kralle auf die Schreibtischplatte, aber Tryben ließ sich nicht drängen. Er war ein methodischer Chav; es spielte keine Rolle, was sein Zuhörer wußte: er würde sagen, was er zu sagen hatte, und fortfahren, bis er fertig wäre.

»Er war zufällig in der Gegend, als die beiden Techniker mit ihrem Flieger kamen. Sie waren von der direkten Flugroute zur Basis abgewichen und hatten ihren Spaß mit dem Abschießen von Luftquallen. Fayl Skambil war damit beschäftigt, mögliche Siedlungsplätze im Wald unter ihm zu kartieren, und er schenkte den Manövern der Techniker wenig Beachtung, bis er bemerkte, daß sie mit ihrem Flieger Schleifen ausführten, um immer wieder durch dichten, grauweißen Rauch zu fliegen. Dabei hatten sie die Fenster geöffnet, und das Innere der Kabine war vom Rauch so weiß, daß er die Gestalt des Piloten nicht ausmachen konnte. Er sagte, er habe gedacht, es könnte eine gute Idee sein, seine Beobachtung aufzuzeichnen, und so steckte er einen neuen Tonträger ein und tat es. Er sagte auch, nach seiner Einschätzung würde es am besten sein, wenn nichts davon Eingang in die offizielle Akte fände. Er sah die Möglichkeiten in diesem Rauch. Könnte für die Familie gewinnbringend sein.«

Tryben schaltete das Abspielgerät ein und schaltete zurück.

Der Bildschirm zeigte einen leuchtendblauen, wolkenlosen Himmel, die bewaldeten Hügel darunter waren von einem dunklen, von den Kronen der Laubbäume gezeichneten Grün. Der Flieger war ein schwarzer Käfer, der um die Rauchsäule kreiste und immer wieder hineintauchte. Bei jedem Durchgang wurde die Bewegung ausholender und zugleich wackliger – bis der Flieger schließlich außer Kontrolle geriet und im Sturzflug niederging, ohne einen erkennbaren Versuch, die Nase hochzuziehen, bis er mit einer Explosion am Boden aufschlug.

Er hielt die Bewegung an und ließ das Bild stehen. »Als er das sah, schloß Skambil alle Öffnungen und atmete Luft aus der Flasche. Der Flieger stand in Flammen, und der Rauch wurde so dicht, daß er eine Weile befürchtete, der ganze Wald würde Feuer fangen. Er hielt sich abwartend in der Nähe auf, bis der Treibstoff ausgebrannt war, dann machte er sich an die Untersuchung der Absturzstelle.« Er drückte die Freigabetaste, und die Aufzeichnung lief weiter.

Der Flieger der beiden Techniker lag als ein Haufen verbogenen, geschwärzten und zerrissenen Metalls in der Mitte einer großen, leicht geneigten Wiese, die an einen Weinberg erinnerte. Offene Laubengänge aus Spalieren waren überwachsen von alten Kletterpflanzen, deren dichtes Laub den Boden unter ihnen größtenteils verbarg. An der Absturzstelle waren Laubengänge und Spaliere zerbrochen und verbrannt. Hunnar sah große, faserige braune Klumpen in Grasnestern. In der Nähe des Wracks waren sie fast vollständig zu Asche verbrannt, aber im weiteren Umkreis schienen sie nur angesengt – und rauchten.

Tryben holte das Bild näher, bis einer der noch halbwegs intakten Klumpen den Bildschirm ausfüllte. »Man kann sehen, daß diese Dinge mit beträchtlicher Mühe und Sorgfalt gepflegt werden. Dort läßt sich erkennen, wie das Gras um die Basis der Klumpen geflochten ist, nicht bloß gewachsen, sondern in Nestform gebracht. Die Kletterpflanzen der Laubengänge zeigen sowohl Blüten wie auch Zierfrüchte, aber es liegt nichts am Boden. Auf diesem Feld gibt es möglicherweise mehrere Hundert solcher Klumpen, und alle gleichen einander. Wir wissen nicht, was sie sind und zu bedeuten haben, aber sie scheinen den Einheimischen wichtig zu sein.«

Die Szene wechselte zur geschwärzten Absturzstelle. Fettiger Rauch stieg noch immer von den verbrannten Klumpen auf. »Wir haben gesehen, wie die Techniker ihren Flieger wiederholt durch diesen Rauch gezogen haben, jedesmal unsicherer. Es scheint mir naheliegend, daß der Rauch Träger dieser Substanzen ist, die von den Medizinern gefunden wurden. Was ihren Ursprung betrifft, so würde ich sagen, daß es entweder diese Klumpen oder die Kletterpflanzen sind. Ich schlage vor, wir nehmen uns Ilaörn vor und stellen ihm ein paar Fragen. Ich werde mit dem medizinischen Personal sprechen und dafür sorgen, daß niemand den Mund auftut.«

Ilaörn zitterte so unkontrollierbar, daß er kaum gehen konnte; Wie ein zittriger Greis schlurfte er in den Raum. Ohne dazu aufgefordert zu sein, setzte er sich auf den Untersuchungsstuhl und wartete passiv, als Hunnar seine Arme und Beine festschloß. Als die Krone sich auf seinen Kopf senkte und er das leise Prickeln fühlte, als die Felder ihre Gehirnaufzeichnung begannen, durchlief ihn ein Schaudern, und er befeuchtete sich die Lippen.

»Mach die Augen auf. Erzähl mir davon.«

Als Ilaörn erkannte, was das Bild darstellte, stöhnte er und versuchte zum ersten Mal seit Monaten, sich den Sondierungen seines Gehirns zu widersetzen. Er wußte recht gut, daß es vergeblich war, aber er versuchte es.

»Was ist dieser Ort? Antworte, Cho.«

»Schlaffeld.« Ilaörn zitterte und schluchzte; der Drang zu plappern war beinahe unwiderstehlich, aber er biß die Zähne gegen die Worte zusammen, die herausdrängten.

Alles war da, wo Hunnar es sehen konnte, er wußte es, er hatte Datenträger früherer Sitzungen gesehen. Hunnar zwang ihn, sie zu sehen, um ihm die Lektion einzuprägen, daß es nichts gäbe, was Ilaörn vor den Chandavasi verbergen konnte. Der Ykkuval brauchte die Fragen nicht, aber sie konzentrierten Ilaörns Aufmerksamkeit und zwangen ihn, seine Gedanken in der Sprache der Chandavasi zu formen; damit nicht genug, kamen sie einer weiteren Umdrehung der Daumenschraube gleich, und das gefiel Hunnar.

»Erzähl mir, welche Bedeutung das Schlaffeld hat.«

»Wenn Denchok fühlen, daß ihre Zeit kommt, gehen sie zu den Schlaffeldern.«

»Um zu sterben?«

Ilaörn wand sich auf dem Stuhl und zerrte an den Gurten, die die Handgelenke und Knöchel hielten; Blut sickerte aus seiner Kopfhaut unter der Krone und tropfte an den Ohren vorbei. Er hielt die Augen fest geschlossen, aber einzelne Tränen fanden den Weg hinaus und vermischten sich mit dem Blut. Sein Mund sprach, und er konnte ihn nicht daran hindern. »Um sich zu verändern. Sie essen das Melodach und bilden die Schale um sich selbst, und wenn sie fertig ist, schlafen sie darin, bis die Veränderung vollständig ist und der Eolt geboren wird.«

»Du meinst, diese Gestalten, die wie Mooskopfe und Schimmelpilze aussehen, werden zu Luftquallen?« In Hunnars Stimme war eine Spannung spürbar, die Ilaörn sogar in seiner mißlichen Lage fühlte. »Ju… juh… ja…«

»Öffne die Augen und sieh dir das Bild an.«

Wieder tauchte der dunkle Flieger in die Rauchsäule ein, kam auf der anderen Seite wieder zum Vorschein, setzte zu einem Looping an und stürzte ab.

»Warum? Was hat sie erwischt?«

»D-der Rauch. Die Sch-schale!« Der Druck war zu stark. Er plapperte, verriet seinen Sioll, verriet seine Zither, sein Volk. »Sie müssen reif gewesen sein, beinahe reif, bereit zu erwachen und zu fliegen. Wenn die Schale grün ist, gibt es wenige Träume. Wenn sie aufspringt und der Eolt frei emporsteigt und fliegt, kann man mit ihm fliegen, die Sioll-Verbindung wird dann geschaffen, die Zweiheit ist vollständig, die Musik verschmilzt, die Schale verbrennt, der Rauch wird geatmet und man fliegt…« Er begann zu singen, aber seine Stimme war brüchig von dem Schmerz und der Seelenpein, die ihn quälten.

»Sei still.«

Die Flut war unterbrochen. Hunnar brauchte die Schmerzkreise nicht mehr, um Ilaörn zu beherrschen, doch manchmal spielte er zum Vergnügen mit ihnen. Heute tat er es nicht. Er hatte Wichtigeres zu bedenken, dachte Ilaörn elend. Er war zornig. Warum? Und besorgt. Warum? Und begierig. Chel Dé, die Schale… er hatte genug von den Chaven gesehen, um ungefähr zu verstehen, was in Hunnars Kopf vorging. Sie morden uns für ihre Spiele, sagte er sich, was werden sie erst tun, wenn damit Gewinn zu machen ist?

4

Warnungen

Maorgan saß auf dem Dach, hatte die Zither zwischen den Knien und beobachtete die Fremden, wie sie in das Dumel Alsekum einzogen.

Es war ein geräuschvoller Auftritt.

Das Kettenfahrzeug rasselte daher, sein Anhänger rumpelte und schlingerte die Straße entlang. Es war ein Haus auf Laufketten, ein großer Kasten mit dunkelgefärbtem Glas in den Fenstern. Trotzdem konnte er im Inneren den Fahrer und die Gruppe der Universitätsleute sehen, dazu die ungefügen Umrisse von Kisten, die den größten Teil des Innenraumes einzunehmen schienen.

Glois saß stolz wie ein Teseach auf dem Planenverdeck des Gepäckanhängers, und Utelel kniete neben ihm, auf seine Schulter gestützt, und flüsterte ihm etwas zu. Der Rest der Bande saß verstreut auf dem Verdeck hinter ihnen, winkte und rief den jungen Fior und Meloach zu, die von den angrenzenden Feldern und Wegen gerannt kamen. Sie schrien laut durcheinander, als sie ihre Freunde und Vettern daheim begrüßten, und die beiden Eolts, die über dem Kettenfahrzeug trieben, pulsierten dunkler vor Ärger.

Beim Versammlungshaus kamen Denchok und die älteren Fior an Türen und Fenster oder auf die Straße, um das Schauspiel zu verfolgen. Andere blieben im Inneren der Gebäude oder hielten sich in den Schatten, ungewiß, wie sie diese Invasion auffassen sollten.

Eolt Melechs Sprachtentakel streifte Maorgans Wange und kam an seinem Hals zur Ruhe. »Veränderung ist über uns gekommen, Sioll. Seit tausend und abertausend Jahren sind wir in einem Traum dahingetrieben, und nun ist es Zeit zu erwachen.«

Maorgan grunzte. »Und genauso willkommen wie jedes andere Erwachen. Es ist angenehmer, warm und schläfrig unter den Decken zu bleiben.«

Lachen kam durch die Verbindung und erfüllte Maorgan mit Eolt Melechs Wärme.

»Der Tag ist zu schön, um Geschwafel zu hören, aber wir werden gehen müssen, denke ich.« Er rümpfte die Nase, kreuzte die Hände auf den Zitherkasten und beobachtete Fior Teseach und Keteng Metan, wie sie aus dem Versammlungshaus traten und auf das Kettenfahrzeug zugingen. »Dieses Paar! Garantiert wird es eine langweilige Sitzung, in der Knoten geknüpft und Haare gespalten werden. Tes Ruaim ist ein vertrockneter Pessimist mit Falten in der Seele.«

»Und Metan Chachil tut es ihm gleich.« Ein Seufzen begleitete die Worte. »Die Meruu der Eolt wollen Wort für Wort, also müssen wir gehen und zuhören.«

»Ist Mer-Eolt Lebesair deshalb gekommen? Oder gibt es neue Nachrichten aus Melitoe?«

»Beides, Sioll. Er sagte es nicht, aber seiner Haltung konnte ich entnehmen, daß mehr Nachricht gebracht worden ist, und keine gute.« Ein weiteres Seufzen, und Eolt Melech sank tiefer, bis seine kürzeren Greifarme Maorgans Haar streiften. »Mer-Eolt Lebesair kam, um mir zu sagen, daß es ein Klobach geben wird. Das Einsammeln hat begonnen. Die Meruu wollen die Zitherspielerin der Mesuch dabei haben, wenn du und ich zustimmen, daß es klug ist.«

»Ich fragte mich, warum du nichts sagtest, Sioll.«

»Ich dachte über Lebesairs Gesang nach.«

»Von welcher Größe sind die Löcher, und wie viele?«

»Groß genug, um durchzuschweben – und sehr viele.«

»Das hört sich in meinen Ohren geheimnisvoll an, und so muß es ein schlechtes Omen sein. Chel Dé gebe, daß die Meruu nicht diesen Weg beschreiten.« Er berührte Daumen und Ringfinger im Abwehrzeichen, dann stand er auf und ging über das flache Dach des Versammlungshauses zu der Treppe, die zum Innenhof hinabführte, wo die Versammlung stattfinden sollte.

Eolt Melech ließ seine Tentakel herabsinken, fand Halt am Dach und zog sich hinter seinem Sioll her.

Der größte Teil des Dumels Alsekum war als ein Unendlichkeitszeichen angelegt, mit dem Versammlungshaus am Angelpunkt. Auf einer Seite waren die Häuser niedrig und gerundet, von beinahe organischem Aussehen, als ob sie gewachsen und nicht erbaut wären. Die kuppelförmigen, abgeflachten Dächer trugen Einsätze aus durchsichtigem Material, die im Sonnenlicht glitzerten und wie Schiebefenster geöffnet werden konnten. Auf der anderen Seite waren die Gebäude mehr würfelförmig, aus ockerfarbenen Ziegeln gemauert, die Dächer mit Holzschindeln gedeckt, deren rissige, faserige Struktur ihnen das Aussehen gab, als wären sie aus Rinde geschnitten statt aus Holz. Stellenweise wuchs Moos auf diesen Dächern; sein sattes Dunkelgrün war von winzigen gelben Blüten gesprenkelt. Keteng lebten auf der einen Seite, Fior auf der anderen. Trotz dieser getrennten Wohnbezirke sah man Kinder beider Rassen zusammen spielen, die Erwachsenen gemeinsam auf den Feldern arbeiten und auf den Straßen beisammen stehen. Shadit war erfreut, dies zu sehen, konnte aber nicht umhin, sich zu fragen, wo der Haken bei der Sache war; die Geschichte des Zusammenlebens verschiedener Rassen war insgesamt gesehen immer blutig und deprimierend gewesen.

Der Fahrer, ein Yarak, hielt am Rande des Dorfes. Nein, dachte Shadit, Dumel. So nannten die Beluchari ein Dorf. Dumel war die Siedlung, Ordumel die Manufakturen und Gehöfte im Umkreis, die zu ihm gehörten. Sie berührte ihre Schläfe leicht mit den Fingerspitzen; der elektronische Simultanübersetzer und sie hatten sich aneinander gewöhnt, der migräneartige Schmerz war vergangen, und sie verspürte nur dann und wann noch ein Zwicken, wenn sie auf schwer verständliche Dialektausdrücke oder die Zurufe und das Geschrei der Kinder draußen stieß.

Der Fahrer wandte sich zu Aslan um. »Wenn Sie wünschen, daß ich Sie zur Herberge bringe, werde ich außen herumfahren müssen. Die Gassen sind zu schmal für das Kettenfahrzeug.«

»Warten Sie hier einen Augenblick. Wir sollen von örtlichen Würdenträgern empfangen werden. Sobald wir ausgestiegen sind, können Sie außen herumfahren und warten. Es gibt einiges zu verhandeln, bevor wir die Herberge aufsuchen können. Ich hoffe, Sie haben etwas mitgebracht, um sich die Zeit zu vertreiben, da wir wahrscheinlich nicht vor Sonnenuntergang dort sein werden.«

Er zeigte seine blitzenden, spitzen Zähne in einem breiten, gefährlichen Lächeln, und seine orangebraunen Augen schlossen sich zu fellbesetzten Schlitzen. Seine Gesichtszeichnung war mahagonibraun und nur ein wenig dunkler als der Rest seines Fells, das um einiges zottiger schien als der kurzhaarige Plüsch von Goes Koraka und den anderen Hochgeborenen. Und er hatte keine weißen Augenstreifen. »Wie es so geht«, antwortete er. »Zuerst muß man sich vor Eile überschlagen, dann sitzt man herum und hört das eigene Fell wachsen, während die großen Tiere reden und reden.«

Aslan schmunzelte. »Still jetzt. Zwei von diesen großen Tieren kommen heraus.« Sie nickte den anderen zu. »Duncan, Shadow und ich werden zusehen, ob wir ihnen Feuer unter dem Hintern machen können, damit Ihnen Zeit bleibt, unser Quartier zu übernehmen und einzurichten.«

Duncan Shears war ein drahtiger kleiner Mann mit herabhängenden Augenlidern, die seinem runden Gesicht ein sanftes und schläfriges Aussehen verliehen. Ein Mann, der nicht viele Worte machte. Nun nickte er kurz sein Einverständnis und wandte sich auf seinem Sitz zur Seite, um aus dem Fenster die Dorfbewohner zu beobachten, die sich neugierig um das Kettenfahrzeug geschart hatten.

Shadit kletterte hinunter und folgte Aslan zu den Beluchari, einem Denchok und einem Fior, die einander merkwürdig ähnlich sahen, obwohl sie von verschiedener Art waren.

Denchok bedeutete angesiedelt und Wächter und mittelfristig. Die drei Bedeutungen hingen in einer Weise zusammen, die sie aus Mangel an Kenntnissen noch nicht verstand. Meloach waren die Kinder. Dieser Begriff war einfacher, er enthielt Bedeutungen wie Anfang und Herde und Knospe. Eolt schien nur eine Bedeutung zu haben, die eines Gattungsnamens der intelligenten Bewohner der Lüfte.

Dieser Denchok hatte breite, dicke Schultern und graugrüne Haut – wie die Rinde der Salweide. Im Unterschied zu den Meloach hatte er kein symbiotisches Moos, sondern ein Gewebe faseriger Flechten, das sich um die Mitte seines untersetzten Körpers ausgebreitet hatte und wie spröde graugrüne Spinnweben aussah. Sah man ihn gehen, mußte man unwillkürlich an den Marsch eines verwitterten abgestorbenen Baumstumpfes denken. Er trug keine Kleidung, nur eine Bronzekette um den kurzen dicken Hals, an der ein ovales Medaillon mit eingravierten, aber stark abgegriffenen Symbolen hing. Der Fior war ein dicklicher Mann mit einem sauber gestutzten weißen Bart und Schnurrbart, der dicke rote Lippen umrahmte. Er trug enge Hosen und einen Überwurf aus grob gewebtem Stoff, der wie ein stilisiertes Echo des Flechtengewebes war, das der Denchok mit sich herumtrug. Auch er besaß eine Bronzekette mit einem Medaillon.

Ein paar Schritte vor Aslan blieb der Denchok stehen. Während er mit breiten, kurzen Fingern sein Medaillon rieb, sagte er: »Ich bin der Metan Chachil. Ich spreche für die Denchok.«

Shadit murmelte eine Übersetzung in Aslans Ohr und fügte hinzu: »Lokalpolitiker. Er ist in das Amt des Sprechers gewählt worden, nicht hineingeboren.«

»Und ich bin der Teseach Ruaim. Ich spreche für die Fior.« Seine Stimme war ein silberheller Tenor, der geeignet sein mochte, Vögel vom Himmel herabzulocken.

»Anderes Wort, gleiche Bedeutung«, flüsterte sie Aslan zu.

Die beiden wechselten einander mit geübter Leichtigkeit in den Wendungen ihrer Begrüßungsansprache ab und hießen ihre Besucher im Dumel Alsekum willkommen.

Als sie geendet hatten, sagte Aslan: »Möge unser Zusammenwirken angenehm und fruchtbringend sein.« Sie wartete, bis Shadit gedolmetscht hatte, dann fuhr sie in munterem Ton fort: »Wenn meine Mitarbeiter zu den Quartieren geführt werden könnten, die uns versprochen wurden, wäre ich sehr dankbar.«

Der Teseach schnippte den Daumen am Zeigefinger und ließ die Hand auf die Schulter eines Jungen fallen, der zu ihm gerannt kam. »Diroch wird Ihnen den Weg zeigen. Dieses Fahrzeug kann nicht in das Dumel kommen, es wird außen herumfahren müssen.«

»Niemand kommt in sein Dorf, bis er und der Metan es erlauben«, murmelte Shadit. »Wir werden diese zwei bei Laune halten müssen, oder sie werden uns bei jeder Gelegenheit, die sie sehen, Schwierigkeiten machen.«

Aslan verbeugte sich, wie sie angehalten worden war, mit gekreuzten Armen, die Fingerspitzen an den Schultern. Sie sog die Wangen ein, um ein Lächeln zu unterdrücken. »Dann sagen wir unseren Freunden hier, wie sehr wir ihre Freundlichkeit zu schätzen wissen und wie sehr wir uns bemühen werden, dieser Ehre würdig zu sein – und dabei bitte kein verräterisches Grinsen, ja?«

Der Versammlungsraum war kein Raum, sondern ein fünfeckiger Innenhof unter freiem Himmel. Vom Dach erhoben sich an den fünf Ecken Haltestangen, an denen drei über dem Hof schwebende Eolt ihre Tentakel verankert hatten. Unter ihnen saß eine Versammlung von erwachsenen Fior und Denchok auf Bänken, die vier der fünf Seiten einnahmen. Neben einem niedrigen Podium, das die fünfte Seite einnahm, hockte der Dorfschreiber an einem kleinen Tisch mit Schreibtafel, Griffel und Stempelkissen. Er war ein Denchok, der älter als die anderen zu sein schien, mit grauerer, derberer Haut und einem Flechtenbewuchs, der wie eine dichte Matte aus eng verflochtenen, runzligen Strängen war.

Der Metan und der Teseach erstiegen das Podium, stellten sich wartend neben zwei massive Lehnstühle, die über und über mit Schnitzwerk bedeckt waren und außerordentlich unbequem aussahen. Shadit und Aslan blieben am Fuß der Stufen stehen.

Ein schlaksiger Fior mit grauem Haarschopf trug

zwei zusammenklappbare hölzerne Hocker herbei, deren Sitze mit widerstandsfähigem Stoff bespannt waren. Er klappte sie auseinander, schlug auf die Stoffsitze, um sich zu vergewissern, daß sie sicher waren, und ging dann, seinen Platz auf einer der Bänke einzunehmen. Metan Chachil und Teseach Ruaim verbeugten sich voreinander, dann setzten sie sich auf die geschnitzten Lehnstühle. Ruaim schloß die Hände über abgegriffenen Kreuzblumen an den Enden der Armlehnen und beugte sich vorwärts. »Bitte setzen Sie sich«, sagte er in singendem Tonfall.

Sie folgten der Aufforderung. Shadit legte den Zitherkasten neben sich, überlegte, ob sie ihn öffnen solle und entschied sich dagegen. Aus den Augenwinkeln konnte sie den Fior ausmachen, der als Verbindungsmann des Goes gedient hatte, Maorgan. Sein Zitherkasten lag neben ihm. Sie fragte sich, wie sein Instrument aussehen mochte, vielleicht geschnitzt wie diese häßlichen Lehnstühle? Wie würde das den Klang beeinflussen?

Auf den Bänken wurde geflüstert, es knarrte und Füße scharrten, als schwere Körper ihre Lage veränderten. Von oben, wo die Eolt sich an den Haltestangen hielten, drangen leise streifende und weiche, tiefe Atemgeräusche herab.

Chachil neigte sich vorwärts und sprach. (Shadit dolmetschte mit einem Murmeln, das gerade laut genug war, um Aslans Ohr zu erreichen): »Wir haben den Eolt und den Ard gelauscht und Ihnen Räume in unserer Herberge gegeben.«

(»Gegeben ist nicht genau das richtige Wort«, murmelte Aslan zu Shadit, »wenn ich an die Höhe der Miete denke, die sie uns abverlangt haben.«)

Shadit lächelte. Sie sprach zu Chachil und Ruaim, als dolmetsche sie, was Aslan gesagt hatte: »Dafür bedanken wir uns.«

»Was wir zu wissen wünschen, ist, warum Sie das Quartier wollen. Was ist Ihre Absicht hier? Die Händler, die zu uns kamen, bevor die Mesuch uns heimsuchten, sagten, eine Universität sei unabhängig, aber wir wissen dies: Wer für das Lied bezahlt, kann bestimmen, was er hören möchte.«

Aslan nickte, als sie Shadits Rekapitulation hörte, dann antwortete sie langsam und mit Bedacht, daß ihre Sätze in etwas wie eine zusammenhängende Erklärung gedolmetscht werden konnten. »Mein Zweck ist das Erlangen von Wissen. Ich studiere und sammle die Chroniken, Lieder und Bräuche verschiedener Völker, insbesondere solcher, die am Rande bedeutender Veränderungen stehen. Alle Dinge sind in Veränderung begriffen. Ein Weiser sagte einmal, man könne nicht zweimal in denselben Fluß steigen. Aber die Gestalt des Flusses kann bewahrt werden – sowie die Erinnerung an ihn, selbst wenn er austrocknet und stirbt. Das ist es, was ich tue. Ich dokumentiere, was vom Lauf der Zeit vielleicht bald ausgelöscht werden mag, so daß es, wenn das Rad sich weiter dreht, eine Aufzeichnung dieses Erbes für jene geben wird, die etwas von dem wiederzufinden wünschen, was ihre Väter waren.«

Ruaim richtete sich in seinem Lehnstuhl auf. »Wenn wir uns dieser Mesuch entledigen könnten, würden wir die Aufzeichnung nicht brauchen; die Dinge würden wieder so sein, wie sie waren. Können Sie uns sagen, wie wir das bewerkstelligen können?«

»Nein. Es ist die kurze Antwort und eine einfache, aber es ist die Wahrheit. Die lange Antwort ist diese: Die Nachricht von Ihrer Existenz hat zu weite Verbreitung gefunden und wird zu viele Leute anlocken, die Gewinn aus Ihnen und Ihrer Welt ziehen wollen, als daß Sie bleiben könnten, was Sie waren. Sie könnten Schlimmeres tun – viel Schlimmeres –, als sich mit den

Yaraka zu verbünden. Wenn Sie klug mit ihnen verhandeln, werden die Yaraka Sie vor den…« Aslan sagte *Wölfe,* und Shadit zögerte, als sie nach einem Äquivalent suchte, beeilte sich dann aber, den Rückstand aufzuholen. »Vor den Tukeol schützen. Und zum gegenwärtigen Zeitpunkt brauchen Sie Schutz. Was ich tun kann, ist nicht viel; aber ich kann Sie über die Yaraka belehren, während ich von Ihnen lerne, wie Ihr Leben verläuft. Wissen bringt Macht; Unwissenheit bringt Tod.«

»Sie sprechen mit Beredsamkeit, aber Sie sagen nicht viel.«

»Was kann ich sagen? Was ich über Sie weiß, ist das, was ich sehe. Ich spreche mit der Zunge der Zitherspielerin und höre mit ihren Ohren, weil ich keine Zeit gehabt habe, Ihre Sprache zu lernen. Ich weiß noch weniger darüber, wer Sie sind und wie Sie leben. Wenn jemand etwas erklären möchte, muß er wenigstens etwas davon verstehen, was der Zuhörer weiß und nicht weiß, andernfalls werden zwei Leute nur aneinander vorbeireden, und viele Mißverständnisse werden entstehen.«

»Das ist wahr. Aber wir kennen diese Zitherspielerin nicht. Woher kennt sie uns?«

»Es ist ihre Gabe, eine fremde Sprache zu verstehen. Ich kann es nicht erklären, nur erfreut sein, davon Gebrauch zu machen.«

»Warum wollen die Mesuch Sie hier haben?«

»Die Chaven versuchen uns ebenso zu vertreiben wie die Yaraka. Die Yaraka wiederum haben nicht die Zeit und die Mittel, um zu tun, was ich für sie tun werde; sie werden vollauf damit beschäftigt sein, sich zu verteidigen und ihren Untergrundkrieg zu führen. Wissen Sie von den Chaven?«

»Die Mesuch jenseits des Meeres? Wir haben von ihnen gehört. Sie sind anders?«

»Verschiedene Völker, verschiedene Interessen. Rivalen. Feinde. Das können Sie zu Ihrem Vorteil nutzen, wissen Sie – wenn Sie lernen, wie Sie mit den Yaraka umzugehen haben. Sie können sie nicht loswerden, aber Sie können bis zu einem gewissen Grade die Veränderung steuern, die sie in Ihr Leben bringen werden.«

Das Gespräch nahm seinen Fortgang, und der Schreiber bedeckte eine Tafel nach der anderen mit Reihen komplizierter Schriftzeichen. Shadit hörte auf, darüber nachzudenken, was sie hörte, und schenkte den Worten nur die Aufmerksamkeit, die zu ihrer Übersetzung benötigt wurde.

Aslan erklärte wieder und wieder, welches ihr Zweck und ihre Absicht war, was eine Universität war, welche Dinge sie aufzuzeichnen gedachte, was mit der Aufzeichnung geschehen würde, wie ihre genaue Beziehung zu den Yaraka war, was sie über die Chaven wußte, warum sie sich so verhielten, wie sie es taten, und wer in der Lage sein würde, ihre Aufzeichnung zu lesen.

»Jeder?« Metan Chachils derbe Gesichtszüge legten sich in finstere Falten.

»Jeder, der über das Gerät verfügt, um eine Kopie der Aufzeichnung zu erwerben. Solange die Daten nicht für begrenzten Zugang verschlüsselt sind, was wahrscheinlich nicht der Fall sein würde.« Aslan überlegte einen Augenblick (Shadit bewegte die Schultern, dankbar für die kurze Pause; sie dachte daran, um ein Glas Wasser zu bitten, aber ihr Bedürfnis war nicht dringend, und sie wollte den Gesprächsfluß nicht unterbrechen). »Die Yaraka könnten Eigentumsrechte an dem Informationsgehalt der Aufzeichnung geltend machen, aber unsere Gelehrten legen großen Wert auf ungehinderten Zugang zu Informationen, solange der Interessent dafür bezahlen kann. Sie würden solch ein Verlangen wahrscheinlich ablehnen.«

Und weiter und weiter. Die Bewohner Alsekums auf den Bänken rückten unruhig, flüsterten zischelnd miteinander, gingen hinaus, und andere kamen herein; Shadit hörte das ständige Rascheln ihrer Bewegungen und beneidete sie. Sie wurde steif vom Sitzen, und ihre Kehle begann auszutrocknen.

Eine Baßstimme von beträchtlicher Kraft unterbrach eine Frage; der tiefe Klang ließ Ungeduld erkennen und drückte eine Frage oder Forderung aus. Shadit blickte auf.

Ein Eolt war über dem offenen Innenhof und hielt mit einem einzigen Tentakel seine Stellung. Ein langer Schlitz zwischen den Zilien in der Basis der Glockengestalt öffnete und schloß sich, und weitere Töne drangen hervor, eine wortlose Musik, die zugleich eine Erklärung war, daß der Eolt etwas zu sagen hatte und nicht länger auf eine Gelegenheit warten wollte.

Ruaim und Chachil tauschten Grimassen aus, dann sang der Teseach: »Mer-Eolt Lebesair, sei willkommen zur Versammlung des Alsekum. Gibt es Nachricht, die du uns von der Versammlung der Eolt bringst?«

»Was hat das zu bedeuten?« murmelte Aslan zu Shadit.

»Die Eolt haben eine Art Rat, die Meruu. Dieser Eolt ist ein Vertreter des Rates, hier anwesend, um uns in Augenschein zu nehmen, denke ich.«

»Ich wünschte, er hätte seinen Mund früher aufgetan. Hätte uns vielleicht manche Anstrengung des Redens erspart. Ich würde gern wissen, was die Beziehung zwischen unserem schwebenden Freund da oben und denen am Boden ist?«

»Ich habe ein paar Überlegungen dazu angestellt«, murmelte Shadit, »aber sie sind zu unbestimmt, um jetzt darüber zu sprechen. Ah! Der Eolt wärmt sich für eine Ansprache auf. Ich muß mich darauf konzentrieren. Wenn die Eolt sprechen, ist es verwirrend.«

Maorgan beobachtete die beiden Frauen, als sie die langweiligen und albernen Fragen dieser zwei Dumelvorsteher beantworteten, die sich auf dem Podium brüsteten. Die Zitherspielerin verblüffte ihn. Nach jahrelangem Umgang mit fremden Händlern – und jetzt diesen Mesuch-Eindringlingen – hatte er nur wenige mühsam erworbene Worte der Handelssprache gelernt. Sich eine ganze Sprache so gut anzueignen, daß man Zusammenhänge darin setzen konnte – das war eine Gabe, die über jede andere erhaben war. Er konnte nicht beurteilen, wieviel sie von dem, was sie sagte, wirklich verstand, aber sie reihte die Worte in der richtigen Art und Weise aneinander.

Das gab ihm zu denken.

Zum ersten Mal machte er sich Gedanken über Beluchad. Eolt trieben hierhin und dorthin, siollgebundene Ard bewegten sich mit ihnen hin und her, von Kontinent zu Kontinent. Manchmal entstanden auf diesen Wanderungen neue Worte, und wenn sie gut waren, verwendeten Eolt und Ard sie in ihren Liedern, wie eine Zutat zur Verbesserung einer Suppe. Es gab überall eine Sprache und kein Bedürfnis, eine andere zu lernen.

Die Mesuch waren anders. Diejenigen hier sprachen ihre eigene Sprache ebenso wie die Handelssprache, und wahrscheinlich noch andere. Er bezweifelte nicht, daß die Mesuch auf Melitoe ihnen darin ähnlich waren.

Er strich mit der Hand über den Zitherkasten und dachte an das Aussehen der Zither, die diese Frau besaß. Jemand hatte das Holz dieses Instruments mit Hobel und Messer und Schleifsand bearbeitet, hatte nicht mit der wachsenden Matrize gelebt und sie mit Liedern und Zärtlichkeiten zu einer Gefährtin und Ergänzung geformt. Einige Saiten waren aus Metall und hatten einen härteren Klang als seine süß singenden Saiten, aber dafür waren sie präziser, gleichmäßiger. Er wollte sie wieder hören und ihr Lied lernen. Gern hätte er Teseach Ruaim und Metan Chachil gesagt, sie sollten ihr Gemaule einstellen und dem Lied lauschen, das er mit ihr und Melech vortragen konnte.

Natürlich tat er es nicht. Die Beziehung zwischen Ard und Dumel war eine heikle, übertriebene Ehrerbietung mit einem Nachgeschmack von Groll. Wären nicht die süßen, drallen Fiormädchen, würde er ein Dumel nur aufsuchen, wenn er vor einem Sturm Unterschlupf suchen mußte. Hier und dort fing er verstohlene und auch kühn herausfordernde Blicke von Mädchen auf den Bänken ein. Ein Ard brachte einer Familie Ehre, und hier schien es mehrere zu geben, die mit dem Gedanken spielten oder sich sogar Hoffnungen machten.

Er blickte auf, als Lebesair die Geduld verlor und das Geplapper mit einem Ruf unterbrach, dann wartete er auf eine Erklärung, die das Verlangen nach Gehör rechtfertigte.

In der Stille, die auf Ruaims Gesang folgte, stieß Mer-Eolt Lebesair ein mächtiges, trauervolles Brüllen aus, das den Innenhof wie eine Trommel erdröhnen ließ. Tiefste Trauer. Totenklage.

Feuer springt zur Sonne… ein Eolt stirbt… Sport für Mesuch… Töten mit Licht… Feuer fällt wie Regen… Tod, TOD… FLUCH den Mördern… seelenlosen Ungeheuern… FEUER… Trauer um die Toten… Trauer!

Nachdem der Nachhall des letzten Wortes verklungen war, ging der Eolt zur einfachen Sprache über.

»Jeden Tag sterben auf Melitoe Eolt und Denchok, von den Mesuch wie Tiere gejagt. Andere werden aus ihren Dumeln und von ihren Feldern vertrieben. Männer und Frauen der Fior werden getötet oder zu Sklaven gemacht. Vor einer Woche wurde ein Schlaffeld verbrannt, und Nachricht ist gekommen, daß Mesuch zur Brandstätte zurückgekehrt sind und die Schalen von den wenigen Schläfern gerissen haben, die noch am Leben waren. Dies gebe ich euch zu bedenken. Erinnert euch der Gestaltkriege. Erinnert euch der Trauer und des Kummers vor tausend und abertausend Jahren.«

Maorgan erschauerte. Die alten Lieder waren im Laufe der Jahrhunderte ihres Zornes und Schmerzes verlustig gegangen, aber wenn diese Zeit wiederkehrte, standen Schrecken bevor, die seine Seele frösteln machten. Er dachte daran, was die Gelehrte sagte, daß sie Schlimmeres tun könnten, als sich mit den Yaraka zu verbinden. Er mochte diese Mesuch-Diebe nicht. Was waren sie anderes als Diebe, wenn sie nahmen, was ihnen nicht gehörte? Aber der Kontrast zwischen den Meldungen aus Melitoe und der Art und Weise, wie die Yaraka Glois und Utelel und die anderen behandelt hatten, machte ihm klar, daß sie recht hatte.

»Die Meruu von Eolt und Fior werden zu einer besonderen Versammlung einberufen. Morgen ist Chel Dés Tag. Die Meruu fordern euch auf, ihn zu einem Tag der Meditation und des Gebetes zu machen. Betet insbesondere für den Erfolg dieser Versammlung.«

Aslan lauschte Shadits Übersetzung mit Faszination, Sorge und Zorn. Sie merkte sich den Namen *Gestaltkriege* als etwas, was zu untersuchen war, und erregte sich über all die Auslassungen im Bericht des Yarakavertreters. Auch ärgerte sie sich über den Goes; obwohl er sie hatte überreden wollen, innerhalb des Zaunes zu leben, hatte er ihr weder etwas von diesen Morden gesagt, noch irgendwelche Gründe genannt. Ein Kleinkrieg zwischen zwei Unternehmen war eine Sache, dies aber etwas anderes. Nicht auszudenken, wohin diese andere Geschichte führen könnte... oder vielmehr mochte sie nicht darüber nachdenken. Sie fragte sich, ob sie überhaupt gekommen wäre, wenn sie es geahnt hätte. Sollte sich dies zu einem zweiten Styerna entwickeln?

Es überlief sie kalt.

Shadits Hand schloß sich um die ihre, warm und ermutigend. Ihr Atmen beruhigte sich. Sie mußte darüber nachdenken. Es veränderte die Lage.

Die Chaven töteten intelligente Lebewesen zum Vergnügen. Sie würden es bald aus anderer Quelle erfahren, vielleicht sobald sie ihre ersten Berichte einschickte, da der Ykkuval wahrscheinlich einen oder mehrere vom Stab des Goes gekauft hatte. Sobald die Meldung bestätigt wurde, mußten Hebel in Bewegung gesetzt werden, um die Chandava Bergbaugesellschaft auf die Schwarze Liste zu setzen. Der verantwortliche Ykkuval würde wahrscheinlich zurückgerufen und seiner Stellung verlustig gehen, und da er dies wissen mußte, konnte der versteckte Krieg jetzt jederzeit offen ausbrechen. Sie mußte mit dem Goes sprechen, sobald sie eine Gelegenheit fand. Die Frage war, ob sie ihr Programm unter diesen Umständen noch weiterführen konnte. Sie mußte auch mit Duncan sprechen und hören, was er meinte.

Unauffällig beobachtete sie die Zuhörer auf den Bänken. Das Mienenspiel der Keteng war ihr noch nicht vertraut genug, aber die Fior standen als Vettern nahe genug, daß sie die Furcht und den wachsenden Zorn von ihren Gesichtern ablesen konnte.

»Unwissenheit ist Tod, sagte die Gelehrte, und das

ist wahr. Sioll Maorgan hatte gemeldet, daß die Mesuch eine Möglichkeit haben, fremde Sprachen zu übertragen und zu verstehen. So seltsam und beängstigend diese Geräte sind, die Meruu wünschen, daß einige unter euch, die den Mesuch am nächsten sind, den Mut zeigen, sich dieser Übertragung mittels des Gerätes zu unterziehen. Die Beluchari müssen wissen, was die Gelehrte weiß, und hören, was die Mesuch sagen.«

Shadit seufzte, als sie diesen letzten Teil der Rede weitergab. Sie fühlte sich durch all diese Dolmetscherarbeit gefangen, als wäre sie eine am Boden festgenietete Maschine. Ich bin keine Gelehrte, dachte sie, und werde es nie sein. Ich habe diese Art von Geduld nicht. Der Körper hat jetzt ein gewisses Alter, und ich kann noch älter aussehen, wenn es sein muß. Digby drängt mich, für ihn zu arbeiten. Vielleicht, wenn dies vorbei ist…

Sie blickte zu Aslan. Im Augenwinkel der Frau zuckte ein Muskel; Schweißperlen standen ihr auf der Stirn, und ihr Mund hatte einen seltsam steifen Zug, als ob ihre Lippen zittern wollten und sie es durch eine Willensanspannung zu unterdrücken suchte. Die Rede des Eolt mußte ihr eine Heidenangst eingejagt haben.

»Dies ist wichtig, weil die Meruu daran denken, die Zitherspielerin zur Beratung zu rufen, damit sie zu den Überlegungen beitragen kann. Sie haben diesen Mer-Eolt ersucht, in Erfahrung zu bringen, ob solch eine Idee empfehlenswert sei. Singen Sie für uns, Zitherspielerin. Nicht unsere Lieder, sondern Ihre. Zeigen Sie uns Ihr Herz. Lehren Sie uns, wer Sie sind.«

Shadit blickte erschrocken auf, dann griff sie zum Zitherkasten. »Gern«, sagte sie. »Und wenn Sie den Wunsch haben, in meinen Gesang einzustimmen, geehrter Eolt, sind Sie dazu eingeladen.« Sie lächelte Maorgan zu. »Und Sie auch, Ard Maorgan.«

Sie beugte sich über die kleine Zither, die Swardheld für sie gefertigt hatte, und berührte leicht die Saiten, während sie überlegte, was sie spielen sollte. Der Eolt wollte, daß sie ihr Herz in das Spiel legte. Welches Herz? Sie lächelte über den Gedanken.

Dann aber verspürte sie eine Regung, ein Bedürfnis, das sie nicht gekannt hatte, seit sie Kikun heimgebracht hatte. Aber sie konnte jetzt nicht an ihn denken. Sie schloß die Augen, um sich zu konzentrieren, doch die Erinnerung ließ sich nicht vertreiben. Tanzt für mich, Schwestern, dachte sie. Bringt mich zurück nach Shayalin. Diesmal mußte sie allein gehen, kein Kikun gab ihr Kraft, kein Traumpollen machte sie wieder wirklich.

Shayalin wurde wieder und wieder überfallen, um Sklaven für die Weber der Träume zu erbeuten. Was der Eolt über die Morde gesagt hatte, war ihr unter die Haut gegangen; vorher war sie unbeteiligt gewesen, hatte nicht wirklich auf den Sinn geachtet und es ihrer Gabe überlassen, die Worte umzuwandeln und an Aslan weiterzugeben. Jetzt...

Die Räuber überfielen Shayalin, töteten die Männer der Shallana und die Schöpfer wie sie, die Fruchtbaren der Zwischengeneration. Sie entführten die Weber, daß sie Träume tanzten für Männer, die nicht verstanden, was sie wirklich sahen.

Mit der Erinnerung kamen das Bewußtsein einer Seelenverwandtschaft und der Haß gegen die Chaven, die ihr plötzlich den Räubern gleich schienen, die ihre Heimat verwüstet und ihre Familie zerstört hatten. Sie wußte, was sie spielen sollte.

Sie stimmte die Saiten, begann zu spielen. Zuerst nur Musik, ohne die Namen ihrer Schwestern zu rufen, um sie ins Gedächtnis zurückzubringen.

Während sie spielte, sah sie Maorgan sein Instrument hervorziehen. Es war eine seltsame Zither, gewachsen, nicht angefertigt. Lebendig. Mit geschlossenen Augen, das Gesicht in angespannter Konzentration, streichelte er sie, und sie veränderte ihre Form. Es war eine geringfügige Veränderung, aber ihre Augen weiteten sich, als sie es sah.

Als das Vorspiel beendet war, und er seine Zither auf die Tonart ihres Instruments gestimmt hatte, begleitete er sie. Der Klang seines Instruments war weicher und hatte nicht das Volumen ihres eigenen, aber es war etwas Unverwechselbares an diesem Klang, ein eigenartiger Zauber... Ich muß so ein Instrument besitzen, dachte sie. Ich muß sehen, daß ich solch eine Zither bekommen kann. Sie schloß die Augen und suchte sich zu konzentrieren.

Vor ihrem inneren Auge erschienen ihre Schwestern: Naya, Zayalla, Annethi, Itsaya, Talitt und Sullan. In ihrer Vorstellung tanzten die Schwestern, und sie machte die Musik dazu.

Sie sang die alte Volksweise, die mit diesem Tanz verbunden war, einem Trauertanz für alles, was stirbt. Die Kraft ihrer Stimme reichte unter dem freien Himmel des Innenhofes nicht aus, aber Maorgan erkannte frühzeitig ihre Schwierigkeit und unterstützte sie geschickt auf seiner lebenden Zither.

Und einige Zeit später begann der Eolt zu singen.

Das mächtige Tönen vibrierte in ihrem Blut und ihren Knochen, erfüllte den Innenhof und drang weit darüber hinaus. In ihrer erweiterten Wahrnehmung spürte Shadit das Staunen der Beluchari außerhalb des Versammlungshauses.

Die Eolt, die Denchok, die Meloach, die Fior – sie alle schenkten ihr zum ersten Mal in den Jahrtausenden, die sie nach dem Untergang ihrer Heimat durchlebt hatte, die Fülle ihrer Trauer.

Die Herberge, von den Beluchari Blai genannt, war ein niedriger, weitläufiger Komplex von Räumen und Arkaden, eine Unterkunft für Reisende, Händler und Hausierer, Ard und Eolt, und junge Leute in ihren Wanderjahren. Die ihnen zugewiesenen Quartiere lagen im rückwärtigen Teil und waren offensichtlich wenig benutzt. Staub lag auf allen Oberflächen, ein ungelüfteter, muffig-feuchter Geruch haftete an den Wänden.

Aslan kam in den Raum, wo Shadit, Duncan Shears und Marrin Ola, der wortkarge Student, Kisten auseinandernahmen, sie zu Arbeitsplätzen machten und Ausrüstungen auf ihnen stapelten. »Können Sie einen Augenblick unterbrechen? Wir müssen reden.«

Shadit richtete sich auf. »Was der Eolt sagte?«

»Ja. Und die Implikationen. Ich möchte Sie auch dabei haben, Marrin. Wir müssen über unser weiteres Vorgehen entscheiden.«

Duncan nickte. »Augenblick«, sagte er und trat zu einer kleinen Kiste auf einem in die Ecke geschobenen Stapel. Er öffnete die Haspen, hob den Deckel und nahm einen Kasten heraus. »Hier oder wo?«

»Am besten in meinem Zimmer«, sagte Shadit. »Dort liegt am wenigsten Zeug.«

Duncan öffnete den Kasten, nahm einen kleinen Störsender heraus und stellte ihn in die Mitte der Bodenmatte aus geflochtenem Gras. Er schaltete ihn ein. »Das sollte etwaige Abhörgeräte unschädlich machen«, sagte er und ließ sich auf die Matte nieder. »Nun zu unserem Geschäft.«

»Danke.« Aslan setzte sich ihm gegenüber, wartete, bis die anderen sich niedergelassen hatten, und nahm das Wort. »Einer der Eolt hielt bei der Zusammenkunft eine Rede. Die Eolt sind denkende und fühlende Wesen, die in einer noch ungeklärten Verbindung zu den Arten hier stehen, die nicht zu unserer Verwandtschaft zählen. Die Techniker der Chaven machen aus sportlichem Ehrgeiz Jagd auf sie, schießen sie mit Laserstrahlen ab, um das Aufflammen zu sehen. Anscheinend haben sie bereits Hunderte von Eolt getötet – und tun es weiterhin.«

Marrin Ola richtete sich auf und öffnete den Mund, dann fiel ihm ein, daß er nur ein Assistent war – und er schwieg.

»Nur heraus damit, Marrin.«

»Wissen sie es?«

»Gute Frage. Die Chaven sind nicht für ihre Feinfühligkeit bekannt, aber sie sind auch nicht dumm. Wenn die Nachricht davon hinausgeht und von vernünftigen Zeugen bestätigt werden kann, werden sie Schwierigkeiten bekommen.«

Duncan grunzte. »Styerna.«

»Ja, ziemlich ähnlich.«

Marrin Ola runzelte die Brauen. »Warum? Keine Gerichte, keine Gesetze. So was passiert die ganze Zeit.«

Aslan nickte. »Richtig. Eingeborenenvölker ohne Anschluß an die Zivilisation und den Stand der Technik kommen unter die Räder und geraten in Gefahr auszusterben. Aber so einfach liegt die Sache hier nicht. Die Eolt sind schön, besonders wundervoll, wenn sie singen; wenn wir Datenträger mit Aufzeichnungen von dem, was wir gestern und heute sahen und hörten, an die Öffentlichkeit bringen, würde es für die Chandava Mineralstoffe und Bergbaugesellschaft sehr schlecht aussehen, aber auch für die Chandavasi insgesamt. Und es gibt Helvetia. Die Yaraka sind nicht wichtig, Helvetia würde nicht auf sie hören. Es mischt sich in Handelskriege nicht ein. Aber für uns sieht es ganz anders aus. Wir können Öffentlichkeit herstellen. Haben Sie jemals von einer Gesellschaft für Kontraktarbeit namens Bolodo Neyurege gehört, Marrin?«

»Wie?«

»Richtig. Die gibt es nicht mehr. Sie gab sich mit den Gewinnen aus gewöhnlicher Arbeitsvermittlung nicht mehr zufrieden und stieg in den Sklavenhandel ein. Ich weiß es, weil ich zu den Sklaven gehörte, mit denen sie handelte. Helvetia ist gegen Sklavenhandel und setzte sie auf die Schwarze Liste. Bankkonten wurden gesperrt, Anleihen verweigert. Die Kunden zogen sich zurück, um nicht selbst in die Schußlinie zu kommen. Die Gesellschaft ging in Konkurs. Wenn wir Beweise dafür bekommen, was die Eolt sagten, würde Chandava Mineralstoffe den gleichen Weg gehen wie Bolodo Neyurege.«

»Sollten wir es dem Goes sagen?« fragte Shadit.

Duncan Shears schüttelte den Kopf. »Ich halte das nicht für opportun. Wenn wir es Goes Koraka hoeh Dexios verraten, können wir es genausogut dem Ykkuval selbst ins Gesicht sagen. Beide müssen Spione im jeweils anderen Lager haben, die ihre Augen und Ohren überall haben. Aber wenn wir es uns recht überlegen, spielt das keine Rolle. Wenn der Ykkuval bis jetzt noch nichts vom wirklichen Status der Eolt weiß, wird er es bald erfahren. Und sobald er es erfährt, wird er begreifen, daß er die Nachricht vom Jagdsport seiner Leute nicht in die Außenwelt gelangen lassen darf. Wie wir uns in dieser Situation verhalten, kann über unser Glück oder Verderben entscheiden. Bleiben wir, oder verschwinden wir so schnell von hier, daß wir Löcher in der Luft hinterlassen?«

Shadit ließ die Hände auf ihre Knie fallen. »Ich bleibe«, sagte sie. »Ich bin separat und nicht offizielles Expeditionsmitglied. So steht es im Vertrag. Was ich tue, belastet oder verpflichtet niemanden.«

Duncan Shears kratzte sich das Kinn. »War falsch, irgendwie. Diesmal haben wir die Regierung auf unserer Seite. Wir können dem Goes erklären, daß wir gefährdete Zielpersonen sind und Abschirmungen und Abwehrwaffen brauchen. Dafür kann ich ihnen elektronische Dienstleistungen und manches andere bieten. Gute Bezahlung. Keine Berichte, und Meldungen, die die Sache auf kleiner Flamme halten.« Er verzog den Mund, schüttelte den Kopf. »Nein, ich bleibe, bis Goes sein Haus gesäubert hat.«

»Ah! Daran hatte ich nicht gedacht«, sagte Aslan. »Rasches und direktes Handeln, kein Aufsehen. Sie sagen also, wir sollen bleiben und den Sturm abreiten.«

Er nickte.

»Und Sie, Marrin?«

Der junge Mann lächelte. »Ich komme aus einem freiherrlichen Haus in Picabral. An fünfter Stelle in der Erbfolge, männlich und gesund. Ich bin weit herumgekommen, über dreißig und noch immer am Leben. Ich habe bereits einen stimmberechtigten Anteil an Aktien, und dieses Unternehmen wird mir einen weiteren einbringen. Niemand wird mich davon wegjagen.«

»Richtig. Alles über die Eolt geht zweifach verschlüsselt in die Datei. Es soll für die Regenten und Helvetia unberührt bleiben. Duncan, Sie werden morgen Freiwillige für die Sprachübertragung bekommen. Dazu werde ich Ihnen alles über die Eolt herauskopieren, aber verschließen Sie das Material bitte nach Gebrauch. Ich möchte nicht, daß es dem Goes in die Finger gerät.« Sie nagte an der Unterlippe und überlegte, dann wandte sie sich an Shadit. »Wir brauchen einen eigenen Datenträger für den Mitschnitt dieser Sitzung im Versammlungsraum, Shadow, am besten in Verbindung mit einer Übersetzung von allem, was gesagt wurde, besonders von diesem letzten Klagelied. Ich werde morgen zum Goes gehen und Tamarralda das verschlüsselte Material zugehen lassen. Sie muß wissen, was auf uns zukommt, damit sie sich vorbereiten kann. Noch Fragen, Shadow? Nein? Gut. Für uns alle gilt es jetzt, die Augen offen zu halten und auf der Hut zu sein.«

5

Kummer

Yagnal hob seinen ledernen Trinkbeutel, drückte einen Mundvoll Yang heraus, schauderte und wischte sich den Mund mit dem Handrücken.

Er saß halb hingestreckt zwischen zwei Wurzeln eines mächtigen Baumes zwischen den Ackerflächen und dem Kushayt, wo der Ykkuval wie eine fette, gefräßige Spinne hockte. Sifaed nannte diese Bäume Kerreh. Sie war eine der einheimischen Frauen, die bei Farkli arbeitete, eine stämmige, kräftige Frau, nicht so eine schmächtige Person wie ein Strich, die einem in der Hand zerbrach, wenn man sie falsch anfaßte. Bei dem Gedanken an sie fühlte er eine Regung und dachte daran, ihr ein Geschenk zu machen, aber dann begnügte er sich mit einem weiteren Schluck und blinzelte mißvergnügt über seine im Sonnenschein liegenden Felder hinaus.

Seine Miene glättete sich, als er die dichten dunkelgrünen Blätter der Soganpflanzen betrachtete, die wie Büschel von Speerspitzen auf dicken Stämmen saßen. Seit er die Erde gedüngt, tiefgepflügt und durchmischt hatte, war es guter, fetter und nährstoffreicher Boden; die erste Soganernte hatte Knollen erbracht, die größer als ein Männerfuß waren.

Auf den Feldern arbeiteten Kulis, jäteten Unkraut und lockerten die Erde um die Soganpflanzen. Die Handwagen, mit denen sie das gejätete Unkraut abfuhren, holperten jämmerlich dahin, weil Hunnar ni Jilet, unter dessen Regie diese Arbeiten ausgeführt wurden, zu geizig war, um die Ackergeräte und Fahrzeuge zu erneuern. Ragnal war wie die ni Jilets ein Verwandter der Koroumak, weshalb er für die Gesellschaft Koroumak-Jilet arbeitete. Aber er faßte den Familienbegriff enger; soweit es ihn betraf, waren die ni Jilet nur Arbeitgeber.

Reihen einheimischer Frauen krochen über die abgeernteten Felder und bepflanzten sie mit Augensegmenten der Saatgutreserve von der ersten Ernte. Die orangefarbenen Knollenstücke waren wie Spielwürfel in ihren geschäftigen Händen. Er lächelte, zufrieden mit dem, was er sah. Wenn es Gerechtigkeit in der Welt gab, würde er für seine Anstrengungen eine Belobigung erhalten.

Aber wahrscheinlich war es nicht.

Girs pflegte ihn damit zu ärgern. Erdmann nannte er ihn. Es war keine Ehre darin, Kulis zur Arbeit anzuhalten und sich mit Käfern und Würmern abzugeben. Und Girs hatte es nicht gern, wenn Ragnal ihn daran erinnerte, daß er seine Ausbildung und seinen Erfolg der Arbeit seines älteren Bruders verdankte. »Sie machen sich über mich lustig«, hatte Girs geklagt, »nennen mich Madensauger und Ruderfuß. Es hemmt meinen Aufstieg. Du hemmst meinen Aufstieg.« Wieder und wieder das gleiche, bis Ragnal die Geduld verloren und ihm eine Tracht Prügel verabreicht hatte. Arroganter kleiner Scheißer. Beim letzten Streit hatte Ragnal ihm einen Zahn ausgeschlagen und hatte selbst einen so schlimm verrenkten Hals davongetragen, daß er ihn mit warmen Umschlägen hatte behandeln müssen.

Damit war es vorbei. Keine Streitereien mehr. Von Girs war nicht genug übriggeblieben, daß sich die Beerdigung lohnte. Schlimm. Wie sollte er der Mutter beibringen, daß ihr Baby tot war?

Er quetschte den Rest Yang aus dem ledernen Trinkbeutel, erhob sich schwerfällig und wäre beinahe auf den Hintern gefallen, als er das Gleichgewicht verlor.

Murmelnd und grollend ging er leicht schwankend dahin, um den Beutel bei Farkli nachfüllen zu lassen. Er kam mit den Schwereverhältnissen dieser Welt nicht zurecht und haßte die Anstrengung, die seine unangepaßte Gangart den Muskeln abverlangte. Nicht geringe Sorgen bereitete ihm der Knochenschwund, von dessen Fortschreiten er wußte. Es war nicht die erste leichte Welt, auf der er gearbeitet hatte. Wenn er etwas zu sagen hätte, würde es die letzte sein. Aber er hatte nichts zu sagen. Das war es.

Die Schenke befand sich im größten der vom Eingeborenendorf noch stehenden Häuser. Ragnal nutzte den meisten Raum zur Unterbringung des landwirtschaftlichen Geräts, aber nach altem Brauch vermietete er die zusätzlichen Räumlichkeiten an Farkli. Die meisten anderen Häuser und Hütten hatte er mit Planierraupen abräumen und verbrennen lassen, aber die am besten erhaltenen ließ er stehen, eins als Schlaf- und Wohnhaus für die Kulis, ein zweites als Küche und Vorratshaus der Kulis und ein drittes als Lagerhaus für Soganknollen. Sie beleidigten seine Augen, diese Bauwerke. Knallbunte Farben. So wacklig und nachlässig zusammengepfuscht, daß ein starker Wind sie in Anmachholz verwandeln würde. Allerdings schien es nicht wahrscheinlich, daß es hier jemals etwas wie einen richtigen Sturm gäbe. Stürme, wie sie auf Chandava vorkamen, würden diese treibenden Luftquallen in den Baumwipfeln zerfetzen.

Er stieß die Pendeltür auf, die zu beschaffen dem alten Farkli immer wieder gelang, wo er sich auch niederließ, und blieb ein paar Augenblicke stehen, um sich an das trübe, rauchige Licht zu gewöhnen. Der Gestank war auch der gleiche, als ob Farkli ihn in Flaschen abfüllen und mitbringen würde, ein Gemisch von Schweiß, Laternenrauch und dem widerwärtigen süßsauren Geruch des Yang, den Farkli aus Soganknollen destillierte, und Taner allein wußte, was er noch in den Topf warf. Ragnal fragte nicht danach. Vielleicht würde der alte Mann es ihm eines Tages erzählen. Aber es war besser, seine Mägen wußten nicht, womit er sie durchspülte.

Laternen. Sonst gab es überall anständige Beleuchtung, nicht aber hier. Der alte Farkli sagte, die Techniker hätten es so lieber. Es sei ein angenehmes Ambiente, was immer das bedeutete. Und die Leute würden mehr trinken. Auch die Frauen im Hinterzimmer hätten bei dieser Beleuchtung bessere Chancen, weil die Kunden nicht so leicht sähen, wofür sie ihr Geld ausgaben.

Ungefähr ein Dutzend Techniker vom Kushayt verbrachten einige ihrer Freizeitstunden beim Yang, und ein paar von ihnen brachten vielleicht den Mut auf, ihr Geld an die schmuddeligen alten Kuliweiber im Hinterzimmer zu verschwenden. Jemand war immer bereit, das Tier mit zwei Rücken zu spielen, selbst mit dem lokalen Abschaum. Ragnal preßte die Lippen zusammen, und seine Miene verdüsterte sich. Abschaum. Jedesmal, wenn er mit Sifaed zusammen war und sich von ihr wälzte, wurde ihm übel, und er nahm eine Dusche, um sich wieder sauber zu fühlen.

Die Theke bestand aus drei Türen, die auf Stapeln gebrauchter Ziegelsteine ruhten, die Tische stammten aus den Häusern, die Ragnal hatte abreißen lassen. Er hatte Farkli einen Tip gegeben, sich das nötige Mobiliar zu besorgen, bevor der Rest verbrannt wurde, und hatte sich die Gebühr in Yang auszahlen lassen. Andere Erdmänner, die er kannte, verlangten und bekamen für besondere Gefälligkeiten Prozente von den Einnahmen der Schenke, aber das war gefährlich. Eine schlechte Partie Yang oder ein neuer Ykkuval, der reinen Tisch machte und Korruption bestrafte, und sie konnten zu unqualifizierten Arbeitskräften degradiert werden, nur eine Stufe über den Kulis. Außerdem war Farklis jüngste Tochter Girs' Amme gewesen, was ihn zu einer Art Familienmitglied machte.

Ach ja, Girs, Bruder… Er blinzelte, seine Augen brannten. »Beschneidest du jemals deine Dochte, Farkli?«

Farkli musterte ihn einen Augenblick, dann nickte er und schob ein Glas Yang über die Theke, gefolgt von einem Krug. »S'ist das stinkende Öl, das die Yerets machen. Brennt nicht mal richtig.«

Ragnal lächelte. Yerets. Abschaum. Eingeborene. Manchmal dachte er, das sei der Grund, warum Farkli immer wieder für Unternehmungen wie diese anheuerte, obwohl er alt genug war, um in der Heimat eine Pension zu beziehen. Er brauchte Orte, wo es welche gab, die noch unter ihm standen. Er nahm einen Mundvoll Yang, zog die Brauen hoch und schaute ins Glas. »Neue Partie?«

»Ja. Was Ykks Faktotum ist, der brachte einen Haufen Früchte herüber. Ich gab davon den Frauen und beobachtete sie ein paar Tage lang, bevor ich sie verarbeitete. Draußen im Sumpfland haust allerlei Gelichter, und hin und wieder bringen diese Freaks Wildfrüchte, Pflanzen und Fische zum Tauschen. Schmeckt's?«

»Nicht übel.«

»Aus den Kernen gepreßtes Öl brennt besser als dieses angebliche Lampenöl.« Er zögerte, blickte an Ragnals Schulter vorbei. »Dachte, du würdest vielleicht was davon für die Lampen in Girs' Schrein brauchen?«

Ragnals Augen brannten wieder. Er preßte die Finger um das Glas und starrte in den Yang; vom Zittern seiner Hand bewegt, vervielfachte die unruhige Oberfläche die Spiegelungen der Laternen. Er sprach erst, als er sich seiner Stimme sicher war. »Ich werde dem Birad sagen, daß er dich einlassen soll.« Er wollte nicht weiter darüber reden, trug sein Glas und den Krug an einen Tisch im rückwärtigen Winkel und setzte sich, um langsam vom Yang zu schlürfen, bis das durch die bemalten Fenster sickernde Licht dunkelte und sein Verstand sich zusehends benebelte.

Lange ließ er die erhobenen Stimmen unbeachtet, die von einem Tisch auf der anderen Seite des Schankraumes zu ihm drangen. Er war nicht in der Stimmung für Gesellschaft, und es war ihm gleich, was die Techniker in ihrer Freizeit taten. Es gab nur einen Techniker, für den er Zeit gehabt hatte, aber Girs war zu Asche geworden, und die anderen konnten alle zu Taners tiefster Hölle fahren.

»…ihn verfluchen, diesen ni Jilet-Bastard, der unfähige Dieb… Genri der Betrüger… Choban sagte mir… er sagte mir… mein Bruder er sagte mir… Zanne mußte eigene Teile… Teile einbauen… um… um den Flieger in die Luft zu bringen. Zanne sagte… Zanne…« Der Techniker verlor den Faden und ließ den Rest ungesagt. Er holte schnaufend Luft, schüttelte sich, tat einen langen Zug von seinem Glas, knallte es auf den Tisch und wischte sich den Mund mit dem Handrücken. »Die Scheiß-Hochgeborenen kümmern sich keinen Furz um uns. Genri… der Idiot… Drogenschnupfer…«

Vor und zurück schwankend, die inneren Lider halb geschlossen, daß ihr durchscheinender Film im trüben Laternenlicht glänzte, murmelte er weiter und weiter, schimpfte über Genri ni Jilet, behauptete, er sei es gewesen, der Choban getötet hatte, weil er das Geld für Reparaturen und Ersatzteile eingesteckt hatte und das wenige, was er kaufte, sei so abgenutzt und unbrauchbar gewesen, daß nicht einmal Zanne es funktionsfähig hatte machen können. »...und ihr wißt, daß Zanne mit Kaugummi und einem Stück Draht alles richten kann... und Hunnar der Schinder läßt es diesem Betrüger durchgehen... oder vielleicht hat er auch die Finger mit im Spiel... schleckt das Süße obenauf... die anderen können den Bodensatz fressen...«

Die anderen am Tisch nickten und murmelten mit ihm, und ihre jungen Gesichter zeigten den gleichen glasigen idiotischen Ausdruck.

Auf dem Tisch stand eine Schüssel, weißes Porzellan wie ein Totenlicht. Ragnal zwinkerte, um klarer zu sehen. Wahrscheinlich war es aus dem Lagerhaus geklaut. Es brannte kein Öl, sondern etwas anderes, das wie Stücke haariger Borke aussah und einen dichten, schweren Rauch absonderte, der sich über der Tischplatte ausbreitete. Als er zusah, beugte sich zuerst einer, dann noch einer und ein dritter der Techniker nach vorne und atmete den Rauch mit Mund und Nase ein.

Ragnal lauschte dem Geplapper und roch den bitteren Rauch, und der Yang rumorte in seinen Mägen. Sein Kummer wurde kalt. Techniker Dihbat, Chobans jüngerer Bruder. Wie Girs sein jüngerer Bruder gewesen war. Wenn dieser Dihbat so weiterredete, würde er bald zur unqualifizierten Arbeitskraft degradiert. Vielleicht würde er als Zwangsarbeiter in Ketten auf dem Acker enden. Es war schon gefährlich, diesem Dummkopf zuzuhören. Er leerte sein Glas, stellte es mit der übertriebenen Sorgfalt des stark Betrunkenen ab und tappte schwankend hinaus. Er gab sich absichtlich den Anschein, kaum auf den Beinen stehen zu können, damit jeder denken sollte, er hätte nichts gesehen und nichts gehört.

Es waren Techniker und Kulis in der Schenke, denen es nichts ausmachen würde, Dihbats aufrührerisches Gerede zu melden. Oder Ragnals Anwesenheit. Er wollte in der Lage sein zu behaupten, er habe nicht bemerkt, was vorging, weil er betrunken und voll Kummer gewesen sei. Damit und mit seinem Ruf der Verschwiegenheit sollte er vor Schwierigkeiten verschont bleiben. Ykkuval Hunnar war nicht nachtragend oder rachsüchtig, aber er war ein rücksichtsloser Mann, der nur zu gut wußte, wie schädlich es für ihn sein konnte, wenn er solches Gerede duldete. Dihbat war ein Dummkopf.

Als er von den offenen Feldern in den bewaldeten Streifen zwischen dem Dorf und dem Kushayt kam, blieb sein Fuß an einer Wurzel hängen, und er fiel vornüber. Er lag eine Weile, ohne sich zu bewegen, und langsam sank grauer Staub auf ihn herab. Dann grunzte er. Lächerliche Welt. Alles war so leicht, daß es wie eine Matratze war, wenn man hinfiel. Ach, aber für Girs war es keine Matratze gewesen. Ein Absturz. Feuer. Verbrennen… Er krümmte sich in seinem Kummer und weinte zum ersten Mal, seit er die Nachricht vom Tode seines Bruders erhalten hatte. Er schlug mit den Fäusten auf den wurzeldurchzogenen Waldboden, schlug die fühllose Erde. Girs war tot, und niemanden kümmerte es. Man grub die Toten ein und vergaß, was sie getötet hatte.

Eine gepfiffene Melodie. Schritte.

Ragnal sprang auf, wäre beinahe wieder gefallen, rieb sich das Gesicht, klopfte sich Staub vom Overall. Als er sich wieder aufrichtete, sah er den Einheimischen, der Ykks Schoßhund und Ykks Liebling genannt wurde, um die Wegbiegung kommen. Ein häßlicher Kerl. Eine Landkarte voller Runzeln und Falten, um dünne Gebeine gewickelt, die aussahen, als brächen sie, wenn man wie nur anblies. Wäßrige blaue Augen mit der Ausdruckskraft polierter Bachkiesel.

Als er Ragnal sah, brach sein Pfeifen ab, er zog die Schultern bis zu den Ohren hoch und trat an den Wegrand, wo er mit niedergeschlagenem Blick stehenblieb.

Ragnal schnaubte, dann ging er fort. Je weniger er mit diesem da zu tun hatte, desto besser. Selbst wenn sie nur halb menschlich waren, konnte man einen Einheimischen respektieren, der einem einen guten Kampf liefern konnte. Aber so einer…

Als Ragnal unter den Bäumen hervorkam und die Torwächter sah, verstärkte er wieder seinen unsicher schwankenden Gang und die Vorsicht seiner Bewegungen, als ginge er auf einem Boden, der sich unter ihm neigte, durch einen Porzellanladen.

Als er die massiven Tortürme passiert hatte und den Kushayt betrat, entspannte er sich, und sein Atem ging leichter. So bescheiden es in seinen Abmessungen und seinem Erscheinungsbild auch wirkte, dies war ein Stück Heimat. Die Gebäude innerhalb der Einzäunung hatten das Aussehen von Masse, selbst wenn das Gewicht nicht wirklich da war; sie waren massiv und ebenerdig gebaut, mit angenehm dicken Wänden und keinen albernen Fenstern, die nur die Last des Mauerwerks minderten. Die Straßen waren gerade und mit Schwereplatten gepflastert, so daß sie eine ehrliche Zugkraft besaßen. Die Häuser waren eckig und behielten ihre Herzen für sich, keine vulgäre Schaustellung verlockte die Charakterschwachen zum Diebstahl. Alles war so, daß die Yerechs draußen es nicht verstehen würden.

In der winzigen Wohnung, die zu den Vorzügen gehörte, die seine Stellung ihm gewährte, entkleidete er sich und trat in die Duschkabine, wo er sich den prickelnden Nadeln des heißen Wassers aussetzte, die Stirn gegen die Wandkacheln gedrückt, die Augen geschlossen. Die Massage des warmen Wassers wusch mehr als den Staub der Welt ab.

Als der Warmwasservorrat erschöpft war, stolperte er hinaus, trocknete sich ab und fiel ins Bett. Sein Gewicht schaltete die Schwereplatte ein, die den Schlaf angenehmer machte. Er begann darüber nachzudenken, was er gehört hatte, über Genri und Hunnar, über Girs' beinahe tägliche Beschwerden wegen der schlechten und unzureichenden Ausrüstung, aber bevor er über die Erinnerung hinaus zu Plänen kommen konnte, versank er in tiefem Schlaf.

Als Ilaörn den betrunkenen Chav davontappen sah und an das verwüstete, von Tränen gestreifte Gesicht und die zornig verfinsterte Miene dachte, lächelte er. Einer für uns, dachte er. Ich hoffe, du brennst, wie ich brenne; ich hoffe, du leidest Schmerzen, die niemals aufhören. Er holte tief Atem, rückte den Schultergurt seines Tragbeutels zurecht und ging weiter. Die Mesuch töteten das Leben von Beluchad bis zu den winzigen Bodenbewohnern, damit sie ihre stinkenden Knollen anbauen konnten, aber der Ykkuval wollte einheimische Pflanzen in seinem Dushann-Garten. Wollte Grün und Blüten sehen. Nun, ihm verschaffte es eine Gelegenheit, ins Freie zu kommen, im Garten zu arbeiten, wo er sie nicht um sich her riechen und die Grunzlaute hören mußte, die sie Sprache nannten, wo er diese häßlichen, würfelförmigen Gebäude nicht sehen mußte.

Als er unter den Bäumen hervorkam und wieder die Überreste des Dumel Dordan sah, kniff er die Lippen zusammen. Die Mesuch hatten das Dorf mit der gleichen Gedankenlosigkeit zerstört und eingeäschert, wie die Barbaren, die Imue zu ihrem Vergnügen verbrannt hatten. Tausend und abertausend Jahre von Leben und Sterben, Geburt und Knospung verloren. Dordans Lied war zu Ende. Niedergewalzt von den Gleisketten ihrer monströsen Maschinen.

Er verließ den Weg und wanderte die Außenseite des leichten Zaunes entlang, der die Felder der Mesuch einschloß. Er hatte gelernt, sich von den Kulis der Mesuch fernzuhalten. Sie hatten rohe und schmerzhafte Vorstellungen davon, was lustig war. Seine Knie würden für den Umweg bezahlen, aber er hatte einmal erlebt, wie sie über ihn hergefallen waren, und schauderte bei dem Gedanken an ein weiteres Mal.

Die Bäume schlossen sich wieder um ihn und löschten die Geräusche der Mesuch-Maschinen und die Rufe der Kulis aus, das gelegentliche Aufheulen der Fior-Frauen an den Sklavenketten. Die Mühe und den Aufwand, die Keteng zu versklaven, ersparten sich die Chaven; sie töteten sie bloß. Die Denchok waren gleichzeitig zu fremdartig und ihnen selbst zu ähnlich, eine Abscheulichkeit in den Augen der Chaven. Die Lieder aus dem Krieg der Gestalten erzählten die gleiche traurige Geschichte. Vor Jahrtausenden kamen die Fior ins Land und töteten mit so wenig Verständnis und so viel Schlechtigkeit in ihren Herzen, wie die Chaven zeigten. Und wurden getötet, bis ein Zitherspieler die erste Sioll-Bindung mit einem Eolt einging. Ard Bracoin und Eolt Lekall sangen den großen Friedenschoral, der von Ard zu Eolt und wieder zu Ard ging und Frieden verbreitete.

Die Angis sausten durch die oberen Bereiche der Baumkronen. Ihre vierteiligen, durchscheinenden Flügel blitzten wie Diamanten in den Sonnenstrahlen auf, die harten Körper leuchteten rubinrot und smaragdgrün, saphirblau und topasgelb – fliegende

Juwelen, deren Rufe klare, reine Töne waren, hell und licht wie ihre Farben. Es gab in den Wäldern mehr Angis, als er erinnerte, vielleicht, weil sie auf den bewirtschafteten Feldern keine Nahrung mehr fanden.

Die Luft wurde feuchter, als er sich der See und dem vorgelagerten Sumpfland näherte. Der Wald war hier aufgelockert, und durch die niedrigeren, mehr verstreut wachsenden Bäume waren große Flächen des Himmels zu sehen. Die Brise trug ihm Salzgeruch zu, und weit voraus schimmerte das Sonnenlicht auf hellgrünen Schilffeldern, zwischen denen Wasserflächen blinkten, und flachen, buschbestandenen Sumpfinseln. Manche dieser Gewässer waren gefährlich, von schwimmenden Pflanzeninseln halb bedeckt und von unergründlicher Tiefe; an anderen Stellen konnte er zu den meist sandigen Sumpfinseln waten, ohne die Knie naß zu machen.

Ilaörn bewegte sich am Rand des Sumpfgebietes entlang und suchte den Boden nach knospenden Pflanzen ab, die er ausgraben und mitnehmen konnte. Er kam nur langsam vorwärts und blieb öfter stehen, um sich zu orientieren und die Sumpflöcher zu vermeiden, die einen unvorsichtigen oder ortsunkundigen Wanderer verschlucken konnten, bevor er Gelegenheit hatte, sich zu befreien. Hunnar wünschte gesunde, kräftige Blütenpflanzen für die Uferbegrünung seines künstlichen Bachlaufes und legte Wert auf farbenfrohe Blüten. Das bedeutete, daß zahlreiche Pflanzen, wenn sie nach der Blüte unansehnlich wurden, immer wieder ersetzt werden mußten.

Eine Gruppe von Kolkrain zog seine Aufmerksamkeit auf sich. Die siebenfach gelappten Blätter waren von einem gesunden Dunkelgrün, die Knospen zeigten erst eine Andeutung von Gold in den Spitzen. Wenn es ihm gelang, den größeren Teil des Wurzelsystems auszugraben, ohne zu viele der haarfeinen Wurzelfasern zu zerreißen, bestanden gute Aussichten, diese Gruppe zu verpflanzen und für die nächsten zwei Monate zur Blüte zur bringen.

Er kniete auf dem feuchten, sumpfigen Boden nieder, zog einen Plastikbehälter aus dem Rucksack und stellte ihn neben die Gruppe der Kolkrainpflanzen. Er zog den Klappspaten aus seiner Gürtelschlinge und machte sich an die – viel Feingefühl erfordernde – Arbeit des Ausgrabens. Die langsame, sorgfältige Tätigkeit brachte einen Seelenfrieden mit sich, den er seit Monaten nicht gefühlt hatte.

Es gab noch andere Befriedigungen, die ihm bei der Arbeit durch den Sinn gingen. Die Überwachungsinstrumente hatten ihn nicht bemerkt, als er Hunnar nachgeschlichen war und seine Begegnung mit dem Spion beobachtet hatte. Ilaörn lächelte selbstzufrieden über der Arbeit, aber das Triumphgefühl hielt nicht lange vor. Sobald Ykkuval hörte, was die Eolt waren, würde er sich für nichts anderes mehr interessieren und die Probegrabungen einstellen lassen. Aber es war schwierig, diese Chaven-Mesuch zu verstehen und ihre Absichten zu ergründen. Jedenfalls schien Hunnar über etwas verärgert. Verärgert, besorgt, enttäuscht. Ilaörn seufzte. Wenn er nur wüßte, was der Grund war…

Solange es keinen Verdacht gab, und keine gezielten Fragen, die ihn zur Konzentration auf einen bestimmten Sachverhalt zwangen, konnte er seine Geheimnisse wahren. Kein Verdacht – das war der Schlüssel. Vielleicht konnte er herausbringen, was den Ykkuval ängstigte. Irgendwie. Und dann würde er sie alle hinwegfegen.

Mit beiden Händen hob er die Kolkrainpflanzen aus der Erde, setzte sie in den Plastikbehälter, tauchte eine Hand ins Wasser und besprenkelte die Pflanzen. Dann schnitt er etwas Moos und stopfte es in die Ecken, um zu verhindern, daß die Pflanzen im Behälter herumrutschten. Er schloß den Deckel, steckte den Behälter in den Rucksack und stand auf.

Geld, dachte er. Wenn es zuviel kostete, würden sie anderswo hingehen. Wenn man an die Techniker herankommen und die Abbaumaschinen außer Betrieb setzen könnte...

Er sah ein farbiges Aufleuchten voraus und bewegte sich vorsichtig darauf zu. Seine Füße schmatzten im morastigen Boden.

Bevor er ein halbes Dutzend Schritte getan hatte, landete ein Gewicht auf seinem Rücken und stieß ihn vorwärts, daß er das Gleichgewicht verlor und vornüber ins sumpfige Gras schlug. Sein Rucksack flog davon, er wußte nicht, wohin.

Hände krallten sich um seinen Hals. Angestrengt keuchende Atemzüge an seinem Ohr.

Instinktiv preßte er das Kinn auf die Brust, schüttelte den Kopf hin und her, bekam einen Finger des Angreifers zwischen die Zähne und versuchte ihn zu beißen. Gleichzeitig stieß er aufwärts gegen das Gewicht, das ihn niederhielt. Es gelang ihm, die Knie anzuziehen, den Körper aufwärts zu stoßen und von einer Seite zur anderen zu werfen.

Sein Angreifer grunzte, das Gewicht kam ins Rutschen.

Er kam frei. Die Wut zog Stahlfedern in seine alten Knie, er sprang auf und warf den Angreifer, der sich eben aufrappeln wollte, mit einem Fußtritt zurück. Der Mann wälzte sich von ihm fort und krabbelte, von weiteren Tritten getroffen, schwerfällig davon, bevor er sich an einem Schößling aufwärts zog und wacklig auf die Beine kam.

Mehrere Augenblicke lang starrten sie einander an,

zwei alte Männer, die schnauften und zitterten, als die Wut sich legte. Dann sagte Ilaörn: »Danor?«

Der andere Ard spuckte vor ihm aus. »Drecksack. Fresser von Mesuchabfällen.«

Ilaörn ließ die Schultern hängen und blickte zu Boden. Seine Hände zupften nutzlos an seinen nassen, schlammbespritzten Kleidern. »Ich würde sterben, wenn ich könnte. Es ist mir nicht erlaubt.«

»Sterben! Wir werden nicht eher sterben, als bis wir dieses Land gereinigt haben. Ich sah Hereom brennen und brannte mit ihm, und ich brenne mit jedem Atemzug, den ich tue. Sterben ist leicht. Wir leben und kämpfen.«

Ilaörn starrte den hageren kleinen Fior an, der leicht gebeugt vor ihm stand und eine Hand an seinen Bauch drückte, wo Ilaörns Fußtritt ihn getroffen hatte. Sein Gesicht war abgezehrt, die Arme und Beine von schlechter Nahrung und schlechterem Schlaf ausgemergelt. »Du? Sieh dich doch an, Danor. Du könntest mit einem Hammer keine Nuß aufschlagen. Bei Chel Dés Tausend Augen, du könntest nicht mal mich töten, und sieh mich an!«

Danor schien noch mehr in sich zusammenzusinken, und das Feuer des Zornes erlosch in seinen Augen; er sah so alt und müde aus, daß Ilaörn sich halb ernsthaft fragte, ob er auf der Stelle sterben würde. Als Danor den Mund auftat, um etwas zu sagen, hob Ilaörn abwehrend die Hand und kam ihm zuvor. Hastig, aber mit Betonung, um dem anderen in den Schädel zu bringen, was er sagte, redete er auf ihn ein. »Sag mir nichts Wichtiges. Wenn die Mesuch dir diese Krone auf den Kopf setzen, würdest du deine Mutter und deinen Erstgeborenen verraten und alles andere tun, was sie von dir verlangen.«

Er sah sich um und verzog das Gesicht beim Anblick des durchnäßten Rucksacks, der im Röhricht lag. Wenn er keine lebenden Pflanzen finden und sein Werkzeug vollzählig zurückbringen konnte, bedeutete es Prügel und eine Sitzung mit der Krone. Chel Dé, in welche Gefahr konnte er sich begeben! Speichel überflutete seinen Mund, und er zitterte. Wieder ließ sein Körper ihn im Stich, wie er es so oft getan hatte, seit Hunnar ihn zum Haussklaven und Mädchen für alles gemacht hatte. Er schloß die Augen und wandte sich zur Seite, damit Danor seinen elenden Zustand nicht sähe, bückte sich und zog den Rucksack aus dem Schlamm.

Als er hineinschaute, schien der Plastikbehälter in Ordnung zu sein. Vielleicht würden die Kolkrainpflanzen die Mißhandlung überleben. Es war ein widerstandsfähiges Kraut.

Er setzte den Rucksack an einer anderen Stelle ins Wasser, um ihn später abzuspülen. Ohne sich umzusehen, sagte er: »Such dir eine trockene Stelle und setz dich hin, dann hör mir zu. Unterbrich mich nicht, sag nichts. Laß mich reden. Und dann geh.« Er starrte durch das Röhricht hinaus zu einer morastigen Wasserfläche, die unter der Sonne in täuschendem Blau schimmerte.

»Die Chaven... die Mesuch... sind gekommen, um Metalle und Edelsteine aus dem Boden zu holen, weil sie mit diesen Dingen Handel treiben. Es kümmert sie nicht, wem das Land gehört, sie nehmen, was sie wollen, weil sie es können. Sie töten die Eolt, weil es ein Spiel ist, das ihnen Spaß macht. Sie töten die Meloach und die Denchok, weil sie sich beleidigt fühlen, daß solche Kreaturen ihre Körperformen nachahmen sollten. Es ist nicht möglich, vernünftig mit ihnen zu reden oder zu diskutieren. Würdest du darauf hören, wenn ein Bladal dich bäte, es nicht zu schlachten? Würdest du sein Blöken und Trompeten verstehen oder als Sprache betrachten? Nein! Ich sagte, du sollst nicht sprechen, nur zuhören.

Es ist wichtig, Danor. Wenn du auch nur einen von ihnen tötest, und es ist bekannt, daß ein Fior oder Keteng für die Tat verantwortlich ist, werden sie schreckliche Vergeltung üben. Tausend Keteng, tausend Fior lebendig verbrannt, um für einen toten Chav zu bezahlen. Ihre Ehre verlangt es. Ich verstehe nicht, was sie mit Ehre meinen, aber ich habe genug gelernt, um zu wissen, daß es für sie sehr wichtig ist. Ohne sie können sie nicht leben. Ich sage nicht, daß man sie nicht töten solle; ich sage, es muß wie ein Unfall aussehen. Vor fünf Tagen starben zwei in solch einem Unfall, und einer ihrer Luftwagen ging auch zugrunde. Was sie tötete, war Rauch von der Schale eines brennenden Schläfers; der machte sie wild, brachte sie um den Verstand, so daß sie die Herrschaft über ihre Maschine verloren. Was einmal geschehen ist, kann so eingerichtet werden, daß es wieder geschieht.

Jenseits des Meeres auf Banikoe gibt es eine andere Art von Mesuch. Einen von ihnen habe ich gesehen. Einen Verräter, der aus Groll und für Geld gegen seine eigenen Artgenossen spionierte. Es sind Feinde der Chaven. Ich konnte aus Hunnars Stimme die Bitterkeit dieser Feindschaft heraushören. Wir sollten über ein Bündnis mit ihnen nachdenken. Der Feind deines Feindes – du weißt, wie das geht.

Und ein Letztes. Ich sage es noch einmal, diese Mesuch werden vom Streben nach Gewinn angetrieben. Richten wir es so ein, daß der Bergbau sie hier zuviel kostet, werden sie abgerufen und der Bergbau geschlossen. Sprich mit unseren Bergleuten, die das Abbaugebiet im Gebirge kennen. Sag ihnen, sie sollen die Oberflächenkriecher zerstören, die wie metallene Häuser auf Raupenketten aussehen. Sie steuern die Abbaumaschinen. Es wird den Betrieb lahmlegen und zur Schließung des Bergbaus führen. Achtet darauf, daß es nach Möglichkeit wie ein Unfall aussieht. Und macht euch klar, daß die Chaven sehr schlau und mißtrauisch sind und daß sie, wenn ihr nicht sehr klug und geschickt vorgeht, sich jeden Verlust in Blut bezahlen lassen.«

»Ilaörn, ich habe eine Frage.«

»Sei vorsichtig. Sag mir nichts Wichtiges oder Geheimes.«

»Unsere Keteng wandern bereits nach Süden, fort von hier. Die Fior, die den Sklavenketten entgangen sind, gehen mit ihnen. Werden die Mesuch sie verfolgen und aufstöbern?«

»Wenn es ihre Ehre oder ihren Profit berührt, ja. Oder wenn sie uns anderen eine Lektion erteilen wollen.« Er ergriff den Rucksack bei den Schultergurten und zog ihn im flachen Wasser hin und her, um den Schmutz abzuspülen. »Ich wünschte, du hättest mir das nicht gesagt. Es ist etwas, was er mich fragen wird, wenn er meint, es wissen zu müssen.«

»Deine Chaven wissen es schon. Wir haben Nachricht, daß ihre Luftwagen den Wanderern folgen.« Danor stand auf. Ilaörn hörte den morastigen Boden unter seinen Füßen schmatzen. »Und wenn wir nichts tun, wird es weniger Todesopfer geben?«

»Ich weiß es nicht.«

»Du bist der einzige Beluchari innerhalb dieser Mauern. Wenn du uns etwas zu sagen hast, wie können wir davon erfahren?«

»Nachdem die Unfälle beginnen, darfst du nicht in meine Nähe kommen, selbst wenn er mich hinaus läßt. Das ist wichtig. Sie haben Mittel zur Beobachtung und zum Belauschen, die alles übertreffen, was du dir vorstellen kannst.« Ilaörn lauschte dem sanften Plätschern des Wassers, als er den Rucksack hin und her zog. Die Bewegung wirbelte schwarzen Bodenschlamm auf. »Die Rätselmethode«, sagte er nach längerem Schweigen. »Als Imue brannte, wollte ich meine Zither verbrennen, tat es aber nicht. Ich wurde zu früh gefangen, und danach brachte ich es nicht übers Herz. Ich habe seitdem nicht gespielt, aber ich habe sie geölt und genährt. Ich werde meine Nachrichten in Rätseln verschlüsseln, und du kannst die Ohren spitzen, um die Bedeutung herauszufinden. Wenn du eine Nachricht für mich hast, mach es genauso.« Er seufzte. »Und nun geh fort und laß mich meine Arbeit tun.«

Hunnars Schatten fiel plötzlich und ohne Warnung auf Ilaörn. Die Hände des Beluchari begannen zu zittern, und er verstreute Erdkrumen über die anderen Pflanzen. Er biß sich auf die Zunge und fuhr fort, Melidai auszugraben, um sie durch die Kolkrainpflanzen zu ersetzen. Bei Chel Dés Tausend Augen, diese massigen Mesuch konnten sich wie Daunenfedern bewegen, wenn es ihnen in den Sinn kam.

»Du bist verdreckt. Was ist passiert, sind die Kulis wieder über dich hergefallen?«

Ilaörn stand auf, neigte den Kopf und hielt die Hände in der Art der Ehrerbietung. »Nein, o Ykkuval. Ich stolperte über das Wurzelgeflecht und fiel ins morastige Wasser. Es war etwas mühsam, wieder herauszukommen.«

»Mh. Was pflanzt du da?«

»Es wird Kolkrain genannt, o Ykkuval. Es wird eine kleine dunkelgelbe Blüte hervorbringen, danach eine glänzende rote Sporenkapsel. Was die Verwendung angeht, so weiß ich keine, außer als Dekoration.«

»Ta'ma, dann mach weiter, damit sie dir nicht eingehen, die Pflänzchen.« Hunnar schlenderte davon, die Hände auf dem Rücken ineinandergelegt.

Ilaörn ließ sich auf die Knie sinken, ballte die Hände zu Fäusten und zitterte noch eine Weile. Dann riß er sich zusammen, schöpfte Wasser aus dem Bach, durchfeuchtete die Erde damit und setzte die Pflanzen aus dem Behälter in ihre neue Heimat um.

»Sieht nicht besonders aus.« Hunnar war zurückgekommen, stand am anderen Bachufer und sah ihm bei der Arbeit zu.

»O Ykkuval, es wird eine Weile dauern, bis die Pflanzen sich hier eingewöhnen.«

»Ta'ma, die Gärtnerei ist nicht mein Geschäft.«

»Nein, o Ykkuval. Sie haben viel mehr zu bedenken als ein elendes kleines Kraut.«

»Mh. Du weißt nicht, wie wahr das ist.« Er ging auf dem Pfad mit seinen sorgfältig ausgelegten flachen Steinen auf und ab, den Kopf in den Nacken gelegt, so daß er in den Himmel blickte, nicht auf den Weg oder zu Ilaörn, obwohl er zu ihm sprach.

Ilaörn umgab die Kolkrainpflanzen mit Moos, das er in die Erde drückte, um ihr Austrocknen zu verhindern, und goß mehr Wasser darauf. Das Moos würde die Feuchtigkeit halten und die Wurzeln der Pflanzen bei Laune halten, bis sie ihre eigene Nahrungsquelle erschließen konnten. Es war nicht das erste Mal, daß Hunnar ihn als Resonanzboden verwendete. Nach allem, was er vom Leben der Chaven gesehen hatte, würde der Ykkuval nicht wagen, in dieser Weise zu seinen Artgenossen zu sprechen; es würde als eine Schwäche aufgefaßt, die sie benutzen könnten, ihn aus dem Sattel zu heben. Er konnte keinem vertrauen. Hatte nicht einmal eine Frau, die seinen Ehrgeiz teilte, zumindest nicht hier oder noch nicht. Einstweilen mußte er den Lückenbüßer machen und die fehlende Vertrauensperson ersetzen. Ilaörn wußte, daß er ein toter Mann sein würde, wenn er irgend etwas davon ausplauderte. Er bewässerte die Kolkrainpflanzen gründlich und befreite ihre Blätter von anhaftender Erde.

»Sie wissen nichts, sie wissen nichts, sie geben Tausende für Anrufe aus, um mir die Vergeudung von Zeit und Geld vorzuwerfen. Schaff dir die Yaraka vom Hals, sagen sie mir, aber bring uns nicht in Verlegenheit und laß dich nicht mit blutigen Händen erwischen. Wenn ich frage, was sie von mir erwarten, sagen sie, es sei meine Sache und nicht ihre. Wann fangen Sie mit den Lieferungen an, das ist alles, was wir wissen wollen, sagen sie. Wir haben Verpflichtungen. Wir brauchen Erze, Mineralien. Wir werden Ihnen noch sechs Monate geben, von da an werden Sie die Ausgaben aus ihrer eigenen Tasche bestreiten müssen. Hah! Sie halsen mir diesen Schwachkopf mit dem großen Maul auf, diesen Genri. Was für ein Trottel! Ich würde gern mit ihm umspringen, wie sie es mit mir tun. Ihm Feuer unter dem Hintern machen, bis er um Gnade winselt. Das täte ich gern, aber es ist unmöglich. Seine Mutter ist Gatyr ni Jilets Schwester, und seine Schwester ist im Begriff, Tomar ni Koroumak zu heiraten. Würde mir selbst die Kehle durchschneiden, wenn ich es versuchte. Ich muß etwas tun, kann aber nicht liefern, wenn die halbe Anlage stillsteht. Muß ihn irgendwie abschirmen, ihm so viel zu tun geben, daß er sich nicht einmischen kann…«

Ilaörn ließ den Wortschwall über sich ergehen, nickte und machte kleine aufmerksame Geräusche, während er sich am Ufer entlang bewegte und die Pflanzen einsetzte, die er mitgebracht hatte. In all diesem Geschwafel war nichts Nützliches, nichts, was er nicht schon vorher gewußt hätte. Alte Männer, dachte er. Danor hatte es ihm nicht gesagt, aber er wußte Bescheid. Eine Schar von alten Männern, die Krieg planten. Er nahm die letzte Pflanze aus dem Behälter, eine junge mit einer einzigen kleinen Knospe, setzte sie in das vorbereitete Loch, häufte behutsam Erde herum und drückte sie mit den Fingerspitzen fest.

Hunnar schritt weiter auf und ab und machte seinem Zorn und seiner Enttäuschung, seinem Ehrgeiz und seinem Verdruß Luft. Ilaörn fuhr fort, ermutigende Geräusche zu murmeln, achtete nicht auf die Worte und beschäftigte sich anderweitig; als er die Umpflanzung beendet hatte, entfernte er abgestorbene Blätter, lockerte den Boden auf, um den Wurzeln Luft zuzuführen. Er wagte weder das Bachufer zu verlassen, noch einfach untätig dazusitzen.

»...und jetzt ist diese Gruppe von Universitätsleuten da, lästige Schnüffelnasen. Wenn dieses Ding mit den Luftquallen herauskommt...« Seine Stimme brach ab. Ganz plötzlich.

Ilaörn blickte auf.

Hunnar stand ihm gegenüber am anderen Ufer und starrte ihn finster an. Es war kein Zorn, die inneren Lider des Chav waren nicht unten, und seine Augen sahen stumpf und umschattet aus.

Ilaörn blickte kurz in diese Augen, dann schlug er den Blick nieder. Chaven reagierten gewalttätig und ohne zu überlegen auf ein herausforderndes Starren, selbst wenn es von ihresgleichen kam. Kam es dagegen von einem Einheimischen wie ihm, war es eine Einladung zu einem gebrochenen Genick. In den frühen Tagen, bevor Hunnar Haken in seinen Kopf gepflanzt hatte, als er aus Kummer trotzig reagiert hatte, war er mit gebrochenen Rippen, einem gebrochenen Schulterblatt und zwei Gehirnerschütterungen belohnt worden. Wie ein Hund, der abgerichtet wird, auf Befehl zu bellen oder nicht zu bellen, hatte er seine Lektion gelernt.

»Du wirst nicht darüber reden«, sagte Hunnar. »Nicht zu Chaven, nicht zu anderen. Verlaß dich darauf, daß ich es herausbringen werde, wenn du es tust.«

»Ich habe es bereits vergessen, o Ykkuval.«

»Hm.« Nach einem langen, halb forschenden und halb drohenden Blick gab er sich zufrieden. Als er weitersprach, klang seine Stimme ruhig und nachdenklich. »Diese Schalen. Was ist die Wirkung des Rauches, wenn sie brennen?«

Ilaörns Verstand flatterte schreckhaft, während er sich bemühte, seine stumpfe und gleichgültige Miene beizubehalten, kein Interesse daran zu zeigen, was hinter der Frage lag. Chel Dés Tausend Augen, was sollte er tun? Wenn Hunnar die Information wirklich wollte, konnte er sie trotz allem, was Ilaörn versuchte, aus ihm herausholen, und noch mehr…

»O Ykkuval, ich bin nicht sicher, daß ich weiß, was Sie meinen.«

»Deine Leute, nicht diese Kohlköpfe, was haben sie davon? Es gibt welche unter euch, die Geschmack an diesem Rauch finden, nicht wahr?«

»Ich schnüffelte Rauch, als ich ein junger Mann war. Es gab Gründe dafür. Man könnte es eine religiöse Sache nennen.« Er schloß die Augen und dachte: Ich spreche nicht zu ihm, sondern zu dir, Sioll Imue, zu deinem Geist, wo immer er ist. »Ich habe es seit damals nicht getan«, sagte er laut, »aber ich kann mich an den Tag erinnern. Meine Sinne erweiterten sich und umfaßten die ganze Welt und den Himmel und alles dazwischen. Der Gesang eines Angi war – ah – strahlend und köstlich für meine Ohren – wie seine Juwelenfarben es für meine Augen waren. Ich konnte Gras wachsen und den Saft in den Bäumen aufsteigen hören. Ich habe seither andere Vergnügen gehabt, aber keines, das dieser Erfahrung ganz gleich gekommen ist.« Er öffnete die Augen. »Und viele der Aroch – das sind diejenigen, die die Schläfer pflegen – leben das ganze Jahr auf den Schlaffeldern, weil sie nicht ohne den Rauch sein können, ohne zu leiden. Aber wie das Einatmen des Rauches auf einen Chav wirken würde, kann ich nicht sagen. Sie würden es erproben müssen.«

Ilaörn starrte ins fließende Wasser und fragte sich, ob Hunnar ihn sondiert, um sich zu vergewissern, daß er die Wahrheit sagte. Eine Mischung von Schrecken und Vergnügen lähmte seinen Körper, und er hätte sich in diesen Augenblicken nicht einmal bewegt, wenn Hunnar ihn mit der Peitsche geschlagen hätte.

Nach einer langen Stille blickte er auf.

Hunnar war fort.

6

Der Beginn der Reise

Gähnend und nach zwei Nächten beunruhigender Träume noch halb im Schlaf, trug Shadit ihre Zither und ihr übriges Gepäck aus dem Raum der Herberge und stand draußen hinter den Arkaden, wo die Schatten der herabhängenden Rebenblätter ihr Gesicht überspielten. Es war ein heißer Tag, feucht und schwül; Schweiß blieb auf der Haut, Insekten umschwirrten den Kopf, und jeder Atemzug brachte eine Ladung feinster Pflanzensporen und ein ganzes Sortiment von Gerüchen, angefangen mit dem übersüßen Duft der Baumfrüchte im benachbarten Feld bis zum beißenden Geruch von Pferdeurin.

Ein Bild des Friedens. Sie blickte auf. Durch die herabhängenden Weinblätter sah sie einen Flieger am Himmel kreisen. Beschützer oder Spion? Wahrscheinlich beides. Der Goes Koraka war kein Dummkopf. Sie fragte sich, ob sie töricht war, hier zu bleiben. Wenigstens ging sie diesmal mit offenen Augen in das hinein, was sie erwartete, statt durch ein Loch zu fallen.

Gefolgt von einer Horde neugieriger Kinder, kamen Aslan, Duncan Shears und Marrin Ola auf einem anderen schattigen Weg zum rückwärtigen Teil der Herberge, um die Formalitäten zu erledigen, bevor die Arbeit begann. Sie rieb sich die Falkentätowierung und seufzte betrübt, weil die Begeisterung, die sie noch vor zwei Tagen verspürt hatte, sich verflüchtigte und sie wieder kalt und trübe zurückließ. Ruhelos. Selbst der Gedanke an die ermordeten Eolt weckte nur ein Echo von Gefühl in ihr. Und die bevorstehende Überlandreise auf Pferden war auch nicht geeignet, ihre Stimmung zu heben. Es war dumm, daß die Eolt dem Goes nicht erlaubten, sie in einem Flieger zu schicken.

Eine Fior-Frau und zwei Ketengs mit büschelartigem Flechtenbewuchs um die Hüften zogen einen Reinigungswagen vorbei; sie hielten einen Augenblick inne, um dem Trupp der Fremden nachzublikken, dann zogen sie den Wagen in ihren Raum und machten sich mit viel Schlagen, Klappen, Wasserplatschen und wenig schmeichelhaften Bemerkungen über die Mesuch, die ihnen jetzt überall auf den Leib rückten, an die Arbeit. Aslan kam aus dem Durchgang und winkte ihr. Shadit ging hinüber und folgte ihr in den Arbeitsraum.

»Was gibt es?«

Aslan schob ihr einen Hocker hin, setzte sich auf einen Stuhl und stützte die Ellbogen auf einen der Arbeitstische. »Schlechte Nachricht, Leute. Vielleicht ist eine Änderung der Pläne angezeigt.«

»Haben wir nicht schon genug schlechte Nachrichten bekommen?« Shadit sah sich nach dem Störgerät zur Ausschaltung unerwünschter Mithörer um und zog die Brauen hoch.

»Nicht nötig. Jeder, der uns beobachtet, weiß schon, was ich sagen werde.« Aslan hielt einen Datenträger hoch und warf ihn auf den Tisch. »Mit diesem Ding ging ich heute morgen hinüber zur Enklave und sprach mit Koraka. Er kam schnell zur Sache und führte mich selbst in die Nachrichtenzentrale. Und dort konnten wir sehen, wie die Software dahinschmolz, gefolgt von der Sicherungskopie. Totalausfall, bis die Nachrichtentechniker des Goes darauf kommen, was geschehen ist, und dafür sorgen können, daß es sich nicht wiederholen wird. Ein Techniker nahm die Fähre zur Parkstation. Dort ist es das gleiche. Er mußte alles Personal aus der Station abziehen, weil die Steuerung der lebenserhaltenden Systeme versagte. Das nächste Schiff wird erst in drei Monaten erwartet, also sitzen wir hier fest. Wir können jetzt zweierlei tun. Entweder kehren wir zurück zur Enklave und warten dort ab, bis das Schiff kommt, oder wir machen wie geplant weiter und riskieren, umgebracht zu werden.«

Shadit stand auf. »Sieht nicht so aus, als hätte sich seit unserem letzten Gespräch allzuviel geändert.« Sie schwang ihren Rucksack über die Schulter, nahm den Zitherkasten unter den Arm. »Diese Panne zur Unzeit ärgert mich, aber ich bin dabei. Ich werde die Reise aufzeichnen und Beobachtungen diktieren. So oder so, die Nachricht von dem, was hier vor sich geht, wird die Außenwelt erreichen.«

Ohne abzuwarten, worauf die anderen sich einigten, verließ sie mit ihrem Gepäck den Raum und ging hinaus zu den Stallungen hinter der Herberge, wo Maorgan und der Metan Chachil die Reit- und Tragtiere zusammenstellten.

Ein Keteng mit einem so überwachsenen und komplexen Flechtengewebe, daß er aus einem Dickicht zu spähen schien, stand bei einer Reihe von zwölf struppigen kleinen Pferden und verhandelte über ihre Ausleihgebühr. Seine Stimme wurde mit jedem Wort lauter und schriller; er sei bezahlt worden, wolle aber eine zusätzliche Sicherheit für die Rückgabe, denn er habe die Meldung, daß es von Chorek wimmele wie von schwarzen Stechfliegen an einem trockenen Tag. »Sie töten Pferde oder rauben uns alles andere, was sie fortschleppen können. Mein Ältester ist in der dritten Knospung, und der Jüngste streift die Haut ab, ich brauche Öl, um beim Wechsel zu helfen. Wie soll ich meine Familie durchbringen, wenn meine Pferde in den Kochtöpfen der Chorek enden?« Er fuchtelte mit den Armen. »Und wenn die Mesuch sie nicht zurückbringen? Ard? Was kümmert sich ein Ard um Denchok und ihre Sorgen? Er lebt vom Fett des Landes!«

Ohne auf seine gestikulierende Rede zu achten, legten zwei Fior und drei viel jüngere Keteng Packsättel auf sechs der Pferde und beluden sie mit Gepäck und Lebensmittelvorräten. Von den sechs restlichen Tieren waren drei gesattelt und drei hatten Leitseile an den Halftern.

Shadit zog die Brauen hoch. Chorek? Drei Pferde? Sie fragte sich, für wen die anderen waren. Sie verließ den Schatten und ging hinaus ins heiße Sonnenlicht.

»Guten Morgen, Maorgan. Wann brechen wir auf?«

Maorgan blickte zum Himmel auf, wo die treibenden Eolt golden im Licht schimmerten, und prüfte den Sonnenstand. »Bald. Nach alter Gewohnheit beginnen wir wichtige Reisen um die Mittagsstunde, wenn uns die Sonne auf die Köpfe scheint.«

»Warum? Würde es nicht besser sein, früh aufzubrechen, wenn es nicht so heiß ist?«

»Ach, Shadowsong, das ist der Mesuch, der aus Ihren Worten spricht.« Er zog den Rücken seines Zeigefingers über den Hals des nächsten Pferdes. »Die Caöpa beziehen Kraft aus dem Sonnenlicht wie die Eolt. Sie können länger gehen, wenn wir später aufbrechen. Außerdem sollte der Beginn einer Reise einen festgesetzten Zeitpunkt haben, damit man weiß, wo man ist.«

Shadit lächelte und nickte. »Sie haben recht. Mein Verstand ist noch in den falschen Denkmustern befangen. Welcher Caöpa ist meiner?«

Er wies mit einem listigen Zwinkern der blaßblauen Augen auf einen: »Der da.«

Das Pferd hatte eine struppige Mähne und lange Wimpern, und sein Braun war so dunkel, daß es fast schwarz wirkte. Sein Fell war durchzogen von dünnen

Flechten, die ihm eine seltsam runzlige Beschaffenheit und einen grünlichen Schimmer verliehen. Pferde jeder Art wurden im allgemeinen mit den vielgestaltigen Abkömmlingen der Vetternrassen in Verbindung gebracht, nicht mit einheimischen Arten der Welten, wo sie lebten, also konnte der entfernte Ahne dieses kleinen Reittieres als befruchtetes Ei mit den ersten Fior mit hierher gekommen sein. Es und die Pflanze, die symbiotisch auf ihm gedieh, mußten seitdem mutiert sein – oder die alten Fior hatten seine Gene verändert. Sie nahm sich vor, Maorgan zu fragen, wann die ersten Moospferde aufgetaucht waren. Caöpa nannte er sie, aber sie fand es schwierig, an diesen Namen zu denken, wenn sie die Tiere sah.

Sie kratzte ihrem Caöpa den Kopf und machte gurrende Geräusche, und er schloß die Augen und lehnte sich an sie, daß sein Kopf schwer an ihrer Schulter ruhte.

Hinter ihr ertönte die Stimme eines Jungen. »Er heißt Breou.«

Sie sah sich um. »Warum Breou? Er stinkt nicht.«

»Er macht Gestank. Warten Sie nur, und Sie werden sehen.«

Utelel kicherte, schürzte die Lippen und blies ein lautes »BRRRUPPP!«

»Ah. Jetzt verstehe ich, warum Ard Maorgan so ein Gesicht machte.«

Der Junge, es war Glois, kam an Utelels Seite und nahm ihn bei der Hand. »Wir sollten mit Ihnen gehen. Wir sind alt genug.« Er runzelte die Stirn. »Beinahe. Was macht ein Jahr schon aus?«

»In einem Jahr könnte in deinem Kopf ein wenig Vernunft wachsen, mein Junge.« Maorgan trat zu Shadit. »Du und dein Komplize bei der Schandtat, lauft hinüber, wohin ihr gehört und belästigt die Zitherspielerin nicht mit eurem Unsinn.«

Glois verzog das Gesicht zu einer albernen Grimasse, und er und Utelel zogen ab.

»Shadowsong.«

Shadit wandte sich um, an die Flanke des Caöpa gelehnt, und kraulte mit den Fingern das dicke, drahtige Haar der Mähne. Er hatte sich angewöhnt, sie so zu nennen, als sie erklärt hatte, warum Aslan sie Shadow statt Shadit nannte. Anscheinend gefiel ihm die Vorstellung einer Sängerin im Schatten, und vielleicht auch die Art und Weise, wie die Silben ihm von der Zunge gingen, wenn das Wort in Beluchari übersetzt wurde: Chulchelit. Es gefiel ihr sogar selbst. »Hm?« fragte sie.

»Wir werden drei Reiter sein, nicht zwei. Ard Danor von Melitoe kommt mit uns. Das ist der dort drüben, etwas hinter Metan Chachil.«

Danor war ein alter Fior, der abseits vom Lärm und Getriebe stand, so sehr in sich gekehrt, daß sie glaubte, beinahe die Lücke zu sehen, die in der Luft um ihn blieb. In dieser runzligen Haut verbarg sich eine furchterregende Mischung von Haß, Wut und Kummer. Es traf ihre Nerven wie eine Berührung von Brennesseln. Der Gedanke, Tage in seiner Nähe zu verbringen, war nicht erfreulich.

»Ihr Freund ist eine Haut um einen Kern von Zorn.«

»Er ist ein wandelnder Toter.« Sein Blick verdüsterte sich, und ihm schauderte, als er aufblickte und Eolt Melech golden schimmernd über sich treiben sah. »Sie hörten Eolt Lebesairs Lied. Die Mesuch in Melitoe jagen Eolt, um sie brennen zu sehen. Sein Sioll ist Asche im Wind.« Er kniff die Augen zusammen und spähte an Melech vorbei zu dem Yaraka-Flieger, der in der Höhe kreiste, und runzelte mißvergnügt die Brauen. »Beinahe denke ich, wir waren gesegnet, daß die es waren, die zu uns kamen.«

Sie nickte. »Wenn Sie Diebe zu Gast haben müssen, ist ein unaufdringlicher vorzuziehen.«

Ein Denchok mit einem Flechtengewebe mittlerer Größe saß auf einem Hocker und spielte auf einer großen Leier. Eine kleine Gruppe von Meloach und Fiorjungen saß um ihn und begleitete sein Spiel mit Flöten und Handtrommeln. Auch Glois war unter ihnen; er spielte eine Panflöte, die beinahe so lang war wie sein Arm. Utelel kauerte neben ihm und bearbeitete mit den Fingern eine doppelte Handtrommel, die er zwischen den Knien hielt.

Etwas abseits standen Metan Chachil und Teseach Ruaim und befingerten die Medaillen, die Zeichen ihres Amtes waren. Die übrigen Dorfbewohner von Alsekum standen in schwatzenden Gruppen herum, lachten, stellten Fragen, betrachteten die Pferde, Shadit und die anderen. Kinder der Meloach und Fior liefen lärmend herum, spielten Fangen und Versteck, und einige warfen einen Lederball von der Größe eines Kinderkopfes herum.

Als die Sonne direkt über ihnen stand, drang ein Akkord von unvergleichlicher Schönheit von den beiden schwebenden Eolt herab. Die Dorfbewohner wurden still, die Musikanten ließen ihre Instrumente ruhen.

Im Steigen und Fallen, als würden sie von den Wellen eines unsichtbaren Ozeans bewegt, erzeugten die Eolt eine Symphonie von Bildern und Klängen, und unten auf dem Dorfplatz sang Ard Maorgans Zither mit ihnen, spielte eine Oberstimme von Harmonien, die die Orgelsymphonie umrankten und die Klänge der Eolt in einer Weise ergänzten und vervollständigten, die unmöglich zu beschreiben oder auch nur zu verstehen war.

Shadit hörte die Musik und wußte, ohne es genauer bestimmen zu können, daß sie Worte enthielt, Worte, die die Sonne, den Tag und die Reise feierten, obwohl sie dies alles mit dem Gehirn, das ihr jetzt zueigen war, nicht vollständig übertragen konnte. Noch konnte sie das volle Ausmaß des Kummers nachfühlen, der die Seele des alten Danor zerfraß, der mit gesenktem Kopf dastand und dem Gesang lauschte, an dem er nicht mehr teilhaben konnte. Sie begann zu begreifen, was die Sioll-Bindung bedeutete, was ein Ard war, und warum sie für die vereinten Völker von Beluchad so bedeutungsvoll waren.

Mit leichtem Stirnrunzeln sah Aslan die Kolonne hinter einer Baumgruppe außer Sicht kommen. Auf dieser Expedition hatten Duncan Shears und sie mehr Bewegungsfreiheit als gewöhnlich; die Universität war stillschweigend einverstanden, daß sie ihre Tätigkeit nicht auf das bloße Sammeln und Aufzeichnen volkskundlichen Materials beschränkten, würde es aber entschieden mißbilligen, wenn Aslan sich hinreißen ließ, in Konflikte der Eingeborenen mit Dritten einzugreifen und die Regenten in Verlegenheit zu bringen. Sie seufzte. Shadit wußte es, aber sie war keine Wissenschaftlerin und würde es nie sein; sie war zu heißblütig. Auch sie war nicht ganz glücklich mit ihrer ethnologischen Schnüffelei, denn darauf lief es hinaus, wenn man die hübsche Verpackung beiseite ließ. In dieser schwierigen Lage kam es darauf an, mit Umsicht den richtigen Kurs zu steuern und die notwendige Arbeit zu tun, solange sie ungestört blieben. Niemand konnte wissen, wie lang dies der Fall sein würde, bevor die Chaven entschieden, daß es an der Zeit sei, die lästigen Zeugen ihrer Tätigkeit zu beseitigen.

»Mein Name ist Budechil. Es ist ein Wort der alten Sprache aus der Zeit, bevor die Fior kamen. Es bedeutet Harmonie. Dieses Ding wird behalten, was ich sage? Zeigen Sie es mir.«

Aslan drehte das Aufnahmegerät herum, schaltete

die Wiedergabe ein, und ein kleines Abbild Budechils erschien auf der Mattscheibe und sprach die aufgezeichneten Worte.

»Ihoi!« Budechil kam schwerfällig hoch, beugte sich über den Tisch, führte die Hand zum Bild, betrachtete sie dann, als müßte etwas darin geblieben sein, bevor er sich wieder auf den Stuhl setzte. »Und wer wird dies sehen?«

»Eine Kopie wird im Universitätsarchiv aufbewahrt, damit Studenten und Wissenschaftler sie studieren können, eine zweite wird mit einem Lesegerät hier zurückbleiben, so daß Ihre Nachkommen in späteren Jahren Sie sehen und Ihre Geschichten hören können.«

»Meringeh! Was soll ich sagen?«

»Fangen wir mit Ihnen an, wer Sie sind, was Sie tun. Sie haben bereits Ihren Namen genannt, von da können wir ausgehen.«

Budechil tippte mit der Zungenspitze an den hornigen Beißkamm, der bei seinesgleichen die Zähne ersetzte. »Hm. Das Reden ist eine natürliche Sache, aber warum finde ich plötzlich, daß die Worte vor mir davonlaufen?« Er schloß die Augen und fuhr mit den Fingern der linken Hand über die Armlehne seines Stuhles.

Mehrere Augenblicke saß er still und mit geschlossenen Lidern, dann öffnete er die Augen und begann wieder zu sprechen, langsam zuerst und dann zusehends leichter und unbefangener. »Ich bin Budechil, der Ausbilder und Pfleger der Caöpa. Meine Abstammungslinie ist die der Chil-choad, und ich bin zur Zeit der Älteste der Linie. Mir unterstehen die Ländereien der Chil-choad im Ordumel Alsekum. Ich sage zur Zeit, weil ich die Schwere der Veränderung nahen fühle. Im nächsten Frühjahr, wenn die Melodach reifen, werde ich das Essen beginnen, und wenn der Sommer zu Ende geht, werde ich meinen Platz auf dem

Schlaffeld einnehmen. Wenn ich dann ein Eolt bin, werde ich keine Sioll-Bindung haben, denn ich habe nicht genug Musik in meiner Seele und bin nie mit einem Fior vertraut gewesen. Ich denke, wir werden eine Bindung in Alsekum haben. Die Jungen Glois und Utelel von der Linie Lel-beriod scheinen Talent zu haben und eine Musik zu entwickeln, die zu großen Erwartungen berechtigt. Das ist eine gute Sache. Es ist zu lange her, daß Alsekum Beluchad einen Ard und einen singenden Eolt schenkte.

Ich habe fünfmal Knospen getrieben. Eine starb vor dem Abfallen durch Verdorren, eine wurde abgehauen und von den Chorek gegessen. Das Jahr, in dem diese zwei fielen, war sicherlich von Chel Dé verflucht. Sie waren die Knospen eines Sommers; es war, als hätten die Toten die Lebenden gerufen. Zwei von den Lebenden sind Denchok, einer ist in Knospe, einer einzelnen, mit der einfacher zu leben ist. Der Jüngste war ein Spätling, am Ende meiner Knospenzeit. Er ist kränklich gewesen und zu Hause geblieben, immer nahe meinem Reng. Auch das ist ein Wort aus alter Zeit. Es bedeutet das Organ, das Zärtlichkeit und Liebe fühlt. Die Fior sind jetzt genauso Beluchari wie die Keteng, und sie tun manches, was wir nicht können, so ist unser Leben durch sie bereichert. Aber ich denke noch immer gern an die Zeit davor zurück, als die Beluchari keine Worte für Mann und Frau hatten, für Geburt und Paarung und so viele andere Dinge, die ich gesehen und gekannt habe, aber nicht verstehe.

Ich mußte etwas über diese Dinge lernen, weil ich mit Caöpa umgehe, sie züchte und aufziehe, ihren Lebensrhythmus kennen und wissen muß, wann sie getrennt und wann zusammen gehalten werden müssen. Es ist aber schwierig, sich vorzustellen, daß Leute so etwas tun. Ich bin voller Freude, wenn ich denke, daß

Keteng nicht solcher Umstände bedürfen, um die Art zu erhalten.«

Aslan hob eine Hand, um seine Aufmerksamkeit zu finden. »Würde es Ihnen etwas ausmachen, darüber zu sprechen? Ein Keteng bedürfte der Erklärung nicht, aber unsere Studenten und Wissenschaftler würden gern Ihre Ansicht darüber hören. Wenn es aber eine persönliche, vertrauliche Sache ist, über die Sie lieber nicht sprechen möchten…«

Budechil stieß das seltsam würgende Schluckaufgeräusch des Ketenglachens aus und wiegte dabei den Oberkörper vor und zurück. Dann holte er Luft, klopfte sich auf das Flechtengewebe auf der Brust. »Verzeihen Sie, ich habe das Aufhebens und Getue der Fior immer lächerlich gefunden, und es erheitert mich, daß sie denken, es gäbe etwas Persönliches oder Vertrauliches an einer Bestäubung durch Sporen.« Er legte die Hände auf die Oberschenkel, und seine dünnen langen Finger klopften leicht auf den schweren dunkelblauen Baumwollstoff seiner Hose.

»Es ist so. Im Monat Kirrayl, wenn die Sonne wieder über uns steht und das Jahr beginnt, versammeln sich die Bewohner eines Ordumels in einem der zugehörigen Dumels und veranstalten ein Kirrataneh. Den ganzen Tag wird geschmaust, es gibt Musik und die Leute reden und reden; man trifft viele, die man seit dem letzten Kirrataneh nicht gesehen hat und erst ein Jahr später wieder sehen wird. Es muß eine Nacht sein, wenn der Wind leicht ist und kein Regen fällt. Sonst gehen die Sporen dieses Jahres verloren. Wenn die Sonne untergeht, versammeln sich die Denchok auf dem Tanzboden, die Eolt sind über ihnen und singen, die Trommler schlagen den Rhythmus. Man tanzt von Sonnenuntergang bis Sonnenaufgang. Die Feuer, die den Festplatz beleuchten, sind mit vielen Essenzen parfümiert. Man tanzt, bis die Sporenkapsel platzt und tanzt weiter, während das Kesamad sich öffnet und die klebrige Auskleidung die Sporen auffängt, und unterdessen wird in der Freude des Festes weitergetanzt. Immer gibt es einen, dessen Sporenkapsel zuerst platzt, und jeder betet zu Chel Dé, daß er nicht derjenige sein möge, denn in diesem Fall wird man das ganze Jahr hindurch geneckt. Sobald der erste die Sporen versprüht hat, werden alle anderen freigesetzt. Das Pop-pop-pop der Kapseln wird lauter als die Trommelschläge. Man tanzt im Regen der Sporen, und das Vergnügen ist unbeschreiblich, etwas, was nur ein Ard und Eolt ausdrücken kann.« Er seufzte und schwieg eine Weile, dann meinte er: »Mir ist nicht nach mehr Reden zumute. Vielleicht an einem anderen Tag.«

Die Landstraße war in einer Weise zweispurig, wie Shadit es noch nie gesehen hatte. Die für Wagen bestimmte Spur war mit rechteckigen flachen Steinen gepflastert, deren Ritzen mit Teer ausgegossen waren. Die Caöpa nahmen die andere Spur, eine ungepflasterte, aber mit Sand und Schotter befestigte Piste, auf der sich kurzes, zähes Gras in faustgroßen Büscheln angesiedelt hatte. Diese Spur lief parallel zur ersten und war von ihr durch einen flachen Graben getrennt.

Zu beiden Seiten erstreckten sich Felder bis zum Horizont, ein Flickenteppich von Reihenpflanzungen, gepflügten Feldern, Weideflächen und Baumreihen, voneinander getrennt durch schmale Bewässerungskanäle. Ordumel, die Ländereien des Dumels Alsekum. Auf einigen Flächen arbeiteten Keteng, Fior auf anderen. An den Kanälen wurden zur Verteilung des Wassers Schleusen geöffnet und geschlossen. Erwachsene und Kinder unterbrachen ihre Tätigkeiten, um den Reisenden zuzuwinken, bevor sie sich wieder der Arbeit zuwandten.

Danor ritt an der Spitze, gebeugt im Sattel, die Last

des Elends wie ein Buckel auf den Schultern. Er sah sich niemals nach ihnen um und schien außer dem Kopf seines Caöpa überhaupt nichts zu sehen.

Shadit ritt neben Maorgan, und hinter ihnen folgten die Tragtiere und die überzähligen Caöpa. Sie hatte unerwartete Schwierigkeiten, sich dem Sitzen auf diesem kleinen Tier anzupassen – das tatsächlich nicht so klein war, wenn es darum ging, die Beine um seinen Rumpf zu legen. Breit wie ein Haus. Ihre Hüftgelenke knackten, und bis zum Abend würde sie mehr spüren, als ihr lieb sein konnte. Da war es ein gewisser Trost, daß diese erste Etappe nur einen halben Tag umfaßte. Die Gewohnheit der Beluchari, erst um die Mittagszeit aufzubrechen, hatte einiges für sich.

Die zwei Eolt trieben über ihnen dahin, improvisierten dann und wann wortlose Musik zur eigenen Unterhaltung, wind-verwehte Klänge, die wie Lieder aus Zauberflöten zu den Reitern herabdrangen. Oder vielleicht verständigten sie sich in einer so komplexen und abstrakten Sprache, daß der elektronische Simultanübersetzer in Shadits Kopf resignierte.

»Reden die dort oben?« fragte sie Maorgan. »Oder machen sie nur schöne Klänge zu ihrer Unterhaltung?«

Maorgan blickte zu den Eolt auf und lächelte. »Beides«, sagte er. »Hören Sie es? Sie sprechen über Sie. Ich kann Ihnen nicht genau wiedergeben, was sie sagen. Wenn sie in dieser Art und Weise Gedanken austauschen, kann ich vielleicht einen unter zehn auffangen. Können Sie das nicht verstehen? Ich dachte, Sie verfügten über telepathische Einfühlung…«

»Ich verstehe sie nicht. Ich kann Gefühle und Empfindungen und Randerscheinungen auffangen, aber wenn die zwei miteinander reden, geschieht zuviel gleichzeitig. Mein Geist hat zu wenig… ah… Kanäle für den Empfang, vermute ich.« Sie überlegte eine Weile. »Meinen Schwestern hätte es vielleicht gelingen können, aber sie sind lange tot, und ich… das ist eine noch längere Geschichte, und außerdem unwichtig. Erzählen Sie mir von den Meruu.«

»Es ist eine Geschichte, die ich gern hören würde.«

Die Straße voraus war leer, so weit das Auge sah, was hier vielleicht eine halbe Meile sein mochte, nach der sie eine Biegung um einen dicht bepflanzten Obstgarten beschrieb. »Wir machen ein Tauschgeschäft«, schlug sie vor. »Meine Geschichte gegen die Wahrheit über die Dinge, oder wenigstens die Wahrheit, die Sie wissen.« Sie runzelte die Stirn. »Allerdings würde ich es vorziehen, wenn Sie nicht ein Lied daraus machten und es verbreiteten.«

»Wenn ich das tue, werde ich den Namen und das Gesicht verändern. Sie haben selbst Lieder erfunden und wissen, was das bedeutet. Es ist der Klang, der den Inhalt beherrscht. Selbst eine gute Geschichte braucht hier und da Verschönerungen und Glanzlichter.«

»Tun Sie das, Ard Maorgan. Ich möchte mich nicht wiedererkennen. Nun gut, so fängt es an: Es war einmal, vor langer, langer Zeit…«

»Und wie lang ist lang?«

»Sagen wir zwanzigtausend Jahre, zwei- oder dreitausend hin oder her. In dieser Es-war-einmal-Zeit gab es ein Land namens Shayalin, wo die Shallana lebten, und unter den Shallana gab es bestimmte Familien, die sich die Weber von Shayalin nannten und die Träume tanzen konnten.«

»Träume tanzen? Interessant. Wie?«

»Wie Sie und die Eolt. Es war ein angeborenes Talent der Weber, das ist alles, was ich weiß. Jetzt trage ich einen anderen Körper mit anderen Sinnen und Talenten, also kann ich Ihnen nicht einmal zeigen, was ich meine.«

»Nun, das ist ein bißchen schwer zu glauben. Diese Sache mit dem Körper, meine ich.«

»Seltsam, vielleicht ein bißchen unheimlich.« Sie lächelte. »Vielleicht sogar sehr seltsam. Das Universum ist voll von bizarren und phantastischen Dingen. Ihre Eolt zum Beispiel. Oder könnten Sie erklären, wie dieser Flieger fliegt?« Sie zeigte hinauf zu dem schwarzen Punkt, der zwischen den hohen, dünnen Wolken immer wieder sichtbar wurde.

»Nun, stellen Sie sich ein Kristall vor, das die Macht hat, Seelen einzufangen. Stellen Sie sich eine Seele vor, die zwanzigtausend Jahre in diesem Kristall gelebt hat. Stellen Sie sich ein gerade gestorbenes Mädchen vor, und eine Frau mit heilenden Händen, die die Seele in den verlassenen Körper des Mädchens gießt. Stellen Sie sich vor, daß ich eine Sängerin bin, die eine Geschichte nur zum Zeitvertreib erfindet. Alles oder nichts oder etwas von dem eben Gesagten ist wahr. Soll ich fortfahren?«

»Bitte.«

»Ich will Ihnen erklären, wie der Gang der Generationen unter den Webern aussah. Zuerst gibt es die Eine. Sie ist eine Sängerin, die nicht Träume tanzen oder für andere sichtbar zum Leben erwecken kann. Sie vermählt sich mit einem gewöhnlichen Mann der Shallana und bringt die Sechs Töchter zur Welt, die wahre Tänzerinnen sind, die Weber. Wenn sie erwachsen sind und tanzen, vermählt sie sich ein zweites Mal und bringt eine fruchtbare Tochter zur Welt, eine Sängerin wie sie selbst. Und so geht es weiter, sechs und eins und wieder sechs.

Ich sollte sagen, so ging es über Generationen hinweg, bis ein freier Händler nach Shayalin kam und sich von den Webern Träume tanzen ließ. Er stahl eine Familie von Webern und suchte mit ihnen das Weite. Er war nur der erste der Plünderer. Nach hundert Jahren waren nur sehr wenige Weber übrig.« Sie verstummte einen Augenblick. »Als die Eolt vom Verbrennen sangen, erinnerte ich mich...« Sie seufzte und fuhr fort:

»Und dann gab es einen weiteren Überfall, bösartiger und brutaler als die meisten, und die Plünderer waren dumm und arrogant und vor allem unwissend. Sie töteten die Shallana zu Hunderten, bis ihnen eine Weberfamilie gebracht wurde. Dann verließen sie das Land. Sie erschossen die Mutter und Sängerin, weil sie alt und häßlich war. Dann verkauften sie die Tochter (Sängerin) für eine Kleinigkeit auf dem Sklavenmarkt, weil sie nicht tanzen konnte und jung und häßlich war, und als sie dann versuchten, die Weber (Schwestern) zu verkaufen und keine Abnehmer fanden, weil die Weber die Sängerin für den Traum benötigten, versuchten sie die Tochter wiederzufinden. Doch sie war mit ihrem Eigentümer fortgegangen, niemand wußte, wohin, also erschossen sie auch die Schwestern und kehrten zurück nach Shayalin, um einen weiteren Satz Weber zu erbeuten.

Die Tochter wanderte weit, von einem Herrn ging sie auf einen anderen über und nahm einen Namen an, den Nichtshallana aussprechen konnten. Shadit war der Name, den sie annahm. In der Sprache, der sie ihn entnahm, bedeutete es Sängerin.

Ihr letzter Herr (Lehrer) starb und gab ihr in seinem Testament die Freiheit, zu gehen und zu tun, was sie wollte. Im Verlauf ihrer Reisen fand sie Arbeit bei einer Expedition von Gelehrten, die in den Ruinen auf einer Welt gruben, die älter war als die meisten der Sonnen ringsum. Dort fand sie ein Ding, einen kostbaren Gegenstand, ein schimmerndes Spitzendiadem mit kristallenen Juwelen besetzt. Weil es so schön war, setzte sie es sich auf, und es sank in sie ein und verschwand.

Zeit verging, und sie starb in einem Schiffbruch, und als dies geschah, ergriff eines der Kristalle im Diadem ihre Seele und hielt sie fest, und dort blieb sie, als die Jahrtausende vergingen.

Das Diadem kam hierhin und dorthin, und Shadits Seele bewegte sich mit ihm und verließ es schließlich, wie ich zuvor sagte. Das ist meine Geschichte. Und darum sagte ich, daß meine Schwestern den Gesang der Eolt vielleicht hätten verstehen können.«

»Hm.« Es klang skeptisch, und es blieb alles, was Maorgan zu dem Gehörten bemerkte. »Und dieser tätowierte Vogel in Ihrem Gesicht?«

»Ich glaube, das spare ich mir für einen anderen Tag auf. Erzählen Sie mir von den Meruu.«

Die Bäume des Obstgartens, an dem sie vorbeiritten, trugen Büschel grüner Kugelfrüchte an langen Stengeln. Die Früchte hatten ungefähr die Größe ihres Daumennagels. Da und dort waren rosige Früchte zwischen den grünen zu sehen. Ein paar Bäume trugen noch Blüten, seltsam aussehende kreisförmige Anordnungen runder weißer Blütenblätter um einen grünlichgelben Blütenstand mit Rissen, die ein tiefrotes Inneres zeigten. Wie die Moospferde, so wiesen auch die Bäume eine seltsame Mischung einheimischer und importierter genetischer Merkmale auf, wahrscheinlich ein Ergebnis der gentechnischen Aktivitäten der Ur-Fior. Vielleicht hatte der sogenannte Krieg der Gestalten hier einen Einschnitt gebracht, die Gentechniker getötet und eine Menge Material vernichtet, sonst wären die Entwicklungen längst weiter fortgeschritten. Es wurde Zeit, daß sie Maorgan zum Sprechen brachte. Es war wichtig zu wissen, was hier wirklich vorging und wie es dazu gekommen war. Eine andere Sache waren die Chorek, bei denen es sich anscheinend um einen räuberischen Stamm handelte, der die Straßen unsicher machte.

Hinter dem Obstgarten folgte die Landstraße nach einer weiteren Biegung wieder ihrer westlichen Richtung. Ein Fior, der eine kleine Herde von sechs schweren, gehörnten Tieren trieb, kam in Sicht. Sie waren rot und weiß gefleckt, mit schwer baumelnden Wammen, und trotteten gleichmäßig dahin, etwas schneller als ein Mensch gehen konnte. Im Näherkommen sah Shadit, daß sie einen Wagen zogen. Er hatte hölzerne Kompositräder mit Eisenreifen und einen gepolsterten Sitz für den Kutscher. Die Seiten bestanden aus leichtem, aber relativ festem Flechtwerk. Die Ladung war mit Segeltuch abgedeckt, das zu beiden Seiten festgezurrt war.

Der Fior war ein kleinwüchsiger, untersetzter Mann, beinahe so breit wie hoch, mit rasiertem Schädel und einem borstigen roten Bart und Schnurrbart. Ein Ohrläppchen war durchbohrt und trug ein hölzernes Amulett an einem Silberring. Er musterte Danor neugierig, betrachtete Shadit mit hochgezogenen buschigen Brauen, grinste Maorgan zu und winkte ihm mit dem Treiberstock. »Ard Ma'gan.«

Maorgan ritt näher an den Graben und brachte sein Caöpa zum Stehen. »Barrial! Woher kommst du?«

»Ordumel Dubakmel. Gib acht, Ard. Da herum gibt es Chorek wie Läuse.«

»Verstehe. Chel Dé bewahre.«

Als der Wagen weitergerumpelt war, schnalzte Maorgan seinem Caöpa, ritt an Shadits Seite und beantwortete die Frage, von der sie glaubte, er habe sie vergessen. »Ja, die Meruu. Die Meruu der Lüfte. Eine Brut der ältesten Eolt ohne Sioll-Bindung. Sie verbringen ihre Zeit damit, daß sie beisammen hängen und plaudern, ein paar Lieder singen und sich gegenseitig vom Tun und Treiben ihrer Abkömmlinge berichten, eine Litanei der Verurteilung und Klage. Die Meruu der Erde sind ziemlich das gleiche, Alte, die ihre letzten Tage hinausziehen und so tun, als hätten sie das Heft in der Hand. Warten Sie einen Augenblick.« Er trieb sein Reittier zu einem Trott an, holte Danor ein, sprach mit ihm und zeigte voraus.

Als er zurückgekehrt war und neben Shadit ritt, sagte er: »Ungefähr eine Wegstunde von hier gibt es einen Rastplatz mit einem Brunnen. Wir werden haltmachen und die Caöpa eine Weile ausruhen lassen. Nun, was ich sagte, war ein wenig übertrieben. Wir Ards sind keine großen Freunde von Autorität. Die Meruu leben in Chuta Meredel im Tal von Medon. Das liegt übrigens auf unserer Route. Die Kreise der Ordumels schicken Vertreter dorthin, um Gesetze für Banikoe zu machen. Es gibt dort einen Aufbewahrungsort für Aufzeichnungen und Erinnerungen, einen Ort, wohin Lehrer gehen, um die Geschichte der Welt zu lernen. Und einen Gerichtshof, wo Streitigkeiten verhandelt werden und die Fior Eigentumsfragen klären, wo Ordumels Grenzstreitigkeiten regeln, solche Dinge. Aber nur wenn das Problem wirklich ernst ist. Belästigt man sie mit etwas, was sie für frivol halten, so belegen sie einen mit Bußgeldern, die einen den letzten Schweißtropfen kosten.« Er nickte den kleineren, blasseren Eolt zu, die über ihnen dahintrieben. »Lebesair ist, was wir einen Mer-Eolt nennen«, sagte er. »Einer von denen, die Nachricht von den Meruu zu den Ordumels tragen.«

»Scheint friedlich, wenn man alles in Betracht zieht. Wovon sprach dieser Frachtführer? Chorek? Was sind Chorek, und warum sollten wir uns vor ihnen in acht nehmen?«

Maorgan rümpfte die Nase und schüttelte den Kopf. »Chorek bedeuten Ärger. Diebe und Räuber sind sie, auch Mörder. Die Gemäßigteren unter ihnen überfallen Reisende, plündern sie aus bis auf die Haut und rauben alles, was ihre Opfer besitzen. Andere…« Er schüttelte sich. »Sie wollen den Krieg der Gestalten noch einmal ausfechten. Sie stehlen und rauben zum eigenen Unterhalt und morden, um ihre Ziele durchzusetzen. Ein schlimmer Haufen. Gewöhnliche Chorek greifen nicht an, wenn Eolt auf Wache in Sichtweite sind, aber diejenigen, die im Krieg mit der Welt liegen, hassen die Ard und die Sioll-Bindung. Selbst wenn wir nichts hätten, was sich zu stehlen lohnte, würden sie uns umbringen.«

»Oh! Ich fürchte, da werde ich nachts kein Auge zutun.«

»Sie entfernen sich nicht oft so weit von den Bergen. Manchmal bekommen wir es mit Banden zu tun, die aus dem Sumpfland heraus Überfälle verüben. Wie die Salzsümpfe unten bei der Einfriedung der Mesuch. Dort gibt es viel übles Gelichter. Taten uns einen Gefallen, als sie sich dort niederließen, die Mesuch. Wenn wir die Ländereien des Dumel Alsekum verlassen, werden wir in die Nähe der Kutelingasümpfe kommen. Dann werden wir anfangen müssen, abwechselnd Wache zu halten; es wäre nützlich, wenn Sie Waffen mitgebracht haben.« Er verfiel in brütendes Schweigen.

Shadit beantwortete die unausgesprochene Frage nicht; sie war noch nicht bereit, ihm so weit zu vertrauen und wußte nicht, wie die Meruu reagieren würden, wenn sie bewaffnet zu ihnen käme. Sie seufzte.

Die zwei Lehrer gingen im Raum umher, sammelten Bilderbücher ein und hoben die Papierschnitzel auf, die am Ende eines Schultages in allen Klassenzimmern zurückzubleiben schienen. Aslan spürte, daß es ihnen Unbehagen bereitete, mit ihr zu sprechen. Gleichzeitig aber wollten sie reden. Die Vorstellung von der Universität faszinierte sie; wiederholt blickten sie zu ihr herüber, und jeder Blick war wie eine stumme Frage.

Der Keteng faßte sich zuerst ein Herz. Er legte die Kreidestücke auf das gesäuberte durchlaufende Ablagebrett unter der Wandtafel, staubte sich die Hände ab und wandte sich zu Aslan um. »Also, was möchten Sie von uns hören?«

»Wenn Sie mit Ihren Namen und Ihrer Tätigkeit anfangen würden.«

»Budechil sagte, dieses Ding da...« – er zeigte zum Aufnahmegerät – »macht Bilder und nimmt die Stimme auf.«

»Möchten Sie gern sehen, was es tut?«

»Ja.«

Der Keteng betrachtete sein Abbild, runzelte die Brauen beim Klang seiner Stimme. »Das bin ich?«

»Was Sie im Inneren Ihres Kopfes hören, ist niemals das, was andere Leute hören. Nach einer Weile werden Sie sich an den Unterschied gewöhnen und ihn nicht mehr seltsam finden.«

Der Keteng wandte sich zur Seite und flüsterte mit der Fiorfrau, dann zog er Stühle heran, und die beiden setzten sich in den Flecken Sonnenschein, der durch das Dach fiel. »Mein Name ist Oskual, Abstammungslinie Ual-beriod. Ich unterrichte die Meloach, Gesang und Geschichte und alle Dinge, die junge Fior über die Welt und das Leben in ihr wissen sollten.«

»Mein Name ist Teagasa Teor, ich unterrichte die Meloach. Schreiben, Rechnen und Zeichnen, Tanzen und all die Dinge, die der Welt zur Schönheit gereichen.«

»Wir haben eine Bindung, Teagasa und ich. Es ist nicht die Sioll-Bindung von den Ard und Eolt, aber eine Gemeinsamkeit jenseits der Abstammungslinien. Wir träumen die gleichen Träume, und wenn wir im Hochsommermonat Orredyl die Früchte des Berron genießen, können wir einander die Gedanken lesen. Teagasa wurde geboren und ich knospte und fiel im selben Monat und am selben Tag ab, und von der Zeit an war unsere Bindung vorhanden und wuchs mit uns. Nach unserer Erfahrung, als wir zum Tal von Medon gingen, um Geschichte und andere Dinge zu studieren, ist diese Bindung in den meisten vorhanden, die den Jungen Unterricht erteilen.«

Teagasa lächelte und berührte Oskuals Handgelenk. »Auf der Fiorseite ist es unwichtig, ob das Kind männlich oder weiblich ist, die Bindung ist die gleiche.«

Oskual drehte das Handgelenk um und nahm Teagasas Hand. »Sie interessieren sich für den Krieg der Gestalten, sagten Sie. Um die alten Lieder über jene Zeit zu erhalten, müssen Sie nach Chuta Meredel gehen. Vielleicht kann Ihr Führer Ard Maorgan das für Sie arrangieren. Leicht wird es nicht sein. Die Ältesten gehen mit ihrem Wissen nicht freigebig um.«

»Sie hüten es eifersüchtig«, fügte Teagasa hinzu. »Monatelang versuchten wir die alte Fiorversion von Bracoins Gesang zu sehen, ohne die Musik oder irgendeinen Kommentar, aber es wurde nichts daraus. Wir mußten uns mit Übersetzungen aus dem Alt-Fiorischen behelfen, und man kann niemals ganz sicher sein, daß keine Abweichungen darin sind.«

Aslan blickte zum Aufnahmegerät und seufzte. »Das ist ein Problem, das mir auch bekannt ist«, erwiderte sie. »Nun, vielleicht kennen Sie Leute im Dumel, die für ihr Talent als Geschichtenerzähler bekannt sind und Überlieferungen weitergeben, die nach Ihrer Meinung von volkskundlichem Wert sind. Ich wäre Ihnen dankbar, wenn Sie mir die Namen dieser Leute gäben. Ich werde später einen Helfer schicken, der die Liste abholt.« Sie lächelte. »Sein Name ist Marrin Ola, und er ist Student, ein magerer Bursche, braungebrannt und mit hellen Augen und Haaren. Jetzt würde ich gern Kinderlieder hören, und alle Erklärungen, die Ihnen über ihr Zustandekommen bekannt sind.«

Teagasas braune Augen blickten schüchtern beiseite. »Würde es nicht besser sein«, murmelte sie kaum hörbar, »wenn Sie die Kinder selbst singen hörten?«

»Die Zeit dafür wird kommen. Gegenwärtig ist Klarheit der Worte und der Melodie wichtig. Und natürlich die Erklärungen. Sie sind wichtiger, als Sie vielleicht meinen. Oft ist es in der Geschichte eines Volkes so, daß die Kinderlieder erst zu einem ziemlich späten Zeitpunkt schriftlich fixiert werden. Sie werden nicht als ernstes Material betrachtet, obwohl sie oft Merkmale von beträchtlicher Bedeutung für die Erforschung der betreffenden Kultur enthalten.«

»Ich verstehe.« Die Lehrer flüsterten miteinander, dann schnalzte Oskual und lächelte; seine dunklen Augen blitzten belustigt. »Wir werden Ihnen eine Probe geben«, sagte er. »Sie mag Ihnen als Katalysator dienen, um weitere Lieder hervorzulocken.«

Oskual und Teagasa rückten ihre Stühle zurecht, daß sie einander sehen und gleichzeitig Aslan im Auge behalten konnten.

»Charun, derun, comm und corr«, sang Oskual und hielt das lange r am Ende des letzten Wortes.

»Fliegt am Himmel, kreist und gleitet.« Teagasas höhere Stimme umrankte das dröhnende r.

»Kere cherom busca madh.«

»Kriecht am Boden, läuft und schreitet.« Über und unter Oskuals gleichmäßig dröhnendem Tonfall.

»Elare, ehere, idus iäse.«

»Schwimmt im Wasser, schnellt und glitzert…«

»Das ist der Anfang eines Liedes«, erläuterte Oskual. »Ein Namenlied von Vögeln, Landtieren und Fischen. Es ist unendlich lang, ein ganzer Katalog der Lebewesen von Beluchad. Es gibt viele solcher Kataloge, die von den Kindern gesungen werden, Listen von Ordumels, Listen von Flüssen, von Bergen, Seen und Kontinenten.« Er lächelte. »Wir mögen Listen, wir Beluchari.«

Teagasa lächelte schüchtern. »Aber wir singen auch Lieder nur zum Spaß, wie das Caöpalied. Dazu hüpfen die Kinder und klatschen in die Hände.«

Oskual nickte und begann in einem kräftigen, gleichmäßigen Rhythmus in die Hände zu klatschen. Teagasa klatschte im Gegentakt. Zusammen sangen sie:

»Caöpa Caöpa wo gehst du zur Weide?
Überall wo ich nicht Hunger leide.
Caöpa Caöpa wohin läufst du allein?
Klippaklopp, klippaklopp in den Sonnenschein.«

»Das ist auch ein Lied mit vielen Strophen«, sagte Oskual. »Und da ist noch eins:

Wolken segeln, große kleine
Unten laufen kurze Beine,
Springen, tanzen, das sind meine…«

Der Rastplatz war sauber und gut instand gehalten, eine Grünfläche innerhalb eines Lattenzaunes, der von Weinreben umrankt und überwachsen war. Die Einzäunung umschloß eine kleinere Grasfläche mit zwei Schattenbäumen und mehreren Holzbänken, einen gedeckten Brunnen mit einer Handpumpe zum Füllen des Wassertrogs, einen dreiseitigen Schuppen mit Futterraufe und abgetrennter Weidefläche für die Caöpa und Zugtiere der Reisenden, die hier übernachteten, und schließlich eine bescheidene Unterkunft mit einem Dach aus dünn geschabten Muschelschalen, die das Tageslicht einließen. Das einzige Mobiliar des Innenraums bestand aus zwei breiten, eingebauten Bänken und einer offenen Feuerstelle mit einem eisernen Dreibein zum Aufhängen des Kochtopfes.

Nachdem sie die Tiere versorgt hatten, schlenderte Shadit zur Zugangsöffnung im Zaun und blickte die Landstraße entlang.

Am Horizont war ein dunkler Fleck, der sie an eine Herde kleinerer Tiere wie Schafe denken ließ. Sie hatte nicht erwartet, daß es so geschäftig zugehen würde. Trotz des Umstandes, daß die Yaraka sich in das Leben dieser Leute hineindrängten, schienen die Tage der Einheimischen ihren gewohnten Verlauf zu nehmen, sobald sie ein kurzes Stück von der Enklave entfernt waren.

Sie machte kehrt und ging zurück in den eingezäunten Bereich. Das Gehen fühlte sich angenehm an. Muskeln wurden gestreckt, die durch das lange Reiten versteift und verkrampft waren. Sie schaute zum Unterkunftshaus hinein und sah Danor auf einer der Bänke ausgestreckt liegen, das Gesicht zur Wand gekehrt. Wenn er allein sein wollte, sollte er seine Ruhe haben. Sie ging weiter. Maorgan lehnte am Zaun der Pferdekoppel und hielt Zwiesprache mit Eolt Melech, dessen Sprachtentakel um seinen Hals lag.

Shadit drehte um und wanderte zurück zum Eingang.

Der dunkle Fleck war näher gekommen und löste sich in eine Horde von Kindern auf. Sie hörte ein allgemeines Lärmen, Geschrei und Gelächter, wandte den Kopf zurück und rief: »Maorgan, etwas kommt auf der Landstraße in unsere Richtung. Bitte kommen Sie und sagen Sie mir, wer oder was es ist.«

Zuerst dachte sie, er habe sie nicht gehört, aber schließlich berührte er den Tentakel an seiner Kehle, und als der Eolt sich losgemacht hatte, sagte er: »Nach Melech ist es der Mengerak, der zwölfte Jahreskreis.« Er kam zu ihr und spähte zur Landstraße hinaus. »Richtig.«

»Das sagt mir nicht viel.«

»Ach so. Sieben Ordumels ergeben einen Kreis. In diesen Kreis zählen wir Alsekum, Klebesengay, Bliochel, Melekau, Rongesan, Cherredeck und Soibeseng. In der dritten Woche des Kerrekerl beginnt der Mengerak, der Marsch der Kinder. Jedes Jahr beginnt er in einem anderen Dumel, immer im Kreis herum. Es ist eine Zeit des Lernens, des Anknüpfens von Verbindungen innerhalb des Kreises, der Vorbereitung für das Kirrataneh und die Paarungsfeste. Für das Kennenlernen des größeren Lebensumfelds, das gegenseitige Verstehen. Damit soll erreicht werden, daß der Kreis Frieden hält. Nächstes Jahr werden Glois und Utelel am Mengerak teilnehmen. Die Jungen denken, es sei der größte Spaß, den es gibt, von einer Feier zur anderen zu ziehen, aber es ist viel mehr. Der Brauch ist tausend und abertausend Jahre alt, und er ist wichtig, weil er eines der Bindemittel ist, die uns zusammenhalten. Ach, wenn der Krieg der Gestalten wiederkehrte…« Er ließ den Rest ungesagt, schüttelte den Kopf und beobachtete die Horde der Kinder, die auf der Landstraße herankam.

»Was ist mit den Chorek? Und mit Raubtieren?«

»Wenn Sie in die Höhe schauen, werden Sie ein halbes Dutzend Eolt sehen, die über ihnen schweben und Wache halten. Sollte jemand auch nur einem einzigen dieser Kinder etwas zuleide tun, wäre ihm ganz Banikoe auf den Fersen. Wir würden nicht ruhen, bis wir das Land von solchen Leuten gesäubert hätten.« Sein Gesicht, das sich bei den letzten Worten in jähem Zorn verzerrt hatte, glättete sich beinahe genauso rasch. »Es wird nicht geschehen.«

»Es ist nicht geschehen«, sagte sie ruhig, »aber das heißt nicht, daß es immer so bleiben wird. Die Yaraka und die Chaven, die ihr Mesuch nennt, verändern vieles. Nächstes Jahr sollten Sie den Kindern Wachen mitgeben, wenn Sie meinen, der Marsch sollte wieder durchgeführt werden. Nicht bloß die Eolt. Ich könnte mir denken, daß einigen der politischen Chorek nichts lieber wäre als sich mit einer Gruppe mächtiger Eindringlinge zu verbünden. Und das würde Schwierigkeiten einer Art bedeuten, die Sie noch nicht erlebt haben.«

Er sah an ihr vorbei zu den Kindern hin. Sie waren jetzt nahe genug, daß Shadit die einzelnen Gestalten unterscheiden konnte. Zwei Mädchen tanzten in einer Spirale die grasüberwachsene Straße entlang, atemlos lachend und mit fliegendem Haar. Ein Keteng Meloach zupfte ein Saiteninstrument und bearbeitete dazu den Resonanzboden mit den Knöcheln. Hinter ihm kamen andere Meloach, die in die Hände klatschten, und mehrere Fior und Meloach sangen. »Wir brauchen dieses Bindemittel, Shadowsong. Ohne es würden Keteng und Fior auseinanderfallen.« Er räusperte sich ungeduldig. »Wir sollten uns wieder auf den Weg machen. Die Meruu erwarten Sie, also tun wir gut daran, Sie so rasch wie möglich nach Chuta Meredel zu bringen.«

7

Das Glücksrad

Ceam gab den Feldstecher der Fiorfrau, die neben ihm kauerte. »Siehst du, wohin sie das Kettenfahrzeug bringen? Sie haben dazugelernt. Die ganze Schlucht müßte einstürzen, um ihnen dort ernsthaften Schaden zuzufügen.«

Leoca drehte an der Scharfeinstellung. »Hm. Ich sehe, was du meinst. Gut, daß es nicht das ist, was wir vorhaben.«

Das Kettenfahrzeug stand im Schatten einer hohen Baumgruppe auf einem Wiesenstreifen am Bach, der durch die Schlucht rauschte und hier unten, wo sie sich zur Talebene weitete, in gemächlichen Windungen seinen Weg suchte. Motorengeräusch und das Fauchen der Einsaugöffnungen waren in der Stille deutlich zu hören. Der Tag war warm und ruhig, das Laub der Bäume bewegte sich kaum unter dem schwachen Hauch einer matten Brise, das leise Murmeln des Baches wirkte einschläfernd wie ein Wiegenlied. Sogar die Angis ließen ihr gewohntes Tun vermissen, und ihr gelegentlich aufkommender Gesang blieb gedämpft und erreichte kaum die Beobachter am oberen Rand der Schlucht. Einer der Mesuch lag ausgestreckt auf einer Decke und schlief im Schatten der Bäume.

»Sieht nicht so aus, als erwarteten sie Ärger. Ich frage mich, was aus dem Sturm geworden ist, von dem Eolt Kitsek dich benachrichtigte.«

Ceam stützte das Kinn in die Hände. »Mmh. Ich dachte, du hättest etwas davon abbekommen.«

»Ihoi! Wir sahen nur ein paar Wolken davon.« Sie

spähte lange und aufmerksam hinunter, ließ den Feldstecher sinken und rieb sich die Augen. »Macht einen schwindlig, dieses Ding: Engebel, sieh zu, ob du Mittel und Wege findest, an dieses Ding heranzukommen.« Sie gab das Glas ihrem Keteng-Gefährten zurück. »Wie viele sind es, und wie halten sie es mit dem Wachdienst?«

Engebel kroch vom Rand zurück, stand auf, als er weit genug gekommen war und von unten nicht mehr gesehen werden konnte, klopfte sich den Staub von den Kleidern und setzte sich mit dem Rücken an den gekrümmten Stamm eines der niedrigen Gumabäume, die am Hang oberhalb des Schluchtrandes Fuß gefaßt hatten. »Zwei Mesuch. Vier Stunden Dienst, vier Stunden frei. Das Paar, das hier Dienst tat, als ich zur Beobachtung kam, nahm es nicht so genau. Machten es sich gemütlich und ließen die Maschine allein arbeiten. Griffen nur dann mit der Fernsteuerung ein, wenn sie auf Abwege kam. Aber die nächsten waren wieder anders; sie arbeiteten pünktlich nach der Uhr und ihrem Plan. So ist es seither immer gewesen. In den zwölf Tagen, die ich hier gewesen bin, hatten sie dreimal das Personal ausgetauscht. Neue Mesuch kamen am zweiten Tag, am sechsten Tag, und gestern kamen die ersten wieder an die Reihe. Sie hielten sich eifrig an den Plan, wahrscheinlich waren sie wegen Nachlässigkeit getadelt worden, aber inzwischen sind sie schon wieder faul geworden. Ich würde sagen, heute abend oder morgen früh wäre der beste Zeitpunkt. Sie werden noch nicht für den nächsten Wechsel saubermachen.« Er blickte zu den drei Meloach, die stumm im Schatten der anderen Gumabäume hockten. »Warum bringt ihr Kinder? Neue Art von Mengerak?«

Leoca seufzte. »In einer Weise. Chetiel, Tengel und Bliull waren unsere Schüler. Engebel und ich, wir sind Lehrer. Das heißt, wir waren es, bevor die Mesuch kamen. Wahrscheinlich hast du die Geschichte hundertmal gehört. Sie verschleppten die Fior in Arbeitslager, brachten alle Keteng um, die sie fangen konnten, und brannten das Dumel nieder.«

Ceam grunzte. »Was wollt ihr machen?«

»Hokori-Boviste. Die Sporen geraten in den Teil, der die Maschinen betreibt und legen ihn lahm. Ein paar Meloach kriechen unter die Kettenfahrzeuge, werfen ein Dutzend geöffnete Hokori-Boviste in die Luftansaugöffnungen, und zwanzig Minuten später bleibt das Ding stehen.«

»Mir wurde gesagt, ich solle mich von den Fahrzeugen fernhalten. Alarmanlagen würden losgehen, ich würde geröstet. Wie...«

»Etwas, das wir kürzlich durch Zufall feststellten. Meloach werden von ihren Detektoren nicht wahrgenommen. Unsere Jungen dort können an die Kettenfahrzeuge herankriechen, bevor die Mesuch wissen, was geschieht. Ungefähr ein Dutzend Jungen haben es seitdem probiert. Wir müssen sie jetzt einsetzen, solange wir können und bevor die Mesuch darauf kommen, was vorgeht und wie sie uns daran hindern können.«

Ceam blinzelte in die Sonne. Noch eine halbe Stunde bis Sonnenuntergang, vielleicht etwas mehr. Er schob sich näher zum Rand und brachte die Baumgruppe neben dem Kettenfahrzeug ins Gesichtsfeld des Glases. Es war keine Spur von ihnen zu sehen. Er preßte die Lippen zu einer schmalen Linie zusammen, als er einen der Mesuch in der Türöffnung des Kettenfahrzeugs erscheinen und zum Rand der Schlucht heraufstarren sah. Anscheinend waren sie nervös geworden. »Ah!«

Eine kleine, flinke Schattengestalt schlich unter den Bäumen hervor und verschwand unter dem Fahrzeug.

Wie Leoca sagte, gab es keinen Alarm. Ceam lächelte. Wenn die Lehrer recht hatten und Hokorisporen dieses Ding vergiften oder verstopfen konnten, würde bald ein Dutzend von den Ungetümen lahmgelegt sein, Chel Dé sei gesegnet.

Kurz darauf kam der Meloach wieder zum Vorschein und kroch zu den Bäumen. Er sah jetzt weniger agil aus, langsamer, unsicher.

Er mußte selbst eine Prise von den Sporen eingeatmet haben. Mach schon, Kind, dachte Ceam. Vorwärts, beeil dich. Ah, gut!

Einer der anderen Meloach schlüpfte unter den Bäumen hervor, faßte den ersten beim Arm und zog ihn in die Deckung zurück.

Ceam richtete das Fernglas auf die Tür des Kettenfahrzeugs. Als die Sonne hinter den Gipfeln verschwand, schien das Licht aus dem Inneren in schmalen gelben Streifen durch die Jalousien, die die Fenster schützten; die Türöffnung stellte ein gelbes Rechteck dar, in der die untersetzte, stämmige Gestalt des Chav stand.

Der Mesuch wandte den Kopf, schien etwas zu sagen, dann verschwand er im Inneren und zog die Tür zu.

Eine halbe Stunde lang geschah nichts.

Die Tür des Kettenfahrzeugs sprang auf, die beiden Mesuch stolperten hustend und würgend heraus. Das gelbe Licht hinter ihnen flackerte, als wäre es Feuerschein und nicht elektrisch. Als die Mesuch sich am Bach zu Boden warfen, um ihre Köpfe ins Wasser zu stecken und den Sporenstaub abzuwaschen, flackerte das Licht ein letztes Mal und verlosch.

Ceam lächelte erfreut. Es hatte funktioniert. Das Fahrzeug war gelähmt.

Das Lächeln gefror, als die Felsen unter ihm unheimlich rumpelten und erzitterten. Er hörte ein fürchterliches, schrill winselndes Geräusch, und als er hinabspähte, sah er das Nasenende mit dem Bohrkopf einer Abbaumaschine durch den Stein stoßen; einen Augenblick später folgte der Rest, und die Maschine stürzte über die Schrofen und Platten in die Schlucht hinab, wo sie mit einem metallischen Krachen und einem Aufblitzen von Licht aufprallte. Ceam tanzten Funken vor den Augen.

»Ihoi!« Als das Gestein unter ihm wie ein Keteng im Griff des Fiebers zitterte, krabbelte Ceam vom Rand zurück und beobachtete mit Entsetzen, wie eine weitere Abbaumaschine dort, wo er gelegen hatte, aus dem Gestein hervorbrach. Mit schrillem Kreischen machte sie kehrt und fraß sich wieder in den Fels zurück.

Er griff zu seinem Rucksack und rannte den unebenen, schrofigen Schutthang hinauf, der sich hinter dem Rand der Schlucht erhob. Der Hang war steil, und nach kaum zwanzig Schritten war er außer Atem und mußte langsamer steigen.

Die Abbaumaschinen winselten und kreischten, daß die Haare auf seinen Unterarmen und im Nacken sich sträubten. Die rumpelnden und berstenden Geräusche im Gestein verstärkten sich. Als der Schutt unter seinen Füßen in Bewegung kam und ihn mitziehen wollte, ging eine Erschütterung durch den Berg. Die Bäume knarrten und ächzten, er hielt sich an Zweigen und Sträuchern fest, zog sich an ihnen weiter, fiel wieder und wieder auf die Knie. Der Rucksack, den er bei einem Schultergurt hielt, wurde ihm fast aus der Hand gerissen. Er krabbelte und kroch schnaufend weiter, kämpfte sich über die Schulter des Berges, wo er weniger steiles Gelände erreichte, und rannte stolpernd über den kahlen, steinigen Rücken zum jenseitigen Hang.

Gegen Morgen – der Berg war längst wieder zur Ruhe gekommen – schlich Ceam zurück. Wachsam beobachtete er den Himmel, um sich zu vergewissern, daß keine Luftwagen in der Nähe waren. Am Rand des noch unruhigen Schutthanges machte er halt und spähte hinab.

Das Kettenfahrzeug war vom eigentlichen Bergrutsch verschont geblieben, aber ein paar mächtige Steinbrocken hatten es getroffen und auf die Seite geworfen. Es sah aus wie ein auf dem Rücken liegender toter Käfer, die Gleisketten wie gebrochene Beine eng an die Schale gelegt. Ceam setzte den Feldstecher an die Augen und sah Mondlicht auf dem verbogenen, zerrissenen Metall der Abbaumaschinen schimmern, die teilweise aus dem zu Tal gegangenen Gesteinsschutt ragten. Nahe beim Kettenfahrzeug machte er einen Arm und ein Bein im stumpfgrauen Arbeitsanzug der Mesuch aus, während der Körper unter dem Gesteinsschutt lag. Entweder war der zweite Mesuch zu Fuß davongekommen, oder auch er war vom Bergsturz verschüttet.

Nachdem er das Gelände mit dem Feldstecher abgesucht hatte, fuhr er mit den Armen durch die Tragegurte seines Rucksacks und machte sich vorsichtig auf den Rückweg über die Bergschulter, ein zufriedenes kleines Lächeln im runden, runzligen Gesicht.

Ilaörn saß in einem Winkel des Besprechungszimmers, spielte auf der Zither Hintergrundmusik und lauschte den Berichten, die über das Kommunikationsnetz eingingen. Er hielt den Kopf gesenkt, den Blick auf seinen Fingern, um nicht die Befriedigung zu verraten, die ihn erfüllte. Sechs Kettenfahrzeuge und ihre Abbaumaschinen waren zerstört. Zwei waren intakt geblieben, benötigten aber neue Abbaumaschinen und einen vollständigen Austausch des Steuerungssystems. Vier

Kettenfahrzeuge wiesen nur geringfügige Schäden auf, weil die Besatzungen wachsam und glücklich genug waren, die Systeme auszuschalten, bevor die Sporen Gelegenheit hatten, die Ansaugfilter zu verstopfen. Alles das ging auf Informationen zurück, die er aus dem Kushayt geschmuggelt hatte. Es war ein Glücksfall, daß er gerade jetzt anwesend war und den Bericht über die Wirkung der Sporen hören konnte. Er nahm eine Hand von den Saiten und strich mit liebevoller Sorgfalt über das Holz des Resonanzkörpers. Dein Werk, mein liebes Instrument, dachte er bei sich. Dein Verdienst.

An jenem Morgen vor zehn Tagen hätte ihn fast der Schlag getroffen, als er gerade mit der Verschlüsselung einer Information über Bewegungen der Kettenfahrzeuge fertig geworden war und hinter sich Hunnars Stimme gehört hatte.

»Warum hast du das früher nicht gespielt?«

Ilaörn legte die Zither beiseite und erhob sich mit steifen Bewegungen. Seine Knie schmerzten, weil er zu lange auf der kalten, feuchten Erde gesessen hatte. Er faltete die Hände und beugte den Kopf. »O Ykkuval, ich trauerte. Die Zeit ist jetzt beendet, also spiele ich wieder. Ich war Ard, o Ykkuval. Ich war ein Meister meines Instruments. Es war mein Leben.«

»Das war ein seltsames Stück, das du spieltest. Schrill.«

»Es war eine Studie, o Ykkuval, kein fertiges Stück. Eine Übung, um meine Hände wieder beweglich zu machen.«

»Spiel etwas Wohlklingendes. Etwas, was besser zum Dushann-Garten paßt.« Hunnar schlenderte davon, blickte aber hin und wieder mit nachdenklichem Stirnrunzeln zurück.

Ilaörn beugte sich über die Zither und überlegte,

was er spielen sollte. Durch ihr häufiges Beisammensein, wenn er für Hunnar spielen oder zu besonderen Anlässen die Hintergrundmusik liefern mußte, kannte er die Chaven besser als die meisten seines Volkes, durchschaute ihre Affektiertheiten und Beschränktheiten. Etwas Einfaches, Eingängiges. Zum ersten Mal seit Monaten zuckte sein Mund in einem Lächeln, das nicht bitter war. Er begann ein Stück zu spielen, das er von Ard Amorane gelernt hatte, und vergaß Hunnar und die Mesuch, sogar seinen Sioll, und verlor sich in der reinen Freude des Wohlklanges.

Allzu früh brachte Hunnars Stimme ihm die Wirklichkeit seines Lebens zu Bewußtsein.

»...bedenk, auf welch primitivem Instrument du spielst – aber der Ton ist lyrisch, die Melodie sehr angenehm für das Ohr. Ein Künstler, ja. Jeder kann in einem Garten graben, aber ein wahrer Künstler muß seinem Talent folgen. Wir Hochgeborenen halten uns etwas auf unseren Geschmack zugute. Und unsere Großzügigkeit. Ein Talent wie dieses stellt einen Mann außerhalb der Kastenordnung, macht ihn unserer Gönnerschaft würdig...«

Ilaörn hörte nicht mehr zu; er konnte sich denken, was ›außerhalb der Kastenordnung‹ bedeutete. Eine Art Hofnarr, verwöhnt und gehätschelt, aber jederzeit zur Stelle, um nach der Pfeife seines Herrn zu tanzen und auf seine Launen einzugehen. Lieber wäre er Hunnars Gärtner geblieben, als den Hofmusikanten zu machen. Doch er hatte keine Wahl. Vielleicht konnte er ihm sagen, daß der Garten seine Seele erfrische und er hier arbeiten müsse. Aber ob das helfen würde? Nicht auszudenken, was aus ihm werden mochte, wenn er nicht mehr hinaus durfte...

Endlos entströmten seiner Zither die weichen Klänge der Hintergrundmusik. Ilaörn sah den Zorn des Ykkuval wachsen, als die Berichte von den durch Sporen verursachten Ausfällen und Defekten eingingen. Nicht lange, und es folgten Vollzugsmeldungen von Vergeltungsmaßnahmen. Dörfer wurden niedergebrannt. Leere Dörfer. Die Flieger suchten das Gebirge mit Bewegungsmeldern und Wärmebildgeräten ab. Bisher hatte man keine Einheimischen gleich welcher Rasse gesichtet. Das Land schien leer, aber aus diesem Land wurden Anschläge verübt.

Hunnar schaltete die Gegensprechanlage ein. »Sagen Sie Memur Tryben, daß ich ihn sprechen möchte.«

Ilaörns Finger gingen sacht über die Saiten. Die Musik, die er machte, war kaum hörbar, denn er hoffte, Hunnar vergäße seine Anwesenheit. Ihm lag sehr viel daran, bei dieser Besprechung mitzuhören, aber er wußte nicht genug über die Chaven, um zu ermessen, welches Gewicht Hunnars Entscheidung zukam, seinen einheimischen Zitherspieler zu einer Verzierung und einem Zeugnis seiner Stellung zu machen. Die Verringerung der Lautstärke bewirkte jedoch das Gegenteil von Nichtbeachtung und trug ihm einen finsteren Blick von Hunnar ein. Ohne eine Miene zu verziehen, kehrte er allmählich zu der Spielweise zurück, die er vorher gepflogen hatte.

Hunnar entspannte sich, schloß die Augen, trommelte mit den Fingerkrallen auf der Armlehne, fand aber nicht ganz in den Takt hinein, bis Ilaörn ihn so änderte, daß er dem Trommeln der schwarzen Krallen angepaßt war.

Der Türsummer ging.

Hunnar seufzte und richtete sich im Sessel auf. Er tippte auf den Türöffner und winkte den Chav, der hereinkam, zum Besuchersessel vor dem Schreibtisch.

Der Sicherheitschef warf Ilaörn unter zusammengezogenen Brauen einen Blick zu, und der letztere dachte, seine Anwesenheit werde einen Protest auslösen, aber gleich darauf kam ein gleichgültiger Ausdruck in die Augen des Chav, als er den Zitherspieler in die Schublade tat, die für solche Wesen vorgesehen war, und ihn vergaß.

»Wir bluten aus, Tryben.« Hunnar wedelte mit einer Hand zu den Darstellungen auf den Bildschirmen. »Das muß aufhören.«

Trybens Miene wurde ausdruckslos. Seine sekundären Lider glänzten einen Augenblick lang, bevor er die Beherrschung gewann und sie einzog. »Ich höre, o Ykkuval.«

Hunnar machte eine ungeduldige Handbewegung. »Ziehen Sie Ihre Krallen ein, Memur. Ich gebe nicht Ihnen die Schuld.« Er legte die Hände flach auf die Schreibtischplatte. »Dank unserem ruhmreichen Leiter des betriebswirtschaftlichen Rechnungswesens zu Hause verfügt keiner von uns über das Personal und die Ausrüstung, die wir brauchen.« Er holte tief Atem, stieß ihn schnaubend aus. »Haben Sie festgestellt, was die Schäden verursachte?«

»Sporen. Von einer Art Bovist. Wir hatten früher schon Ärger damit, Sie werden sich erinnern. Motoren von landwirtschaftlichen Maschinen blieben stehen, und als wir sie öffneten, waren die Luftfilter von einem Überzug verstopft, der wie rußiges Haar aussah. Es ist das gleiche Zeug. Ein Zufall kann ausgeschlossen werden.«

»Wenn sie es draußen tun konnten, sind wir auch hier verwundbar. Was wollen Sie dagegen unternehmen?«

»Die Techniker brennen die Filter der Ansaugrohre frei und schützen sie durch den Einbau von Prallflächen. In einem oder zwei Tagen sollte das geschafft sein. Die Kettenfahrzeuge haben wir mit elektromagnetischen Abwehrfeldern versehen und die Empfindlichkeit der Alarmsysteme erhöht. Die Eingeborenen werden nicht nahe genug herankommen, um die Systeme mit ihrem Schmutz zu verseuchen.«

»Also werden sie etwas anderes versuchen. Die Einheimischen in den Arbeitercamps wissen etwas, ich sehe es ihnen an und rieche es. Lassen Sie die Kapos hereinholen und fühlen Sie ihnen auf die Backenzähne. Ich möchte wissen, was ihre Großväter zum Frühstück hatten.« Er machte eine Pause, starrte stirnrunzelnd an Tryben vorbei. »Und nehmen Sie ein paar von den Krautköpfen hoch. Probieren Sie die Sonde an ihnen aus. Wir wollen sehen, was dabei herauskommt. Ich erwarte nicht viel, aber man kann nie wissen, wo und wann einem das Glück lächelt.«

»Ich werde mich sofort darum kümmern, o Ykkuval.« Tryben richtete sich im Sessel auf, stützte die Hände auf die Armlehnen, als wollte er aufstehen. Aber Hunnar winkte mit beschwichtigender Handbewegung ab.

Ilaörn saß in seiner Ecke, und seine Finger gerieten ihm beinahe aus dem Takt, so überrascht war er, diesen blutigen Schlächter nervös wie einen Lehrling bei der Gehilfenprüfung zu sehen.

»Wenn der Leiter des betriebswirtschaftlichen Rechnungswesens die Einfuhr autorisiert, würde ich gern das ganze Gelände im weiteren Umkreis durchkämmen.« Die Worte kamen langsam und bedächtig, die rauhe Stimme Memur Trybens blieb ohne Betonung. »Zehn Flieger und zwei freie Kanäle für den Funkverkehr. Es ist die einzige Möglichkeit, die Saboteure in diesem unübersichtlichen Wald- und Bergland zu finden. Bewegungsmelder, Wärmebildgeräte und Beobachtung allein werden nicht ausreichen, weil es vermutlich vorbereitete Verstecke in Höhlen, Erdlöchern und dergleichen gibt, die sie bei der Annäherung eines Fliegers aufsuchen. Wir müssen uns auf kleine Gruppen einstellen, die sich zu Fuß bewegen und von weidendem Vieh, Wildtieren und anderen natürlichen Erscheinungen schwierig zu unterscheiden sind.« Er blickte auf seine Hände und wartete auf die Antwort.

»Wenn man auf mich hörte, hätten Sie schon vor Wochen die neuen elektronischen Suchgeräte bekommen, die auf tausend Meter eine Maus in ihrem Loch registrieren können, aber die Technologie ist ihnen noch zu teuer. Nein, ich werde mir ein weiteres Ersuchen ersparen. Es hat keinen Sinn. Ich kann Ihnen fünf Flieger geben. Da mehrere Kettenfahrzeuge ausgefallen sind und nicht alle repariert werden können, haben wir Überschußkapazität. Suchen Sie sich die geeigneten Männer aus, schärfen Sie ihnen ein, daß sie ihr Bestes tun sollen. Alle verdächtigen Gestalten und Bewegungen, die auf den Monitoren erscheinen, sind einzuäschern.« Eine abwärtsschlagende Handbewegung beendete die Diskussion. »Nun zu unserem Sanitäter Muhaseb. Sie haben sich vergewissert, daß er nichts über die Schalen verlauten läßt?«

Memur Tryben lehnte sich im Sessel zurück. Der gefährliche Augenblick war vergangen. Dies war Alltagsgeschäft, und dabei fühlte er sich wohl. »Keiner der Techniker, die an der Analyse arbeiten, haben Zugang zur Kommunikationsanlage oder zu anderen Technikern. Wir haben sie überwacht, seit Sie das Projekt ins Leben riefen.«

»Gut. Früher oder später werden wir die Quarantäne aufheben müssen, aber zunächst warten wir die Ergebnisse der Analyse ab. Nun, gestern abend bekam ich einen interessanten Anruf. Jindar ni Koroumak. Anscheinend möchte er hier eingeladen werden. Zur Jagd, meinte er. Was konnte ich tun? Er wird in weniger als einem Monat mit seinem Gefolge eintreffen. Machen Sie sich darauf gefaßt, daß er in den Labors herumschnüffeln wird.«

»Ah, verstehe. Ihr Interesse bleibt gewahrt, das garantiere ich, und Muhasebs Gruppe ist abgeschirmt. Ich werde dafür sorgen, daß er nicht in ihre Nähe kommt. Daß Gerüchte und Nachrichten über den Rauch in Umlauf sind, ist etwas anderes. Der Rauschzustand, der auf das Einatmen des Rauches brennender Schalen folgt, ist unter Technikern und Kulis allgemein bekannt. Sie wissen, wie solche Dinge in den unteren Rängen in Umlauf kommen. Farkli, der die Schenke betreibt, hat sich mehr als einmal über den Gestank und die Einkommensverluste beklagt. Anscheinend trinken die Rauchschnüffler nicht so viel wie früher.« Tryben zuckte die Achseln. »Techniker gehen in ihrer dienstfreien Zeit zu einem der Schlaffelder und bringen so viel von dem Schalenmaterial mit, wie sie in ihrer Kleidung verstecken können. Sie haben Verstand genug, ihre Rauchschnüffelei auf die dienstfreien Stunden zu beschränken. Bisher jedenfalls, aber das Zeug scheint ziemlich suchterzeugend zu sein, also könnte sich das bald ändern. Wenigstens die Hälfte der Techniker, die an der Analyse arbeiten, zeigen Merkmale von Rauchabhängigkeit.«

»Das hat uns noch gefehlt! Wie schlimm ist es?«

»Angesichts unserer begrenzten Zahl hier ist es nicht überraschend, daß nahezu alle Angehörigen der niedrigen Ränge Rauch probiert haben. Ohne rigorose Tests kann jede Zahlenangabe kaum mehr als eine Vermutung sein, aber ich werde mich darum kümmern und Sie verständigen. Fünfzehn Bergbautechniker sind nach dem Felssturz übrig. Alle zeigen ein gewisses Maß an Abhängigkeit. Sechs Sanitätstechniker. Wie ich schon sagte, zeigen vier von ihnen Merkmale von Abhängigkeit. Zehn Kulis. Zwei von ihnen wurden verprügelt, weil sie den Technikern Schalenmaterial stahlen. Die meisten haben keinen Kontakt mit dem Rauch. Vierundzwanzig Mann Wachpersonal. Sechs haben in ihrer Freizeit Rauch geschnüffelt, die anderen betrinken sich bloß. Sechs Kommunikationstechniker und sechs Mann der Reparaturgruppe. Alle haben Rauch gekostet, zwei scheinen abhängig zu sein, die anderen bevorzugen Farklis Yang. Erste Resultate der Analysen deuten darauf hin, daß das Inhalieren des Rauches weniger destruktiv ist, als zuerst angenommen wurde. Zumindest scheint der Zerfall von Nervenzellen nicht so rasch zu erfolgen. Schwer zu sagen. Wir haben kaum Erfahrung mit der Droge und müßten Langzeitabhängige untersuchen, und von denen haben wir noch keine.«

»Hm. Stellen Sie Fallen bei einem der Schlaffelder. Der Zitherspieler sagt, daß die Pfleger dort abhängig seien. Vielleicht finden Sie einen alten Vetter, der dort herumhängt, weil er von seiner Gewohnheit nicht lassen kann. Dann können Sie Ihre Untersuchung der Folgen von Langzeitabhängigkeit ausführen. Die physiologische Ähnlichkeit der Rassen ist groß genug, so daß das Ergebnis brauchbar sein sollte.«

»Ah. Ja, das werde ich in die Wege leiten.«

Sie sprachen noch eine weitere Stunde, und Ilaörn saß in seiner Ecke, spielte seine Hintergrundmusik und wurde vor Ungeduld immer aufgeregter. Er *mußte* in den Garten. Was er gehört hatte, war wichtig, und er mußte es weitergeben. Er schloß die Augen und begann die Neuigkeiten zu rekapitulieren. *Mesuch suchen Wald und Berge ab, verbrennen alles, was sich bewegt. Falle am Schlaffeld. Beobachter und Jäger. Anführer in den Arbeitercamps. Mesuch holen sie zum Verhör. Kratzen alles, was sie wissen, aus ihren Gehirnen. Alle Geheimnisträger müssen fort. Müssen unverzüglich fort.*

Als Memur Tryben ging, stand Hunnar auf und schritt im Raum auf und ab, starrte dabei mit gerunzelter Stirn auf den Fliesenboden. Aber für Ilaörn war es klar, daß er von dem verlegten Muster nichts sah; er ging auf und ab, um den Ärger abzureagieren, den er zurückgehalten hatte, solange Tryben bei ihm geblieben war. Hin und her, hin und her, bis Ilaörn von der Beobachtung schwindlig wurde. Hin und her, hin und her – und dann blieb er stehen, starrte die Wand der Bildschirme an, ging zu seinem Schreibtisch und griff zum Mikrofonschalter.

Dann zog er die Hand zurück, richtete den stirnrunzelnden Blick auf Ilaörn und sagte: »Laß dir deine Mahlzeit frühzeitig geben. Du wirst heute abend bei meinem Abendessen spielen.« Er betrachtete den abgetragenen grauen Kittel und die unsaubere Hose, die der Zitherspieler trug. »Ich werde dir vom Magazinverwalter ordentliche Kleidung geben lassen. Die wirst du heute abend tragen. Und dann möchte ich das Stück hören, das du im Dushann-Garten gespielt hast. Und andere, dazu passende Stücke. Die Auswahl überlasse ich dir. Wenn es dir gelingt, meine Gäste zu beeindrucken, wirst du mich nicht undankbar finden.«

»Ich höre und gehorche, o Ykkuval.«

»Gut. Halte dich um die neunte Stunde bereit. Ich werde dich von einem Kuli holen lassen.«

Ilaörn saß im Dunkeln vor der Gärtnerhütte, sah die Sterne am Himmel langsam ihre Positionen verändern und weichte die linke Hand in einem Aufguß von Langtanablättern ein; die rechte Hand hatte er bereits eingeweicht und machte leichte Übungen mit Handgelenk und Fingern. Er hatte fast den ganzen Tag gespielt, und das riß ihm die Finger auf, selbst wenn es nur durch eine erhebliche Erweiterung des Begriffs Musik gewesen war.

Er lächelte und machte mehr Finger-Liegestütze. Das dichte, federnde Gras lag kühl und angenehm auf seiner Haut. In diesen Tagen spielte er mehr, als er in all den Jahren gespielt hatte, seit er und Imue alt und steif geworden waren und ihre Wanderungen von Dumel zu Dumel eingestellt hatten. Er dachte an Imue und war überrascht, daß anstelle des Schmerzes, der einst sein Herz zerrissen hatte, wenn er sich seines Sioll erinnert hatte, nur eine leichte bittersüße Wehmut zurückgeblieben war.

Es war sehr spät, nach Mitternacht. Er war schläfrig, aber noch nicht genug, um sich schlafen zu legen. Er war glücklich. Seit zweimal zehn Tagen hatte er seine Nachrichten als Lieder verschlüsselt und mit Zitherbegleitung in die leere Luft hinausgesungen, ohne die Andeutung einer Bestätigung, daß jemand sie gehört und verstanden hatte. Aber heute... heute hatte es sich ausgezahlt. Heute hatte sich erwiesen, daß alles der Mühe wert gewesen war, seine schmerzenden, steifen Finger, seine Ängste und der Überdruß in seiner Seele. Zwölf Kettenfahrzeuge waren außer Betrieb, sechs davon für längere Zeit oder sogar endgültig. Ein Erfolg.

Das laute Einschnappen einer geschlossenen Tür riß ihn aus seiner Betrachtung. Er stand auf, wischte sich die nasse Hand an seinem alten Kittel und beobachtete zwei Schattengestalten, die einen der Gartenwege entlanggingen. Beide trugen unförmige Traglasten oder Rucksäcke. Zwei?

Mit angehaltenem Atem schlich er ihnen nach.

Auf dem Bauch im Unkraut liegend, das brusthoch gewachsen war, sah Ilaörn die in einen Umhang gehüllte Gestalt von einem schlanken, kleinen Flieger steigen. Der Spion aus Banikoe. Wie bei der letzten Begegnung begann er zu reden, bevor er den Schutz der Mauernische erreichte. »Als ich letztes Mal den Virus mitnahm, sagten Sie, Sie würden mich nicht mehr herüberrufen; Sie sagten, Sie würden Mittel und Wege finden, mich zu Haus zu erreichen. Gestern abend brach das Chaos aus, als sie entdeckten, daß Programme und Kommunikation nicht funktionierten. Wie oft, meinen Sie, kann ich mich freimachen, bevor dieser Specknacken mir auf die Schliche kommt? Was? Was ist das? Wer ist das?«

Gut, dachte Ilaörn. Das möchte ich auch wissen.

»Sie wollten wissen, warum Sie hier sind. Er ist der Grund. Sehen Sie sich dies an.«

Der Spion nahm den Datenträger, den Hunnar ihm reichte, steckte ihn in ein Lesegerät, dann hielt er den Atem an. Hastig verbarg er seine Überraschung und wollte den Datenträger zurückgeben.

»Behalten Sie ihn. Das Geld ist auf einem Sonderkonto, separat vom anderen. Sie werden diesen Datenträger brauchen, um es auf ein anderes Konto umzubuchen oder auszahlen zu lassen.«

»Und… hmm… was habe ich dafür zu tun?«

»Einen Transport.« Hunnar legte eine Hand auf die Schulter der untersetzten dunklen Gestalt des anderen Chav. »Sie bringen ihn unbemerkt an Korakas äußerer Sicherungslinie vorbei und setzen ihn am Rand des Sumpfgebietes ab. Das ist alles.«

Der Spion öffnete den Mund, als wollte er widersprechen, dann schloß er ihn wieder. Sein Gesichtsfell wirkte zerzaust, sein Mund bildete eine verkniffene schwarze Linie. Er hielt das kleine Lesegerät noch in den Fingern, und sein Daumen strich über die kleine Mattscheibe, wie um das Gerät und die vom Datenträger ausgewiesene Summe zu streicheln.

Der Mesuch war offensichtlich zwischen Furcht und Gier hin und her gerissen. Ilaörn beobachtete den Spion, wie er die Gefahren gegen den möglichen Gewinn abwog. Trotzdem war es klar, daß er nicht ablehnen konnte und würde. Er hatte das Fundament in dem Augenblick gelegt, als er sich von Rachsucht und Gier hatte verleiten lassen, sein erstes Bestechungsgeld anzunehmen, der Dummkopf. Nun blieb ihm nichts übrig als zuzustimmen. Tat er es nicht, war er ein toter Mann. Ilaörns Augen weiteten sich, als er sah, wie der zweite Chav sich fast unmerklich von Hunnar absetzte und seitwärts schob. Der Spion bemerkte es nicht. Er war zu beschäftigt mit seinem inneren Ringen. Ilaörn begriff, daß er sich geirrt hatte. Der Mann war schon jetzt tot. Er biß auf die Unterlippe, als der Chav mit einem schnellen Schritt hinter den Spion trat, ihm die Faust in den Rücken trieb und zurückzog. Nein, nicht die Faust. Einen Dolch mit einer Klinge, die kaum breiter als ein Finger war. Der Spion wollte sich umwenden, und als er eine halbe Drehung vollendet hatte, stieß der Chav wieder zu und trieb ihm den Dolch unter das Kinn aufwärts.

Mit einem gurgelnden Geräusch brach der Spion zusammen und blieb still liegen. Der Chav wischte den Dolch am Umhang des Mesuch ab, dann steckte er ihn in den Ärmel.

Hunnar stieß den leblosen Körper mit der Stiefelspitze an. »Schade. Aber ich nehme an, wir hätten nicht viel mehr aus ihm herausholen können.« Er bückte sich, nahm Datenträger und Lesegerät aus der erschlafften Hand des Spions und richtete sich auf. Gemeinsam luden sie den Körper des Mesuch in den Flieger, warfen dann die Rucksäcke auf ihn.

Hunnar trat zurück. »Sie sind jetzt auf sich selbst gestellt, Kurz. Solange das Kommunikationssystem der Yaraka außer Betrieb ist, bleiben wir in Verbindung. Wenn Sie Proviant oder Versorgungsgüter brauchen, werde ich mein Möglichstes tun, sie zu Ihnen zu bringen.« Er tippte mit der Kralle seines Zeigefingers auf das Lesegerät. »Wenn Sie die Rückkehr nicht schaffen, geht dies an Ihren Sohn. Ich habe es versprochen und ich halte mein Wort.«

Kurz hob die offene Hand im Salut, bestieg den Flieger und machte sich an den Bedienungselementen zu schaffen.

Als Ilaörn rückwärts durch das hohe Unkraut kroch, hörte er das ansteigende Winseln der Triebwerke, erreichte die Ecke und eilte so leise und schnell wie er konnte zu der verborgenen Tür. Sein Magen rumorte und zog sich schmerzhaft zusammen. Es war nicht möglich, vor dem Morgen weiterzugeben, was er gehört hatte. Zu dumm, zu dumm… untermalt vom leisen Tappen seiner bloßen Füße, widerhallten die Worte in seinem Kopf.

8

Die Ard von Beluchad

Als die Caöpakolonne einen kleinen, baumbestandenen Hügel umrundete, sah Shadit weiter voraus ein Dorf in einer Schleife des Menguidflusses liegen. Am Ufer lagen ein halbes Dutzend oder mehr Flußbarken mit gerefften Segeln an den Landungsstegen.

Seit einiger Zeit hatten sie das Flachland hinter sich gelassen und waren in eine hügelige Gegend gekommen, wo Buschwald und Viehweiden die weiten Felder des Ackerlandes abgelöst hatten. Zunächst führte die Landstraße mit geringen Abweichungen von der geraden Linie westwärts über Bodenwellen und durch flache Täler, später dann in Windungen durch das ansteigende Hügelland – doch blieb der Höhengewinn fast unmerklich; manchmal strömte der Menguid neben der Straße dahin, manchmal entfernte er sich, so daß sie ihn mehrere Tage nicht zu sehen bekamen. Doch mehr als einmal erkannte Shadit die Mastspitzen von Flußbarken und die oberen Segelstangen, an denen die rechteckigen Segel hingen, über dem Buschdickicht oder durch Lücken im Galeriewald, der die Ufer begleitete.

Es gab keine weiteren Rastplätze, die von diesem oder jenem Ordumel unterhalten wurden. Man sah über weite Strecken nur verstreute Einzelgehöfte und Unterstandhütten für Vieh.

Dieser Abschnitt der Landstraße war schlecht instand gehalten, zerfahren von Wagenrädern und übersät von Schlaglöchern, und wurde wenig benutzt.

Dann und wann passierten sie eine Bauersfrau, die in einem Caöpakarren zum Markt fuhr, oder einen Jungen, der kleine Tiere trieb, die wie Wattebäusche auf dünnen schwarzen Beinen aussahen und von Shadits elektronischem Übersetzer als Cabhisha bezeichnet wurden. Der meiste Verkehr fand auf dem Fluß statt.

Das Dorf in der Flußschleife machte einen freundlichen Eindruck. Bunte Wimpel und Fahnen wehten von den Masten der am Ufer festgemachten Flußbarken. Meloach, auf deren Köpfen und Schultern Blumen blühten, tanzten im Reigen mit Fiorkindern in roten und orangegelben Hosen mit blau und grün bestickten weißen Kitteln.

Die zwei Eolt über ihnen stiegen in eine schnellere Luftströmung und glitten auf das Dorf zu.

Danor fuhr sich mit der Hand über die Augen. Shadit verzog das Gesicht, als sie sah, wie sehr seine Hand zitterte. Die liebliche, glückliche Szene vor ihnen mußte wie gemahlenes Glas auf seine Nerven wirken.

Sie trieb ihr Caöpa mit Kniedruck an Maorgans Seite. »Wie heißt dieser Ort, und warum feiern die Leute?«

»Dumel Olterau. Ich glaube...« Er schnalzte mit der Zunge und zählte an den Fingern die Tage ab. »Wie rasch gleitet die Zeit davon! Es ist der erste Seibibyl... das heißt, dies ist der erste offizielle Sommertag, und wenn ich nicht völlig den Überblick verloren habe, ist es auch ein Ruhetag. Es soll Glück bringen, wenn der Sommer mit Ruhe beginnt.«

Als sie in die Ortschaft ritten, kam eine Kette von Tänzern aus einer Seitengasse. Sie lachten und klatschten im Rhythmus, mehrere von ihnen sangen, andere bearbeiteten Tamburine und trampelten den Takt mit Holzschuhen. Zu den Sängern gehörte ein hübsches Fiormädchen mit roten Locken und Sommersprossen auf der Nase; sie musterte Maorgan, blickte auf und sah den Eolt, steckte dann zwei Finger in den Mund und stieß ein gellendes Pfeifen aus. Als die anderen alle aufmerkten, zeigte sie zum Eolt hinauf, dann auf Maorgan. »Ard!« rief sie.

»Ard. Ard. Ard.« Die Rufe wurden aufgenommen und kamen zurück, als mehr und mehr Dorfbewohner sich um sie versammelten. Die Sängerin ergriff das Zaumzeug des Caöpa und sah zu Maorgan auf. »Wirst du kommen?« sang sie mit glucksendem Lachen in der Stimme. »Wirst du kommen und bei mir bleiben, Ard?«

Er lachte, hob sie vor sich auf den Widerrist des Caöpa und küßte sie gründlich zu den Rufen und dem Gelächter der Menge. »Bring uns zum Blai, Sonnengesegnete. Mein Freund hier ist in Trauer und nicht in der Stimmung für Fröhlichkeit. Aber sobald er zur Ruhe gekommen ist, werden wir den Sommer für euch einsingen.«

Heiser und mit wunden Fingerspitzen von den langen Stunden des Gesangs und Zitherspiels, die Seele noch erregt von der Freude der Musik, wanderte Shadit müde die verlassenen Wege um die Herberge. Es gab keine Laternen, aber die Sternenfülle am Nachthimmel von Beluchad machte sie überflüssig. Blickte man hinauf, war es wie ein in seiner vollen Entfaltung plötzlich erstarrtes Feuerwerk.

Wo Maorgan jetzt war, wußte sie nicht, und sie war zu müde, um sich darum zu kümmern. Andererseits konnte sie sich denken, wie er seine Zeit verbrachte; die Beluchari waren weibliche Musiker nicht gewöhnt, aber sie ließen sich davon nicht abhalten. Während der ersten Spielpause hatten sich die Fior von Olterau um sie gedrängt, Männer und Frauen in gleicher Weise, und sich als Bettpartner angeboten. Sich an ihr gerieben und sie betastet, bis sie die zudringlichen Hände weggeschlagen und ihnen klargemacht hatte, daß sie nicht interessiert war.

Sie hängte den Traggurt des Zitherkastens über die andere Schulter, suchte den seltsam zylindrischen Schlüssel heraus, den sie in der Herberge bekommen hatte, steckte ihn ins Schlüsselloch – und hielt witternd inne. Aus dem benachbarten Raum, wo Danor eingezogen war, drang ein eigentümlich beißender Geruch.

Sie dachte an sein sonderbares Verhalten und runzelte die Brauen. Dann ließ sie den Gurt über die Schulter gleiten, stellte den Kasten ab und ging die wenigen Schritte zur Danors Tür. Vorsichtig drückte sie die Klinke nieder. Zugesperrt. Der Geruch war hier viel stärker und erzeugte ein seltsames Gefühl. Es erinnerte sie an ihren Aufenthalt in Awosing zur Zeit des Pollenfluges im Frühjahr, als die Luft voll von halluzinogenem Blütenstaub gewesen war.

Sie lehnte an der Tür und versuchte durch telepathische Einfühlung an den Mann heranzukommen, konnte aber nichts als ein Durcheinander von Schmerz, Zorn und bitterem Kummer lesen. Sie schloß die Augen und versuchte sich zu konzentrieren. Ihr Kopf war so müde von der Musik und dem Überschwang des Tanzes, vom Lärm und den Aufmerksamkeiten der Keteng und Fior, sowie von der bezwingenden Macht des Eoltgesangs, daß ihr Gehirn wie betäubt war. Das alles mußte sie verdrängen und ausschließen, um hinter dem Wust von Gefühl das Wesen des Mannes zu erkennen.

Als es ihr gelang, sich der Stärke von Danors Lebensgeistern zu vergewissern, hatte sie genug von dem Rauch eingeatmet, um ins Schwimmen zu kommen.

Sie überlegte, ob sie sich an Ort und Stelle niederlegen, mit dem Rauch verschmelzen und gerade genug in sich aufnehmen sollte, um in diesem schwebenden, treibenden Zustand zu bleiben, wo nichts wichtig und alle Notwendigkeiten aufgehoben waren... Ihre Knie hielten sie nicht mehr aufrecht, aber es war kein Fallen, sondern ein Zusammenklappen in Zeitlupe. Sie fand es erheiternd. Erst als sie die Bodenfliesen im Gesicht fühlte, kam die Abwärtsbewegung zum Stillstand. Auch das war erheiternd. Und angenehm. Die Fliesen fühlten sich kühl und glatt an.

Sie holte tief Atem – und nieste heftig. Der Impuls war von den winzigen Pollenkörnern ausgelöst worden, die sie mit Staub aus den Ritzen zwischen den Fliesen eingesaugt hatte. Sie nieste noch einmal, rappelte sich auf und kam auf die Knie, bestürzt über ihren Zustand.

Ihre Beine waren wie aus Gummi, und sie mußte sich an der Türklinke hochziehen, bevor sie zu ihrem eigenen Zimmer zurückwanken konnte. Sie kam bis zur Tür, lehnte sich dagegen, die Stirn an das Holz gedrückt, und hatte halb vergessen, wozu sie hier stand, bis neuerlicher Niesreiz ihre Nase kitzelte und sie aus ihrer Trance riß. Sie sperrte die Tür auf, zog den Instrumentenkasten hinein und stand mit wankenden Knien in der Türöffnung, um neue Kraft zu sammeln.

Sobald es ihr gelungen war, die Riegelstange vorzulegen und in ihre Haken zu stoßen, stolperte sie zum Bett und fiel bäuchlings darauf. Augenblicklich sank sie in so tiefen Schlaf, daß sie nachher nicht wußte, ob sie geträumt hatte.

Aslan schaltete das Lesegerät aus. »Das genügt einstweilen. Ich werde euch mehr zeigen, wenn ihr ein bißchen erzählt habt.« Sie lehnte sich zurück und lächelte die vier Jungen an, zwei Meloach und zwei Fior, alle im Alter von acht oder neun Jahren.

Sie brauche Kinder, die gute Freunde seien, hatte sie Teagasa und Oskual gesagt. Sie würden zuerst schüchtern sein, aber weil sie Freunde bei sich hätten, würden sie sich bald ungezwungen benehmen. Warum Kinder? hatte Oskual wissen wollen. Wenn sie etwas über Geschichte erfahren wolle, könnten ihr Kinder kaum weiterhelfen…

Aslan hatte ihm erklärt, daß es in jeder Kultur eine offizielle Wahrheit und eine Volkswahrheit gebe, die oft nicht übereinstimmten. Kinder würden die Volkswahrheit aufnehmen, von Eltern und Verwandten und Gleichaltrigen, und manchmal sogar aus der Luft, wie es scheine, und sie würden nicht von Politik und dem Bestreben beeinflußt, bestimmte unangenehme Dinge zu verschleiern. Sie sei keine Historikerin, hatte Aslan hinzugefügt. Sie studiere Kulturen in all ihren Facetten.

Sie ließ ihren Blick von einem Gesicht zum anderen gehen, um sie zusammenzufassen und ihnen das Gefühl zu geben, Teil eines Ganzen zu sein, das sie mit einschloß. »Was tut ihr, wenn ihr entscheiden wollt, wer zuerst geht? Sagen wir, in einem Spiel?« Sie beobachtete die sauber gewaschenen, nüchternen Gesichter und unterdrückte ein Seufzen. Es war offensichtlich, daß sie dank der elterlichen Ermahnungen ihr bestes Benehmen zeigten, still saßen und die Rücken durchdrückten. »Nein, sagt es mir nicht, zeigt es mir lieber.«

Ein achtjähriger Meloach namens Likel hatte sich bereits als der Gesprächigste unter den vieren erwiesen, der Wortführer, wenn diese kleine Gruppe überhaupt einen hatte. Auf seinem Kopf und den Schultern blühten hellrote Moosblumen, und das Flechtengewebe der Denchok breitete sich bereits aus. Er rückte auf seinem Stuhl und verzog das schmale Gesicht mit dem spitzen Kinn zu einer komischen Grimasse. »Wenn bloß wir es sind«, sagte er, »und jeder zuerst gehen will, machen wir das Spiel mit Stein und Schere.«

Er wandte sich zu Colain, einem kleinen Fiorjungen

mit schimmerndem dunklen Haar und Augen, die blauer waren als der Sommerhimmel. »Fangen wir an.« Er und Colain ballten die Rechte zur Faust und schwangen sie hin und her. »Eins, zwei, drei!« Colain grinste. Er hatte die Faust geschlossen gehalten, was das Zeichen für Stein war, während Likel den Mittelfinger ausgestreckt hielt. »Stein bricht Messer.«

Sobechel, ein jüngerer Meloach, dessen Moosblumen noch im Knospenstadium verharrten, obwohl sie hellorange Spitzen zeigten, machte im nächsten Durchgang mit zwei gespreizten Fingern eine Schere, die Colains Papier schnitt. Brecin, ein magerer Fiorjunge, dessen rötlichblondes Haar dem Orange von Sobechels Blütenknospen nahekam, deutete mit flach ausgestreckter Hand Papier an, während Sobechel die Faust als Stein geschlossen hielt. Brecin wickelte den Stein in Papier, dann streckte er die Faust mit einem bösen Grinsen Aslan hin.

Sie lächelte zurück. »Natürlich, warum nicht?«

»Eins und zwei und drei!« riefen sie zusammen. Aslan hielt die Faust geschlossen und brach Brecins Messer.

Sein Grinsen reichte fast bis zu den Ohren. »Sie haben gewonnen. Sie gehen zuerst.«

»Hm. Ich glaube, ihr habt mich hereingelegt.« Sie schmunzelte. »Na gut. Was wollt ihr wissen?«

Likel schob seinen Stuhl näher. »Haben Sie in dem Ding Bilder von dort, wo Sie herkommen?«

Brecin zog die langen knochigen Beine hoch und setzte sich im Schneidersitz auf den Stuhl, die Arme über die Rückenlehne gehakt. »Und wie ist Ihre Familie?«

»Und warum wollen diese Mesuch hierher kommen und alles durcheinanderbringen?« Colain strich sich eine Haarsträhne aus den Augen. In seiner Stimme klang ein Zorn an, der ihn selbst in Verlegenheit brachte, als sein Blick Aslans Augen traf; er errötete und sah schnell weg.

»Nun, da gibt es viel zu beantworten. Fangen wir mit meiner Familie an. Meine Mutter ist eine Geschäftsfrau, sie leitet ihre eigene Firma… Dort werden Dinge wie Schlösser gemacht, nur komplizierter, mit Glocken und Pfeifen, um Diebe zu vertreiben. Sie lebt auf einer Welt, die so weit entfernt ist, daß ihr sie nicht sehen könntet, wenn ihr bei Nacht hinausgehen und zu den Sternen aufblicken würdet. Mein Vater ist ein Dichter. Ich sehe ihn nicht oft. Er ist immer anderswo.«

»Wie Glois' Papa«, sagte Sobechel. »Er ist ein Ard und kommt nie zurück.«

»Maorgan?«

»Nein, ein anderer. Ich glaube, Glois' Papa ist meistens in Melitoe. Vielleicht ist er tot. Die Leute sagen, daß die Mesuch dort drüben ganz verrückt sind.«

»Wie kommt es, daß Sie und Ihre Mutter nicht zusammen leben? Tun das viele Leute?«

»Ich arbeite an der Universität, und die ist wie eine ganze Welt, die eine Schule ist, wo die Studenten alles lernen, was man wissen kann. Dort werden Bücher geschrieben, Experimente gemacht, und in vielen Fächern wird Unterricht gegeben. Die Studenten kommen von überall her. Wenn sie mit dem Studium fertig sind, bleiben manche, und manche gehen wieder nach Haus. Ich bin geblieben.«

Colain nickte. »Wie Chuta Meredel. Unsere Lehrer haben dort studiert. Aber sie kommen zurück.«

»Auch hier kommt nicht jeder zurück«, widersprach Sobechel. »Dein Vetter Timag zum Beispiel. Er ging bei einem Flußschiffer in die Lehre und hat sich hier nicht wieder blicken lassen, seit Teagasa dir das Lesen beibrachte. Sie haben gesagt, Sie würden uns Bilder zeigen. Haben Sie auch ein Bild von einem Schiff? Der alte Barriall hat oft mit freien Händlern zu tun gehabt und sagte, er würde mir ein Bild von einem Schiff bringen, aber er hat es nie getan. Ihres wird ohnehin besser sein, weil seins bloß flach und schwarzweiß gewesen wäre.«

Sie lächelte. »Oh, ich könnte das eine oder das andere haben, was dich interessieren dürfte, Sobechel. Wenn ihr alle eure Stühle zur Wand dreht, werden wir eine Vorführung machen. Dann bin ich an der Reihe, Fragen zu stellen.«

Aslan versammelte ihre Versuchspersonen in einem Kreis um sich und schaltete das Aufnahmegerät ein. »Jetzt fangen wir an. Nennt eure Namen und erzählt uns dann ein wenig über eure Familien – und was ihr gern erzählen möchtet. Damit eure Ururururenkel...« – sie lächelte, als die Jungen kicherten und lachten – »...ein bißchen über euch erfahren.«

»Mein Name ist Likel, und mein Elternteil hat den Laden, wo es alles gibt, man geht daran vorbei, wenn man vom Dumel hierher kommt. Der alte Barriall wohnt auch bei uns, wenn er jeden Monat von den Seen in den Bergen und den Fabriken dort herunter kommt. Außer im Winter, natürlich.« Likel rückte auf dem Stuhl herum und blickte zu den muschelförmigen Feldern der Deckenverkleidung auf. »Ich habe drei ältere Geschwister, ich bin der Jüngste. Ah. Da ist Himtel, der jetzt Denchok ist und eine Knospe hat, also wird es bald einen nächsten geben. Dann gibt es Iaetal und Iören, beide waren Knospen vom selben Sommer. Sie sind voriges Jahr mit der Schule fertig geworden und werden vielleicht bald ihre Häute abstreifen und auch Denchok werden... Himtel arbeitet im Laden, er wird in ein paar Jahren Partner – mit dem Elternteil. Die Zwillinge arbeiten in der Weberei von Sobey. Wenn sie genug Geld gespart haben, um eine Anzahlung zu leisten, wollen sie Land kaufen. Wird aber nicht in den

Ordumels hier herum sein, wo das Land den Familien gehört und nicht oft den Besitzer wechselt. Sie denken, vielleicht Tatamoeh im Süden. Ich weiß nicht, was ich tun werde, vielleicht werde ich noch darauf kommen.«

»Mein Name ist Sobechel. Wie Likel sagt, besitzt mein Elternteil die Weberei. Sie webt vier Arten von Stoff. Die Barken bringen die Scherwolle von Caorag und Cabhisha aus dem Hügelland, die Sumpfleute liefern Borke für Fasern aus den Salzsümpfen, Bauern verkaufen Tatiron, das sie anbauen. Am besten aber sind die Fäden aus den Kokons der Deng-Angi, die nur im Süden auf der Insel Tatamoeh leben. Das ist sehr teuer, und mein Elternteil läßt nur junge Fiorfrauen damit weben, weil sie die geschicktesten Finger haben.

Ich war die vierte Knospe, die mein Elternteil bildete. Zwei von meinen älteren Geschwistern starben an der Welke. Nur einer ist übriggeblieben, der Älteste, und er ist zwölf Jahre älter als ich. Er war die meiste Zeit, die ich erinnern kann, Denchok. Ich habe ihn nie viel gesehen, er war immer geschäftig in der Spinnerei. Wenn unser Elternteil Eolt wird, wird er die Weberei mit übernehmen. Ich bin froh, daß es ihm gefällt, denn wenn er nicht wäre, müßte ich es machen, und ich möchte nach Chuta Meredel gehen und ein Gelehrter werden.«

Colain errötete wieder, als Aslan in seine Richtung blickte. »Mein Name ist Colain Triü. Mein Papa ist der Schuhmacher. Meine Mama macht Dinge wie Sättel und Zaumzeug. Die meisten Leute kommen in unseren Laden, wenn sie brauchen, was aus Leder gemacht wird. Mein Onkel Bort ist der Gerber. Wenn ich mit der Schule fertig bin, werde ich bei ihm arbeiten. Er bringt mir schon Sachen bei. Ich habe eine Schwester, Mevva. Sie ist die älteste. Mama lernt sie in der Sattlerei an, die sie übernehmen soll. Ich hatte einen Bruder, aber er bekam Ärger und lief davon; eine Weile war er bei den Sumpfleuten, aber jetzt glauben wir, daß er entweder tot oder Chorek geworden ist.« Er ließ den Kopf hängen, und sein glattes dunkles Haar fiel ihm ins Gesicht und verbarg seine Augen.

»Mein Name ist Brecin Gabba. Ich bin immer mit Colain zusammen. Ich arbeite gern mit den Händen. Außerdem bin ich das einzige Kind. Mama konnte nach mir keine mehr bekommen. Mein Papa ist der Schmied. Die Schmiede ist mitten im Dumel und günstig gelegen für Reisende, die ein Caöpa neu beschlagen lassen wollen oder Ringe für das Zuggeschirr oder Ähnliches brauchen. Ich habe in der Schmiede gearbeitet, seit ich alt genug war, um zu wissen, daß ich mich vor dem Feuer in acht nehmen muß. Ich glaube, Papa und ich, wir werden weiterarbeiten, bis wir umfallen. Mir gefällt es, Dinge zu fertigen. Ich mag das Gefühl, wenn etwas gut geworden ist, eine Messerklinge oder einen Axtkopf, oder wenn es nur ein gut geflickter kupferner Topf ist, damit die Leute ihr Essen kochen können.«

Aslan blickte auf ihre Notizen. »Erzählt mir von den Sumpfleuten. Wer sind sie, woher kommen sie, wie leben sie?«

Sobechel fuhr mit einem Finger über das Moos, das wie grüner Samt auf der Außenseite seines Armes wuchs. Es gab unter dem Druck nach, veränderte ein wenig die Farbe, so daß ein dunklerer Streifen seiner Fingerspitze folgte. »Ich glaube, ich habe sie am meisten von uns gesehen. Viele von ihnen sind Fior, aber es gibt auch ein paar Denchok. Sie haben in den Ordumels was ausgefressen und sind weggejagt worden, aber manche von ihnen sind Leute, die es einfach nicht mögen, viele andere Leute um sich zu haben. Dann gibt es welche, von denen ich nicht weiß, warum sie dahin gegangen sind. Sie leben in den Sümpfen und sammeln Pflanzen und Zeug, das dort wild wächst, und bringen es zum Verkauf. Wie die C'hauborke, und Melidai, das wir zur Bearbeitung der Borke brauchen, und Bibrek, das eine gelbe Farbe ergibt, und Bung, aus dem man ein dunkles Rot macht, und noch vieles andere an Färberzeug und Medizinen und solchen Sachen. Die Fior-Sumpfleute rasieren sich nicht, und wenn die Farbe nicht wäre, könnte man sie von Keteng nicht unterscheiden, denn den Denchok wächst alles mögliche Zeug in den Flechten und sie zupfen es nicht heraus, wie wir es lernen.« Er seufzte, und es schien eine Spur von Neid darin zu sein.

Aslan fragte: »Aber sie sind keine Chorek, nicht wahr? Ich meine, sie überfallen keine Leute?«

»Nicht diejenigen, die ich gesehen habe. Sie sind bloß unheimlich, das ist alles.«

»Ich höre immer wieder vom Krieg der Gestalten, der vor vielen tausend Jahren gekämpft wurde. Könnt ihr mir sagen, was die Leute über die Zeit damals erzählen?«

Likel blickte zu den anderen, sah, daß sie nichts sagen würden, und fing die Geschichte an: »Ich weiß, daß es diese Leute gab, die sich Angermanen nannten. Sie mußten von dort fortgehen, wo sie waren, weil schlechte Leute sie unterdrückten.«

Brecin nickte. »Und die alten Keteng waren nicht so wie heute. Sie hatten keine Ordumels und so etwas, sondern lebten in Grashütten und aßen, was wild im Wald wächst.«

»Und die Angermanen, ihr Schiff ging irgendwo in die Luft, und sie waren halbtot, als sie nach Beluchad kamen, und ihr Schiff machte oben an der Küste eine Bruchlandung, das erzählen wenigstens die Lieder. Als sie beim Ausladen waren, kriegte Chel Dé den Schluckauf.« Er hielt die Hand vor den Mund, um sein Kichern zu verbergen.

Sobechel stieß Likel an. »Dummkopf, wie soll die Lehrerin wissen, was du meinst?« Er richtete den Blick seiner ernsten graubraunen Augen auf Aslan. »Das sagen wir, wenn es ein Erdbeben gibt: Jedenfalls rollte das Schiff in die Bakuhlsee, wo sie ganz tief ist. Manche Leute sagen, das Loch ginge durch die ganze Welt, so tief soll es sein.«

»Und die Keteng hatten nie etwas so Großes gesehen, oder solche Leute. Und sie bekamen es mit der Angst zu tun und liefen davon. Aber einige von ihnen wurden wütend, weil sie dachten, diese Leute machten ihnen die Plätze kaputt, wo sie ihre Fischnetze auswarfen. Und sie gingen hin und sagten ihnen, sie sollten verschwinden.«

»Und die Angermanen benahmen sich genauso wie die schlechten Leute, die sie aus ihrer alten Heimat verjagt hatten, und fingen an, die Keteng umzubringen, wenn sie sie fangen konnten. Es war eine ganz schlimme Zeit.«

»Und sie dauerte hundert und hundert Jahre. Die Leute brachten sich gegenseitig um.«

»Bis Ard Bracoin und Eolt Lekall den ersten Friedenschoral sangen. Und die Angermanen nannten sich von da an Fior, weil sie vom Zorn der Vergangenheit befreit waren.«

Die Übelkeit, mit der sie erwachte, blieb Shadit treu, als sie Olterau verließen. Es schien nichts Ernstes zu sein, nur daß ihr Magen jedesmal rebellierte, wenn sie in Danors Nähe kam und eine Prise von der Droge, mit der er sich betäubte, in die Nase bekam. Sie dachte daran, mit Maorgan über ihn zu sprechen, aber es ging sie im Grunde nichts an. Außerdem hatte sie das Gefühl, daß er eine ungehörige Einmischung darin sehen würde, wenn sie als Mesuch sich zwischen zwei Ard drängte. Er war freundlich, und sie spürte, daß er sie mochte, aber sie blieb eine Außenseiterin.

Sie sah ihn von der Seite an und unterdrückte ein Lächeln. Wer immer jetzt versuchte, mit Maorgan ins Gespräch zu kommen, würde mit einer kurzen und unfreundlichen Antwort abgefertigt. Danor ritt diesmal hinter ihnen und führte die Tragtiere und die Ersatzpferde.

Ungefähr eine Stunde nach ihrem Aufbruch bog die Landstraße plötzlich nach Nordwesten, und die Steigung nahm in einem Maße zu, daß die Caöpa anfingen, störrisch und nervös zu werden.

Ein steifer Nordwestwind blies ihnen entgegen, blies ihnen dürres Laub und Staub um die Ohren und in die Nüstern und machte sie unruhig.

»Maorgan!«

Die Schultern des Ard zuckten zusammen, als er aus dem Dämmerzustand aufschreckte, in dem er den ganzen Morgen verbracht hatte. Er wandte den Kopf und schenkte ihr einen gequälten Blick. »Was ist?« Er kniff die Augen zusammen, während sie sich abmühte, ihren Caöpa unter Kontrolle zu bringen. Er warf einen Blick auf das schwitzende Reittier, dann sah er sie forschend an. »Haben Sie Schwierigkeiten mit ihm? Wollen Sie das Reittier wechseln?«

»Nein.« Sie zeigte mit dem Daumen auf die schwarzen Wolken, die sich vor ihnen bedrohlich zusammenzogen. »Sie kennen dieses Land. Wann wird das Unwetter losbrechen?«

Er hob den Kopf, um die Wolken zu prüfen, ließ ihn wieder sinken, und während neben seinem linken Auge ein Muskel zuckte, starrte er die Straße entlang nach vorn, wo sie in Windungen die Hügel überwand und schließlich am Rand des großen Waldes, der die höheren Berghänge bedeckte, in den Bäumen verschwand. »Ungefähr dann, wenn wir den Waldrand erreichen.«

»Und wo ist die nächste Unterkunft?«

»Es gibt eine Herberge, ungefähr einen Tagesritt weit in den Wald hinein. Wir werden heute im Freien kampieren.«

»Und die Eolt?«

»Sie warten oben. Sie verweilen nicht gern hier oben über den Siedlungen. Manche Leute mögen es nicht, wenn Eolt in der Nähe sind, und können unangenehm werden. Und natürlich werden sie dem Unwetter aus dem Weg gehen müssen. Ah, haben Sie Waffen bei sich?«

»Eine Betäubungswaffe. Sie kann einen Gegner außer Gefecht setzen, aber nicht töten, außer durch Zufall. Chorek?«

»In Olterau erzählten sie mir Gruselgeschichten über eine Bande von Wegelagerern, die in dieser Richtung ihr Unwesen treiben soll. Ich nahm das meiste davon nicht ernst, weil ich mir dachte, sie wollten uns noch eine Weile dabehalten und an uns verdienen.«

Shadit verbiß sich ein Grinsen. »Also was tun wir?«

»Ich werde Melech rufen, daß er zurückkommen soll, solange er es noch kann, und Ausschau hält, ob er jemanden sehen kann.« Als sie ein skeptisches Gesicht machte, schüttelte er den Kopf. »Das Aussehen der Eolt ist täuschend, Shadowsong. Diese Tentakel können Schläge austeilen, die einen Dammalt betäuben. Sie haben diese zottigen Tiere noch nicht gesehen, die so groß wie ein Haus sind.«

Danor schloß mit seinem Caöpa auf. »Dammalt? Was vergeudest du deine Zeit, Maorgan, von denen zu reden?«

»Mach dir nichts daraus. Wir sprechen davon, daß wir im Freien kampieren und die Augen offenhalten müssen, falls Chorek in der Nähe sind. Was hast du bei dir?«

»Luftgewehr mit Pfeilen. Minik an den Spitzen. Wenn

Chorek über uns herfallen, geschieht ihnen recht, was sie kriegen.«

Maorgan machte ein Gesicht, wandte sich zu Shadit: »Nervengift. Schnell und tödlich. Nun, wir müssen uns beeilen, daß wir den Wald erreichen, bevor das Unwetter losbricht.« Er stieß seinem Caöpa die Fersen in die Weichen und setzte ihn in einen gemächlichen Trab.

Shadit hielt sich neben ihm. »Nervengift? Ist das etwas, über das die Chorek verfügen?«

»Wahrscheinlich nicht. Amikta ist ein Pilz, der in faulendem Krummholz gedeiht. Er wird ausgepreßt, destilliert und zu Konzentrat eingedampft. Es ist ein sehr schwieriger und gefährlicher Prozeß, den nur wenige beherrschen, ohne sich selbst und alle in ihrer Umgebung umzubringen.«

»Hm. Erinnern Sie sich, worüber wir in der ersten Raststation sprachen? Daß die Mesuch von Melitoe die Chorek bewaffnen und gegen uns einsetzen könnten. Man weiß nicht, was uns erwartet.«

Er schnitt eine Grimasse, rieb sich die Schläfen. »Komplikationen. Ich wünschte, ihr Mesuch hättet uns nie gefunden.«

Am Nachmittag war der Sturm noch immer nicht losgebrochen, und die Reittiere hatten sich an den Wind, den Staub und das raschelnde Laub gewöhnt und sich beruhigt, obwohl sie noch immer nervös waren. Als im Schutz der ersten Bäume eine Ruhepause eingelegt wurde, fraßen sie aus ihren umgehängten Hafersäcken und weideten dann geduldig die noch grünen Frühjahrstriebe der Sträucher ab, die am Rand der trockenen kleinen Wiese standen. Kurz nachdem Danor an windgeschützter Stelle ein Feuer in Gang gebracht hatte, um Teewasser zu erhitzen, erschienen die Eolt über ihnen und blieben auch dort, was ihnen wegen der Turbulenz der Luftströmungen nicht leicht fiel.

Eolt Melech ging tief herunter, entrollte seinen Sprechtentakel und legte ihn Maorgan mit einer besitzergreifenden Zuneigung um den Hals, die des Mer-Eolt Lebesair Mißbilligung fand. Der letztere war blaß und offenbar verärgert, daß man ihn so nahe an die heranrückende Front des Unwetters gerufen hatte.

Zum ersten Mal wurde Shadit sich der unterschiedlichen Persönlichkeiten der beiden Eolt bewußt. Sie hatte sich von ihrer goldenen Schönheit, ihrer Musik und ihrer unantastbaren Qualität zu der Vorstellung verleiten lassen, es handle sich bei ihnen um eine eigentümliche Verbindung von Gott und Tier. Als sie einen von ihnen jetzt reizbar und kleinlich erlebte, wurde ihr ernüchternd klar, daß sie ihnen angedichtet hatte, womit andere die Weber von Shayalin ausgerüstet hatten. Gott oder Dämon. Es schien, als gäbe es in der Beurteilung fremdartig-exotischer Lebensformen nur diese Alternative.

Melech zog seinen Tentakel zurück und stieg durch die Turbulenzen aufwärts, um sich zu dem anderen Eolt in einer ruhigeren Luftschicht zu gesellen.

Shadit ging hinüber zu Maorgan. »Nun, was sagte er?«

»Melech sah einen Mann parallel zu uns reiten, als er nahe genug war, uns auszumachen. Fior. Nicht Keteng. Es bedeutet, daß wir auch nachts Wache halten müssen. Der Reiter machte auf bewaldeten Anhöhen halt und beobachtete uns mit einem Feldstecher, dann ritt er weiter, um uns einzuholen und die Beobachtung fortzusetzen. Gleich nachdem die Eolt zu uns kamen, ritt er nach Norden davon. Melech versuchte ihm eine Weile zu folgen, aber der Wind blies aus der falschen Richtung, und der Mann verschwand im Wald, wo er nicht mehr beobachtet werden konnte.«

Die schwarze Wolkenwand rückte bedrohlich näher, die Windböen nahmen an Stärke zu, und die Eolt stiegen zu ihrer maximalen Höhe auf, um sich den gefährlichen Entladungen der Gewitterfront zu entziehen und wurden außer Sichtweite getragen.

Ein schwerer Regentropfen zerplatzte auf Shadits Kopf, weitere landeten auf ihrer Nase und im Auge. Ihr Haar war kurz und lag wie eine Kappe um den Kopf – aber sie fühlte den Wind daran zerren. Augenblicke später trommelte ein Schauer großer Tropfen auf sie nieder und riß den Staub der Landstraße hoch – doch der erwartete Wolkenbruch blieb aus, und über eine Stunde fiel kein weiterer Regen.

Die Caöpa wurden wieder unruhig und störrisch, als die Landstraße ins Waldesdunkel führte. Donner rollte über die Berghänge und vermehrte die Unruhe der Tiere. Sokli begann auszuschlagen, nahm den Kopf herunter und versuchte die Zähne in jeden erreichbaren Körperteil Shadits zu schlagen. Sie zog die Schultern ein, stieß die gebleckten gelben Zähne zum zehnten Mal mit dem Stiefel von ihrem Bein fort und sandte ihre telepathische Einfühlung in das Dämmerlicht unter den hohen Laubbäumen, fühlte umher nach den Wärmepunkten, die auf Beobachter hinwiesen.

Die Bäume bogen sich rauschend im Wind, Äste ächzten und knarrten, Totholz brach herunter und schlug dumpf auf den Waldboden.

Donner krachte.

Das Dämmerlicht flammte weiß auf, und schmetternd fuhr ein Blitz in einen Baum unweit der Straße.

Sokli schnaubte ängstlich, stemmte die Vorderbeine in den Boden, senkte den Kopf und wollte nicht weiter. Auch die Tragtiere hinter Shadit schnaubten und wieherten unruhig.

Wieder folgten Blitz und Donner fast unmittelbar aufeinander. Maorgan brachte seinen scheuenden

Caöpa mit Muskelkraft unter Kontrolle, wendete und trabte an Shadit vorbei, um bei Danor und den Tragtieren nach dem Rechten zu sehen. Mit ihrer telepathischen Einfühlung suchte Shadit das verängstigte Tier zu beruhigen. Sturmböen fegten durch die Baumkronen und rissen Laub und kleine Zweige von den wie in Verzweiflung fuchtelnden Ästen. Sekunden später setzte ein kalter, harter Platzregen ein, der sie trotz des schützenden Laubdaches im Nu durchnäßte. »Gut, gut, bist ein tapferer, braver kleiner Sokli. Nun komm, dreh dich um. Ich weiß, Regen im Gesicht ist kein Spaß, aber es dauert nicht mehr lang, bis wir wieder bei den anderen sind.«

Tragtiere und Ersatzpferde zerrten an den Leitzügeln, bäumten sich auf, sprangen auf steifen Beinen hin und her, wieherten, schlugen aus, allesamt in blinder Panik vom Fluchtinstinkt ergriffen, während Danor und Maorgan sich mit äußerster Anstrengung abmühten, die Tiere in einer geschlossenen Gruppe beisammenzuhalten und am Ausbrechen zu hindern.

Und der Regen prasselte herab.

Blitze zuckten über den Himmel.

Donner polterte.

Shadit öffnete sich den Tieren, gab ihnen beruhigende Dinge ein, Stille, das Gefühl von vollen Bäuchen und Sonnenwärme, und nach einer Weile schüttelte ein Caöpa den zottigen Kopf, schnaubte und fügte sich in sein Schicksal.

Das war der Durchbruch. Auch die anderen begannen sich zu beruhigen.

Jäher Schmerz brannte ihr über die Schulter. Das Krachen des Schusses ging im Lärm des Gewittersturms unter.

Sokli schrie und bäumte sich auf, als eine Kugel ihn unter dem Kiefer traf und Blut und Fleisch versprühend seinen Hals durchschlug. Dann brach er zusammen und blieb röchelnd und schwächlich mit den Beinen schlagend am Boden liegen.

Shadit warf sich auf die regengepeitschte Landstraße, wälzte sich hinter den Körper des sterbenden Caöpa in Deckung und zog die Betäubungswaffe. Durch den herabrauschenden Regen sondierte sie das Waldesdunkel abseits der Straße, machte die trübe Glut eines Lebensfunkens aus, erledigte ihn mit der Betäubungswaffe und suchte weiter nach den anderen, als weitere Geschosse in Soklis Körper klatschten oder, auf die anderen gezielt, über sie hinwegzischten.

Weiter voraus. Zwei von ihnen, zu beiden Seiten der Straße. Schon hatte sie den ersten. Einer unten. Nun zur anderen Seite. Aber der zweite war in Deckung gegangen, wahrscheinlich hinter einem Baumstamm, der dick genug war… Au! Das war knapp… blutend von einem Streifschuß, der ihr Haar und Haut über dem linken Ohr aufgerissen hatte, warf sie sich seitwärts über die Hinterbeine des Caöpa, kroch um seine Kruppe und schaute wieder nach dem Schützen aus.

Der Mann, ein gefährlich guter Schütze, verließ seine Deckung und sprang zu einem anderen Baum, um sie besser ins Visier zu bekommen.

Sie lächelte grimmig, hielt ein wenig vor und erledigte ihn.

Eine weitere Sondierung bestätigte, daß er der letzte der Wegelagerer war. Sie stand auf, wischte sich nasse Strähnen und Regenwasser aus den Augen. Fünf der Moospferde lagen am Boden, eines noch lebendig, aber aus einem zerschmetterten Bein stark blutend. Es schrie jämmerlich. Die anderen waren davongelaufen. Danor saß fluchend im strömenden Regen und drückte eine Hand gegen eine Wunde in der Schulter. Maorgan lag auf dem Bauch, das Gesicht in einem Schlagloch, das sich mit Regenwasser gefüllt hatte.

Shadit lief zu ihm, kniete bei ihm nieder und hob seinen Oberkörper aus dem Wasser, seufzte erleichtert, als er hustete, dann Wasser und Magensaft über ihre Knie erbrach. Er hatte einen Armdurchschuß, der nicht sehr gefährlich aussah, und eine Kopfwunde, die den Schädelknochen angekratzt hatte, keinen oberflächlichen Kratzer wie bei ihr. Im strömenden Regen und schlechten Licht war es schwierig, die Schwere der Verletzung zu beurteilen, aber das Weiß des Knochens war sichtbar, also schien der Schädel unverletzt. Soweit sie seinen Zustand beurteilen konnte, stand er unter Schock und war nicht bei Besinnung.

Sie zwinkerte Regenwasser aus den Augen und ließ ihn auf dem Rücken liegen, um zu Danor zu eilen, der einer Ohnmacht nahe war und mit grimmiger Entschlossenheit seine Schulter hielt, um nicht zu verbluten. Sie schnitt ihm einen Ärmel ab, faltete ihn zu einer Kompresse, schnitt dann einen Stoffstreifen aus seinem Hemd, um die Kompresse auf die Wunde zu binden. »Wenn Sie können, Danor, gehen Sie unter die Bäume und aus dem Regen. Ich möchte nicht, daß Sie eine Lungenentzündung bekommen.«

»Haben Sie die Kerle getötet?«

»Nein. Sie sind bloß betäubt. Vielleicht für eine halbe Stunde. Ich werde mich gleich darum kümmern müssen, aber zuerst möchte ich ein Segeltuch aufspannen und Sie und Maorgan aus dem Regen bringen.«

»Wie viele und wo sind sie?«

»Drei. Zu beiden Seiten der Straße, und alle vor uns.«

Die Lippen zusammengepreßt, Rinnsale von Tränen und Regenwasser im Gesicht, schnitt sie dem leidenden Tragtier die Kehle durch, dann überprüfte sie, was von ihren Vorräten übrig war.

Die fehlenden Moospferde waren zwei Tragtiere und

drei Ersatzpferde. Sie kam sich beinahe wie eine Verräterin vor, als sie Erleichterung verspürte, daß Breou unter ihnen war. Mit den durchgegangenen Caöpa hatten sie glücklicherweise hauptsächlich Futtergetreide und ein paar Werkzeuge verloren. Der Rest ihrer Ausrüstung lag auf den toten Tragtieren.

Die Nässe hatte das Leder quellen lassen, und die Gurte ließen sich nur schwer öffnen; bis sie die Traglasten von den toten Tieren genommen und das Zeltbündel in den dürftigen Schutz eines Baumes gezogen hatte, war Danor fort. Sie fluchte leise, denn sie konnte sich denken, was für eine Idee ihm in den Sinn gekommen war. Sie öffnete das Bündel und versuchte das Zelt aufzubauen, ohne es innen genauso wie außen zu durchnässen.

Sie schleifte Maorgan hinein, zog ihm die durchnäßten Kleider aus, wischte ihn trocken, wickelte ihn in eine Decke und machte sich dann auf die Suche nach Danor.

Der erste Chorek war ein stämmiger Mann von niedrigem Wuchs; ein schmieriger Bart bedeckte den größten Teil seines Gesichts, und seine Kleider waren schmutzig genug, um von selbst zu stehen, wenn er sie jemals ausgezogen hätte. Ein schwarzer Wurfpfeil stak in der Mitte eines vorquellenden Auges.

Danor lag ausgestreckt neben dem letzten toten Chorek, einen Wurfpfeil in der guten Hand. »Ihr Götter! Was soll ich mit Ihnen anfangen?«

Er antwortete nicht, denn er war zu sehr damit beschäftigt zu sterben.

Vorsichtig, um den schmutzigen, durchweichten Verband nicht von der Wunde zu lösen, zog sie ihn über eine Schulter, bot alle Kräfte auf, um auf die Beine zu kommen, und wankte mit ihrer Last zurück zum Zelt.

Nachdem sie die beiden bewußtlosen Männer versorgt, ihre Wunden mit antiseptischer Salbe bestrichen und mit sterilen Kompressen aus ihrer Reiseapotheke verbunden hatte, entledigte sie sich ihrer triefend nassen Kleider, hängte sie über tiefhängende Äste, schleifte die restlichen Traglasten ins Zelt, stellte einen Wegwerf-Wärmestrahler auf und hängte eine batteriebetriebene Lampe an eine der Zeltstangen. Die Streifschußverletzung an ihrer Schulter schmerzte schlimmer als ein fauler Zahn, obwohl sie desinfiziertes Pflaster aufgesprüht hatte, und wurde nur übertroffen von den Kopfschmerzen, die Aufregung, Anstrengung und der zweite Streifschuß hinterlassen hatten. Sie schluckte eine Schmerztablette aus ihrem persönlichen Medikamentenvorrat, zog die letzte Decke um sich und saß einen Augenblick und sammelte Kräfte, bevor sie überlegen konnte, was sie als nächstes tun sollte.

Das Gewitter war abgezogen, aber der Regen trommelte gleichmäßig und beruhigend auf das Zeltdach, der Wärmestrahler verbreitete angenehme Hitze, die allmählich in ihre Muskeln und Knochen eindrang. Aufrecht zu sitzen, wurde bald zu mühsam, und sie streckte sich neben Maorgan aus, veränderte ihre Lage, bis sie mit halb angezogenen Knien auf der Seite lag und nur für einen Moment die brennenden Augen schloß...

Marinn Ola sprang in die Höhe, fing den Lederball mit ausgestreckten Armen auf und warf ihn in hohem Bogen zurück zu Glois und den anderen, die auf der freien Fläche zwischen den Stallungen und der Herberge spielten.

Er stand außerhalb der in die Erde geritzte Linie, die das Spielfeld begrenzte, und beobachtete den Fortgang des Spieles. Der Ball wurde getreten, geworfen und gestoßen, als das Spiel hin und her wogte, und flog ein paar Male durch die vertikalen Ringe, die an beiden Enden des Spielfelds angebracht – und kaum weit genug – waren, den Ball durchzulassen. Es gab Aufgeregtheit und Streit zwischen den beiden Seiten, und zwei Fiorjungen standen einander Nase an Nase, Brust an Brust gegenüber, bis Utelel ihre Wut durch Spott entschärfte. Ein paar Spieler trotteten nacheinander beleidigt vom Platz, als ihnen von den anderen lautstark Ruppigkeiten und Regelverstöße vorgeworfen wurden.

Marrin Ola murmelte ein paar Bemerkungen in das Kehlkopfmikrofon des Aufnahmegerätes, hielt sich aber nicht mit einer detaillierten Beschreibung des Spiels auf. Es war so typisch für die Spiele vorpubertärer Jungen in Dutzenden der Kulturen, die er untersucht hatte, daß er die Regeln hätte aufsagen können, ohne die Jungen zu fragen. Außerdem war das nicht der Grund seiner Anwesenheit.

Als das Spiel sich auflöste, winkte er Glois und Utelel zu sich.

Sie kamen herüber und hockten vor ihm, staubig und schweißverschmiert, zerzaust und grinsend.

»Als ich in eurem Alter war, wußten meine Vettern und ich alles, was in der Gegend geschah, wo wir lebten. Ich denke mir, bei euch beiden wird es nicht anders sein.«

Utelel schürzte die breiten Lippen, machte große Augen und brachte es fertig, so unschuldig auszusehen wie die gelbe Blume, die ihm über einem Ohr hing.

Glois war sofort mißtrauisch. »Vielleicht«, sagte er. »Warum?«

»Weil es ein Problem gibt. Unser Problem, nicht eures. Aber wir könnten Hilfe brauchen. Die anderen Mesuch, die in Melitoe, wißt ihr, werden wahrscheinlich Spione schicken, die uns umbringen sollen.« Er seufzte, als er die beiden Augenpaare in abenteuerlustiger Erregung blitzen sah. Aslan würde diesen Vorstoß mißbilligen, aber er hatte nicht vor, es ihr zu sagen, solange er nicht mußte. »Dies ist kein Spiel, müßt ihr wissen. Ich spreche mit euch, weil ich denke, ihr seid klug genug, um das zu verstehen.«

Glois' Zunge fuhr über die Oberlippe, er wandte den Kopf zu Utelel. Die beiden sahen einander einen Augenblick lang an, dann wandte Glois sich wieder Marrin zu. »Sie wollen wissen, ob sich Fremde hier herumtreiben, die Fragen stellen, nicht?«

»Vielleicht nicht nur Fremde. Jeder, der sich anders benimmt als gewöhnlich. Versteht ihr, was ich meine?«

»Klar. Sie denken, daß vielleicht jemand gekauft worden ist.«

»Das ist das Dumme mit diesen Geschichten. Man weiß es nie.« Marrin hob einen kleinen glatten Stein vom Rand des Spielfelds auf und warf ihn gegen einen Anbindepfosten vor den Stallungen, daß es knallte. »Geht bloß nicht los und tut etwas, was ihr sonst nicht tun würdet, ja?« Er fand einen zweiten Stein und warf ihn dem ersten nach, verfehlte aber sein Ziel. »Andernfalls könntet ihr mögliche Spione warnen, daß wir auf der Hut sind. Wißt ihr, was ich meine?«

»Sicher. Aber niemand achtet auf uns Jungen. Nur wenn wir in der Schule sein sollten und es nicht sind.«

Marrin schnaubte, als er ihre hoffnungsvollen Gesichter sah. »Hört zu, ihr beiden: Wenn ihr anfangt, die Schule zu schwänzen, packe ich euch selbst am Kragen und bring euch hin, sollte ich euch herumstrolchen sehen.« Er stand auf. »Im Ernst, ihr zwei. Ihr haltet die Augen offen, ja?«

Er ging fort und überlegte, ob er gerade seiner eigenen Karriere den Todesstoß versetzt habe. Wenn diesen

Kindern etwas zustieße, und es würde herauskommen, daß er sie rekrutiert hatte…

Als er sich wieder daran machte, eine Übersichtskarte des Dorfes anzulegen und die Bewohner zu zählen, beruhigte er sein Gewissen mit Erinnerungen an seine eigene turbulente Jugend und die Abenteuer, die er überlebt hatte, bis er schließlich herangewachsen war.

9

Operationen

Kurz landete den Flieger auf einer Insel in der Mitte der Salzsümpfe und machte sich daran, seine Ausrüstung neben einer klaren Süßwasserquelle abzuladen, die zwischen den Luftwurzeln eines Baumes entsprang. Dabei dachte er lächelnd an den zerstörerischen Virus, der die Software der Yaraka-Satelliten lahmgelegt hatte; das hatte seine Sicherheit erst möglich gemacht.

Er arbeitete rasch und effizient; je schneller er den Flieger von hier entfernte, desto sicherer würde er sein. Zu dumm, daß nur die Satellitenverbindungen ausgefallen waren. Alle Sicherheitseinrichtungen der Yaraka, die nicht mit Satellitentechnik verbunden waren, blieben intakt, und die Fellköpfe waren ein hinterhältiger Haufen.

Chaven-Satelliten hatten diesen Flecken trockenen Sandes in der Mitte eines der ausgedehnten Salzsümpfe entlang der Küste ausfindig gemacht. Obwohl die Insel nicht allzu weit von einigen Hütten entfernt war, die von einer Bande von Choreks benutzt wurden, die es sich zur Gewohnheit gemacht hatten, Reisende auf der Landstraße entlang dem Rand der Salzsümpfe zu überfallen, hatte die Satellitenaufklärung festgestellt, daß sie die Insel niemals besuchten. Auch die anderen Bewohner der Gegend, die Sumpfleute, die im Herzen der Feuchtgebiete in weit verstreuten Hütten lebten, keine weniger als einen Tagesmarsch von den anderen entfernt, mieden den Ort. Zwar standen sie miteinander in mehr oder weniger lockerer Verbindung, aber sie legten keine Siedlungen an. Wenn man sich eine Gesellschaft von Eremiten vorstellen konnte, dann mochte dies ihre Organisationsform sein.

Kurz wußte, daß es einen Grund für dieses sorgfältige Meiden nachbarlicher Nähe geben mußte, aber die Satellitenaufklärung hatte in den vorausgegangenen drei Wochen nichts entdecken können – keine großen Raubtiere, die die Insel unsicher machten, keine Überflutungen bei Hochwasser, nicht einmal Insektenschwärme. Was immer es war, er traute sich zu, damit fertig zu werden. Er hatte haarigere Situationen erlebt und gemeistert. Selbst wenn auf dieser Insel Geister spuken sollten, würde es ihn nicht schrecken.

Das Wetter war für seinen Zweck so vollkommen, als wäre es eigens für ihn angerichtet: schwarze Wolken, schwer von Regen, ballten sich über ihm zusammen und verdunkelten den Tag zu Zwielicht. Er schnallte den toten Yaraka-Verräter in den Pilotensitz, verrichtete die zur Startvorbereitung notwendigen Handgriffe, legte eine Hand auf das Tastfeld, wodurch der Startvorgang aktiviert wurde, und trat hastig zurück, als die Triebwerke zu summen begannen.

Er beobachtete, wie der Flieger in Spiralen emporstieg und dann auf Nordkurs in den Wolken verschwand. Er vergaß die Maschine, schritt den Rand der Insel ab und suchte den Sand und das Wasser auf mögliche Probleme ab, bevor er sein Lager aufschlug. Er summte vergnügt, zufrieden, wieder allein und auf sich gestellt zu sein. An den Stämmen einer seltsam kahlen Baumgruppe an einem Ende der Insel beobachtete er eine Menge krabbelnder und summender schwarzer Käfer, die er bald als ungefährlich einstufte.

Er war in eine Familie von Kulis hineingeboren und wäre auch selbst einer geblieben, wenn Hunnar nicht auf ihn aufmerksam geworden wäre und ihn als förderungswürdig eingestuft hätte. Hunnar war es auch gewesen, der ihm eine Ausbildung als Spion und Saboteur und Meuchelmörder hatte angedeihen lassen. Bis heute wußte er nicht, warum ausgerechnet er auserwählt worden war, aber er war dem Hochgeborenen dafür und für die guten Dinge, die daraus erwachsen waren, dankbar.

Eine Frau und Kinder, zum Beispiel. Sie hatten ein angenehmes Leben am Rand des Technikersektors; seine Kinder würden der Technikerklasse angehören, nicht den Unqualifizierten, zu denen er bis zum Ende seiner Ausbildung gehört hatte, und vor allem nicht jener Klasse der Kulis, Taner sei gesegnet. Er sah sie alle paar Jahre für einige Monate, vermißte sie aber nicht allzusehr. In einer ruhigen, mehr abstrakten Art und Weise war er erfreut über seine Familie, aber mehr über die Idee von ihnen als über ihre wirkliche körperliche Existenz. Sie gab ihm das Gefühl, in etwas verwurzelt zu sein, während er in Hunnars Dienst die Welt bereiste.

Er war nicht mehr jung, stand am Ende der mittleren Jahre, und alles, was er tat, kostete ihn heutzutage mehr Anstrengung. Der Gedanke an den Ruhestand war ihm verhaßt, aber er war ein methodischer, sorgfältiger Chav, der harten Wahrheiten nicht aus dem Wege ging. In den vergangenen Jahren hatte er sich nach einer Stellung umgesehen, die er im Ruhestand einnehmen könnte, hatte in jedem Augenblick, den er erübrigen konnte, Datenträger studiert, sich mit Wirtschaft, Xenopsychologie und den Eingeborenensprachen der Welten beschäftigt, die von der Chandava Bergbaugesellschaft kontrolliert wurden. Und darüber hinaus hatte er sich mit allem anderen beschäftigt, was nach seiner Meinung von Nutzen sein könnte.

Er wünschte sich Arbeit außerhalb der Heimatwelt, weil er kleiner und schmächtiger als der durchschnittliche Chav war und immer die Zielscheibe von Scherzen gewesen und von den Stärkeren herumgeschubst worden war. Und das waren die meisten seines Alters – und darüber – gewesen, ob männlichen oder weiblichen Geschlechts. Er hatte frühzeitig gelernt, daß sein Verstand alles war, was ihn schützen würde, durfte seine Klugheit aber nicht zeigen, weil es seine Lage nur verschlimmert hätte. Unsichtbare Klugheit. Die Fähigkeit, andere zu manövrieren, daß sie ihn gewähren ließen oder sogar beschützten, während sie in Unwissenheit dessen blieben, was er tat und dachte. Vielleicht war es das gewesen, was Hunnar in ihm erkannt hatte.

Am oberen Ende der Insel bemerkte er eine Reihe großer Abdrücke im Sand. Einer, dem Rand des Wassers am nächsten, war klar genug, daß er die Zehen zählen und bemerken konnte, was wie Krallenabdrücke aussah. Er drückte seine Hand daneben in den feuchten Sand, schob die Krallen heraus, nahm die Hand weg. Die Krallen der fremden Fährte waren länger als seine, die Spreizung der Finger breiter.

Er untersuchte alle übrigen Abdrücke im Umkreis und bemerkte, daß die Abstände sich auf halbem Weg über die Insel vergrößerten, als wäre die betreffende Kreatur von einem Augenblick zum anderen vom Dahinschlendern in vollen Lauf übergegangen. Was konnte eine Kreatur mit so bedrohlichen Krallen als Abwehrwaffen in die Flucht schlagen? Und ohne selbst nahe genug zu kommen, daß Spuren zurückblieben?

Andere Fährten waren nicht zu sehen. Vielleicht ein Flieger? Eine Luftqualle? Nicht wahrscheinlich. Wenn welche in dieser Gegend auftauchten, hätte die Satellitenaufklärung es bemerkt. Sie waren zu groß, um übersehen zu werden. Vielleicht gab es eine kleinere Gattung? Räuberisch lebend und mit Gift an den herabhängenden Tentakeln. Er blickte auf und beobachtete die Bäume, die hier in einer Gruppe beisammenstanden. Sie wirkten kahl, weil sie nicht allzu viele kleine und harte Blätter trugen, nicht länger als sein kürzester Finger. Sie stellten für ein fliegendes Raubtier kein ernstes Hindernis dar. Er beschloß den Luftraum in seine Wachsamkeit einzubeziehen. Er tat ein paar Schritte, blieb stehen und dachte an den weichen, nachgebenden Sand und die tödlichen Bohrwürmer in der Kumarwüste seiner Heimat. Auch darauf galt es zu achten.

Zufrieden mit der Wahl seines Lagerplatzes, kehrte er zurück zu seiner Ausrüstung und begann sie unter die Baumgruppe zu tragen. Ein gefährlicher Ort würde ihm wenigstens die Zurückgezogenheit sichern, die er brauchte. Er spannte eine Hängematte zwischen zwei Stämmen, setzte den halbrunden, teleskopischen Unterschlupf aus Stahlblech in die Hängemattenhalterung und spannte weitere Hängematten auf, um seine Ausrüstung und seinen Proviant vom Boden fernzuhalten. Er ließ sein Miniskip und den Anhänger bis zuletzt stehen, bevor er sie startete und zur höchsten Astgabel manövrierte, die das Gewicht tragen konnte, um sie dort zu vertäuen.

Als alles andere zu seiner Zufriedenheit eingerichtet war, setzte er sich auf eine wie ein Knie abgeknickte Luftwurzel und betrachtete das größte Gepäckstück, eine zugesperrte Kiste, die die Waffen enthielt, mit denen er diese Chorek ausrüsten wollte – was ein kitzliges Vorhaben war, da er keinen Wert darauf legte, von einem seiner eigenen Strahlprojektoren entzweigeschnitten zu werden. Aber es war ein Verfahren, das er anderswo schon erfolgreich praktiziert hatte, und er hatte eine Verfahrensweise ausgearbeitet, die ihren Zweck erfüllte und seine Haut unversehrt ließ.

Als er die Kiste neben das Miniskip gehievt und festgebunden hatte, war es Abend geworden. Er füllte einen Becher mit Wasser aus der Quelle, wärmte eine Fertigpackung mit einem Schmorgericht und betrachtete den Sonnenuntergang, während er sein Abendessen verzehrte.

Ilaörn schloß die Augen, um die Gesichter der Labortechniker nicht zu sehen, doch er konnte die Ohren nicht verschließen, weil er diese Geräusche spielen mußte, die Hunnar für Musik hielt. Er konnte nicht umhin, sie über die Ausplünderung seiner Welt und seines Volkes reden zu hören, und soweit es die Mesuch und ihr schädliches Tun betraf, war er sogar bereit, den Begriff seines Volkes auf die Keteng auszudehnen, denn sie hatten unter den Eindringlingen womöglich noch mehr zu leiden als die Fior.

»...die beteiligten organischen Stoffe sind außerordentlich komplex. Wir haben nicht die Einrichtungen für eine vollständige Analyse. Und ebensowenig, ich bedaure, das sagen zu müssen, die Fachkenntnisse. Es fällt mehr in die Tätigkeitsfelder der Yaraka. Können Sie sagen, ob...«

Hunnar grunzte. »Geheim.«

»Ah. Ta'ma. Wir haben die Kulis, die Sie uns zur Verfügung stellten, einer Anzahl von Tests unterzogen. Sie können es am Bildschirm verfolgen. Dieses Paar wurde einem Sättigungstest unterzogen. Wir hielten sie unter kontrollierten Bedingungen eine Woche lang in einem abgeschlossenen Raum. Da. Sehen Sie den Dunst? Sie befanden sich eine volle Woche in dem Rauch, dessen Konzentration konstant unterhalb der Erstickungsebene gehalten wurde. Dann wurden sie erdrosselt, und eine Autopsie ist vorgenommen worden. Wir haben daraufhin die Zellstruktur untersucht, soweit unsere etwas begrenzten Möglichkeiten es zuließen. Bisher war die Beschaffung eines verfeinerten Instrumentariums für biochemische Analysen nicht erforderlich, da unser Augenmerk auf die medizinische Behandlung und Versorgung unserer Leute beschränkt war.

Nun, die Frau war schwanger. Das ist einer der Gründe, warum sie ausgewählt wurde. Wir untersuchten den Fötus und konnten feststellen, daß der Rauch nicht teratogen ist. Was die Erwachsenen betrifft, so scheint die Wirkung auf die Gehirnstruktur gering zu sein, und keines der anderen Organe zeigt Belastungssymptome. Einschränkend muß ich jedoch betonen, daß dies nur eine Kurzzeitstudie ist und die schädliche Wirkung sich noch nicht in einen meßbaren Bereich entwickeln konnte. Wir bereiten eine Langzeitstudie mit geringeren Dosierungen vor; mit Ihrer Erlaubnis würden fünf Jahre ein angemessener Zeitraum für dieses Projekt sein.«

»Lassen Sie Ihren Vorschlag bei mir, ich werde ihn später in Betracht ziehen.« Seine Krallen klickten auf dem Holz. »Einstweilen werde ich Memur veranlassen, eine Anzahl der lokalen Vettern einzusammeln, die von dem Zeug abhängig sind. Die können Sie dann durch Ihren Wolf drehen. Sicherlich wird zumindest ein Teil dessen, was Sie dabei in Erfahrung bringen, auch auf Chaven anwendbar sein. Schließlich sind wir ein Zweig der Vettern, auch wenn einige von uns dies gern vergessen.«

»Ein Zweig, der sich recht bedeutsam von den anderen wegentwickelt hat, Ykkuval. Gleichwohl werden wir die Erweiterung unserer Kenntnisse zu schätzen wissen. Wenn Sie die mittleren beiden der vier Bildschirme betrachten, werden Sie die Ergebnisse unserer zweiten Studie sehen. Wir wählten ein zweites Paar Kulis aus, einen Mann und eine Frau, um den zur Abhängigkeit führenden Faktor zu untersuchen und zu bestimmen, welche Folgen das Einatmen dieses Rauches für den Verstand und das Verhalten der Versuchspersonen hat. Wir machten dies zu einem separaten

Experiment, weil die Sonde die Anpassung verändert, wenn sie so umfassend eingesetzt wird, wie wir es in diesem Fall beabsichtigten.«

Ilaörn öffnete die Augen, als er das Wort *Sonde* hörte. Trotz seiner Bedenken starrte er zu den Bildschirmen, während seine Finger geistesabwesend an den Saiten zupften und ein altes Übungsstück spielten, das er seit seiner Jugend so oft durchgenommen hatte, daß es seiner Aufmerksamkeit nicht mehr bedurfte. Er verspürte ein Verlangen, das ihn bekümmerte; es machte, daß er sich beschmutzt fühlte – und seine Seele rettungslos kompromittiert. In letzter Zeit hatte er öfter von den Sitzungen mit Hunnar geträumt, und mehr als einmal war er darüber in ein halbwaches Sinnieren geraten, wie er eine weitere Sondierung erreichen könnte, ohne die Hälfte der noch in Melitoe lebenden Beluchari zu verraten. Ihn verlangte es wieder nach diesen Orgasmen, dieser totalen Plünderung des Selbst, es verlangte ihn danach mit einer Leidenschaft, die noch größer war als alles, was er mit seinem Sioll geteilt hatte. Und deswegen verabscheute er sich selbst.

Er blickte zu den Bildschirmen. Konnte er schon nicht teilnehmen, so konnte er wenigstens zusehen.

»Sie werden finden, o Ykkuval, daß die Darstellungen sowohl interessant als auch beunruhigend sind. Wir haben nichts zensiert, aber die Datenträger werden Ihnen natürlich zur Verfügung gestellt, sobald diese Präsentation abgeschlossen ist. Kopien wurden nicht hergestellt. Wir beginnen mit der weiblichen Versuchsperson.«

Zwei der Bildschirme expandierten und zeigten die Frau ausgestreckt auf einem Untersuchungstisch, breite Gurte um Arme und Beine und einen weiteren um den Leib, wo ihre Taille gewesen wäre, wenn sie eine gehabt hätte. Sie hatte breite Schultern und Hüften, eine dicke Fettschicht zwischen den Muskeln und der Haut verbarg ihre Knochenstruktur und gab ihr das Aussehen einer häßlichen, formlosen Stoffpuppe. Ein Laborant in Weiß mit einer Atemmaske, die seine untere Gesichtshälfte verdeckte, kam mit der Kronensonde in Sicht. Er legte sie auf den Untersuchungstisch, dann rieb er den rasierten Kopf der Frau mit einer Creme ein, die er einem kleinen Tiegel entnahm. Als dies geschehen war, setzte er ihr die Krone auf, brachte die Kontakte an und begann mit einer Serie von Tests.

Als er Hunnars Ungeduld bemerkte, sagte der medizinisch-technische Leiter Muhaseb hastig: »Wir ließen auf dem Datenträger alles unverändert, damit Sie sähen, daß es vorschriftsmäßig gemacht wurde. Tatsächlich haben wir an allem, was folgt, keinerlei redaktionelle Bearbeitung vorgenommen. Was die Sonde findet, wird im Anschluß an diese Darstellung auf dem zweiten Bildschirm erscheinen.«

Dichter gelblicher Rauch steigt aus einer Schale auf einem Dreibein neben dem Kopf der weiblichen Versuchsperson. Die fleischigen Züge ihres breiten Gesichts beginnen zu zucken. Sie zieht mit Armen und Beinen an den Gurten, wendet den Kopf mehrere Minuten lang unruhig von einer Seite zur anderen, als suchte sie sich einer zudringlichen Stechmücke oder Bremse zu erwehren. Nach ein paar Minuten werden ihre Bewegungen heftiger. Ein Laborant mit Atemmaske erscheint im Bild, zieht einen breiten Gurt hoch, führt ihn über die untere Gesichtshälfte der Frau, zieht ihn fest und entfernt sich aus dem Bild. Die Frau zerrt noch ein wenig länger an den Gurten, dann liegt sie still. Ihre Augen öffnen sich, aber die inneren Lider bleiben unten, und ihre Augen glänzen in dem für alle Chandavasi bezeichnenden Ausdruck von Wut. Minutenlang zuckt und windet sich ihr Körper, dann scheint der Rauch endlich zu wirken, und sie liegt kurze Zeit still. Ihre Hände öffnen und schließen sich mehrere Male, bleiben dann zu Fäusten geballt. Ihre äußeren Lider sinken tiefer, bis ihre Augen zu glänzenden Schlitzen werden. Nach ein paar Augenblicken beginnt sie zu stöhnen, versucht die Beine gegen die Gurte zu spannen, die Knie zu heben…

Der zweite Bildschirm zeigt zunächst nichts. Dann beginnen trübe, dunkle Farben in langsamen Wirbeln zu kreisen und wandern die Ränder des Bildschirms entlang, kleine farbige Wirbel um einen tintenschwarzen Fleck. Die Schwärze verharrt unbeweglich, bis nach einer Weile unregelmäßige Lichtblitze erscheinen, brillant und blendend hell, wie Stroboskoplicht in einer Light-Show. Langsam nimmt etwas in der aufbrechenden Schwärze Gestalt an, eine unförmige Frau, zuerst winzig, dann anschwellend, bis das Bild den Rahmen füllt und sich gegen die Ränder stemmt, als würde sie durch die schiere Kraft der Wut und des Willens hervorbrechen. Dieses Bild schrumpft plötzlich zu einem kleinen alten Säugling mit riesigem, deformiertem Kopf und atrophierten Gliedmaßen, die nicht viel mehr sind als knochenlose Anhängsel. Dies geschieht in dem Augenblick, als ihr der Gurt über Mund und Kinn gezogen und festgemacht wird, um ihre Kopfbewegungen zu bremsen. Der alte Säugling beginnt zu schmelzen, als wäre er aus Wachs gegossen und neben einem Feuer liegengelassen worden. Das fließende Wachs beginnt sich zu einem Wirbel zu formen, in dem Bruchstücke der aufgelösten Gestalt noch erkennbar sind: ein Auge gleitet vorbei, ein schrecklich verzerrter Mund, ein Ohr, eine Brust wie ein leerer Sack mit einer großen braunen Warze. Die Umrisse gehen in dem lehmfarbenen Wirbel auf, und eine Weile zeigt das Bild nur häßliche Ocker- und schmutzige Rottöne. Dann beginnt eine andere Form…

Die Traumbilder wurden dunkler, undeutlicher, und entwickelten sich zur Szene einer Geburt. Die Nabelschnur hatte sich um den Hals des blutigen Säuglings gewickelt und erwürgte ihn, und daraus entwickelten sich zunehmend gewalttätige sexuelle Vorstellungen, die von der Frau teils gegen sich selbst und teils gegen die Männer in ihren Phantasien gerichtet wurden, die allesamt Techniker und Verwaltungsleute waren, darunter eine verzerrte, aber deutlich erkennbare Version Hunnars. Ilaörn wandte den Blick nicht vom Bildschirm; er wollte nicht wegschauen, wollte die Gesichter der anderen nicht sehen, weil er wußte, daß sie Widerspiegelungen seines eigenen sein würden.

Beide Bildschirme wurden plötzlich dunkel.

Muhaseb räusperte sich. »An diesem Punkt hatte die Versuchsperson physiologische Schwierigkeiten, die es geraten erscheinen ließen, diesen Teil der Untersuchung zu unterbrechen. Sie wurde von den Gurten befreit, man behandelte ihre Krampfzustände, worauf sie in einen Beobachtungsraum gebracht wurde. Wir konnten feststellen, daß sie sich rasch erholte, und untersuchten ihren Geisteszustand. Soweit scheint durch die Einwirkung des Rauches kein physiologischer Schaden entstanden zu sein, obwohl die Auswirkungen auf die Psyche weniger leicht zu quantifizieren ist, da wir die Sonde erst wieder einsetzen wollen, wenn sie den Ausgangspunkt der Untersuchung erneut erreicht hat.«

Er hüstelte, hantierte einen Augenblick an den Bedienungsinstrumenten, schaltete die leeren Bildschirme aus und die anderen zwei ein. »Die männliche Versuchsperson zeigte eine ähnlich beunruhigende, aber ganz andere Reaktion. Hier muß auf einen Punkt hingewiesen werden: Es ist als wahrscheinlich anzusehen, daß die Geschichte und die Persönlichkeit der Versuchsperson aufeinander einwirken und so den Inhalt der Phantasien bestimmen.«

Der linke Bildschirm zeigte den gleichen Raum mit dem Untersuchungstisch. Der männlichen Versuchsperson galt eine anatomische Studie; jede Muskelgruppe hob sich deutlich ab, die kräftigen Knochen seines Gesichts traten kantig hervor. Seine Fußsohlen und Handflächen waren dick und hart von rauher Hornhaut, als wären sie aus Kork. Der Laborant unterzog ihn der gleichen Prozedur wie zuvor, rieb den rasierten knochigen Schädel ein, brachte die Krone an und befestigte die Elektroden. Er rückte seine Atemmaske zurecht, schüttete den sorgfältig dosierten Inhalt eines Beutels mit zerfaserter Schale in das kleine Kohlenbecken neben dem Kopf der Versuchsperson und zündete das lockere, faserige Häuflein an. Dann trat er zurück und außer Sicht.

Der Mann liegt still, nur das Zucken seiner Augenlider und das gleichmäßige Heben und Senken seiner Brust zeigen, daß er lebt. Er unternimmt keinen Versuch, die Stärke der Gurte zu erproben, obwohl sein Blick dem im Bildschirm nicht mehr sichtbaren Laboranten folgt. Der Rauch über ihm wird dichter, er hält den Atem an, aber dann muß die verbrauchte Luft ausgestoßen werden. Und er atmet zwangsläufig eine Lunge voll Rauch ein. Sein Mund dehnt sich, er schreit, doch der Datenträger zeichnet im Gegensatz zu dem der Frau keine Töne auf. Sein Gesicht läuft rot an, seine Atmung geht schneller, als er von Panik ergriffen wird. Wie vor ihm die Frau, dreht auch er den Kopf von einer Seite zur anderen, die Bewegungen werden heftiger, dann reißt er den Kopf los vom Gurt, hebt ihn so hoch er kann und schlägt ihn auf das flache Kopfkissen zurück. Als er ihn wieder hebt, ist der Laborant zur Stelle und zieht den Gurt fest. Der Mann versucht zu schreien, kann es aber nicht. Sein Körper bäumt sich gegen die Gurte auf, sinkt dann in sich zusammen. Der Rauch ist inzwischen sehr dicht und wirbelt um die Versuchsperson, deren Atmung sich beruhigt hat; er liegt schlaff und ruhig, tief im Bann der Droge…

Lange zeigt der zweite Bildschirm nichts, als wäre es der Versuchsperson gelungen, jeden Gedanken und jede emotionale Regung zu unterdrücken. Allmählich regt sich etwas im grünlichschwarzen Hintergrund, als wollte es Gestalt annehmen. Dann wieder nichts. Der Bildschirm wird weiß, verzweigte schwarze Muster jagen darüber hin, werden zusehends kleiner und zahlreicher, bis der ganze Bildschirm schwarz ist. Weiße Muster bilden sich in der oberen linken Ecke und bewegen sich rasch abwärts und hinüber nach rechts, bis das Weiß das Schwarz überlagert. Der Bildschirm pulsiert zwischen schwarz und weiß, wieder und wieder, das Auge nimmt anstrengende Lichtblitze wahr, die den keuchenden Atemstößen der Versuchsperson entsprechen. Dann erfolgt eine Explosion greller Primärfarben, rote Zacken stoßen in grüne Flecken, gelbe Sterne mit spitzen, dünnen Armen überdecken beide… Dann verschwinden die Farben und abstrakten Formen oder verwandeln sich vielmehr in eine ländliche Idylle mit einem extrem idealisierten, aber kenntlichen Mann, der Versuchsperson, wie er über das Gras dahinschreitet, ein Schwert in der Hand, das kupferrot und silbrig in der Sonne schimmert. Er geht auf eine Frau zu, die ebenfalls idealisiert, aber kenntlich ist…

»Das…« Hunnar sah genauer hin. »Er wagt es… Ist das nicht Bashkans jüngste Tochter?«

»Ah, ja, ich fürchte, es ist so. Und es wird im weiteren Verlauf der Phantasie viel schlimmer. Auch gibt es Hinweise auf Sie, o Ykkuval. Sie – Sie werden die Gedanken der Versuchsperson über Sie sicherlich nicht schätzen. Diese sind sehr subversiv. Natürlich besteht nicht die geringste Aussicht, daß er jemals nach solchen Träumen handelte. Vergessen wir nicht, daß er ein Kuli ist.«

»Ein toter Kuli.« Er blickte zum Bildschirm, zog finster die Brauen zusammen, als er die Darstellung des Mannes beobachtete, der sich vor der Frau verbeugte, sein Schwert zu ihren Füßen legte und sich anschickte, ein Schwert von anderer Art zu zücken, während sie sich wie eine Blume vor ihm entfaltete. »Schluß jetzt damit! Ich will nichts mehr sehen.«

»Gewiß, o Ykkuval.« Die Bildschirme wurden schwarz. »Nachdem wir beide Versuchspersonen psychologischen Tests unterzogen haben, so daß wir ihren Geisteszustand nach fortgesetztem Gebrauch der Droge mit den vor Beginn dieser Untersuchung durchgeführten Tests vergleichen können, werden wir beide Versuchspersonen sezieren. Wünschen Sie weiterhin persönlich unterrichtet zu werden oder würde eine Zusammenfassung auf Datenträger ausreichen?«

»Datenträger haben den Nachteil, daß sie durch Ritzen im Sicherheitssystem rutschen. Die persönlichen Berichte werden fortgesetzt. Aber diese Untersuchung wird streng vertraulich bleiben und nur mir zugänglich sein.«

»So wird es geschehen, o Ykkuval.«

Kurz wachte mit der Sonne auf, kroch aus seinem Unterschlupf und unternahm einen schnellen Lauf um die kleine Insel. Seine Fußabdrücke waren die einzigen, die er ausmachen konnte. Spät am vergangenen Abend hatte es einen Gewittersturm gegeben, der den feuchten Sand so glattgefegt und sauber zurückgelassen hatte, als hätte ihn nie ein Lebewesen betreten. Er kam zurück zu seiner Baumgruppe, zog sich an und untersuchte den Unterschlupf.

Hunderte von kleinen Verfärbungen sprenkelten die halbrunde Abdeckung über der Hängematte. Sie hatten an einigen Stellen Farbe von der Polymerbeschichtung des Stahlblechs gebleicht, aber das Material selbst nicht beschädigt, soweit er sehen konnte. Jedenfalls noch nicht. Es war das erste Mal, daß er etwas sah, das diese Polymerbeschichtung angreifen konnte. Er berührte die verfärbten Flecken nicht, bevor er den gesamten teleskopisch ausgezogenen Unterschlupf wiederholt mit Quellwasser abgespült hatte.

Aufmerksam lauschte er dem Geräusch, das die Spitze seiner Fingerkralle beim Hinweggleiten über eine der winzigen Verfärbungen machte. Rauh. Die Krallenspitze blieb an den Rändern um den Fleck hängen, als wäre dort eine Blase im Polymer geplatzt. Also war die Beschichtung angreifbar, aber das Stahlblech darunter schien voll intakt, und es gab nicht viel, was sich hier durchfressen konnte. Er untersuchte die Ausrüstungsteile, die er in die Bäume hinaufgezogen hatte, aber sie waren unberührt geblieben. Es – was immer es war – hatte es auf ihn abgesehen. Er zuckte die Achseln. Es machte nichts aus, er gedachte nicht lang hierzubleiben. Er schnallte ein Yagamouche mit Halfter an seinen Gürtel, zog die Jacke darüber, steckte eine Betäubungswaffe in die eigens eingenähte Innentasche, vergewisserte sich, daß seine anderen Waffen an Ort und Stelle waren, dann schälte er einen Riegel mit Nahrungskonzentrat aus der Folie und machte sich auf den Weg zur Siedlung der Chorek. Er hatte an dem schweren, klebrigen Riegel noch eine Weile zu kauen, als er durch Wasser und Schlamm platschte und über Sandbänke stapfte.

Die Berichte der Satellitenüberwachung gaben ihm

eine brauchbare Vorstellung von den Lebensgewohnheiten der Chorek, die dort lebten. Sechs Männer, vier Frauen. Zwei von den Frauen schienen feste Bindungen zu haben, die anderen zwei hatten freizügigen Umgang mit allen Männern. Sogar die Frauen standen selten vor der Mittagszeit auf, obwohl sie etwas früher als die Männer im Lager zu sehen waren, wo sie Mahlzeiten zubereiteten und andere Arbeiten verrichteten. Es gab keine Wachen, nur einen von Tag zu Tag wechselnden Holzsammler, der auch bei Nacht das Feuer in der runden, mit Steinen ausgelegten Feuerstelle im Zentrum der Siedlung zu unterhalten hatte.

Wenn er die Berichte sah, wunderte er sich, wozu die Leute in einem so warmen und feuchten Klima ständig ein Feuer unterhielten. Jetzt verstand er es, verstand den Sinn der aufgestapelten Stangen neben der Feuergrube, deren Enden man mit Lumpen umwickelt hatte, Lumpen, die mit einer dunklen, klebrigen Flüssigkeit gesättigt waren. Wer oder was in der letzten Nacht hinter ihm her gewesen war, mußte auch diese Siedlung heimsuchen – daher diese Vorkehrungen. Es war tröstlich, daß primitive Fackeln das Ding vertreiben konnten; sein Yagamouche war ungleich wirkungsvoller. Es konnte ein Loch durch eine halbzöllige Stahlplatte schmelzen.

Als er in die Nähe der Siedlung kam, verlangsamte er seinen Schritt und suchte sich einen Weg, der vorhandene natürliche Deckungen ausnutzte. Es bedurfte nur eines unruhigen Schläfers, der aus seiner Hütte stolperte und sich erleichterte, um ihn zu sehen und das Lager zu alarmieren.

Als er den Verschlag erreichte, den er als die Behausung des Anführers ausgemacht hatte, ließ er die Tür und die Fenster unbeachtet, zog sich an einem vorstehenden Sparren hoch und kletterte aufs Dach. Er zog rohe Holzschindeln und Rindenstücke heraus, bis ein

Loch da war, durch das er sich hinunterlassen und an einem der krummen Dachbalken festhalten konnte.

Ein Mann und eine Frau schnarchten in einem Nest schmutziger Decken, neben dem ein plumper Krug stand. Kurz rümpfte die Nase über den Gestank, der ihm entgegenschlug, eine Mischung von saurem altem Schweiß und anderen Körperausdünstungen, vermischt mit penetrantem Fuselgeruch aus dem Krug. Es mußte etwas wie der Yang sein, den der alte Farkli ausschenkte. Er griff in seine Jacke, zog die Betäubungswaffe und sorgte dafür, daß die beiden Schläfer nicht zu früh aufwachten.

Wenig später hatte er Bäume und Schilfgras zwischen sich und der Siedlung und trottete leichtfüßig durch seichtes Wasser, den nackten und schmutzigen Chorek in eine ebenso schmutzige Decke gewickelt und über die Schulter gelegt. Obwohl es ihm widerwärtig war, den verwahrlosten und verlausten Kerl anzufassen, hielt Kurz ihn fest, indem er einen Arm über die Kniekehlen legte. Die Arme des Chorek baumelten lose hinter ihm und schlugen ihm bei jedem Schritt an die Waden. Er verschloß seine Gedanken gegen dies und den Gestank und konzentrierte sich darauf, so schnell wie möglich zu seinem Lager zurückzukommen. Seine Fährte zu verbergen, wäre bloß Zeitverschwendung. Er konnte die Fertigkeit im Fährtenlesen, die diese Sumpfleute haben mußten, nicht überlisten.

Als er die kleine Insel erreichte, band er den Chorek an den Stamm eines der Bäume und zog zusätzlich eine Schlinge des dünnen, aber fast unzerreißbaren Kunstfaserseils unter den Armen des Mannes durch und über den dicken Stumpf eines abgebrochenen Astes, so daß der Mann nicht am Baum auf und ab rutschen und seine Fesseln abstreifen konnte. Dann zog er die Arme des Mannes rückwärts um den Stamm und knotete die Handgelenke mit einem kürzeren Seilstück zusammen. Er ließ den Bewußtlosen in der Brustschlinge hängen und ließ Miniskip und seinen Waffenvorrat vom Baum hinab. Er schob den Unterschlupf zusammen, verlud den Rest seiner Ausrüstung in den Anhänger und schloß den Deckel, ohne ihn zuzusperren. Dies war nur der erste von mehreren Orten, die er aufsuchen wollte. Die Waffenkiste zu öffnen und den Chorek einen Vorgeschmack von der Prämie zu geben, die ihm gehören konnte, war Teil seines Planes. Und es bestand sogar die Möglichkeit, daß er seinen Gefangenen würde töten und alle Waffen zu einem anderen Ort bringen müßte. Wenn der Mann verschlossen und feindselig blieb und nicht hören wollte, würde es keinen Sinn haben, seine Ansprache fortzusetzen.

Er drückte die Hand gegen den Schnappverschluß und öffnete den Deckel, damit der Gefangene die sauber angeordneten Reihen von Strahlprojektoren in ihren mit Samt ausgeschlagenen Nischen sehen konnte. Er hielt das Stimulans bereit, und nachdem er sich einen Platz gesucht hatte, wo er den Wind im Rücken hatte, hockte er nieder und betrachtete seinen Gefangenen.

Die Haut unter der fettigen Patina des Ungewaschenen war kränklich blaß, und die langen, dünnen Arme und Beine, die heraussstehenden Rippen und sein Blähbauch verliehen ihm ein halbverhungertes und krankes Aussehen. Kurz legte diesem Eindruck keine große Bedeutung bei. Obwohl Hunnars Schoßhund sauber und viel älter war, war er mager und zerbrechlich wie dieser, dabei aber rege und munter genug. Die beiden waren nicht so sehr verschieden, und für sein Alter und seine Lebensumstände schien dieser Chorek leidlich in Form.

Eine Narbe zog sich über eine Gesichtshälfte, eine dünne Linie mit Punkten, wo die Wunde genäht worden war. Ein Messerschnitt, wahrscheinlich ein Zweikampf. Den er gewonnen hatte, andernfalls hätte niemand sich die Mühe gemacht, seine Wunde zu nähen. Eine punktförmige Wunde über der linken Hüfte, anscheinend von einem Stich. Der hätte tödlich sein können, wäre er nur um Haaresbreite daneben gewesen. Kleine rote Punkte sprenkelten Bauch und Hüften. Bisse von Läusen und Flöhen, vermutete Kurz. Gut, daß das Ungeziefer dieser Welt den Geschmack der Chaven nicht mochte. Seltsam gekräuselte Narben an den Armen, eine an der Schulter nahe am Halsansatz, und mehrere Narben, die von Verbrennungen herrührten, über den anderen. Er hatte ein hartes Leben geführt und mehr als seine Portion Glück aufgebracht, um noch am Leben zu sein.

Kurz runzelte die Stirn. Er hatte diesen mitgenommen, weil die Analyse der Daten, die er von der Satellitenüberwachung bekommen hatte, ihn als den Anführer auswies. Es war leichter, einen von diesen Leuten zu überzeugen, als ein halbes Dutzend feindseliger Schlammspringer mit vorgehaltener Waffe für seine Vorschläge zu gewinnen. Und er hatte beschlossen, mit dieser Bande anzufangen, weil sie zu den aktivsten und erfolgreichsten der Chorek gehörten, die von diesem Sumpfgebiet aus operierten.

Kurz blickte nach Westen. Die Sonne war ein verschwommener rötlicher Fleck hinter einer sich verdichtenden Wolkendecke. Sie schob sich rascher als erwartet vom Meer landeinwärts, und die von den Bäumen geworfenen Schatten waren bereits verblichen. In Nebel und Regen zu fliegen, war nicht nach seinem Geschmack, aber länger als unbedingt nötig hier herumzuhängen, war eine noch weniger attraktive Option.

Er hob die Spritze mit dem Stimulans auf, drückte das Ende an die Halsseite des Chorek, trat zurück, als die Wirkung einsetzte, und sah ihn aus der Bewußtlosigkeit erwachen. Der schlaffe Mund mit den kränklich aussehenden rosa Lippen öffnete und schloß sich, der verfilzte Bart und Schnurrbart bewegte sich fettig mit. Die Augen, die sich blinzelnd öffneten, waren von dem eigentümlich stechenden Schwarz, wie bei vielen dieser Schlammspringer. Umgeben von den ausgebleichten Wimpern, waren sie widerwärtig und alles andere als vertrauenerweckend. Der Chorek zerrte an seinen Fesseln und gab es auf, als er merkte, daß er keine Chance hatte, sich zu befreien. Er erkannte dies schnell genug, um Kurz zu warnen, daß sein Gefangener schlau war und er ihm nicht über den Weg trauen konnte.

Der Chorek würgte einen Qualster hoch und spuckte ihn in Kurz' Richtung.

Er fiel zu kurz, natürlich. Eine banale Reaktion. Kurz war enttäuscht, ließ sich in seiner Einschätzung des Mannes aber dadurch nicht beeinflussen.

»Du wirst zuhören«, sagte er und war erfreut über die Wirkung der Worte auf den Chorek. Er mochte keine implantierten elektronischen Simultandolmetscher, sie verursachten ihm Kopfschmerzen, und all diese subhumanen Idiome setzten ihm Ideen in den Kopf, die er dort nicht gern sah, aber es war natürlich nützlich, mit ihnen sprechen zu können. »Du magst mich nicht«, sagte er. Er hob eine der Samenkapseln auf, die der Baum in der Nacht fallengelassen hatte, öffnete sie mit der Daumenkralle, zog etwas von den wattigen Samen heraus und blies sie in die Luft. Er sah ihnen einen Augenblick nach, dann wandte er sich wieder dem Chorek zu. »Was du magst und nicht magst ist für mich so viel wert wie diese Flugsamen. Ich bin gekommen, dir einen Handel anzubieten, der uns beiden einbringen wird, was wir wollen.«

Der Chorek funkelte ihn an. »Mesuch. Ich würde dir keine Handvoll nasser Scheiße geben.«

»Wenn du nicht sehr dumm bist, wirst du auf den Handel eingehen. Hör zu. Zuhören schadet nicht, und du wirst ganz sicher nicht irgendwohin gehen, wenn ich es nicht will. Wir wollen diese Welt von Yaraka säubern. Du kennst sie. Die Fellgesichter. Du willst das auch. Du willst uns loswerden. Wir werden unsere Tätigkeiten auf Melitoe beschränken und euch Banikoe überlassen. Wir benötigen Metalle und Mineralstoffe. Wenn diese abgebaut sind, verschwinden wir wieder. Dies ist eine leichte Welt. Wir schätzen leichte Welten nicht. Am wohlsten ist uns auf Welten, die dir die Knochen brechen und deine Eingeweide aus dem Arsch ziehen würden. Die Yaraka sind anders. Sie haben es auf Drogen und botanische Dinge abgesehen, das heißt, auf Pflanzen. Pflanzen erschöpfen sich nie, sie wachsen immer wieder nach. Die Yaraka werden für immer hier sein, wenn ihr sie euch nicht jetzt vom Hals schafft.«

Der Chorek zwinkerte, seine Züge wurden weicher. »Das verstehe ich«, sagte er und verzog den Mund zu einem, wie er wahrscheinlich meinte, arglosen Lächeln. »Also binde mich los, und wir können unseren Handel machen.«

Kurz seufzte. Sie dachten immer, es sei so einfach. »In einer Weile werde ich es tun, aber noch nicht.« Er griff in die Kiste und hob einen Strahlprojektor heraus. »Dies ist eine Waffe, die ihre Kraft regeneriert, wenn du diesen Schieber zurückstößt...« Er gebrauchte die Kralle an seinem Zeigefinger, um die dünne Metallkappe in ihren Schienen zurückzustoßen und den Kollektor darunter freizulegen. »So. Du mußt die Waffe für mindestens vier Stunden in volles Sonnenlicht legen, und am Ende dieser Zeit wird sie wieder aufgeladen sein. Sie verschießt ein Feuer, das nur deine

Feinde verbrennen wird. So.« Er schloß den Schieber, hob die Waffe und schnitt das äußere Ende eines Astes nicht weit über dem Kopf des Choreks ab. Im Fallen streifte er seine Schulter. »Du kannst sehen, wie diese Waffe hartes Holz schneidet. Stell dir vor, was sie mit Fleisch und Knochen täte.«

Er stand auf, öffnete den Schieber und setzte die Waffe mit freigelegtem Kollektor in den Sand. »Jetzt scheint die Sonne nicht stark genug, aber so wird es gemacht, um die verbrauchte Energie zu ersetzen. Sehr einfach.«

Er nahm die Waffe an sich, hockte wieder neben der Kiste nieder und sagte: »Du siehst selbst, wie einfach es ist. Es besteht keine Gefahr der Überladung. Die Waffe wurde für Leute wie euch entwickelt, Männer, die einfache, wirksame und leicht zu bedienende Waffen brauchen, die außerdem robust und widerstandsfähig sind.« Damit sie die Dummheit solchen primitiven Lumpengesindels wie euch aushalten, dachte er bei sich.

Ein gieriger Glanz kam in den stechenden Blick des Chorek, und eine Spannung in seine Schultern, die Kurz sagte, daß er seinen ersten Kunden am Haken hatte. »Ich sehe, was du bietest«, sagte der andere. »Was verlangst du?«

Daß ihr euch nicht gegenseitig massakriert, dachte Kurz, sondern die Yaraka. Ich frage mich, ob es die Kosten wert ist.

Er zeigte dem Chorek das grüne Licht, das die volle Ladung der Waffe anzeigte, dann legte er sie in ihre Nische.

»Wir wollen, daß die Gruppe von der Universität beseitigt wird. Wer uns den Beweis liefert, daß diese Leute tot sind, wird für jede beseitigte Person zwei Goldstücke erhalten. Der Beweis muß überzeugend sein, aber wir überlassen es dir, die Art der Beweisstücke zu wählen. Für den Tod jedes Yaraka bieten wir eine Prämie von ebenfalls zwei Goldstücken. Und für den Tod des Goes Koraka hoeh Dexios, der das Oberhaupt von allen Yaraka hier in Beluchad ist, bieten wir sieben Goldstücke. Wieder gegen den Beweis, daß er wirklich tot ist.«

»Also kämpfen wir euren Krieg für euch.«

»So kann man es nennen.«

»Wir sollen uns für einen Streit unter Mesuch umbringen lassen?«

»Nein. Für euch selbst. Wir wollen diese Welt nicht, nur ihre Bodenschätze. Wenn wir die haben, werden wir euch in Ruhe lassen.«

»Das sagst du. Sagen deine Leute zu Hause es auch?«

»Entweder akzeptierst du, was ich sage, oder du läßt es bleiben. Ich lasse mich nicht auf dumme Spiele mit dir ein.« Er hob die oberste Lage aus der Waffenkiste, sechs Strahlprojektoren in ihren mit Samt ausgeschlagenen Nischen, setzte sie auf den Sand, schloß den Kistendeckel und sperrte das Schloß zu. Er faßte die Handgriffe, hob die Kiste vor Anstrengung grunzend und schleppte sie zum Anhänger, öffnete dessen Deckel und schob die Kiste in ihren freigehaltenen Platz.

»Ihoi! Du kannst mich hier nicht angebunden stehen lassen! Mach mich los.«

Kurz wandte den Kopf und blickte ihn an. Panik lag in der heiseren Stimme, die unangenehmen schwarzen Augen waren weit aufgerissen. Er war wirklich in schrecklicher Angst vor dem, was auf dieser kleinen Insel spukte, was immer es sein mochte. »Ich schlief letzte Nacht hier. Ich wurde nicht gestört.«

»Vielleicht mögen sie deinen Geschmack nicht. Komm schon, mach mich los. Ich will nichts als weg von hier, mein Wort darauf.«

»Sie? Was sind sie?«

»Die Melmot. Sie treiben sich hier herum. Es ist die Quelle und die Früchte dieser Bäume, was sie anlockt. Und die Salzlecke nicht weit von der Quelle. Sie brauchen kein Salz, sie kriegen alles, was sie brauchen, von deinem Blut. Aber die Salzlecke lockt andere Tiere an.«

»Beschreibe die Melmot.«

Der Chorek war jetzt ruhiger, sein Gehirn schien beansprucht. Er begriff, daß er Kurz mit Informationen festhalten konnte, mit Überredung, wo bloßes Bitten nicht geholfen hatte. Kurz war erfreut. Diese schnelle Auffassungsgabe würde ihn zu einem gefährlichen Feind der Yaraka machen.

»Sie sind wie die Eolt, aber nicht größer als ein Handteller. Sie bewegen sich meistens bei Nacht und in Gruppen von zwanzig oder dreißig.« Der Chorek befeuchtete sich die Lippen mit der Zungenspitze. Nervös blickte er empor, in einem Auge pulsierte ein Tic. »Sie brennen einen mit den Nesselfäden, bis man sich nicht mehr bewegen kann, dann lösen sie das Fleisch auf und saugen es durch ihre Nahrungsschläuche hinauf.«

»Bei Nacht? Soviel ich weiß, schlafen Keteng nachts.«

Der Chorek versuchte es wieder mit seinem unmöglich arglosen Lächeln. »Sie speichern Sonnenlicht. Und ziehen Energie aus der Nahrung.« Er sprach langsam, versuchte Kurz' Blick festzuhalten, und die Muskeln spannten sich und arbeiteten unter seiner schmutzigen Haut. Er rieb die Handgelenkfessel an der rauhen Borke des Baumes. Er wußte nichts von Polymerfasern, und ebensowenig, wie vergeblich sein Tun war. Und Kurz dachte nicht daran, ihn aufzuklären. »Die meisten Keteng können es, obwohl sie es nicht oft tun. Sie mögen das Gefühl nicht, das sie danach überkommt. Einer von ihnen erzählte mir einmal, es sei wie ein Katzenjammer ohne das Vergnügen, sich zu betrinken.«

»Du weißt ziemlich viel darüber.«

Der Chorek zuckte mit einer Schulter. »Ich verbrachte ein paar Jahre als Student in Chuta Meredel.«

Ein Rascheln in den Blättern ließ ihn aufblicken, aber es war nur ein Angi, der ein paar Beeren davontrug. »Ich mag die Eolt nicht sehr. Gingen mir auf die Nerven. Also haute ich ab.«

Kurz starrte ihn an, sah den Chorek seinem Blick ausweichen und mit gerunzelter Stirn vor sich hinstarren. Wahrscheinlich hatten sie ihn hinausgeworfen. Kurz beschloß, ihm eine weitere Lage mit sechs Waffen dazulassen. Dieser Chorek war eine bessere Wahl, als er gedacht hatte. Nichts kam dem Groll eines gescheiterten Akademikers gleich.

Nachdem er eine zweite Lage mit Strahlprojektoren auf die erste gesetzt und den Anhänger wieder zugesperrt hatte, trat Kurz hinter den Chorek und durchschnitt ihm die Handfessel. Die Zugwirkung, die der Chorek auf die Handfessel ausgeübt hatte, hatte diese gestrafft, und seine Hände waren rot und geschwollen und fielen nutzlos an seine Seiten, als sie befreit waren.

Kurz ging um den Baum nach vorn und stieß das Messer ein kurzes Stück davor in den Boden. Wenn er sich streckte, konnte der Chorek es mit einem Fuß erreichen.

»Ihoi! Ich kann dir nichts tun. Laß diesen Unsinn. He!«

Kurz setzte sich rittlings auf das Miniskip, bückte sich und aktivierte das Auftriebsfeld, setzte sich im Sattel zurecht, als es emporstieg. Ohne die Rufe des Chorek zu beachten, lenkte er das Miniskip ins Freie, zog es mit dem Anhänger in Baumwipfelhöhe und steuerte den zweiten seiner ausgewählten Landeplätze an.

Ilaörn saß in seinem Winkel und strich sanft und beruhigend über das lebende Holz seiner Zither, während er die Berge brennen sah.

Die Wand war jetzt ein einziger Bildschirm. Außer dem Flieger, der die Bilder aufnahm, sah er dort sechs weitere, die auf parallelen Bahnen zu beiden Seiten der Berge flogen und die Hangwälder und alle Gebäude verbrannten, die in Sicht kamen. Nur die Schlaffelder blieben verschont, wenn sie auf solche stießen.

Ilaörn war jenseits der Tränen, jenseits des Zornes. Es war zuviel, um es in sich aufzunehmen, zuviel Zerstörung, zuviel Kummer. Und nichts, was er tun konnte, würde etwas daran ändern. All unsere kleinen Pläne, dachte er, sind gegen dies untauglich. Insektenstiche, die eine vorübergehende Hautreizung hervorrufen, bis das Insekt zerquetscht und weggewischt wird.

Hunnar arbeitete an seinem Schreibtisch, blickte dann und wann auf, um den Fortgang der Einäscherungsaktionen zu beobachten und sich zu vergewissern, daß die Schlaffelder und ihre in Kokons ruhenden Eolt unberührt blieben. Dann wandte er sich wieder seinen Berichten und Plänen zu.

10

Rennen, um auf der Stelle zu bleiben

Als Shadit erwachte, regnete es noch immer. Das Trommeln des Regens auf dem Zeltdach hatte nachgelassen, aber noch immer rauschte er gleichmäßig herab. Die Wärmeabstrahlung der Wegwerf-Heizpackung war abgesunken, die Warnlampe blinkte. Sie hatte länger als fünf Stunden geschlafen. Ihre Kopfverletzung war verschorft und trokken und zog ein wenig, aber der anfängliche Schmerz war vergangen, selbst wenn sie die Wunde berührte. Als sie den Arm hob, meldete sich ein Wundschmerz in ihrer Schulter, der aber nicht stark genug war, um die Bewegung einzuschränken.

Besorgt beugte sie sich über Maorgan, berührte seine Stirn, nahm die Finger rasch wieder fort. Heiß. Nun, wenigstens lebte er noch. Sie überprüfte Danor und entspannte sich so weit, daß sie wieder denken konnte.

Wo war das Funksprechgerät? Sie mußte versuchen, Hilfe herbeizurufen. Allein würde sie mit dieser Situation nicht fertig werden. Sie schloß die Augen und versuchte sich zu besinnen, wohin sie das Funksprechgerät getan hatte, murmelte eine Verwünschung, als ihr einfiel, daß sie das Gerät in die Satteltasche gesteckt hatte.

Sie lauschte dem gleichmäßigen Rauschen des Regens auf das Blätterdach des Waldes und erschauerte bei dem Gedanken, in den Regen hinauszugehen. Dann raffte sie sich auf, grub einen Regenumhang aus, zog ihn um sich, hängte sich die Lampe um und kroch aus dem Zelt.

Die Lampe war nicht mehr als eine schwächliche Geste gegen eine Nacht, die so schwarz wie das Innere eines Kohlensacks war. Sie war das helle Sternenlicht des Kugelhaufens gewohnt und hatte beinahe vergessen, wie solch absolute Dunkelheit war und wie schwierig das Gehen sein konnte, wenn sie nicht sah, wohin sie trat. Der Wind war beinahe eingeschlafen; nur eine leichte Brise spielte mit ihrem Umhang, als sie durch regennasses Moos und Wasserpfützen zur Landstraße und zu den toten Pferden ging.

Sokli lag wie ein schwarzer Klumpen in der Mitte einer Pfütze, die vom Regen gekräuselt war. Und er lag auf der Satteltasche, die sie brauchte. Sie patschte durch das Wasser, kauerte nieder und machte sich daran, die Satteltasche unter dem toten Gewicht des steifen Körpers herauszuziehen.

Das kalte Regenwasser erschwerte die Arbeit, hatte das Leder anschwellen lassen und machte ihr die Finger steif, als sie Schnallen zu öffnen suchte, die sie nicht sehen konnte. Aber sobald die Tasche von ihren Befestigungen frei war, konnte sie sie hin und her ziehen, so daß das Wasser etwas von der Erde darunter wegspülte und ihr schließlich genug Raum gab, die Satteltasche herauszuzerren.

Ins Zelt zurückgekehrt, hängte sie die Lampe wieder an die Zeltstange, trocknete Hände und Füße an einer Decke, durchsuchte das Gepäck nach einer weiteren Wegwerf-Heizpackung und nahm sie in Betrieb. Dann öffnete sie die Lederriemen der Satteltasche und entleerte den Inhalt auf den gummierten Zeltboden. Alles war durchnäßt. Sie wischte die Folien der Konzentratriegel ab, die als Notproviant dienten, wrang durchnäßte Unterwäsche vor der Zeltklappe aus, hängte sie an die Zeltstange und fand schließlich das Funksprechgerät unter einem Stoß durchweichten Papiers.

Sie wischte das Gerät ab, schob die Abdeckung vom Tastfeld und berührte es. Das Licht, das Betriebsbereitschaft anzeigen sollte, ging nicht an; das bereitete ihr Sorgen, aber sie versuchte es noch einmal mit dem Tastfeld und wartete auf den Signalton des Empfangsgerätes in Alsekum.

Nichts.

»Nun, wenn jemand diese Durchsage hört, wir haben Schwierigkeiten und brauchen Hilfe. Wir gerieten in einen Hinterhalt der Chorek und wurden angegriffen. Maorgan und Danor sind schwerverletzt, brauchen dringend ärztliche Hilfe. Reit- und Tragtiere tot oder durchgegangen. Bitten um rasche Abholung.«

Keine Antwort.

Es war wie verhext. Die Nässe hätte dem Funksprechgerät nicht schaden dürfen; es war gegen Feuchtigkeit und Nässe gut geschützt, angeblich sogar wasserdicht. Auch Soklis Gewicht hätte es nicht unbrauchbar machen sollen. Es mußte von Anfang an defekt gewesen sein. Enttäuscht und zornig, war sie drauf und dran, es durch die Zeltklappe hinauszuwerfen, dann besann sie sich eines Besseren und legte es neben die durchnäßte Satteltasche. Zuerst brauchte sie einen Becher heißen Tee und einen Bissen zu essen, dann konnte sie sehen, ob es eine Möglichkeit gab, das Ding zum Leben zu erwecken.

Sie grub einen Topf aus dem an der Zeltinnenwand aufgestapelten Gepäck, füllte ihn draußen mit Regenwasser und kroch hinüber, um nach ihren Patienten zu sehen.

Eine Berührung verriet ihr, daß beide noch hohes Fieber hatten, vielleicht war es inzwischen gestiegen. Sie kannte die Normaltemperatur von Fior nicht, konnte also nicht mit Sicherheit beurteilen, wie schlimm es war.

Es war sehr unvorsichtig, daß Koraka nicht daran gedacht oder es nicht der Mühe wert gefunden hatte, eine für Fior ausgestattete Reiseapotheke zu besorgen. Und nicht nur der Goes war an diesem Versäumnis schuld. Sie hätte selbst daran denken sollen.

Ihr Körper war von einem entfernten Verwandten der Vettern, ziemlich weit entfernt vom Standardmodell. Zog man außerdem in Betracht, wie lange die Fior schon hier waren, abgeschnitten von allen Verbindungen mit ihrer Urheimat, in einer Umwelt, die offenbar mutagen war – die Moospferdchen und andere Dinge, die ihr aufgefallen waren, bewiesen es –, so konnte sie nicht riskieren, ihren eigenen Medikamentenvorrat an ihnen zu erproben. Jedenfalls war es nicht zu verantworten, solange der eine oder der andere von ihnen nicht dem Tode nahe war.

Was konnte es Einfacheres geben als eine friedliche Landstraße entlangzureiten, eingeladen und eskortiert von Einheimischen und in einer Gegend, in die weder Yaraka noch Chandavasi vorgedrungen waren. Was konnte schiefgehen? Sie hatte ihre Reiseapotheke nur mitgenommen, weil Aslan darauf bestanden hatte. Nur zu gut erinnerte sie sich ihrer Worte: »Ich kann für mich aufkommen. Sie wissen nicht, Aslan, was ich ohne all dies Aufhebens überlebt habe.« In ihrem Selbstbewußtsein hatte sie nicht gemerkt, wie sträflich leichtsinnig dieses Denken war. Und über die Fior in ihrer Begleitung hatte sie schon gar nicht nachgedacht...

Als die Nacht ihren Fortgang nahm, schien Danors Fieber zu fluktuieren, und er begann mehrere Male zu delirieren. Maorgan war sehr still und schien tiefer und tiefer in ein Koma zu versinken. Sie befürchtete, daß beide ihr unter den Händen sterben würden, bevor sie die durchgegangenen Caöpa einfangen und die beiden in die nächste Ortschaft bringen konnte, wo sie Hilfe finden würden. Die Jahre mit dem Diadem und den Talenten der telepathischen Einfühlung, die sie geerbt hatte, als Aleytys sie in diesen Körper gesteckt hatte, hatten ihr die Fähigkeit verliehen, auf die Gedanken und Gefühlswelt von Tieren einzuwirken, was nützlich und bisweilen ein großes Vergnügen war, und dazu einen gewissen Anflug von Telekinese – sie konnte Kraftlinien verschieben, wenn sie nicht zu stark waren, und kleine Gegenstände bewegen –, aber Aleytys' Gabe der Heilkraft war nicht auf sie übergegangen. Dies war nicht der erste Anlaß für Shadit, es zu bedauern.

Sie legte Danor kalte Kompressen auf die Stirn, sorgte sich um Maorgan, trank Tee und aß einen Riegel vom Notproviant, und als sie glaubte, einen Augenblick innerer Ruhe gefunden zu haben, nahm sie das Funksprechgerät mit beiden Händen und versuchte sich einzufühlen, den Kurzschluß oder die Unterbrechung oder was immer es funktionsunfähig machte, zu finden. Auch diese Geräte waren Wegwerfeinheiten, versiegelt und nicht reparaturfreundlich; wenn sie defekt waren, sollten sie ersetzt werden. Niemand sagte, was man tun sollte, wenn man im Regen am Ende der Welt saß, zwei potentielle Leichen neben sich, und das nächste Fachgeschäft für Elektronik Lichtjahre entfernt.

Auf einmal hörte das monotone Rauschen des Regens auf und wurde abgelöst vom unregelmäßigen, allmählich nachlassenden Tropfen des von den Blättern ablaufenden Wassers.

Sie kroch zum Zelteingang und schlug die Klappe zurück, um hinauszuspähen.

Die Sonne war eben aufgegangen, und die Wolken über den Baumwipfeln rissen auf. Wasserpfützen glitzerten silbrig, und die Kälte, die der Regen mitgebracht hatte, begann zu weichen. Die Luft war frisch und belebend und roch nach Pflanzen und feuchter Erde.

Sie ließ die Zeltklappe zufallen, wusch Danor das Gesicht ab, ersetzte die kalte Kompresse auf Maorgans Stirn, zog dann Hemd und Hose an und ging hinaus, um zu sehen, was sie finden konnte, um ihnen in dieser unmöglichen Lage das Überleben zu erleichtern.

Sie war dabei, dem toten Sokli Sattel und Zaumzeug abzunehmen, als sie Eolt Melech gegen den leichten Wind näher kommen sah. Er zog sich mit den Tentakeln von Baum zu Baum die Straße entlang. Seine Sorge war so übermächtig, daß sie wie eine erdrückende Last auf sie fiel.

Eolt Melech sah sie und rief sie mit einem orgelnden Baßton an, der sie bis ins Innerste erzittern ließ. Dann sang er zu ihr in Akkorden, die Frage und Bitte zugleich waren:

Wo ist er?... Mein Sioll... Er leidet...
Ich vibriere davon...
Es drückt mir das Herz ab... Wo ist er?...
Mein Sioll... Bring mich zu ihm.

»Folge«, sang sie in einer versuchten Annäherung an die Gesangssprache der Eolt. Sie verließ den toten Caöpa und ging voran.

Nach den gesungenen Anweisungen, deren Eindringlichkeit Shadit durch Mark und Bein ging, hob sie Maorgan aus seinen Decken, trug ihn aus dem Zelt und legte ihn auf der benachbarten Lichtung ins Gras.

Eolt Melech zog sich an den Ästen der umstehenden Bäume abwärts, bis er Maorgan berühren konnte. Shadit spürte, wie schwer es ihn ankam, der Erde so nahe zu sein. Wenn sein Auftrieb versagte oder ein plötzlicher Windstoß in die Lichtung herabdrang, konnte er zu Boden oder gegen die Bäume gedrückt werden und langsam und qualvoll verenden, während seine Membranen langsam verfaulten.

Sie beobachtete ihn sorgenvoll. Maorgan hatte gesagt, die Eolt seien nicht so zerbrechlich wie sie aussahen, aber es war ihr, als beobachtete sie eine wertvolle Kristallvase, die am Rand eines Regals vor und zurück schaukelte.

Eolt Melech entrollte einen Tentakel, der sich von den anderen unterschied, einen, den er bis dahin eingezogen und verborgen im Wurzelstock der vielen anderen herabhängenden Tentakel verwahrt hatte. Das Ende berührte Maorgans Gesicht, breitete sich darauf aus, und das durchscheinende Gewebe paßte sich den Vorsprüngen und Vertiefungen im Gesicht des Fiors an.

Ein paar Augenblicke geschah nichts, dann sah sie die Haut des Tentakels pulsieren, ein aus – ein aus, und im gleichen Rhythmus leuchtete es auf und verblaßte. Der Tentakel verfärbte sich blaßrosa, dann blutrot.

Das Pulsieren beschleunigte sich.

In ihrer Halbsynchronisation mit dem Eolt fühlte sie Maorgan reagieren. Etwas ereignete sich in ihm, sie wußte nicht, was es war. Sie mußte Melech vertrauen, und da sie die Stärke der Bindung zwischen ihm und Maorgan kannte, wußte sie, daß er seinem Sioll nicht schaden würde. Aber es war ein seltsamer Anblick.

Die Sonne erschien in einem sich weitenden Riß in den Wolken, und plötzlich wurde es viel heller auf der Lichtung. Melechs runzlige Membranen füllten sich aus und begannen wieder zu leuchten. Er war golden und stark und sang, als er seine Behandlung fortsetzte.

Mit einem leise schmatzenden Geräusch löste sich die Tentakelmaske, und Melech ließ sich wieder emportragen. Er sang seinen Triumph, wortlose Orgeltöne, die den Raum der Lichtung unter dem Himmel erfüllten. Shadit wandte ihr Gesicht aufwärts. Ihr ganzer Körper erbebte unter der Herrlichkeit dieser Töne.

Als sie den Blick wieder auf Maorgan richtete, sah sie dessen Gesicht von winzigen roten Punkten gesprenkelt, als hätten sich hundert schwarze Stechfliegen auf ihm niedergelassen, um Blut zu saugen. Seine Augen waren geschlossen, er atmete langsam im flachen Atem des leichten Schlafes. Während sie ihn beobachtete, seufzte er, regte sich im Gras, wachte aber nicht auf. Sie kniete bei ihm nieder und fühlte ihm den Puls. Er war kräftig und gleichmäßig. Als sie ihm den Handrücken an die Stirn hielt, war die fiebrige Hitze vergangen.

Müde, irritiert und gleichzeitig glücklich, daß eines ihrer Probleme ihr abgenommen war, zog sie ihn wieder über die Schulter und schleppte ihn zurück zum Zelt. Sie ließ ihn auf das gummierte Segeltuch des Zeltbodens sinken, säuberte seinen Körper, wo er vom nassen Boden beschmutzt war, dann wickelte sie ihn wieder in seine Decken. Während der ganzen Prozedur seufzte er einige Male, murmelte und zuckte, ohne aber zu erwachen.

Die zweite Wegwerf-Heizpackung begann ihre Wirksamkeit zu verlieren. Seufzend nahm Shadit das Beil und ging hinaus, dürres Holz zu sammeln und in handliche Stücke zu schneiden; ihre Patienten würden Wärme brauchen – und was sie ihnen an Nahrung geben konnte.

Unweit der Lichtung fand sie einen umgestürzten Baum; außen war er alt und morsch, aber das Kernholz schien noch fest und überwiegend trocken. Sie legte ein Stück Segeltuch aus, schlug das morsche, nasse Holz weg und löste Stücke vom Kernholz. Bald schwitzte sie, und die ungewohnte Arbeit bescherte ihr Blasen. Nach einer guten halben Stunde hörte sie Rascheln im Unterholz. Sie ließ das Beil fallen und warf sich hinter dem Baumstamm in Deckung, dann, als ein Moospferdchen zum Vorschein kam, richtete sie sich lachend auf.

Es schnaubte kläglich, und ein leichter Lufthauch trug ihr den vertrauten, willkommenen Geruch zu.

Sie stand auf. »Breou, komm zu mir, mein Lieber. Alles ist in Ordnung.«

Der Caöpa näherte sich zögernd, wandte den Kopf von einer Seite zur anderen, schlug mit dem Schweif und war noch etwas unruhig.

»Ahh, so ist es recht, bist ein braves Pferdchen.« Er lehnte sich an sie, drückte ihr den Kopf an die Brust und machte leise und zufriedene Grunzlaute, als sie ihn zwischen den Ohren kraulte und die Finger in seiner Mähne vergrub. Er war naß und stank, aber sie weinte beinahe über seine Freude an ihrer Wiedervereinigung.

Eines der Tragtiere kam auf die kleine Lichtung jenseits des umgestürzten Baumes. Die Traglast hatte Schlagseite, die Gurte des Packsattels hatten sich verschoben und mußten dem Tier Schmerzen bereiten. Während sie die Gurte löste und ihm mit einiger Anstrengung die Traglast vom Rücken hob, versammelte sich der Rest der überlebenden Tiere um sie und stieß sie mit den weichen Nüstern an, um die Freude des Wiedersehens mit ihr zu teilen.

Sie raffte in der Zeltbahn zusammen, was sie an Holz geschlagen hatte, schob das Beil durch den Gürtel und führte die kleine Herde zum Rand der Lichtung, wo Breous Tragsattel lag, nahm ihnen dort die Halfter und Tragsättel ab und barg mehrere Ziegel Preßhafer, die sie zerkleinerte und in ihre Futterbeutel tat. Nachdem alle versorgt waren und zufrieden fraßen, trug sie ihren mageren Holzvorrat zum Zelt und brachte ein Feuer in Gang.

Das Licht trübte sich ein wenig ein, als die Sonne hinter dunklen Wolkenballen verschwand, aber Melech leuchtete noch immer golden, während er hoch über dem Zelt und den Baumwipfeln schwebte und sich mit den Tentakeln an Ästen verankerte, um nicht mit dem Wind weiterzutreiben. Sie sang ihm ein paar Töne zu, als sie hin und her ging, das Dreibein über dem Feuer aufklappte und die Zutaten für eine Suppe in den Kochtopf tat.

Marrin Ola hörte das Zischeln und Wispern und mußte lächeln. Er wandte sich nicht um, als das Tappen bloßer Füße ihm verriet, daß Glois und Utelel in den Arbeitsraum kamen. Er tat, als hätte er nichts bemerkt und arbeitete weiter an der Vervollkommnung des Lageplans vom Dumel Alsekum. Er zeichnete unmittelbar auf die Leuchtfläche des Rechners, der seine grobe Skizze vervollkommnete und elegant auf den Bildschirm brachte.

Sie schoben sich näher, bis sie ihm über die Schultern sahen und die Zeichen beobachteten, die er machte, und wie sie auf dem Bildschirm verändert wurden. »Was ist das?« fragte Glois.

»Es ist ein Lageplan vom Dumel. Ich schreibe hinein, wo Leute wohnen, und was für Gärten und Bäume sie haben. Seht ihr, dieses Viereck mit den gerundeten Ecken ist der Gemischtwarenladen, und um die Wohnung anzuzeigen, wo euer Freund Likel mit seiner Familie lebt, habe ich ein kleineres Viereck darauf gezeichnet. Diese Zeichen hier sind die Namen seiner Geschwister und des Elternteils.«

»Ich weiß, was ein Lageplan ist. Wie kommt es, daß er da oben anders aussieht?«

»In diesem Rechner ist ein Programm, das denkt

und weiß, was ich will, und es dann so macht. In all unseren Maschinen befindet sich ein Programm, das denkt.«

»Oh.«

Marrin legte den Stift aus der Hand, drehte seinen Stuhl herum und musterte die beiden mit gerunzelter Stirn. »Warum seid ihr nicht in der Schule? Ihr wißt, was ich euch sagte.«

»Ach, Assistent Marrin, es ist Ruhetag. Und es ist der erste Seibibyl, und das bedeutet, daß jetzt Sommer ist und wir alle im Dorf ein großes Fest vorbereiten. Und wir wurden verfolgt, also sind wir hierher gekommen. Überhaupt haben wir etwas erfahren, das Sie vielleicht wissen möchten.«

»Ihoi, so ist es«, sagte Utelel triumphierend. »Da ist dieser Fior-Sumpfmann, er heißt Sabhal und macht Schnitzereien, wissen Sie, von Crogall und anderen Tieren. Er macht kleine Scharniere hinein, daß ihre Schnauzen auf und zu geklappt werden können, und setzt sogar winzige Zähne von etwas ein, ich weiß nicht, was so kleine Zähne hat, mein Elternteil kauft manchmal Sachen von ihm für meine Geschwister und mich, also kennt Sabhal uns ziemlich gut, und…«

»Und du gehst um das ganze Dumel, wenn du was erklären willst, Ut. Er will Uts Elternteil sprechen, weil er für ihn mit dem Bürgermeister reden kann. Er mag keine Amtspersonen und geht ihnen aus dem Weg. Wir brachten ihn dazu, daß er mit uns sprach, weil Uts Elternteil mit Sommerarbeit beschäftigt war. Er vergaß, was für ein Tag es war, und rannte beinahe weg, als Ut es ihm sagte. Jedenfalls erzählte er, daß in den Salzsümpfen ein komisch aussehender Mesuch aufgetaucht ist. Wie ein großer Crogall mit eingedrückter Schnauze. Der Mesuch hat jedenfalls so ein unheimliches Ding, das fliegt, und er verkehrt mit den Chorek und gibt ihnen Dinger, wie sie auch unsere Mesuch haben, wissen Sie, solche, wo an einem Ende Feuer herauskommt und durch alles brennt. Sabhal sagt, die Chorek würden ganz aufgeregt sein, wie wenn man mit dem Stiefel in ein Nest der Mutmut stößt, und rennen herum wie verrückt. Sabhal sagt, eine Bande von ihnen hätte beinahe die Schilffelder in Brand gesetzt und ihre Hütten niedergebrannt, wenn es nicht zur rechten Zeit geregnet hätte. Sonst wären auch Gras und Bäume mit verbrannt. Ist es das nicht, was Sie wissen wollen?«

»Ganz sicher ist es das. Chorek mit Strahlprojektoren, das ist kein schöner Gedanke. Habt ihr schon mit Uts Elternteil gesprochen?«

Utelel schüttelte den Kopf, daß die kleinen orangefarbenen und gelben Blüten tanzten. »Wir haben es gerade erst gehört und sind zuerst hierher gekommen.«

»Nun, dann lauft ihr am besten los und überbringt die Nachricht, wie Sabhal es von euch wollte. Sagt auch, daß ihr die Geschichte mir erzählt habt und daß ich die Nachricht weitergebe.«

Glois rümpfte die Nase und schaute zu Utelel, doch ehe er etwas sagen konnte, kam Duncan Shears herein.

Er zog die Brauen hoch, als er die beiden Jungen sah, sagte aber nichts. Er steckte einen Datenträger in Marrins tragbares Lesegerät. »Eine Liste der Teile, die der Goes uns schicken wollte. Bisher ist noch nichts eingegangen. Sehen Sie zu, daß Sie den Molyb Oschos zu fassen bekommen und feststellen, was die Ursache der Verzögerung ist. Machen Sie ihm ruhig Feuer unter dem Hintern, wenn er nicht in Schwung kommt.«

»Wird gemacht. Übrigens habe ich eben erfahren, daß die Chaven einen Agenten hier herübergeschickt haben, der die Chorek mit Strahlprojektoren versorgt. Sollte ich vielleicht den Sicherheitsdienst der Yaraka benachrichtigen?«

Shears sah ihn zweifelnd an. »Wie sicher sind Sie, daß die Nachricht zutreffend ist?«

»Ziemlich sicher.«

»Ich werde Aslan verständigen und die Meldung mit ihr besprechen. Die Frage ist, ob wir gleich reagieren oder uns zuvor um eine Bestätigung aus anderer Quelle bemühen sollten. Entscheiden wir uns dafür, werden wir Sie über Funk benachrichtigen. Wahren Sie einstweilen Stillschweigen. Sobald Sie fort sind, schalten wir auf Empfang.« Er ließ seinen Blick noch einmal über die beiden jungen Beluchari wandern, seufzte und verließ den Raum.

»Sie nehmen den Wagen? Nehmen Sie uns mit, Marrin, hm? Lassen Sie uns mitfahren, bitte!«

»Ausgeschlossen, meine jungen Freunde.« Er schaltete die Datensperre ein und seinen Laptop aus und stand auf. »Außerdem habt ihr etwas zu tun, nicht wahr?«

»Ach, das können wir jederzeit tun. Uts Elternteil will uns jetzt nicht sehen, sagte, wir sollten uns verziehen.«

»Na, dann müßt ihr ihn eben umstimmen. Sieh mal, Glois, ich bin wie die anderen von der Universität eine Zielscheibe. Wenn geschossen wird, dann auf mich. Meint ihr, ich möchte mit dem Wissen leben, daß einer von euch durch meinen Leichtsinn getötet wurde?«

Er nahm den Wagenschlüssel vom Haken bei der Tür, schob die noch protestierenden Jungen hinaus, zog die Tür hinter ihnen zu. »Es ist wirklich mein Ernst, ihr zwei. Erzählt eurem Bürgermeister, was ihr von dem Sumpfbewohner erfahren habt. Es könnte Leben retten. Das ist eure Aufgabe. Nun geht und verhaltet euch richtig.«

Er sah die Jungen auf dem schattengesprenkelten Gehweg abziehen, dann ging er zum Arbeitsraum und steckte den Kopf hinein. »Duncan, wie wär's mit einer

Betäubungswaffe? Das soll nicht allzu nervös klingen, aber Strahlprojektoren in den Händen von Verrückten lassen mich doch ein bißchen aufmerken.«

»Klar. Mal sehen, was wir in unserem geheimen Waffenversteck haben…« Er sperrte die verschlossene Kiste auf und klappte den Deckel hoch. »Hm, kommen Sie her, ich werde Ihnen noch ein Ortungsgerät aufladen. Wird nicht viel bewirken, könnte Ihnen aber eine Warnung geben.«

»Haben Sie mit Aslan gesprochen?«

»Sie ist mitten in einem Gespräch, aber ich habe den Blinker eingeschaltet und rechne jede Minute mit ihrer Meldung.«

Marrin schwang sich in den Geländewagen, klemmte das Ortungsgerät über dem Armaturenbrett fest und spähte aufmerksam in die Runde, um sich zu vergewissern, daß Glois und Utelel nicht in der Nähe waren. Er seufzte, denn er mochte die zwei; sie erinnerten ihn an sich selbst und einen Vetter von ihm. Ich frage mich, dachte er bei sich, wie oft wir uns in Gefahr brachten, vielleicht sogar in Lebensgefahr? Es war ein angenehmes Gefühl von Nostalgie, das nur möglich war, weil er nicht vorhatte, in absehbarer Zeit in seine Heimat zurückzukehren. Er startete den Wagen, stieß zurück aus dem Baumschatten und schlug einen Bogen um das Dorf. Im Arbeitsraum war er gegen die Geräusche draußen abgeschirmt gewesen, doch im Freien konnte er jetzt die Stimmen, die Fetzen von Musik und Gelächter hören und die Wimpel flattern sehen, und hin und wieder kam ihm der Geruch von Speisen und dem erhitzten und gewürzten Apfelwein in die Nase, der aus einem großen Topf vor dem Versammlungshaus ausgeschenkt wurde.

Als er das Dorf hinter sich hatte, schaltete er das Ortungsgerät ein und verringerte sofort die Lautstärke, als der akustische Signalgeber wie wild zu piepsen begann. Kurz darauf kam hinter einem Bestand von Ölnußbäumen eine lachende, tanzende und schwatzende Bande von Keteng in Sicht. Als sie dem Wagen begegneten, hörten sie das Piepsen und drängten sich eine Weile um das Fahrzeug, klatschten in die Hände und riefen ihm Sommergrüße zu. Darauf zogen sie weiter dem Dorf entgegen, und zwei Meloach mit leuchtendblauen Blumen auf Köpfen und Schultern lachten ihm zu und warfen ihm eine Handvoll gezuckerter Nüsse in den Wagen.

Marrin sammelte sie auf, legte sie auf den Beifahrersitz und steckte eine in den Mund, bevor er auf der Landstraße weiterfuhr. Seine Sorgen waren sofort vergessen. Ihm gefiel es hier. Zweifellos hatte auch diese Welt ihre Kehrseite, aber wo er aufgewachsen war, hatte es hauptsächlich Kehrseiten gegeben, mit nur spärlichen Lichtblicken, und er hatte einen starken Beschützerinstinkt für Orte wie diesen entwickelt. Aslan wollte die Vielfalt und Schönheit erhalten, um sie späteren Generationen zugänglich zu machen; er war mehr wie Shadit, er wollte der Ausplünderung jetzt Einhalt gebieten. Er dachte über Shadit und alles das nach, was er über sie gehört hatte, Gerüchte und eifersüchtige Bosheiten. Dachte an die Enge und Beschränktheit der Sicht, die wissenschaftliche Spezialisierung mit sich brachte und die dazu führte, daß Aslan ihm allmählich auf die Nerven ging.

Er wollte genug stimmberechtigte Anteile, um die Universität als Heimatbasis zu haben, selbst wenn er am Ende seiner Ausbildung keine wissenschaftliche Laufbahn anstrebte. Das bedeutete, daß er sich in seinen Aktionen zurückhalten und ein weiteres Jahrzehnt die Regeln beachten mußte, um seine Sponsoren bei Laune zu halten, so daß er die Projekte anpacken konnte, die ihm die nötigen Mittel verschaffen sollten. Das bedeutete auch, daß er gut daran tat, sich nicht Hals über Kopf in Abenteuer zu stürzen und Kommandounternehmen gegen die Chavenenklave zu spielen.

Der Signalton des Funksprechgeräts riß ihn zurück in die Gegenwart. Er schaltete auf Empfang. »Ola hier.«

»Marrin, Duncan erzählte mir gerade, was Ihre jungen Freunde meldeten. Wir kamen überein, heute abend zu entscheiden, wie wir uns dazu verhalten wollen. Bis dahin ist Stillschweigen angesagt.«

»In Ordnung, wird gemacht. Ende.«

Seine Gedanken wurden von den intermittierenden Pieptönen des Ortungsgerätes auf die Umgebung gelenkt, als der Geländewagen an Feldern und Weideflächen vorübersummte, wo große Tiere grasten und vereinzelte Hirten im Schatten dösten. Die Landstraße selbst war jetzt leer; die Beluchari, welche die Sonnwendfeier in Alsekum miterleben wollten, waren größtenteils bereits dort.

Eine halbe Stunde vom Dorf entfernt wurden die Ackerflächen und Weiden kleiner und zerstreuter; dagegen nahmen die Anpflanzungen von Nußbäumen und Obstbäumen zu, dazwischen breiteten sich Waldstücke aus, in denen dunkle Schatten lagen, und aufgeforstete Kahlschlagflächen, wo Dickichte junger Schößlinge hellgrüne Flecken vor der dunklen Wand des benachbarten Hochwaldes entstehen ließen. Eine ideale Gegend für Hinterhalte, sagte sich sein Verstand, und er fuhr mit gespannter Aufmerksamkeit, obwohl das Ortungsgerät still geworden war, seit es nicht mehr von Weidetieren aktiviert wurde.

Die Wälder wurden dichter, als er sich der Brücke über einen Wasserarm näherte, der sich von den Salzsümpfen landeinwärts erstreckte. Die Straße führte auf einem Damm durch Sumpfwald mit verkrauteten Teichen und halb zugewachsenen Wasserflächen, und die Baumkronen schlossen sich über der Straße. Durch das

Summen des Triebwerks konnte er Angigezwitscher hören, auch das gelegentlich laute Klatschen eines ins Wasser fliehenden Crogalls oder eines anderen Wasserungeheuers, das zu kalt war, um vom Wärmebildgerät registriert zu werden. Als er zur Brücke kam, war er so nervös, daß ihn ein plötzlicher Alarm des Ortungsgerätes sofort zur Betäubungswaffe greifen ließ. Ein Blick auf die Anzeige verriet ihm Richtung und Entfernung. Er hielt an, schwenkte den elektromagnetischen Strahl über volle hundertachtzig Grad, ließ die Waffe dann auf den Beifahrersitz fallen und trat das Gaspedal durch.

Endlich schimmerte vor ihm das Kraftfeld der Enklave. Er verlangsamte das Tempo, zog einen Lappen aus dem Türfach und wischte sich den Schweiß vom Gesicht. Er verabscheute Hochenergiewaffen wie Laser und Strahlprojektoren, und das gleiche galt für Meuchelmörder und Heckenschützen. Verwünschungen murmelnd, lenkte er den Wagen zum Tor der Enklave und überlegte, ob er zuvor ein verwildertes Caöpa oder einen anderen Vierbeiner schlafengelegt hatte, oder ob es wirklich ein Sumpfbewohner gewesen war, der auf der Lauer gelegen hatte. Wenigstens war es niemand, der als Händler zur Enklave unterwegs gewesen war. Die Landstraße war leer, und am Landeplatz lagen keine Barken vertäut. Ruhetag. Sommeranfang. Ihm war es nur recht.

Eolt Melech machte ein Lied aus ihrem Namen und weckte sie aus dem jähen Tiefschlaf, der sie überwältigt hatte, nachdem sie ihren Patienten Suppe eingeflößt hatte, wobei mehr auf den Zeltboden verschüttet worden war, als durch ihre Kehlen rann. Danors Atem ging rauh und mühevoll, aber Maorgan lag mit angezogenen Knien wie ein Kind auf der Seite und schlief ruhig. Leise kroch sie aus dem Zelt.

Der Tag ließ sich schön an, der Himmel war bis auf

ein paar feine Zirruswolken klar und blau, der Wind hatte sich gelegt, und die Caöpa weideten das zarte junge Gras unter den Bäumen. Sie wischte sich die vom Kriechen taunassen Hände an ihrem Hemd und ging hinaus auf die Lichtung.

Über ihr trieb Melech, mit einem einzigen Tentakel an einem Ast verankert. Nach einem Morgen in der Sonne sah er voller aus, ohne Runzeln, glatt und von zartem Schimmer. Er entrollte sein Sprechtentakel, versuchte aber nicht, sie damit zu berühren, sondern wartete auf ihre Erlaubnis.

Sie verstand, warum. Es war einfacher, Gedanken durch diese Verbindung zu übermitteln, und außerdem wollte Melech nicht seinen Sioll wecken. Fürsorglich wie eine Mutter mit einem kranken Kind, dachte sie. Aber es war gut so, denn seine Lautsprache mit ihren mächtigen Akkorden verursachte ihr Kopfschmerzen. Sie hob die Hand und streifte den Tentakel, um ihre Erlaubnis anzudeuten.

Und ihr stockte der Atem.

Was durch die Verbindung vom Eolt in sie einströmte, war unbeschreiblich – intensiver als die tiefste physische Freude, die sie je gekannt hatte, selbst als sie noch als Weberin auf Shayalin gelebt hatte.

Sie nahm ihre Hand im gleichen Augenblick zurück, als er den Tentakel von ihr nahm, dann stand sie da und blickte zu Melech auf. Ihre Finger strichen über die Wange mit dem tätowierten Falken. »Wollen wir es noch einmal versuchen?« fragte sie schließlich und streckte wieder die Hand aus. Diesmal war der Schock nicht so groß, obwohl er noch spürbar blieb. Es schien beinahe so, als hätte sie ein unter Strom stehendes Kabel angefaßt und fühlte das Prickeln der Elektrizität durch den Arm bis in die Zehen.

Sie übergingen dieses Phänomen mit taktvollem Schweigen.

Eolt Melech sann eine Weile, dann sprach er rasch, und seine Worte prasselten auf sie nieder wie die gestrigen Regentropfen. »Ich habe den Wald vor uns erkundet und keine weiteren Anzeichen von Chorek gesehen, obwohl es angesichts der Dichte des Laubdaches schwierig ist, Gewißheit zu erhalten. Der Mer-Eolt Lebesair ist vorausgegangen, um die Landstraße vor uns zu überwachen …«

Trotz dieses überraschend schnellen Wortschwalls spürte sie im letzten Teil, daß etwas ungesagt blieb, betont durch eine starke Gereiztheit, die Eolt Melech nicht ganz verbergen konnte.

»Lebesair wird von allen Gefahren, die er findet, zu mir singen, und ich werde die Botschaft meinem Sioll weitergeben. Maorgan ist wohlauf?«

»Er schläft noch, doch ist es ein ziemlich langer Schlaf gewesen. Immerhin hat er kein Fieber mehr, und sein Puls ist kräftig.«

»Ich dachte, daß es so sein müsse, aber es ist gut, Ihre Bestätigung zu hören. Der andere?«

»Ihm geht es gar nicht gut. Könnten Sie für ihn tun, was Sie für Maorgan taten?«

»Nein. Es ist nicht möglich. Die Berührung würde töten, nicht heilen. Wenn es Ihnen gelingt, ihn am Leben zu erhalten, daß er einen halben Tagesritt auf der Straße übersteht, werden Sie zum Dumel Minach kommen. Es ist eine Bergbausiedlung, und dort wird es Heiler geben, die mit Durchbohrungen und gebrochenen Knochen umzugehen wissen. Und die Herberge von Minach ist gegen Waldchorek befestigt, so daß Sie dort sicher sein werden. Werden Sie noch einmal nach Maorgan sehen und mir melden, wie es ihm geht?«

»Das werde ich tun.«

Sie sah Eolt Melech aufwärts steigen, bis er hoch über dem Wald und nahe den Federwolken zu schweben schien, dann überkam sie aufs Neue die Müdigkeit, die ihr unterbrochener Schlaf nicht von ihr hatte nehmen können. Sie kehrte zurück zum Zelt, fiel auf die Decken und war eingeschlafen, noch ehe sie die Beine ganz ausgestreckt hatte.

Eine Stunde später erwachte sie und sah, daß Maorgan sich über den älteren Ard beugte. Und innerhalb der Zeltklappe lag mehr Holz aufgestapelt. Er mußte draußen geschäftig gewesen sein, während sie geschlafen hatte. Sie rieb sich die Augen, verblüfft über seine rasche Wiederherstellung. In dieser Sioll-Bindung mußte sehr viel mehr sein, als oberflächlich zu erkennen war. Kein Wunder, daß Danor verbittert und verzweifelt war, seit sein Sioll von ein paar Chaventechnikern zum Vergnügen verbrannt worden war. Er mußte den Feuertod so stark wie sein Sioll gefühlt haben, bis der Eolt nicht mehr war.

Maorgan wandte sich um, als er ihre Bewegung hörte. »Es geht ihm sehr schlecht. Haben Sie mit Ihren Leuten gesprochen?«

»Das Funkgerät ist tot. Sokli fiel darauf, als er getötet wurde. Sie sehen besser aus.«

»Ich fühle mich auch besser. Wie ich sehe, sind die Caöpa zurückgekehrt.«

»Gestern abend. Ich denke, weil sie zahme Tiere sind und die Wildnis nicht mögen. Außerdem wollten sie Hafer, und der wächst nicht auf Bäumen.« Sie stemmte sich von ihrem Lager hoch, verzog das Gesicht, als das Pochen in ihrem Kopf sich verstärkte. »Ich hasse Schlafunterbrechungen. Immer ist mir, als wäre ich drei Gedanken im Rückstand und hundert Pfund schwerer. Würden Sie mir helfen, Danor hinauszutragen. Und eine Decke zwischen ihn und den Boden zu legen? Ich möchte etwas versuchen.«

Sie öffnete ihre Reiseapotheke, steckte ein Skalpell in den Sterilisator, betrachtete stirnrunzelnd das antiseptische Spray, dann die rote und eitrig gelbe Anschwellung unter dem Wundschorf von Danors Schulter. Es war die Kugel, die dies verursacht und wahrscheinlich einen Fetzen vom Hemd mitgenommen hatte. Sie ließ die Finger so leicht wie möglich auf der heißen trockenen Haut ruhen und konzentrierte sich auf das Fleisch darunter. Ja. Dort. Dunkle, schwere Masse. Die muß heraus. Kann ich sie telekinetisch bewegen... mh... schlüpfrig, aber es geht, ja.

Sie blickte auf und begegnete Maorgans besorgten Augen. »Ich muß etwas tun«, erklärte sie. »Ich glaube, ich kann die Kugel herausholen und die Wunde reinigen, aber Gewißheit habe ich nicht. Sehen Sie zu, ob wir eine Bahre improvisieren können, auf die wir ihn legen und zu jemandem tragen, der weiß, wie er mit ihm umzugehen hat.«

Er nickte und stand auf. »Und ich werde die Traglasten fertigmachen.«

Sie untersuchte Danor. Sein Fieber war womöglich noch gestiegen, und er bewegte matt den Kopf und murmelte unverständliches Zeug. Seine Hände scharrten schwächlich an der Decke. Sie wollte ihn für die Reinigung der Wunde in Bewußtlosigkeit versetzen, wagte es aber nicht, seine mögliche Reaktion auf das antiseptische Spray bereitete ihr genug Sorgen. Sie stellte das Spray auf die ausgeklappte Arbeitsfläche der Reiseapotheke, nahm das Skalpell und öffnete die Wunde, schrak zurück, als Blut und Eiter heraussprudelten.

Sie steckte das Skalpell wieder in den Sterilisator, besprühte einen Wattebausch und begann zu wischen und zu drücken, wieder zu wischen und zu drücken, um möglichst allen Eiter aus der Wunde zu holen, bemühte sich, das Stöhnen und die Schreie des Mannes, an dem sie arbeitete, nicht zu beachten. Als nur noch Blut und klare Wundflüssigkeit austraten, kniete sie bei ihm nieder, legte beide Hände leicht auf seine Haut, so daß die rote tiefe Einschußwunde zwischen ihnen lag. Sie konnte kleine Objekte mit Willenskraft bewegen, das hatte sie des öfteren erprobt. Sie hatte sogar schon einmal eine Kugel entfernt, es erforderte nur Konzentration und Zeit.

Eine Kugel, ja. Auch andere Fremdkörper, Fasern. Beide mußte sie fassen. Ja. Sie hatte beide. Nun mußten sie vorsichtig herausgeholt werden. Ganz sachte und behutsam… verdammt!

Danor war durch den Schmerz aus seiner Fieberphantasie gerissen worden und wand sich auf der Decke. Ein Arm kam herum, schlug gegen sie und warf sie aus ihrer Trance und von den Knien. Dann war er wieder ruhig, sie wußte nicht, warum. Jedenfalls lebte er noch, und es kam jetzt nur darauf an, diese Kugel und den Stoffetzen aus der Wunde zu bekommen. Sie hatte für einen Augenblick den Zugriff eingebüßt, fand ihn aber wieder. Vorsichtig und behutsam… nun komm schon… wo ist der Schußkanal… ah, dort, als er sich bewegte, veränderte er etwas… aber es muß gehen… Noch einen Zoll…

»Ah!«

Das deformierte Bleigeschoß glitt aus Danors Wunde und rollte über seine Rippen auf die Decke. Die faserigen Stoffreste schwammen in frischem Blut neben der Wunde.

Sie wischte sich mit dem Rücken einer blutigen Hand über die Augen und sah Maorgan, als sie sie wieder öffnete. Er hielt den alten Mann nieder, verhinderte, daß er sich bewegte.

»Fertig?« Als sie nickte, stand er auf. »Das seltsamste Ding, das ich je gesehen habe«, sagte er. »Sie sind eine talentierte Dame, Shadowsong.«

Sie schüttelte mit einem hervorgestoßenen kleinen Lachen den Kopf. »Nicht talentierter als Sie, Musikmeister. Nun können Sie gehen und die Traglasten fertigmachen, und ich kann dies erledigen. Übrigens, danke.«

Er lächelte und ging.

Sie wischte die Stoffreste und das Blut weg, reinigte die Wunde nochmals, sprühte Antiseptikum auf einen neuen Wattebausch und befestigte ihn mit Klebeband über der Wunde. »Nun brauchen Sie nur noch am Leben zu bleiben, bis wir nach Minach kommen.«

Es war nicht zu erkennen, ob er wieder bewußtlos war oder ihre Worte trotz Fieber und Erschöpfung verstanden hatte.

Marrin Ola blieb im Eingang zum Arbeitsraum stehen, als er Aslan Tee trinken und Duncan Shears zuhören sah. »Schalten Sie das Störfeld ein, ich habe Ihnen was zu zeigen.«

Ein paar Augenblicke später war er zurück. Er trat in das Summen des Störfeldes, nahm einen Strahlprojektor aus dem Hemd und legte ihn auf den Tisch. »Kein Gerücht. Nicht mehr.«

Aslan betrachtete die beschmierte Waffe. »Hat anscheinend im Schlamm gelegen«, sagte sie naserümpfend.

»Richtig.« Er wischte sich die Hand am Hemd, zog einen Stuhl heran und gab ihnen eine kurze Zusammenfassung dessen, was an der Brücke geschehen war. »...und es gelang mir, ungefähr die Hälfte von dem, was Sie wollen, von Oschos zu bekommen. Das Zeug ist unter Verschluß im Wagen, ich werde es später hereinbringen. Es dauerte aber eine Weile, und ich war nervös und in Eile und dachte nur an das Holpern auf der Brücke und hatte vergessen, das Ortungsgerät einzuschalten. So kam es, daß ich beinahe einen Herzschlag bekam, als Glois und sein Kumpan mir entgegengeritten kamen. Die jungen Idioten. Ich hatte ihnen eingeschärft, im Dorf zu bleiben, aber sie sattelten auf und ritten mir nach, ich glaube, sie dachten, daß sie mich beschützten, ich weiß nicht, was sie dachten. Jedenfalls war Glois ganz aufgeregt über etwas, wollte aber nicht sagen, was. Er überredete mich, auf sein Caöpa zu steigen, und kletterte hinter Utelel auf die Kruppe, und sie führten mich durch Morast und Schlamm zu einer kleinen Insel, auf der ein riesiger Ölnußbaum wuchs. Dort steckte der Strahlprojektor mit einem Ende im Schlamm, während das andere an einer Wurzel hängengeblieben war. Und der Chorek, dessen Waffe es gewesen war, lag mit dem Gesicht im Wasser, mausetot. Ertrunken. Ich hatte ihn mit der Betäubungswaffe getroffen, und er war zu Boden gegangen. Schon fehlten ein paar Stücke von ihm, ein Crogall oder was auch immer hatte angefangen, ihn zu fressen. Die Jungen fanden das alles furchtbar interessant. Erinnert mich an die Zeit, als ich ein Junge war, aber seit damals ist mein Magen schwächer geworden.« Er blickte auf die Waffe, die dunkel und tödlich auf dem Tisch lag, lehnte sich zurück und schlug die Beine übereinander.

Aslan fluchte.

Duncan Shears rieb sich das Kinn. »Sie können Ihre Interviews auch von der Enklave aus machen.«

»Wir haben das schon besprochen, Duncan. Es wird nicht funktionieren. Die Leute scheuen sich, dorthin zu gehen, würden nicht unbefangen sprechen.« Sie trommelte mit den Fingern auf den Arbeitstisch, starrte mit schmalen Augen die Wand an, den breiten Mund zu einer dünnen Linie zusammengekniffen. »Shadit sollte bald nach Chuta Meredel kommen. Ende der Woche, sagte sie. Wenn sie heute abend anruft, werde ich sie bitten, die Erlaubnis zu erwirken, daß wir drei dort einfliegen. Nach dem, was ich gehört habe, halte ich es für unwahrscheinlich, daß ein Spion der Chaven sich dort blicken lassen wird. Ein Zentrum der Gelehrsamkeit, historisches Archiv, Regierungssitz, wenn man davon sprechen kann. Mir wässert der Mund bei dem Gedanken, dorthin zu kommen, aber ich sah nicht, wie… sogar Shadit mußte reiten… keine Flieger erlaubt… Metau und Teseach wurden wild, als ich nur den Namen erwähnte. Ich hatte die Hoffnung aufgegeben, ohne eine Einladung dorthin zu kommen… Es ist komisch, aber diese Geschichte könnte sogar das Mittel sein, das es möglich macht.« Sie schüttelte den Kopf. »Nun, genug davon. Marrin, haben Sie etwas über das Kommunikationsnetz und die Satelliten in Erfahrung bringen können? Können die Yaraka das System wieder in Betrieb nehmen?«

Er nahm ein Bein vom anderen und richtete sich auf. »Ein sehr heimlicher und gründlicher Virus. Es fällt schwer, zu glauben, daß ein Chav diesen Virus erfand. Gewöhnlich sind sie nicht so, ah, indirekt. Das heißt, weil sie alle zu einer Firma gehören, haben sie wenige Tugenden und Fertigkeiten, die nicht unmittelbar mit dem Bergbau und der Verhüttung von Erzen zusammenhängen. Ich vermute die Anwesenheit eines freien Spezialisten und glaube den Mann zu kennen. Die Familie hatte mich vor nicht allzu langer Zeit beauftragt, ihn ausfindig zu machen und nach Picabral zu schikken; damals sprach ich eingehend mit ihm. Ein vollkommen amoralischer Typ, und in dem, was er tut, einer der klügsten Köpfe. Wenn ich es richtig sehe, hat Koraka kaum eine Chance, diesen Virus mit dem Personal und der Ausrüstung, die er hier hat, unschädlich zu machen. Er fraß sich durch die Sperren und Blockaden, als ob sie nicht existierten. Sie brauchten nur jemanden, der den Virus in das System einschleuste, und den kauften sie. Software ist unbrauchbar, die Techniker versuchten etwas zusammenzubasteln, um die Kommunikation in Gang zu bringen – aber alles, was sie versuchen, frißt der Virus. Wir sind gegenwärtig völlig abgeschnitten. Und in den nächsten sechs Wochen erwarten die Yaraka kein Schiff aus ihrer Heimat. Sie wissen übrigens, wen die Chaven gekauft hatten. Sie erinnern sich an diesen Phora, ich glaube, Galeyn war sein Name? Der aussah, als hätte er eine verstopfte Nase? Nun, der ist mit seinem privaten Flieger verschwunden. Nach dem, was ich aus Oschos herausbringen konnte, ist der Goes rasend vor Wut, er verdächtigt alle und redet davon, daß er jeden, der öfter als zweimal niest, unter die Sonde bringen werde.« Er zuckte die Achseln.

»Er kann es sich nicht leisten, noch sehr viel länger wie ein Trottel dazusitzen. Und wenn wir ihm diese Geschichte mit den Strahlwaffen und dem Chavspion erzählen… bei allen Göttern, das wird einen Schießkrieg auslösen. Es ist der Beweis, den er braucht, nicht wahr? Eine Waffe, ein Toter, ein Spion, den er fangen kann. Aktive Aggression gegen eine Forschungsgruppe der Universität, Wissenschaftler, Anteilseigner, obendrein Beschädigung von wertvollen Kommunikationsausrüstungen der Yaraka. Er könnte unter einen Lügendetektor gebracht und überführt werden.«

Aslan sah auf ihre Uhr und stand auf. »Wir müssen alle drei verstärkt über Optionen nachdenken. Sehen wir zu, ob wir eine dritte Möglichkeit für uns finden können. Wir werden heute abend wieder zusammenkommen und sehen, was Shadit uns erzählen kann.«

11

Die Mittel geheimer Kriege

Ceam stand im Halbdunkel unter den Bäumen und beobachtete den aufsteigenden Rauch der brennenden Bergwälder. Das Feuer, das die Luftwagen gelegt hatten, fraß sich auf sie zu, aber es war noch Meilen entfernt und nicht gefährlich.

»Also hast du es geschafft.«

Er wandte sich um.

Leoca hatte den Arm um die Schulter ihres Ketenggefährten gelegt und sah erschöpft und müde aus. Engebel schien wie gebleicht, seine Flechten grau und spröde. Hinter ihnen hockten die drei Meloach in einem Gehölz junger Gumabäume. Sie hockten wie neu ausgeschlüpfte Kerrut eng zusammengekauert auf dem moosigen, mit Farnwedeln bedeckten Boden.

»Wie du siehst. Du hast angestrengt laufen müssen, wie?«

»Ja.« Nach einer Pause fügte sie hinzu: »Aber wir haben keinen verloren.«

Er warf einen letzten Blick zu den Gipfeln, dann trat er in den Schatten zu den beiden früheren Lehrern. »Wie viele haben es hierher geschafft?«

»Dreiundzwanzig, und du bist einer der letzten, die wir erwarten. Eolt Kitsek sagte, es seien alle, die er finden konnte. Mehr zu suchen, reichte ihm die Zeit nicht.«

»Er hatte einen langen Weg. Ihn über all diesen Bränden mit ihrem Funkenflug zu sehen, war eine Überraschung. Er hat viel gewagt.«

Sie gingen zusammen unter den Bäumen hin, und die Meloach folgten ihnen still. Ceam nahm einen Trunk aus seiner Flasche, bot sie Leoca und Engebel an, die beide ablehnten, also schlug er den Stöpsel wieder in den Flaschenhals und hing sie an den Gürtel. Der Trunk brannte heiß in seinem Bauch, verschaffte ihm die Illusion von Energie und half ihm, vor sich selbst zu verbergen, wie schlimm die Lage war.

Die Saboteure und die als Einzelgänger arbeitenden Spione versammelten sich an einer Quelle, die zwischen zwei Wurzeln des in weitem Umkreis größten Ölbaumes entsprang. Zwei Dutzend müde und erbitterte Beluchari, ungefähr zur Hälfte Fior und zur Hälfte Keteng, unter ihnen vereinzelte Kinder, saßen stumm und grimmig unter ihren Ältesten.

Seit einer guten Weile hatte es nicht viel mehr als gereiztes Streiten gegeben. Keiner war bereit, auf das Recht zu freier Meinungsäußerung zu verzichten oder einem der anderen nachzugeben; die meisten von ihnen kamen von verschiedenen Ordumels in verschiedenen Teilen von Melitoe, und einige davon waren traditionelle Rivalen. Hinzu kam, daß die Zeitläufte sie gegen Fremde mißtrauisch gemacht hatten. Alle traditionellen Regeln waren außer Kraft gesetzt. Wenn es in Melitoe noch einen Ard gegeben hätte, würde der Zitherspieler ihre Ehrerbietung genossen haben, aber die meisten der Ard waren an Herzanfällen gestorben, verursacht durch den unerträglichen Schmerz, als ihre Sioll brannten. Manche waren von eigener Hand zu Tode gekommen. Die wenigen Übriggebliebenen waren wie Ilaörn und Danor gefangen oder verrückt.

Nach einer Weile schoben sich Leoca und Engebel zur Mitte des Versammlungsplatzes vor, drückten hier einen Arm, flüsterten dort ein paar Worte, verbreiteten Ruhe und brachten mit der Geschicklichkeit, die sie in fünfzehn Jahren Lehrtätigkeit erworben hatten, Ordnung ins Chaos.

Schließlich stellte sich Engebel auf eine dicke Wurzel neben der Quelle, so daß sein Kopf die anderen überragte. »Es wäre eine Schande«, sagte er mit einem düsteren, traurigen Unterton in der Stimme, »wenn wir uns selbst zerstörten, bevor die Chaven es tun können. Du, Ceam, du, Heruit, du, Deänin…« – er nannte sie alle bei ihren Namen und zog sie damit in sein Netz –, »…ihr alle habt den Mesuch Schläge versetzt, sonst hätten sie diese Greuel nicht verübt. Nun gut, wir müssen ihnen einfach noch mehr Schläge versetzen. Heruit, du sagtest, dir sei etwas eingefallen. Sag es uns.«

Heruit war ein Fior mit einem sommersprossigen Kahlkopf und Spuren einstiger Beleibtheit. »Wir fingen dies an, um sie um ihren Gewinn und ihre Geduld zu bringen. Das letztere haben wir getan, aber das erstere scheint nicht geschehen zu sein. Ich will mich hier nicht über den Grund aufhalten und erwähnte es nur, um euch alle daran zu erinnern, warum wir den Mittelpunkt des Übels in Ruhe gelassen haben. Das Fort der Mesuch. Ich sage, daß es jetzt unser Ziel sein muß. Sie können uns kaum Schlimmeres antun, als sie schon getan haben, also hat es keinen Sinn, weiter Nachsicht zu üben. Ard Ilaörn hat gut für uns gearbeitet. Wir wollen ihn bitten, mehr zu tun.« Zum Zeichen, daß er fertig war, hieb er die Hand abwärts, trat zurück und setzte sich ins Moos.

Engebel zeigte auf einen der Umstehenden. »Rebek.«

Dieser war ein kleiner, drahtiger Denchok, dünner als die meisten. »Ich denke, wir sind uns darin einig. Es geht nur darum, wie wir es tun. Kürzlich hatte ich im Meklo-Moor zu tun. Einige meiner Verwandten leben dort mit einer Gruppe von Sumpfbewohnern. Dort sah ich einen Flecken, wo der Hokori hübsch am

Reifen ist. Er wird bald brauchbar sein. Und es gibt noch andere Dinge in den Sümpfen, die wir als Kampfmittel verwenden können. Die Sumpfleute erzählten mir von den Tauschgeschäften, die sie mit den Mesuch tätig…«

Die Erwähnung von Tauschgeschäften empörte einige der Zuhörer, die mit entrüstetem Geschrei aufsprangen.

Leoca trat neben Engebel, steckte die Finger in den Mund und durchschnitt den Lärm mit einem durchdringenden Pfiff.

Als Leoca die Hände sinken ließ und sich wieder auf ihre Wurzel setzte, sagte Engebel in ruhigem Ton: »Still. Ihr benehmt euch wie Dummköpfe. Rebek hat etwas zu sagen, also laßt ihn reden.«

Rebek nickte. »Also, die Sumpfbewohner tauschen Früchte und getrocknete Pilze und frische Fische für die Waren, die sie von den Technikern und Kulis um das Fort der Mesuch bekommen können. Und sie achten darauf, daß einige von ihren Produkten Chiroeier enthalten. Ein Teil der Eier wird durch die Därme der Esser gehen und wieder ausgeschieden, aber einige werden sich einnisten und entwickeln. Ich möchte kein Chav sein, dem Chirowürmer in den Eingeweiden wachsen.«

Heruit schmunzelte, dann sprang er auf, klatschte sich auf die Schenkel und umarmte Rebek zur Überraschung des kleinen Keteng. »Was für ein Trick! Was für ein Dämonentraum von einem Manöver! Wer hat sich das ausgedacht?«

Rebek hustete. »Soviel ich weiß, geschah es einfach irgendwie. Und das ist nicht das einzige, was sie den Mesuch geben. Aber das, so erfreulich es sich anhört, ist nicht der Grund, warum ich die Sache zur Sprache brachte. Obwohl sich Ard Ilaörn innerhalb der Mauern befindet, wissen wir nicht genug über dieses Fort, um es mit Aussicht auf Erfolg anzugreifen. Zuerst brauchen wir Information. Und wir müssen sie bekommen, ohne daß die Mesuch argwöhnen, was wir vorhaben. Heute ist Sommersonnenwende. Habt ihr alle daran gedacht? Sommeranfang. Ihr wißt, was das bedeutet. Heiß und feucht, und Tag für Tag bläst der Scaccawind von der Bakuhlsee. Sie werden verrückt, wenn auf ihren Häuten und überall ringsum der Schimmel wächst. Es sind Wüstenleute, hat Ard Ilaörn uns erzählt. Sie werden es hinter ihren Mauern nicht aushalten. Sie werden Ablenkung und Unterhaltung suchen, alles, was sie das ewige Winseln dieses Windes und den Geruch von Schimmel und Feuchtigkeit vergessen machen kann. Darüber sollten wir nachdenken.«

Als nächstes wählte Engebel mit Bedacht eine Fiorfrau aus. »Deänin.«

Deänin war eine breite, untersetzte Frau in ihren späten mittleren Jahren, mit kurzgeschnittenem grauem Haar, faltigem Gesicht und Augen, die in den Runzeln der Krähenfüße beinahe verschwanden. »Bevor ich in die Berge kam, machten sie mich zur Verwalterin ihres Bordells im früheren Dumel Dordan, dem Haus, das die Kulis benutzten. Rebek hat recht, wenn der Scacca bläst, haben wir eine Chance, aber wir müssen bereit sein, sie wahrzunehmen. Die Kulis und viele von den Technikern schnüffeln Rauch. Das ist der Handel, den wir fördern können. Wir müssen sie so reichlich versorgen, daß sie sich regelmäßig am Rauch berauschen können und unvorsichtig werden. Der große Muck – seinen richtigen Namen weiß ich nicht – versucht das Geschäft ganz an sich zu reißen und die Bezugsquellen der Techniker und Kulis auszutrocknen, es ist beinahe so, als ob er für uns arbeitete. Sollen sie nur denken, sie hätten die meisten von uns mit den Wäldern zu Asche gemacht. Sollen sie denken, daß diejenigen von uns, die übriggeblieben seien, vor Angst zahm geworden sind. Sie sollen sich ungefährdet und sicher fühlen. Dann schlagen wir zu und löschen sie aus.«

Brion blinzelte zur Decke auf und überlegte, was ihn so frühzeitig geweckt haben konnte.

Einen Augenblick später kam Temuen mit einem Tablett herein, auf dem zwei Henkelbecher mit Tee dampften, zwei Räucherstäbe in einem Halter rauchten und ein Blumenstrauß in einer kleinen Vase steckte, die er für sie geschnitzt hatte. »Der Sommer, der Sommer ist gekommen«, sang sie. Ihre Stimme bebte, aber sie war noch immer so klar und angenehm wie zu dem Zeitpunkt, als er sie zum erstenmal hatte singen hören.

Er stemmte sich hoch, machte Platz für sie auf dem Bett. »Schon Sonnenwende?«

Sie tätschelte ihm die Hand. »Du kannst gar nicht mehr zählen, wie?«

Als sie aus der Rauchtrance erwachten, verließen sie die Hütte und standen am Rand des Schlaffeldes und blickten zu den Bergen, wo der Rauch von den Waldbränden um die Gipfel zog. Brion strich mit den Fingern über eine Ranke, die sich um die Pergola wand, und Tränen stiegen ihm in die Augen. »Warum?«

»Weil sie uns als Ungeziefer betrachten. Ich nehme an, daß wir sie gestochen haben. Jetzt räuchern sie uns aus, brennen unsere Häuser nieder, wie man es mit den Nestern von Ungeziefer tut.« Es war eine Reizbarkeit in ihrer Stimme, als hätte sie das gleiche schon zu oft gesagt. Nach einer Weile fühlte er die Echos in seinem Gedächtnis und wußte, daß er dies und sie das alles schon öfter gesagt hatten.

»Tut mir leid. Ich vergesse.«

»Ich weiß.«

Ein eigenartiges Summen lag in der Luft. Nicht laut. Wie eine Wolke von Insekten, die über einem See schwärmten. Das Bild gefiel ihm, brachte ihm die Erinnerung an eine Zeit, als er ein Junge gewesen war und geträumt hatte, ein Ard zu sein und eine Bindung zu einem Eolt zu haben. Wieder fühlte er den Stachel, als er begriff, daß es nicht geschehen würde. Fünfzig Jahre waren seither vergangen, aber der Schmerz war noch immer frisch. Er legte die Stirn an die Pergola und weinte darum und um all die Dinge, die er in den Jahren vergessen hatte.

Eine Hand zog an ihm, und Temuens Stimme klang schrill in seinem Ohr. »Los, komm, alter Dummkopf. Die Mesuch! Wir müssen weg!«

»Wa… wo?« Er wischte sich die Augen, sah den dunklen Umriß des Luftwagens neben dem Schlaffeld niedergehen. Nun kam er in Bewegung, aber es war bereits zu spät. Eine Truppe von Mesuch sprang aus dem Luftwagen und formierte sich in einem Halbkreis. Er wandte sich ab und sah einen weiteren Luftwagen, der auf der anderen Seite gelandet war, und eine zweite Truppe, die das Schlaffeld von dort einschloß.

Aus dem ersten Luftwagen drang ein krachendes Geräusch, dann Worte. »Bleibt stehen, wo ihr seid. Wenn ihr versucht wegzulaufen, schneiden wir euch die Beine ab. Bewegt euch langsam zum Bindungsplatz…«

Brion war so aufgeregt, daß seine Gliedmaßen zuckten. Die Worte, dachte er, sie sollten die Worte nicht kennen… sie haben die Worte gestohlen… Bekümmert und ängstlich vor sich hin murmelnd, ließ er sich von Temuen zum Bindungsplatz ziehen.

Alle anderen Feldwächter waren dort, die jungen und die nachlassenden alten – wie er. Die Mesuch hatten sie alle eingefangen.

Der Luftwagen sprach noch immer zu ihnen. Ein Teil davon war Brion entgangen, und so dauerte es eine Weile, bis er begriff, was gesagt wurde, und auch das nur, weil der Wagen es zweimal wiederholte. »…werden vier von den ältesten unter euch auswählen, die anderen können wieder ihren Geschäften nachgehen, sobald wir den Ort verlassen. Jede Unruhe und jeder Ungehorsam wird sofort bestraft.«

Ein Mesuch schritt an ihnen vorbei und musterte sie. Brion erschauerte unter dem harten metallischen Blick, der ihn zu durchbohren schien.

Einen Augenblick später war der Mesuch wieder da. Er hatte einen kurzen Messingstab in der Hand, bewegte seine Fingerkralle, und ein Lichtstrahl brach aus dem Stab und berührte Camach. »Du.«

Das Licht berührte Sulantha, die älteste der anwesenden Frauen. »Du.«

Das Licht berührte Brion. Es war kaltes Licht, aber es brannte ihn. Ein Schauer überlief ihn, als der Mesuch sagte: »Du.«

Das Licht berührte Temuen. »Du.«

Der Mesuch trat zurück. »Diejenigen, die ich markierte, werden mit uns kommen.«

Wenigstens werde ich Temuen haben, dachte Brion, als er einen Schritt zum Luftwagen tat. Wenigstens werde ich nicht allein sein. Er wollte sie bei der Hand nehmen, aber sie stand nicht neben ihm. Er wandte den Kopf.

Ihr Gesicht war rot angelaufen, ihre Augen waren klein und blinzelten. So sah sie immer aus, wenn sie zornig war. Und sie war störrisch, wenn sie zornig wurde. »Nein!« rief sie dem Mesuch nach. »Ich gehe nicht weg.«

Brion eilte zu ihr, nahm sie beim Arm und wollte sie mitziehen. »Laß, Temuen, ich brauch dich. Sei vernünftig, Temmy…«

Der Mesuch unternahm keinen Versuch, sie zu überreden. Das Licht, das Temuen diesmal berührte, brannte ein Loch durch sie hindurch, und sie brach neben Brion zusammen.

Das Markierungslicht ging wieder an und berührte Teärall. »Du. Jetzt. Vorwärts, ihr vier. Ich werde kein Zögern und keine Widerrede dulden.«

Teärall nahm Brions Arm. »Cha oy Brion, was geschehen ist, läßt sich nicht ändern. Komm mit.«

Während des Fluges zum Stützpunkt der Mesuch vergaß Brion manchmal Temuen und starrte hinaus auf die Wolken oder zum Boden hinab, der scheinbar so gemessen unter ihnen vorbeizog. Dann sah er sich um, hielt Ausschau nach ihr und wollte ihr die Wunder zeigen – aber sie war nicht da, und dann fiel es ihm ein, und der Schmerz war wieder neu, jedesmal neu, als wäre der schreckliche Augenblick wieder und wieder geschehen. Er hatte sich daran gewöhnt, daß Feldwächter starben. Das geschah die ganze Zeit. Alte Männer starben. Alte Frauen starben. Sie wurden begraben, und ihre Seelen kamen als Keteng zurück und erblühten in goldenen Eolt. Aber diese Todesfälle waren gemeinsam begangene Ereignisse, und mit Liedern und Geschichten und dem Abschiedsschmaus feierte man die Befreiung vom Körper. Selbst als der junge Rudiam mit nur siebenundfünfzig einen Herzanfall hatte und mitten in einem Rauchlied tot umgefallen war, hatte es nicht diese Bewandtnis gehabt... Brion schaute hinaus und sah eine Herde schwarzköpfiger Caorg vor den Schatten der Luftwagen durch das wogende hohe Gras davonjagen und lächelte bei dem Gedanken, wie albern sie von hier oben aussahen. Er wandte sich vom Fenster, um Temuen anzustoßen... und schrie, als er sich erinnerte...

Die Mesuch trieben die vier Feldwächter durch ein kleines Tor in der Rückseite ihrer befestigten Siedlung. Nachdem sie durch ein Labyrinth von Korridoren gegangen waren, alle rechtwinklig mit Leuchtstreifen in den Decken, die ein grelles weißes Licht erzeugten und

Brions Augen blendeten, daß er zwinkern und sich die Augen reiben mußte, stieß ihn eine Hand in den Rükken, und er stolperte in einen kleinen viereckigen Raum mit Wänden und Decke aus glatter weißer Keramik.

Die anderen kamen ihm nachgestolpert, benommen und mit wässernden Augen.

Die Stimme des Mesuch dröhnte in den Raum, sie klang so hart in den Ohren wie ihr Licht die Augen blendete. »Legt eure Kleider ab und steckt sie in die dafür vorgesehene Öffnung.«

Brion runzelte die Brauen, starrte die Wand an und war nicht sicher, daß er richtig gehört hatte. Teärall klopfte ihm auf die Schulter. »Zieh dich aus, Brion. Wir alle müssen das tun.« Sie wandte sich ab und half Sulantha mit den Schleifen an ihrem Kleid.

Flüssigkeit spritzte ihn von allen Seiten an, harte Strahlen, die schmerzten, wohin sie trafen, kein Wasser. Es brannte in seinen Augen und hatte den fettig-sauren Geschmack von Seife, als er es in den Mund bekam. Dann hörte das Spritzen auf und etwas wie Nebel strömte in den Raum. Beim Einatmen mußte er husten und hörte auch die anderen keuchen und bellen.

Dann wurde der Nebel abgesaugt, und sie standen fröstelnd auf dem glatten kalten Boden. Ein Teil der Wand glitt zurück. Eine Tür. Nicht die, durch die sie gekommen waren.

»Geht hinaus.« Die Stimme des Mesuch war von einer überdrüssigen Ungeduld, als hätte er es mit begriffsstutzigen Tieren zu tun. »Verlaßt den Raum. Geht den Korridor entlang, bis ihr die erste offene Tür erreicht, tretet dann durch diese Tür. Verlaßt jetzt den Raum.«

Naß und fröstelnd kamen sie in den neuen Raum, wo sie Handtücher fanden, graue weiche Gewebe mit einem säuerlichen Kräutergeruch, und weite weiße Kleidungsstücke, die in Schulterhöhe an Haken hingen. Brion rieb sich das Haar trocken, daß ihm kein Wasser mehr in die Augen tropfen konnte, und als er sich bis hinunter zu den Füßen abgetrocknet hatte, warf er das Handtuch auf den Tisch, wo er es gefunden hatte, und nahm eines der Kleidungsstücke vom Haken. Es war ein weiter ärmelloser Kittel, der ihm bis zu den Knien reichte und seine Beine und Füße frei ließ.

Er hatte das Ding kaum angezogen und war noch dabei, den Stoffgürtel mit einer Schleife zuzubinden, als die Stimme des Mesuch ertönte und ihn erschreckte, da sie aus der Luft zu kommen schien. Verspätet erinnerte er sich, daß es vorher schon genauso gewesen war.

Tut mir leid. Ich vergesse. Das hatte er vor einer Weile zu Temuen gesagt. Wann war das gewesen? Vor einer Weile.

Temuen…

»Geht hinaus. Verlaßt jetzt den Raum. Wendet euch nach links. Geht nicht den Weg zurück, den ihr gekommen seid. Geht nach links und geht weiter, bis ihr Anweisung bekommt, stehenzubleiben.«

Gehorsam tappte Brion barfuß den Korridor entlang, bis die Stimme ihn neben einer Tür zum Stehen brachte.

»Leg deine Hand auf das gelbe Oval.«

Es war ein Fleck, der Brion mehr braun als gelb vorkam, aber ihm sollte es recht sein. Als er die Hand auf den Fleck legte, glitt die Tür auf.

»Geh hinein.«

Er erschrak, als die Tür sich hinter ihm schloß und ihn von den anderen trennte.

»Wie ist dein Name?«

»Brion.« Seine Lippen bebten. Er wollte fragen, was geschehen werde, brachte aber kein Wort heraus. Die Wirkung des Rauches begann zu weichen; seine Finger zuckten, und ein Tic pulsierte unter einem Auge.

»Brion. Dies ist dein Zimmer. Tue, was ich dir sage, und du wirst wissen, wie du seine Funktionen zu benutzen hast.«

Es gab mehr gelbe Ovale in diesem Raum. Eines bewirkte, daß ein Feldbett aus der Wand geklappt wurde. Ein anderes ließ eine Toilette erscheinen. Eines öffnete ein Loch in der Wand, das, wie ihm gesagt wurde, zur rechten Zeit Essen für ihn bereithielte. Das gelbe Oval, das ihm am meisten gefiel, öffnete eine schmale Tür, die in einen kleinen viereckigen Innenhof führte. Dort gab es vier Betonbänke an den fensterlosen Wänden, die den Hof umschlossen, einen Baum und einen Springbrunnen in der Mitte, ein scheußliches, unförmiges, knolliges Ding, aber wenigstens spie es einen Wasserstrahl in die Luft, der in ein Becken ringsum des Springbrunnens plätscherte. Als hätte der Erbauer nur daran gedacht, eine winzige Andeutung für Leute zu schaffen, die Grün und Himmel brauchten, um am Leben zu bleiben.

Er schlurfte zu einer der Bänke und setzte sich. Kurz darauf öffneten sich weitere Türen, und die anderen kamen heraus und gesellten sich zu ihm, saßen schweigend und starrten auf den Springbrunnen und den aufsteigenden Wasserstrahl, der mit einer Anmut tanzte, die seine Umgebung verachtete.

Teärall war die jüngste von ihnen, die ungeduldigste. Sie schob graumeliertes braunes Haar aus ihrem eckigen, knochigen Gesicht. »Warum? Ich dachte, wir wären tot. Dies ist beinahe so schlimm, aber nicht ganz. Warum sind wir am Leben? Was wollen sie von uns?«

Brion starrte sie eine Weile wie leer an, dann verzog

sich sein Greisengesicht, und er begann zu weinen. Sie war anstelle von Temuen da. Temuen war tot.

Obwohl es an diesem ersten Tag keine Antwort auf Teäralls Frage gab, brachten die folgenden Tage ihnen reichlich Aufschluß. Sie wurden verhört, befühlt, ihre Reaktionen geprüft. Von ihren sämtlichen Körperflüssigkeiten wurden Proben entnommen. Sie wurden auf Tische gelegt, Lichter beschienen sie, sie wurden durch lange Maschinen gezogen. Tue dies, tue das, sagte man ihnen. Und sie taten wie geheißen, bewegten sich wie Kabisha vor den Zähnen und dem Gebell eines Hirtenhundes.

In den ersten zehn Tagen bekamen sie keinen Rauch zu schnüffeln.

Am dritten Tag starb Sulantha, fiel plötzlich gegen Brion, als sie in dem kahlen Innenhof herumgingen.

Er weinte einen Augenblick, dann, als ihr Körper entfernt wurde, vergaß er, warum. Er war bald bei Bewußtsein und bald in einem eigentümlichen Zustand eingeschränkter Wahrnehmung. Sein Körper aß und schlief und bewegte sich umher, aber die meiste Zeit merkte er das nur, wenn einer der Mesuchwächter ihm eine leichte Ohrfeige versetzte, um ihn aus der gedankenleeren Trance zu reißen. Nach zehn Tagen erreichte ihn selbst dies kaum noch. Die meiste Zeit verschlief er in der Sonne im Innenhof, die Knie angezogen, Camach und Teärall neben sich.

Am elften Tag erwachte er in seiner Zelle und fand am Boden neben dem Feldbett eine Schüssel mit den zerkleinerten Stücken einer Schale, von denen bläulicher Rauch aufstieg. Er fiel vom Bettrand und kauerte auf allen vieren am Boden, das Gesicht so nahe wie möglich über der Schüssel, um den Rauch einzusaugen.

Als er aus der Trance erwachte, ging er hinaus,

setzte sich auf seine Bank und sah den Springbrunnen tanzen. Es gab Rückfälle zum Bewußtsein. Kummer und Schmerz und Zorn regten sich in ihm, aber alles blieb unbestimmt, flüchtig. Er dachte daran, sich die Pulsadern zu öffnen, begriff aber, daß die Mesuch ihm nicht erlauben würden, zu einer selbstgewählten Zeit zu sterben. Er dachte an Sulantha. Sie hatte mehr Glück gehabt als sie wußte. Ihre Seele war frei und würde in einer ruhigeren Zeit eine neue Verkörperung finden. Er dachte nicht an Temuen. Wenn ihr Bild in seiner Vorstellung erschien, wandte er sich davon ab.

Teärall kam heraus. Ihre Augen waren gerötet und blickten wild, ihr unschönes Gesicht wirkte durch ihre finstere Miene noch unansehnlicher. »Weißt du, was sie tun?« Sie wartete keine Antwort ab. »Wir sind Versuchstiere. Sie gebrauchen uns, um herauszufinden, was der Rauch der Schalen auslöst. Sie gebrauchen uns, um Mittel und Wege zu finden, Schalen anzubauen. Wie die Keteng Kabisha züchten, um ihre Wolle und ihr Fleisch zu bekommen. Hast du mich gehört, Brion? Verstehst du, was sie tun?«

Brion blinzelte sie an, dann nickte er. »Ja.«

»Wir müssen etwas unternehmen.« Sie wischte seine Warnung mit einer Handbewegung weg. »Cha oy, ich weiß, daß sie zuhören. Was macht es schon?« Sie wandte den Kopf, als Camach in schlaffer Haltung herausgeschlurft kam. Seine Augen sahen Dinge im Anderswo. »Camach, weißt du, was sie tun? Hör mich an, weißt du es?«

Ein Zittern durchlief seinen Körper, und sein Blick verkürzte sich, bis er sie ansah. Er sagte: »Ich soll euch sagen, daß sie heute nachmittag kommen werden. Weitere Tests.«

»Oh.«

Der Erste Sanitätsgrad Muhaseb rückte nervös auf seinem Stuhl und wartete auf die Aufmerksamkeit des Ykkuval.

Hunnar saß zurückgelehnt, hatte die Augen geschlossen und bewegte eine Hand im Takt zu der lebhaften Weise, die Ilaörn seiner Zither entlockte. Ilaörn beobachtete diese Hand und beendete das Stück, als er sah, daß die Bewegung unkonzentriert wurde und aus dem Takt kam. Er ging über zu der gewohnten unaufdringlichen Hintergrundmusik, die Hunnar keine Aufmerksamkeit abverlangte. Wenn er es gewagt hätte, wäre er gern länger bei den unterhaltenden Weisen geblieben, denn er verspürte kein Verlangen, Muhasebs Bilder zu sehen, sein Magen schmerzte ihn noch vom letzten Mal. Er lehnte den Kopf an die Wand und schloß die Augen, obwohl er jetzt schon wußte, daß er sie später wieder öffnen würde, wenn die Vorführung der Bilder begann.

Hunnars Bürosessel schwang herum, und er faßte Muhaseb ins Auge. »Sie sagten, Sie hätten einen Bericht?«

»Ja, o Ykkuval. Sie verlangten unterrichtet zu werden, wenn wir Fortschritte machen.«

»Und?«

»Nun, diese Phase war etwas unvollständiger als wir uns gewünscht hätten, trotzdem besitzen wir hinreichend Datenmaterial, um die nächste Phase erfolgreicher zu gestalten.«

»Unvollständig?«

»Ja, mh, unglücklicherweise mußten die Versuchspersonen eingeschläfert werden, bevor die Serie komplett war. Wir haben Obduktionen vorgenommen.« Sein Mund verzog sich zu einem säuerlichen Lächeln. »Würden Sie es vorziehen, zuerst die Schlußfolgerungen zu hören, oder wünschen Sie, die Entwicklung des Prozesses zu verfolgen?«

»Überspringen Sie den Anfang. Ich möchte wissen, warum Sie die Versuchspersonen, die ich durch meine Wachen für Sie einsammeln ließ, vergeudeten.«

»Ich muß wiederholen, o Ykkuval, daß unsere Erfahrung in Untersuchungen dieser Art gering ist. Wir sind ausgebildet, um Krankheiten und Verletzungen der Arbeitskräfte zu behandeln und müssen in dieser Studie von den allgemeinsten Prinzipien ausgehen. Ich bringe jetzt Szenen vom fraglichen Tag auf den Bildschirm. Wir hatten die Versuchspersonen zehn Tage auf Entzug gesetzt und beobachteten einen zunehmenden Realitätsverlust, verbunden mit Abstumpfung bis zur Apathie. Dies ging so weit, daß sie nicht einmal auf intensiven Schmerz reagierten. Die Untersuchung der Körperflüssigkeiten und von Gewebezellen, die verschiedenen Organen entnommen wurden, deuten auf eine nahezu vollständige Integration der Droge in die Zellstruktur hin, so daß Deprivation zur Einstellung der meisten Funktionen führt. Die älteste der Versuchspersonen, eine Frau, erlitt am dritten Tag einen massiven Gehirnschlag und starb. Wie ich sagte, gingen die Lebensäußerungen der anderen mit jedem Tag weiter zurück, und wahrscheinlich wären sie der Frau in den Tod gefolgt, wenn wir den Entzug über weitere zehn Tage ausgedehnt hätten. Zwar wäre die Fortsetzung des Versuchs bis zum Exitus von einigem Wert gewesen, doch war beschlossen worden, eine neue Phase einzuleiten. Wenn Sie Ihr Augenmerk jetzt auf den Bildschirm lenken wollen, o Ykkuval…«

Der Bildschirm leuchtete auf. Er war in vier Zellen unterteilt. In drei Zellen lagen abgemagerte Gestalten wie Leichen in der Pathologie auf Feldbetten. Die Zellentüren wurden geöffnet, und eine Stange schob eine Schüssel mit rauchenden Schalenstücken in den Raum. Noch bevor die Tür sich wieder schloß, hatten sich alle drei Versuchspersonen von den Betten gewälzt und kauerten über den Schüsseln, einen Ausdruck stumpfsinniger Gier und Ekstase in den Gesichtern, als sie den Rauch durch Mund und Nase einsaugten. Die vierte Bildschirmunterteilung zeigte den leeren Innenhof, wo das Rascheln von Blättern und das Tanzen des Springbrunnens die einzigen Bewegungen waren.

»Sie werden bemerken, wie rasch die Funktionen wiederhergestellt sind, sobald ausreichend Rauch inhaliert wird. Der Abhängigkeitsgrad, der sich im Bedürfnis widerspiegelt, ist bei den drei Versuchspersonen unterschiedlich groß, wie sich aus der Dauer ihrer Drogeneinnahme ergibt. Interessant ist auch, daß alle drei als erstes ins Freie gehen, in die Andeutung eines Gartens, die wir ihnen zur Verfügung gestellt haben.«

Hunnar lauschte Teäralls Worten und hielt die Hand hoch.

Muhaseb hielt das Bild an. »Ja, o Ykkuval?«

»Gab es in Hörweite der Versuchspersonen eine Diskussion über die Gründe dieser Untersuchung?«

»Keine, o Ykkuval. Wir achteten sorgfältig darauf, nur die notwendigen Anweisungen zu geben. Zu keiner Zeit wurde darüber hinaus ein Wort gesprochen. Nicht einmal in Chandavasi.«

»Und es sind einfache Leute. Bauern, unseren Kulis vergleichbar. Wie konnte sie es wissen?«

»Ah, o Ykkuval, wir wissen kaum etwas über die einheimische Kultur und wie entwickelt sie sein mag. Es gibt Berichte, wonach in dem von uns übernommenen Dorf eine primitive Art von elektrischem System existierte. Es ist durchaus möglich, daß bestimmte Gruppen unter ihnen eine gewisse philosophische Verfeinerung jenseits ihrer technischen Fähigkeiten entwickelt haben.«

»Hmp.«

»Unsere Fehleinschätzung ihres Potentials ergab sich aus ihrer Passivität. Nur eine Person zeigte sich widersetzlich; das war die Frau, die von Ihrem Wächter erschossen wurde, als er die Versuchspersonen für uns auswählte. Diese Erfahrung hätte in unsere Erwartungen einbezogen werden sollen, aber das geschah nicht.«

Der Bildschirm flackerte und zeigte jetzt das ungeteilte Bild eines Korridors, den drei Gestalten entlangschlurften, alte, magere Leute mit hängenden Schultern und Köpfen.

»Wie Sie sehen: Passivität, Antriebsverlust, geschwächte, abgezehrte Körper. Aber nun sehen Sie, was als nächstes geschieht.«

Ein Schnitt vom Korridor zum Labor mit den Versuchseinrichtungen. Die drei Versuchspersonen wurden in Abteile geführt, mußten sich entkleiden und niederlegen.

Es wurde kein Signal gegeben, kein Wort gesprochen, aber in derselben Sekunde sprangen alle drei ihre Wärter an. Sie konnten ihnen nichts anhaben, doch der plötzliche und unerwartete Angriff provozierte die Abwehrreaktion der Chaven, und alle drei endeten als zerrissene, über die Wand verspritzte Fragmente.

»Die beteiligten Techniker wurden durch Herabstufung diszipliniert. Nur um eine Ebene, weil die Provokation und die vorausgegangene Passivität den Angriff so überraschend machten, daß sie automatisch handelten und die Versuchspersonen töteten, statt sie zu überwältigen.« Er schaltete das Bildschirmgerät aus. »Wenn Sie es wünschen, o Ykkuval, kann ich Ihnen die Ergebnisse der Autopsien und Untersuchungen der Gehirnzellen erläutern, oder ich kann Ihnen eine Zusammenfassung dessen geben, was wir bisher festgestellt haben.«

»Lassen Sie den Datenträger mit den Einzelheiten

da; ich werde das später durchsehen. Geben Sie mir jetzt eine Zusammenfassung.« Er blickte zur Wanduhr. »Sie haben drei Minuten.«

»Jede untersuchte Zelle wich stark von der Norm unserer Vettern ab, soweit man angesichts unseres begrenzten Datenmaterials von einer Norm sprechen kann. Manche waren so stark zerstört und geschwunden, daß sie kaum noch als Zellen kenntlich waren, andere zeigten ein übermäßiges Wachstum, hypertrophe Merkmale. Allen gemeinsam, sogar den atrophierten Zellen, war ein Flecken eigentümlich geformter Rezeptoren, in denen wir die Ansatzpunkte vermuten, wo die eine oder andere Komponente des Rauches sich festmacht. Das ist allerdings nicht erwiesen. Wir würden es begrüßen, wenn Sie eine nichtabhängige jugendliche Form der Gattung in die nächste Versuchsgruppe mitaufnähmen. Wir brauchen eine Grundform, um unsere Schlußfolgerungen zu bestätigen. Nach dem augenblicklichen Stand unserer Untersuchung laufen diese darauf hinaus, daß die Langzeitwirkung des Rauches aus der Verbrennung der Schalen in physiologischen Veränderungen der Zellstruktur von Gehirn und Körper besteht. Die Funktionsfähigkeit des Körpers – und damit seine Lebensfähigkeit – wird vollständig abhängig von der fortgesetzten Anwendung des Rauches. Wie sich diese Veränderungen aber auf Denkvorgänge und überhaupt auf die Fähigkeit zu denken und logisch zu folgern auswirken, wissen wir gegenwärtig noch nicht.« Er erhob sich, kreuzte die Hände auf der Brust und verbeugte sich. »Innerhalb meiner drei Minuten, glaube ich. Wenn Sie weitere Fragen haben, stehe ich gern zu Ihrer Verfügung.«

Als der Glockenton erklang, wandte Hunnar den Kopf halb zur Seite und befahl: »Still!« Dann schaltete er die Sprechanlage ein.

Ilaörn nahm die Hände von den Saiten und saß still und unbeachtet in seiner Ecke.

Eine kleine Stimme sagte: »Kurz.«

Ilaörn erkannte den Namen und die Stimme und hielt sich bereit, aufmerksam zu lauschen und sich einzuprägen, was er hörte. Er hatte die Nachricht über den Spion weitergegeben, aber in den letzten zehn Tagen war der Zitherspieler, der ihm gewöhnlich antwortete, stumm geblieben, und er konnte nicht wissen, ob er für die leere Luft oder für lauschende Ohren gespielt hatte.

Hunnar zog die Schultern hoch und schob den Kopf nach vorn. In gespannter Aufmerksamkeit schloß er halb die Lider. »Ich höre.«

»Habe die vier Sumpfgebiete und einige fünfzehn Banden von Chorek besucht. Die Strahlwaffen sind verteilt. Die Nachricht von den Belohnungen auf die Köpfe der Universitätsgruppe geht rasch von Mund zu Mund, und ich habe bereits mehrere Banden auf dem Weg zu dem Dorf gesehen, wo die Gruppe sich gegenwärtig aufhalten soll. Wenn sie nicht durch einen verpfuschten Angriffsversuch gewarnt werden und Vorkehrungen treffen können, sollten sie in Kürze erledigt sein. Auch wird es bald ernste Störungen im Leben der Dorfbewohner und der Bauern geben, wenn die Chorek ihre neue Feuerkraft gebrauchen, um sich zu bereichern, was die Bemühungen der Yaraka, sich bei den Einheimischen einzuschmeicheln, erschweren dürfte.«

»Wollen Sie mehr Strahlprojektoren?«

»Ja. An der vereinbarten Abwurfstelle. Und eine neue Einheit für das Miniskip. Die Feuchtigkeit und die lokale Fauna haben das alte so beschädigt, daß meine Bewegungsfreiheit eingeschränkt ist. Das ist um so enttäuschender, als ich von Waldchorek gehört habe und zu den Bergen hinüber wollte, um sie zu rekrutieren. Mit einem der politischen Chorek, der Verbindungen in diese Richtung hat, konnte ich ein vorläufiges Einvernehmen erzielen.«

»Sind Sie gesund?«

»Ja. Allerdings ziemlich gelangweilt. Dieses Geschäft ist mit einer beinahe lächerlichen Leichtigkeit vonstatten gegangen.«

»Möge Ihre Langeweile andauern. Gut gemacht, Kurz. Aber seien Sie vorsichtig. Ich bin gerade daran erinnert worden, daß die Einheimischen Zähne haben und beißen können.«

»Kümmerliche Zähne, o Ykkuval, und dazu eine so ungeheure Ignoranz, daß es erstaunlich ist. Bis wann kann der Abwurf erfolgen? Ich liege nicht weit von der Abwurfstelle im Versteck.«

Hunnar blickte zur Wanduhr. »Hier haben wir noch drei Stunden bis zum Dunkelwerden. Ich werde Asgel den Flieger beladen und in einer Stunde starten lassen. Er sollte die Abwurfstelle kurz nach Sonnenuntergang erreichen. Noch einmal meinen Glückwunsch, Kurz. Sie haben die Erwartungen übertroffen, wie gewöhnlich.«

Ilaörn saß im Dushann-Garten und lauschte, obwohl er im Augenblick allein war, mit sorgfältig verborgener Erleichterung den entfernten Zitherklängen. In den rhythmisierten Tonfolgen lag eine Eingangsbestätigung seiner Botschaft und eine Aufforderung, in nächster Zeit auf Nachrichten achtzugeben. Er seufzte und strich sich über die Augen, als er den Luftwagen über dem Kushayt aufsteigen und rasch westwärts beschleunigen sah. Irgendwo dort draußen würde ein Eolt in derselben Richtung mit der Luftströmung schweben und seine relativ langsame und mühevolle Reise nach Chuta Meredel machen. Zeit. Die Mesuch fraßen Zeit wie Crogall Fleisch fraßen, verschlangen in Stücken, was andere Wesen nur benagten.

Genauso würden sie diese Welt verschlingen, Hunnar und seinesgleichen. Und wir, dachte Ilaörn, werden das Futter sein, mit dem sie ihren Hunger stillen, besonders die Keteng. In Herden gehalten wie Caorag, aufgezogen für die Schalen der Schläfer, die eben geschlüpften Eolt als Jagdvergnügen. Bevor ich das sehen muß, will ich sterben. Ich hoffe, daß ich sterben werde. Der Gedanke krampfte ihm den Magen zusammen, und er stöhnte laut. Wie konnte er, mit diesem Bohrer im Kopf, der ihn nicht einmal den Gedanken zu Ende führen ließ…

Der ferne Zitherspieler hatte in die Melodie eines alten Liedes hineingefunden, eines Liedes aus der Zeit der Flucht, die so weit zurück lag, daß nicht einmal Träume sie erreichen konnten.

Mein Liebster ist fort in die Ferne,
Gezogen weit über das Meer,
Mein Herz tut weh, ich hatt' ihn so gerne,
Nun ist mir das Leben so schwer…

Er lauschte, bis die traurigen Klänge der einfachen Melodie verweht waren. Seine Augen brannten, aber er hatte keine Tränen mehr.

12
Der Preis stimmt

Dumel Minach war die erste ummauerte Ortschaft, die Shadit auf Beluchad gesehen hatte. Die Herberge lag außerhalb der Mauer und trug dieser Isolation mit schmalen Fensterschlitzen – wie Schießscharten – und Fensterläden Rechnung, deren Stärke Kanonenkugeln hätte widerstehen können. Minach lag an einem Nebenfluß des Menguid, einem rauschenden kleinen Gebirgsfluß voller Stromschnellen und Wasserfälle. Hölzerne, mit Eisenbändern beschlagene Geleise führten am Ufer entlang. Sie waren auf einen Knüppeldamm aus stabilen Rundhölzern genagelt, die den Klauen der Zugtiere Halt gaben, welche die Erzwagen des Bergwerks und die Langholzwagen von den Holzlagerplätzen im Wald zogen.

Eines dieser Fahrzeuge rumpelte schwerfällig das Geleise entlang, als Maorgan an der Kette des Glockenzuges neben dem massiven Tor zog. Es war spät, die Sonne bereits untergegangen, und nur ein paar rote und purpurne Streifen färbten die Wolken und das knappe Dutzend Eolt, die über dem Dumel trieben.

Sie sangen die Nacht ein, und ihre mächtigen Orgeltöne widerhallten von den Berghängen mit einer erhabenen Schönheit, die ans Herz griff.

Danor regte sich. Seine Arme und Beine waren an die Tragstangen der Bahre gebunden, aber er bewegte den Kopf hin und her und murmelte. Sein Fieber war noch nicht zurückgegangen, und Shadit machte sich ernste Sorgen um ihn. Sie legte ihm die Hand auf die Stirn und versuchte ihm durch Geistesberührung Kraft zu verleihen. Es schien zu helfen. Sie vermutete, daß die Gedankenverbindung, so flüchtig und oberflächlich sie auch sein mochte, Erinnerungen an die Sioll-Bindung wachrief und ihn seinen Verlust vorübergehend vergessen ließ.

Maorgan war inzwischen abgestiegen. Sein Caöpa weidete müde die frischen grünen Spitzen der Stauden und Sträucher am Rand eines kleinen grünen Gartens ab. Ein Wind war aufgekommen, und im Rascheln der Blätter und dem Gesang der Eolt konnte sie nicht hören, was er sagte – aber seine Haltung verriet ihr, daß er zornig war.

Einer der Eolt verließ die anderen, stieg in eine höhere Luftschicht und glitt auf sie zu. Melech wahrscheinlich, obwohl sie noch nicht genug Eolt gesehen hatte, um zwischen ihnen unterscheiden zu können. Er ließ sich vom Wind herantragen, sank abwärts, schlug mit einem Tentakel gegen den Fensterladen, legte das Ende des Tentakels dann mit einer Zärtlichkeit, die selbst einem Blinden nicht entgehen konnte, über Maorgans Gesicht und ließ sich dann wieder empor und vom Wind weitertragen.

Der Streit war beendet.

Maorgan kam zu ihr und hob die Stimme, damit sie ihn über dem Geräusch des Windes und dem Gesang der Eolt verstehen konnte. »Führen Sie die Tiere um das Gebäude zum Hof. Wir werden durch die Stallungen hineingehen. So wird es für Danor einfacher sein.«

Sie saß ab und nahm die Leitzügel der Tragtiere mit Danors Bahre, während Maorgan die übrigen Pferde führte. »Was war das Problem?«

»Wir sind zu spät gekommen. Sie hatten bereits zugesperrt und wollten nicht wieder aufmachen, schon gar nicht für Fremde. Wollten nicht glauben, daß ich Ard bin, bis Melech ihnen den Beweis lieferte. In einem Punkt haben wir großes Glück. Es ist ein Arzt in der

Herberge. Man hatte ihn gerufen, weil es im Bergwerk zu einem Unfall gekommen war. Während seines Aufenthalts hier wohnt er in der Herberge.«

Ein untersetzter Denchok mit einem Gewehr unter dem Arm stand im Stall und erwartete sie. Er hatte die Torverriegelung geöffnet, es aber ihnen überlassen, die massiven Flügel zu öffnen und die Tiere in den Hof zu führen. Er warf einen Blick auf die Bahre. »Was ist mit ihm?«

»Chorek. Sie sind tot.«

»Gut.« Er entspannte sich, als er den Zitherkasten sah, den Maorgan vom Tragsattel hob. »Sie sind also Ard. Spielen Sie heute abend für uns?«

»Wir werden beide spielen, sobald wir Ard Danor versorgt haben. Auch meine Begleiterin ist eine Zitherspielerin.«

Der Mann blickte an Maorgan vorbei zu Shadit, sah ohne Kommentar weg. Nach einer Weile sagte er: »Wollen Sie Hilfe, ihn ins Haus zu tragen? Ich sollte fragen.«

»Nein, das können wir allein tun. Kümmern Sie sich nur um die Tiere. Sie haben ihr Bestes gegeben und brauchen ein bißchen Pflege und Zuwendung. Lassen Sie die Traglasten innen neben der Stalltür, jemand wird sie später holen.« Er nickte Shadit zu. »Also los, nehmen wir die Bahre.«

Der Arzt war ein alter Denchok nahe seiner Transformation, und sein Flechtengewebe so dicht, daß es ihn beinahe ganz einhüllte. Er beugte sich über Danor, nahm den Verband ab, interessierte sich für das Klebeband, weil es etwas war, was beide Arten von Beluchari nicht erfunden hatten. Weder das blühende Moos der Meloach noch die Flechten der Denchok waren mit Klebeband zu vergleichen. Er zeigte auf die Röte und

Anschwellung an der Stelle, wo das Band gehaftet hatte. »Ich sehe ein, daß es sich um einen Notfall handelte und Sie nehmen mußten, was Sie zur Hand hatten, aber diese Haftsubstanz hat eine allergische Reaktion hervorgerufen, die Komplikationen mit sich bringt.« Seine Stimme war ein freundliches Grummeln. »Sie sagen, die Kugel sei draußen?«

»Ja.«

»Cha oy, das wurde sehr sauber und mit geringem Gewebeschaden gemacht. Ich werde Sie empfehlen. Kocht das Wasser schon?«

Shadit trat zu dem schmalen Fenster, unter dem der Arzt sein Kohlebecken aufgestellt hatte, und blickte in den Topf. »Fängt gerade an.«

»Gut. Würden Sie es bitte hierher bringen?«

Er warf ein Gazepäckchen mit zerkleinerten Kräutern ins Wasser und stellte den Topf beiseite. »Also finden Sie unsere Welt interessant?« Er wühlte in seiner Tasche, zog einen kleinen Keramiktiegel hervor und schraubte den Deckel ab.

Sie lächelte. »In jeder Weise.«

Der Arzt rieb sich die Hände mit Salbe aus dem Tiegel ein, bis seine grünlichgraue Haut sie absorbiert hatte. »Politisch?«

»Glaube ich nicht. Maorgan sagt, die Politischen würden einen immer anschreien, wenn sie schießen. Diese taten es nicht.«

»Nehmen Sie das Sieb und seihen Sie den Aufguß in den Krug dort. Dann können Sie zusehen, wieviel Sie ihm davon einflößen können. Das ist eine Mischung von Roek und Cliso, ein fiebersenkendes Mittel, das außerdem den Schmerz dämpft und ihn einschläfert. Ungefähr die Hälfte jetzt, den Rest später. Ich habe von den Mesuch unten an der Küste gehört. Schienen nicht allzu schlimm, wie die Händler, die dann und wann kommen. Aber sie erzeugten einige

Unruhe. Es heißt, sie seien ganz mit Fell bedeckt. Muß unangenehm heiß werden, jetzt, da der Sommer gekommen ist. Aber Sie sind mehr wie die Händler, die ich getroffen habe. Einmal betrank ich mich mit einem von ihnen, der sich Arel nannte. Sagte, es sei ein Jahrestag von irgend etwas. Das ist gut, seine Kehle arbeitet, also schluckt er. Redete viel von einem Mädchen oder einer Frau – er brachte das immer durcheinander –, die einen Flieger auf die Wange tätowiert hatte. Wie dieses Ding, das Sie haben. Wurde redselig und sagte mehr, als er wollte, sentimentales Zeug hauptsächlich. Ich glaube, das genügt einstweilen. Wenn Sie einen von diesen Lappen nehmen und das Umfeld sauber halten, werde ich mir die Wunde vornehmen.«

Shadit stellte den Becher beiseite, wischte Danor den Mund und versuchte es wieder mit einer Geistesberührung, um ihn zur Ruhe zu bringen. Er sah so gebrechlich und alt aus, als würde ihn ein lautes Niesen auseinanderreißen.

»Dieser Arel ist weit herumgekommen.« Der Arzt öffnete die Wunde, dann trat er zurück, während sie wegwischte, was heraussickerte. »Spielen Sie heute abend mit dem Ard?«

»Wir singen für unser Abendessen, soviel ich weiß.« Sie blickte auf und lächelte über seinen erstaunten Blick. »Nein, nein, das ist bloß eine Redewendung. Ja, wir werden spielen, sobald wir etwas gegessen und uns gewaschen haben. Wenn Sie ein Lieblingslied haben, lassen Sie es Maorgan wissen.«

»Das werde ich tun. So, das reicht jetzt.« Er nahm einen sauberen Lappen und bestrich die Wunde mit Salbe aus einem anderen kleinen Tiegel.

Maorgan begann mit einer lebhaften Melodie, die er mit klopfendem Fuß begleitete. Nach einigen Takten hatte Shadit den Rhythmus gefunden und umgab die Melodie mit ihren eigenen Verzierungen.

»Kleiner Achcha Meloach«, sang Maorgan mit seinem raumfüllenden Bariton, und Shadit sang ohne Worte im Gleichklang mit ihm.

»Kleiner Achcha Meloach
auf dem Baum, der schlaue Wicht,
schreit hinab zum Fiorkind:
Fang mich doch, du kannst es nicht.
Cha oo cha ni cha bam ba oh
Kleine Arja Fiori
rennt im Walde kreuz und quer
jagt die gelben Angi,
aber das ist viel zu schwer
Cha ooo fi ri fi ri ra oh
Kleiner Cheon Fiori
geht im Wasser bis zum Knie,
wirft mit Schlamm auf Achcha;
Junge, so was tut man nie.
Cha oo cha ni cha bam ba oh.«

Und so ging es weiter mit den Possen der drei Kinder Achcha, Cheon und Arja Fiori. Die Zuhörer – Händler und ihre Knechte, ein paar Bergleute und andere mehr anonyme Reisende, die unterwegs zum Medonpaß und weiter nach Chuta Meredel waren, aber auch das Gesinde der Herberge – lächelten zuerst halb gelangweilt, halb belustigt, dann schnippten sie mit den Fingern den Takt und sangen schließlich mit.

»Was war das für ein Lied?« fragte sie, als sie müde zu ihren Zimmern hinaufstiegen, wegen der späten Stunde endlich aus der Pflicht entlassen.

»Ein Kinderreim. Albernes Zeug, aber es hat eine gute Melodie, und alle kennen es. Oft habe ich es sogar gebracht, wenn ich zum Tanz aufspielte.« Er sah versonnen drein und seufzte. »Die Welt wird immer schlechter, auch ohne die Mesuch. Aber vielleicht hat es in einer Weise sein Gutes. Man muß die Wunde aufschneiden und das Gift herauslassen, wie Sie es mit Danors Wunde taten.«

Marrin Ola erwachte mit dem unangenehmen Gefühl, daß der Tag falsch anfing und im weiteren Verlauf noch schlimmer werden müsse. In der Nacht war dreimal Alarm gegeben worden, aber als er und die anderen die Verteidigungsstellung erreicht hatten, war nichts zu sehen gewesen. Hätte es noch einer Warnung vor dem bedurft, was sich zusammenbraute, hatten sie sie jetzt bekommen. Marrin mochte weder die Yaraka noch die Chaven, aber was sich zwischen den beiden entwickelte, überraschte ihn nicht. Anschläge und Meuchelmord von jeder Art waren in seiner Heimat Picabral die wichtigsten Mittel der Politik, dichtauf gefolgt von Erpressung, Entführung, Bestechung und Bedrohung. Er steckte die Finger hinter dem Kopf ineinander, starrte zur Decke auf und lächelte. Die Zeit seines Heranwachsens hatte ihm eine gute Ausbildung für die subtileren Spiele verschafft, die im Universitätsbetrieb gang und gäbe waren. An diesen hatte er sogar seinen Spaß, jedenfalls die meiste Zeit. Und er beherrschte sie mittlerweile selbst bis zur Vollkommenheit. Trotzdem schätzte er diese Projekte, die ihn mit anderen, ruhigeren Welten und oftmals freundlicheren Völkern bekannt machten, um seine Lebensfreude zu erneuern. Der Chavenspion und seine Aktivitäten korrumpierten und zerstörten das, zwangen ihn zurück in eine Lage, wo er diese Spiele wieder spielen mußte. Er nahm das Vorgehen dieses Mannes sehr persönlich.

Er stand auf und machte seine morgendlichen Freiübungen, bis ihm der Schweiß von der Stirn rann, dann duschte er mit dem pulsierenden Duschkopf, den er mitgebracht hatte, einem sehr nützlichen Gegenstand, den er erfahreneren Teilnehmern an früheren Expeditionen verdankte. Als er sich angekleidet hatte, war er noch immer zornig, sah die Dinge aber realistischer und war bereit, sich dem zu stellen, was getan werden mußte.

»Wenn wir die Dinge nur recht bald zum Abschluß bringen können«, sagte Aslan. »Vielleicht gelingt es dem Goes, den Spion zu fassen, bevor uns jemand den Garaus macht. Dann könnten wir später vielleicht wiederkommen.«

Duncan Shears schmunzelte. »Das ist das... Moment... fünfte Mal, Aslan, daß Sie davon anfangen. Der Abbruch des Projekts würde großen Schaden anrichten. Man hielte uns die hohen Kosten vor und machte uns für den Mißerfolg verantwortlich, ganz unabhängig von der Faktenlage. Nein, Aslan, Sie sorgen sich zuviel.«

»Ich weiß, ich weiß. Schlimmer als ein nervöses Pferd.« Sie ließ sich in den Beifahrersitz fallen. »Also los, Marrin. Und wenn Sie diese zwei vorwitzigen Jungen sehen, halten Sie an und lassen mich mit ihnen reden.« Sie seufzte. »Ein totes Kind hat uns noch gefehlt.«

Marrin fuhr langsam auf der staubigen, unebenen Umgehungsstraße um das Dorf. »Vielleicht haben sie diesmal auf mich gehört. Oder vielleicht haben ihre Eltern sich die beiden vorgeknöpft und dafür gesorgt, daß sie in die Schule gegangen sind. Es tut mir wirklich leid. Ich hätte den beiden überhaupt nichts sagen sollen.«

»Sie konnten nicht wissen, daß die Chaven so dreist sein würden, uns aufs Korn zu nehmen.«

»Ich hätte es mir denken sollen. Der Plan ist offensichtlich. Als sie es fertigbrachten, die Satellitenkommunikation lahmzulegen, hätten wir hellhörig werden müssen.«

Aslan schnaubte. »Sie und meine Mutter. Sie würden gut miteinander auskommen, glaube ich.«

»Das mag sein. Aber hören Sie zu, Aslan: Shadit hat sich jetzt seit drei, vier Nächten nicht gemeldet. Sie kann nichts von dem Spion wissen, weil wir bei ihrem letzten Anruf auch noch nicht ahnten, was auf uns zukommt. Nach der Beschreibung, die von den beiden Jungen aufgeschnappt wurde, hat er ein Miniskip, und damit würde er nicht lang brauchen, um die Ebene zu überqueren und seine Arbeit unter den Bergchorek fortzusetzen. Daß wir noch nichts von ihnen gehört haben, bedeutet nicht, daß es sie nicht gibt. Ich mache mir Sorgen, daß Shadit inzwischen entweder tot oder Geisel ist.«

»Vielleicht ist es so, vielleicht nicht. Wir können es nicht wissen. Diese Funksprechgeräte sind angeblich ausfallsicher, aber wenn kein Laden in der Nähe ist, der die Ersatzteile hat, kann alles geschehen. Gewiß, ich hätte versuchen sollen, den Goes um ein weiteres Gerät zu bitten, aber er hat mich auf Sparflamme gesetzt. ›Ich muß dem Hauptquartier Rechenschaft ablegen‹, sagte er. ›Wir haben eingewilligt, Sie zu finanzieren‹, sagte er, ›nicht aber, in Luxus zu installieren.‹ Luxus!« Sie seufzte. »So geht es die ganze Zeit, Marrin, wir müssen uns damit abfinden.«

»Vermutlich denkt er, daß er alles von Ihnen bekommen hat, was er brauchte. Ich möchte wetten, daß es das ist. Sobald Sie die Beluchari beruhigt und das Sprachproblem gelöst hatten, hatte er, was er wollte, und meint jetzt, daß er uns nicht mehr braucht. Wir sind bloß lästige Verursacher von Unkosten.« Er holte tief Luft, hielt seinen Zorn im Zaum. »Nun, ich nehme an, Sie wissen das.«

Aslan schmunzelte. »Gut, ja, ich sollte es wissen.«

Er blickte hinaus zu den Arbeitern auf den Feldern. Auf einem Acker pflügte ein Mann mit zwei rot und weiß gefleckten Zugtieren; auf dem nächsten Feld leiteten zwei Meloach Wasser aus einem Bewässerungskanal in Furchen zwischen angepflanzten Reihen von Diokan. Jenseits davon weidete eine Herde Caöpa auf einer eingezäunten Fläche. »Diese Entwicklung ist mir verhaßt, wissen Sie. Ich weiß, was diese Art von Friede wert ist. Picabral...« Er schüttelte den Kopf.

»Nicht schon wieder, Marrin.«

»Nein.« Er brachte ein mattes Lächeln zustande. »Passen Sie auf, ich habe nachgedacht.« Er lenkte den Geländewagen auf den Damm und verringerte die Geschwindigkeit. »Bis zur Ankunft des nächsten Versorgungsschiffes der Yaraka hat der Chav Ykkuval Zeit, die Enklave auszuräuchern. Vielleicht hat er aufgehört, sein Ziel mit subtilen Mitteln zu verfolgen. Wenn man Bestechung und Sabotage subtil nennen kann. Ich glaube nicht, daß unser Goes ihm gewachsen ist, und es wäre sehr unklug von uns, innerhalb dieser Enklave zu sein, wenn der Ykkuval entscheidet, daß die Zeit zum Losschlagen gekommen ist. Solange niemand da ist, der ihm widerspricht, kann er behaupten, es sei das Werk von Einheimischen gewesen, die von Schmugglern und Händlern mit Waffen versorgt wurden, während er jenseits des Ozeans saß, unschuldig wie ein Heiliger. Darum würde ich es für klüger halten, wenn wir Shadit als Vorwand gebrauchten, um uns in die Berge abzusetzen. Wenn einer von Ihnen erreichen kann, daß der Goes uns einen Flieger zur Verfügung stellt, wäre es das Beste, aber wir könnten auch eine Flußbarke nehmen. Vorausgesetzt, wir lassen verlauten, daß wir bewaffnet reisen und im Falle eines Angriffs zurückschießen werden.« Er warf einen Blick in den Rückspiegel, fluchte und hielt den Geländewagen an.

Er stieg auf den Fahrersitz, wandte sich zurück und legte beide Hände um den Mund. »Schert euch gefälligst in die Schule, ihr zwei!« rief er. »Ihr wißt, was ich euch gesagt habe.«

Aslan und Duncan Shears wandten sich um. Die Straße war leer bis zu einer Biegung um ein kleines Waldstück. Aber hinter den Bäumen schauten zwei Caöpaköpfe hervor, und zögernd schoben sich zwei Reiter in Sicht.

Marrin ließ sich auf den Sitz fallen, wendete den Wagen mit durchdrehenden Rädern und brauste auf sie zu.

Die beiden machten kehrt, blickten zurück, als dächten sie daran, die Flucht zu ergreifen. Dann blieben sie resigniert in den Sätteln sitzen, die Gesichter verkniffen, ließen die dünnen Schultern hängen und warteten.

Marrin hielt den Wagen unter den Nasen der nervösen Pferde an, stand auf und legte beide Arme auf den oberen Rand der Windschutzscheibe, während die beiden Jungen ihre Tiere beruhigten. »Cha oy. Was habt ihr euch dabei gedacht?«

Glois und Utelel tauschten Blicke aus, dann nahm Glois die Antwort auf sich. »Utes Elternteil wollte, daß die Caöpa bewegt werden, also taten wir es.«

»Verstehe. Wollt ihr mir jetzt nicht erzählen, daß heute wieder Feiertag ist?«

»Ah. Ute und ich, wir haben alle unsere Aufgaben erledigt. Wir sahen keinen Grund, in einem heißen Klassenzimmer zu schwitzen und einen Lehrer über Zeug labern zu hören, das wir schon kennen.«

»Ach, so ist das. Ich will euch mal was sagen, ihr naseweisen kleinen Schulschwänzer. Dies ist kein Spiel und war nie eins. Ich hätte euch nie etwas sagen sollen, denn ihr seid zu jung, um zu wissen, was es bedeutet, ein Versprechen zu halten.«

»Wir haben Ihnen nichts versprochen!« kam die empört quiekende Antwort.

»Keine Ausflüchte. Ihr wißt, was ich meine. Wie, glaubt ihr, wäre mir zumute, wenn ihr durch mein Zutun getötet würdet? Wollt ihr mir das aufbürden? Und was, meint ihr, würden eure Eltern sagen, wenn ihr bei solch einem leichtsinnigen Unternehmen ums Leben kämt? Glois, du sagtest mir, du hättest keine Brüder und Schwestern, und dein Vater sei fort. Wer wird sich einmal um deine Mutter kümmern? Und du, Utelel, wirst eines Tages ein Eolt sein; möchtest du das für ein albernes Spiel wegwerfen, das gar kein Spiel ist?« Er starrte sie düster kopfschüttelnd an. »Ihr habt uns vor dem Spion gewarnt, das war eine gute Sache. Ihr habt mir und vielleicht uns allen das Leben gerettet. Nun geht nach Haus und haltet euch fern von den Sümpfen.«

Er sah ihnen nach, als sie langsam fortritten, dann ließ er sich in den Sitz fallen, zog ein Taschentuch aus dem Ärmel und wischte sich den Schweiß vom Gesicht. »Es sind gute Kinder. Intelligent und voll Tatendrang und Übermut in der richtigen Weise. Ach, wie ist mir dies verhaßt!« Er schlug sich auf den Schenkel.

Aslan legte ihm die Hand an den Arm. »Ich weiß. Deshalb tun wir, was wir tun. Retten ein wenig, damit die Leute wiedergewinnen können, was sie hatten, wenn die schlechten Zeiten vorbei sind.«

Er entzog ihr den Arm und wendete den Wagen. »Das ist gut und schön, Aslan, aber hier und jetzt hilft es nicht.«

Er trat aufs Gaspedal und jagte den Wagen die Rampe zum Damm hinauf, dann beschleunigte er weiter, bis sie so schnell fuhren, wie es die unbefestigte Straße mit ihren Unebenheiten und Schlaglöchern gerade noch erlaubte. »Zögern Sie nicht, Aslan. Halten Sie die Betäubungswaffe bereit, und wenn die Anzeige schnarrt, schwenken Sie das Ding mit ruhiger Hand durch hundertachtzig Grad. Aber nicht zu hoch halten.«

Sie hatten die Brücke beinahe erreicht, als der erste Signalton schnarrte.

Als sie das andere Flußufer erreicht hatten, verlangsamte er die Fahrt und wischte sich wieder die Stirn. »Das war knapp«, sagte er. »Den werde ich mir kaufen, diesen Spion. Ich werde diesen Scheißkerl umbringen.« Er blickte zu der einzelnen Flußbarke, die am Landungssteg festgemacht hatte, und nahm statt der direkten Route zum Tor den Umweg, weil heute Markttag war.

»Marrin…«

»Erzählen Sie mir nicht, ich solle es dem Goes überlassen. Er mag ein geschickter Diplomat und ein gewiefter Händler sein, aber er hat keine Ahnung, wie diese Art von Kleinkrieg ausgefochten werden muß.«

»Ich versuche Ihnen nichts zu erzählen, Marrin. Denken Sie nur daran, was Sie riskieren.«

»Ich werde aus der Universität hinausgeworfen?«

»Nein. Das ist nicht das Problem. Sie könnten getötet werden.«

»Das ist kein Problem.«

»Sind Sie Ihrer selbst so sicher?«

»Nein, aber den Toten ist alles gleich.«

»Es wird schwieriger für Sie sein, Projekte zu finden.«

»Wollen Sie damit sagen, daß Sie mich nicht empfehlen werden?«

»Unsinn! Marrin, wollen Sie umgebracht werden?«

»Ich bin nicht selbstmörderisch, wenn es das ist, was Sie meinen. Sie haben mir nicht geantwortet.«

»Ja, ich werde Sie empfehlen. Aber Sie wissen selbst, wie Gerüchte blühen. Sie werden sich einen großen

Vorteil verscherzen, wenn Sie in den Ruf eines leichtsinnigen Draufgängers kommen.«

»Wenn das alles ist, was Sie stört...« Er hielt vor dem Tor zur Enklave und drückte auf die Hupe.

»Ah! Manchmal erinnern Sie mich an einen Mann namens Quale. Ein netter Mensch, aber manchmal macht er mich verrückt.«

Marrin sah Aslan lächeln und dem Goes subtil schmeicheln, bevor sie zum geschäftlichen Teil kam. Auch der Yaraka hatte seinen Spaß daran, denn er wußte sehr gut, worauf sie hinaus wollte. Es bestätigte Marrins Meinung, daß der Goes ein wirklich guter Diplomat und Geschäftsmann war. Aber er hatte die mit seiner Gabe verbundene Schwäche, nämlich die Überzeugung, daß gute Argumente immer überzeugten und die Vernunft schließlich über das Gefühl triumphierte. Das war nach Marrins Überzeugung eine Illusion, die manchmal fatale Folgen haben konnte.

»...mit der Arbeit, die wir in dem Dumel tun können, beinahe fertig. Ich würde die Station in Alsekum gern schließen und auf einer der Segelbarken den Menguid befahren. Und nicht nur zu Studienzwecken, muß ich bekennen. Seit mehreren Tagen haben wir keine Verbindung zu der Zitherspielerin Shadit. Die Universität wäre sehr unglücklich, sollte ihr etwas zugestoßen sein. Zwar ist sie durchaus imstande, ihre Interessen selbst wahrzunehmen, aber in dieser unruhigen Zeit muß mit allem gerechnet werden, und da ich sie überredete, an der Expedition teilzunehmen, fühle ich mich für sie verantwortlich und bin entschlossen, festzustellen, was aus ihr geworden ist.« Sie holte tief Atem. »Und das um so mehr, als etwas sehr Beunruhigendes geschehen ist.«

Marrin blickte auf seine Hände und versuchte sich entspannt zu geben, als Aslan die Ereignisse der vergangenen Tage skizzierte.

»...nach den Gerüchten, die unter den Sumpfbewohnern im Umlauf sind. Und jetzt sind es mehr als Gerüchte. Nach meiner Überzeugung sind die Meldungen vollauf bestätigt, seit mein Assistent neben dem toten Chorek einen Strahlprojektor entdeckte. Eine weitere Bestätigung werden Sie in der langen Kerbe finden, die in das Chassis des Geländewagens geschnitten wurde, wenn Sie hinuntergehen und den Wagen in Augenschein nehmen. Ein Souvenir vom heutigen Angriff.«

»Wenn Sie einen Moment hier warten wollen...« Der Goes erhob sich mit der elastischen Anmut des Yaraka und verließ den Raum mit einer genau bemessenen Eile, die sich noch mit seiner Würde vereinbaren ließ.

Aslan lehnte sich im Sessel zurück und schloß die Augen.

Marrin ließ seinen Blick durch das luxuriöse Büro wandern. Weil dies nur eine kleine Zweigniederlassung war, konnte es allenfalls das zweitbeste Büro des Goes sein. Er führte die Geschäfte mit Charme, Geschick und Unverfrorenheit. Sieben Techniker, eine Handvoll Assistenten, ein paar Wachen und Gott weiß wie viele Arbeiter. Wahrscheinlich weniger als ein Dutzend. Kontraktarbeiter, die für Verteidigungszwecke nicht in Betracht kamen. Vielleicht gebot er auch noch über einen oder zwei Spione. Yaraka und Chandavasi vermieden im allgemeinen direkte Zusammenstöße. Sie blieben in ihren eigenen Interessenssphären. Aber hier schienen sie sich zu überschneiden.

Aslan und Marrin standen auf, als der Goes hereingeschritten kam. »Wie immer in einer Anfangs- und Aufbauphase«, sagte er mit einer anmutigen Handbewegung, die sie zum Sitzen einlud, was sie höflichkeitshalber erst taten, als er sich gesetzt hatte, »sind wir knapp an Personal. Immerhin ist es mir gelungen, ein paar Wachen von anderen Pflichten abzuziehen. Sie werden ein paar Einheimische mitnehmen und die Randbereiche der Salzsümpfe durchkämmen, um Hinterhalte auszuheben und Chorek festzunehmen, soweit sie sich im Besitz von Strahlprojektoren befinden. Was Ihre Absicht betrifft, landeinwärts zu reisen, so sehe ich nicht, wie ich das gestatten kann, bis wir mehr darüber wissen, wie tief der Spion in die einheimische Gesellschaft eingedrungen ist. Sie sagten, daß die junge Musikantin, die Sie mitbrachten, keine offizielle Mitarbeiterin der Universität sei?«

»Shadit ist mehr als eine einfache Musikantin, Goes Koraka hoeh Dexios. Sie unterhält eine Anzahl interessanter Beziehungen, mit denen man es sich nicht verderben sollte. Sie werden von den Jägern von Wolff gehört haben, insbesondere von Aleytys; sie stehen einander näher als Schwestern. Sie werden auch von den Dislaera von Voallts Korlach gehört haben. Als Tochter von Miralys wurde sie in die Sippe der Voallts aufgenommen. Es gibt andere, die ich nennen könnte. Es dürfte unerfreuliche Folgen haben, wenn diese Leute auf den Gedanken kämen, daß unsere Bemühungen, Shadit zu finden, behindert wurden.«

»Sie wollen mir drohen?«

»Gewiß nicht, Goes. Ich halte es lediglich für eine objektive Einschätzung der Lage.«

»Ich verstehe. Und wenn eine Aufzeichnung dieses Gesprächs dem Vorstand Ihrer Universität zugesandt würde? Immerhin geht es, wenn meine Einschätzung richtig ist, um eine Person, die kein offizielles Mitglied ihrer wissenschaftlichen Expedition und keine Universitätsangehörige ist. Mithin wäre Ihre Suchaktion durch Auftrag und Zielsetzung der Expedition nicht gedeckt.«

»Es steht Ihnen frei, Goes, nach Ihrem Dafürhalten zu verfahren.«

»Ich verstehe. Werden Sie eine Verzichturkunde unterschreiben, die uns von jeglicher Verantwortung für Ihr weiteres Geschick freistellt, wenn ich Sie gehen lasse?«

»Für mich selbst und wenn ich sie abfassen darf, ja. Die Universität hat ein Formblatt, das Ihrer Rechtsabteilung genügen sollte.« Sie lächelte. »Es ist nicht das erste Mal, daß dieses Problem entstanden ist. Was den Assistenten Ola und unseren Expeditionsleiter Shears betrifft, so werden sie für sich sprechen müssen.«

»Wenn Sie einen Datenträger mit dem Text der Verzichterklärung zur Verfügung stellen, die von unserer Rechtsabteilung geprüft werden kann, wird sich eine Regelung finden lassen. Wann wollten Sie Ihren gegenwärtigen Standort verlassen?«

»Das wird davon abhängen, wie bald wir eine Passage auf einer Barke bekommen können. Ich wollte die Angelegenheit mit Ihnen klären, Goes Koraka, bevor ich mich darum kümmere.«

Marrin fuhr an einem Kettenfahrzeug vorbei, das abgestellt war, wo der Damm anfing. »Hoffentlich leisten sie gründliche Arbeit, denn ihre Anwesenheit hier macht Shears' Ortungsgerät nutzlos.«

»Ich weiß. Was Ahnungslosigkeit betrifft, so stufen Sie mich in eine Kategorie mit dem Goes ein, nicht wahr?«

»Nach allem, was ich sehen kann, Aslan, haben Sie ein einzigartig behütetes Leben geführt.« Er spähte unablässig umher und beobachtete die schweigende grüne Wand des Saumwaldes, als könnte ihm die Bewegung der Blätter und der herabhängenden Flechten Antworten geben, die das Ortungsgerät ihm vorenthielt.

»Taktvoll. Und ganz wie meine Mutter.« Sie blieb eine Weile still. Das Halbdunkel unter den Bäumen, die sumpfigen Tümpel mit ihren Schilfgürteln und Insektenwolken, die Vorhänge grüngrauer Flechten, die eingerissenen Geweben gigantischer Spinnen ähnelten, die von keinem Laut unterbrochene Stille, alles das schien auf ihr zu lasten und ihrer Stimme eine seltsam gedämpfte Qualität zu verleihen, als sie endlich sprach: »Es hat mich immer verblüfft, wie die meisten körperlich tüchtigen, praktischen Leute eine so geringe Meinung von der Vorstellungskraft eines Geisteswissenschaftlers haben, auch wenn sie selbst recht intelligent sind.«

»In meinem Fall, wenn Sie eine ernsthafte Antwort wollen, Aslan...«

»Die möchte ich, ja.«

Er überblickte stirnrunzelnd die noch vor ihnen liegende Strecke des Dammes, blickte über die Schulter, hob die Hand und klopfte an das Ortungsgerät. »Auf Picabral starben Männer, deren Fähigkeiten allein im geistigen Bereich lagen, im allgemeinen vor ihrem zwanzigsten Jahr. Dadurch kommt man zu einer vielleicht etwas verschobenen Perspektive.«

»Ich verstehe.«

»Ein trüber und blutiger Ort. Sie würden dort nicht viel Interessantes finden. Solch eine Welt neigt zu einer tödlichen Gleichförmigkeit, um so mehr, als jeder mit einer Spur von Ihrer Vorstellungskraft – übrigens gefällt mir dieser Ausdruck recht gut – sein Glück so bald wie möglich anderswo sucht.« Er seufzte erleichtert, als sie die Rampe erreichten und hinunterfuhren. »Allerdings würde ich Sie nicht zu denen zählen, die nur träumen. Aber Sie sind von vielem abgeschirmt gewesen, das Ihnen jetzt helfen könnte.«

»Hm.« Es war ein kleines und skeptisches Geräusch, das im Fahrlärm beinahe unterging. Sie lehnte sich zurück und ließ die Betäubungswaffe im Schoß ruhen. »Wir werden die Ausrüstung in Kisten verpacken und die Dorfältesten bewegen müssen, ihnen im Versammlungshaus Lagerraum freizumachen. Dort sollten die Sachen sicher genug sein. Duncan wird das in die Wege leiten. Sie können unterdessen mit der Analyse der Interviews beginnen, alles verschlüsseln und auf Datenträger speichern. Machen Sie für alle Fälle Duplikate. Ich habe für morgen drei weitere Interviews angesetzt, die ich noch machen möchte, bevor wir unsere Sachen packen. Eine der Personen ist übrigens die Frau eines Flußschiffers. Das wird keine unmittelbare Hilfe sein, aber vielleicht kann ich nützliche Information bekommen.«

»Da bleibt mir nicht viel Zeit.«

»Um Jagd auf den Chavenspion zu machen? Darüber zu reden lohnt sich nicht.« Sie rümpfte ihre ziemlich lange Nase und lachte über sein Gesicht. »Außerdem könnte Shadow ihn bereits unschädlich gemacht haben. Sie kann ziemlich schnell sein, wenn es ihr in den Sinn kommt.«

»Ich habe Gerüchte gehört. Ist das die Wahrheit, was Sie dem Goes sagten?«

»Aber Marrin, ich muß mich über Sie wundern. Glauben Sie, ich würde lügen?« Sie grinste. »Wenn jedes Wort, das ich sprach, aufgezeichnet und analysiert und nach Nuancen abgehört wird? Außerdem werde ich mich wahrscheinlich dem Wahrheitsnachweis unterziehen müssen, wenn wir dieses Geschäft hinter uns haben. Sie auch. Vergessen Sie das nicht.«

»Ich?« Er sah erschrocken aus. »Warum? Ich bin nur ein Student.«

»Weil es eine Vertragsangelegenheit ist. Das bedeutet Helvetia. Ich habe einmal ein Verfahren durchgemacht. Sie spalten Haare wie sonst keiner. Duncan, Sie, ich und ein paar Beluchari, die als Augenzeugen der Verbrennungen sprechen können, werden mit Sicherheit vorgeladen. Goes Koraka hoeh Dexios weiß das sehr gut, Marrin. Darum ist er in allem, was er tut, so vorsichtig. Er ist sich bewußt, daß jede Unachtsamkeit ihn die Stellung kosten kann.«

Er überblickte die Felder und Weiden mit den Herden und ihren schläfrigen Hirten, die Bauern beim Jäten, Bewässern und Aussäen von Pflanzen, deren Namen er nicht kannte und von deren Verwendung er nicht die geringste Ahnung hatte. Die warme Luft war frei von Eolt, aber ein paar Federwolken erstreckten sich in lang ausfächernden Bahnen über den tiefblauen Himmel. Er wußte, daß dieser Friede täuschte; dies war kein vollkommenes Paradies, auch hier gab es Mühsal und Anspannung und die tausend und abertausend Möglichkeiten, die ein Dasein zum Scheitern bringen konnten, besonders wenn zwei so verschiedene Rassen versuchten zusammenzuleben. Aber sie versuchten es, und es hatte Frieden gegeben. Es war keine stagnierende Welt; es war eine Welt im Wandel, doch sie wandelte sich im Zeitmaß von Beluchad und in einer Art und Weise, die den Beluchari eigentümlich und zuträglich war. Und die Eolt waren ein Wunder. Als er sie das erste Mal gesehen hatte, waren sie wie aus Bernstein geschnittene Juwelen gewesen, und als er sie in diesem großartigen Chor hatte singen hören... die Erinnerung überdeckte einen alten Zorn in ihm und bekräftigte die Entschlossenheit, sich die Chandavasiakten vorzunehmen. Sie waren im Archiv, er hatte bloß zu viel Arbeit gehabt, um sie zu studieren.

Duncan Shears wartete in dem Stall, den der Herbergswirt für den Geländewagen freigemacht hatte. »Metan und Teseach waren hier«, sagte er. »Sie möchten so bald wie möglich mit Ihnen sprechen, Aslan.«

»Worüber?« Sie stieg aus und schob sich die Haarsträhnen aus dem Gesicht. »Haben sie eine Andeutung gemacht?«

»Wahrscheinlich wegen Glois und Utelel«, vermutete Marrin. »Endlich haben sie sich aufgerafft zu tun, was sie schon gestern hätten tun sollen.«

»Hm. Duncan, waren sie ärgerlich oder was?«

»Ernst, aber nicht feindselig.«

»Dann bringen wir das schon in Ordnung. Ich muß mich zuerst waschen und umziehen. Alles voll Staub. Marrin wird Ihnen Näheres erzählen. Die Dinge geraten jetzt in Bewegung.«

»Enklave?«

»Sie scheinen nicht glücklich darüber zu sein?«

»Bin ich auch nicht.«

»Nun, das gilt für uns alle. Aber wir haben die Erlaubnis, landeinwärts zu gehen und Shadit zu suchen.«

»Das dachte ich mir. Reisevorbereitungen sind eingeleitet. Angesichts der Bedrohung durch die Chorek ist ein längeres Verbleiben am Ort nicht zu verantworten.«

»Ihoi! Ich bin schwach wie eine verfaulte Wurzelknolle«, ächzte Danor, als er sich aufrichten wollte.

Shadit erhob sich von dem Feldbett, wo sie im Halbschlaf gelegen hatte, öffnete das Schiebefenster der Nachtlaterne und trug sie zum Bett. Sie stellte die Nachtlaterne ab, beugte sich über den Kranken und berührte seine Stirn. »Also sind Sie wieder bei uns. Gut. Eine Weile dachte ich, Sie würden das Zelt über uns in Brand setzen, so heiß waren Sie vom Fieber.«

»Wo sind wir?«

»Dumel Minach. In der Herberge.«

»Wie lange…?«

»Sechs Tage. Sie wären am Fieber und der Allergie beinahe gestorben, aber Burek, der Arzt brachte sie durch.«

»Allergie?«

»Zuerst mußte ich Sie mit Dingen aus meiner Reiseapotheke versorgen. Es half so weit, daß Sie den Transport überstanden, aber danach gab es Probleme.« Sie lächelte. »Es sah nicht sehr gut aus, doch mit etwas Ruhe werden Sie wieder auf die Beine kommen.«

»Ruhe... Wir haben schon sechs Tage verloren!« Seine Stimme bekam am Ende schrille Obertöne, und er versuchte wieder, sich aufzurichten.

Shadit schnalzte mißbilligend, beugte sich über ihn, legte beide Hände auf seine Schultern, ohne Druck auszuüben, nur um ihm klarzumachen, daß sie es konnte. »Und wir werden noch mehr verlieren, wenn Sie vorzeitig aufstehen und diese Wunde wieder aufreißen. Bleiben Sie ruhig. Mer-Eolt Lebesair ist vorausgeflogen, um die Meruu darüber zu benachrichtigen, was geschehen ist. Er kam gestern zurück. Sie werden auf uns warten.«

»Die Sterbenden werden nicht warten. Lassen Sie mich hier und gehen Sie weiter.«

»Ja, das könnten wir tun, aber Sie haben gesehen, was wir nur aus zweiter Hand berichten könnten, Ard Danor.«

»Nennen Sie mich nicht Ard. Mein Sioll ist tot.« Dieser Ausbruch verbrauchte den Rest seiner Energie; er erschlaffte und wandte den Kopf zur Seite, um die Tränen vor ihr zu verbergen.

Sie berührte leicht sein Haar, richtete sich auf und füllte ein Glas aus der Karaffe am Nachttisch. »Ich habe Ihnen Wasser eingeschenkt. Es steht hier auf dem Nachttisch, Sie brauchen nur die Hand auszustrecken, wenn Sie trinken wollen. Ich bin auf dem Feldbett beim Fenster; rufen Sie mich, wenn Sie etwas brauchen.«

Sie streckte sich aus, gähnte, erreichte aber nicht mehr den angenehmen Dämmerzustand, in dem sie sich befunden hatte, als er wach geworden war. Sie hatte nichts unversucht gelassen, um das Funksprechgerät wieder funktionsfähig zu machen, aber die Reparatur von Festkörperelektronik mit einem Schraubenzieher und bescheidenem telekinetischen Talent war nicht sehr erfolgversprechend. Also bekam sie die erwarteten Resultate. Seit Tagen spielte sie mit dem Gedanken, das Ding als nutzloses Gewicht wegzuwerfen, doch sie brachte es nicht über sich. Noch nicht.

Aslan mußte sich Sorgen machen, weil keine Berichte und Meldungen zurückgekommen waren, aber sie würde über der Sorge nicht den Kopf verlieren. Shadit lächelte in der Dunkelheit, als sie sich manch scharfer Bemerkungen Aslans über Unzulänglichkeiten der Verwaltung erinnerte. Aslan war eine herbe Frau, die keine Geduld mit Unzulänglichkeiten hatte. Der Gedanke brachte ihr zu Bewußtsein, daß sie die Feuerwaffen der Chorek hätte an sich nehmen sollen, statt sie bei den Leichen liegen zu lassen. So hatte sie versäumt, sich der Herkunft dieser Waffen zu vergewissern. Keine Zeit, sagte sie sich. Ein Versäumnis, mit dem sie leben mußte.

Sie seufzte, war todmüde, aber der Schlaf wollte nicht kommen, sie sehr sie auch versuchte, ihr Bewußtsein von allen andrängenden Gedanken freizumachen. In ein paar Tagen, weniger als einer Woche, würde sie für die Meruu Fragen beantworten. Was sollte danach geschehen? Sie hatte getan, was Aslan mit der Einladung bezweckt hatte. Was sollte nun geschehen? Was sollte sie tun? Brennende Eolt. Sie schauderte. Das muß aufhören, und sie mußte irgendwie dazu beitragen. Sie konnte mit den anderen bezeugen, was geschehen war. Aber das wußte auch der Ykkuval, und er konnte nicht riskieren, sie entkommen zu lassen. Was konnte sie tun? Die Chaven mit dem angreifen, was ihr zu Gebote stand… Mit Tieren, dachte sie plötzlich. Ich frage mich, ob ich das lokale Ungeziefer durch Geistesberührung steuern kann? Hm. Nein, nicht jetzt, wenn du damit anfängst, wirst du nie einschlafen können…

Sie hörte das leise Klirren des Wasserglases, überlegte, ob sie aufstehen und dem Fior helfen sollte; nach einem Augenblick entschied sie, daß es besser für ihn wäre, für sich selbst zu tun, was er konnte. Am Morgen, wenn Maorgan zurückkäme, würde sie ihn bitten, Danor zu waschen und zu rasieren. Götter, dachte sie bei sich, hoffentlich kommen wir bald weg von hier, dieser Ort wächst auf mir wie Schimmel.

Amalia Udaras war eine Frau mittleren Alters mit graumeliertem braunen Haar. Ihr Gesicht war rund, gemütlich und noch immer hübsch, ihre Augen groß und von einem dunklen Blau. Sie hatte entschieden, daß das Interview im Garten ihres Hauses stattfinden sollte, wo sie den Fluß überblicken konnte.

»Ich sitze gern hier draußen, wenn ich ein bißchen Zeit habe und das Wetter gut ist. Mein Tamhan ist Kabit auf der *Ploesca,* mein ältester Sohn, Dolbary, ist Zimmermannsmaat auf der *Morrail.* Er war schon als kleiner Knirps gut darin, Dinge zu fertigen. Mein zweiter Sohn, Beill, ist Lehrling beim Steuermann der *Grassul.* Keiner von ihnen hat jemals daran gezweifelt, daß er auf dem Fluß arbeiten würde, wenn seine Zeit käme. Ich habe mir immer eine Tochter gewünscht, aber Beill war eine schwere Geburt, und nach ihm konnte ich keine Kinder mehr bekommen. Cha oy, Chel dé hat seine Gründe.«

»Kabit. Ein interessantes Wort, wenn man die Wurzeln betrachtet. Brunnen/Quelle. Die Regel. Können Sie es mir erklären, Amalia Udaras?«

»Ah, der Kabit einer Segelbarke ist zweierlei. Er hat Geld, verleiht es und kassiert Zinsen für ausgeliehenes Geld. Weil er ständig auf dem Fluß unterwegs ist, hat er viel mit Händlern und Ladenbesitzern zu tun. Mein Tamhan ist ein kluger Mann, für ihn tanzen die Zahlen, obwohl er nicht so viel Zeit für sie hat, wie er gern hätte. Er hat zwei Lehrlinge, die für ihn die täglichen Eintragungen in die Bücher erledigen. Er ist auch der Schiffsführer der Barke und kümmert sich um die Ladung, die Besatzung und sichere Fahrt. Ist das genug?«

»Nicht nur genug, sondern interessant. Ich würde gern ein Gespräch mit ihm führen, wenn er Zeit für mich erübrigen kann. Aber das ist für später. Fahren Sie fort mit dem, was Sie mir erzählten.«

»Wie ich sagte, ich sitze gern hier draußen und beobachte den Fluß. Er verbindet mich mit Tamhan und Dolbary und Beill. Dort, sehen Sie diesen schimmernden Streifen auf dem Wasser? Er bedeutet, daß es oben in den Bergen ein Unwetter gegeben hat, vielleicht vor ein paar Tagen. Etwas steckt im Boden, das dieses Glitzern macht, wenn der Fluß Schlamm aus den Bergen mit sich führt. Ich machte mir oft Sorgen, wenn ich das sah und verstand, was es bedeutet. Und ich mache mir noch immer welche, weil es Hochwasser geben könnte. Wissen Sie, alle zehn Jahre haben wir das Blianta Simur, das ähnlich dem Mengerak ist. Dem Marsch der Kinder. Hat man Ihnen davon erzählt? Der Blianta Simur ist so eine Pilgerfahrt. Die Leute wandern zu Schreinen oder machen Besuche oder gehen nach Chuta Meredel, um etwas zu studieren. Natürlich nicht alle. Die meisten Leute machen ein Blianta im Leben, obwohl manche dreimal oder viermal gehen. Und wenn man immer auf Reisen ist, wie mein Tamhan, nun, dann kümmert man sich nicht darum. Aber einmal bekam er die Erlaubnis, mich an Bord der Barke zu nehmen, so daß ich mein Blianta machen konnte. Was? Ach ja, manchmal nehmen sie Passagiere mit. Einige Barken. Es hängt vom Kabit ab. Manche mögen keine Landratten auf ihren Booten. So nennen Sie uns, wissen Sie, sogar mich, obwohl ich mit dem Fluß verheiratet und seine Mutter bin, sozusagen. Jedenfalls machten wir ein fürchterliches Unwetter durch, doch die

Barke hielt dicht und überstand es ohne Schaden, also habe ich mir seit damals nicht mehr so viele Sorgen gemacht. Wenn man auf einer Barke fährt und nicht zur Besatzung gehört, muß man immer achtgeben, daß man den Leuten nicht im Weg ist, sonst kann es passieren, daß man sich am Ufer wiederfindet und zu Fuß gehen muß.

Reisezeit. Jetzt ist Hochsaison. In diesen Tagen werden Sie viel Verkehr auf dem Fluß sehen. Die Saison dauert im allgemeinen von Kirrayl bis Termallyl, das heißt, vom Beginn der Tauwetterperiode bis zum ersten großen Schneefall. Aber wenn es in den Bergen einen milden Winter gibt, laufen die ersten Barken im Diokayl aus, wenn es nicht ein Fünftes Jahr ist, wo Diokayl einen Tag verliert und Getrentyl genannt wird, das ist ein altes Wort für Trauer, wissen Sie. Wenn Diokayl Getrentyl wird, fängt niemand etwas an. Es bringt Unglück. Auf den Kindern, die dann geboren werden, lastet ein Fluch, entweder sterben sie jung oder werden in der einen oder anderen Weise schlecht. Die Denchok knospen nie in den Wintermonaten, also bleibt ihnen das erspart.

Wie lang Tamhan gewöhnlich fort ist? Das hängt davon ab, wie weit flußaufwärts er geht und welche Ladungen er findet. Findet er frühzeitig eine, kommt er eher zurück. Im allgemeinen aber ist er in der Saison jedesmal zwischen vierzig und fünfzig Tage unterwegs, und in jeder Saison macht er ungefähr fünf Reisen. Im Winter, wenn die Barke aufgelegt ist, spricht er mit den Eigentümern, arbeitet an den Büchern, sieht sich die Darlehen an und prüft, welche fällig sind und welche schlecht aussehen und vielleicht nicht zurückgezahlt werden. Er macht Pläne für die nächste Saison und beaufsichtigt Reparaturen und die Reinigung der Barke. In seiner übrigen Zeit spielt er mit den anderen Flußschiffern Dissa oder Droic, arbeitet an unserem

Haus – er ist geschickt mit den Händen, Dolbary hat sein Talent von ihm geerbt –, geht zu Ratsversammlungen und erledigt die tausend kleinen Dinge, die er seit dem Frühjahr hatte zurückstellen müssen.

Ich? Ach, was ich tue, ist nicht sehr interessant. Bloß eine Menge Kleinigkeiten. Ich nähe und flicke den Jungen die Kleider. Tamhan läßt seine Kleider für den Landgang natürlich vom Schneider machen. Er muß ordentlich aussehen, wenn er mit Kaufleuten und Mühlenbesitzern und den Leuten von der Bergwerksverwaltung spricht. Aber ich nähe ihm die Arbeitshemden und die Bezüge für das Bett in seiner Kajüte. Ich entwerfe Stickereien, das ist etwas, woran ich Freude habe. Ich mache meine eigenen Muster, und Tamhan sagt, sie würden sehr bewundert, also hat Dolbary vielleicht auch ein bißchen seines Talents von seiner Mutter mitbekommen. Ich kümmere mich um das Haus und koche abwechselnd mit den anderen Frauen in der Schule. Ich helfe bei den Vorbereitungen für die Dorffeste. Für die letzte Sonnwendfeier buk ich den Sonnenkuchen und das Beerenbrot und gab auf die Kinder acht, als sie Wimpel aufhängten und hölzerne Klappern herumschwenkten, um den richtigen Lärm zur Begrüßung des Sommers zu machen.

Ich stelle auch Parfüm her. Ich destilliere und mische und gewinne Konzentrat, das ich dem Seifensieder verkaufe. Es ist leichter, diese Dinge zu machen, wenn Tamhan auf Reisen ist, denn manche Gerüche sind ziemlich überwältigend. Er bringt mir immer neue Essenzen, Blumen und andere Dinge für meine Destille, und Glasflaschen und Röhren aus der Glasschmelze im Dumel Olterau. Und er verkauft meine Parfüms in allen Dumeln, wo er mit der Barke anlegt. Ich habe viel Spaß mit der Schaffung neuer Mischungen, und es hilft der Familie zu einem guten Auskommen.

Sie sehen, ich bin sehr beschäftigt, wenn Tamhan

fort ist, aber wenn er nach Haus kommt, mache ich es mir ein wenig leichter. Ich nehme ihn gern ernst und höre mir seine Geschichten an. Er hat immer interessante Dinge zu erzählen. Seit dem ersten Mal bin ich mit ihm auf zwei anderen Bliantas gewesen, und es ist immer schön, wieder von Orten zu hören, die ich gesehen habe.

Traurig ist, daß Dolbary und Beill fast nie gleichzeitig mit Tamhan daheim sind. Auch sehen sie einander nicht oft, außer um sich zuzuwinken, wenn ihre Barken aneinander vorbeifahren. Einmal oder zweimal haben sie zusammen irgendwo festgemacht, aber nicht oft. Ihre Reisen sind einfach zu verschieden. Wenn man vom Fluß lebt, muß man nach seinem Zeitmaß leben.«

Shadit blickte über die Schulter zu den Tragtieren mit der Bahre. Danor schien die Stöße und das Schaukeln gut zu vertragen.

Vorgestern abend, nachdem er Danor untersucht und die Beschwerden des Fior überhört hatte, war Burek einverstanden gewesen, daß sie die Reise mit dem Kranken auf der Bahre fortsetzten.

»Er würde sich hier zu Tode sorgen«, meinte der Arzt. »Sie können genausogut weiterziehen, sollten aber darauf achten, daß er die kommende Nacht ruhen kann. Was er auf der Bahre an Stößen abbekommt, wird seine Gesundung nicht verhindern, seien Sie unbesorgt. Der Kerl ist zu dickschädelig, um zu sterben. Sie sagten, er habe Rauch inhaliert. Davon kommen diese Blasen. Sein Körper wehrt sich gegen suchterzeugenden Stoff und versucht sein früheres Gleichgewicht zurückzugewinnen. Er kann nicht zuviel bekommen haben, sonst wäre er schon tot. Ich geben Ihnen etwas von dem Roek und eine Lösung mit, die Sie gegen die Blasen auf seine Haut auftragen sollten. Es wird ein paar Wochen dauern, bis die schädlichen Inhaltsstoffe des Rauches aus seinem Körper ausgeschieden sind.«

»O weh! Dann bleibt ihm genug Zeit, mich verrückt zu machen.«

Burek schmunzelte. »Sie werden es überstehen«, sagte er und berührte ihre Wange mit der Tätowierung des Falken. »Ich habe viel Freude an Ihrer Musik gehabt, Shadowsong. Nächstes Jahr um diese Zeit werde ich meine Schale gesponnen haben und die Zeit der Veränderung verträumen, und Sie werden Teil dieser Träume sein.«

Als sie sich jetzt seiner Worte erinnerte, brannten ihr die Augen. Ungeduldig fuhr sie sich mit der Hand darüber und konzentrierte ihre telepathische Einfühlung auf den dunklen stillen Wald, der sie umgab. Nur vereinzelte Sonnenstrahlen erreichten durch das dichte Laubdach die Straße. Sie ritt ein paar Pferdelängen vor Maorgan, der das einzige Packpferd und die beiden Tragtiere mit der Bahre am Leitzügel führte und etwas überanstrengt und mitgenommen aussah.

Das mochte daran liegen, daß Melech und Lebesair vorausgezogen waren. Mit den dünnen Membranen ihrer Gashüllen waren sie verwundbar für die Geschosse der Feuerwaffen. Ein Treffer würde sie nicht allzusehr beunruhigen, weil das Loch sich selbst versiegelte, bevor allzuviel von ihrer Auftriebskraft verlorengehen konnte. Aber mehrere Treffer würden sie durch Gasverlust zum Niedergehen zwingen. Und ein Eolt am Boden war ein toter Eolt.

Der Wald war voll von pflanzlichem und tierischem Leben, Insekten, deren Eier von den Fior eingeschleppt worden waren, hatten sich ausgebreitet und Lebensräume erobert, knospende Tiere, die sich hier entwickelt hatten, und die seltsamen Mischungen, die sie sich nicht erklären konnte. Mischungen waren vielleicht nicht ganz das richtige Wort. Verbindungen? Gentechnisch erzeugte Zwitterwesen? Wie die Moospferdchen, in denen zwei Stränge von Lebensformen zu einem absonderlichen Ganzen verwoben waren.

Jedenfalls schien ihnen keine Gefahr zu drohen.

In regelmäßigen Abständen rasteten sie, um die Tiere zu füttern und zu tränken. Das war jetzt doppelt wichtig, weil sie keine Ersatztiere hatten. Um die Mittagszeit legten sie eine längere Pause ein, um selbst etwas zu essen und Danors Verband zu überprüfen und seinen Zustand zu kontrollieren.

Burek hatte recht; die Reise schien Danors Heilung zu beschleunigen, statt einen Rückfall zu bewirken. Seine Stimmung hatte sich nicht gebessert, und seine Schwäche bedeutete nur, daß seine Beschwerden und bissigen Bemerkungen über Shadit und Maorgan von längeren Schlafpausen unterbrochen waren. Shadit sah, wie er Maorgan mit boshafter Befriedigung beobachtete, weil der Ard unter der Abwesenheit seines Eolt litt.

Am Nachmittag kam Shadit um eine Wegbiegung geritten und sah eine Gruppe von Einheimischen auf Schaufeln gestützt beisammenstehen und eine hölzerne Brücke betrachten, die hier einen Bach überquerte. Das Wasser schäumte um Blöcke und Felsen und traf mit einer Wucht auf die Brückenpfeiler, daß das Bauwerk sichtbar erzitterte. Sie zügelte ihr Caöpa, als sie die Gruppe erreichte, und hob grüßend die Hand.

»Oso, Meathlan. Ist die Brücke sicher? Wir bringen einen verletzten Fior nach Chuta Meredel und können uns keinen allzu großen Umweg erlauben.«

Sie wandten die Köpfe und starrten sie schweigend mit einem ausdruckslosen Gleichmut an, der so entnervend wie ärgerlich war. Sie hatte diese Reaktion in ihrem langen Leben oft angetroffen, also blieb sie ruhig sitzen, die Hände auf dem Sattelknopf, und wartete, daß einer sich entschließen würde, den Mund aufzutun.

Endlich stemmte einer die Hände in die Hüften, blickte von Shadit zu Maorgan und sagte: »Verletzt?«

Maorgan war inzwischen näher gekommen und hielt an. Zwischen den beiden Tragtieren vorn und hinten war die Bahre mit der liegenden Gestalt darauf sichtbar.

»Chorek«, sagte Shadit. »Burek der Arzt senkte sein Fieber, aber wir müssen ihn nach Meredel bringen.«

»Dann geben Sie gut acht, auch hier sind die Chorek stark. Viele von ihnen sind Politische, die aus den Ordumels unten in der Ebene vertrieben wurden und hier gelandet sind. Und von hier bis zum Medonpaß gibt es kein Dumel, wo sicheres Obdach zu bekommen wäre. Lassen Sie sich Zeit, schaffen Sie die Bahre vielleicht zuerst hinüber. Das letzte Hochwasser hat ein paar Planken mitgerissen und die Pfeiler ausgespült und gelockert. Wir überlegen gerade, wie wir sie stabilisieren können, bis wir einen Zimmermann von Minach bekommen.«

Als Maorgan die Tragtiere auf die Brücke führen wollte, stemmten sie die Vorderhufe in den Boden, senkten die Köpfe und wollten keinen Schritt weitergehen. Shadit saß ab. »Lassen Sie mich das machen, Ard.«

Danor fluchte matt, als sie an ihm vorbei zum Leittier trat. Sie beachtete ihn nicht, klopfte dem Tier den Hals, fuhr ihm durch die Mähne und kratzte es hinter den Ohren. Die Frage war, wieviel Kontrolle sie ausüben konnte. Diese zähen, eigensinnigen kleinen Pferdchen mochten festen Boden unter den Hufen, keine knarrenden, wackligen Balken mit lückenhaftem Bretterbelag. Ihr selbst ging es nicht anders. Aus der Unsicherheit des Tieres wurde Angst. Das war nicht gut.

Shadit suchte die Geistesberührung, ohne durch seine Augen zu sehen, nur um ihm ein Gefühl von Wärme und Sicherheit zu geben.

Nach einer Minute des Streichelns und Tätschelns und der Gehirnmassage beruhigte es sich ein wenig. Sie wiederholte den Prozeß am anderen Tragtier, dann trat sie von ihm zurück und ging probeweise über die Brücke. Sie fühlte die lockeren, abgenutzten Planken unter den Sohlen klappern und zittern, und durch die Öffnungen, wo das Hochwasser einzelne von ihnen herausgerissen und fortgeschwemmt hatte, sah sie die rauschende Strömung an den Stämmen rütteln, die als Pfeiler dienten. Aber sie standen aufrecht, und die Brücke würde halten, wenn es ihr gelang, die Tiere ruhig zu halten.

Sie kam zurück. »Ard, Ihre Zither, spielen Sie uns hinüber, ja? Die Klage der verrückten Mara, die ich Ihnen kürzlich beibrachte, damit ich unsere kleinen Freunde hier mit einem Ständchen hinübergeleiten kann.«

»Wild schlugen Flügel in meinem Kopf«, sang sie und erinnerte sich einer anderen Zeit, als sie, eingesperrt in einem Käfig, dieses Lied gesungen und darauf gewartet hatte, an blutige Opferpriester verkauft zu werden.

»Wild schlugen Flügel in meinem Kopf,
Und wilde Gedanken murmelten.
Tot sah ich dich in wachen Träumen,
Zerrissen und mit roter Kehle,
Entblößt und geschlitzt die fahle Haut.
Der Schlaf flieht mich, grausame Liebe,
Erinnerung ist meine Trauer.
Der Kuckuck ruft, Verlassenheit,
Verblichen sind treulose Liebe,
Die verrat'nen Schwüre, die Hoffnung…«

Mit den letzten Noten erreichte das Pferdchen schnaubend den festen Boden jenseits der Brücke, widerstrebend gefolgt von seinem Partner hinter der Bahre. Shadit band den Leitzügel an einen Schößling und eilte zurück über die klappernden Planken, um die anderen Caöpa mit gutem Zureden und beruhigender Geistesberührung hinüberzuführen.

Diesmal schien die Brücke stärker zu zittern, die Planken klapperten laut unter den Hufen, und es war schwieriger, die Tiere hinüberzubringen, obwohl ihre Geistesberührung sie zu beruhigen suchte, aber Maorgans Zithermusik half. Sie waren den Klang gewohnt, und er überdeckte einigermaßen das Ächzen und Knarren der Brücke. Als Shadit in den Sattel stieg, legte einer der Einheimischen am anderen Ufer die Hände an den Mund und rief: »Geben Sie acht auf Chorek! Alles voll von ihnen.«

Sie winkte ihm zu, ritt an der Bahre vorbei und übernahm die Spitze. »Vorwärts.«

Wassergeräusche haben die eigentümliche Eigenschaft, daß sie sehr laut sein können und doch in ein paar Minuten Entfernung unhörbar sind. Bevor sie mehr als ein paar Dutzend Schritte weit gekommen waren, hörte Shadit nur noch das Rascheln des Windes in den Bäumen, das Knarren der Äste und die gleichmäßigen Hufschläge. Dann und wann raschelte es im Unterholz, wenn ein ungesehenes Tier das Weite suchte, und einmal sah sie einen Angi durch einen Sonnenstrahl schwirren und seinen Rückenschild rubinrot und smaragdgrün, die durchsichtigen Flügel wie Diamanten glitzernd aufleuchten. Der Wald summte um sie her, der Friede erfüllte die Luft wie die Schatten, die zwischen den Bäumen und über der Straße lagen. Diese Bäume wirkten jetzt wie wahre Giganten, ragten bis zum Zwanzig- oder Dreißigfachen ihrer Größe auf. Die Stämme trugen eine rauhe, tief eingeschnittene Borke, die sich stellenweise ablöste und hellere Flecken hinterließ, so daß die Bäume aussahen, als hätten sie die Räude, wo die dunkle graubraune Borke durch neue blasse grünlichgelbe Rinde ersetzt war. Sie fühlte sich rauh an, als hätte jemand sie mit einer Raspel bearbeitet. Mit der Höhe vergrößerten sich die Abstände zwischen den Bäumen, aber der Wald lichtete sich nicht wie andere, die sie gesehen hatte. Überall kam Jungwuchs verschiedener Altersstufen auf, und obwohl das Licht unter dem Laubdach der Baumriesen gedämpft war, gediehen hier Farne und viele andere schattenliebende Pflanzen. Allenthalben steckten Pilze ihre Köpfe aus dem Moos, blaßrosa, ockergelb, braun. Flechten hingen von Zweigen, Schlingpflanzen bildeten Girlanden und fächerförmige Netze, und die Luft roch bald moderig feucht, bald harzig und frisch.

Sie ließ ihre telepathische Einfühlung wie ein Radar hin und her und so weit voraus gehen, wie sie konnte. Hin und her, hin und her, war es in seiner Regelmäßigkeit ein beinahe einschläferndes Verfahren, das gleichwohl volle Konzentration erforderte. Vor ihr lag die Straße wie ein grüner und pastellfarbener Tunnel, schmiegte sich in sanften Krümmungen an die Geländeformen der Hänge, nur wenig ansteigend oder fallend. Wo die Straße schluchtartige Erosionsrinnen überwinden mußte, gab es manchmal aufgemauerte Böschungen nach außen und hangseitige, durch Verbauungen gestützte Einschnitte.

An einem Wasserlauf machten sie halt, um die Tiere zu füttern und saufen zu lassen. Danor tat, als ob er schliefe, damit sie ihn in Ruhe ließe, aber er hätte sich die Mühe ersparen können. Sie war zu müde, um sich mit ihm zu befassen. Sie hatte ihre Stiefel ausgezogen und erfreute sich der Bewegungsfreiheit ihrer Zehen. Wahrscheinlich war es hier im Wald keine gute Idee;

niemand konnte sagen, welche Bakterien oder Parasiten sie aufnahm. Aber sie tat nichts. Es war heiß, die Luft schwül, und das rieselnde kalte Wasser und das weiche Gras bedeuteten Wohltaten für ihre Füße.

Maorgan bereitete Tee und überredete sie, getrocknete Früchte zu essen, die er in kleine Stücke geschnitten hatte. Sie sagte sich, daß sie die Energie brauche, und brachte die Bissen hinunter, obwohl ihr der bloße Gedanke an Essen zuwider war und es ihr die Kehle zuzuschnüren drohte.

Dann waren sie wieder auf der Straße, und Shadit suchte das Gelände ab, hin und her, hin und her. Im Wald vertiefte sich das grüne Zwielicht, und der starke Geruch von Flechten, Pilzen und Moder lag schwer in der stillen Luft. Der Wind hatte sich gelegt.

Gegen Abend, als es bald Zeit war, einen Platz für das Nachtlager zu suchen, fühlte sie am entferntesten Punkt ihrer Reichweite einen Impuls. Sie zügelte Breou und hob die Hand.

»Warten Sie, Maorgan. Da ist etwas…«

Befriedigung/Erwartung/Wut…

Eine männliche Aura. Fior. Ungefähr einen Kilometer voraus. Sie glitt aus dem Sattel, entfernte sich ein paar Schritte von Breou und sicherte in einem langsamen Halbkreis ab, lenkte ihre ganze Aufmerksamkeit auf die Geistesberührung, um so viel wie möglich einzuholen.

Ein Mann. Ein Caöpa. Keine Unterstützung, nur er.

Mit einem explosiven Seufzer stieß sie die angehaltene Luft aus und kehrte zurück zu ihrem Körper, erschrak, als sie Maorgan neben sich stehen sah.

»Was ist?« fragte er.

»Ein Hinterhalt. Ein Mann. Erbittert. Muß ein Politischer sein.«

Sie knotete die Schnürsenkel auf, mit denen sie ihre Stiefel an den Sattelknopf gebunden hatte, setzte sich auf die Straße, wischte die Füße mit dem Taschentuch und zwängte sie unter Schmerzen wieder in die Stiefel.

»Was tun Sie?«

»Ich muß ihm zuvorkommen, natürlich. Führen Sie die Tiere langsam weiter, ich werde ihn in einem Bogen umgehen und mit der Betäubungswaffe außer Gefecht setzen.« Sie grunzte, als ihr Absatz schließlich unten im Stiefel ankam, dann fing sie an, den anderen Fuß in seinen Stiefel zu zwingen.

»Shadowsong…«

Sie blickte auf. »Seien Sie nicht langweilig, Maorgan. Was ich Ihnen am ersten Tag unserer Reise erzählte, war die Wahrheit, nicht bloß eine Geschichte zum Zeitvertreib. So werde ich es machen, und so habe ich es schon hundertmal gemacht.« Sie bewegte den Fuß hin und her, zog am Stiefelschaft und brachte die zweite Ferse an ihren Platz, stand auf und klopfte die Kleider ab.

»Soweit ich es sagen kann – und das ist nicht allzu genau, wohlgemerkt –, sitzt der Chorek in einem Baum, ungefähr eine Viertelstunde von hier. Wenn ich nicht auf der Straße warte, tun Sie, was Sie zu tun haben. Aber warten Sie jetzt noch eine Weile hier, daß Sie nicht vor mir dort auftauchen.«

Während Maorgan mit den Tieren auf der Straße verweilte, schlüpfte sie durch das Unterholz davon und begann ihr Umgehungsmanöver. Pilze zerbrachen unter ihren Stiefeln und wurden zerdrückt, wobei ihr Geruch sich mit jedem Schritt verstärkte. Das schleimige Fruchtfleisch der Pilze machte ihre Stiefelsohlen gefährlich glatt, und zweimal fiel sie, daß erste Mal, als ihr Fuß abrutschte, während sie sich allzu intensiv auf die Erhaltung der Geistesberührung konzentrierte, das zweite Mal, als sie über eine von hüfthohem Gras und Stauden überwucherte Lichtung eilte, um rasch in Deckung zu kommen.

Obwohl sie sich besondere Mühe gab, jedes unnötige Geräusch zu vermeiden, war es unvermeidlich, daß sie im Gestrüpp und Unterholz an raschelnden Blättern und Zweigen vorbeistreifte und kleine Zweige unter den Stiefeln brachen. Glücklicherweise war der Boden feucht und moosig, und wenn ein Zweig unter ihren Sohlen brach, tat er es mit einem leisen Knacken, nicht mit dem hellen, weithin hörbaren Brechen trockenen Holzes.

Endlich bekam sie ihn zu Gesicht, einen dunklen Klumpen in einer Astgabel ungefähr drei Meter über dem Boden. Er hatte Nägel in den Stamm geschlagen, sich mit ihrer Hilfe und einem Seil hinaufgezogen und mit losen Borkenstücken getarnt. Er spähte angestrengt zur Straße, wo in der Ferne Maorgans Pfeifen zu hören war. Er bewegte sich etwas, brachte etwas Dunkles und Kurzes in Anschlag, zielte auf die Straße und wartete. Es war keine Feuerwaffe, die Kugeln verschoß.

Shadit wischte sich die Hände an der Bluse, zog die Betäubungswaffe aus dem Lederbeutel an ihrem Gürtel, vergewisserte sich mit einem letzten telepathischen Schwenk, daß er allein war, und schoß mit mittlerer Energie.

Die Waffe fiel mit Geklapper auf die dicken Wurzeln des Baumes und blieb zwischen ihnen am Straßenrand liegen. Der Chorek hing in der Astgabel an dem Seil, das er sich um die Brust geschlungen hatte, den Mund offen und die Augen so verdreht, daß sie im trüben Licht unter dem Laubdach weißlich schimmerten.

Shadit beobachtete ihn aufmerksam, um sicherzugehen, daß keine Besonderheit in seinen Genen ihn zu einem unsicheren Betäubungskandidaten machte, dann arbeitete sie sich näher und hob seine Waffe auf. Sekundenlang starrte sie schockiert auf das Ding. Feuerwaffen waren eine Sache, die meisten Schmuggler hatten ein paar bei sich, um Tauschgeschäfte zu machen, aber Energiewaffen? Das war eine schlimme Sache. Sie hatte nur einmal Energieprojektoren im Einsatz gesehen und das auch nur, weil sie unwissentlich in eine größere kriegerische Auseinandersetzung geraten war. Aber ein lumpiger Bandit in einer hinterwälderischen Gegend?

Sie erprobte den Strahlprojektor an einem Ast in der Nähe, dann brannte sie ein Ende des Seils durch, mit dem der Mann sich gesichert hatte, ohne mehr als einen flüchtigen Gedanken darauf zu wenden, ob der Mann den Sturz überleben würde oder nicht.

Er war in der Bewußtlosigkeit erschlafft und befand sich nicht allzu hoch über dem Boden. So fiel er auf die schräg abwärts gerichteten Baumwurzeln, rollte auf ebenen Grund und blieb nicht weit von der Stelle liegen, wo sie die Waffe gefunden hatte. Sie fühlte ihm den Puls, nickte, streckte seine Beine aus und stellte sich dann in der Mitte der Straße auf, um auf Maorgans Ankunft zu warten.

Maorgan besah den Mann und schüttelte den Kopf. »Kenne ihn nicht. Wer war er?«

Sie zeigte zum Baum hinauf, runzelte dann die Brauen, als Danor mit tappenden Schritten hinter den Tragtieren zum Vorschein kam. Sein Blick war starr auf den Chorek gerichtet, sein Gesicht gerötet und der Körper trotz seiner Schwäche angespannt. In seinem Hemd war eine Ausbauchung, die nicht von seinem Verband herrühren konnte. Woher er sich das Messer oder was immer es war, beschafft hatte, wußte sie nicht. »Nein, Danor«, sagte sie energisch und trat zwischen den bewußtlosen Mann und den Ard. »Zuerst müssen wir ihn verhören.«

»Den?« Die Stimme des alten Mannes war kräftiger als seit Tagen. »Er würde Ihnen nicht sagen, daß die Sonne scheint, auch wenn Sie es selbst sehen könnten.«

Shadit lächelte grimmig. »Es wird ihm nichts anderes übrigbleiben. Ich habe einen Saft, der ihn zum Sprechen bringen wird, bevor er ihn tötet, also können Sie in dieser Hinsicht beruhigt sein. Zuerst aber wird er alles ausspucken, was er weiß.«

Er sah sie mit einem langen Blick an, dann nickte er. »Also fangen Sie an.«

Maorgan kauerte neben dem Chorek, durchsuchte seine Taschen und legte den Inhalt neben dem Mann auf die Erde. Er blickte auf, als Shadit mit ihrer Reiseapotheke zurückkam. »Hier ist nichts, was uns sagen könnte, wer er ist.« Er stocherte mit einem Finger zwischen den spärlichen Utensilien, untersuchte ein Amulett und entdeckte zuletzt ein zusammengefaltetes kleines Stück Papier, das er auseinanderfaltete und stirnrunzelnd betrachtete, bevor er es ihr gab. »Jemand im Dumel Minach hat unsere Reiseroute angegeben und sogar die wahrscheinliche Marschgeschwindigkeit.«

»Das bestätigt, daß er ein Politischer ist, wenn solch eine Bestätigung noch nötig wäre. Hier.« Sie gab ihm ein aus feinen, farblosen Fasern geflochtenes Band. »Wickeln Sie ihm das um die Knöchel und geben Sie acht, daß die Metallstücke an beiden Enden sich berühren. Sie brauchen es nicht zu verknoten.«

Er zog die Brauen hoch. »Sieht aus, als würde es in meiner Hand schmelzen, jedenfalls nicht einen erwachsenen Mann halten können.«

»Versuchen Sie es durchzuschneiden, wenn es Ihnen nichts ausmacht, daß Ihre Klinge stumpf wird. Sie werden es nicht mal ankratzen können.« Sie fesselte dem Chorek die Handgelenke mit einem zweiten Band. Als sie zu Maorgan sah, betrachtete er eine Scharte in seiner Messerklinge,

Er zuckte mit der Schulter, wickelte die Fessel um die Knöchel des Chorek und berührte die Metallschließen. Nichts Offensichtliches geschah, und er versuchte sie auseinanderzuziehen und das Band fester zu knoten.

Shadit schmunzelte. »Ein nützliches Ding, wie?«

»Wie kann man es wieder abnehmen?«

»Ich habe etwas wie einen Schlüssel. Andernfalls müßten wir ihm Hände und Füße amputieren, um ihn von diesen Fesseln zu befreien. Sieh da, er wird wach.« Sie stand auf und trat zurück, um zu warten, bis er sich erschöpfte und die Vergeblichkeit seiner Anstrengungen begriffe.

Der Chorek kam zu sich, sein Blick wurde klar. Er sah sie, und sein Gesicht lief rot an; er versuchte sich zu befreien, warf sich hin und her, aber er erreichte nur, daß die Faserbänder in seine Haut einschnitten. Nach nutzlosem Ringen lag er keuchend da und starrte sie haßerfüllt an, besonders Maorgan. »Schmutziger Verräter! Du bist ein toter Mann.«

Shadit öffnete die Reiseapotheke, nahm den Sprühkopf heraus und schraubte ihn auf eine Dose mit der höchst illegalen Psychodroge, die Digby ihr an dem Tag geschickt hatte, den sie als ihren Geburtstag ausgegeben hatte, dem Tag, als Aleytys sie in diesen Körper gegossen hatte. Sie steckte die Lanzette in den Sterilisator und stellte die Reiseapotheke auf die Straße. »Wir werden dir ein paar Fragen stellen, Chorek. Ich weiß, du denkst, daß du uns nicht mal die Uhrzeit sagen würdest, aber du wirst.« Der Sterilisator läutete. Sie nahm die Lanzette heraus, ergriff eine seiner Hände, setzte die Öffnung gegen eine Fingerspitze und drückte ab. Im nächsten Augenblick stand sie wieder auf, und er starrte auf den roten Tropfen, der aus seiner Fingerspitze quoll.

»Du brauchst nicht ein Gesicht zu machen, als würde die Welt einstürzen, Chorek. Ich habe dir nur eine Blutprobe abgenommen.« Sie steckte die Lanzette in ihren Schlitz am Sprühkopf. »Ich will dich nicht zu früh töten.« Sie beobachtete die Ablesung und seufzte. »In einem Laboratorium mit besserer Ausstattung könnte ich wahrscheinlich garantieren, dich überhaupt nicht zu töten. Aber wie die Dinge liegen...« Sie berührte den Sensor, nahm ein paar Feineinstellungen vor und blickte auf. »Wie die Dinge liegen, wird dieses Mittel dir mindestens zu einigen hübschen Furunkeln verhelfen. Nun, was ich an Ethik in mir habe, sagt mir, daß ich dich fragen muß, ob du unsere Fragen freiwillig und wahrheitsgemäß beantworten wirst. Nun?«

Er spuckte aus. Der gelbe Qualster landete auf ihrer Stiefelspitze.

»Halten Sie ihn einen Augenblick, Maorgan.« Sie schraubte den Kanister vom Sprühkopf und steckte einen Injektor auf. »Packen Sie fest zu und halten sie seinen Kopf so, daß ich an seinen Hals herankomme.«

Trotz seiner verzweifelten Gegenwehr setzte sie den Injektor an seine Halsschlagader und drückte den Abzug. Sie richtete sich auf. »Das ist gut. Sie können ihn loslassen, Maorgan. Sprechen Sie noch nicht zu ihm, warten Sie, bis ich es Ihnen sage.«

Während sie die Lanzette in den Sterilisator steckte und die Reiseapotheke wieder packte und den Deckel schloß, blickte sie wiederholt zu ihrem Gefangenen, und als sie fertig war, war der Chorek schlaff geworden, sein Gesicht wirkte unter der Sonnenbräune grünlichweiß. Er hatte die Augen geschlossen. Sein Atem ging tief und langsam, als schliefe er.

»Gut. Lassen Sie mich zuerst sprechen, Maorgan, dann können Sie Ihre Fragen stellen. Es dürfte eine gute Idee sein, seine Antworten aufzuzeichnen.« Sie ging um ihn herum und kniete über seinem Kopf nieder. »Wie ist dein Name?« Sie stellte die Frage in einem singenden Tonfall, leise und ohne bedrohliche Untertöne. »Sag mir deinen Namen.«

»Ferg. Fergal Diocas.« Er sprach langsam und wie im Traum, die Silben undeutlich.

»Ferg, du hast einen Freund im Dumel Minach. Sag mir den Namen deines Freundes. Wie heißt dein Freund?«

»Paga. Ihr Name ist Paga Focai.«

»Das ist ein hübscher Name. Ist sie hübsch, Ferg?«

Er lachte. Es war ein häßliches Geräusch, spöttisch und zornig. »Dieses dumme Stück? Dick und groß wie ein Dammalt, mit einem Lachen wie eine Bandsäge. Immer hinter einem her. Chel dé, ich muß mich besaufen, um einen hochzukriegen, wenn ich bei ihr bin.«

»Ich verstehe. Und sie gab dir Nachricht über den Ard und die anderen?«

»Sicher, weil sie weiß, daß ich komme, nachdem ich das Gelichter erledigt habe. Sie fährt auf Blut ab, nichts macht sie heißer.«

»Und wie gibt sie dir Nachricht? Wie macht sie das, Ferg?« Ihre Stimme blieb leise und einschmeichelnd, beruhigend wie das leise Rascheln der Blätter in der Abendbrise.

Er kicherte boshaft. »Sie hinterlegt mir Nachrichten. Alberne Spiele! Liebespost nennt sie es, als wäre sie ein junges Mädchen. Eine Höhlung in einem Baum unten am Fluß. Bindet einen gelben Lappen an einen Zweig, wenn sie Nachricht in die Höhlung legt.«

Seine Augenlider zuckten, sein Blick ging von einer Seite zur anderen, und ein verschüttetes Bewußtsein begann in seinen Gesichtsmuskeln zu arbeiten. Shadit unterbrach das Verhör und summte ihm wie eine Mutter, die ein Kind in den Schlaf singt, eine leise Melodie vor. Er entspannte sich, und das Lächeln zuckte wieder um seine Mundwinkel. »Alte Vettel«, murmelte er.

»Kann ich mir denken. Du hattest eine Waffe. Ein fremdartiges Ding.«

»Strahlwaffe«, sagte er nach einer Weile. »Was der

mit dem Froschgesicht ist, er sagte, man braucht nur auf eine stinkende Luftqualle zu zielen, und schon hat man ein Sonnwendfeuer, hoch und breit wie ein Baum. Wuuuschhh!«

Shadit hörte Füßescharren hinter sich, unterdrücktes Fluchen. Sie achtete nicht darauf und summte weiter, um den Chorek zu beruhigen. »Der mit dem Froschgesicht… hm, ich glaube, den kenne ich. Erzähl mir, wie er aussieht.«

»Häßlicher Bursche. Kleiner als ich, aber zweimal so breit. Haut wie Baumrinde. Ich hätte gern gesehen, ob man sie abschälen kann wie bei denen da.« Er wies mit den gebundenen Händen zu den nächsten Bäumen, dann starrte er zwinkernd auf die Hände, bewegte sie hin und her, dann ließ er sie sinken und blickte stirnrunzelnd zu den Ästen auf, die sich hoch über der Straße in einem grünen Gewölbe vereinten. »Mesuch, schmutziger…«

Shadit beugte sich näher und summte ihre Melodie weiter, um ihn mit Hilfe der Droge in den Traum zurückzuziehen. »Erzähl mir von seinen Händen. Wie waren die?«

»Verdammte Krallen an den Fingern, schwarz wie seine stinkende Seele.«

»Und die Augen? Ist dir etwas an seinen Augen aufgefallen?«

»Manchmal schob sich etwas wie eine glänzende Haut darüber.«

»Was sagte er zu dir? Erzähl mir genau, was er zu dir sagte.«

Seine Augenlider zuckten, dann schlossen sie sich ganz. Alle Energie schien aus seiner Stimme gewichen, als er mit tonloser Stimme heruntermurmelte, was er ihm über das Wiederaufladen der Energiewaffe und über den Preis gesagt hatte, der auf die Köpfe der Universitätsleute ausgesetzt war. Gegen Ende der Rede geriet er abermals in Erregung, und diesmal schien Shadits beruhigender Singsang den Erregungszustand nur zu verschlimmern. Unverständliche Wortfetzen flogen ihm von den Lippen, als er den Kopf vor und zurück riß und die Handgelenke zu befreien suchte. Er zerrte so hart an der Fessel, daß das Faserband in seine Handgelenke schnitt. Er beachtete das Blut nicht, drehte die Hände und zerrte, als wollte er sie absägen, um sich zu befreien.

Sein Gesicht wurde röter und röter, die wieder geöffneten Augen glasig, der Mund hing offen und arbeitete – bis plötzlich ein Krampf seinen Körper durchlief, so daß er den Rücken durchdrückte und vom Boden hob, um dann erschlafft zurückzufallen.

»Tot?«

Sie sah sich um. Danor saß mit angezogenen Knien, den Kopf auf die Arme gelegt. Maorgan stand neben ihm. Er hatte ihr die Frage gestellt. »Sieht so aus, aber ich muß mich vergewissern. Reichen Sie mir die Apothekentasche, bitte.«

Shadit sperrte die Verschlüsse der Fesseln auf, rollte die Bänder zusammen und steckte sie in eine Satteltasche. »Sie haben gehört, was er sagte. Es können Dutzende von anderen dort draußen lauern, die scharf auf dieses Gold sind. Wir werden gut daran tun, so schnell zu marschieren, wie wir es den Tieren zumuten können. Wir sind Ziele, bis wir den Medonpaß hinter uns haben.«

13

Taktik und Gegentaktik

Ceam, Heruit und sein Vetter Bothim hockten im Schatten unter den Bäumen am Rand der Meklosümpfe und sahen den Chav aus dem Amphibienwagen steigen und auf den Sumpfbewohner Porach zugehen, der mit gekreuzten Beinen auf einer dicken Schilfmatte saß, umgeben von Flechtkörben mit frischen Fischen, Kräutern, Nüssen und den runden roten Früchten des Bilimbaumes, der tief im Inneren des Sumpfgebietes wuchs.

Die feuchtwarme Brise trug Ceam den Schlangengeruch des Mesuch zu. Sein Magen zog sich zusammen, und er fühlte, wie ihm heiß wurde; er konnte den Blick nicht von dieser massigen Gestalt mit ihrem seltsam wackelnden Gang abwenden.

Als hätte der Mesuch seinen Blick gefühlt, wandte er den Kopf und starrte herüber.

Ceam schlug den Blick nieder und schaute auf den schwarzen, halb getrockneten Schlamm, den er durch das Gras sehen konnte. Nachdem er die Mesuch oben in den Bergen beobachtet hatte, wußte er, wie gefährlich und furchterregend sie waren. Aber er hatte weder den Geruch erwartet noch seine Wirkung, und ebensowenig, welche Wut er in ihm wecken würde. Er mußte an sich halten, um ruhig unter den Bäumen zu hocken und auf den Boden zu starren.

Keine gleichgültige Distanz mehr. Dies war der Feind, der seine Freunde abgeschlachtet und die Eolt verbrannt hatte, der ihm Frieden und Freude genommen hatte.

Der Mesuch nahm die Fische in Augenschein und biß in eine der Bilimfrüchte.

Eolt Kitsek war letzte Nacht durch die Wolken geglitten, um ihnen zu sagen, daß die Mesuch und ihre Kettenfahrzeuge wieder erschienen seien, um die Herzen der Berge zu essen. Nicht mehr so zahlreich wie zuvor, und vorsichtig. Ein umherstreifender Tiogri, der in der Asche nach geröstetem Aas gesucht hatte, habe einen Alarm ausgelöst, und ein Feuerstrahl aus einem Fahrzeug habe dem Tiogri den Schwanz abgesengt, obwohl er mit dem Leben davongekommen sei. Das brachte eine gewisse Befriedigung, weil sie Gerät und ihren eigenen Frieden an eine Gefahr vergeudeten, die nicht existierte. Niemand war an den Bergwerksleuten interessiert, das neue Ziel war ihr befestigter Heimatstützpunkt.

Heruit regte sich, legte Ceam die Hand auf die Schulter und drückte sie. Es war zugleich ein Trost und eine Warnung. Und es half und half doch nicht, weil es Ceam zwar als Geste der Kameradschaft das Herz erwärmte, er aber ärgerlich fand, daß sein älterer Gefährte ihn so leicht durchschaute. Er war als Spion ungeeignet. Jedenfalls für diese Art von Spionage. Er kam sich so nutzlos vor, dazuhocken und zu lauschen, wie dieser gedrungene Mesuch um Fische und Früchte feilschte.

Das Handeln dauerte an. Ceam schaukelte unruhig auf den Fersen, zog Gräser heraus, riß sie in feine Streifen und fragte sich, wie lange er es noch aushalten könne, ohne aufzuspringen und sich auf das Ungeheuer zu stürzen, das sich so absurd wie all die anderen Händler benahm, die er von Kindheit an gesehen hatte. Es kam ihm anstößig vor, daß die beiden einander so ähnlich sahen, Porach und der Mesuch. Beide alt. Er wußte nicht, woher er dies wußte, denn die Mesuch hatten kein Haar, das ergraute, und sie kamen ihm alle runzlig vor, mit Haut wie Baumrinde. Er war aber alt. Das Weiße in den Augen, die für Ceams Wohlbefinden noch immer viel zu scharf waren, hatte eine gelbliche Färbung, und auch seine Bewegungen verrieten, daß er die Zeit der Jugendfrische längst hinter sich hatte.

Endlich war das Feilschen beendet. Porach tat seine Waren in einen Stoffbeutel, Nadel und Faden, eine Spule Angelschnur, dünn und farblos, einige Packungen Farbstoff. Der Mesuch schnippte mit den Fingern, und die zwei jüngeren, die abseits gewartet hatten, kamen herbei und trugen die Körbe aus Schilfgeflecht samt Inhalt zum Amphibienwagen.

Porach stand auf, hängte sich den Stoffbeutel über die Schulter, hob die Matte auf und rollte sie zu einem festen Zylinder, während er das Amphibienfahrzeug davongleiten sah. Als es außer Sicht gekommen war, zog er den langen Stock, den er in den weichen Boden gestoßen hatte, wieder heraus und kam zu ihnen herüber. Beim Gehen schwang er den Stock und bewegte sich mit der eigentümlich gleitenden Gangart des Sumpfbewohners. Seine bloßen Füße drückten, wie es Ceam schien, das Gras kaum nieder.

Heruit räusperte sich.

Porach schüttelte den Kopf. »Nicht hier.«

Sie folgten ihm tiefer in das Sumpfland. Er ging auf einem neuen Pfad; Ceam hatte das in den zweimal zehn Tagen, die er im Sumpfland verbracht hatte, bereits festgestellt. Sumpfbewohner benutzten beinahe nie denselben Pfad am selben Tag zweimal. Vielleicht hatte es den Zweck, alle Zeichen von Benutzung so unauffällig wie möglich zu halten, oder vielleicht wichen sie dadurch einem Raubtier aus, das sonst aufmerksam gemacht werden und sich auf die Lauer legen könnte. Sie sprachen nicht darüber, und Ceams Neugier war groß, aber er war klug genug, nicht zu fragen. Wenn ein Sumpfbewohner einen etwas wissen lassen wollte, sagte er es. Er wurde verdrießlich, wenn man ihn drängte, und eines Tages würde man sich umdrehen, und er würde nicht mehr da sein, und man wäre draußen in den Sümpfen und wüßte nicht, wo, und wagte nicht, irgendwohin zu gehen, weil es überall Sumpflöcher und die Baue von Crogall gab, wo ein Fehltritt den Tod bedeutete.

Porach bewegte sich rasch am Rand eines Altwassers entlang, sprang auf die knieförmigen Stelzwurzeln der Mekekbäume, die im Sumpf wuchsen und sprang in einer eigentümlich unregelmäßigen, bald zögernden und bald ausgreifenden Gangart über die Stelzwurzeln. Ceam folgte ihm langsamer. Er war es nicht gewohnt, barfuß zu laufen, und seine Sohlen hatten einige Parasiten aufgenommen, die juckten und schmerzten, wenn seine Füße auf das harte, knorrige und stellenweise schlüpfrige Holz traten. Hinter ihm waren die Geräusche von Heruits Füßen zu hören, sein Schnaufen und die unterdrückten Flüche, die lauter wurden, je länger sie liefen. Bothim, der den Schluß bildete und kleiner und gelenkiger als die beiden anderen war, belustigte sich über ihre Ungeschicklichkeit.

Von Grasbüschel zu Grasbüschel springend, überwand Porach einen morastigen Streifen und erreichte den weichen Sand einer langen, schmalen Insel, die der Narbe eines Messerschnittes ähnelte. Er hob eine Hand zum Zeichen, daß sie stehenbleiben sollten, dann stieß er das Ende seines Stabes in eine von zahlreichen pickelförmigen Erhebungen im Sand, untersuchte das Ergebnis und kehrte um, bis sie wieder jenseits des Moraststreifens auf den Stelzwurzeln standen. Er zog eine Pfeife aus seinem Kittel und begann hineinzublasen. Obwohl sie keinen hörbaren Ton erzeugte, fühlte Ceam einen Druck hinter den Augen.

Er unterdrückte einen Ausruf, als er den Sand der schmalen Insel in Bewegung geraten sah – etwas rannte dort unter der Oberfläche dahin und verschwand unter dem Wasser, ohne sich zu erkennen zu geben.

Porach überwand wieder die Morastzone, sprang auf die Sandbank und lief weiter. Die anderen folgten.

Er führte sie auf gewundenen, schwierigen Pfaden tief in das Sumpfgebiet, bis sie die kleinen Zwillingsinseln erreichten, wo sie seit zehn Tagen hausten. Diejenige, auf der ihre Schilfhütten standen, war rund und kahl bis auf Gras und Flechten, die von zahlreichem Ungeziefer bewohnt waren, und einem einzigen Regenbaum an einem Ende. Porachs Insel war ein langes, an einem Ende zugespitztes Oval mit einer kleinen Süßwasserquelle, die zwischen zwei Bäumen entsprang und in ein gemauertes Becken floß. Porach und Meiski, seine Frau, hatten Steine und Zementpulver herbeigeschafft und ein sauberes Auffangbecken mit kniehohen Wänden gemauert. Die Quelle hielt das Becken gefüllt, und ein Deckel hielt das Wasser sauber.

Porach blies wieder in seine Pfeife, und diesmal kam ein seltsames Echo aus dem Inneren des Dickichts am Ende der Insel. Einen Augenblick später kam Meiski heraus und brachte ihnen eine lange, schmale Planke mit aufklappbaren Beinen: den tragbaren Steg zwischen den Inseln.

Er hatte ihnen gezeigt, was in diesem Wasser schwamm, und Ceam schauderte jedesmal, wenn er nasse Füße bekam, selbst wenn Porach dabei war und wußte, was er tat.

Als der Steg an Ort und Stelle war, wandte Porach sich um. »Sie sind willkommen, einen Schluck Tee und ein paar Worte mit uns zu teilen.«

Meiski war eine hagere, abgearbeitet aussehende Frau mit grauen Strähnen im langen braunen Haar. Sie war scheu und halb wild, die Anwesenheit von Fremden bereitete ihr sichtlich Unbehagen, obwohl sie höflichkeitshalber hinter Porach kniete und dem Gespräch mit genug Neugier lauschte, um sich von Zeit zu Zeit zu vergessen. Sie brachte ihre Porzellantassen, von denen keine zwei gleich waren, und füllte sie mit heißem, starkem Tee, fügte dünne Fruchtscheiben hinzu und reichte kleine Fladen ungesäuerten Brotes.

Heruit leerte seine Tasse und ließ sie sich von Meiski nachfüllen. »Ich kann nicht sehen, wie uns das weiterbringen sollte. Es sei denn, Sie haben mehr, als ich bisher heraushörte.«

Porachs Mund kräuselte sich in einem schmalen, heimlichen Lächeln. »Weiter als Sie vermuten würden.«

Heruit machte ein entmutigtes Geräusch, das Ceams Gefühle ziemlich gut wiedergab.

Porachs Lächeln wurde breiter. Er spielte den Augenblick aus, dann kapitulierte er vor irgendeinem eigenen Zeitplan. »Zunächst einmal war das keiner von den großen Leuten innerhalb der Befestigung, sondern das, was sie einen Kuli nennen. Er führt die Mesuchschenke im früheren Dumel Dordan. Ich hörte, daß er es nicht zum erstenmal macht, es ist nicht schwer, ihn zu Erzählungen über die alten Tage zu bewegen. Für die Mesuch ist er ziemlich alt. Es gefällt ihm, über alles und nichts zu nörgeln. Er ist stocksauer auf Techniker, die zerstoßene Schalen in sein Lokal gebracht haben, um sie dort anzuzünden und den Rauch zu inhalieren, sagt, sie würden es vollstinken und ihn auf seinem Gebräu sitzen lassen. Er ist stolz auf sein Gebräu, und wenn sie mit dem Rauch anfangen, bedeutet es für ihn eine Herabsetzung. Außerdem werden sie von dem Zeug komisch, sagt er, manchmal bloß schläfrig, rutschen unter den Tisch und schnarchen am Boden, aber manchmal wie verrückt, und dann schlagen sie ihm die Einrichtung kurz und klein. Er sagt, er könne die Typen dabei unterscheiden, wenn nämlich ihre inneren Augenlider die ganze Zeit halb unten sind, gingen sie ganz hinunter, sobald sie das Feuer im Bauch spüren.«

Er preßte die Lippen wieder zusammen, diesmal ohne zu lächeln. Seine buschigen Brauen zogen sich zusammen, und zwischen ihnen erschien eine steile Falte. »Es gibt einiges, was uns Sorgen macht. Gegenwärtig sind dort weniger als hundert von ihnen, aber in ein paar Monaten erwarten sie eine Menge Verstärkung. Wir könnten vielleicht die hundert erledigen. Wenn es Tausende sind – ich weiß nicht. Schlimmer war etwas anderes, was der alte Farkli sagte, als er einmal mit mir Geschäfte machte. Ich mußte von seinem Gebräu kosten, er trank mit mir, und wir unterhielten uns ungezwungen, und da sagte er, die Mesuch hätten anderswo ein ähnliches Problem gehabt wie hier mit dem Rauch. Dort gab es etwas, das ihre Techniker und Ingenieure durcheinanderbrachte. Sie konnten nicht verhindern, daß ihre Leute sich das Zeug verschafften, also hätten sie die ganze Welt erledigt. Geknackt wie eine Nuß. Vom Inhalieren des Rauches werden die Leute ganz verrückt; könnte sein, daß ihre Oberen entscheiden, hier genauso zu verfahren.«

Heruit beobachtete ihn zweifelnd. »Die Welt ist eine große Nuß.«

»Cha oy, aber wenn du überlegst, wie sie hierher kommen, können sie es vielleicht doch.« Er trank seinen Tee aus, reichte die Tasse Meiski zum Auffüllen. »Was ich weiß, sind nur Bruchstücke. Techniker beachten nicht, was sie tun sollten, die Oberen werden nervös, und die Unruhe nimmt zu. Wie wenn man in einem Mutmutnest stochert, daß die kleinen Dinger wie verrückt herumrennen. Kürzlich kam einer von Farklis Leuten zu mir und wollte Schalen kaufen. Ich sagte, ich habe keine, aber ich werde herumfragen. Ich glaube, man kann diesen Kuli dazu bringen, daß er sich in Farklis Schenke an die Techniker heranmacht und aus ihnen herausholt, was Sie wissen wollen.«

»Sie sind gekommen, um Ärger zu machen, das sehe ich.« Parlach war eine breite, kräftige Frau mit einem runden Gesicht, einem Schmollmund und hellen graublauen Augen. Sie schien etwas jünger als Deänin. Als sie es gesagt hatte, zeigte sie ihr ein abwartendes, nichtssagendes Lächeln.

Deänin musterte sie einen langen Augenblick. »Ja«, sagte sie endlich und wartete auf ihre Antwort.

»Gut. Glauben Sie, daß Sie den Ärger vom Haus fernhalten können?«

»Wahrscheinlich.«

»Gut. Was wollen Sie?«

»Zunächst Informationen. Diskret gesammelt. Die Anlage der Mesuchfestung und ihre Arbeitsweise.«

»Hm. Frist?«

»Nein.«

»Gut. Leider muß ich sagen, daß ich nicht viele kenne, denen ich vertrauen kann und die den Verstand haben, diese Arbeit zu tun und nicht erwischt zu werden.«

»Nicht erwischt zu werden, ist wichtiger als die Information.«

»Das leuchtet mir ein. Sie sollten jemanden anders hineinbringen. Sifaed. Sie arbeitet im Hinterzimmer von Farklis Schenke. Hat mehr Umgang mit Technikern als wir, unsere Kundschaft sind meistens Kulis, und einer ihrer Stammkunden ist der Chav, der die Kulis beaufsichtigt.«

»Ist sie an die Schenke gebunden oder geht sie aus?«

»Nachdem sie und die anderen Frauen saubergemacht haben, ist sie meistens bis Mittag frei. Ich könnte ein Treffen verabreden, wenn Sie wollen. Am besten nicht hier. Sie geht am Rand des Moores spazieren, wenn sie von den Mesuch weg will, und dort ist es so gut wie anderswo. Wissen Sie, wie sie aussieht?«

»Nein.«

»Eine große Frau, nicht fett, bloß breit und schwer. Größer als die meisten. Breite Schultern, breite Hüften, hellbraunes Haar mit einem Rotstich, und Locken, wenn die Luft feucht ist. Bevor die Mesuch kamen, war sie Lehrerin und zusammen mit einem Keteng-lehrer, einem Denchok namens Bolabel. Er kam ums Leben, als die Mesuch das Dumel zerstörten. Wie alle anderen Keteng, die sie dort sahen.«

»Verstehe. Ja, vereinbaren Sie eine Begegnung in zwei Tagen. Sagen Sie ihr, daß ich ihre Fährte beobachten und sichergehen werde, daß niemand folgt, bevor ich mich zeige. Ich werde den Namen ihres Lehrerkollegen rufen, um ihr zu zeigen, daß ich es bin.«

»Wollen Sie das wirklich tun?«

»Ja. Wie sie die Sache in Angriff nimmt, wird mir Aufschluß über einiges geben, was ich wissen muß.«

Sifaed machte ein verdrießliches Gesicht. Ihr Ausdruck war verschlossen, ihre Haltung verhieß nichts Gutes, als sie in den Schatten unter den Bäumen trat und darauf wartete, daß Deänin sich zeigte.

»Bolabel«, sagte sie mit ruhiger Stimme, trat dann hinter einem Baum hervor. »Wie lang haben Sie Zeit?«

»Das ist nicht die Frage. Überzeugen Sie mich, daß ich bleiben sollte.«

»Wir haben den Versuch aufgegeben, sie zu vertreiben. Wir haben es jetzt auf den Kopf abgesehen. Wenn wir den erwischen, stirbt auch der Körper.«

»Wie?« Ihre Stimme klang gereizt. »Sie haben nicht gesehen, was hier geschah, als sie kamen. Sie waren nicht hier, sonst würde ich mich an Sie erinnern. Alle Gesichter sind in mein Gedächtnis eingegraben, von jedem, tot und lebendig. Ich habe nach Mitteln und Wegen gesucht, Chel dé weiß es. Sie können da nicht hinein, und ganz gleich, wie groß eine Armee ist, die Sie auf die Beine bringen können, Sie werden nicht einmal nahe herankommen. Die Mesuch werden Sie schneller töten, als mein Vater ein Feld abmähte.«

»Also müssen wir einfach klüger sein als sie. Was wissen Sie über das Innere dieser Festung?« Deänin zog einen Block und einen Bleistift aus der Tasche und wartete.

Sifaeds Augen bekamen einen abwesenden Ausdruck. Sie ließ sich auf eine der knorrigen Wurzeln eines Baumes nieder und starrte stirnrunzelnd auf das schilfige Gras zu ihren Füßen. Nach kurzem Schweigen sagte sie: »Einer meiner Stammkunden ist der Kapo der Erdmänner. So nennen sie die, die für alle Nahrung anbauen. Nicht, daß sie tatsächlich in der Erde graben, das ist den Kulis vorbehalten. Er heißt Ragnal. Ein empfindlicher Typ, voller Groll, hadert mit seinem Schicksal. Sie kennen den Typ. Jedesmal, wenn jemand ihn ansieht, macht er eine Herabsetzung daraus. Sein jüngerer Bruder saß in einem Luftwagen, der abstürzte. Er gibt die Schuld dem Leiter der Ersatzteil- und Werkstattabteilung, sagt, der Mann sei so korrupt, daß er all seine Arbeiter um die Ecke brächte, wenn er könnte, um dann ihren Lohn zu verfressen. Er sagt, Hunnar, das ist der Obermuck, habe seinen Posten bekommen, weil seine Frau aus einer einflußreichen Familie kommt, und daß er schon früher einige Male Mist gemacht habe. Dies sei seine letzte Chance, bevor er zurückgeholt und degradiert wird. Und die meisten von den anderen technischen Mucks seien vom gleichen Schlag, Versager, die man zusammengesteckt habe, weil niemand sonst sie haben will.«

»Hm. Sie sagten, er sei ein empfindlicher Mann.«

»Richtig, aber er ist nicht der einzige, der über die

Art und Weise murrt, wie die Dinge hier laufen. Also vermute ich, daß etwas daran ist. Mal sehen. Die Kulis leben im ehemaligen Dordan. Sieben Männer, sechs Frauen. Es waren mehr, aber Wächter holten vier von ihnen ab, die danach nicht wieder auftauchten. In der Festung gibt es vielleicht fünfzig Wachen. Sie leisten Schichtdienst, immer fünfzehn zur Zeit, zwei vor dem Büro des Obermucks, weitere zwei vor seiner Wohnung. Der Dienst gefällt ihnen, sie brauchen bloß den anderen bei der Arbeit zuzusehen, vom Getränkevorrat des Obermucks zu kosten und sich seine Bilder anzusehen. Patrouillengänge auf der Mauer mit den Zwischenstationen, wo sie die Zeit stempeln müssen, gefallen ihnen am wenigsten. Sie finden es langweilig und können es sich nicht gemütlich machen. Jeder der Wachttürme ist mit ein bis zwei Leuten besetzt, und vier patrouillieren die Mauern. Der Rest hat dienstfrei oder tut, was der Obermuck ihnen sagt. In letzter Zeit haben sie die Schlaffelder heimgesucht und die Wachen eingefangen. Zur Zeit sind zehn von ihnen auf der Suche nach Denchok, warum, weiß ich nicht, die Wachen wissen es auch nicht; sie murren, weil es den Dienstplan durcheinander bringt. Wie viele Techniker dort arbeiten, weiß ich nicht, aber es werden nach dem Anschlag auf das Bergwerk vielleicht ein Dutzend weniger sein. Es gibt vier Arten von Technikern: Bergbau, Sanitätswesen, Nachrichtenwesen und Werkstattabteilung. Bei Farkli habe ich rund dreißig gezählt, aber wahrscheinlich sind es mehr. Vier Mucks unter Hunnar. Man bekommt sie nie zu sehen. Dann gibt es noch Dienstpersonal für den Küchendienst, die Reinigung und so weiter. Darf ich Bleistift und Papier haben?«

Sifaed schlug ein Blatt um und zeichnete ein Viereck auf eine leere Seite. Sie betrachtete es einen Augenblick lang stirnrunzelnd, dann füllte sie es mit kleineren Vierecken und Rechtecken aus und numerierte diese.

Danach schrieb sie die Zahlen am Fuß des Blattes noch einmal mit einer Erklärung neben jeder Zahl, dann gab sie den Block zurück. »Soviel ich weiß, sieht die Anlage so aus. Wenn die Chaven bei mir sind, reden und reden sie wie Betrunkene, die alles loswerden wollen, was sie auf dem Herzen haben. Nun gut, ich gebe zu, daß ich sie dazu ermutige, Sie wissen, warum.« Sie blickte auf den Block in Deänins Hand. »Ich sehe nicht, was für einen Nutzen das haben soll. Sie werden da nicht hineinkommen. Außer den Chaven kommt niemand hinein.«

Deänin steckte Block und Bleistift wieder ein. »Wir werden Sie verständigen, wenn wir einen Weg gefunden haben. Seien Sie vorsichtig, Sifaed. Und überstürzen Sie nichts, ja?«

Sifaed nickte. »Ich höre. Chel dé gebe, daß die Zeit bald kommen möge.«

Feoltir fuhr sich mit den Fingern nervös durch das Haar. Sie hatte es mehrmals gebleicht, bis es weiß genug war, um als Zeichen hohen Alters angesehen zu werden. Sie blickte zu dem Wächter hin, der sich freiwillig erboten hatte zurückzubleiben, und bewunderte die Gelassenheit in seinen verwitterten Zügen. Er wanderte umher und strich mit der Hand über die rauhen braunen Fasern der Schalen, in denen die Schläfer lagen, als wären es Haustiere, die darauf warteten, gestreichelt zu werden. Er nahm Abschied, das war klar. Abschied von Dingen, die wie hölzerne Eier mit der Rinde daran aussahen. Sie wußte sehr wohl, daß sich darin Eolt entwickelten, sie hatte einmal einen embryonischen Eolt ausschlüpfen sehen, klein und glitschig wie Eigelb, hatte beobachtet, wie er blindlings den Himmel gesucht und sich an den Latten und Pfosten der Pergolas emporgezogen hatte, und formlos und tatsächlich ziemlich abstoßend auf das Gitterwerk gekrochen war. Sie hatte zugesehen, wie er aus einem der Wächter Blut gesaugt und angefangen hatte, das Gas zu erzeugen, das seinen Membrankörper aufpumpte und emportrug. Und schließlich hatte sie gesehen, wie er Schönheit angenommen hatte und schwebend aufgestiegen war. War diese Phase erreicht, konnte die Sioll-Bindung geschlossen werden.

Das war der Grund, warum sie hier waren. Ihr Bruder wünschte die Sioll-Bindung. Er saß mit den anderen Jungen und spielte, wenn die Reihe an ihn kam, das Lied, daß er geschaffen hatte, um den neu geschlüpften Eolt zu sich zu rufen. Er hatte die Gabe, ein Eolt senkte den Sprechtentakel herab und legte ihn leicht um seinen Hals. Sie hatte nie das Staunen und die Freude in seinem Gesicht vergessen, auch nicht die schmerzliche Enttäuschung in den Gesichtern der beiden Jungen, die nicht erwählt worden waren.

Und sie hatte nicht einmal die Chance gehabt, zurückgewiesen zu werden. Sie schloß die Augen. Sie hatte soviel Musik wie er in sich, aber niemand hörte auf sie.

Eine Berührung ihrer Schulter. Sie erschauerte, sah sich um. Eagim zeigte. »Sie kommen. Bist du bereit?«

»Ich bin bereit.«

Der Wächter stieß sie in die Zelle. Er war gröber als er sein wollte, aber nicht absichtlich; er hatte bloß seine eigenen Kräfte vergessen. Sie blieb mit einem Fuß an der Türschwelle hängen und fiel schwer auf eine Hüfte. Ihre rechte Hand geriet unglücklich verdreht darunter.

Als sie sich aufrappelte, war die Tür geschlossen und sie allein. Unter Schmerzen tappte sie zum Waschbecken in einer Ecke der Zelle und ließ kaltes Wasser über ihr Handgelenk rinnen. Es begann bereits anzuschwellen. In einer Weile würde sie die Hand kaum noch gebrauchen können, und sie war eine ausgemachte Rechtshänderin.

Sie legte sich aufs Feldbett und zog eine Decke über sich. Ungeachtet der Schmerzen und der Schwäche in ihren Fingern, zog sie die Beine an und begann die Nußschalen zu entfernen, die sie in sich eingeschoben hatte. Eins. Zwei. Dann eine scharfe Kante an der suchenden Fingerspitze. Die dritte Schale war zerbrochen. Sie lag einen Moment still, dann arbeitete sie die Finger tiefer und brachte Bruchstücke der dritten und die vierte und letzte Nußschale zum Vorschein. Als sie am Boden aufgeschlagen war, mußte es passiert sein.

Sie zog so viele Schalenbruchstücke heraus, wie sie ausfindig machen konnte, dann streckte sie sich und lag mit dem verstauchten Handgelenk über den Augen auf dem Rücken. Die Nußschalen waren angefüllt mit Sporen, Eiern von Bohrwürmern und Lungenparasiten. Jetzt war sie selbst von ihnen infiziert, aber das schien ihr gleich zu sein. Es blieb ihr Zeit genug, die anderen dünnschaligen Nüsse in den Gesichtern der Techniker zu zerbrechen, wenn sie sie zu ihren Tests brachten.

Sie schlief ein wenig, und als sie erwachte, war ihr Handgelenk dick geschwollen und verbreitete einen dumpf pochenden Schmerz durch den ganzen Arm. Sie hielt ein Handtuch unter den Wasserhahn, wickelte es sich um den Arm und legte sich wieder hin; nach einer Weile sank sie in einen unruhigen Schlaf und träumte von Würmern, die in ihr fraßen, die aus ihrer Haut hervorbrachen und ihre schleimigen Köpfe hin und her bewegten.

Ein Gong aus dem Wandlautsprecher weckte sie aus ihren Alpträumen. Eine monotone Stimme forderte sie auf, sich zu entkleiden und den roten Blinklichtern zu folgen.

Benommen von Schlaf und Schmerzen, wickelte sie

das Handtuch von ihrem Arm, zog das Gewand der Schlaffeldwächterin aus und hielt blinzelnd nach den Blinklichtern Ausschau.

In Augenhöhe blinkten rote Punkte an der Wand wieder und wieder in schnellen Serien, so daß es aussah, als ob das rote Licht von ihrem Lager zu einer schmalen Tür raste, die jetzt offenstand, die sie vorher aber nicht gesehen hatte. Sie stieg über die erhöhte Schwelle in einen Raum mit glatten, weißgekachelten Wänden. Die Tür schloß sich hinter ihr, und heiße Wasserstrahlen besprühten sie aus mehreren Richtungen. Zuerst brannte es ein wenig, dann wurde es zu einer wundervollen Erfahrung, die Schmerzen und Müdigkeit von ihr spülte.

Viel zu früh wurde das Wasser abgedreht.

»Ziehen Sie den Kittel an, den Sie im Kleiderspind finden werden«, ertönte die Stimme aus dem Lautsprecher. »Ziehen Sie die Pantoffeln an und binden Sie die Schnüre.«

Ihr Handgelenk war mittlerweile so steif und geschwollen, daß sie die Hand kaum gebrauchen konnte. Es gelang ihr, die Schnüre der Pantoffeln um die Knöchel zu binden, dann lehnte sie an der Wand und schnaufte in schnellen, flachen Atemzügen. Ihr Schädel dröhnte, Gesicht und Körper waren schlüpfrig vom Schweiß, Schmerz und Übelkeit drohten ihr den Magen umzudrehen.

»Gehen Sie zur Tür. Gehen Sie zur Tür. Gehen Sie zur Tür.«

Sie beachtete die Stimme nicht. Als sie sich bewegen konnte, ging sie zum Bett, nahm die drei Nußschalen, spülte sie im Waschbecken ab und steckte sie in den Mund.

»Gehen Sie zur Tür. Gehen Sie zur Tür. Legen Sie die Hand auf das gelbe Oval. Legen Sie die Hand auf das gelbe Oval.«

Der Wächter wartete draußen. Sie merkte, daß er zornig war, weil seine inneren Augenlider unten hingen und seine Augen glänzten. Aber er sagte nichts, noch berührte er sie, sondern begnügte sich mit einer auffordernden Geste mit einem langen schwarzen Stock. Als sie gehorchte, ohne Schwierigkeiten zu machen, entspannte er sich.

In dem langen Untersuchungsraum sah sie die andere Frau, die sie kannte, und ein paar männliche Schlaffeldwächter. Bis auf ein paar schnelle Blicke, um sich den Raum für ihr Vorhaben einzuprägen, ging sie folgsam und mit gesenktem Kopf, bis einer der Sanitätsgrade ihr geschwollenes Handgelenk bemerkte und sie fluchend von den anderen wegzog. »Bei Taners Krallen, Tibraz, ich sagte dir, daß du auf deine Hände achtgeben sollst. Dies ist die dritte, die beschädigt ist.«

Sie blickte zu Boden, weil er nicht merken sollte, daß sie etwas von der Sprache der Mesuch verstand. Er legte eine Hand auf ihre Schulter und führte sie zu einem Tisch, auf dem viele Werkzeuge und Instrumente in Reihen angeordnet lagen, legte ihre Hand und den Unterarm in eine Höhlung, die um einiges zu groß für sie war, da sie für die Maße der Chaven geformt war, schob ein Gerät darüber und schaltete es ein. »Hm… Zwei kleine Knochen sind angebrochen, Frau«, sagte er auf Beluchari. »Ich werde Ihnen einen Druckverband anlegen und ein paar Pillen gegen die Schmerzen geben. Dann sollte es wieder in Ordnung kommen.«

Er befreite ihren Arm aus dem Durchleuchtungsgerät und wandte sich ab, einen Schrank zu öffnen. Sie blickte auf. Die andere Frau beobachtete sie. Sie nickte und spuckte eine Nußschale in ihre linke Hand.

Der Wächter kam auf sie zu. Mit einem verzerrten Lächeln wich sie seinem Arm aus, riß die Linke hoch und zerbrach die Nußschale an seinem Gesicht. Aus der Bewegung heraus flog sie herum, spuckte die zweite Nußschale aus und zerschlug sie im Gesicht des Sanitätsgrades, warf die dritte Nußschale auf den Boden, nahm ein schmales Messer mit glattem Griff vom Tisch, wo die Instrumente lagen, setzte sich die scharfe Klinge an die Kehle und schnitt tief.

Auf dem Bildschirm erschien das Gesicht des Ersten Sanitätsgrades Muhaseb. Er war offensichtlich beunruhigt, und seine Farbe war zu einem fahlen Graugrün verblaßt. Hunnar bedeutete Ilaörn mit einer abwinkenden Handbewegung, sein Zitherspiel zu unterbrechen und blickte mißmutig in den Bildschirm. »Was gibt es?«

»Wir haben ein Problem, o Ykkuval.«

»Erklären Sie.«

»Die Gruppe, die diesmal von den Schlaffeldern eingebracht wurde, bestand ungefähr zur Hälfte aus Frauen. Sie gebrauchten ihre, ah, Körperöffnungen, um eine Mischung von Sporen, Parasiteneiern und mikroskopischen Bohrwürmern hereinzuschmuggeln. Vier Sanitätsgrade und sechs Wächter wurden damit beschmiert und sind jetzt einer Panik nahe. Ich ließ sie das Zeug sofort gründlich abwaschen und ihre Gesichter mit Schädlingsbekämpfungsmittel einsprühen, aber sie fühlen sich bedroht und fürchten den Parasitenbefall ihrer inneren Organe. Es ist hauptsächlich Einbildung, aber eine gewisse Gefahr ist natürlich nicht von der Hand zu weisen. Sie möchten jetzt in Tiefschlaf versetzt und mit dem nächsten Schiff nach Haus geschickt werden, um dort den befürchteten Parasitenbefall durch eine Spezialbehandlung abzuwenden. Sie verweisen dabei auf die mit ihren Sippen abgeschlossenen Arbeitsverträge, in denen ein entsprechender Passus enthalten ist.«

»Sie haben die Frauen nicht durchsucht?«

»Im Nachhinein ist man klüger, o Ykkuval, aber bei Taners Krallen, es waren Frauen. Benahmen sich friedfertig und folgsam. Niemand rechnete damit, daß sie solch heimtückische Methoden anwenden würden. Wir beschränkten uns auf das normale Verfahren, wuschen sie von Kopf bis Fuß, nahmen sie in Augenschein, steckten sie in Kittel, die wir bereitgestellt hatten. Es hätte ausreichen sollen, wenn sie gewöhnliche Frauen gewesen wären. Zwei von ihnen verübten nach ihrem Anschlag Selbstmord, aber drei weitere konnten wir rechtzeitig daran hindern und brachten sie zum Verhör. Es war kein Zufall, daß unsere Leute diesmal mehr Frauen als sonst auf den Schlaffeldern antrafen und mitnahmen. Sie gehörten nicht zu den regulären Wächtern, sondern wurden gezielt auf den Schlaffeldern postiert, wo sie auf uns warteten. Sie nennen sich Freiheitskämpfer und meldeten sich freiwillig, obwohl sie so oder so mit dem Tod rechneten, sei es durch die Infektion, die sie verbreiteten, oder von unserer Hand.« Er zögerte. »Wir mußten das Labor vorübergehend schließen und sterilisieren. Mehrere Instrumente wurden beschädigt, und trotz der gründlichen Reinigung gehen die wenigen Sanitätsgrade, die ich noch habe, ungern in diesen Raum. Natürlich werden wir Mittel und Wege finden, die Experimente fortzusetzen, wenn Sie es anordnen, aber meine Empfehlung ist, sie einstweilen zu unterbrechen. Wir sind für diese Art von Arbeit ohnedies nicht hinreichend ausgerüstet.«

»Sehr gut. Fassen Sie Ihre vorläufigen Resultate schriftlich zusammen. Sie wissen, was ich will. Vollständige Aufrichtigkeit, natürlich, aber vielleicht eine Betonung der positiven Aspekte.«

Der Erste Sanitätsgrad verbeugte sich und zeigte seine Erleichterung. »Ich höre und gehorche, o Ykkuval.«

Als der Bildschirm zu einem glasigen Graugrün verblaßt war, schlug Hunnar mit der Faust auf den Schreibtisch und verbrachte die nächsten Augenblicke damit, die Sanitätstechniker, die Wachen und überhaupt den ganzen Haufen von Versagern und Holzköpfen zu verfluchen, mit dem er geschlagen war, die Jagdgesellschaft, die jetzt in weniger als einem Monat fällig war, Beluchad, die Frauen und alle Arten von Beluchari. Schließlich richtete er sich auf, winkte Ilaörn mit einer Hand, deren Krallen noch ausgestreckt waren, obwohl sein Zorn abgekühlt war. »Spiel etwas Beruhigendes. Ich muß nachdenken.«

Ilaörn hob den Kopf und unterdrückte das Lächeln, die Freude, die sein Herz höher schlagen ließ. Zum ersten Mal seit die Wachen des Ykkuval ihn gefangen hatten, fühlte er Hoffnung. Wir werden es schaffen, sagte er sich. Wir werden gewinnen. Seine Hände zitterten, aber die Berührung seiner Zither beruhigte ihn; er legte die Finger an die Saiten und improvisierte einen gedämpften Päan auf sein Glücksgefühl.

Bald unterbrach ein Dreiklang von Glockentönen sein leises Zitherspiel.

Hunnar fluchte abermals, berührte einen Sensor und stand auf. Als der Bildschirm mit einer Darstellung aufleuchtete, verbeugte er sich, bis seine Stirn beinahe den Schreibtisch erreichte, richtete sich auf und faltete die Hände in der Ergebenheitsgeste auf der Brust. »Ykkuval Hunnar ni Jilet soyad Koroumak erfreut sich demütig Ihrer Gegenwart, o Bashogre Aila o Rozen ni Jilet soyad Jilethah.«

Die Gestalt war in schwere seidene Gewänder gehüllt, die in Plattstichstickerei in quadratischen Mustern gearbeitet und mit Edelsteinen und golddurchwirkten Ornamenten reich verziert waren. Das Alter hatte seine Haut zu einem blassen Grünlichweiß gebleicht und so abgemagert, daß die schweren Schädelknochen eine Karikatur aus seinem Gesicht machten. »Eine Freude, ha! Hunnar, dieser Hayzin kommt zu mir und jammert, daß Sie Geld saugen wie ein Schwarzes Loch. Was geht dort vor? Dies sollte ein einfaches Unternehmen sein, nur Erzabbau und Verhüttung und nach Erschöpfung des Vorkommens zurück zu uns. Und natürlich mit den Yaraka fertig werden. Haben die Schwierigkeiten gemacht? Wollen Sie, daß ich in Helvetia eine Beschwerde wegen Behinderung des Freihandels einreiche?«

»O Bashogre, es würde vielleicht weiser sein, das eine Weile ruhen zu lassen. Das Problem, mit dem wir uns hier auseinandersetzen müssen, ist die feindselige Haltung der Einheimischen, denen es gelungen ist, uns einigen Schaden zuzufügen. Die Behebung dieser Schäden und die Ersatzbeschaffung verursachen leider Kosten. Und wenn ich es sagen darf, so ist unser Finanzchef Genrie in allem, was nicht dem Füllen seiner eigenen Taschen dient, ineffizient. Die Finanzlage ließe sich erheblich verbessern, wenn er abberufen würde.«

»Ohne Zweifel, ohne Zweifel. Unglücklicherweise ist das… unter den gegenwärtigen Umständen nicht möglich. Was höre ich da für Musik im Hintergrund? Sie ist bezaubernd zart.«

»Ah. Die Einheimischen sind große Anhänger des Zitherspiels. Ich habe einen von ihnen als Leibeigenen zu mir genommen. Er ist durchaus zahm und sehr begabt. Und es ist ihm nicht erlaubt, den Kushayt zu verlassen, also bestehen keine Sicherheitsbedenken. Wenn Sie ihn angenehm finden, wird es mir eine Freude sein, ihn Ihnen zu geben.«

»Wenn diese Angelegenheit abgeschlossen ist, werde ich Ihr Angebot annehmen, Hunnar. Im Augenblick lieber nicht. Helvetia macht Schwierigkeiten, wenn es um die Institution der Leibeigenschaft geht; man weigert sich, die auf Gegenseitigkeit beruhende Natur der

Beziehung zu verstehen. Eine Ansammlung von degenerierten, rückgratlosen Weichlingen, aber sie kontrollieren den Geldverkehr, also müssen wir Rücksichten nehmen. Ich habe Ihre Datenträger über die Yarakaangelegenheit und den Einsatz des freien Technikers gelesen. Gut gemacht. Aber warten Sie nicht zu lange mit ihrem Entscheidungsschlag. Verzögerungen können leicht zur Ursache eines Fehlschlags werden.«

»Ihre Weisheit ist grenzenlos, o Bashogre. Mein Agent ist gegenwärtig dabei, die Einheimischen im Einflußbereich der Yaraka zum Aufstand anzustacheln. Sobald er meldet, daß die Siedetemperatur erreicht ist, werden wir unter dem Deckmantel eines Angriffs der Einheimischen losschlagen, und die Yaraka werden eliminiert. Wir werden unser Bedauern ausdrücken und darauf hinweisen, daß wir unsere geschäftlichen Aktivitäten freiwillig auf einen einzigen Kontinent begrenzt und unsere eigenen Schwierigkeiten mit einer rebellischen Bevölkerung gehabt haben.«

»Sehr gut. Nun zu der anderen Angelegenheit. Wir sind sehr interessiert an Ihren Plänen. Es ist beabsichtigt, eine besondere Gruppe zu senden, die sich ausschließlich dem Studium der Auswirkungen des Rauches und den logistischen Fragen der Konzentration der – wie nannten Sie sie? – ach ja, der Keteng in Reservationen zu Zuchtzwecken widmen wird. Ein faszinierender Lebenszyklus, das. Die prachtvollen Bilder der fliegenden Geschöpfe lassen mich bedauern, daß mein vorgerücktes Alter mir nicht erlauben wird, dies mit eigenen Augen zu sehen.«

»Mmh. O Bashogre, es gibt eine Komplikation. Ich würde es sehr begrüßen, wenn Sie uns Parasitologen und Ausrüstung zur Bestimmung und Bekämpfung einer Vielzahl von endemischen Parasiten wie Bohrwürmern, Lungenwürmern und gefährlichen Sporen schickten. Gewöhnlich stellen diese Krankheitserreger kein gefährliches Problem dar, aber wir haben einen Zwischenfall im Laboratorium gehabt. Mehrere unserer Sanitätsgrade und Wachen wurden durch Aktionen einheimischer Terroristen solchen Erregern ausgesetzt.«

»Ich verstehe. Wie viele Personen sind betroffen?«

»Vier Sanitätsgrade und sechs Wachen, o Bashogre. Sie haben Stasis und Rückkehr verlangt. Mein Erster Sanitätsgrad bestätigt, daß es in ihren Arbeitsverträgen einen entsprechenden Passus gibt, also muß es geschehen. Es wäre hilfreich, wenn die Leute während ihrer Behandlung abgesondert würden.«

»Gewiß. Wir können kein Interesse daran haben, daß Nachrichten dieser Art zu früh Verbreitung finden. Die Einrichtung des Jagdreservats wird schon genug Schwierigkeiten bereiten. Halten Sie mich in dieser Angelegenheit auf dem Laufenden.« Der Bashogre verschwand vom Bildschirm.

Hunnar holte tief Luft, stieß sie explosionsartig aus. Er blickte zu Ilaörn, der auf seiner Matte in der Ecke kauerte. »Komm. Ich brauche Zeit zum Nachdenken im Dushann-Garten.«

14

Zusammenkommen

»Was?« Aslan machte eine Grimasse zum Kabit der Barke, als sie die Stimme im Funksprechgerät wiederholen hörte, was sie gerade gemeldet hatte.

Kabit Laöful war ein kleinwüchsiger, breitschultriger Mann mit einem der wenigen Bärte, die sie auf Beluchad gesehen hatte, und dazu einem Schnurrbart, dessen Enden gewachst und so hoch gezwirbelt waren, daß sie beinahe an die buschigen Augenbrauen reichten.

Duncan Shears Stimme kam schwach, aber klar herein. Sie klang trocken und unverbindlich. »Neben mir steht ein Abgesandter vom Goes, Aslan. Er hat einen Flieger für unseren Gebrauch mitgebracht, und eine Botschaft. Der Goes ist zu einem stärkeren Bewußtsein der Dringlichkeit der Lage und der Notwendigkeit höherer Geschwindigkeit und besserer Flexibilität gelangt, als eine Flußreise sie bieten könnte.«

»So erfreut ich bin, das zu hören, Mr. Shears, würde ich wünschen, er hätte es sich etwas eher überlegt, bevor ich Zeit und Geduld für Kabit Laöful und seine Barke aufwendete. Wann wird der Flieger zur Verfügung stehen?«

»Er ist hier. Ich habe Assistent Ola beauftragt, Ihre Ausrüstung und unsere Vorräte zu verladen.«

»Ah. Danke. Gibt es noch etwas?«

»Nein, Aslan. Ende.«

Sie steckte das Funksprechgerät in seine Schlaufe an ihrem Gürtel. »Wie Sie gehört haben, Kabit, ist uns ein anderes Transportmittel zur Verfügung gestellt worden. Ich bitte um Entschuldigung, daß ich Ihre Zeit in Anspruch genommen habe. Wenn ich etwas tun kann...«

Er lächelte, und seine Schnurrbartenden wackelten lächerlich. »Sie können mit mir ein Glas Branntwein in Seims Taverne trinken und mir erklären, was es mit diesem Flieger auf sich hat.«

Sie lächelte und nickte. »Wenn Sie mir erlauben, den Branntwein zu bezahlen. Die Erklärung bekommen Sie kostenlos.«

Die Sonne stand tief im Westen, der Abend war ungewöhnlich heiß und still. Von der Landstraße waren nur noch zwei schwach ausgeprägte und mehr oder weniger überwachsene Spurrinnen geblieben, die sich zunehmend steiler durch den Wald aufwärts schlängelten. Shadit ritt an der Spitze, zum Umfallen müde. Die Bahre war zurückgelassen worden, Danor saß auf den Sattel gebunden, hielt sich mit beiden Händen am Sattelknopf fest und starrte angestrengt nach vorn. Wenn der Wald sich lichtete, konnte man dort schon die zwei Gipfel ausmachen, die sich zu beiden Seiten des Passes erhoben. Maorgan folgte mit dem Tragtier und ihrem Ersatzpferd. Seit sie den toten Chorek verlassen hatten, waren sie kaum noch zur Ruhe gekommen und hatten sich jede Nacht mit wenigen Stunden Schlaf begnügt. Die Moospferdchen waren zähe kleine Kerle und hatten sich gut gehalten, aber selbst sie schienen der Erschöpfung nahe.

Shadits telepathische Einfühlung machte wiederholt Männer aus, die sich parallel zu ihnen durch den Wald bewegten, aber jedesmal, wenn sie abstieg und die Straße verließ, um ihnen nachzugehen, schwanden die Berührungen. Sie wurden beobachtet, aber bisher hatte man ihnen keinen Hinterhalt gelegt. Sie begann zu hoffen, daß sie den Paß ohne weitere Schwierigkeiten hinter sich bringen würden.

»Wahrscheinlich wissen sie, daß eine von uns, unsere Zitherspielerin, eingeladen wurde, zum Klobach der Meruu zu sprechen.« Aslan nippte vom Branntwein und lächelte Laöful zu, erheitert von der Geschicklichkeit, mit der er sein Glas am Bart vorbeimanövrierte, ohne ihn zu benetzen. Der Branntwein war für ihren Geschmack zu süß, erzeugte aber eine angenehme Wärme im Magen. Sie beschloß, den Wirt, einen Denchok, nach der Herkunft der Destillate zu fragen. »Sie brachte ein Funksprechgerät wie das, was Sie hörten, in den Versammlungsraum und berichtete uns jeden Abend die Beobachtungen, die sie während der Tagesreise gemacht hatte. Vor nicht ganz zehn Tagen hörten die Berichte auf. Nun, ein Tag machte uns keine Sorgen. Es kann immer etwas dazwischen kommen. Nach zwei Tagen Funkstille begannen wir uns nach den Gründen zu fragen. Nach drei Tagen wußten wir, daß wir etwas unternehmen sollten. Es ging darum, Transportmittel und Sicherheit zu finden. Ein Flieger ist, wie der Name sagt, eine kleine Flugmaschine, sicherlich haben Sie welche davon im Umkreis der Yaraka-Einfriedung am Himmel gesehen.«

Er strich sich mit einer Fingerspitze über die kurzen, borstigen Haare im mittleren Abschnitt seines Schnurrbartes, dann lächelte er wieder. »Es wird die Suche nach Ihrer Freundin viel einfacher machen, also will ich mich nicht beklagen, obwohl ich die Gespräche vermissen werde, die wir hätten führen können. Ich hoffe, der kleinen Zitherspielerin ist nichts zugestoßen. Am Tag Ihrer Ankunft hier hörte ich sie mit Ard Maorgan und den Eolt spielen. Sie ist ein Wunder, Sie würde Ard sein, wenn sie nicht eine Frau und ein Mesuch wäre.«

Shadit zog sich aus den Decken, kauerte fröstelnd und halbwach und versuchte sich aufzuraffen, ihr Gesicht zu waschen und die Zähne wenigstens flüchtig zu putzen und den Geschmack von zu vielen Alpträumen aus dem Mund zu bekommen. Sie blickte auf, als Maorgan aus dem Schatten unter den Bäumen kam. Danor stützte sich schwer auf seinen Arm. Er half dem älteren Mann zu einem Stein beim Feuer und beugte sich über den Wassertopf, den er übergestellt hatte. Er tauchte mit der Spitze des Zeigefingers hinein und schüttelte den Kopf. »Kaum warm, und es kocht.«

»Das macht die Höhe«, sagte sie. »Eine richtig heiße Tasse Tee werden wir erst bekommen, wenn wir auf der anderen Seite der Berge ins Tal absteigen.« Sie gähnte. »Mir ist es gleich, ich nehme den Tee, wie ich ihn kriegen kann.«

»Mh. Ist der Beobachter noch in der Nähe?«

Sie schloß die Augen, drückte die Handflächen an die Schläfen und setzte ihre Geistesberührung in Bewegung, anfangs langsam und unbestimmt, kaum über die Bäume im Umkreis hinausreichend, dann zunehmend sicherer, als die Anstrengung ihr Erwachen förderte. »Ja. Unruhig. Es sind zwei von ihnen, weiter voraus. Sie scheinen die Straße zu beobachten. Wenn man hier von einer Straße sprechen kann. Mir ist nicht klar, wie die Leute Lebensmittel und Versorgungsgüter nach Chuta Meredel schaffen.«

»Freie Eolt befördern Dinge, wenn sie gebraucht werden, und auf der anderen Seite des Tales gibt es einen weiteren Zugang.« Er goß den Tee auf und stellte ihn zum Ziehen beiseite. »Die Meruu wollen das Tal schwerer zugänglich machen.«

»Verstehe. Auf diese Weise muß jeder, der mit einer Beschwerde zu ihnen kommt, für seine Anhörung viel Mühe auf sich nehmen.«

Er stand auf und zuckte die Achseln. »Mag sein. Ich habe nie viel darüber nachgedacht.«

Während er den Moospferdchen ihre Futtersäcke mit Hafer umhängte, legte sie sich auf ihre Decken zurück und tastete die weitere Umgebung ab. Am äußeren Rand ihrer Reichweite gab es eine verschwommene Reaktion. Sie dachte, es sei ein ganzer Trupp, aber sie kamen nicht nahe genug, daß Shadit die verschiedenen Lebensstränge unterscheiden konnte. Es beunruhigte sie, daß diese Leute so viel über ihre Fähigkeiten zu wissen schienen. Dann ballte sie die Hand zur Faust und verwünschte ihre Dummheit in allen Sprachen, die sie kannte.

Der Chorek hatte seinen Hinterhalt in einen Baum gelegt, weil die Leute gewöhnlich nicht aufblickten. Sie hatte ihn dort ausgemacht. Sie wußte, warum er es tat, beglückwünschte sich, daß sie nicht so dumm sei. Darüber hatte sie vergessen, was er gesagt hatte: daß der Chavenspion ein Miniskip hatte. Und natürlich hatte er auch ein Ortungsgerät an Bord. Wahrscheinlich war er oben in den Wolken und beobachtete sie. Wußte Bescheid...

Sie stand auf, ärgerlich über sich selbst, und begann Übungen zum Aufwärmen zu machen, die sie vernachlässigt hatte, weil sie zu müde gewesen war. Bis zum Abend sollten sie die Paßhöhe erreicht haben. Ob das mehr Gefahr oder weniger bedeutete, ließ sich jetzt noch nicht sagen. Immerhin sollte es dort Wachtposten geben, wenn die Chorek in diesen Bergen so stark vertreten waren wie alle sagten. Dann konnte sie endlich Ruhe finden.

Der Tag verlief wie die vorausgegangenen, der Marsch, ein mühsames Stapfen, führte aufwärts durch lichteren, niedrigeren Wald, dessen Zusammensetzung der Höhenstufe angepaßt war. Kein Windhauch regte sich, die Sonne brannte durch das lückenhaft gewordene Laubdach, und der Schweiß rann Shadit über den Rücken, klebte das Haar an den Kopf. Um ihr Reittier zu entlasten, stieg sie eine Strecke zu Fuß, um sich dann wieder eine Strecke tragen zu lassen. Gegen Mittag war sie so erschöpft, daß sie mit halb geschlossenen Augen und immer wieder stolpernd die endlose Steigung hinaufstapfte. Aber stets suchte sie das Gelände in einem Halbkreis nach Lebenszeichen ab. Ihre Sorge nahm zu, als der amorphe Umriß sich parallel zu ihnen bewegte und erreichte einen Gipfelpunkt, als die zwei vor ihnen aus irgendeinem Grund anhielten. Anhielten, aber immer weiterzogen, bevor sie an Verfolgung denken konnte. Keiner von den dreien sprach, als sie an einem Bach haltmachten, um die Pferde zu füttern und zu tränken. Danor hortete seine Kräfte, Maorgan wurde verdrießlich, als die Trennung von seinem Sioll sich in die Länge zog, und Shadit war zu müde zum Sprechen.

Im Laufe des Tages stiegen Quellwolken auf und hüllten die Gipfel ein, blieben aber nicht lange genug, um die Sonnenhitze zu verringern; die Paßhöhe zwischen den Gipfeln blieb frei. Die Luft hier oben war merklich dünner, und alle atmeten angestrengter. Die Bäume waren niedrig und wuchsen zerstreut, von den Winterstürmen zerzaust und verkrüppelt. In der Hitze ließen sie die Blätter hängen, und die Nadeln der Koniferen waren grau überstäubt. Der Blick auf die Paßhöhe wurde frei. Dünnes, vom Sommer gelb vertrocknetes Gras bedeckte die Flächen zwischen den Bäumen, die Pilze waren klein und unscheinbar, viele von ihnen vertrocknet. Die von Ästen und Zweigen hängenden Flechten waren blasser und zerfasert.

Danor schien in der Sonnenhitze zu schrumpfen, bis er nur noch aus Knochen und einem Paar brennender Augen bestand, die starr auf den Sattel voraus blickten, wo der Medonpaß sein mußte.

Maorgan brütete dumpf vor sich hin. Das Zurückbleiben des Waldes gab ihm mehr Himmel zu beobachten, aber es war ein Himmel, an dem kein Melech schwebte.

Shadit entspannte sich ein wenig, als das Gelände übersichtlicher wurde, und verringerte die Häufigkeit ihrer Sondierungen. Sie konnte weit genug sehen, um mögliche Hinterhalte auszumachen und notfalls zu überprüfen.

Kurz nach Mittag erreichten sie den Medonpaß, nachdem sie steinige, kahle Hänge überwunden hatten, und ritten vorsichtig an Geröllhalden vorbei, bis die Fahrspur, zu der die Straße geworden war, eben zwischen Felstrümmern und bröckelnden Mauerresten dahinführte. Felsen und Geröll, Flechten, Moose und eine Mycoflora, deren Vertreter sie nicht benennen konnte, Büschel gelben, windgetrockneten Grases, vereinzelte Gruppen niedriger, windzerraufter Sträucher. Das Klippaklopp der Hufschläge echote laut zwischen den Felsen, über ihnen schrie ein Raubvogel und stieß herab, kam außer Sicht und stieg mit kräftigen Flügelschlägen und zappelnder Beute in den Krallen wieder auf. Sie ritten weiter durch ebenes Gelände, und schließlich zügelte Shadit ihr Reittier und wartete, bis Maorgan an ihre Seite kam.

»Wie lang ist dieser Paß?«

»Über einen Tagesritt. In ungefähr einer Stunde werden wir einen Wachtturm erreichen. Dort gibt es Wasser und Unterkunft. Wir werden dort lagern und morgen früh weiterziehen.«

»Ein Wachtturm? Das heißt, Wachtposten aus dem Tal?«

Er rieb sich die Augen, schenkte ihr ein müdes Lächeln. »Ja.«

Ein schneidender kalter Wind blies von den Höhen, als die Sonne tief im Westen stand. Er durchdrang Shadits Kleidung und kühlte sie bis auf die Knochen aus. Ihr Körper war in einem wärmeren Klima geboren, wo es die meiste Zeit feuchtheiß war und nur wenig kühle Tage gab. So fror sie erbärmlich, als sie in den sinkenden Abend zogen.

In einiger Entfernung kam vor ihnen ein massiver Turm in Sicht, der etwas über dem Sattel der Paßhöhe in die Bergflanke gebaut war. Die schmalen Fensterschlitze glänzten im Licht der untergehenden Sonne, die grauen Granitmauern standen rosig überhaucht im Abendlicht. Shadit berührte den Turm mit der telepathischen Einfühlung. Zwei Leben gab es dort. Die Wachtposten, die Maorgan erwähnt hatte. Sie seufzte erleichtert, schloß die Augen und entspannte sich. Nur noch ein kleines Stück, und sie konnten ausruhen.

Aber einen Augenblick später richtete sie sich im Sattel auf. Man durfte die Vorsicht nicht zu früh außer acht lassen. Zuerst galt es festzustellen, wo die Beschatter geblieben waren. Sie suchte die Berghänge ab, und zwar so hoch in die Luft hinauf, wie sie konnte.

Vom Spion war nichts zu entdecken. Die Gruppe befand sich jetzt hinter ihnen, noch zu weit entfernt, um ihre Größe festzustellen. Wieder griff ihre telepathische Einfühlung zum Turm aus, diesmal mit mehr Konzentration, um ein klareres Bild von den Personen im Inneren zu gewinnen.

Ohne anzuhalten oder sich umzusehen, sagte sie: »Maorgan, gibt es einen Ausweg aus diesem Engpaß?«

Er kam an ihre Seite, sah sie mit einer hochgezogenen Braue fragend an. »Nicht daß ich wüßte. Warum?«

»Wir haben ein Problem. Einen Hinterhalt. Die im Turm sind Chorek, keine Wächter aus dem Tal.

Schauen Sie nicht auffällig hin, bitte, ich möchte nicht, daß sie den Eindruck gewinnen, wir seien mißtrauisch geworden. Es sind die beiden, die vor uns geritten sind.«

»Sind Sie sicher?«

Sie unterdrückte den Impuls, ihn anzufauchen, und sagte mit erzwungener Ruhe: »Ja, ich bin sicher. Sie warten im Turm auf uns, weil sie wußten, daß ich mit einer Besatzung dort rechnen und unbesorgt sein würde.« Sie fuhr sich mit der Hand über die Augen. »Wir brauchen Zeit…« Noch immer nach vorn blikkend, rief sie: »Danor«!

Es blieb einen Augenblick lang still, dann meldete sich seine müde Stimme: »Was?«

»Hinterhalt voraus, sie beobachten uns, wir brauchen einen Vorwand anzuhalten. Simulieren Sie einen Anfall, schreien Sie, was immer Sie für geeignet halten.«

Stille. Das gleichmäßige Geklapper der Hufschläge auf dem steinigen Weg, das schnaufende Atmen der Tiere.

Ein heiserer Schmerzensschrei.

Shadit stockte der Atem, obwohl sie etwas erwartet hatte, dann schwang sie sich aus dem Sattel und lief mit Maorgan zu Danor zurück.

Der alte Mann schwankte im Sattel, hatte den Mund aufgerissen und erzeugte gequälte, heisere Schreie, die von den Berghängen zu beiden Seiten widerhallten.

Maorgan durchschnitt das Seil, das Danors Sitz im Sattel sicherte. Er und Shadit halfen dem alten Mann herunter und legten ihn ausgestreckt an den Wegrand.

Shadit kauerte neben ihm nieder, berührte sein Gesicht. »Fehlt Ihnen was?«

Danor grinste zu ihr auf. Es war das erste Mal, daß sie seine Miene aufgehellt sah. »Sie wollten etwas Auffälliges.«

Sie grinste zurück. »Nun, ich muß sagen, es war sehr gelungen.« Sie nahm den Becher, den Maorgan ihr reichte und hielt ihn ihm hin. »Sie können ruhig aufrecht sitzen. Die Tiere nehmen den Leuten im Turm die Sicht.«

Er stemmte sich hoch, verzog schmerzlich das Gesicht. Seine Schwäche war offenkundig. »Sind Sie sicher?«

»Wie ein Welpe den Geruch seiner Mama erkennt. Sie haben uns seit Tagen beschattet, das macht sie unverkennbar. Augenblick, ich möchte etwas überprüfen.«

Sie wandte sich in die Richtung, aus der sie gekommen waren, und lenkte ihre Wahrnehmung auf die Gruppe der Verfolger. Sie war jetzt klarer auszumachen. Ein Trupp von Reitern, der rasch näher kam. Sie versuchte die verschiedenen Lebenslichter auseinanderzuhalten. Zehn… fünfzehn… zwanzig. Zwanzig! Götter! Und sie holten rasch auf. Sie schätzte, daß ihnen noch eine Stunde blieb, bis sie herangekommen wären. Vielleicht eine Stunde.

»Die Männer, von denen ich Ihnen erzählte, sind beritten und kommen im Trab. Sie werden Schußwaffen und Strahlprojektoren haben. Beide mit größerer Reichweite als meine Betäubungswaffe.« Sie blickte von Maorgan zu Danor und sah, daß die beiden darauf warteten, daß sie ihnen sagte, was zu tun sei. Sie waren Musikanten und gewohnt, überall willkommen zu sein, wohin sie kamen. Es war etwas, was ihr früher schon aufgefallen war. Gewöhnlich war dieser von Eolt und Ard zustandegebrachte Friede eine bewundernswerte Sache. Aber er hatte eine Untüchtigkeit in Krisensituationen mit sich gebracht, und mit einer solchen hatten sie es jetzt zu tun…

Sie sah sich um. Zu beiden Seiten säumten zunächst allmählich, dann steiler ansteigende Hänge den Paßübergang. Sie waren durchsetzt von Schutthalden, Felstrümmern und mit niedrigem Buschwerk bewachsen, wo es Wurzelraum fand. Das brachte sie auf einen Gedanken.

»Maorgan, laden Sie das Zelt ab und fangen Sie an, es aufzubauen. Danor, Sie schreien und stöhnen mit Unterbrechungen weiter.«

»Und Sie?«

»Während Sie ihre Aufmerksamkeit fesseln, werde ich davonkriechen und mich im Schutz der Sträucher und Felstrümmer an den Turm heranarbeiten, bis ich die Betäubungswaffe einsetzen kann. Ich will versuchen, diese Chorek außer Gefecht zu setzen, damit wir lebendig in den Turm hinein können. Die Mauern werden uns einigen Schutz vor den Strahlprojektoren geben, besonders wenn sie auf Distanz bleiben müssen, und die Feuerwaffen werden ihnen nicht viel helfen. Ich denke mir, daß wir uns dort werden halten können, bis man im Tal aufwacht und Hilfe schickt. Fangen wir also an.« Sie bückte sich und begann ihre Stiefel auszuziehen.

Maorgan machte eine skeptische Grimasse. »Ihre Marionetten hören und gehorchen.«

Er machte sich an der Traglast zu schaffen.

Danor nahm einen Schluck Wasser aus dem Becher, räusperte sich und ließ ein neues Schmerzgeheul ertönen, als ginge es ihm ans Leben, während Shadit die Betäubungswaffe am Rücken in den Gürtel steckte und kriechend die Fahrspur verließ, um in der Dekkung größerer Blöcke und niedriger Sträucher weiterzuschlüpfen.

Eine breit ausgewaschene Erosionsrinne im Hang verdeckte den Turm. Sie sprang auf und eilte so rasch und leichtfüßig weiter, wie das abschüssige und unebene Gelände es gestattete, konnte jedoch nicht verhindern, daß immer wieder losgetretene Steine mit lautem Geklapper den Hang hinabkollerten, bis sie an einem Hindernis zur Ruhe kamen, und daß loses Geröll unter ihren Füßen ins Rutschen geriet. Als sie den Rand der Rinne erreichte, der von schrofigen, verwitterten Felsrippen gebildet wurde, legte sie sich auf den Bauch und schob sich vorwärts, bis sie durch niedriges Gestrüpp neben bröckelndem Fels unauffällig den Kopf heben und zum Turm hinüberspähen konnte.

Die Fensterschlitze sprachen eine deutliche Sprache. Meterdicke Wände. Sie schloß die Augen und konzentrierte ihre Aufmerksamkeit. Zwei Wärmequellen, keine Veränderung. Eine Stimmung von Ungeduld, vermischt mit hämischer Freude. Keine Verwunderung oder Beunruhigung. Gut. Es bedeutete, daß die beiden ihr Verschwinden nicht bemerkt hatten.

Sie nagte einen Moment lang an der Unterlippe, entschied dann, daß sie nicht nahe genug war. Auf allen vieren schob sie sich weiter, noch vorsichtiger als zuvor und jede Deckung nutzend, weil sie jetzt weder die Entfernung noch einen Geländerücken als Schutz hatte. Vom Fahrweg drangen Danors Jammergeräusche herüber. Wahrscheinlich hatte er seinen Spaß dabei, aber es klang zu gestellt. Sie biß die Zähne zusammen und versuchte sich zu beeilen, ohne sich zu verraten. Die Chorek mußten Danors Theater jetzt bald durchschauen.

Aber Eile war in diesem unwegsamen Gelände gefährlich. Sie trat durch Unachtsamkeit einen Stein los, der den Hang hinab kollerte, über einen Felsabsatz sprang und dann in weiten Bögen mit hellem Klang auf andere Steine prallend und sie mitreißend zu Tal sauste. Es durchfuhr sie siedendheiß, sie fluchte halblaut und kroch weiter, so schnell sie konnte, brachte weitere Steine ins Rollen, nur noch beseelt von dem Gedanken, nahe genug heranzukommen...

Aus einem Fensterschlitz fuhr ein greller Lichtstrahl, traf den Fels hinter ihr, so daß Tropfen geschmolzenen Granits umherspritzten. Einer traf ihr Bein und brannte ein Loch in die Hose, bevor sie ihn abschüttelte und geduckt weitereilte. Neben ihr qualmte das Gesträuch, Flammen knisterten und knackten.

Der nächste Versuch lag näher, und der Chorek war darauf gekommen, daß er den Finger nicht vom Sensor zu nehmen brauchte und die Waffe einfach hin und her schwenken konnte. Sie blieb den zischenden Sensenbewegungen des Energiestrahls knapp voraus, warf sich hinter den größten Block, den sie finden konnte, und brachte die Betäubungswaffe in Anschlag.

Sie zielte auf den Fensterschlitz, aus dem der Energiestrahl schoß, berührte den Sensor und lächelte, als der Strahl abriß. Sie bestrich den Turm von oben bis unten, dann sondierte sie mit der Geistesberührung.

Eine Wärmequelle war auf Sparflamme, aber die andere hüpfte herum wie ein Tropfen Wasser auf einer heißen Herdplatte. Fluchend arbeitete sie sich näher heran. Sie mußte ihre Aufmerksamkeit zwischen dem Boden unter ihren Händen und Knien und dem Turm vor ihr teilen. Steine klapperten unter ihr, aber das Gebüsch wuchs hier höher und dichter und bot bessere Deckung, solange sie ihren Standort nicht durch heftig bewegte Zweige verriet. Offensichtlich hatte man den Turm in der Nähe einer Quelle erbaut.

Sie fühlte den lodernden Zorn des Chorek, richtete sich schnell auf, um seinen Aufenthalt auszumachen, warf sich dann flach zu Boden, als der Strahl über sie hin zischte. Sie legte den Daumen auf den Sensor, bestrich den Teil des Turmes, wo sie den Chorek ausgemacht hatte, lächelte wieder, als der grelle Energiestrahl verlosch.

»Information«, sagte sie zu sich selbst. »Es läuft alles darauf hinaus, wer die richtigen Daten hat.«

Aslan spähte aus dem Flieger hinab, als er nach dem Start einen Halbkreis über Dumel Alsekum flog. Unten kroch der Geländewagen und der Anhänger mit ihrer Ausrüstung die Straße entlang. Duncan Shears saß am Steuer; er war gerade noch zu erkennen. Sie seufzte und richtete sich auf. »Als wissenschaftliche Untersuchung ist diese Expedition eine Katastrophe. Natürlich weiß ich, daß von Anfang an alles darauf zusteuerte. Und wir haben mit bewundernswerter Tüchtigkeit die uns zugedachte Rolle gespielt.«

In der Ferne schwebten zwei Eolt wie goldene Glasglocken, unterwegs auf einer ihrer rätselhaften Besorgungen. Sie beobachtete die beiden, als der Flieger über der Landstraße flog und ihren Krümmungen folgte. »Ich mache mir Gedanken über die Eolt, wissen Sie«, sagte sie zu Marrin Ola. »Wir betrachten sie und erfreuen uns ihrer Schönheit und lauschen ihrem Sprachgesang, aber was erzählen ihre Geschichten? Wie verläuft ihr Leben?«

»Wahrscheinlich werden wir in Chuta Meredel mehr erfahren. Sollen wir die ganze Zeit dieser Straße folgen? Wir wissen, daß Shadit wohlauf war, bis sie Dumel Olterau verließ. Wenn wir direkt Kurs darauf nehmen, sparen wir eine Stunde ein.«

»Natürlich. Ich habe ein schlechtes Gefühl bei dieser Sache, und je eher wir sie einholen, desto besser.«

Aslan sah die weite Flußebene in steiniges Hügelland mit viel Busch und lichtem Trockenwald übergehen. Die sauber abgemessenen Ackerflächen der Ebene wurden von Viehweiden abgelöst, die den Geländeformen angepaßt waren. Da und dort waren kleine Herden weidender Tiere wie winzige Wattebäusche mit schwarzen Köpfen zu sehen, in denen Aslan Cabhisha erkannte, vereinzelt auch Herden von Bladlan, mageren, lederigen Tieren mit kurzen Geweihen, die wie knöcherne Nachahmungen von Flechtengeweben aussahen.

Als der Fluß wieder in Sicht kam, sah sie eine Barke mit der Strömung gleiten. Sie hatte nur genug Segel gesetzt, um das Steuern zu erleichtern. Ein karmesinrotes Stagsegel und ein zu einem kleinen Dreieck gerefftes smaragdgrünes Hauptsegel. Sie nahm das Aufnahmegerät zur Hand, filmte das Bild, diktierte eine Beschreibung zusammen mit ihrer eigenen Reaktion auf die farbigen Segel, das unterbrochene Glitzern der Sonne auf dem Fluß, die gedämpfteren Farben des Landes, dann steckte sie das Gerät wieder ein. »Es ist eine schöne Welt, dies.«

»Mmh.«

»Ich war nie auf Picabral oder hatte Gelegenheit, mich damit zu befassen. Ist es dort ähnlich wie hier?«

Er zuckte mit der Schulter. »Könnte so gewesen sein. Picabral ist rauher, kälter, ein wenig schwerer und beinahe genauso isoliert. Wurde in der Fünften Welle von Einwanderern besiedelt, die sich vorgenommen hatten, eine Adelsgesellschaft mit Königtum und einer starren Kastenstruktur zu errichten. Sie waren reich genug, um den äußeren Rahmen passend zu ihrer Phantasiewelt zu schaffen. Die Geschichte ist Ihnen sicherlich bekannt.«

»Aber Sie suchten das Weite, wie?«

»Es war ganz einfach.« Er lehnte sich im Sitz zurück, verschränkte die Hände hinter dem Kopf und blickte hinaus zu den Wolken, die über den Gebirgsgipfeln schwebten. Vor ihnen zeigte der Bildschirm des Autopiloten die programmierte Flugroute und ihren gegenwärtigen Standort an.

»Unwissenheit, Zensur und Meinungsmanipulation

waren schon immer hervorragend geeignet, das Volk zu beherrschen, aber natürlich können die Regierenden es sich nicht leisten, alle Schichten diesem Mechanismus zu unterwerfen. Ohne intellektuelle und technische Elite kann ein Staatswesen nicht funktionieren.« Ein kurzes Lächeln zuckte über sein hageres Gesicht. »Diejenigen unter den männlichen Erben der höheren Kasten, die eine gewisse Befähigung erkennen lassen, werden zur Ausbildung auf Universitäten geschickt. So auch ich, und ich blieb einfach.« Er schwieg einen Moment. »In jeder Generation verlieren sie eine gewisse Zahl von uns, aber ich denke, das ist einkalkuliert. Auf diese Weise entledigen sie sich der rebellischen Elemente, derjenigen, die Unruhe stiften könnten.«

»Das ist vielleicht keine besonders gute Idee, wenn man eine lebensfähige Gesellschaft haben will.«

»Meine erwachsenen Vettern neigen nicht dazu, so weit vorauszudenken. An der Macht festzuhalten, ist außerdem wichtiger und unmittelbarer als irgendeine illusorische Abstraktion, die Gesellschaft genannt wird.«

»Ich glaube, Sie vermissen es manchmal.«

»Ach, es ist die Heimat. Nichts kann jemals so Heimat werden wie der Ort, wo man Kind war und aufgewachsen ist.«

»Hm. Nun ja, für Sie trifft das wahrscheinlich zu. Für mich ist die Universität schon lange die Heimat – von dem Augenblick an, als ich dort eintraf.«

Das Land, dessen Durchquerung Shadit Tage und Wochen gekostet hatte, zog unter dem Flieger vorbei. Marrin ließ den Autopiloten eine Schleife fliegen, als Olterau in Sicht kam, ein geschäftiger Ort mit Erzwagen aus den Bergen, die auf hölzernen Schienen daherknarrten, gezogen von mächtigen, schwerfälligen Tieren, die wie belebte Heuschober aussahen. Auf einer mit Granitsteinen gepflasterten Straße schwankten Fuhrwerke, die mit Schurwolle in Segeltuchballen beladen waren. Im Umkreis des Dorfes hüteten Kinder kleine Herden von vier oder fünf Weidetieren oder gänseartiger Vögel. Die Straßen des Dorfes waren belebt von den Besatzungen der sechs an den Anlegebrücken festgemachten Barken. Männer, Frauen und Denchok gingen in Geschäften aus und ein, umdrängten Marktstände und standen in kleinen Gruppen beisammen. Alle hielten in ihren Beschäftigungen inne und starrten herauf, als der Flieger seine Schleife über dem Dorf zog. Am Westrand des Dorfes war Schichtwechsel in der Fasermühle. Arbeiter verließen das Gebäude mit Papierstreifen in den Händen, und die nächste Schicht wartete schon, daß sie den Eingang freimachten. Auch sie blieben stehen und spähten herauf.

Als die Landstraße nach Norden bog, wuchsen die vereinzelten Gehölze nach und nach zu dichtem Wald zusammen. Zwischen den gerundeten Wipfeln der Laubbäume zeigten sich mehr und mehr die dunklen Spitzen von Nadelbäumen. Am Himmel voraus verdichteten sich die Wolken, und der Wind nahm zu. Kurze Regenschauer prasselten auf den Flieger. Vor dem aufziehenden Unwetter breitete sich trübes Zwielicht über das Land aus. Marrin schaltete den Autopiloten ab und steuerte den Flieger so tief er konnte über den Baumwipfeln, damit Aslan die Landstraße mit dem Feldstecher absuchen und mögliche Spuren eines Unglücks oder Überfalls ausmachen konnte.

Außer dem verengten Gesichtskreis des Feldstechers gebrauchte Aslan auch das unbewaffnete Auge, um die Landstraße zu überwachen. Nach ungefähr einer halben Stunde über dem Wald machte sie die Überreste eines Caöpa aus, hauptsächlich verstreute Knochen und Fetzen von Fell und Haaren. »Marrin, ich habe etwas. Fliegen Sie eine Schleife zurück und landen Sie auf der Straße.«

Sie fanden nach einiger Suche die größtenteils abgenagten Kadaver von fünf Moospferdchen an den Straßenrändern und unter den angrenzenden Bäumen. Sie fanden auch drei Tote, ebenfalls weitgehend skelettiert. Die Untersuchung der Gebeine verriet Aslan, daß sie männlichen Geschlechts und demnach Fior waren. Nicht Shadit. Und vielleicht nicht die beiden Ard, die mit ihr geritten waren.

Eine erweiterte Suchaktion entdeckte Reste eines Lagerplatzes, verkohltes Holz, Seilenden, verstreute Haufen von Caöpadung. Und eine blutige Kompresse, die vom Wind unter einen Strauch geweht und so vor dem Regen geschützt worden war. Sie untersuchte das Blut mit Hilfe ihrer Reiseapotheke und atmete auf. Fior.

Marrin kam zu ihr auf die kleine Lichtung. »Dort sind weitere Caöpazeichen. Anscheinend wurden sie angegriffen, die meisten Tiere getötet und einer oder zwei der Männer verwundet. Sie oder Shadit töteten die Angreifer. Bei der Gelegenheit ging wahrscheinlich das Funksprechgerät zu Bruch.«

Aslan ließ die Kompresse fallen. Ein Frösteln überlief sie. »Gut möglich. Die Sache gefällt mir ganz und gar nicht. Also weiter.«

Als sie Dumel Minach erreichten, hatte das Unwetter die Eolt fortgeblasen. Sobald er das Dorf erblickte, wandte Marrin sich zu Aslan. »Wollen Sie hier haltmachen? Wenn einer von ihnen verletzt wurde, dann werden sie eine Weile hier geblieben sein. Die Leute da unten wüßten, was geschehen ist.«

Sie schüttelte den Kopf. »Nein, lassen Sie uns weiter fliegen. Wenn wir keine Anzeichen sehen, daß sie selbst hier sind und Chuta Meredel nicht erreicht haben, können wir immer noch zurückkommen.«

»Es ist nicht mehr viel Tageslicht übrig.«

»Wenn Sie müde sind, können wir die Plätze tauschen.«

»Mag sein, daß Sie die besseren Augen haben, Aslan, aber ich habe kein gutes Gefühl dabei, in unbekannter Gegend bei Nacht zu landen, nicht nach dem, was wir gesehen haben.«

»Ah ja, wahrscheinlich haben Sie recht. Hängt davon ab, was wir finden. Also weiter.«

Nicht lange nach Sonnenuntergang stieg der Mond auf, ein trübes, verwaschenes Licht hinter den Wolken. Die Landstraße wurde schmaler, verschwand dann ganz unter dem Laubdach, und nur die Brücken über die zahlreichen Bäche halfen ihnen als Wegmarken, auf der Spur zu bleiben.

Marrin flog jetzt mit verringerter Geschwindigkeit und hatte die Ortungsgeräte eingeschaltet. Tiere hielten sich von der Straße fern, es sei denn, sie querte ihren Wechsel, und so waren die vom Wärmebildgerät festgestellten Lebewesen, für die eine Nachtlandung und Überprüfung erforderlich waren, glücklicherweise selten. Sie sahen keine Spur von den Gesuchten, auch dann nicht, als der Wald sich lichtete und die Straße gleichmäßig ansteigend ins Bergland hinaufzog. Aslan beobachtete den Straßenverlauf und die Umgebung im Mondlicht mit dem Feldstecher, aber es war ermüdend und ernüchternd. Sollten Shadit und die beiden Fior tot sein, konnten sie die Leichen überall im Wald überflogen haben, ohne es zu bemerken.

Trotzdem war es die richtige Entscheidung gewesen weiterzufliegen. Sie würden Shadit finden, ob lebendig oder tot; eine kleine Verzögerung würde nicht allzuviel ausmachen. Dieses Wissen war allerdings nicht geeignet, ihre Sorgen zu zerstreuen.

»Strahlprojektor!« Marrin beschleunigte und zog den Flieger in einem weiten Bogen von der Paßstraße weg.

Aslan setzte den Feldstecher ab, fuhr sich durchs Haar und starrte angestrengt in die Dunkelheit vor sich, und zuckte zusammen, als ein greller Lichtstrahl die Nacht durchschnitt. Der Widerschein erhellte etwas, was wie eine Art Turm aussah. Der grelle Lichtstrahl brach ab, und fast gleichzeitig blinkte die Warnlampe des Ortungsgerätes. »Ah! Strahlprojektor. Wer das wohl sein mag... Gehen wir höher, Marrin, am besten in die Wolken. Ich möchte sehen, wie viele da draußen sind. Mit Strahlprojektoren möchte ich Überraschungen lieber vermeiden. Sie könnten uns im Nu herunterholen.«

Er nickte und ließ den Flieger höhersteigen.

Shadit schob sich an einen Fensterschlitz, fuhr zurück, als ein Energiestrahl durch die schmale Öffnung zischte. Der Mann mußte erstaunlich gute Augen haben. Der Energiestrahl schmolz hinter ihr Kerben in die Decke und ließ geschmolzenen Stein umherspritzen; aber der Auftreffpunkt lag zu weit zurück, um sie zu gefährden. Sie schloß die Augen, sondierte die Richtung, aus der der Energiestrahl kam, hob die Betäubungswaffe und berührte den Sensor. Der Lichtstrahl tanzte auf und nieder, der Fensterschlitz wurde dunkel, und das Lebenslicht glomm schwächer, also hatte sie wieder einen erwischt. Das Problem bestand darin, daß es zu viele von ihnen waren... Sie hob die Ladungsanzeige vor die Augen, um sie zu überprüfen, und ächzte. Die Waffe wurde von der Universität an Expeditionen ausgegeben und hatte ein großes Reservoir, aber die Eroberung des Turmes hatte es vermindert, und das bedeutete, daß sie früher als gewollt würde anfangen müssen, die erbeuteten Strahlprojektoren einzusetzen.

In dem benachbarten Raum auf der anderen Seite des Turmes krachte ein Schuß, dessen Lautstärke von der gerundeten Außenmauer und der offenen Tür ohrenbetäubend verstärkt wurde. Anscheinend versuchten sie am Berghang vorbeizuschlüpfen, um den Turm von allen Seiten einzuschließen, und Maorgan hatte ihre Bewegung gesehen. Sie wünschte, sie könnte sich in drei aufspalten. Daß sie sich in den Turm hatten retten können, war ein Segen gewesen, aber sie waren zwei Verteidiger, die sich einer Zahl von wenigstens zwanzig Angreifern erwehren mußten. Sie dachte an den Preis, den der Chavenspion auf ihren Kopf ausgesetzt hatte, und kämpfte eine zornige Aufwallung nieder, die im Augenblick jede Geistesberührung zudeckte.

Sie kniete mit geschlossenen Augen, die Stirn an den kalten Stein gepreßt, beruhigte sich und wandelte den Zorn in Entschlossenheit um. Es war nicht bloß der Spion, der war nur ein Werkzeug, es waren die Chaven in ihrer Enklave jenseits des Ozeans, die ihren Tod verordnet hatten und die letzten paar Jahre stahlen, die ihr noch geblieben waren. Einen Augenblick lang fand sie den Gedanken amüsant, sich nach zwanzigtausend Jahren wegen ungefähr hundert zu erhitzen, aber es ernüchterte sie rasch. Es war der Grund, daß sie Aleytys gebeten hatte, ihr einen Körper zu beschaffen. Nun, da ihr Ende stets vor ihr stand, waren die Tage, sogar die Stunden wie Juwelen von unschätzbarem Wert. Strahlender und leuchtender. Oder jedenfalls sollten sie es sein. Sie dachte an ihre jetzige Lage und seufzte. »Ich bin nur lebendig, wenn ich drauf und dran bin, tot zu sein. Götter, was für eine… Digby, es sieht so aus, als hättest du eine Agentin bekommen. Wenn ich dies überlebe.«

Sie legte die Betäubungswaffe auf den Boden und hob einen der Strahlprojektoren, die sie den betäubten Chorek abgenommen hatte. Danor hatte um einen gebeten, aber es gab einiges, was sie trotz allem nicht tun würde; einem Verrückten eine Energiewaffe in die Hand zu geben, gehörte dazu. Nicht aus rein altruistischen Motiven, aber sie würde für den Wahrheitsnachweis eine überprüfte Aussage machen müssen und wollte vermeiden, daß dabei solche Geschichten ans Licht kämen.

Sie schloß die Augen, fühlte vier von Haß und Gier befeuerte Chorek zum Turm kriechen, die ein Überrumplungsmanöver im Sinn hatten. Sie legte den Strahlprojektor wieder aus der Hand, griff zur Betäubungswaffe und schwenkte den Fächer über die Linie der Angreifer. Dann ging sie wieder unter der dicken Mauer in Deckung und fühlte mit der Geistesberührung herum. Drei waren ausgeschaltet, aber den vierten hatte sie offenbar nur gestreift, denn er kroch jetzt fort. Sein nervöses Zittern verriet ihr, daß sie ihn nicht ganz verfehlt, sondern Fuß oder Hand getroffen hatte, nicht genug, um ihn zu betäuben, aber ausreichend, daß er sich für eine Weile Sorgen machen müßte. Der Fuß. Sie kicherte nervös, hörte aber auf, als sie die Anspannung darin hörte. Vor nicht langer Zeit hatte sie ihren eigenen Fuß betäubt, als sie vor jemandem auf der Flucht gewesen war. Hoffentlich war dem dort draußen so unheimlich zumute wie ihr damals.

Sie lehnte sich an die Wand und sammelte Kraft für die Abwehr des nächsten Angriffs, denn sie war so müde, daß es schwierig wurde, die nötige Konzentration aufrecht zu erhalten. Ohne sie aber würde ihre Zielgenauigkeit leiden, und sie geriete in Gefahr, den geringen Energievorrat nutzlos zu verpulvern.

Wenigstens ein Dutzend von ihnen war noch auf den Beinen. Wenn sie nahe genug herankämen, daß sie in den toten Winkel der Mauern gelangten, würde die Eisentür sie nicht länger als zwei Minuten aufhalten; dann würden Maorgan und sie versuchen müssen, die Treppe zu halten, und die Böden waren nicht dick genug, um den Strahlprojektoren zu widerstehen...

Ein lautes Geräusch riß sie aus ihrer trüben Betrachtung. Sie wagte einen schnellen Blick aus dem Fenster.

Mit hohlem Pfeifen stieß ein Flieger aus den Wolken herab, fegte in geringer Höhe über den Paß und kam außer Sicht.

Sie ließ sich auf die Knie sinken, legte den Kopf an den kühlen Stein und bot, wie sie hoffte, zum letzten Mal in langer Zeit ihre Fähigkeit zu telepathischer Einfühlung auf. Alle Lebensquellen, die sie berührte, waren zu dem dunkelroten Glimmen gedämpft, das ein sicheres Zeichen von Bewußtlosigkeit war. Sie suchte den Flieger – und ihr schwindelte vor Erleichterung. Aslan und Marrin.

Sie steckte die Betäubungswaffe in den Gürtel, hob die beiden Projektoren auf und erhob sich. Ihr ganzer Körper schmerzte, als wäre er mit nassen Handtüchern durchgeprügelt worden. Auf dem Weg zur Treppe stieg sie vorsichtig über die noch heißen, erstarrenden Gesteinsspritzer, die aus der Decke geschmolzen waren, dann schaute sie ins Nebenzimmer. »Maorgan, Danor, es ist vorbei. Wir werden gerettet.«

Maorgan kam zur Tür, die Feuerwaffe in der Armbeuge. »Dieser Flieger, meinen Sie?«

»Cha oy, Aslan und ihr Assistent. Sie müssen sich Sorgen gemacht haben, als das Funkgerät ausfiel und ich keine Meldungen durchgeben konnte.«

»Hat lang genug gebraucht, die Frau.«

»Wahrscheinlich, weil sie den Goes erst überreden mußte, ihr den Flieger zu überlassen.« Sie gähnte.

»Ihoi! Bin ich müde. Seien Sie so gut und öffnen Sie ihnen die Tür.«

»Sind Sie sicher?«

»Habe ich mich bisher geirrt?« Ihr Tonfall verriet eine müde, überdrüssige Gereiztheit, und er machte ein beleidigtes Gesicht. Zu dumm.

Sie gähnte wieder. Das Licht der Öllaterne, die Maorgan in der freien Hand hielt, warf Schatten wie bewegtes Wasser auf die Wände. Er stand unschlüssig, dann stieg er mit schweren Tritten die hölzerne Treppe hinunter. Sie setzte sich auf den Boden, den Rücken an der Wand, und versuchte wach zu bleiben, bis Aslan käme.

15

Möglichkeiten

Ilaörn lag im Dunkeln und lauschte dem Regen, der auf das Dach und die Wände des Gartenschuppens trommelte. Die letzte Meldung, die ihn erreicht hatte, besagte, daß Kitsek in der ersten regnerischen Nacht über die Festung der Mesuch schweben und den Sack abwerfen würde. Er mochte nicht darüber nachdenken. Er verdrängte den Gedanken an das, was es bedeutete. Statt dessen vergegenwärtigte er sich die Szene, die er beim Abendessen miterlebt hatte, und genoß den siedenden Groll unter den Anführern der Chaven. Der Ykkuval Hunnar, der Erste Sanitätsgrad Muhaseb, Memur Tryben, der Finanzverwalter Genri, der Chef der Nachrichtenabteilung Choznek – alle knurrten einander an wie bissige Hunde.

Tagsüber hingen die Wolken tief über dem Kushayt; die Luft war fast windstill und feuchtwarm. Bei Sonnenuntergang setzte Regen ein, ein paar Schauer mit riesigen Tropfen, die auf den Boden klatschten, dann ein gleichmäßiges Herabrauschen, das auf die Dächer des Kushayt trommelte und eine tiefe Melancholie über die Chaven brachte, die am Tisch des Ykkuval speisten. In seinem Winkel spielte Ilaörn auf Hunnars Anweisung muntere Tanzweisen, aber mit einer subtilen Taktverzögerung, von der er hoffte, daß sie die durch Fehlschläge und Todesfälle bei den Experimenten entstandene und durch das Regenwetter verstärkte trübe Stimmung nicht zu sehr aufhellten.

So oder so, alle waren gereizt und mißgelaunt und

gingen einander auf die Nerven. Hunnar machte spitze Bemerkungen über Genri und hob die Oberlippe zu einem Lächeln, das nichts mit Humor zu tun hatte, aber alles mit der Drohgebärde gebleckter Zähne. Genri wiederum ließ durchblicken, daß er Hunnar für unnötige Geldverschwendung und die Vergeudung von Ausrüstungen und Leben verantwortlich machte. Tryben mußte sich Bemerkungen anhören, die ihn der Trägheit bezichtigten, weil er nicht habe verhindern können, daß eine Bande von primitiven Eingeborenen, die es noch nicht einmal zu Elektrizität gebracht hatten, ihn und seine Wachen an den Nasen herumführten. Und Muhaseb mußte sich Zweifel an seinen Fähigkeiten anhören.

Es war eine unbehagliche Mahlzeit, und Ilaörn hatte seine Freude daran.

Ausnahmsweise entließ Hunnar ihn frühzeitig und bestätigte damit, was Ilaörn seit langem argwöhnte. Dem Ykkuval lag an Musik ungefähr so viel wie an Meditation. Er hatte einen Dushann-Garten und einen Hofmusiker als Statussymbole, aber das war alles. Es amüsierte ihn, Ilaörn bei sich zu behalten, solange die Musik ihn nicht bei seinen Tätigkeiten störte.

Der Regen rauschte herab, als er vom Hauptgebäude zum Gartenschuppen lief, schlug ihm auf Kopf und Schultern und durchnäßte ihn in kürzester Zeit. Die Zither war in ihrem Tragesack aus Leder und trocken, als er sie herausnahm, aber er wischte sie trotzdem sorgfältig mit einem ölgetränkten Lappen ab, löste die Spannung der Saiten und schlug die Zither in eine Decke. Dann kleidete er sich aus, rieb sich trocken und streckte sich auf dem Bett aus, die zweite Decke über sich gelegt.

Wir fügen ihnen Schaden zu, dachte er bei sich. Wir fügen ihnen wirklich Schaden zu. Noch haben wir sie nicht hinausgeworfen, aber ich beginne zu glauben, daß es uns gelingen wird... Er schnitt den Gedanken ab, bevor er weiterging, ließ sich Kinderlieder durch den Kopf gehen, deren einfacher, eintöniger Rhythmus mit seinem Herzschlag einherging. Er paßte sogar sein Atmen dem Rhythmus an, schloß die Augen und konzentrierte sich ganz auf das Lied, um alle anderen Gedanken auszuschließen: *Caöpa Caöpa wo gehst du zur Weide? Überall wo ich nicht Hunger leide. Caöpa Caöpa wohin läufst du allein? Klippaklopp Klippaklopp in den Sonnenschein...*

Er war dem Einschlafen nahe, als ein tiefer Orgelton das Trommeln des Regens durchbrach. Er drückte die Augen zu und zog die Decke fester um sich, dann seufzte er und setzte sich auf.

Als er in den Regen hinaustrat, hatte dessen Intensität ein wenig nachgelassen. Er beschirmte seine Augen und blickte auf.

Zu seiner Erleichterung durchschossen keine Lichtlinien die tiefhängenden Wolken. Diese halbtauben Chaven mußten es für Donner gehalten haben.

Ein kleiner dunkler Klumpen fiel aus den Wolken, kam schräg herab, als er vom Wind erfaßt wurde. Ilaörn erkannte, daß er beschwert war, andernfalls hätte die Luftströmung ihn davongetragen; auch so hinderten ihn nur die Wipfeläste des Kerrebaums daran, über die Mauer zu gehen und draußen zu Boden zu fallen. Fluchend rannte er auf den Baum zu und fing das Paket auf, als die schwankenden Äste es fallen ließen.

Wieder im Schuppen, trocknete er sich ein zweites Mal ab, zündete eine Kerze an und setzte sich mit gekreuzten Beinen aufs Bett, um seine Beute zu öffnen.

Eingebettet in eine federnde Masse von Flechtenfasern, fand er ein halbes Dutzend kleinerer Päckchen, sauber etikettiert und mit Wachs versiegelt. Auf dem Boden des Pakets lag ein kurzer Brief. Er hielt ihn nahe an die Kerzenflamme und runzelte angestrengt die Brauen, als er sich mühte, die Schrift zu lesen.

Ard Ilaörn, wir grüßen und segnen Dich für den großen Dienst, den Du dem Volk von Beluchad erwiesen hast. Wir rufen Dich jetzt zu noch mehr Opfer und Hingabe an unser Volk und unsere Heimat auf. Lege die Päckchen mit Rekasporen in die Luftansaugöffnung vom Büro des Ykkuval; wir glauben, dies wird die Sporen in den Keller tragen, wo die Hauptmaschine steht. Wir hoffen, die Reka werden dort wurzeln und die Maschine töten. Seit den Angriffen auf die Kettenfahrzeuge wird das Wasser für die Festung durch eine Serie von Filtern geleitet, um zu verhindern, daß Sporen ins System eindringen. Es wird mehrmals wiederverwendet und neu gefiltert, aber die inneren Filter sind weniger wirksam und werden einiges durchlassen. Suche nach Mitteln und Wegen, um das Päckchen mit dem Pulver, das als ›Ederedda‹ gekennzeichnet ist, ins Trinkwasser zu schütten. Es wird sie nicht töten, aber einige Stunden lang werden sie sich so schlecht fühlen, daß sie lieber den Tod vorzögen. Es sind zwei Ederedda-Päckchen beigelegt. Wenn möglich, schütte den Inhalt von beiden im Abstand von ungefähr fünf Stunden ins System. In dem ›Dok‹ markierten Päckchen wirst Du zwei Wurfpfeile finden. Die Spitzen sind mit frischem Minik präpariert, also sei sehr vorsichtig damit. Wenn Du eine Gelegenheit hast, stecke diese Pfeile dem Ykkuval in die Haut. Wir haben Minik an Chaven erprobt. Sie sterben noch schneller als Beluchari. Allerdings wird es etwas schwieriger sein, weil die Chavenhaut mit Ausnahme einiger Stellen zu dick ist, als daß die Pfeile, wenn sie geworfen werden, sie durchdringen können. Kräftig durch die Haut gestoßen, sollte es jedoch möglich sein. Wenn der Ykkuval zuläßt, daß Du hinter ihm gehst, ist der Bereich, wo seine Ohren am Schädel angewachsen sind, verwundbar, auch seine

Handflächen und die Innenseite der Ellbogen. Auch seine Augen, wenn Du sie erreichen kannst, bevor die inneren Lider sich schließen; sie sehen dünn und verwundbar aus, sind es aber nicht. Ferner die Innenseiten seines Mundes und der Ohren. Wenn Du nicht glaubst, daß Du an eine dieser Stellen herankommst, würde es besser sein, den Versuch zu unterlassen. Das Minik wird sieben Tage wirksam bleiben. Versuche nicht, die Wurfpfeile nach Ablauf dieser Zeit zu gebrauchen. In dem Päckchen mit der Aufschrift ›Tugh‹ wirst Du zwei mit Wachs bedeckte Pillen finden. Sie enthalten flüssiges Amikta. Eine ist für Dich, die andere kann in jedes Getränk getan werden, sobald es unterhalb der Temperatur kochenden Wassers bleibt. Handelt es sich um ein kaltes Getränk, zerdrücke die Pille zwischen den Fingern. Du solltest wissen, daß das Amikta Dich auch töten wird, wenn Du es mit den bloßen Fingern berührst. Es ist anscheinend ohne Geschmack oder Geruch, jedenfalls können die Chaven keinen feststellen. Auch dies haben wir an Gefangenen erprobt. Chel Dé segne Dich, Ard Ilaörn, und gebe Dir Frieden.

Der Rat von Beluchad in Gefahr

Er rieb mit der Spitze des Zeigefingers über die Unterschrift, seufzte und schüttelte den Kopf. Was immer geschah, die Welt, die er kannte, war für immer untergegangen. Er las den Brief ein zweites Mal, um sich alles einzuprägen, dann rollte er ihn zusammen, hielt das Ende in die Kerzenflamme und saß dann, das gerollte Papier in der Hand, und beobachtete, wie es verbrannte.

Der Gedanke, wirklich zu tun, was sie von ihm wollten, verursachte ihm Magenschmerzen, und seine Hand zitterte so stark, daß das Feuer ausging und er es an der Kerzenflamme wieder entzünden mußte. Es war nicht so, daß die Ausführung schwierig wäre.

Er kannte Hunnars Büro so gut wie die Saiten seiner Zither.

Aber was sie von ihm verlangten, war Selbstmord.

Selbst wenn er nicht versuchte, Hunnar zu töten, sobald die Verseuchung des Trinkwassers entdeckt wurde, kam niemand außer ihm als Täter in Frage. »Ich kann es nicht.« Ein Schaudern überlief ihn. Tränen liefen ihm über die Wangen. »Ich kann es nicht. Ich kann es nicht. Ich… kann nicht…«

16

Pläne und Taten

banikoe, Medonpaß, kurz vor Sonnenaufgang. Der Morgen war kalt, Tautropfen glitzerten im frühen Licht, das auf der Paßhöhe und den Bergen lag, während die Täler noch von nebligen Schatten erfüllt waren. Shadit stand mit Aslan vor der eisernen Tür des Turmes und sah Maorgan nach, der die Moospferdchen die Kehren vom höhergelegenen Turm zur Straße hinabführte. Sie rieb sich die Augen, gähnte und fröstelte. Ihr Körper war steif und schmerzte vor Übermüdung. »Wenn Sie Danor mitnehmen, wird es leichter für ihn sein als auf einem Pferd.«

»Sind Sie sicher, daß Sie nicht mitkommen wollen?«

»Ich kann die Tiere nicht im Stich lassen, Aslan. Außerdem ist dies die vereinbarte Art und Weise, und ich denke, es ist besser, wenn wir uns an das Drehbuch halten.«

»Gut. Wir werden Ihnen eine Stunde Vorsprung geben und niedrig fliegen, wenn wir folgen.«

Shadit lächelte. »Es macht Ihnen Spaß, wie?«

Aslan zog die Brauen hoch, dann lächelte sie und seufzte zugleich. »Richtig. Es ist eine faszinierende Gesellschaft. Seit vielen Generationen isoliert, haben die Bewohner es geschafft, ein reibungsloses Zusammenleben beider Arten zu erreichen. Dann ist da die Sioll-Bindung. Ich möchte mehr darüber erfahren. Auch über das Zusammenwirken der beiden Arten. Es wäre interessant zu sehen, ob die Yaraka, sollten sie lange genug dableiben, ebenfalls integriert werden können.

Aber das ist mehr als ein Lebenswerk, Shadow. Ich muß mich glücklich schätzen, wenn ich das erforschen kann, was wir vor uns haben.«

»Es sei denn, die Chaven erringen die Herrschaft.«

Aslan machte ein Gesicht. »Wenn sie es tun, werden wir alle tot sein, also mache ich mir deswegen keine Sorgen.« Ihre Grimasse wurde zu einem Grinsen, sie machte eine Faust und stieß Shadits Schulter an. »Die Sorgen werde ich Ihnen überlassen, Shadow. Und die Pläne, wie das verhindert werden kann.«

»O danke.«

Aslan schmunzelte. »Ja. Und noch etwas ist zu erledigen. Ich werde die Erfüllung Ihres Vertrags melden, wenn es Ihnen nichts ausmacht. Auf diese Weise brauchen Sie sich nicht an Einschränkungen gebunden zu fühlen, die der Vertrag mit der Universität Ihnen auferlegt.«

»Hm. Das muß ich mir durch den Kopf gehen lassen.«

»Shadow, Sie wissen, daß Sie vielleicht Handlungen werden begehen müssen, von denen die Universität sich distanzieren müßte, wenn Sie noch unter Vertrag wären. Es schützt Sie selbst. Wenn Sie nicht als vertragliche Agentin der Universität auftreten, können die Direktoren im Vorstand Einmischungen in lokale Angelegenheiten eher tolerieren oder außer acht lassen.«

Shadit nickte. »In Ordnung, dann machen Sie es so.«

Melitoe, Dushann-Garten, Kushayt, Nacht.

Zusammengekauert, voller Selbstvorwürfe wegen seiner Unzulänglichkeit, saß Ilaörn neben dem Bach und lauschte den Botschaften der Zither, die von außerhalb der Mauern zu ihm drang. *Wann?* fragten ihn die Töne. *Wann wirst du handeln?* Ihn schauderte. *Wir müssen es wissen, Ard. Wann?* Er hatte seine eigene Zither im Schuppen gelassen, denn er wußte keine

Antwort. Er konnte nicht sagen *Noch nicht.* Die Antwort könnte sein *Niemals.* Den ganzen Tag hatte er die Luftansaugöffnungen beobachtet, hatte jede Bewegung verfolgt, die Hunnar machte. Er war hinter dem Chav vorbeigegangen, probeweise, und hatte nichts als ein irritiertes Abwinken geerntet. Er konnte es nicht. Er konnte es nicht tun, konnte seine Hände nicht dazu bewegen.

Banikoe, Tal von Medon, gegen Mittag.

Das Tal von Medon war ein gedrungenes Oval mit dem See an einem Ende und einem ständigen Schimmer von Dunst aus Hunderten von heißen Quellen, die durch Schichten von Moos und Flechten blubberten, von Geysiren, die ihr Wasser höher als Baumwipfel schleuderten, als ob das Tal Wasser ein- und ausatmete, nicht Luft.

Hunderte von Eolt schwebten über der Stadt, trieben in die leichten Wolken und wieder heraus. Ein halbes Dutzend hing in Tentakellänge über einer Herde kleiner warziger Tiere, die Fröschen auf Hirschbeinen ähnelten. Diese Tiere standen mit gesenkten Köpfen, während die Tentakel der Eolt sich an große Höcker über ihren Schultern festmachten und dunkle Flüssigkeit aufsaugten, die rasch durch die durchscheinenden Körper verteilt wurde und dabei verblaßte. Während Shadit sie beobachtete, löste sich ein Eolt nach dem anderen von den Tieren und stieg empor, um sich zu den anderen zu gesellen.

Maorgan wandte den Blick nicht von den Eolt. Wahrscheinlich suchte er Melech, dachte sie. Aber wie konnte er in dieser Menge und aus dieser Entfernung seinen Sioll wiedererkennen? Wie und was die Eolt aßen, war etwas, worüber sie bisher nicht nachgedacht hatte, und ohne Zweifel etwas, worüber Maorgan nicht hatte sprechen wollen. Es war ein hübscherer Gedanke, daß die schimmernde Schönheit sich von Sonnenlicht nährte, aber mehr ein Traum als die Wirklichkeit.

Ein Teil des Talbodens bildete ein Flickenmuster von Feldern und Weiden, belebt von den winzigen Punkten arbeitender Bauern und ihrer weidenden Tiere. Es war seltsam, wie leicht es ihr fiel, sogar aus dieser Entfernung Denchok von Fior zu unterscheiden; der Unterschied lag nicht in der Form, sondern in der Art und Weise ihrer Bewegung. Sie beobachtete die winzigen, fernen Gestalten und versuchte diesen Unterschied zu erklären, vermochte es aber nicht. Entlang den Talrändern gab es Obstgärten und Anpflanzungen von Nußbäumen, und in den hügeligen Vorbergen weideten größere Herden von Bladlan und Cabhisha und von Nahrungstieren der Eolt.

Die Häuser der Bewohner standen in Weilern und kleinen Dörfern scheinbar willkürlich verstreut. Es war ein steiniges Land mit dünner Bodendecke, das dort ursprünglich nicht für landwirtschaftliche Nutzung geeignet war, wo die Bewohner sich niedergelassen hatten. Vielleicht hing die Besiedelung mit den heißen Quellen zusammen.

Am jenseitigen Ufer des Sees war eine Anzahl massiver Gebäude zu sehen, die allen anderen im Tal unähnlich waren. Sie schimmerten weiß wie Marmor im Licht der Mittagssonne. Die steilen Giebeldächer glänzten wie Fischschuppen und schienen aus den gleichen durchscheinenden Schindeln zu bestehen, die sie auf allen Häusern gesehen hatte, wo Denchok lebten und arbeiteten. Die weitere Umgebung dieser Gebäude war dicht besiedelt, und je näher Shadit kam, desto deutlicher konnte sie die ungewöhnlich zahlreichen Fior und Denchok ausmachen, die das Gelände um die weißen Gebäude belebten. Zum ersten Mal bemerkte sie, daß sie keine Kinder sah, keine Meloach und keine jungen Fior.

Jenseits dieses Komplexes befand sich eine Art Arena, eine runde und ebene offene Fläche, umgeben von ansteigenden Bankreihen und einem unterbrochenen Kreis hoher Marmorsäulen, die durch steinerne Oberbalken und Gesimse miteinander verbunden waren. Sie trugen seltsame Bronzevorrichtungen, die sie sich nicht erklären konnte, bis einer der Eolt in geringer Höhe die Arena überquerte, einen Bronzestab ergriff und ihn gebrauchte, um sich daran festzuhalten. So verweilte er leicht in der Brise schwankend, als wollte er ausruhen.

Einige Zeit später, als sie sich der Arena auf vielleicht tausend Schritte genähert hatten, steckte Maorgan zwei Finger in den Mund und stieß einen schrillen Pfiff aus, der in Shadits Ohren gellte. Der Eolt bei der Arena ließ seinen Halt los, stieg auf, bis er eine Luftschicht fand, wo der Wind in die gewünschte Richtung wehte, und kam auf sie zugesegelt.

Über ihnen angelangt, ging der Eolt nieder und legte sein Sprachtentakel um Maorgans Hals. Die Augen des Ard wurden glasig, und sein Gesicht entspannte sich in einer formlosen Seligkeit, die Shadit unbehaglich war – als wäre sie unabsichtlich in jemandes Schlafzimmer eingedrungen. Sie blickte hastig weg und sah sich im Tal um.

Eine Anzahl anderer Eolt trieb auf sie zu, und in dem Gewimmel außerhalb der großen Gebäude entstand eine Bewegung, die Bestimmtheit und Richtung gewann, als eine Gruppe Fior und Denchok sich entlang der Straße in Bewegung setzte, die vom See zum Paß hinaufführte.

Sie hatten mindestens zehn Meilen zu marschieren, würden also erst gegen Abend die Paßhöhe erreichen, und Shadit fragte sich, was sie dort wollten. Die Chorek mußten inzwischen aus ihrer Betäubung erwacht und unverrichteter Dinge umgekehrt sein, und der Turm bot nur einer begrenzten Zahl von Wanderern Unterkunft. Sie blickte zu Maorgan, unterdrückte ein Seufzen und schaute wieder weg. Die beiden waren seit Tagen getrennt gewesen. Sie erinnerte sich der brennenden Erregung, als Melech sie jenes eine Mal berührt hatte. Nicht gewillt, länger Zeugin der intimen Szene zu bleiben, schob sie den Gurt des Zitherkastens auf die andere Schulter und führte Breou weiter. Maorgan konnte mit den anderen Tieren folgen, wann immer es ihm gefiel.

Es war ein gutes Gefühl, eine Straße entlang zu ziehen, ohne die telepathische Einfühlung vorauszuschikken und das Land voraus und zu beiden Seiten zu überwachen. Sie war noch immer sehr müde, und das Nachlassen der Spannung machte es schwierig, die Augen offen zu halten, obwohl es ringsumher so viel interessante Fremdartigkeit gab.

Ein Eolttentakel streifte sie und sandte einen Stoß durch ihren Körper. Sie blickte auf. Eolt kreisten in dichter Zusammenballung über ihr. Ein weiterer Tentakel kam herab, und sie streckte ihm den Arm entgegen und ließ ihn den Handrücken berühren. So war es einfacher für beide. Weitere Berührungen folgten, bis sie beinahe berauscht von ihnen war. Wogen von Kraft und Energie durchliefen ihren Körper, und Breou wieherte ängstlich, als er von einem Tentakel getroffen wurde.

Maorgan rief etwas, und zögernd ließen die Eolt von ihr ab.

Sie sah sich um. Sein Caöpa kam im Trab daher, die Tragtiere am Leitzügel folgten willig. Den Schluß bildete Marrin, der den Flieger nur wenige Schuh hoch über dem Boden hielt. Das war zwar taktvoll, aber gefährlich.

»Shadowsong!«

Sie rümpfte die Nase über die Gereiztheit seines Tones. »Beruhigen Sie sich, Ard. Nichts passiert.«

Er brachte den Caöpa neben ihr zum Stehen, ergriff ihre Hand, untersuchte erst die Innenseite, dann den Handrücken, ließ sie wieder fallen. »Ich sagte Ihnen, Shadow, sie sind gefährlich. Besonders freie Eolt wie diese. Manchmal werden sie – nun ja, komisch, wenn sie sehr alt sind. Und es gibt hier viele alte.«

»Ich kann mir nicht denken, daß die Eolt unberechenbar werden, wenn wir erwartet werden.«

»Das kann man nicht wissen, Shadow.«

»Nun, ich weiß es, Ard. Es war nur Neugierde, keine Bosheit.«

»Ich vergesse, daß Sie das können. Trotzdem, man muß immer mit Ungeschicklichkeit rechnen. Also seien Sie vorsichtig.«

Sie lächelte und schüttelte den Kopf, dann setzte sie Breou mit einem Kniedruck in Bewegung, voll liebevoller Gedanken an das treue und ausdauernde, wenn auch stark riechende Tier. Es hatte ihr auf dieser langen Reise willig und treu gedient. Sie sah sich nach dem Flieger um und mußte lächeln. Es sah so albern aus, wie er auf brodelnden weißen Staubwolken sitzend, die der Hub aus der ungepflasterten Straße aufwirbelte, gleich einer unförmigen schwarzen Knolle dahergekrochen kam. Noch immer schwebten die goldenen, glockenförmigen Eolt über ihnen. Nicht so traumhaft, wenn man die Unterseiten mit ihren Nestern sich zusammenrollender und abwickelnder Tentakel sah. Ein gutes Stück vor dem Komplex der weißen Gebäude wurden sie von einer Abordnung angehalten. Shadit hielt sich zurück und ließ Maorgan sprechen.

»Buli Terhal. Buli Dengol.«

Der Denchok stieß seinen Amtsstab auf die Straße, bevor er sprach, dann faßte er Maorgan unter zusammengezogenen Brauen und verdrießlich gefurchter Stirn ins Auge. »Ard Maorgan. Wir riefen einen

Mesuch, und nur einen. Wer sind diese?« Er hob den Amtsstab und zeigte zum Flieger.

»Sie sind der Grund, daß wir lebendig und hier sind«, antwortete Maorgan. Er dehnte seine Stimme in einem Singsang, so daß sie auch die Denchok und Fior erreichte, die sich im Umkreis versammelt hatten, um das Schauspiel zu beobachten. »Am Turm auf der Paßhöhe wurden wir von zwei Dutzend Chorek angegriffen. Die Wächter dort sind tot; wir legten ihre Körper im Erdgeschoß auf den Boden. Wenn Sie nicht darauf bestehen, uns hier draußen zurückzuhalten, wenn wir müde und hungrig sind, kann dies den Meruu erklärt werden.«

Melitoe, der Kushayt, am Morgen im Büro.

Ilaörn wußte, daß er übel aussehen mußte, wenn sogar Hunnar es bemerkte. »Ich bin kein junger Mann mehr«, sagt er auf die plötzliche Frage des Ykkuval. »Und letzte Nacht wurde ich naß.«

»Erinnere mich, daß ich dich von einem Sanitätsgrad untersuchen lasse. Ich möchte nicht, daß du krank wirst. Halt die Musik leicht und angenehm, ja?«

»Natürlich, o Ykkuval.« Ilaörn krümmte und streckte die steifen Finger, ließ sie über die Saiten gleiten, ohne sie zu zupfen. Sein Körper wollte so leblos sein wie sein Geist, aber die Zeit, die er hier verbracht hatte, hatte ihn eine Lektion gelehrt, die er in all seinen Jahren als Ard nicht gelernt hatte – daß er Töne und Musik erzeugen konnte, die er verabscheute, und daß er es nach einem Plan tun konnte, nicht nur, wenn ihm zum Spielen zumute war.

Er schloß die Augen, zwang sie wieder auf. Die Hitze im Raum und eine Nacht ohne Schlaf waren beinahe zu viel für ihn. Den Blick auf dem leeren Bildschirm, der beinahe die ganze gegenüberliegende Wand einnahm, zupfte er eine einzelne Note, fügte eine zweite hinzu und fand den Weg in ein Kinderlied. Die Musik brachte ihre gewohnte Erleichterung, verdrängte die bitteren Überreste einer Nacht, die voll von ungelösten Fragen gewesen war. Wie von ferne hörte er Hunnars Stimme, als der Ykkuval mit seinen Wachen und Technikern sprach, das Summen der Maschinen, als er an Dingen arbeitete, die Ilaörn unverständlich waren.

Ein leiser Gong weckte ihn aus seiner Benommenheit. Er kannte diesen Ton. Es war Kurz, der von Banikoe anrief, eine Warnung für Hunnar, daß eine verschlüsselte Botschaft kam.

Eine Zelle in der Mitte des Bildschirms leuchtete auf, und aus zerbrochenen Stückchen von Licht und Farbe setzte sich das Gesicht des Spions zusammen.

Das Bild kam zur Ruhe.

Hunnar beugte sich vorwärts. »Nun?«

»O Ykkuval, ich wünschte, ich hätte bessere Nachrichten. Die Universitätsleute sind entweder tüchtiger in der Abwehr, als wir vermuteten, oder die Götter haben sie mit einer großen Portion Glück beschenkt. Glück ist unmöglich zu bekämpfen, man muß einfach warten, bis es sich wendet. Glücklicherweise ist das immer der Fall.«

»Was hat das alles zu bedeuten?«

»O Ykkuval, nach meiner Kenntnis hat es fünf verschiedene Angriffe auf die Gruppe gegeben, die alle fehlgeschlagen sind. Auch sind einige Strahlprojektoren in die Hände der Universitätsleute gefallen.«

Hunnar fluchte. »Das kommt davon, wenn man die Dinge unfähigen Erdwühlern überläßt.«

Ilaörn sah, wie er seinen Zorn bemeisterte und eine entschuldigende Geste zum Bildschirm hin machte. Er fand dies interessant. Hunnar mußte verzweifelter sein, als er gedacht hatte, stärker abhängig von diesem Spion.

»Nein, ich mache Ihnen keinen Vorwurf, mein Freund.« Hunnars Stimme war so freundlich und einschmeichelnd wie im Gespräch mit dem verräterischen Mesuch. »Es war meine eigene Idee, die Schlammspringer einzusetzen. Wo sind die Zielpersonen jetzt?«

»Der Expeditionsleiter ist in der Yarakaenklave. Die anderen drei halten sich in einem Ort namens Chuta Meredel auf. Meine Informanten sind nicht besonders verläßlich, aber ich habe keine Ursache, an dieser Nachricht zu zweifeln. Sie sind sehr bitter über die Bewohner dieses Ortes und voller Haß auf die Luftquallen; die möchten sie alle verbrennen. Als ich ihnen zeigte, was ein Strahlprojektor aus diesen Ballons machen kann, gerieten sie außer sich und konnten es nicht erwarten. Sie sind zu dumm und zu ungeduldig, um etwas zu planen, und deshalb bleiben sie, wo sie sind. Aus dem gleichen Grund muß ich vorsichtig sein, wie ich mich ihnen nähere. Ließe ich ihnen eine halbe Chance, würden sie versuchen, mir einen über den Kopf zu ziehen und sich mit allem, was ich habe, davonzumachen, ohne daran zu denken, daß ich eine Quelle für weitere Waffen und andere nützliche Gegenstände bin.«

Hunnar grunzte. »Sie sind schon mit schlimmeren Elementen fertiggeworden. Haben Sie einen Plan?«

»Ja, o Ykkuval. Ich sprach von den Unzulänglichkeiten der Einheimischen, nicht um mich zu beklagen, sondern um klar zu machen, warum es eine Weile dauern wird, meinen Plan ins Werk zu setzen. Ich organisiere einen Angriff auf Chuta Meredel und versuche den Leuten die Idee zu vermitteln, daß es ihre Siegesaussichten verbessern wird, wenn sie an mehreren Stellen zugleich mit kleineren Streitkräften in das Tal von Medon eindringen. Während die Aufmerksamkeit auf diese Angriffe gelenkt ist, kann ich ins Tal schlüpfen, die Universitätsgruppe ausfindig machen und sie für immer zum Schweigen bringen.«

Banikoe, der Versammlungsplatz in Chuta Meredel, früher Nachmittag.

Die Sitze in der ersten Reihe der ansteigenden Ränge waren kunstvoll und jeder auf seine Weise aus weißem Marmor gemeißelt. Sie waren den Denchok und Fior vorbehalten, die zu den Meruu der Erde gehörten. Alle Sitze waren voneinander durch hohe, schlanke Marmorsäulen mit bronzenen Haltestangen auf den Kapitellen getrennt. Hier konnten sich die Eolt festmachen, die den Meruu der Lüfte dienten. Hinter diesen gab es die aufsteigenden Reihen der einfachen Sitze, weiß gestrichen, aber hinreichend abgewetzt, um das stumpfe Dunkelbraun des Holzes hier und dort durchscheinen zu lassen. Die hinterste und höchste Sitzreihe war von Säulen überragt, die einen umlaufenden Architrav trugen. Die in diesen eingelassenen bronzenen Haltestangen waren für jene Eolt, die nicht zu den Meruu der Lüfte gehörten.

Shadit kauerte neben ihrer Zither auf einem Podium in der Mitte der Arena, wischte Schweiß vom Holz des Instruments und von ihrer Stirn und sah verwehten Dampf von den heißen Quellen, die überall im Umkreis blubberten, durch die Arena ziehen. Während sie wartete und sich ein weiteres Mal zurechtlegte, was sie sagen wollte, beschäftigte sich ihr Unterbewußtsein mit unklaren Ängsten vor Erdbeben, Vulkanismus und anderen Gefahren.

In hochgesinntem Eifer hatte sie sich vorgenommen, einen Vortrag darüber zu halten, wie sie mit Außenseitern leben und sich vor den schlimmsten Aspekten der Ausbeutung schützen könnten. Dieser Eifer war ihr auf dem Ritt hierher abhanden gekommen.

Aslan hatte die Wahrheit vor ihr gesehen: Keteng

und Fior war es gelungen, zwei sehr verschiedene Arten in einer allgemein friedlichen und produktiven Gesellschaft zusammenzuhalten; sie hatten es nicht nötig, belehrt oder wie Kinder behandelt zu werden, nur weil sie sehr lange Zeit isoliert gewesen waren. Und sie würden nicht auf sie hören, wenn sie es versuchte.

Sie blickte zu den Wolken auf. Wenn die Veranstalter sich nicht beeilten und diese Sache in Gang brachten, würde man sie verschieben oder in einen Saal verlegen müssen. Sie überprüfte die Saiten und zupfte einzelne Noten, um sich zu vergewissern, daß die Einstimmung hielt. Diese hohe Feuchtigkeit, die von den heißen Quellen herrührte, war nicht nach dem Geschmack ihres Instruments, aber die Saiten würden den Ton besser halten als Maorgans, obwohl sie gesehen hatte, wie dieses seltsame Holz unter seinen Händen anschwellen und die Form verändern konnte, um die Einstimmung zu halten.

Maorgan stand neben ihr, Aslan und Marrin einen Schritt hinter ihr. Danor, zu erregt und zornig, um Ruhe zu finden, marschierte auf einen Stock gestützt am Rand der freien Fläche in der Mitte des Ovals entlang und starrte finster zu den Denchok und Fior hinauf, die in die Arena strömten, um Sitze stritten, sich ausbreiteten und wieder zusammengedrängt wurden, als weitere Leute ihre Sitzreihe besetzten. Über der Arena sangen Eolt einander Unfreundlichkeiten zu, stießen und drängten sich, um auf dem Rund der äußeren Säulen Halt für einen Tentakel zu finden. Das Stimmengewirr unten und das Dröhnen von oben wurden vom Oval der Arena verstärkt, und der Lärm hämmerte auf sie ein. Der Wirbel der Gefühle war beinahe genauso laut. Shadits Kopf begann zu schmerzen.

Schließlich aber kam eine gewisse Ordnung in das Chaos. Die Sitzreihen waren gefüllt, alle Eolt, die sich um die bronzenen Haltestangen drängen konnten, waren an Ort und Stelle. Danor gab sein nervöses Marschieren auf, stand auf seinen Stock gelehnt und wartete.

Die Eolt stimmten einen Gesang an.

Shadit schloß die Augen, atmete Töne, wurde von Tönen erhoben und durchdrungen, war selbst ein Teil von ihnen, als wäre ihr Körper zu Vibrationen von Schallwellen geworden und existierte nicht mehr als Fleisch und Blut.

Der Gesang endete.

Eolt Melech sang ein langes Dröhnen. Maorgans Zither umspielte es mit Variationen.

Shadit berührte die Saiten ihrer Zither, fühlte sich in die Harmonien ein und nahm an ihnen teil. Wie die Eolt sie auf dem Weg hierher kennengelernt hatten, lernte jetzt sie die Eolt durch eine ungerichtete, umfassende Geistesberührung kennen. Die Geistesberührung mit den Eolt erzeugte ein Hochgefühl in ihr, einen Rauschzustand, in dem sie ihre Schwestern für sich tanzen sah. Von den heißen Quellen zog warmer Nebel in die Arena, weiße Wolken von Wärme und Feuchtigkeit, die sich vor ihren Augen zu anmutig schwebenden Bildern formten, schimmernden, sich wiegenden Geistererscheinungen von Naya, Zayalla, Talitt, Annethi, Itsaya und Sullan. Sechs Schwestern, die jetzt eigens für sie Träume woben, in ihrer Körperlichkeit tot seit zwanzigtausend Jahren, lebten in ihrer Erinnerung und vor ihrem inneren Auge, wann immer eine neue Matrize in einer neuen Umgebung sie für Shadit hervorbrachte. Wieder glaubte sie zu sehen, wie Itsaya ihr zuzwinkerte, Naja lächelte, Zayalla die Hüften schwenkte und über die Schulter lachte, wie ihre Schwestern einander in ihrer eigenen Weise begrüßten.

Von ferne hörte sie ein singendes Seufzen von Eolt zu Eolt gehen, von Keteng zu Keteng, und in einem

Winkel ihres Bewußtseins, wo es ihre eigene Freude nicht stören konnte, verstand sie, daß ihre Stimme und die Zithern, Maorgan und Melech sich irgendwie vereint hatten, um das Weben von Shayalin nicht nur für sie zum Leben zu erwecken.

Es war eine Freude und ein Wunder, aber von flüchtiger Natur. Ihre Schwestern lösten sich auf und waren verschwunden.

Sie legte ihre Hand auf die Saiten und brachte ihre Zither zum Verstummen.

Auch Maorgan und Melech verstummten. Danor legte den Kopf zurück und stieß ein Heulen aus, so voll von Kummer und Zorn, daß es die Luft über der Arena zu verdunkeln schien.

»Ich rufe euch an«, rief er in einem Singsang, und seine Stimme war trotz Müdigkeit, Alter und Verletzung volltönend und kräftig, befeuert von der Wut, die in ihm aufwallte und aus ihm hervorbrach.

»Ich rufe euch an, hört mich, Meruu
Feuer am Himmel, Furcht in meinen Augen
Wer wird meinen Zorn lindern?
Ich rufe euch an, hört mich, Meruu
Goldene Glut im saphirblauen Himmel,
Vom Wind getragen und allein,
Mein Sioll stirbt in jäher Glut.
Meine Seele weint umsonst, mein Sioll, er ist fort.
Zur Unterhaltung eines Mesuch starb er,
Zum Zeitvertreib, zur Ablenkung.
Ich rufe eine Warnung, hört mich, Meruu
Furcht bedroht euren Himmel,
Feuer brennen an euren Grenzen,
Die Fackel und ihr Schrecken,
Erwarten des Fackelträgers Willen.
Ich rufe eine Warnung, hört mich, Meruu
Ich rufe meinen Kummer, hört mich, Meruu

Ich rufe nach Vergeltung, hört mich, Meruu
Tötet die Zerstörer, o mächtige Meruu
Erfüllt sie mit Furcht.
Laßt die Toten ruhen.«

Danor sank auf die Knie, ließ die Arme und den Kopf hängen. Er zitterte so heftig, daß der Eindruck entstand, er könne sich kaum noch aufrecht halten.

Ein Eolt unter den Meruu der Lüfte sprach langsam und förmlich. »Ich, Bladechel, bin Stimme für die Meruu der Lüfte. Du hast diese Dinge mit eigenen Augen gesehen?«

Danor räusperte sich, hob mühsam den Kopf und rief: »Ich habe Mesuch in einem Luftwagen gesehen, die ihre Waffen auf meinen Sioll richteten. Ich habe gesehen, wie er zu einem Turm aus Feuer wurde, als der Strahl dieser Waffe ihn berührte. Ich habe die Luftwagen gesehen, wie sie Eolt jagten, freie und solche in Bindung, und sie zum Vergnügen verbrannten. Ich habe Denchok und Meloach gesehen, die wie Tiere eingefangen und abgeschlachtet wurden. Ich habe Fior gesehen, die aus ihren Häusern vertrieben wurden, wie die Frauen zu Huren, die Männer zu Sklavenarbeitern gemacht wurden. Ich habe dies alles mit eigenen Augen gesehen.« Er ließ den Kopf wieder sinken, um die Tränen zu verbergen, die er nicht zurückhalten konnte.

Sobald er geendet hatte, wiederholte der Sprecher seine Worte, um sicher zu sein, daß alle sie hörten. Dann sagte er: »Die Wissenschaftlerin von der Universität trete vor. Nennen Sie Ihren Namen, daß alle ihn hören können.«

Aslan trat neben Danor. »Ich bin Aslan von Aslaar und arbeite an der Universität in der Fakultät, die sich dem Studium der Kulturen und Geschichten vieler Völker widmet.«

»Kennen Sie die Geschichte der Mesuch, die zum Vergnügen Eolt töten? Können Sie bezeugen, daß dies früher schon geschah?«

»Es sind die Chandavasi. Sie nennen sich die Beseelten. Wir müssen uns darüber klar sein, was ich jetzt sage, ist eine Karikatur ihrer Wahrheit, weil alle Verallgemeinerungen nur Karikaturen sein können.«

»Wir hören und verstehen, Aslan von Aslaar.«

»Dann werde ich fortfahren. Es ist ihre Überzeugung, daß alle anderen Lebewesen wenig mehr als Tiere seien und daher wie Tiere behandelt werden können, sogar diejenigen, die von gleicher Gestalt sind wie sie. Sie werden sich nur angesichts einer erkannten Gefahr oder einer Macht zurückhalten, die sie zum gegebenen Zeitpunkt nicht überwinden können. Sie haben eine starke Sippenbindung, eine lange Geschichte von Blutrache und eine schwache Zentralregierung, die sich hauptsächlich darauf beschränkt, den Sippen gewisse Dienste zu leisten und zu versuchen, Streitigkeiten zwischen ihnen zu schlichten. Dies ist wichtig, weil die Heimat den Mesuch von Melitoe keine Hilfe schicken wird, die über das hinausgeht, was die Sippe der Mesuch bereitstellen kann. Werden sie hier besiegt, so wird die Sippe diejenigen, die versagt und ihr Verluste eingebracht haben, aus ihrem Bergbauunternehmen entlassen und ihnen niedrigere Aufgaben zuweisen, und der Name Beluchad wird nie wieder erwähnt werden. Da dies so ist, habe ich keine Möglichkeit zu wissen, ob solche Aktionen früher schon anderswo vorgekommen sind.«

Der Sprecher wiederholte ihre Worte, wie sie sie gesprochen hatte, dann fragte er: »Wenn ich dies höre, scheint mir, daß sie bis zum Letzten kämpfen und alles, was sie nicht bekommen können, völlig zerstören werden, sobald sie die Niederlage vor sich sehen.«

»So ist es. Es gibt bereits Hinweise darauf. Unter den

hochentwickelten Zivilisationen besteht eine Übereinkunft, daß Energiewaffen nicht an solche weitergegeben werden dürfen, die sie nicht besitzen. Trotzdem tun diese Chandavasi es.« Sie hielt den Strahlprojektor in die Höhe. »Sollte die Nachricht vom Vorhandensein dieser Waffen in die Außenwelt dringen, würden wirtschaftliche Sanktionen gegen die Unternehmen der betreffenden Sippe und vielleicht gegen Chandava selbst verhängt werden, und man schlösse sie von vielen Dienstleistungen aus. Es würde so sein, als wenn die Kabits der Segelbarken sich weigerten, bestimmten Personen in einem Dumel Geld zu leihen oder von ihnen zu kaufen. Wie lang würde solch eine Person Erfolg haben?

Die Chaven haben alle uns zu Gebote stehenden Mittel, diese Information der Außenwelt mitzuteilen, zerstört, und jetzt suchen sie uns zu vernichten. Sie verteilen diese Waffen an Räuber und Wegelagerer und haben Belohnungen in Gold auf unsere Köpfe ausgesetzt. Wir sind wiederholt von Chorek angegriffen worden, und sobald wir von hier abreisen, wird es wieder geschehen. Übrigens habe ich einen Vorschlag dazu, wenn die Zeit für solche Dinge kommt. Tatsächlich bezweifle ich sogar, daß wir sogar hier sicher sind. Das gilt auch für Sie. Diese Waffen, die nun im Besitz der Chorek sind, stellen handliche Versionen jener dar, die von den Chaven in ihre Flieger eingebaut worden sind und von denen Danor sprach. Sollte ein Strahl aus solch einer Waffe irgendeinen Eolt treffen, ginge er wie Danors Sioll in Flammen auf.«

»Ist das wahr? Wie viele von diesen Waffen gibt es dort draußen?«

»Ich weiß es nicht. Vielleicht Dutzende, vielleicht Hunderte. Ein Spion der Chaven ist von Melitoe herübergekommen; er verteilt sie unter den Chorek wie Süßigkeiten. Zweimal griffen Chorek mich und meinen

Assistenten im Dumel Alsekum an, und beide Male gebrauchten sie einen Strahlprojektor. Von den zwanzig Chorek, die den Turm auf dem Medonpaß angriffen, besaßen vierzehn diese Waffen. Wir haben sie eingesammelt. Nach den Aussagen einiger Chorek, als sie erwachten und sich gefesselt fanden, sind sie, was man hier politische Chorek nennt, voll von Haß auf die Keteng und alle, die mit Keteng Umgang haben.«

Als der Sprecher Aslans Worte wiederholte, stieg von den versammelten Eolt ein Winseln empor. Der Sprecher schwieg eine kleine Weile, und Shadit sah seine durchsichtigen Membranen pulsieren, die Tentakel sich einrollen und wieder abwickeln. Nach dieser von Nervosität und allgemeiner Unruhe geprägten Pause sagte er: »Können Sie die Wirkung dieser Waffe hier demonstrieren, ohne die Meruu und alle anderen zu gefährden?«

»Ich kann sie nicht demonstrieren, ohne etwas zu zerstören. Würde es Ihnen etwas ausmachen, einen Teil des Bodenbelags der Arena zu ersetzen?«

Wieder mußte der Sprecher seine Nervosität überwinden, dann sagte er: »Zeigen Sie es uns.«

Aslan trat zum Rand des Podiums und zielte mit dem Strahlprojektor abwärts, während sie sprach. »Dies ist die Abwandlung eines Bergbaugeräts. Chandava Mineralstoffe ist eine Bergbaugesellschaft und kann die Verbreitung dieser Waffen rechtfertigen, indem sie behauptet, sie seien aus ihren Kettenfahrzeugen im Bergwerksbetrieb gestohlen worden. Das ist ausreichend, um ihnen den Wahrheitsnachweis zu ersparen, der durch ein Gerät erfolgt, das die Wahrheit oder Unwahrheit einer Erklärung anzeigen kann. Darum wird es notwendig sein, einige, die diese Waffen erhalten haben, und den Spion selbst zu fangen und am Leben zu erhalten, bis wir sie nach Helvetia bringen und zu Waffen gegen die Chaven machen können. Geben Sie acht.« Sie berührte den Sensor und ließ den Energiestrahl über die weißen Marmorplatten gehen, schnitt lange, tiefe Linien parallel und eine Handbreit auseinander in die weißen Marmorplatten des Pflasters.

Mit einer weiteren Berührung des Sensors schaltete sie den Projektor aus und trat zurück. »Wie Sie sehen«, sagte sie, »bieten dicke Mauern Schutz vor dem Energiestrahl dieses Handprojektors, aber Fleisch und Knochen werden verkohlt, Glas schmilzt ebenso wie Metall und Gestein bis zu einer bestimmten Stärke.«

Diesmal gab es kein Ächzen oder Winseln, nur erschrockene Stille. Der Sprecher schauderte, daß seine Membranen flatterten. »Sie hatten einen Vorschlag, Aslan von Aslaar?«

»Zwei Vorschläge, genauer gesagt. Der erste ist, daß sie meinem Assistenten und mir erlauben dazubleiben. So können wir die Angelegenheit eingehender besprechen und Ihnen die notwendigen Anhaltspunkte zur Planung Ihrer Verteidigung geben. Auch der Flieger wird nützlich sein, weil die Eolt sich vom Medonpaß fernhalten sollten. Der Flieger verfügt über Geräte, die dem Piloten das Orten größerer Lebensformen auch bei Nacht ermöglicht. Chorek, mit anderen Worten. Außerdem verfügt der Flieger über eine fest eingebaute Betäubungswaffe. Dies ist eine nicht tödliche Abwehrwaffe. Sie wirkt ungefähr wie ein Schlag auf den Kopf, macht den Getroffenen für eine gewisse Zeit bewußtlos und hinterläßt Kopfschmerzen, wenn er erwacht, verursacht aber wenig zusätzlichen Schaden. Es ist uns verboten, Ihnen diese zu geben. Selbst wenn wir es könnten, hätten wir sehr wenige, die uns zur Selbstverteidigung dienen. Unser Ziel ist die Erlangung wissenschaftlicher Erkenntnisse, nicht Eroberung.

Der zweite Vorschlag ist, daß die Zitherspielerin

Shadit und mein Assistent Marrin Ola ausgesandt werden, den Spion zu fangen. Beide haben eine Kampfausbildung genossen und sind sehr gut in den Überlebenstechniken.«

»Dieses Kind? Dieses reich begabte Kind?«

»Dieses Kind hat Taten verrichtet, die Sie sich nicht vorstellen können, Sprecher. Ich werde sie für sich selbst sprechen lassen. Sie fragten, was ich vorschlagen würde, aber dies ist Ihre Welt. Sie werden tun, was Sie für richtig halten, und wir werden uns durch Ihre Entscheidungen gebunden fühlen.« Sie hob eine Hand und machte die Geste der Keteng, die das Ende ihrer Rede anzeigte.

Unter den Meruu der Erde gab es ein beträchtliches Gemurmel, und unter den Meruu der Lüfte viele Berührungen von Tentakel zu Tentakel.

Aslan trat zurück und nahm neben Shadit Aufstellung. Sie bewegte Kopf und Schultern, um die Schmerzen der Anspannung zu lindern. »Jetzt sind Sie dran, hochbegabtes Kind.«

»Das werden Sie mich nicht vergessen lassen, wie?«

»Wie oft bekommt man solch ein Kompliment zu hören?« Sie lächelte Shadit an, dann ernüchterte sie sich. »Ich sah Ihre Schwestern dort draußen tanzen. Massenhalluzination oder was immer, das ist verblüffend, Shadow. Wissen Sie, wie Sie es zustande bringen?«

»Nein. Sie haben noch nicht gesagt, wie Sie erklären wollen, daß Sie Marrin mit mir fortschicken. Hat er nicht mehr als ich zu verlieren, wenn die Universität ihn diszipliniert?«

»Ich habe noch nicht entschieden, und Duncan ist nicht erreichbar. Marrin hat die Idee selbst gehabt, und nichts, was ich sagte, konnte ihn umstimmen, also bleibt mir wahrscheinlich nur übrig, nach Mitteln und Wegen zu suchen, ihn zu decken. Vielleicht kann ich

Sie als Grund angeben, damit er zu Ihrem Schutz mitgeht. Macht es Ihnen was aus?«

»Nein. Ich…« Sie machte ein Gesicht und trat vorwärts, als der Sprecher sie aufrief.

Der Nachmittag zog sich langsam hin, Fragen an Shadit, Fragen an Marrin Ola, Fragen an Aslan, Fragen an Maorgan, endlose Diskussionen innerhalb und zwischen den zwei Meruu, Vorschläge, die zurückgewiesen und wieder vorgebracht wurden. Die gefangenen Chorek wurden vom Turm ins Tal gebracht und verhört, doch ohne greifbares Resultat, da die meisten sich weigerten, überhaupt etwas zu sagen, und ihre Zeit damit verbrachten, Denchok und Eolt mit hungrigen Blicken anzustarren, die eine überzeugendere Warnung vor ihren Absichten waren, als Worte sein könnten.

Die Versammlung ging zu Ende, als die Sonne die Gipfel der westlichen Berge berührte.

Melitoe, Meklosumpf, Vormittag.

Denchok und Fior langten einzeln oder zu zweit an, aber das Tröpfeln hörte nicht auf und ließ nicht einmal nach. Obwohl die vielen Leute ihnen ein tiefes Unbehagen einflößten, kamen die Sumpfbewohner aus dem Schatten der Bäume, um die Neuankömmlinge zu führen, zogen sich zurück, sobald sie konnten, kamen aber wieder, wenn sie gebraucht wurden, um den unerfahrenen Besuchern die Lebensbedingungen im Sumpfland zu erklären und sie zu beraten.

Leoca blickte auf, als Engebel mit eingezogenem Kopf unter das überhängende Dach aus Stengeln und Blättern kam, dessen Herstellung Porach ihnen beigebracht hatte. Unter seiner Anleitung war Engebel den ganzen Morgen unterwegs gewesen, um die großen Blätter zur

Reparatur des Daches herbeizuschaffen und das Dach damit so zu decken, daß es auch starkem Wind widerstehen konnte. Eine Stunde hatte er daran gearbeitet, nachdem Leoca vom Markt der Sumpfleute mit Fisch zurückgekehrt war. »Alles in Ordnung?«

»Hoffentlich. Wir werden es gleich wissen. Fängt wieder an zu regnen.« Engebel ließ sich neben dem kleinen Feuer auf die Knie nieder. »Wenn ich noch lange in dieser Nässe aushalten muß, werde ich die Wurzelfäule bekommen.« Er nickte zu dem Fisch in ihren Händen. »Neuigkeiten von Ilaörn?«

»Noch nichts. Ich sprach mit Ceam. Er ist gerade von einer Erkundungsreise zurückgekehrt. Ilaörn ist verstummt. Antwortet nicht auf Zithersignale. Ceam meint, es sei ihm zuviel zugemutet worden. Er erinnerte uns daran, daß Danor gesagt hatte, Ilaörn sei weich geworden. Er sagte, wir sollten uns nicht auf ihn verlassen, weil er uns im Stich lassen könnte.«

»Nun ja, Danor war selbst nicht ganz bei Trost. Meinst du, er kann es bis zu den Meruu geschafft haben? Die Eolt sagen nichts darüber, daß sie ihn gesehen hätten.«

»Wer weiß.« Leoca griff hinter sich und zog den Topf heran, den sie von den Mesuchhändlern bekommen hatten, hob den Kopf und lauschte. »Hör nur, wie es gießt. Das wird ein Wolkenbruch!« Sie beobachtete das Hüttendach und untersuchte die Stellen, wo es zuvor durchgeregnet hatte. »Sieht so aus, als hättest du es abgedichtet.«

Banikoe, Herberge.

Shadit stellte ihren Becher mit Tee auf den Tisch, als ein Denchok in den Raum trat, wo die Mitglieder der Expedition frühstückten, ein kleinwüchsiger, drahtiger Keteng mit einem so dichten Flechtengewebe, daß seine Augen wie Käfer aussahen, die sich in den Rissen dicker Borke eingenistet hatten. Sie unterdrückte ein müdes Seufzen, da sie erwartete, zu einem weiteren Tag endloser Fragen und Diskussionen gerufen zu werden.

»Ich begrüße Sie, Aslan, Shadit, Marrin. Mein Name ist Daizil. Ich bin Metau im Haus des Wissens und Sprecher für die Meruu der Erde.«

Aslan stand auf, Marrin folgte ihrem Beispiel. Shadit wischte sich Brotkrumen vom Mund und erhob sich gleichfalls.

Aslan neigte den Kopf in der Andeutung einer Verbeugung. »Wir begrüßen Sie, Metau Daizil. Dürfen wir fragen, warum uns die Ehre dieses Besuches zuteil wird?«

Er neigte den Oberkörper in einer steifen Bewegung, vielleicht, weil sein Hals zu dick im Flechtenbewuchs steckte, um ein Kopfnicken zu ermöglichen. »Die Meruu haben die ganze Nacht beraten und eine Entscheidung getroffen, Aslan von Aslaar. Sie selbst werden als Beraterin bleiben und uns die Seele der Chandavasi erklären und mitteilen, was Sie über Verteidigungsmittel wissen. Wir akzeptieren Ihre Charakterisierung von Shadit und Marrin Ola und ehren das Geschenk ihrer Fähigkeiten zur Erhaltung unseres Volkes. Was sie an Proviant und Versorgungsgütern benötigen werden, sollen sie erhalten, sie brauchen nur zu fragen, und wir erbitten Chel Dés Segen für ihre Suche. Wir durchmustern unsere eigenen Leute nach solchen, die landeskundig sind und über die Fähigkeit verfügen, sich geschickt und unauffällig in jedem Gelände zu bewegen. Aus ihnen wollen wir zwei oder drei kleine Suchgruppen bilden. Sie mögen, auch wenn ihnen ein unmittelbarer Erfolg versagt bleibt, dazu dienen, den Spion in die Arme Ihrer Leute zu treiben. Die Gelehrten der Meruu werden Sie willkommen heißen, Aslan von Aslaar. Ein Student wird draußen in der Eingangshalle warten, um Sie zu führen, wenn Sie fertig sind.« Er machte wieder seine steife Verbeugung und ging.

Aslan sah ihm schweigend und mit gerunzelter Stirn nach.

Shadit reckte die Arme, rieb sich den Nacken. »Also geht es los«, sagte sie.

Melitoe, der Kushayt, nach Mondaufgang.

Ilaörn zog das Päckchen unter den Kräutern hervor, schloß die Hand darum, schloß dann die Augen. Nach einer Minute steckte er es in den Ärmel und trug es zum nächsten Versteck. Er hatte nichts entschieden. Er wußte nicht, was er tun sollte. Aber er wollte wenigstens bereit sein, wenn der Entschluß sich einstellte. Er wußte, daß es dann eine Sache von Sekunden sein würde. Von einem Atemzug. Wenn er nicht handeln konnte, bevor er wieder ausgeatmet hätte, würde er es nie tun.

Als er sie alle beisammen hatte, stand er einen Augenblick und beäugte nachdenklich die Mauer und überlegte, ob er die verborgene Tür nutzbar machen könnte. Er schüttelte den Kopf. Sie mußte eine Art Meschschloß haben, das nur Hunnar öffnen konnte. Sein Blick ging weiter zu dem Kerrebaum, wo Eolt Kitsek das Paket abgeworfen hatte. Im Gartenschuppen lag ein Seil... Wenn er diesen Baum erklettern und von dort auf die Mauer gelangen könnte... das Seil wäre stark genug, um ihn zu halten, wenn er daran hinabkletterte... Wenn er den richtigen Zeitpunkt wählte, käme er hinüber, ohne sich die Beine zu brechen... Aber zuerst mußte die Patrouille vorbeigegangen sein, um ihn zu sehen...

17

Tödliches Spiel

Shadit machte es sich im Passagiersitz des Fliegers bequem, schloß die Augen und ließ ihre telepathische Einfühlung über den Wald hinstreichen, der unter ihnen vorbeiglitt. Die Berge waren felsig und steil, und einige der Gipfel waren hoch genug, um in ihren Karen kleine Gletscher zu bilden. Eine hohe Wolkendecke war aufgezogen, und der Wind frischte böig auf und warf die kleine Maschine hin und her. Marrin hatte alle Hände voll zu tun, um sie unter Kontrolle zu halten.

Das Tal von Medon war umgeben von bewaldeten Hügeln, die in Staffeln zu den hohen Bergen überleiteten. Die tieferen Hänge trugen dichten Wald wie ein Fell, verstreut fanden sich natürliche und durch Einschlag entstandene Lichtungen. Ganze Armeen konnten sich in diesem unübersichtlichen Gelände verbergen, wenn sie zuvor ungesehen die hohen Berge überwänden.

Marrin begann die Suche am Ende des Tales gegenüber dem Turm, wo dünne Wasserfälle an mehreren Stellen in silbrigen Schleiern über senkrechte Felswände herabstürzten. Hier ragte der höchste Gipfel des örtlichen Gebirgszuges, der Rois Orus, über dem Tal.

Dann und wann blinkte die rote Warnlampe am Ortungsgerät, und der Summer ertönte. Wenn Shadit die Hänge absuchte, um die Lebensform auszumachen, fand sie gewöhnlich nur kleine Rudel von Wiederkäuern oder einzelne größere Raubtiere; der Unterschied in der Geistesberührung war unverkennbar, wenn sie es mit einem Tier zu tun hatte.

Einige Zeit später, als Marrin den Flieger am Talende auf Gegenkurs brachte, begann das Ortungsgerät heftig auszuschlagen. Shadit konzentrierte sich. Ein Trupp zog im Gänsemarsch durch den Wald. Sie zählte fünfzehn Männer. »Das sind sie«, sagte sie. »Die kaufen wir uns, dann suchen wir uns einen, der redet.«

Kurz kletterte höher, bis er eine Astgabel fand, die sein Gewicht hielt, dann entfernte er mit dem Strahlprojektor Zweige und Laub, bis er das Tal überblicken konnte. Er schätzte die Entfernung zur Hauptgruppe der Gebäude und wählte am Feldstecher die Vergrößerung, die ihm einen klaren Blick auf das Geschehen dort geben würde, und richtete sich auf eine längere Wartezeit ein.

Endlich kamen die zwei weiblichen Universitätsleute in Sicht, gefolgt von ihrem männlichen Assistenten und einer Gruppe von Einheimischen, die sich um sie drängten. Mit Bedauern dachte er an das rückstoßfreie Leichtgeschütz, das der Ykkuval ihm nicht überlassen wollte. Mit ein wenig Glück und ein paar Explosivgeschossen könnte er den Platz dort in einen Krater verwandeln und brauchte sich nicht mehr um die Universitätsgruppe zu sorgen; sie würden keine Münder mehr haben, die sie aufreißen könnten. Das Dumme war, daß die Geschosse Splitter und Sprengstoffrückstände hinterlassen würden, aus denen auf ihre Herkunft geschlossen werden konnte, und das war angesichts der Präsenz der Yaraka hier nicht angezeigt.

Die Zitherspielerin und der Assistent stiegen in den Flieger, aber die andere Frau blieb zurück; sie und der Assistent redeten eine Weile miteinander, dann trat sie zurück und beobachtete den Flieger, während er startete und in Spiralen höherstieg. Kurz beobachtete sie eine kleine Weile, sah sie den Kopf wenden, zu einem der Einheimischen sprechen und dann zu den Gebäuden zurückgehen. Die Gruppe der Umstehenden beeilte sich, mit ihr Schritt zu halten. Dann schwenkte er den Feldstecher und konnte den Flieger ausmachen, bevor er in den Wolken verschwand. Er schaltete auf Infrarot und folgte dem pulsierenden, verschwommenen Wärmepunkt nordwärts zum Talschluß. Was hatten sie vor? Im Norden?

Er verfolgte den Punkt, als er am Talschluß eine Schleife flog und entlang den östlichen Vorbergen auf Südkurs ging, verzog schmerzlich das Gesicht, als plötzlich ein fächerförmiger Energiestoß vom Flieger ausging. Er schaltete zurück auf direkte Beobachtung und fluchte leise, als er den Flieger steil hinabstoßen und hinter den Wipfeln der Bäume verschwinden sah. Er setzte das Glas ab und rieb sich die Augen. »Auf der Jagd«, sagte er laut. Und war grimmig überzeugt, daß er wußte, welches Wild sie jagten.

Mehr als eine Stunde verging, bis der Flieger wieder aufstieg. Er schien eine Weile unschlüssig zu kreisen, dann verschwand er in den Wolken. Er folgte den Bewegungen des Fliegers im Infrarotbereich, bis eine weitere Energieentladung kam. Er setzte den Feldstecher ab, schob ihn in seine gepolsterte Tasche, vergewisserte sich, daß der Strahlprojektor griffbereit an den Gürtel geschnallt war, dann kletterte er vom Baum und trottete zum Miniskip. Spekulation war schön und gut, aber was er mit eigenen Augen sah, würde ihm ein klareres Bild davon verschaffen, was geschah.

Er schritt die Reihe der gefesselten Männer ab, die sich am Boden wanden und ihm zuriefen, er solle sie befreien. Sie waren mit dünner, zäher Kordel gefesselt. Es mußte ein einheimisches Material sein, keine hochfesten Fasern. Als er ein Gesicht erreichte, an das er sich erinnerte, blieb er stehen. »Was ist passiert?«

Der Mann sah ihn ergrimmt an, dann wandte er den Kopf zur Seite, beschämt, so hilflos dazuliegen. »Mesuch«, stieß er hervor. Seine Stimme war heiser und heftig. »Dieses Ding, das ihr Betäubungswaffe nennt. Sie nahmen uns die Strahler ab. Mach uns los. Sie sagten, sie würden wiederkommen. Mach uns los.«

»Bevor ich es tue, mußt du mir erklären, was mit dem ist.« Er zeigte zu einem Mann, der wie ein schlaffes Bündel neben einigen Sträuchern lag, das Gesicht verzerrt, trocknenden Schaum an Mund und Kinn.

Der Chorek schluckte. Er wollte Kurz noch immer nicht ansehen. Er blieb still, bis Kurz sich abwandte und tat, als wollte er fortgehen. »Sie wollten etwas über dich wissen.« Die Worte wurden hastig murmelnd herausgepreßt. »Die Frau wollte wissen, warum wir hier sind, woher wir die Strahler haben, wo du hingegangen bist.«

»Ich verstehe.«

»Garv hat ihr nichts gesagt. Sie hat ihm ein Gift eingegeben, aber er sagte nichts. Er ist tot, nicht?«

»Ja«, sagte er. Und du, dachte er bei sich, bist ein Lügner. Die Frau mußte ihm irgendein Zeug gegeben haben, das ihn zum Sprechen brachte, und er wird alles ausgeplaudert haben, bevor es ihn erwischte. Er zog den Strahlprojektor aus dem Gürtelhalfter und schnitt dem Chorek den Hals durch. Ohne die Schreie, das Gezappel und Gebettel der anderen zu beachten, tötete er sie alle, dann stapfte er zurück zum Miniskip. Wenn diese Stinkstiefel für den Wahrheitsnachweis präpariert wurden und aussagten, würde es für Chandava sehr schlecht aussehen. Was bedeutete, daß er dem Flieger folgen und das gleiche mit den übrigen Chorek tun mußte, die von der Frau betäubt worden waren. Es war keine angenehme Arbeit, aber sie mußte getan werden.

Sein Plan zur Invasion des Tales aus verschiedenen Richtungen war gestorben, tot wie diese Chorek. Unter der Maske unerschütterlicher Ruhe war er zornig. Er wollte diese Zitherspielerin tot sehen. Die Notwendigkeit, auch die anderen Chorek zu erledigen, war ihm im Weg. Er wurde ungeduldig, wollte die Jagd sofort beginnen, konnte es aber nicht riskieren. Wenn er versagte, würden Hunnar und Jilet fallen, und seine Familie mit ihnen. Er konnte es sich nicht leisten, Hunnar oder irgendeinen hohen Jilet zu verärgern, also konzentrierte er seine ganze zornige Energie auf den Kopf der Zitherspielerin.

»Als wir erfuhren, daß sechs verschiedene Banden sich bereitmachten, das Tal zu überfallen, konnten wir das nicht außer acht lassen«, sagte Shadit zu Daizil. »Marrin kann Ihnen die ungefähren Örtlichkeiten geben, wo wir sie fanden. Wir haben sie betäubt, gefesselt und ließen sie zum späteren Abtransport liegen. Sie werden ein paar von ihnen tot vorfinden. Bei manchen Fior hat die Gesprächigkeitsdroge unglückliche Nebenwirkungen.«

Sie wartete, bis Marrin mit dem Sprecher gegangen war, bevor sie sich zu Aslan wandte. »Wir haben mehr als siebzig Strahlprojektoren eingesammelt, Aslan.« Sie legte drei der Waffen auf den Tisch. »Für den Fall, daß Sie sie brauchen. Die anderen haben wir im Gepäckraum des Fliegers verstaut, da wir sie schlecht herumliegen lassen konnten. Zu viel Versuchung.«

»Richtig. Bekamen Sie genug Information, um den Spion ausfindig zu machen?«

»Genug, um zu wissen, daß er sich wahrscheinlich irgendwo im Tal aufhält. Wir werden von hier aus Spiralen fliegen und Ausschau halten.« Sie rümpfte die Nase. »Und lassen Sie sich nicht niederschießen. Seien

Sie vorsichtig, es ist mein Ernst. Sie haben nicht gehört, was die Chorek mir sagten. Ich möchte nicht, daß Sie sich in Sicherheit glauben, nur weil sie hier von Leuten umgeben sind.«

Kurz wirbelte die Bolas über seinen Kopf im Kreis herum. Die Kugeln am Ende des langen Lederriemens pfiffen laut genug, daß die Weidetiere sichernd die Köpfe hoben. Es waren domestizierte Tiere, also gerieten sie nicht in Panik, aber sie trotteten davon, verteilten sich, wie es ihre Gewohnheit war, um einem angreifenden Raubtier möglichst viele Ziele zu geben. Er ließ die Bolas fliegen und grunzte befriedigt, als sie sich einem Muttertier mit einem Kalb um die Hinterbeine wickelten. Er rannte ein paar Schritte vorwärts, wickelte sich eine zweite Bola vom Arm und ließ sie kreisen, und brachte mit geschicktem Wurf ein zweites Tier nicht weit vom ersten zu Fall.

Er zog dem ersten sein improvisiertes Zaumzeug über den Kopf, trieb den Haltepflock des Zügels mit einem kräftigen Faustschlag in die Erde. Sobald er auch das zweite Tier gesichert hatte, befreite er beide von den Bolas und ließ sie aufstehen. Dann zog er sich zurück und kauerte bei einem Busch nieder, wo seine Silhouette getarnt war. Sie zerrten kurz an den Zügeln, blökten jämmerlich, aber als weiter nichts Alarmierendes geschah, vergaßen sie den Eindringling und weideten weiter.

Er wartete geduldig. Weidetiere waren überall gleich: die gleiche kurze Aufmerksamkeitsspanne und die gleiche Dummheit. Als er den richtigen Zeitpunkt für gekommen hielt, entfernte er sich Schritt für Schritt langsam von seinem Busch. Sie zogen sich zurück, so weit sie konnten, aber er jagte sie nicht, schüttete nur zwei kleine Haufen Getreide neben den Pflöcken auf die Erde, um danach zu seinem Busch zurückzukehren.

Sie beschnupperten das Getreide, begannen zu fressen.

Er brachte ihnen mehr.

Sie scheuten ein wenig, wichen aber nur ein paar Schritte zurück. Nach ungefähr einer Stunde hatten sie sich an ihn gewöhnt, und nach etwas Übung am Leitzügel wanderten sie zufrieden hinter ihm her, das Kalb an der Seite seiner Mutter. Sie boten ihm Abschirmung gegen die Geräte an Bord des Fliegers, große warme Körper, die seine Wärme tarnen würden. Gegen einen militärischen Filter würde es nicht funktionieren, aber die Universitätsleute würden diese Art von Ausrüstung nicht besitzen. Wozu auch?

In der Nähe des letzten Ortes, wo er gefesselte Chorek getötet hatte, erkletterte er einen Baum und beobachtete den Flieger. Er befand sich auf der anderen Seite des Tales in der Luft, flog hin und her, um die bewaldeten Gebiete zwischen dem Talboden und dem Gipfel abzusuchen. Sie hielten Ausschau nach ihm und taten es sehr gründlich. Er beobachtete sie mit ruhiger Anerkennung; er würde es ganz ähnlich gemacht haben, um sicherzugehen, daß ihm nichts entging. Dann würde er den Suchradius für die zweite Runde erweitern. Wäre er zu Fuß oder beritten unterwegs, würden sie ihn bald ausfindig machen. Sein Miniskip war in dieser Situation zu auffällig, wäre wie ein Signal gewesen: Hier bin ich, kommt und holt mich.

Seine Anerkennung fand auch die Flughöhe. Sie hielt sich fast in Baumwipfelhöhe. So befand sich der Flieger in bequemer Reichweite seines Strahlers.

Er stieg vom Baum und trat mit einer Schaufel auf die kleine Wiese, wo seine Tiere weideten. Er stach rechteckige Grassoden aus und legte sie beiseite, dann vertiefte er das Loch, bis er sich darin niederlegen konnte. Er schnitt dünne Äste, verwendete sie als ein Stützgeflecht und legte die Soden wieder darauf, bis nur eine kleine Öffnung am Ende frei blieb. Der Flieger war mit einer Betäubungswaffe ausgerüstet, aber er kannte diese Dinger; es waren Energiefresser, und die Zitherspielerin würde erst Gebrauch davon machen, wenn sie ihn gefunden hätte.

Das mußte er verhindern. Sie mußten nahe genug sein, damit er die Triebwerke erledigen konnte.

Er ließ die letzten Sodenstücke in das Loch fallen und lief zurück zu seinem Baum, um die Manöver des Fliegers zu beobachten.

Das Ortungsgerät summte und blinkte. Shadit schloß die Augen und sondierte die Umgebung.

»Sie können sich entspannen, Shadit. Es sind nur ein paar Weidetiere.«

Sie setzte sich seufzend aufrecht. »Ein ermüdender Tag. Ich frage mich, ob wir unsere Zeit vergeuden.«

»Dutzende von toten Chorek sagen, daß er irgendwo hier draußen ist. Und es hat keine Energieabgabe vom Miniskip gegeben.«

Sie fröstelte. »Wenn ich je Bedenken hatte, ihn zu verfolgen...«

»Er ist ein gründlicher und umsichtiger Typ, das muß man ihm...« Eine Erschütterung und ein Kreischen ging durch den Flieger, als der Energiestrahl durch die Triebwerke schnitt, die Kabine durchbrach und Shadits Hüfte streifte. Der Flieger wurde zu einem Stein und fiel ohne wesentliche Vorwärtsbewegung, weil sie langsam geflogen waren. Marrin schlug auf den Hebel der Notraketen, der gleichzeitig die Sicherheitsgurte auslöste. Sie schlangen sich um die beiden und zogen sie fest in die Sitze.

Einen Augenblick lang dachte Shadit, die Raketen würden nicht zünden, dann aber zischten sie los, verlangsamten den Absturz, und der Flieger erzitterte und drohte seitwärts zu kippen und endgültig abzustürzen. Sie klammerte sich mit beiden Händen am Sitz fest und starrte auf die Baumwipfel, die ihnen entgegenrasten.

Sie krachten in einen Baum, prallten ab, brachen Äste eines anderen, der Flieger neigte sich, Metall kreischte, das Brechen, Ächzen und Knarren der Äste und das Rauschen des Laubes erfüllten die Luft.

Endlich hörte die Bewegung auf.

Stille.

Der Flieger hing schräg eingekeilt in einem Dickicht von Dornsträuchern, die an einem großen, gedrungenen Baum wuchsen, dessen ausladende Äste noch unter dem Aufprall schwankten.

Shadit öffnete den Sicherheitsgurt. Marrin saß vornübergebeugt, sein Gurt hing lose, der Kopf lag auf dem Armaturenbrett, ein blutiges Rinnsal lief ihm von der Schläfe über die rechte Gesichtshälfte. »Scheiße! Aber so was kommt vor...« Sie steckte sich zwei der erbeuteten Strahlprojektoren ins Hemd, stieß nach mehreren vergeblichen Versuchen die klemmende Tür des Einstiegs auf, reckte die Arme nach dem Stumpf eines gebrochenen Astes und schwang sich über die Zweige der Dornsträucher. Nachdem sie sich aufgerappelt und einen schnellen Blick in die Runde geworfen hatte, rannte sie zu einer teilweise von Moos und Flechten bewachsenen Blockhalde, um Deckung zu finden.

Kaum hatte sie sich in einer Nische zwischen zwei Blöcken mit etwas Gestrüpp als Sichtschutz verkrochen, als der Spion unter den Bäumen zur Linken hervorbrach und mit einer Geschwindigkeit zu dem zerstörten Flieger lief, die sie so erschreckte, daß er verschwunden war, bevor sie die Betäubungswaffe auf ihn richten konnte. Sie verließ ihr Versteck und krabbelte über die Blöcke, so schnell sie konnte, schlüpfte dann oberhalb der Stelle, wo der Chav verschwunden war, in den Wald und rannte los, um ihn abzufangen, bevor er Marrin fand. Keuchend verwünschte sie ihre Dummheit, weil sie vergessen hatte, daß er ein Jäger – und damit drückendere Schwereverhältnisse gewohnt – war.

Sie versuchte ihn im Laufen durch Geistesberührung zu orten, auf der Jagd nach dem Jäger, glitt aber auf einer Kolonie schleimiger Pilze aus, knickte mit dem Knöchel um und fiel schwer zu Boden. Als sie sich erhob, durchfuhr ein scharfer Schmerz ihr Bein. Sie biß die Zähne zusammen, tat einen Schritt und fand, daß der Schmerz erträglich war, wenn sie mit dem Absatz zuerst auftrat und den Knöchel nicht bog. So tappte sie weiter, langsamer und vorsichtiger als zuvor. Um zu verhindern, daß der Chav sich nicht unverhofft auf sie stürzte, machte sie wiederholt halt, um die Umgebung zu sondieren.

Auf einmal hörte sie das Zischen eines Strahlprojektors. Sie hielt an, sondierte wieder.

Zornige Enttäuschung. Das war der Spion.

Schmerz, kalte Wut. Das war Marrin.

Mit ihrer Geistesberührung folgte sie für ein paar Augenblicke den Bewegungen des Spions. Ständig veränderte er seinen Standort, zu schnell für Marrin und zu schnell für sie. Sie versuchte die Taktik hinter seinen Manövern zu erkennen, und als sie glaubte, sie habe sie gefunden, begann sie weiterzuhinken. Der Schmerz war jetzt so stark, daß ihr Schweiß auf die Stirn trat und über das Gesicht rann; der Magen krampfte sich zusammen, als sie wiederholt die Geräusche der Strahlwaffen hörte. Marrin mußte im Wrack des Fliegers eingezwängt sein, während die tödlichen Energieentladungen von allen Seiten kamen. Er mußte sich wie belagert vorkommen. Wenigstens hatte er die Strahlprojektoren im Gepäckraum zur Hand und konnte den Chav auf Distanz halten. Einstweilen.

Der Waldboden war weich und moosig, aber schlüpfrig von Flechten und modernden Ästen und Zweigen und Pilzen aller Art, die dem Fuß keinen festen Halt boten. Immerhin dämpfte dieser Bewuchs die Geräusche ihrer Schritte. Aus der Konzentration des Spions auf das Wrack des Fliegers schloß sie, daß er sie noch dort vermutete, vielleicht dachte, sie sei beim Absturz verletzt worden.

Sie hörte ihn rennen, als morsche Zweige unter seinen Füßen brachen, die Pilze, Flechten, schleimigen Zerfall und Moospolster zertraten und aufrissen. Sie warf sich zu Boden und kroch weiter. Es war leichter, sich auf Knien und Ellbogen zu bewegen und das Gewicht von ihrem verletzten Knöchel zu nehmen, aber der Geruch von Moder und schleimig zerfallenden, faulenden Pilzkolonien war unbeschreiblich. Sie schob sich weiter und sondierte immer wieder mit der Geistesberührung, um dem Chav auf der Spur zu bleiben.

Sie preßte sich flach in den schwammigen Bewuchs, als er kaum zehn Schritte entfernt vorbeistürmte, noch immer mit dieser schrecklichen Geschwindigkeit und Energie, ein Oger in Siebenmeilenstiefeln. Einen Augenblick später sah sie ihn haltmachen, feuern, und seitwärts springen, als Marrin mit einer Fächerbewegung seines Strahlers antwortete, die in Kniehöhe von einer Seite zur anderen zischte. Sie verfehlte den Chav nur, weil dieser in einer Mulde Deckung gefunden hatte. Er war nicht nur klug, schnell und stark, sondern hatte auch den Instinkt eines Jägers oder Kriegers.

Sie zog die Betäubungswaffe aus dem Gürtelhalfter und brachte sie in Anschlag. Sie mußte ihn auf Anhieb voll treffen; ein kräftiger und möglichst sekundenlanger Energiestoß würde erforderlich sein, um ihn niederzuwerfen. Bevor sie bereit war, war er aufgesprungen und fort.

Sie kroch vorwärts, bis sie nahe an einem flechtenbehangenen Baum war, dessen untere Äste ihr Sichtschutz boten. Dort wartete sie und hoffte, daß Marrins gegenwärtiges Glück anhielte.

Wieder hörte sie das Knacken und die schnellen, dumpfen Geräusche des rennenden Chav, machte sich bereit.

Diesmal schlug er einen Bogen hinter ihr, erschien wie ein Schemen zwischen den Bäumen und war im Nu wieder verschwunden, diesmal auf einer anderen Route, um Marrin zu verwirren. Er war bereits außer Sicht, bevor sie sich hinreichend erholte, um den angehaltenen Atem auszustoßen. Sie glaubte nicht, daß er sie gesehen hatte, da sie von den graugrünen Flechtenvorhängen verhältnismäßig gut geschützt war; hätte er sie bemerkt, wäre eine Berührung des Feuersensors ausreichend gewesen, um sie in zwei Stücke zu schneiden. Er hätte nicht einmal stehenbleiben müssen.

Sie schob sich ein wenig vorwärts und riß ein Loch in den Flechtenschleier.

Der Flieger war tiefer gesackt, seit sie ihn verlassen hatte, und steckte beinahe unsichtbar in den qualmenden Dornsträuchern. Sie waren zu feucht, um Feuer zu fangen, aber sie und eine Anzahl der Bäume ringsum schwelten. Sie sah keine Flamme, nur gelblichen, stinkenden Rauch, der Marrin jetzt zusätzlichen Schutz gewährte, da er dem Chav ein genaues Zielen erschwerte. Dieser hatte es schwer, näher heranzukommen, weil das Dickicht der Dornsträucher und der mächtige Baum mit den ausladenden Ästen etwas isoliert von den angrenzenden Bäumen des Waldes standen, so daß im Umkreis von zehn bis fünfzehn Schritten keine guten Deckungsmöglichkeiten zu finden waren. Aber auch Marrins Sicht war durch den Qualm behindert, und die beiden Kontrahenten konnten einander nur nach dem Aufblitzen der Energiestrahlen ungefähr orten.

Mehrere Augenblicke lang spielte sich das Gefecht auf der anderen Seite des Baumes ab, dann hörte sie den Chav kommen. Sie holte tief Atem, hielt ihn an und ließ ihn langsam ausströmen, zählte dabei und hielt die Betäubungswaffe auf den linken Unterarm gestützt, wartete...

Dann kam er durch den Wald gesprungen, den Kopf abgewandt; er beobachtete die Dornsträucher.

Shadit zielte, knirschte ernüchtert mit den Zähnen, als er sich zur Seite warf, um einem Energiestrahl aus dem qualmenden Dickicht auszuweichen. Er zog sich weiter zurück – Shadit erstarrte, fragte sich, ob ihr Glück auch diesmal andauern würde – und kam zurück auf seine Route, diesmal langsamer und beinahe lautlos. Marrin hatte ein Gehör wie eine Fledermaus, das hatte sie mehr als einmal festgestellt, und wahrscheinlich war es der Grund, daß er sich den Chav bisher vom Leibe halten konnte.

Einen Augenblick später zischte der Strahlprojektor des Spions in das dornige Dickicht statt in den Flieger.

Nach einer Pause kam ein weiterer Feuerstoß.

Marrin antwortete, und diesmal riskierte er etwas und hielt den Energiestrahl länger als eine Sekunde.

Keine Reaktion.

Shadit nagte an ihrer Lippe. Was hatte er jetzt vor?

Nichts. Kein Laut vom Chav.

Einen Augenblick später hörte sie ein leise schleifendes, streifendes Geräusch, und etwas Dunkles bewegte sich rasch wie in Wellenbewegungen am Boden entlang. Der Chav. Er versuchte kriechend seine Position zu verändern, um Marrin aus einer unerwarteten Richtung anzugreifen.

Sie hatte ihn nahe genug vor sich, berührte den Sensor des Auslösers und hielt den Finger darauf.

Der Chav sprang brüllend auf und kam mit langen Sätzen auf sie zu. Sie rührte sich nicht vom Fleck, hielt die Betäubungswaffe voll auf ihn gerichtet und betete, daß die Energie lang genug reichen möge. Nach dem dritten Satz strauchelte er, kam noch einmal hoch und schlug nach einem weiteren unbeholfenen Schritt vornüber aufs Gesicht.

Sie krabbelte hoch, zog sich mehrere Schritte zurück, um die Distanz zwischen ihnen zu vergrößern. »Marrin!« rief sie. »Er ist betäubt. Ich weiß nicht, wie lang es vorhalten wird. Bringen Sie die Fesseln mit, wenn Sie können. Ich will ihn weiter in Schach halten.«

»Shadow.« Die Erleichterung machte beinahe ein Schluchzen daraus. »Ich glaube nicht, daß ich kann. Etwas ist mit meinen Beinen nicht in Ordnung.«

»O verflucht!« Sie schlug einen Bogen um den Chav, immer mit vorgehaltener Waffe und ohne den Sicherheitsabstand zu verringern. Sie verpaßte ihm einen letzten Schuß mit der Betäubungswaffe, dann eilte sie hinkend zum Dickicht, benommen vom Schmerz, der bei jedem Schritt durch ihren Knöchel stach. Er war stark geschwollen, wahrscheinlich verstaucht, und sie würde den Stiefel aufschneiden müssen, um ihn vom Fuß zu ziehen. Als sie den Rand des schwelenden Dickichts erreichte, sagte sie: »Beschweren Sie die Fesseln mit etwas und werfen Sie sie herüber. Ich möchte unseren Spion so rasch wie möglich binden. Er ist mir unheimlich mit seiner Kraft und Schnelligkeit.«

Als Marrins Gesicht über den Dornen durch den Rauch sichtbar wurde, schien es ihr grünlich, und seine Augen hatten einen fiebrigen Glanz. Seine Hand zitterte stark, als er mit dem Bündel ausholte, bis es genug Schwung hatte, und es dann losließ, statt es zu werfen.

Die Fesseln waren aus Monofilament geflochten und steckten in einer zähen Stoffumhüllung, um zu verhindern, daß das Filament bis auf die Knochen schnitt. Mit verstellbaren Metallschließen, die nicht einmal die übermenschliche Kraft eines Chav aufbrechen konnte, sobald sie in Kontakt und aktiviert waren. Sie band ihm die Handgelenke vorn und zog eine zweite Fessel hinter seinem Rücken von einem Ellbogen zum anderen, so daß er sie nicht von den Seiten bewegen konnte. Die dritte Fessel legte sie seinen Knöcheln an, gab ihm aber genug Spiel, daß er mit kleinen Schritten dahinschlurfen konnte.

Nichts deutete darauf hin, daß er bald zu sich käme, aber sie traute dem nicht und entfernte sich von ihm, sobald sie ihn gefesselt hatte.

Sie hinkte zurück zum Dornendickicht, blickte zum Baum auf und erinnerte sich, mit welcher Leichtigkeit sie den Aststumpf umfaßt und sich herabgeschwungen hatte. »Marrin, sind Sie noch bei uns?«

»Gerade noch.«

»Können Sie vielleicht eine Leine über diesen Aststumpf werfen?« Sie zeigte hinauf. »Ich schaffe es nicht allein.«

»Was ist mit Ihrem Bein?« Sie hörte ihn hantieren, aber er bewegte sich mit schmerzhafter Langsamkeit.

»Dummheit. Glitt im Schleim aus und verstauchte mir den Knöchel. Sie werden gleich riechen, wie das Zeug stinkt.«

Das Seil kam nach dem zweiten Versuch über den Aststumpf und fiel herab, wo sie es ergreifen konnte. Sie wischte sich die Hände, dann packte sie zu und zog sich hoch.

Das Bewußtsein kehrte langsam zurück. Kurz verspürte pochende Kopfschmerzen, seine inneren Lider waren halb geschlossen, sein Körper zuckte wie unter nervösen Krämpfen. Als seine Sicht klarer wurde, merkte er, daß er auf dem Rücken lag und zu einem Himmel aufblickte, der voll dunkler, regenverheißender Wolken hing. Nein, dachte er, als mehrere Tropfen auf ihm zerplatzten, nicht nur verheißend. Er befeuchtete sich die Lippen. Komischer Gedanke. Regen. Was…

Er wollte sich bewegen, aber etwas hielt seine Arme fest an die Seiten und die Hände zusammen.

Er schloß die Augen.

Wieder durchlief ein Zucken seinen Körper, und für Augenblicke hörte er auf zu sehen, zu denken, zu existieren, als ob weder er noch die Welt in dieser kurzen Zeitspanne weiter bestand.

Betäubungswaffe, dachte er plötzlich. Es war ihm schon einige Male passiert, die gleichen krampfartigen Ausfallerscheinungen, der gleiche quälende Kopfschmerz, die getrübte Sicht.

Er hob die Hände, bis er sie sehen konnte, sah die Fessel um seine Handgelenke. Er konnte sich nicht erinnern, betäubt worden zu sein, aber es mußte die Zitherspielerin gewesen sein. Sie war entgegen seiner Annahme doch nicht im Flieger gewesen. Das war töricht von ihm.

Seine Ohren ließen sich bewegen, und er konnte wieder hören.

Eine Stimme. Die Zitherspielerin. Sie hatte eine Klarheit der Sprache, die selbst ein Flüstern weithin hörbar machte, und sie flüsterte keineswegs.

Er lauschte.

»…nein, Aslan, wir sind in halbwegs guter Verfassung, aber nicht so gut, daß wir zu Fuß aus den Bergen gehen können.«

Geräusche einer quiekenden Frauenstimme. Funksprechgerät. Er konnte die Worte nicht verstehen.

»So viel, hm? Wenn das der Fall ist, könnte es schwierig werden, den Gefangenen in unserer Gewalt zu behalten.«

Mehr Gequieke.

»Ich glaube, Sie haben recht. Es ist besser, wir kehren überhaupt nicht ins Tal zurück. Der Goes hat sich bereiterklärt, einen Flieger zu schicken, um uns abzuholen? Gut. Wir sind für eine Woche mit Proviant versehen und sollten imstande sein, die Wartezeit in leidlich guter Verfassung zu überstehen. Marrin wurde am schwersten verletzt, aber sein Kreislauf ist stabil, und wir haben seine Verletzungen desinfiziert und verbunden. Ich habe ihm Schmerzmittel aus der Reiseapotheke gegeben. Seit ich den Druckverband um den Knöchel und ein bißchen Palya im Blut habe, geht es mir gut.«

Gequieke.

»Ja, das werde ich. Ich sah unseren Spion in Aktion. Hui! Er ist eindrucksvoll. Mit dem riskiere ich nichts.«

Es lag bewegungslos, als die Zitherspielerin einen langen Schritt entfernt haltmachte.

»Die Betäubungswaffe lädt sich in der Sonne auf«, sagte sie. In ihrer Stimme lag eine ruhige Entschlossenheit, kein Zorn, kein Urteil, nur kühle Bestimmtheit. »Ich möchte Sie am Leben lassen, wissen Sie. Den Grund brauche ich nicht zu erklären. Sie sind nicht dumm. Wenn Sie etwas Bedrohliches tun, bevor die Betäubungswaffe aufgeladen ist, können Sie mich zwingen, Sie zu töten. Ich würde einfach ihr Bein am Knie abschneiden.«

Er sah sie weder an noch antwortete er ihr. Es war nicht nötig. Als sie ihm eine Decke und ein Proviantpaket zuwarf, erhob er sich auf die Knie, setzte sich auf die Fersen und saugte an einer Tube mit Paste. Er wartete. Früher oder später wurden sie immer unachtsam. Seine Chance würde kommen. Sie mußte kommen.

18

Abgenagt bis auf den Knochen

In einer bedeckten Neumondnacht schlüpften Ceam und Heruit in das ehemalige Dumel Dordan zu der Herberge, die jetzt den Kulis als Unterkunft diente. Sie nahmen Blasen mit Fischöl, die sie an Schlingen umgehängt trugen, und drückten sie an den Türen und Wänden des weitläufigen Gebäudes aus. Ceam grub ein kleines Loch, füllte es mit dem restlichen Öl, legte von dort eine Zündschnur aus ölgetränkten, gedrehten Pflanzenfasern aus, zündete das Ende an und vergewisserte sich, daß sie gut weiterbrannte. Dann tippte er Heruit auf die Schulter, und die zwei schlichen einen rückwärtigen Fahrweg entlang zu Farklis Schenke, deren hinterer Teil als Lagerhaus diente, wo der Chav Muck seine Geräte und Maschinen verwahrte. Dort wiederholten sie das Verfahren. Ceam legte eine kürzere Zündschnur, und die beiden Brandstifter tasteten sich aus dem Dumel zurück zu den Rändern des Sumpfgebietes.

Ein paar Minuten nachdem sie die Deckung erreichten, hörten sie einen Ruf, und der Wind trug ihnen den Gestank brennenden Fischöls zu, das Knistern von Flammen. Ceam sog den Geruch begierig ein und schlug sich mit der Hand auf den Schenkel. »Geklappt!« flüsterte er. Heruit gluckste heiser. »Aber nun nichts wie weg, bevor sie uns kriegen.«

Leoca und Engebel beobachteten vom Waldrand aus, wie vier kleine Gestalten über die freie Fläche flitzten und unbemerkt vom Feind im Schatten der Mauer verschwanden.

Leoca ließ den angehaltenen Atem ausströmen. Sie nahm Engebel bei der Hand. »Eins«, sagte sie.

Es war sehr spät, ungefähr eine Stunde vor Morgengrauen. Sie hatten diesen Zeitpunkt nach tagelanger Beobachtung der Mauerpatrouillen gewählt. Wann waren die Mesuch am wachsamsten? Wann waren die Pausen zwischen ihren Kontrollgängen länger, wann zogen die Chaven dabei die Füße nach und achteten nur oberflächlich auf das, was um sie geschah?

»Zwei«, sagte Engebel, als ein kleiner dunkler Klumpen auf der Mauerkrone erschien und beinahe sofort dahinter verschwand, dann ein zweiter und ein dritter, bis alle vier drinnen waren. »Glück gehabt. Noch keine Patrouille.«

Mühsam gegen die Anziehungskraft ankämpfend, die wie Gewichte an seinen Knochen hing, führte Orebli die anderen Meloach die mit Metallplatten belegte Straße zwischen den schweren, quadratischen Blöcken hinunter, die von den Mesuch als Häuser benutzt wurden. Das Herz hämmerte ihm in der Kehle, seine Sicht war vor Anstrengung getrübt, aber er zählte die Blocks ab, bis er und die anderen das Lagerhaus der Luftwagen erreichten. Es war ein gedecktes, dreistöckiges Bauwerk, das bis auf die stählernen Pfeiler und Verstrebungen offene Wände aufwies. Auf jeder der drei Etagen waren vier Flieger abgestellt.

Orebli verließ die eiserne Straße und fiel beinahe vornüber, als die zusätzliche Schwerkraft verschwand. Er grinste und lief zur Feuerleiter, zog sich hinauf. Hier gab es keine Wachen, hatte der alte Ilaörn gesagt, die Mesuch verließen sich auf die Mauern und die Patrouillen, um Eindringlinge fernzuhalten. Sie hatten nicht mehr genug Chaven, um überall Wachen aufzustellen,

Chel Dé segne die Beluchari, die dafür ihr Leben gegeben hatten.

Jeder der vier Meloach übernahm einen Flieger. Sie zogen Hokoriboviste aus ihren Tragbeuteln und steckten sie in die schwenkbaren Triebwerke, dann schütteten sie Larven des Blutwurms aus Fischblasen über die Sitze. Die einzigen Geräusche in dem gerüstartigen Gebäude waren das ängstlich angestrengte Schnaufen der Meloach.

Nach getaner Arbeit schleppten sie sich die eiserne Straße entlang zurück, zu müde, um ihren bleiernen Füßen mehr Schnelligkeit abzuringen.

Das Kletterseil lag, wo sie es zurückgelassen hatten. Orebli warf den Haken über die Mauerkrone, dann ließ er die anderen hinauf und auf der anderen Seite hinab klettern, bevor er ihnen folgte, die Haken freimachte und die Seile nachzog. Das von außen übergeworfene Seil wollte nicht freikommen. Orebli schwang es und schüttelte, hörte die Patrouille der Mesuch näher kommen und verbarg sich in den Büschen und Stauden, die entlang der Außenseite der Mauer wucherten.

Er hörte einen Ausruf von einem der Wächter, sah das geknotete Seil aufwärts entschwinden. Gleich darauf krachte ein Schuß. Die anderen drei hatten beinahe den Waldrand erreicht. Zwei von ihnen verschwanden in den schwarzen Schatten, aber Sorhan riß die Arme hoch und fiel. Orebli preßte sich die Faust an den Mund, um nicht zu schreien.

Er kauerte in seinem Versteck und wartete auf den Schuß, der ihn töten würde.

Er kam nicht.

Orebli hörte einen Wortwechsel, dann entfernten sich eilige Schritte, und wenige Augenblicke später ertönte ein plärrendes Horn. Er drückte sich flach auf den Boden und kroch die Mauer entlang, immer unter den Zweigen der Sträucher und dem hoch aufgeschossenen Unkraut, bis er die erste der acht Ecken hinter sich gebracht hatte.

Dort blieb er lauschend einen Augenblick lang liegen, drehte sich dann auf den Rücken, um die Mauer hinaufzuspähen und zu sehen, was geschah.

Einmal hörte er Stiefeltritte, Schatten bewegten sich in der Dunkelheit, dann kehrte Stille ein.

Orebli sprang auf und eilte zur nächsten Ecke. Die Nacht war schwül und feucht, die Natur hielt den Atem an und wartete auf das Losbrechen des Unwetters, und in der Stille trug jedes Geräusch über weite Entfernung. Innerhalb der Mauern schien es unruhig zu werden, er hörte undeutlich, wie Befehle gerufen wurden und Metall klapperte, das Trampeln von Stiefeln auf den Metallplatten der Straße. Trotzdem war er sehr vorsichtig, wohin er seine Füße setzte. Man konnte nicht wissen, welche Ohren auf ungewöhnliche Geräusche außerhalb der Mauer lauschten.

Orebli blieb stehen und spähte besorgt zu der schwarzen Wand aus Bäumen hinüber. Er biß sich auf die Unterlippe und überwand den Drang, loszurennen und die Sicherheit des Waldes zu erreichen. Die freie Fläche war Ödland, stellenweise wuchs Gras, dazwischen breitete sich Gestrüpp und niedriges Buschwerk aus. Es sah nicht nach guter Deckung aus, aber vielleicht genügte es, besonders wenn die Mesuch ihre Aufmerksamkeit anderswo konzentrierten.

Er legte sich wieder auf den Bauch und kroch von Gestrüpp zu Strauch und weiter zu einer flachen Mulde im Boden, wo Pilzkolonien wuchsen. Sein Hinterkopf juckte, jeder Knochen in seinem Rückgrat prikkelte, und es kostete ihn alle Willenskraft, nicht zurückzublicken und einfach weiterzukriechen. Aber er bezwang sich.

Leoca wartete besorgt unter den Bäumen und sah die kleine Gestalt langsam näher kriechen, manchmal undeutlich sichtbar, manchmal von den Schatten verschluckt. Schnell, Kleiner, dachte sie. Sie fangen an, den Wald abzusuchen. Wir müssen von hier verschwinden. Komm schon, Orebli, schneller, wenn du kannst. Ihoi, du bist ein kluger kleiner Kerl, wir wollen dich nicht verlieren. Komm nur, schneller…

Orebli erreichte den Waldrand nicht weit von der Stelle, wo sie wartete. Sie hörte ihn erleichtert schnaufen, das leise Rascheln seiner Bewegungen. »Hierher, Orebli«, flüsterte sie, gerade laut genug, um ihn zu erreichen. »Ich bin's, Leoca.«

Orebli kam gerannt, warf sich an sie, drückte sich gegen sie und zitterte so heftig, daß er kaum stehen konnte.

»Ich weiß. Gut gemacht. Halt dich noch ein bißchen länger, wir müssen weg von hier.«

»Warum wußte niemand, daß diese Krautköpfe keinen Alarm auslösen? Warum war es eine so große Überraschung, daß drei Kinder – Kinder! – an den Wachen vorbei konnten und den Sensoren kein Signal entlockten?« Hunnar schlug mit der Faust auf eine Schreibtischecke und marschierte weiter auf und ab.

Ilaörn saß zusammengekauert in seinem Winkel, und während seine Finger mechanisch die weiche Hintergrundmusik erzeugten, die wie Klangschleier um die Anwesenden hing, und während er den Ykkuval hin und her stapfen sah, während Memur Tryben gleichmütig und teilnahmslos im Besuchersessel saß und wartete, daß der Sturm vorübergehe, quälte sich der alte Mann mit Selbstvorwürfen. Meloach getötet, weil ich nutzlos hier sitze. Meloach haben ihnen diesen Schaden zugefügt. Kinder! Er krümmte sich vor Selbstekel.

»Nun?«

»Ich habe Chozmek mit einer Analyse der Sensoraufzeichnungen von letzter Nacht beauftragt. Ich sprach in Ihrem Namen, denn andernfalls hätte er nicht kooperiert. Es liegt noch kein Bericht darüber vor, was schiefging.«

»Und in der Farm haben sie nicht bemerkt, daß die Krautköpfe fehlten?«

»O Ykkuval, Sie stellten nur zwei Mann ab, um die Farm zu betreiben. Und einer von denen ist ein Kuli. Sie haben keine Zeit gehabt, mehr zu tun, als die Krautköpfe zusammenzutrommeln.«

Hunnar fluchte und warf sich in seinen Sessel. »Man hat mir mehr Personal versprochen, aber das kann erst mit dem nächsten Schiff von daheim kommen.«

Tryben hob eine Hand und ließ sie fallen. »Das wird noch zwei Wochen dauern, und bringt – ich brauche Sie nicht daran zu erinnern – Ärger in Gestalt von Jindar ni Koroumak.« Er räusperte sich. »Es gibt noch etwas.«

»Sie haben das Ziel gefunden, auf das diese Krautköpfe es abgesehen hatten.«

»Ja. Den Hangar. Nicht einer der Flieger ist im Augenblick einsatzbereit. Nicht ein einziger. Die Krautköpfe haben sie mit diesen elenden Sporen verseucht; sie sind fein wie Staub, und sobald sie sich festgesetzt haben, überziehen sie jede Oberfläche mit einem Pelz von haarigen Schimmelpilzen. Das Zeug verstopft Ansaugöffnungen und Luftfilter. Die Techniker werden die Triebwerke auseinandernehmen und reinigen müssen. Und drei Wachen sind in der Krankenstation. Eine Art von Bohrwurm. Die Larven waren auf den Sitzen ausgebreitet. Die Wachen, die wir aussandten, um die Eindringlinge festzunehmen, setzten sich bei der Durchsuchung der Flieger, ohne nachzusehen. Bleibende Schäden sind nach Ansicht des Ersten

Sanitätsgrades nicht auszuschließen, weil es sich um Blutparasiten handelt.«

Hunnar schauderte. »Was für eine niederträchtige…«

Jähes Entsetzen krampfte Ilaörns Magen zusammen. Wie, wenn Hunnar beschließen würde, ihn zu verhören? Wenn er unter die Sonde käme, würden sie es wissen… Er blickte auf seinen Ärmel. Die Päckchen waren nicht zu sehen. Der Stoff war von fester Chavenqualität, und der Kuli, der das Kleidungsstück für ihn angefertigt hatte, war ungeschickt im Umgang mit der Schere gewesen; in seinem Kittel war Platz für zwei von seiner Statur. Chel Dé, wenn er es jetzt nicht tat, war Kitseks Wagemut vergeblich… genauso wie der Tod dieses Kindes…

»Gesindel hat keine Ehre.« Trybens Stimme klang müde, tonlos. Bevor er fortfahren konnte, unterbrach ihn ein Signalton vom Bildschirm. »Das könnten die Techniker sein, die am Kephalos arbeiten. Ich sagte ihnen, sie sollten mich hier anrufen, wenn sie auf etwas stießen, egal was.«

Hunnar bediente ein paar Tasten: Ein Ausschnitt des Bildschirms leuchtete auf und zeigte ein erschöpftes, besorgtes Gesicht. Die inneren Augenlider hingen aus ihren Falten, die Ohren waren klein und halb eingezogen.

Tryben beugte sich vorwärts. »Was gibt es?«

»O Memur, wir haben etwas. Eine Anomalie, oder vielmehr eine Serie davon.«

»Zeigen Sie.«

»Ich kann nicht. Wie ich Ihnen sagte, die Hardware ist in Ordnung, aber für dieses Ding brauchen wir jemanden, der sich mit der Software auskennt. Kephalos unterdrückt die Blips, sobald sie erscheinen, und wir können ihn nicht dazu bringen, sie in Ruhe zu lassen. Er scheint sie als Fehler zu interpretieren. Sie müssen hier sein, um das zu sehen, und, o Memur, der Ykkuval ist der einzige, der den Zugang zu größeren Veränderungen in den gesicherten Programmen genehmigen kann.«

»Und was stellten die Blips nach Ihrer Ansicht dar?«

»Kann ich nicht sagen. Es ist aber der einzige Hinweis, den wir gefunden haben. Sie müssen es selbst sehen, vielleicht finden Sie eine Lösung.«

Memur Tryben wandte sich zu Hunnar.

Der Ykkuval stand auf. »Wir werden beide gehen. Techniker, halten Sie sich bereit, uns zu zeigen, was Sie haben.« Er berührte den Sensor, und der Bildschirm wurde dunkel, tippte auf einen anderen, und die Aufzugtür glitt zurück.

Ilaörn stand auf, schob den Tragegurt der Zither über die Schulter und ging ihnen mit angehaltenem Atem und niedergeschlagenem Blick nach. Jeden Augenblick erwartete er, daß Hunnar ihn bemerken und zurückschicken würde.

Die beiden Chaven schenkten ihm keinerlei Beachtung, nicht einmal, als er Tryben streifte, um an der Rückwand des Aufzugs zu stehen. Es war ein seltsames Gefühl, in dieser Weise unsichtbar zu sein. Nach einem Augenblick ärgerte es ihn, aber der Ärger erwuchs aus Verzweiflung.

Nicht nachdenken, sagte er sich. Einfach tun. Nicht auf den ›richtigen‹ Augenblick warten. Du weißt, was du bist. Wähle einen Augenblick und tue es.

Die Aufzugtür öffnete sich und er folgte ihnen in einen gewölbten Raum tief in der Erde. Die Luft war so heiß und trocken, daß er das Innere seiner Nase trocknen fühlte. In der Mitte des Raumes stand ein massiges Ding aus Metall. Er blieb stehen und starrte es an. Es hatte keine Ähnlichkeit mit irgend etwas, was er je gesehen hatte, wie ein riesiger Schrotthaufen mit schwachen Lichtern hier und dort, kleinen Bildschirmen wie glimmenden Augen – und er hätte schwören können, daß er das Ding atmen hörte.

Er schob sich näher.

Hunnar und Tryben standen mit den beiden Technikern vor einem der größeren Bildschirme, über den rätselhafte Zeichen zuckten. Ilaörn verstand nichts davon, und die ständige Wiederholung des Musters irritierte ihn. Sorgfältig und etwas ängstlich beobachtete er die Monstrosität, suchte nach Atemlöchern. Er wollte seine Sporen nicht vergeuden. Er schob sich wie zufällig ein Stück weiter und fühlte nach Luftströmungen, sehr langsam und darauf bedacht, keine Aufmerksamkeit auf sich zu lenken. »Hakh. Ich glaube, ich hab's. Lassen Sie mich ans Bedienungspult, Techniker.« Tryben setzte sich vor den Bildschirm, brachte das lästige Muster zum Verschwinden und ließ die Finger über die Tastatur gehen, bis ein anderes Muster erschien. Er bediente weitere Tasten, ließ das Muster durch einige Wandlungen gehen, bis er eins hatte, mit dem er zufrieden war. Er leerte den Bildschirm, wiederholte den Prozeß zwei weitere Male, rief die ersten zwei Muster ab und verschmolz sie mit dem dritten, vergrößerte das Ergebnis, bis es den ganzen Bildschirm füllte.

»Sie kennen es besser als ich, Techniker. Sehen Sie es sich genau an.«

»Ich kann es nicht mit Bestimmtheit sagen, aber mir scheint, daß es der Anomalie sehr ähnlich ist.«

Ilaörn überwand seine innere Unruhe für eine Weile und lächelte über den mißmutigen Groll in der Stimme des Technikers.

»O Ykkuval, wenn Sie es erlauben, wird ein Augenabdruck die Aufnahme dieses Musters in den Datenspeicher autorisieren. Dann wird sich zeigen, ob die Anomalien bleiben.«

»Tun Sie es.«

Ilaörn beobachtete interessiert, wie aus einem verschlossenen Schrank ein seltsamer Helm gebracht,

Hunnar auf den Kopf gesetzt und durch ein Kabel mit dem Kephalos verbunden wurde. Jetzt, dachte er. Tue es jetzt.

Er ließ den Gurt der Zither von der Schulter gleiten und legte das Instrument auf den Boden. Chel Dé segne dich, alter Freund. Nach einer letzten zärtlichen Berührung des glatten, lebendigen Holzes zog er die Sporenpäckchen aus dem Ärmel und riß sie auf. Er hielt die Päckchen zwischen zwei Fingern und zog die Schutzhüllen von den Wurfpfeilen.

Im nächsten Augenblick stieß er den angehaltenen Atem aus, warf die Sporen dem Kephalos ins Gesicht, sprang vorwärts, trieb einen Wurfpfeil in Hunnars Hals und den zweiten in seinen eigenen.

19

Feuer am Himmel

Shadit nahm eine weitere Seillänge aus dem Behälter für Hilfsgerät, knotete sie an den Metallrahmen der vorderen Sitzlehne, warf das freie Ende über den Aststumpf und blickte zu Marrin in seiner Deckenschlinge hinab. »Sind Sie bereit?«

Seine Hände waren um das primitiv geknüpfte Netz gehakt, das die Deckenschlinge zusammenhielt. Sein Gesicht war grau und glänzte vom Schweiß. »Nein.« Sein Mund verzog sich in einem dünnen, schiefen Lächeln. »Aber machen Sie nur. Je eher es vorbei ist, desto früher kann ich ohnmächtig werden.«

Sie machte ein Gesicht und schwang sich über das halb verbrannte Dornendickicht hinaus und brachte es fertig, auf ihrem gesunden Fuß zu landen. Sie wankte einen Augenblick, dann hob sie den an einem Ende gegabelten Stock auf, den sie aus einem Schößling geschnitten und zu einer Art Krücke gemacht hatte. Damit angelte sie nach dem Seil der Schlinge, warf den Stock zu Marrin hinauf und trug das Seilende zu einem der angepflockten Weidetiere, die dem Spion als Tarnung gedient hatten. Sie befestigte das Seil an dem Gurtzeug, das sie aus Seil und Streifen der Sitzpolsterung improvisiert hatte, löste den Leitzügel vom Pflock und verbrachte eine kleine Weile damit, dem Tier die gelockte schwarze Stirnwolle zwischen den Hörnern zu kratzen, während sie ihre Geistesberührung festigte. Es war keine volle Übertragung, sie sah nicht durch die Augen des Weidetieres, konnte es aber in Bewegung setzen, wohin sie wollte, mit der richtigen Geschwindigkeit. Sie richtete sich auf, rief: »Es kann losgehen, Marrin. Rufen Sie, wenn Sie hängenbleiben.«

Das Tier stemmte sich in das Gurtzeug und zog Marrin mit jedem Schritt ein Stück aus dem Wrack des Fliegers. Als er frei baumelte und den Stock bereithielt, um sich von den Dornsträuchern wegzustoßen, rief sie wieder: »Fertig?«

Er grunzte, setzte das Ende des Stockes gegen den Stamm. »Fertig.«

Shadit schnalzte dem Zugtier und brachte es dazu, einen unbeholfenen Schritt zurück zu gehen, dann einen zweiten und einen dritten. Die Kuh muhte ihr Mißvergnügen und schüttelte ärgerlich den Kopf. Das Rückwärtsgehen gefiel ihr nicht, so wenig wie der Druck und die Reibung des Gurtzeuges, aber es bedurfte nur weniger Schritte, um Marrin sanft auf den Boden abzusenken, und die Arbeit war getan, bevor sie störrisch wurde und nicht einmal von Shadits Einfühlung bewegt werden konnte.

Nach einem letzten Kraulen der gelockten Wolle durchschnitt Shadit mit ihrem Taschenmesser das Gurtzeug des Tieres. »Danke, meine Dame.« Sie tätschelte der Kuh die Flanke und sah sie davontraben, zurück zu der Lichtung und ihrem Kalb.

Als Shadit zu Marrin zurückhumpelte, bemerkte sie, daß der Chav sie beobachtete. Bevor sie hinter dem Dornendickicht außer Sicht kam, schenkte sie ihm ein breites Lächeln, das ihn, wie sie hoffte, stark irritieren würde.

Sie kauerte neben Marrin nieder. »Wie geht's?«

»Es ist schon besser gegangen.«

»Nun, wir werden Sie ins Zelt schaffen. Dann werde ich sehen, ob ich unseren Rettungsdienst erreichen kann.«

»Was ist mit dem Spion?«

»Gegenwärtig betrachtet er den Zug der Wolken. Zweifellos schmiedet er die ganze Zeit Pläne und wartet auf einen offenen Himmel, daß er sie in die Tat umsetzen kann.«

»Lassen Sie ihn nicht lang allein, Shadow.« Er versuchte sich aufzustützen und ihr seinen Transport zum Zelt zu erleichtern, aber seine Arme hatten keine Kraft mehr, und in seinen Beinen war nicht einmal ein Zucken. »Ich bin nutzlos.«

»Selbstmitleid, wie? Sie werden schon wieder in Ordnung kommen, sobald wir Sie in der Enklave haben.«

Er lächelte zu ihr auf. »Und wir können sicher sein, daß der Goes uns abholen wird. Wir haben seinen Beweis.«

»Selbstmitleid und Zynismus.« Sie schmunzelte. »Und sehr richtig. Beißen Sie die Zähne zusammen. Ich werde Sie auf der Decke schleifen müssen, und das wird nicht bequem sein.«

»Ich bin eine Wissenschaftlerin und arbeite mit den Einschränkungen, die einem als Wissenschaftler auferlegt sind. Und wenn ich auch mit Ihnen fühle und sympathisiere, ist Ihr Erfolg nicht der meine, und dies ist ein Kampf, mit dem ich nichts zu tun habe.« Aslan sprach langsam und mit einer Entschiedenheit, bei der ihr nicht recht wohl war, aber sie durfte keine Mißverständnisse aufkommen lassen. »Ich kann dies vorschlagen und dem Goes Koraka hoeh Dexios gut zureden. Er wird wahrscheinlich Transportmittel und medizinische Versorgung bereitstellen, aber der Preis, den er dafür verlangen wird, könnte etwas sein, was Sie nicht zahlen wollen. Er wird Ihnen keine Waffen verkaufen.«

Sie befanden sich in einem von Bäumen beschatteten, sonnengesprenkelten Innenhof mit Haltestangen für Eolt auf den Dachgesimsen und einem sanft plätschernden Springbrunnen in der Mitte. Das Wasser kam von einer heißen Quelle unter der Herberge und schoß in Intervallen als Geysir hoch in die Luft, begnügte sich aber meistens mit ruhigem Geplätscher und musikalischem Geriesel von Auffangschale zu Auffangschale, um schließlich als ein kleiner Bach hinter einer Wand zu verschwinden. Aslan fand die feuchte Hitze unangenehm, aber der Eolt und der Denchok, die gekommen waren, um mit ihr zu verhandeln, schienen sich durchaus wohl zu fühlen.

Daizil lehnte sich als Sprecher der Meruu der Erde an den Sprechtentakel Bladechels, des Sprechers der Meruu der Lüfte. Nach einer Weile richtete er sich auf und seufzte. »Warum? Wir bekämpfen denselben Feind.«

»Der Goes ist kein Krieger, sondern ein Händler. Er blickt über den Tag hinaus. Und so befürchtet er, daß das, was Sie gebrauchen, um den Feind zu besiegen, gegen ihn gerichtet wird, sobald der Feind vertrieben ist.«

Wieder berieten die beiden Sprecher miteinander, dann sagte Daizil: »Ard Danor meinte, daß die Chandavasi, wenn sie hier triumphieren, auch in Banikoe Eolt ernten werden. Halten Sie dies für wahrscheinlich?«

»Sobald sie Beluchad gegen die Außenwelt abschließen können, ja. In dem Fall wird es keinen Ort geben, wo sich Eolt oder andere Beluchari vor ihnen verbergen können.«

»Und es wird keine Hilfe von außen geben. Sie nehmen, was sie wollen.«

»Es wird Proteste geben, aber ohne Zeugen, die sich für das, was sie berichten, verbürgen können und zu einem Feldzug gegen die Chandavasi aufrufen, wird es im wesentlichen keine Hilfe geben.«

»Und Sie?«

»Die Chaven werden nach Möglichkeit keine Zeugen aus der Außenwelt zurücklassen, schon gar nicht solche, die es verstehen, ihren Geschichten Gehör zu verschaffen. Dies ist eine Welt, die von Schmugglern und freien Händlern besucht wird. Es würde für einen von uns immer eine Chance geben zu entkommen.«

»Ich verstehe. Also hängt Ihr Geschick von unseren Taten ab.«

»Bis zu einem gewissen Grade, ja.«

»Und trotzdem sind Sie nicht bereit, mehr zu tun als Ratschläge zu erteilen?«

»Um eine glaubwürdige Zeugin zu sein, die für Sie von größerem Wert sein wird als meine eigenen unzulänglichen Fähigkeiten im Kampf, kann ich nicht mehr tun.«

»Es gibt keine Chance, mit den Chandavasi zu verhandeln?«

»Ich würde niemals sagen, daß man nicht verhandeln soll. Ich würde aber auch sagen, daß ihre Geschichte, so weit ich sie kenne, nicht auf die Bereitwilligkeit schließen läßt, auf andere zu hören.«

»Ich sehe. Würden Sie Ihre Verbindungen gebrauchen, um für uns mit dem Goes zu sprechen, sollten wir entscheiden, daß wir dies tun wollen?«

»Ja. Ihre Verhandlungen müssen Sie jedoch selbst führen.«

»Das versteht sich.« Daizil lächelte. »Wir kennen Händler. Wir haben selbst viele davon.«

Das Geräusch erschütterte das Gebäude, ein gewaltiger tiefer Ton, der in Aslans Knochen vibrierte. Sie hatte sich aufs Bett gestreckt, die Augen geschlossen, um sich zu entspannen, die Erinnerung zu erleichtern, Eindrücke zu vertiefen und Fragen zu formulieren, die sie stellen mußte. Nun richtete sie sich erschrocken auf und ging hinaus, um zu sehen, was geschah.

Der Himmel war voll von Eolt, die in einem weiten, goldenen Strudel kreisten und sangen, als sie höher und höher stiegen, um die Luftströmungen nach Osten zu erreichen. Ihre Zahl war nicht annähernd zu schätzen, da jeden Augenblick weitere Eolt aus allen Richtungen eintrafen.

Daizil kam an ihre Seite und blickte hinauf. Sein Mund war verkniffen, die Augen blickten traurig.

»Was hat dies zu bedeuten?« fragte sie ihn.

»Die Eolt haben entschieden. Es wird keine Verhandlung geben. Wie hoch der Preis auch sein wird, den sie zahlen müssen, sie haben beschlossen, daß die Chaven vernichtet werden sollen.«

»Sie täten gut daran, ihn unter Bewachung zu halten. Er hat zweimal versucht, sich zu töten.«

Der Goes lächelte grimmig mit gebleckten Reißzähnen. »Ich danke Ihnen für die Warnung. Wir haben Getränke, die seinen Geist von den Problemen befreien werden, die ihn beschäftigen.« Er betrachtete sie kurz, dann lächelte er wieder, diesmal das vergnügte Lächeln mit geschlossenem Mund. »Die Unterstützung des Universitätspersonals war eine meiner besseren Ideen«, meinte er. »Darf ich Sie zu einem Glas Tee oder etwas Stärkerem einladen, Shadowsong?«

»Gern, Goes Koraka. Ich würde allerdings gern über den Gesundungsprozeß unseres Assistenten Ola unterrichtet werden. Er ist ein schätzenswerter Mann.« Sie sah, wie der Spion von einer Eskorte weggeführt wurde, begegnete seinem Blick und fühlte sich von eisiger Kälte durchbohrt. Selbst die unheimliche Ginny Seyirshi hatte sie nie mit einem so tiefen und persönlichen Haß verfolgt.

Der Goes bemerkte ihr Frösteln. »Ja, wir werden dafür sorgen, daß er chemisch ruhig gestellt wird, Shadowsong.«

Er füllte Tee aus einer eleganten weißen Kanne in eine kleine Trinkschale. »Möchten Sie Citra oder Glemm in den Tee? Ich glaube, es ist auch noch etwas Toz da.«

»Nichts, bitte. Was für ein Tee ist es?«

»Räuchertee aus dem Hochland von Molot.«

»Ah. Einer meiner Lieblingstees.« Sie lächelte. »Ich sehe, wir haben denselben Schmuggler.«

Er schmunzelte. »Ein komischer kleiner Mann namens Arel mit interessanten Verbindungen.«

»Mm.« Sie nippte vom Tee und genoß das reine bittere Aroma und das weiße glatte Porzellan der Trinkschale. Als sie ausgetrunken hatte, stellte sie die Schale mit einem leisen, aber entschiedenen Geräusch auf ihre Untertasse zurück. »Es widerstrebt mir, den Frieden des Augenblicks zu stören, aber ich würde gern wissen, wie weit Sie mit der Reparatur der Kommunikationsverbindungen vorangekommen sind.«

»Wir haben einen der Chavensatelliten erbeutet und versuchen mit den Teilen, die wir verwenden können, etwas zusammenzubasteln, das wir mit einem der anderen Satelliten zusammenschalten können. Es ist uns gelungen, die Verschlüsselung zu knacken. Mit etwas Glück und harter Arbeit werden wir innerhalb der nächsten zehn Tage mit der Außenwelt in Verbindung treten können. Das sollte dann…« Er blickte auf und runzelte die Stirn, als einer seiner Untergebenen ohne anzuklopfen eintrat. »Was gibt es?«

»Etwas, was Sie sehen müssen, Goes Koraka. Wir wissen nicht, was es zu bedeuten hat.«

Der Himmel hing voll von goldenen Glocken, die in den hohen Luftströmungen ostwärts trieben – zuerst verstreute Gruppen von zwei, drei, einem halben Dutzend, dann Reihe um Reihe von Eolt, die den Westhimmel mit dem Bernsteingelb ihrer durchscheinenden Schleier färbten.

»Man glaubt nicht, daß es so viele von ihnen gibt«, sagte Shadit. »Eine Welt ist groß, und sie verlieren sich zwischen den Wolken.«

Sie standen in der Mitte der Enklave und schauten auf zu dem atemberaubenden Schauspiel dieser seltsamen Wanderung. Shadit hörte ein hölzernes Tappen und Scharren hinter sich, blickte über die Schulter und sah Marrin Ola auf Krücken gestützt stehen und staunend zu den Eolt aufblicken.

Der Goes schüttelte seine Verblüffung ab. »Was tun sie? Ist das gegen uns gerichtet? Wohin ziehen sie?«

»Wenn ich raten müßte, würde ich sagen, daß sie den… wie nennen sie ihn… den Kushayt angreifen werden.«

»Ja.« Marrins Stimme vibrierte vor Überzeugung. »Und sie werden dabei umkommen. So viel verlorene Schönheit und Pracht…« Er wandte den Kopf zum Goes. »Sie müssen etwas tun. Sie müssen ihnen helfen.«

Der Goes sah ihn nachdenklich an. »Wir werden drinnen darüber sprechen. Thofor, unterrichten Sie mich sofort über jede Kursänderung des Schwarms.«

Koraka steckte die langen Finger ineinander, starrte eine Weile darauf, bevor er den Kopf hob und Marrin nachsichtig musterte.

»Wenn Sie meinen, Assistent, daß wir den Einheimischen Waffen zur Verfügung stellen sollten, können Sie es vergessen.«

»Natürlich meine ich das nicht«, erwiderte Marrin. »Schicken Sie Wächter mit ihnen. Schicken Sie mich, wenn Sie sonst niemanden erübrigen können. Einen Flieger und die stärkste Feuerkraft, über die Sie verfügen. Das wäre wenigstens etwas.«

Koraka klappte die Ohren nach vorn. »Sie? In Ihrem Zustand? Und ist Ihnen bewaffneter Angriff nicht durch gesetzliche Bestimmungen verboten?«

»Ich betrachte dies nicht als bewaffneten Angriff, sondern als Selbstverteidigung. Als die Chaven auf meinen Kopf eine Prämie aussetzten, gaben sie mir dieses Recht.«

»Ja, das ist ein Argument, das gute Aussichten hat, Gehör zu finden. Nun erklären Sie mir, warum ein friedlicher Student der Universität eine Hilfe und keine Behinderung sein würde.«

»Ich war fünfter männlicher Erbe des Barons Ineca von Picabral und überlebte die Pubertät.«

»Ah. Nun ja, das spricht für Sie. Aber es scheint in Anbetracht Ihrer gegenwärtigen Umstände ziemlich erstaunlich. Gut. Ich sehe kein Problem, Ihren Bedürfnissen zu entsprechen, wenn der Arzt Sie für tauglich erklärt. Bisher hat Ihre Genesung gute Fortschritte gemacht. Was Wächter betrifft, so glaube ich nicht, daß ich welche erübrigen kann. Ich muß jetzt jeden Tag mit einem Angriff der Chaven rechnen. Sie sind uns zahlenmäßig stark überlegen. Ich würde ihnen außerhalb dieser Wände nicht gern entgegentreten. Auch nicht innerhalb, was das betrifft.«

»Nervenverletzung und gebrochene Kniescheibe. Ein paar Fleischwunden, Verbrennungen. War nicht allzu schlimm.«

»Trotzdem brauche ich eine gründliche Untersuchung mit Gutachten. Sicherlich verstehen Sie, warum.«

Shadit saß da und starrte auf ihre Hände. Es hatte keinen Sinn, sich mit ihren eigenen Unzulänglichkeiten zu beschäftigen. Wenn die letzten Ereignisse sie etwas gelehrt hatten, dann die Erkenntnis, daß sie mehr als bisher den Kitzel des Risikos brauchte, wenn sie voll und intensiv leben und leidenschaftlich für oder gegen etwas fühlen wollte. Warum nicht gleich damit anfangen? »Ich gehe auch mit«, erklärte sie. »Sie werden mich brauchen, Marrin, Ich genieße das Vertrauen der Eolt. Sie sind stark und gefährlich, obwohl ich zugeben muß, daß es schwer zu glauben ist, wenn man sie ansieht. Aber ich weiß, daß es wahr ist.«

»Gefährlich?« Der Goes runzelte die Stirn. »Inwiefern?«

»Nesselfäden. Sie sind imstande, einen Menschen zu töten. Wahrscheinlich haben sie noch andere Abwehrmittel, aber niemand sprach davon.«

»Interessant.«

»Andererseits verstehen sie sehr wohl ihre Verwundbarkeit, also glaube ich nicht, daß sie Probleme haben werden.« Sie stand auf. »Ich nehme gern Ihr Angebot eines Bades und einer ungestörten Ruhepause an, Goes Koraka. Und Sie, Marrin, müssen sich untersuchen und Ihre Einsatzfähigkeit bescheinigen lassen. Sagen wir: Abmarsch in drei Stunden?«

Die Eolt sangen, als sie hoch über dem Land zur Bakuhlsee trieben, gewaltige Akkorde, die die Luft erfüllten und auch einem praktischen Zweck dienten, da die eingesaugte und ausgestoßene Luft sie noch schneller nach Melitoe trieb. Die Höhenströmung ließ sie rasch dahinsegeln, goldene Leukozyten in den Luftadern der Welt, die im Sonnenlicht anschwollen. Tausend und abertausend Eolt füllten den Himmel bis zum Horizont und jenseits davon.

Als der Flieger aus der Enklave startete, um sich dem Zug der Eolt anzuschließen, begannen Eolt sich anzunähern, wie Vögel, die einen Eindringling von anderer Art vertreiben wollen, bis Shadit das Dach der Pilotenkanzel zurückstieß und aufstand. Die Hände am oberen Rand der Windschutzscheibe, sang sie mit anschwellender, doch winziger Stimme gegen die gewaltigen Orgeltöne der Eolt. Es war genug. Sie erkannten sie und gliederten sich wieder ein in den zielstrebigen Strom über dem Ozean.

Shadit schloß das Dach, ließ sich in den Sitz zurückfallen und griff zur Wasserflasche. Marrin fröstelte. »Gespenstisch.« Er beschleunigte, und der kleine dunkle Flieger jagte neben dem majestätischen Zug der Eolt her, bis er die ersten Reihen überholte.

Ceam streckte sich auf dem Ast aus und setzte den Feldstecher an, ohne herunterzufallen. Er suchte die Festung der Mesuch ab, hielt Ausschau nach Anhaltspunkten, die ihm Hinweise auf die Tätigkeiten im Inneren liefern konnten. Nach dem nächtlichen Brandanschlag im ehemaligen Dumel Dordan und der Beschädigung der Luftwagen waren Techniker und Kulis hinter die Mauern zurückgerufen worden. Die Kettenfahrzeuge standen leer und tot auf dem Bergwerksgelände im Gebirge. Das Keteng-Gefängnis war verlassen. Vielleicht hatte Ilaörn doch noch den Mordanschlag gewagt. Es gab keine Möglichkeit, es von hier aus festzustellen.

Aber dann kamen drei Wachen auf der Mauer dahergetrottet und nahmen hinter Schutzschilden Aufstellung über dem Tor. Ein Flügel des Tors wurde geöffnet, und vier männliche Kulis kamen heraus, einer in einem improvisierten Zuggeschirr vor einem roh gezimmerten Schlitten, der hinter ihm dahinholperte. Zwei Wächter in voller Rüstung und mit Helmen auf den Köpfen kamen mit ihnen. Sie trugen schwere grauschwarze Waffen in den Armbeugen.

Einer der Wächter rief etwas. Ceam konnte das Wort nicht verstehen, aber der vor den Schlitten gespannte Kuli blieb stehen und setzte sich nieder, und die anderen drei standen wartend herum, während der Wächter zu einem großen Kerrebaum trat und mit seinem Strahlprojektor durch den Stamm schnitt.

Ceam schob den Feldstecher zusammen und steckte ihn ins Hemd, lag ganz still und beobachtete die Mesuch.

Der zweite Wächter ging auf und ab, wendete den behelmten Kopf nervös hierhin und dorthin, die Waffe schußbereit in der Hand. Als er ein Rascheln hörte und ein paar belaubte Zweige heftig zu schwanken begannen, riß er die Waffe hoch, duckte sich und sandte einen grellen Energiestrahl schräg aufwärts in den Baum. Es regnete rauchende Zweige und Laub, und dazwischen fiel ein dunkler Klumpen zu Boden. Er ging hin, stieß den verkohlten Kadaver des baumbewohnenden Nagers mit der Stiefelspitze an und fluchte, dann nahm er seine Bewachertätigkeit wieder auf.

Unterdessen hatte sein Kollege den Baumstamm durchschnitten. Es war so schnell und sauber geschehen, daß der Baum nicht gleich fiel; ein Zittern durchlief ihn bis in die Zweigspitzen, aber er hielt sich aufrecht, bis ein leichter Windhauch ihn aus dem Gleichgewicht brachte und mit dumpfem Krachen und Blätterrauschen zu Boden warf. Der Wächter trennte die Äste ab und schnitt den Stamm in Stücke, die von den Kulis auf den Schlitten gestapelt wurden, bis sie eine Ladung grünen, saftigen Holzes beisammen hatten.

Die anderen Kulis befestigten Riemen am Schlitten und legten sich mit dem ersten ins Zeug, um den beladenen Schlitten zurück in die Mesuchfestung zu ziehen.

Ceam kroch grinsend rückwärts den Ast entlang, kletterte am Stamm hinab und rannte zum Sumpf, Überbringer der besten Nachricht, die er sich vorstellen konnte. Wenn die Mesuch Holz zum Heizen und Kochen brauchten und den Schlitten mit Muskelkraft ziehen mußten, hatte Ilaörn seine Arbeit getan. Er hatte die Festung gelähmt.

»Verdammt klarer Tag.« Marrin zog eine weite Schleife um den Kushayt. »Aber sie werden ohnedies wissen, das wir hier sind. Der Flieger ist nicht zu übersehen.«

Shadit beobachtete durch den Feldstecher die achtseitige Mauer um den Kushayt. »Marrin, da unten sind mindestens dreißig Wachen auf Patrouille, alle bewaffnet und gepanzert, mit geschlossenen Visieren. Was geht vor?«

Er blickte nervös umher. Die ersten Eolt trafen ein, stiegen und sanken, um die passenden Luftströmungen zu finden. Mit pulsierenden Membranen pumpten sie Luft durch die Schließmuskel ihrer Sprechorgane und schwebten in einem sich verdichtenden Kreis um den Kushayt. »Ich weiß nicht, aber das Gemetzel wird gleich anfangen, also gehe ich hinunter. Shadow, stellen Sie die Betäubungswaffe auf Weitwinkel. Wir werden die gepanzerten Chaven bei diesem Angriff nicht erwischen, aber die anderen…«

»Schnell, Marrin, denken Sie an ihre Reflexe. Also los.«

Der Flieger stieß aus der Kurve herab und jagte im Tiefflug über den Kushayt. Marrin erinnerte sich der Lauftaktik, die er als kleiner Junge gelernt hatte, um den handgreiflichen und manchmal lebensgefährlichen Späßen seiner älteren Verwandten zu entgehen. Die Finten und Ausweichmanöver waren ihm in Fleisch und Blut übergegangen.

Sobald die Chaven ihn kommen sahen, eröffneten sie das Feuer; Geschosse aus Schnellfeuerwaffen pfiffen knapp über sie hinweg, streiften mit gellendem Kreischen die Flanken des Fliegers, explodierten beim Aufschlag.

Es knallte. Metall zerfetzte. Die Ohren dröhnten.

Strahlen von Energieprojektoren huschten vorbei, leichter zu vermeiden, aber tödlicher, wenn sie trafen. Als der Flieger nach einer Granatexplosion wild taumelte, geriet das rückwärtige Ende in einen Energiestrahl, der die Triebwerke nur um Haaresbreite verfehlte.

Ein Aufblitzen. Sengende Hitze.

Winseln überlasteter Triebwerke.

Ein Stoß, Reißen von Metall, Verwindung.

»Marrin! Raus hier. Es geht nicht. Nichts wie weg!«

Er ersparte sich eine Antwort, zog den kaum noch manövrierfähigen Flieger in einer wackligen Kurve nach links zu den Bäumen.

Ohrenbetäubendes Krachen. Volltreffer.

Der Flieger überschlug sich, stürzte ab.

Notraketen zündeten, fingen den freien Fall mit einem Ruck ab, ein Atemzug ruhigeren Fluges, dann krachte die Maschine in die Bäume des Waldrandes, pflügte durch brechende Äste, rauschendes Laubwerk, prallte von Stämmen ab.

Endlich ein Stoß, daß beide in die Prallnetze flogen, und Stillstand.

Stille, beinahe schmerzhaft.

Der Flieger hing kopfüber und steil nach unten geneigt, die Nase zerdrückt, am Stamm eines großen Baumes, dessen starke Äste ihn hielten. Shadit hing mit dem Kopf nach unten und aufgrund der Neigung höher als Marrin. Sie fummelte nach dem Verschluß des Prallnetzes, fluchte, als ihre Finger heißes, verformtes Kompositmaterial berührten, fluchte wieder, als sie Marrins Sicherheitsverschluß mit dem hellen Klicken einwandfreien Funktionierens aufschnappen hörte.

Marrin schmunzelte. »Hängengeblieben?« Er hielt sich am losen Prallnetz fest, um nicht aus dem Wrack zu fallen, bevor er bereit war, es zu verlassen.

»Ja. Sie werden mich losschneiden müssen.« Sie sah zu, wie er sich umdrehte, um auf der Seite des Fliegers Fuß zu fassen und an die Frachtbehälter heranzukommen. Sie zappelte und mühte sich, eine Möglichkeit zu finden, aus dem Netz herauszukommen, ohne auf Marrin und seine Hilfe zu warten, aber ihre heftigen Bewegungen zusätzlich zu seinen bewirkten, daß die Äste, in denen der Flieger hing, alarmierend knarrten und knackten und das Wrack selbst in Bewegung geriet, so daß sie weitere Versuche zur Selbstbefreiung unterließ.

»Ha, Glück gehabt.«

Sie hörte das metallische Quietschen, als er die Tür zu einem Frachtbehälter aufzog.

Das Wrack schaukelte heftig, als er sein Gewicht verlagerte, dann hörte sie das Klappern und Rasseln, als der Inhalt des Behälters herausfiel und die Seile, Proviantpakete, Strahlprojektoren und anderen Gegenstände auf die unteren Äste schlugen und zu Boden fielen. Das durch die Baumkronen sickernde Licht begann sich zu verändern und ein tiefes Bernsteingelb anzunehmen. Die Hauptmacht der Eolt war eingetroffen.

Nach einigem Rütteln und Ächzen brachte Marrin den zweiten Frachtbehälter auf und begann die Dinge hinauszuwerfen, die nicht von selbst herausfielen. Seinen Bewegungen war anzuhören, daß er in fliegender Hast arbeitete. Als er fertig war, geriet der Flieger wieder ins Schaukeln, und er faßte das Netz, stieß einen Strahlprojektor durch, dann knotete er ein Seil um den nächsten Ast, zog es über die Schulter und unter einem Oberschenkel durch und seilte sich im Dülfersitz ab, wobei seine Füße mit dem Stamm in Berührung blieben. Als sie das Prallnetz von sich hielt, um es zu durchschneiden, hörte sie ihn unten ankommen und eilig davonhinken.

Sie schmunzelte. »Keiner von den kavaliersmäßigen Helden der alten Schule.«

Bis sie sich losgeschnitten, aus dem Netz befreit und

abgeseilt hatte, war er nicht nur außer Sicht, sondern auch außer Hörweite.

Ceam pfiff der ihm folgenden Bande eine Warnung zu, ging hinter einem Strauch im Waldrand in Deckung und beobachtete den Luftwagen, der in rasendem Flug auf die Mesuchfestung herabstieß. Wer immer darin saß, die Chaven mochten sie nicht, das war klar.

Heruit kroch an seine Seite. »Was… was ist das?«

»Ich denke, es müssen die Mesuch aus Banikoe sein, weißt du, die, von denen Ilaörn sprach.«

»Können nicht viel ausrichten, wie es scheint. Und jetzt kriegen sie Sperrfeuer.«

»Besser sie als wir.«

»Du sagst es. Wir dachten, es würde einfach sein, aber ich weiß nicht…«

»Er kommt durch… aahh… Au! Volltreffer in den Schwanz!« Ceam verzog das Gesicht, als er das anhaltende Krachen, Bersten und Rauschen hörte, dann die plötzliche Stille. »Meinst du, daß wir nachsehen sollten?«

Heruit antwortete nicht. Er war aufgestanden und starrte unter den überhängenden Ästen zum Himmel auf.

»Ihoi! Geh in Deckung, bevor die Mesuch dich sehen.« Ceam blickte gleichfalls zum Himmel auf, kam neben Heruit hoch und starrte mit offenem Mund.

»Chel Dé!«

Der Himmel war voll von Eolt; so viele waren es, daß die Luft eine goldene Tönung annahm. Und immer mehr kamen, kreisten in einem ungeheurer stillen Strudel um die Mesuchfestung, außer Reichweite der Waffen, herum und herum, die Augen, die man niemals sah, nur fühlte, auf die mörderischen Mesuch fixiert. Goldener Zorn. Goldener Haß, kälter als ein tödlicher Frost.

Jemand brach durch das Unterholz hinter ihnen.

Sie duckten sich, rissen ihren Blick von dem Schauspiel am Himmel und sahen einen Mann aus der Richtung kommen, wo der Luftwagen abgestürzt war. Es war ein Fremder mit gebräunter Haut und hellbraunem Haar, ähnlich wie das Vlies eines Cabhi, und obwohl er hinkte, bewegte er sich in einer Weise, die verriet, daß er sehr gewandt und stark war. Er trug eine schwere Schußwaffe mit dickem Lauf, einer bedrohlich aussehenden Zielvorrichtung und einem großen Trommelmagazin vor dem gefederten Schaft.

Der Mann blickte zu ihnen herüber, als er kaum zehn Schritte entfernt vorbeitrottete, sagte aber nichts und machte keine Geste. Er starrte mit finsterem Blick zur Mesuchfestung, und Ceam kam zu der Überzeugung, daß es der Mann aus dem Luftwagen war. Auch sein Hinken sprach dafür. Was er in der Luft nicht schaffte, wollte er nun am Boden versuchen.

Am Waldrand klappte der Mann ein Gabelstativ unter der Waffe heraus, kniete nieder, setzte den Kolben an die Schulter, wurde ganz ruhig und spähte durch die Zielvorrichtung. Nach kurzer Zeit bewegte er den Zeigefinger zu einem dunklen Punkt, der in glänzendes Metall eingelassen war.

Die Waffe krachte und spuckte Feuer, und fast im gleichen Augenblick gab es eine dumpfe Explosion mit einem Lichtblitz und Rauch, und einer der gepanzerten Mesuch auf der Mauerkrone zerplatzte. Die anderen rannten in Deckung, und bevor sie das Feuer erwidern konnten, war der Mann wieder auf den Beinen und trottete hinkend davon, um in den Schatten unter den Bäumen zu verschwinden.

Es dauerte nicht lange, und Ceam hörte ein weiteres Krachen, dann ein drittes, gefolgt von Explosionen. Als die Mesuch aus der Deckung der Mauerscharten auf das Mündungsfeuer schossen, Bäume und Unterholz mit Energiestrahlen zerschnitten und mit Explosivgeschossen zerfetzten, packte er Heruit, der noch immer die Eolt beobachtete, und zog ihn tiefer in den Wald. »Mesuch schießen aufeinander«, sagte er. »Die in der Festung werden nervös. Schießen auf alles, was sich bewegt.«

Heruit rieb sich die Augen. »Hört sich so an.«

»Hast du den Kerl nicht gesehen?«

»Wen?«

»Den Mesuch aus dem Flieger.«

»Ich habe nur die Eolt gesehen. Tausende müssen es sein, Ceam. Vielleicht alle Eolt, die es gibt.«

»Cha oy, ich weiß. Müssen vor Wut verrückt geworden sein. Sie werden alle getötet. Feuer am Himmel, Heruit. Möchtest du zusehen? Ich lieber nicht.«

Shadit stand hinter einem der größten Kerrebäume am Waldrand, sah die beiden Fiorjungen fortgehen, blickte wieder zum Himmel auf, wo die Eolt kreisten, und seufzte. Feuer am Himmel. Wie konnte sie es verhindern? Sie hörten nicht mehr auf sie, wie sie es zuerst getan hatten.

Sie sprang hoch, erreichte einen der ausladenden unteren Äste und zog sich hinauf, dann kletterte sie höher in den Baum hinein, bis sie ungefähr auf einer Ebene mit der Mauerkrone war. Sie setzte sich rittlings auf einen breiten Ast, spähte durch das Geflatter der windbewegten Blätter und sah einen gepanzerten Chav hinter den Schießscharten der Mauerkrone entlangrennen.

Nach den Zurufen und der Richtung ihres Feuers zu urteilen, bereitete ihnen Marrin mit seinem Granatgewehr größere Sorgen als die Versammlung der Eolt. Sie überlegte, was sie tun könnte, um diese Sorgen zu verstärken. Wenn ihre Fähigkeit, kleine Gegenstände mit Willenskraft zu bewegen, weiter reichte... sie schüttelte den Kopf. Damit war nichts auszurichten; die Chaven waren viel zu weit entfernt. Vielleicht könnte sie sich durch telepathische Gedankensteuerung eine kleine Armee von Nagetieren und ähnlichen Waldbewohnern nutzbar machen, aber sie sah keine Möglichkeit, die den Versuch lohnend erscheinen ließe.

Vielleicht, wenn sie den Strahlprojektor...

Das Dumme war, daß sie auf ihrem Ast kaum Bewegungsfreiheit hatte und selbst ein sicheres Ziel bot, sobald sie das Feuer eröffnete und damit ihren Standort verriet...

Ein leises Zittern ging durch den Baum, als ein tiefes, mächtiges Summen die Luft um sie erfüllte. Die Vibration war erträglich, aber dann verstärkte sich die Intensität, als das Summen lauter wurde. Die Eolt sangen. Tausende und Abertausende von Eolt sangen einen einzigen Ton, der sich irgendwie auf den Kushayt konzentrierte, durch seine Vibration Mauerrisse erzeugte.

Das Summen und die wahrscheinlich durch ungehörte tiefe Töne im Infraschallbereich erzeugten Vibrationen wurden so stark, daß sie kaum noch ihre Hände beherrschen konnte. Ihre Augen tränten, ihr ganzer Körper zitterte mit den Vibrationen, und sie kletterte fluchtartig vom Baum herunter, solange es noch möglich war, um blindlings davonzustolpern.

Sie geriet auf eine offene, angebaute Fläche, fiel über einen Drahtzaun, rappelte sich wieder auf und fiel nach wenigen Schritten wieder, diesmal mit dem Gesicht in eine Art Knollenpflanze.

Als sie wieder auf die Beine kam, sah sie sich umringt von einer Gruppe schweigender Keteng und Fior, die eine Feindseligkeit ausstrahlten, daß ihr der Atem stockte. Eine untersetzte, grauhaarige Fiorfrau trat auf sie zu. Unmittelbar hinter ihr nahm ein Denchok mittleren Alters Aufstellung. »Wer sind Sie?« Sie mußte rufen, um sich durch die zunehmende Lautstärke des Summens Gehör zu verschaffen.

»Ich bin Shadit, eine Zitherspielerin«, rief sie zurück. »Ich kam mit den Eolt von Chuta Meredel.«

»Ah!«

Als die feindselige Kälte sich zu verlieren begann, drängte sich der junge Fior, den sie am Waldrand gesehen hatte, an der Frau vorbei. »Hat Danor das Tal erreicht?«

»O ja. Er ritt mit mir und Ard Maorgan zu einem Klobach der Meruu. Sein Kummer und sein Zorn waren es, die sie überzeugten.« Sie zeigte zu den Eolt hinauf.

»Ahh.«

Das Summen verstärkte sich weiter, brach dann plötzlich ab. Welle um Welle gingen die Eolt auf den Kushayt nieder.

Und starben als feurige Fackeln am Himmel. Trotz des Feuers erreichten einige Eolt die Mauern. Paare von ihnen ergriffen mit ihren Tentakeln Wächter der Chaven und trugen sie in die Höhe, ließen sie dann fallen, daß sie am Boden zerschmettert wurden.

Welle um Welle gingen die Eolt auf die Festung nieder und starben.

Und einer nach dem anderen starben die bewaffneten Chaven.

Bis die Mauern und Wachttürme frei von ihnen waren und die wenigen Überlebenden sich in die Gebäude zurückzogen, wo die Eolt sie nicht erreichen konnten.

Und das Feuer am Himmel erlosch.

Die kleine Armee von Fior und Keteng, die auf den Feldern und im Wald wartete, schwärmte über den freien Geländestreifen, legte Leitern an die Mauern, überkletterte sie, öffnete von innen das Tor und strömte mit Triumphgeschrei in den Kushayt. Auch sie starben, als sie die letzten der Chaven aus ihren Löchern holten, sechs und sieben gleichzeitig, aber bei Sonnenuntergang gab es keine lebenden Chaven mehr auf Beluchad.

»...und so ging der Angriff zu Ende. Der Kushayt ist ausgeräumt.«

Marrin saß zwischen den abgebrochenen Ästen und Zweigen unter dem Baum, wo der Flieger noch in prekärem Gleichgewicht in den Ästen hing, und machte seine Meldung über das Funksprechgerät. Er blickte auf, als er Shadit durch das Unterholz kommen sah, nickte düster und fuhr fort: »Wie viele Tote? Ein paar tausend Eolt vielleicht. Was die anderen betrifft...«

Shadit sagte: »Neunundfünfzig.«

»Shadow sagt, neunundfünfzig Keteng und Fior fielen bei der Eroberung.«

Shadit grub zwischen den Ästen und Zweigen und hob den Zitherkasten heraus, den sie dort versteckt hatte, zog den Gurt über die Schulter und hielt dann inne, bestürzt über die Worte, die sie aus dem Funksprechgerät hörte.

»...sehr bedauerlich. All diese Opfer waren wirklich nicht nötig.«

Marrin erbleichte. »Wie? Wie meinen Sie das, Goes Koraka?«

Shadit kam und kniete neben ihm nieder, die Hand auf seiner Schulter.

Die ferne Stimme sprach weiter, ruhig und nachdenklich in einer Weise, daß Shadit ein Frösteln überlief. Sie schloß die Finger fester um Marrins Schulter, fühlte seine ausweichende Bewegung, nahm die Hand weg.

»Ich versuchte Sie zu erreichen, konnte aber keine Verbindung bekommen. Vor eineinhalb Stunden erhielten wir hier einen Anruf von der Andockstation der Chaven. Es war der Hochgeborene Genri ni Jilet persönlich – in größter Not. Der Kephalos der Andockstation war verrückt geworden, das künstliche Schwerefeld wurde tödlich, und sie wußten nicht, wann oder wo es sich in nichts auflösen oder auf maximale Leistung gehen und jeden erdrücken würde, der zufällig am falschen Platz stünde. Damit nicht genug, würden die lebenserhaltenden Systeme nacheinander ausfallen. Er möchte, daß wir ihn und die anderen holen.« Die Stimme des Goes ließ Untertöne boshafter Freude mitklingen. »Er wollte mir nicht sagen, warum dies alles geschah, aber ich dachte nicht daran, meine Leute in Gefahr zu bringen, also mußte er mich überzeugen, daß es keine Falle war.

Wie es scheint, machte der Ykkuval einen der Einheimischen, einen von diesen Zitherspielern zu seinem Hofmusiker und Hausfaktotum. Hielt ihn für zahm und harmlos. Nun, dieser harmlose Alte paßte den Augenblick ab, als der Ykkuval mit dem Kephalos verbunden war, um ihm einen Giftpfeil in den Hals zu stoßen und Sporen in die Belüftungsöffnungen des Kephalos zu werfen und die Schaltkreise zu kontaminieren. Sogar die Energiezellen waren betroffen. Alles ging drunter und drüber. Die Techniker säuberten den Kephalos und nahmen ihn wieder in Betrieb. Genri übernahm das Kommando und ließ den Sicherheitschef wegen Nachlässigkeit erschießen. Dann kam es wieder zu Ausfällen, als die bei der Säuberung übersehenen Sporen Pilzfäden bildeten und sich ausbreiteten. Darauf setzten sich Genri und die anderen Hochgeborenen zur Andockstation ab, wo sie ungefährdet sein konnten. Wahrscheinlich aber vergaßen sie, daß die Station vom Kephalos unten gesteuert wird und sich nicht selbständig abkoppeln kann.

Sie sind jetzt hier unten, wo es ihnen nicht sehr gefällt, aber am Leben. Die Einheimischen hätten die Chaven im Kushayt bloß aushungern müssen; ohne Energie und größere Nahrungsvorräte hätten sie nicht lange aushalten können. Es ist schade, daß wir keine Verbindung bekamen. Sie gehen mit unseren Fliegern ziemlich rücksichtslos um, Ola. Da mir nichts anderes übrigbleibt, werde ich Ihnen und der Zitherspielerin einen anderen schicken. Ich hoffe, es macht Ihnen nichts aus, wenn ich darauf bestehe, daß mein Pilot das Fliegen besorgt.«

Unter dem Sternhimmel von Beluchad begann die Totenfeier.

Marrin saß auf einem der Ecktürme des Kushayt und nahm die Zeremonie mit Bild und Ton auf, während Shadit auf der weißen Keramikfläche des Landeplatzes stand, den Kopf zurückgelegt, die Zither zu ihren Füßen, den Kasten zum Sitz umgeklappt, die Ärmel abgerissen und die Arme seitwärts von sich gestreckt.

Die Eolt schwebten mit gedämpftem Gesang über ihr und entrollten von Zeit zu Zeit einen Sprachtentakel, um sie zu berühren. Bei jeder dieser flüchtigen Berührungen ging ein Erschauern von Schmerz und Freude durch ihren Körper, ließ sie mit einem winzigen Bruchteil an der Eoltenergie teilhaben.

Sie setzte sich auf den Kasten, hob die Zither auf und berührte die Saiten, suchte nach der Melodie, die den Kummer zusammenfassen und für alle ausdrükken würde. Es waren keine Ard zugegen, die durch ihre Sioll-Bindung hätten vermitteln können; sie mußte allein den Zugang zu ihnen finden.

Dieser furchtbare Feuertod der vielen wurde für sie zum Tod ihrer Heimatwelt, der auch ein Feuertod gewesen war, als Shayalins Sonne sich in die Nova verwandelt hatte. Zum ersten Mal in den zwanzig Jahrtausenden, seit sie Nachricht vom Verlust ihrer Heimat bekommen hatte, gewann er für sie die Unmittelbarkeit eigener Erfahrung. Ihre Augen füllten sich mit Tränen, und sie weinte; Trauer um die verlorene Heimat vermischte sich mit Kummer über den unnötigen Tod der Eolt. Für sie und für sich selbst spielte sie die Totenklage, die die Weber von Shayalin für ihresgleichen erfunden hatten.

Die Eolt sangen und verbanden ihre mächtigen Stimmen harmonisch mit ihrer kleinen.

Die Fior und Keteng knieten neben den Bündeln ihrer Toten und lauschten dem Requiem.

Und Marrin saß mit verschlossener, steinerner Miene, hinter der sich Zorn, Kummer und Bedauern verbargen, und zeichnete alles auf.

Shadit stand am Strand und sah die Eolt im Sternenlicht davontreiben, nach Norden, Süden, Osten und Westen, um sich von den Luftströmungen dorthin tragen zu lassen, woher sie gekommen waren. Als sie eine Berührung ihrer Schulter fühlte, schrak sie zusammen und wandte den Kopf. Marrin.

»Es ist Zeit«, sagte er. »Der Flieger ist da.«

Epilog

Den Zitherkasten auf dem Podium neben sich, stand Shadit am großen Fenster, blickte über die Stadt hinaus und beobachtete müde den prächtigen Sonnenuntergang, den Helvetia ihr an diesem Abend schenkte. Rotgoldenes Licht floß wie Wasser über die glatten Oberflächen, glitzerte hier und dort auf Fenstern und spiegelnden Wänden, funkelte erratisch von den diamantenen Facetten der ragenden Kuppeln dieser kostbarsten Stadt der bekannten Welt. Spiegelnde Flächen überall brachen tausendfach die goldenen, blutroten Speere aus dem Licht der untergehenden Sonne, wechselten ihre Richtungen, als die Spiegel ihre Neigung veränderten. Allmählich verblaßte das Farbenspiel, als der Himmel sich purpurn verfärbte und zu Indigo dunkelte.

»Von einer Schlacht, die nicht hätte geschehen müssen, zu einer Gerichtsverhandlung, die im Sande verläuft.«

Aslan wandte sich von der dunkelnden Stadt ab und legte Shadit eine Hand auf den Arm. »Wirklich nicht, Shadow. Das Gericht hat den Griff dort angesetzt, wo er der Chandava Bergbaugesellschaft am meisten schmerzen wird. Eine Entschädigungszahlung an die Yaraka Pharma AG, Entschädigungszahlung an die Universitätsstiftung und eine zehnjährige Bewährungsfrist für Chandava, verbunden mit Überwachungsmaßnahmen und angedrohten Wirtschaftssanktionen. Das sind keine Kleinigkeiten.« Sie lächelte. »Noch eine Neuigkeit für Sie. Vor einer Stunde übergab mir ein Vertreter des Verwaltungsrates ein paar Botschaften. Erstens, Sie bekommen Ihre Aktien. Zwei stimmberechtigte Anteile, nicht einen. Und Sie werden ein besonderes Empfehlungsschreiben erhalten. Und drittens teilt Burya Moy mit, daß er die Aufzeichnung vom Eoltrequiem gesehen hat und möchte, daß Sie ihm so bald wie möglich eine überarbeitete und polierte Version liefern.«

Shadit betrachtete das Lichtergefunkel der Stadt unter dem dunkelnden Himmel. Im Westen versanken die letzten purpurnen Streifen im Graublau langer Wolkenbänke. Einen Augenblick fühlte sie sich von dem Gedanken an die Universität angezogen, weil sie dort glücklich gewesen war. Aber nur für einen Augenblick, nicht mehr. Beluchad hatte sie das gelehrt. Musik war so notwendig wie das Atmen, aber sie reichte nicht, ihr Leben auszufüllen. »Nein«, sagte sie. »Ich werde für Digby arbeiten. Es ist alles vereinbart.« Sie wandte sich der anderen zu. »Danke, Aslan. Sie taten mir einen Gefallen, als Sie mich nach Beluchad brachten. Grüßen Sie Maorgan von mir, wenn Sie wieder dorthin gehen, und sagen Sie ihm, daß ich vielleicht eines Tages vorbeikommen werde, um die Lieder zu hören, die er ersehnt.«

Sie zog den Tragegurt des Zitherkastens über die Schulter und ging davon, ohne sich umzusehen.